BESTSELLER

Michael Peinkofer (1969) cursó estudios de literatura alemana, historia y ciencias de la comunicación en Munich. Desde 1995 se dedica a la escritura, el periodismo cinematográfico y la traducción. Actualmente vive en la región de Algovia, en el sur de Alemania. *Trece runas* fue un éxito de ventas en Alemania, y ya se ha traducido a siete idiomas. Su próxima novela se titula *La maldición de Thot*.

MICHAEL PEINKOFER

Trece runas

Traducción de
Lluís Miralles de Imperial

DeBOLSILLO

Título original: *Die Brüderschaft der Runen*
Diseño de la portada: Opalworks

Novena edición: enero, 2009

© 2005, Verlagsgruppe Lübbe GmbH & Co. KG, Bergisch
  Gladbach. Publicado originariamente por Verlagsgruppe
  Lübbe
© 2008, Random House Mondadori, S. A.
  Travessera de Gràcia, 47-49. 08021 Barcelona
© 2008, Lluís Miralles de Imperial, por la traducción

Quedan prohibidos, dentro de los límites establecidos en la ley y bajo
los apercibimientos legalmente previstos, la reproducción total o parcial
de esta obra por cualquier medio o procedimiento, ya sea electrónico
o mecánico, el tratamiento informático, el alquiler o cualquier otra forma
de cesión de la obra sin la autorización previa y por escrito de los
titulares del *copyright*. Diríjase a CEDRO (Centro Español de Derechos
Reprográficos, http://www.cedro.org) si necesita fotocopiar o escanear
algún fragmento de esta obra.

Printed in Spain – Impreso en España

ISBN: 978-84-8346-675-9 (vol. 737/1)
Depósito legal: B-357-2009

Fotocomposición: Lozano Faisano, S. L. (L'Hospitalet)

Impreso en Novoprint, S. A.
Energia, 53. Sant Andreu de la Barca (Barcelona)

P 866759

*Dedicado a mi esposa Christine
por su paciencia, amor e inspiración*

PRÓLOGO

Bannockburn, en el año del Señor de 1314

La batalla había concluido.

El cielo estaba sombrío y mate, como un hierro romo que ha perdido todo su brillo. Los pocos jirones de azul que habían podido verse durante el día se habían ocultado bajo espesos velos de nubes, que cubrían de un gris melancólico la depresión de Bannockburn.

La tierra parecía reflejar la lobreguez del cielo. Un marrón sucio y un amarillo terroso tapizaban las ralas colinas que bordeaban las tierras aluviales. El vasto campo parecía un terreno de labor arado por un campesino para recibir la simiente; pero la semilla que en aquel día se había esparcido en los campos de Bannockburn era la semilla de la muerte.

Al amanecer se habían encontrado los ejércitos de los ingleses, que bajo el mando del inflexible soberano Eduardo II intentaban una vez más doblegar a los rebeldes escoceses, y el ejército de los príncipes de los clanes y los nobles escoceses, que se habían agrupado bajo el mando del rey Robert I Bruce para librar una última y desesperada batalla por la libertad.

En las agrestes tierras pantanosas de Bannockburn, se habían enfrentado en una batalla que debía decidir definitivamente el destino de Escocia. Al final, los hombres de Robert se habían impuesto, pero habían tenido que pagar un alto precio por su victoria.

Una multitud de cuerpos sin vida sembraba el vasto campo; cadáveres tendidos en hoyos fangosos que miraban con ojos ciegos, en un reproche mudo, hacia el cielo en que se alzaban los estandartes desgarrados de los combatientes. El frío viento de la muerte se deslizó por la depresión, y como si la naturaleza tuviera compasión de la miseria de los hombres, una niebla ligera se levantó y se extendió, pálida como un sudario, sobre el pavoroso escenario.

Solo aquí y allá se movían todavía algunos: heridos y mutilados, en los que apenas quedaba un resto de vida, que trataban de llamar la atención hacia sí con roncos gritos de auxilio.

Las ruedas de la carreta de bueyes que se bamboleaba avanzando a través del viscoso cenagal del campo de batalla chirriaban suavemente. Un grupo de monjes había salido para rescatar a los heridos de entre los cuerpos ensangrentados. De vez en cuando los religiosos se detenían, pero, en la mayoría de los casos, lo único que podían hacer era prestar un último socorro a los moribundos con sus oraciones.

Los monjes no eran los únicos que deambulaban por el campo de batalla de Bannockburn en aquella hora sombría. Saliendo de la espesa niebla, en el lugar donde las hondonadas empezaban ya a cubrirse de sombras, surgían de entre la maleza unas figuras harapientas que no sentían ningún respeto ante la muerte y que, forzadas por la pobreza, se apoderaban de lo que los caídos habían dejado en la tierra: desvalijadores de cadáveres y ladrones, que seguían a la batalla como los carroñeros a la manada.

Silenciosamente, se deslizaban entre los raquíticos matorrales y avanzaban reptando como insectos sobre el suelo, para caer sobre los muertos y robarles sus posesiones. Aquí y allá estallaban peleas por la posesión de una espada en buen estado o de un arco, y no era raro que los ladrones desenvainaran sus hojas melladas para dirimir sus diferencias.

Dos de ellos peleaban por la capa de seda que un noble inglés había llevado en la batalla. El caballero ya no la necesitaría; el hacha de un escocés le había partido el cráneo. Mientras los ladrones se disputaban la valiosa propiedad, de repente, justo ante ellos, una figura oscura surgió de la niebla.

Era una mujer anciana, de baja estatura, que caminaba encorvada. Sin embargo, la imagen que ofrecía, con su manto negro de lana basta y el largo cabello blanco como la nieve, inspiraba temor. Los ojos entornados de la vieja les miraban fijamente desde unas órbitas hundidas, y la delgada nariz aguileña parecía dividir en dos mitades sus rasgos surcados de arrugas.

«Kala», sisearon los ladrones, atemorizados; en un abrir y cerrar de ojos la pelea por la capa quedó zanjada. Sin encomendarse a Dios ni al diablo, los desvalijadores dejaron atrás la valiosa prenda y huyeron en la niebla, que ascendía cada vez más densa.

La anciana los siguió con una mirada despreciativa. No sentía ninguna simpatía por los que perturbaban la paz de los muertos, por más que fuera solo la lucha por la supervivencia lo que impulsaba a la mayoría de ellos. Con sus vivos ojos de un azul acuoso, la anciana miró alrededor y espió a través de la cortina de niebla las siluetas fantasmales de los monjes que se ocupaban de los heridos.

Un gruñido hosco surgió de su garganta.

Monjes. Los representantes del nuevo orden.

Su número aumentaba sin cesar en esos días, por todas partes los conventos surgían como setas. Hacía tiempo que la antigua fe había sido sustituida por la nueva, que se había revelado más fuerte y poderosa. Los representantes del nuevo orden habían mantenido parte de la antigua tradición. Otra, sin embargo, conservada durante generaciones, amenazaba ahora con caer en el olvido.

Como ocurría en ese día.

Ninguno de los monjes sabía realmente qué había sucedido en el campo de batalla de Bannockburn. Solo veían lo que era evidente. Lo que recordaría la historia.

La anciana caminó lentamente por el campo sembrado de cadáveres, sobre el suelo empapado de sangre. Cuerpos mutilados y miembros amputados jalonaban su camino, espadas sin dueño y pedazos de armadura manchados de sangre y suciedad. Los cuervos, que se regalaban con los cadáveres de los caídos, aletearon lanzando chillidos cuando se acercó.

Kala los contempló con indiferencia.

Había vivido y visto demasiado para sentir todavía un horror auténtico. Había podido ver cómo su tierra era sometida por los ingleses y caía bajo su yugo cruel; había vivido el hundimiento de su mundo. La sangre y la guerra habían sido los asiduos acompañantes de su vida, y en el fondo de su ser experimentaba una sensación de secreto triunfo por la derrota aniquiladora que habían sufrido los ingleses. Aunque el precio había sido alto. Más alto de lo que pudiera imaginar ninguno de los monjes o cualquier otro mortal.

La anciana llegó al centro del campo de batalla. En el lugar donde se habían desarrollado los combates más encarnizados y el rey Robert, junto con los clanes del oeste y su jefe Angus Og, había cargado con el peso principal en el ataque, los cuerpos de los caídos se acumulaban en mayor número que en cualquier otro lugar del campo. Cadáveres erizados de flechas cubrían el suelo, y aquí y allá se retorcían aún los heridos que habían tenido la dudosa suerte de escapar, por el momento, a una muerte más misericordiosa.

La vieja Kala no les prestó atención. Había ido hasta allí por una sola razón: para asegurarse con sus propios ojos de que se había cumplido lo que las runas le habían transmitido.

Con un gesto enérgico apartó a un lado su cabellera blanca, que el frío viento le lanzaba una y otra vez a la cara. Sus ojos, que, a pesar de los años, no habían perdido ni un ápice de su agudeza, miraron hacia el lugar donde había estado Robert I Bruce.

Allí no había caídos.

Como en el ojo del huracán, donde no se agita ni un soplo de aire, el suelo sobre el que había combatido el rey había permanecido intacto. No había ningún cadáver en el interior del círculo que el rey había defendido, como si durante la batalla Bruce hubiera estado situado tras un muro invisible.

La vieja Kala conocía la razón. Estaba enterada del pacto que se había cerrado, y de la esperanza vinculada a él. Una esperanza engañosa, que invocaba de nuevo a los espíritus del tiempo antiguo.

En la incipiente oscuridad, la anciana llegó a la superficie libre y pisó el círculo que no había tocado ningún pie enemigo. Y allí la vio.

Las runas no habían mentido.

La espada de Bruce, el arma con la que el rey había combatido a los ingleses y los había derrotado, permanecía en el campo.

Allí yacía sin dueño, clavada en el centro del círculo, en el cieno blando que ya se disponía a tragarla. Las últimas luces del día hicieron brillar débilmente el signo labrado en la hoja plana de la espada, un signo de una época antigua, pagana, y de un gran poder destructor.

—Lo ha hecho —murmuró Kala en voz baja, aliviada, sintiendo que se deshacía de la carga que la había atormentado durante los últimos meses y años.

Durante un breve tiempo, los partidarios del orden antiguo habían conseguido atraer al rey a su lado. Ellos habían hecho posible la victoria de Robert en el campo de batalla de Bannockburn. Pero, al final, el rey se había apartado de ellos.

—Ha dejado la espada —dijo la mujer de las runas en voz baja—. Con esto, todo ha quedado decidido. El sacrificio no ha sido inútil.

Por más que al final de ese día el rey y los suyos celebraran su éxito y disfrutaran del fruto de su victoria, esta no sería duradera. El triunfo en los campos de Bannockburn llevaba en sí el germen de la derrota. Pronto el país se desintegraría de nuevo y se hundiría en el caos y la guerra. Y sin embargo, aquel día se había logrado una victoria significativa.

Kala se acercó respetuosamente a la espada. Incluso ahora, cuando no tenía ya un propietario, una gran fuerza parecía irradiar aún de ella. Una fuerza que podía ser utilizada tanto para el bien como para el mal.

Durante mucho tiempo esa hoja había determinado el destino del pueblo escocés. Pero ahora, después de haber sido traicionada por los poderosos, había perdido todo su brillo. Había llegado el momento de devolver la espada al lugar de donde procedía y liberarla del hechizo.

El combate por el destino de Escocia estaba decidido, tal como habían predicho las runas. La historia no recordaría lo que en realidad había ocurrido en ese día, y los pocos que lo sabían pronto habrían dejado de existir.

Pero Kala ignoraba que las runas no se lo habían contado todo.

LIBRO PRIMERO
BAJO EL SIGNO DE LA RUNA

1

Archivo de la abadía de Dryburgh, Kelso, mayo de 1822

En la antigua sala reinaba un silencio absoluto, un silencio de siglos pasados que inspiraba respeto y cautivaba a todo aquel que entraba en la biblioteca de la abadía de Dryburgh.

La abadía propiamente dicha ya no existía; en el año 1544 los ingleses, bajo el mando de Somerset, habían arrasado sus venerables muros. Sin embargo, algunos arrojados monjes de la orden premonstratense habían conseguido salvar la mayor parte de la biblioteca del monasterio y la habían trasladado a un lugar desconocido. Hacía unos cien años, los libros habían sido descubiertos de nuevo, y el primer duque de Roxburghe, conocido mecenas del arte y la cultura, se había preocupado de que la biblioteca de Dryburgh encontrara un nuevo alojamiento en las inmediaciones de Kelso: en un antiguo almacén de grano construido en ladrillo, bajo cuyo alto techo se encontraban depositados desde entonces los innumerables infolios, volúmenes y rollos de escritura salvados de la destrucción.

Aquí se conservaban los conocimientos acumulados durante siglos: copias y traducciones de antiguos registros que habían sobrevivido a las épocas oscuras, crónicas y anales medievales en los que se habían fijado los hechos de los monarcas. En la biblioteca de Kelso, sobre el pergamino y el papel quebradizo maltratados por el tiempo, la historia aún permanecía viva, y quien se sumergía en ella en este lugar se sentía penetrado por el hálito del pasado.

Ese era precisamente el motivo de que a Jonathan Milton le gustara tanto la biblioteca. Ya desde muchacho, el pasado había ejercido una atracción particular sobre él, y se había interesado mucho más por las historias que su abuelo le contaba sobre la antigua Escocia y los clanes de las Highlands que por las guerras y los déspotas de sus propios días. Jonathan estaba convencido de que los hombres podían aprender de la historia, pero para eso debían tomar conciencia del pasado. Y un lugar como la biblioteca de Dryburgh, que estaba impregnada de él, invitaba realmente a hacerlo.

Para el joven, que cursaba estudios de historia en la Universidad de Edimburgo, poder trabajar en este lugar era como un regalo. Su corazón palpitó con fuerza mientras cogía el grueso infolio del estante, y sin preocuparse por la nube de polvo que se levantó haciéndole toser, apretó el libro, que debía de pesar unos quince kilos, contra su cuerpo como una preciosa posesión. Luego cogió la palmatoria y bajó por la estrecha escalera de caracol hasta el piso inferior, donde se encontraban las mesas de lectura.

Con cuidado depositó el infolio sobre la maciza mesa de roble y se sentó para examinarlo. Jonathan estaba ansioso por conocer qué tesoros de otros tiempos descubriría.

Se decía que muchos de los escritos de la biblioteca no habían sido aún revisados y catalogados. Los pocos monjes que el monasterio había destinado para que se encargaran de los fondos no daban abasto, de modo que en los estantes cubiertos de polvo y de gruesas telarañas aún podían descansar algunas perlas ocultas. Solo la idea de descubrir una de estas joyas hacía que el corazón de Jonathan se acelerara.

Sin embargo, él no estaba allí para enriquecer las ciencias de la historia con nuevos conocimientos. Su auténtica tarea consistía en realizar algunas sencillas indagaciones, una actividad bastante aburrida, aunque debía reconocer que estaba bien pagada. Además, Jonathan tenía el honor de trabajar para sir Walter Scott, un hombre que constituía un ejemplo luminoso para muchos jóvenes escoceses.

No era solo que sir Walter, que residía en la cercana mansión de Abbotsford, fuera un novelista de éxito cuyas obras se leían tanto en los aposentos de los artesanos como en los salones de las casas señoriales, sino que era también un escocés de cuerpo entero. A su intercesión y su influencia ante la Corona británica debía agradecerse que muchos usos y costumbres escoceses, que a través de los siglos habían sido objeto de mofa, progresivamente volvieran a tolerarse. Más aún, en algunos círculos de la sociedad británica podía decirse que lo escocés estaba de moda, y recientemente incluso se consideraba elegante adornarse con el kilt y el tartán.

Para alimentar con nuevo material la casa editorial que sir Walter, junto con su amigo James Ballantyne, había fundado en Edimburgo, el escritor trabajaba literalmente día y noche, y generalmente en varias novelas al mismo tiempo. Para ayudarlo en su trabajo, Scott traía de Edimburgo a jóvenes estudiantes que se alojaban en su propiedad rural e investigaban algunos detalles históricos. La biblioteca de Dryburgh, que se encontraba en Kelso, a unos veinte kilómetros de la residencia de Scott, ofrecía unas condiciones ideales para ello.

A través de un amigo de su padre, con el que sir Walter había estudiado en sus años de juventud en la Universidad de Edimburgo, Jonathan había conseguido aquel puesto de meritorio. Y el enjuto joven, que llevaba el cabello anudado en una corta trenza, se consolaba sin dificultad a pesar de la naturaleza más bien tediosa de su trabajo —centrado en áridas investigaciones más que en la búsqueda de crónicas desaparecidas y antiguos palimpsestos—, pensando en que gracias a él tenía la posibilidad de pasar el tiempo en este lugar donde convivían el pasado y el presente. A veces, Jonathan permanecía allí sentado hasta avanzada la noche y perdía por completo la noción del tiempo, enfrascado en el examen de viejas cartas y documentos.

Eso hacía también esa noche.

Durante todo el día, había investigado y recogido material: asientos en anales, relatos de gobernantes, crónicas conventuales y otros apuntes que podían ser de utilidad para sir Walter en la redacción de su última novela.

Jonathan había copiado concienzudamente todos los datos y hechos significativos en el libro de notas que sir Walter le había dado. Pero una vez hecho el trabajo, volvió a dedicarse a sus propios estudios y se dirigió a la parte de la biblioteca que despertaba realmente su interés: las recopilaciones de escritos encuadernadas en cuero antiguo que se encontraban almacenadas en el piso superior y que en buena parte todavía no habían sido examinadas.

Como había podido constatar, entre ellas se encontraban pergaminos de los siglos XII y XIII: documentos, cartas y fragmentos de una época cuya investigación se había apoyado principalmente hasta ese momento en fuentes inglesas. Si conseguía dar con una fuente escocesa aún desconocida, aquello constituiría un hallazgo científico, y su nombre estaría en boca de todos en Edimburgo…

Animado por esta ambición, el joven estudiante invertía cada minuto libre en investigar por su cuenta en los fondos de la biblioteca. Estaba seguro de que ni sir Walter ni el abad Andrew, el administrador del archivo, tendrían inconveniente alguno en que lo hiciera, siempre que llevara a cabo su tarea puntualmente y de forma concienzuda.

A la luz de la vela, que sumergía la mesa en una luz cálida y vacilante, Jonathan estudiaba ahora una recopilación de textos con una antigüedad de siglos —fragmentos de anales que habían redactado los monjes del monasterio de Melrose, pero también documentos y cartas, relaciones de impuestos y otros escritos de este tipo—. El latín en que se habían conservado estos fragmentos ya no era la lengua culta de un César o un Cicerón, como el que se estudiaba actualmente en las escuelas; la mayoría de los redactores habían utilizado una lengua que recordaba solo vagamente a la de los clásicos. La ventaja era que Jonathan no tenía ninguna dificultad en traducirla.

El pergamino de los fragmentos era acartonado y quebradizo, y en muchos lugares la tinta era casi ilegible. El agitado pasado de la biblioteca y el largo período de tiempo durante el cual los libros habían permanecido almacenados en cuevas ocultas y sótanos húmedos no habían tenido precisamente un efecto beneficioso sobre su estado de conservación. Los infolios y los rollos de escritura estaban empezando a descomponerse, y examinar su contenido y conservarlo para la posteridad debía ser el objetivo de cualquier persona interesada en la historia.

Jonathan estudió con atención los textos, página a página. Se mencionaban donaciones de la nobleza a sus vasallos, tributos satisfechos por los campesinos, y encontró una lista completa de los abades de Melrose. Todo aquello era interesante, pero de ningún modo sensacional.

Sin embargo, de pronto Jonathan descubrió algo que atrajo su atención. Mientras hojeaba los textos, se dio cuenta de que el aspecto y la forma de las anotaciones cambiaba. Lo que tenía ahora ante sí no eran cartas ni documentos. De hecho le resultaba difícil determinar el objetivo original del fragmento, ya que daba la sensación de haber sido arrancado de un conjunto más extenso; posiblemente de una crónica o de un antiguo registro conventual.

La caligrafía y el trazo de los caracteres escritos con pincel se diferenciaban radicalmente de los de las páginas anteriores. Además, el pergamino parecía ser más fino y tener un poro más grueso, lo que indicaba una datación considerablemente más antigua que la de los demás textos.

¿De dónde podía proceder este escrito?

¿Y por qué lo habían arrancado del volumen original?

Si alguno de los monjes que administraban la biblioteca hubiera estado cerca, Jonathan se lo habría preguntado; pero a aquella hora tardía el abad Andrew y sus hermanos de congregación ya se habían retirado a la oración y la clausura. Los monjes se habían acostumbrado a que Jonathan se pasara el día enfrascado en la contemplación de las reliquias del pasado, y como el estudiante gozaba de la plena confianza de sir Walter, le habían dejado una llave que le permitía visitar la biblioteca siempre que quería.

Jonathan sintió que los cabellos se le erizaban en la nuca. A él solo correspondía, pues, resolver aquel enigma, surgido de forma tan inesperada.

A la luz oscilante de la vela, empezó a leer.

Le resultó bastante más difícil que con los demás fragmentos; por una parte, porque la página estaba mucho más deteriorada, pero también porque el redactor había utilizado un latín muy extraño, en el que se mezclaban conceptos de una lengua extranjera.

Por lo que Jonathan pudo descubrir, la hoja no debía de formar parte de una crónica. A juzgar por las fórmulas utilizadas —se hablaba repetidamente de «altos señores»—, debía de tratarse de una carta, pero en tal caso el estilo era muy poco habitual.

—Tal vez un informe —murmuró Jonathan para sí, pensativo—. Un informe de un vasallo a un lord o un rey...

Con curiosidad detectivesca siguió leyendo. Su ambición le impulsaba a descubrir a quién había sido dirigido en otro tiempo ese escrito y de qué se hablaba concretamente en el texto. Para investigar el pasado no solo se requerían unos sólidos conocimientos históricos, sino también una buena dosis de curiosidad. Y Jonathan poseía ambas cosas.

Descifrar la carta resultó ser una tarea desalentadora. Aunque Jonathan había acumulado ya alguna experiencia en la lectura y la interpretación de notas en las que se mezclaban abreviaturas y enigmas, solo pudo avanzar unas líneas. Su latín escolar le dejaba vergonzosamente en la estacada cuando trataba de seguir los tortuosos caminos que había recorrido el autor del texto.

De todos modos, algunas palabras despertaron su atención. Se hablaba una y otra vez del «papa sancto» —¿una referencia al Santo Padre de Roma?—, y en varios lugares aparecían las palabras *gladius* y *rex*, las denominaciones latinas para «espada» y «rey».

Además, Jonathan tropezaba continuamente con conceptos que no podía traducir porque, sin duda alguna, no procedían de la lengua latina, ni siquiera en su forma modificada. Supuso que se trataba de inclusiones del gaélico o del picto, que en la Alta Edad Media aún estaban muy extendidos.

Como explicaba sir Walter, algunos viejos escoceses seguían utilizando esas lenguas arcaicas, durante mucho tiempo prohibidas. ¿Y si copiaba la página y la mostraba a uno de esos hombres?

Jonathan sacudió la cabeza.

Con esa única página no llegaría muy lejos. Tenía que encontrar el resto del informe, que estaría escondido en alguna parte en las polvorientas entrañas de la antigua biblioteca.

Pensativamente cogió la palmatoria. En el resplandor oscilante que difundía la llama, miró alrededor. Y al hacerlo, sintió que su pulso se aceleraba. La sensación de encontrarse tras la pista de un verdadero secreto le llenó de euforia. Las palabras que había descifrado no se le iban de la mente. ¿Se trataría realmente de un informe? ¿Quizá del mensaje de un legado papal? ¿Qué podían tener que ver con aquello un rey y una espada? ¿Y de qué rey podía tratarse?

Su mirada se deslizó hacia arriba, en dirección a la balaustrada tras la que se dibujaban espectralmente las estanterías del piso superior. De allí procedía el volumen en el que había descubierto el fragmento. Posiblemente allí encontraría también el resto.

Jonathan tenía claro que las posibilidades eran más bien escasas, pero al menos quería intentarlo. Concentrado en su tarea, había perdido por completo la noción del tiempo; ni siquiera se había dado cuenta de que hacía rato que había pasado la medianoche. Subía ya apresuradamente los peldaños de la escalera de caracol, cuando un ruido le sobresaltó. Una palpitación sorda e intensa.

La maciza puerta de roble de la biblioteca se había abierto y se había cerrado de nuevo.

Asustado, Jonathan lanzó un grito. Mantuvo la vela ante sí para iluminar el espacio bajo la balaustrada, porque quería ver quién era el visitante nocturno; pero el resplandor de la vela no alcanzaba tan lejos y se perdía en la polvorienta negrura.

—¿Quién va? —preguntó entonces en voz alta.

No recibió respuesta.

En cambio, oyó un ruido de pasos. Unos pasos suaves y medidos, que se acercaban avanzando sobre el frío suelo de ladrillo.

—¿Quién va? —preguntó de nuevo el estudiante—. ¿Es usted, abad Andrew?

Tampoco esta vez recibió respuesta, y Jonathan sintió que a su innata curiosidad se unía ahora una vaga sensación de miedo. Apagó la vela, entrecerró los ojos, y en la penumbra de la biblioteca, iluminada ahora solo por la tenue luz de la luna que caía en hebras finas a través de las sucias ventanas, se esforzó en distinguir algo.

Los pasos, mientras tanto, se acercaban inexorablemente; en la penumbra el estudiante pudo reconocer una figura fantasmal.

—¿Quién... quién es usted? —preguntó asustado. Pero no obtuvo respuesta.

La figura, que llevaba una capa amplia y ondulante con capucha, ni siquiera miró en su dirección. Imperturbable, pasó ante las pesadas mesas de roble y siguió hacia la escalera que conducía a la balaustrada.

Jonathan retrocedió instintivamente, y de pronto sintió un sudor frío en la frente.

La madera de los escalones crujió cuando la espectral figura colocó el pie sobre ellos. Lentamente subió la escalera; con cada paso que daba, Jonathan retrocedía un poco más.

—Por favor —imploró en voz baja—. ¿Quién es usted? Dígame quién es...

La figura alcanzó el extremo superior de la escalera, y Jonathan pudo ver su rostro en el momento en que cruzó uno de los pálidos rayos de luna.

El encapuchado no tenía rostro.

Jonathan contempló, aterrorizado, los rasgos inmóviles de una máscara; una mirada fría brillaba tras las rendijas de los ojos.

El joven se estremeció. ¡Quien vestía un atuendo tan lúgubre y ocultaba además el rostro tras una máscara por fuerza tenía que abrigar intenciones perversas!

Precipitadamente dio media vuelta y salió corriendo. No podía bajar por la escalera, porque la siniestra figura le cerraba el paso; de modo que corrió en la dirección opuesta a lo largo de la balaustrada y se metió por uno de los pasillos que se abrían entre las estanterías de libros.

El pánico le dominaba. De pronto, los antiguos libros y registros no le ofrecían ya ningún consuelo. Todo lo que quería era escapar. Pero al cabo de unos pasos, su huida llegó al final.

El pasillo acababa ante una pared maciza de ladrillo. Jonathan comprendió que había cometido un grave error. Dio media vuelta para enmendarlo... y constató que ya era demasiado tarde.

El encapuchado se encontraba al extremo del pasillo. En la tenue luz de la biblioteca, tan solo se distinguía su silueta, lúgubre y amenazadora, cerrándole el paso.

—¿Qué quiere? —preguntó Jonathan de nuevo, sin esperar realmente una respuesta.

Sus ojos, dilatados por el pánico, buscaron una salida que no existía. Rodeado por tres altas paredes, se encontraba indefenso, a merced del fantasma.

La figura se acercó. Jonathan retrocedió hasta tropezar con el frío ladrillo. Temblando de miedo, se apretó contra la pared; sus uñas engarfiadas se aferraron con tal fuerza a los ásperos resaltes de los ladrillos que de sus dedos brotó sangre. Podía sentir la frialdad que emanaba de la siniestra figura. Cubriéndose la cara con las manos en un gesto defensivo, se dejó caer y empezó a sollozar suavemente, mientras el enmascarado se aproximaba.

La capa del encapuchado se hinchó y la oscuridad cayó sobre Jonathan Milton, negra y sombría como la noche.

2

A primera hora de la mañana, un mensajero golpeó a la puerta de Abbotsford.

A sir Walter Scott, el dueño de la soberbia propiedad que se extendía a orillas del Tweed, le gustaba describir su residencia como un «romance de piedra y mortero», una imagen que encajaba a la perfección con Abbotsford; en el interior de los muros de arenisca marrón, en las galerías y en los pináculos que se elevaban en las esquinas y sobre los portales de la residencia, el tiempo parecía haberse detenido, como si el pasado sobre el que sir Walter escribía en sus novelas siguiera vivo.

A esa hora, cuando el sol aún no había salido y la niebla subía del río, Abbotsford ofrecía una imagen más siniestra que acogedora. Pero el mensajero, que había desmontado de su caballo y martilleaba ahora enérgicamente la pesada puerta de madera con el puño, tenía que transmitir al señor de Abbotsford una noticia demasiado urgente para fijarse en ello.

La madera retumbó sordamente bajo los golpes del correo, y no tardaron en oírse al otro lado unos pasos que crujían sobre la grava.

El cerrojo de la mirilla se deslizó a un lado y apareció un rostro gruñón que debía de pertenecer al mayordomo de la casa. En su cara, curtida por la intemperie y enmarcada por un cabello gris ondulado, sobresalía una roja nariz aguileña.

—¿Quién eres y qué deseas a estas horas intempestivas? —preguntó el mayordomo en tono arisco.

—Me envía el sheriff de Kelso —replicó el mensajero, y mostró el sello que llevaba consigo—. Tengo una noticia urgente que transmitir al señor de la casa.

—¿Una noticia para sir Scott? ¿A estas horas? ¿No puede esperar al menos a que salga el sol? Su señoría todavía está acostado, y no me gustaría despertarle. Bastante poco duerme ya estos días.

—Por favor —replicó el otro—, es urgente. Ha ocurrido algo. Un accidente.

El mayordomo le dirigió una mirada escrutadora. Al parecer, el tono apremiante del mensajero había acabado por convencerle de que el asunto no admitía demora, porque al final descorrió el cerrojo y abrió la puerta.

—Bien, pasa. Pero te lo advierto, joven amigo, si interrumpes el sueño de sir Walter por una nadería, te aseguro que te arrepentirás.

El mensajero inclinó la cabeza humildemente. Dejó el caballo ante el portal y siguió al mayordomo a través de la galería que bordeaba el jardín hasta la casa señorial.

En el edificio principal, el mayordomo indicó al mensajero que aguardara en el vestíbulo. Impresionado por la suntuosidad gótica y la antigua elegancia del lugar, el mozo permaneció allí esperando, mientras el otro se alejaba para ir a buscar al señor de la casa.

El vestíbulo de Abbotsford House parecía surgido de otra época. Armaduras y armas antiguas se alineaban a lo largo de las paredes de piedra, decoradas también con pinturas y tapices que daban cuenta del glorioso pasado de Escocia. El alto techo, forrado, como en épocas antiguas, de madera, producía al visitante la impresión de encontrarse en la sala de ceremonias de un castillo. Por encima de la chimenea de piedra, que ocupaba la parte frontal de la sala, destacaba el escudo de armas de los Scott, rodeado de los colores de tartán del clan.

De una puerta que se encontraba a la derecha de la chimenea surgió inesperadamente un hombre que debía de rondar los cincuenta años. El recién llegado, con una estatura aproximada de metro ochenta, tenía una planta realmente impresionante. Llevaba el cabello, corto y cano, peinado hacia delante, y su rostro, en armonía con su fornida complexión, era de rasgos marcados y de una robustez campesina poco habitual entre los señores nobles. Unos ojos despiertos y atentos, a los que parecía no escapar nada, desmentían, sin embargo, cualquier impresión de tosquedad.

A pesar de la hora temprana, el hombre iba vestido como un perfecto gentleman; sobre los pantalones grises de corte ajustado, llevaba una camisa blanca y una chaqueta verde. Cuando se acercó al mensajero, este pudo constatar que cojeaba ligeramente.

No había duda: aquel era Walter Scott, el señor de Abbotsford.

Aunque el mensajero nunca había visto a Scott en persona, había oído hablar de su impresionante apariencia, y también de aquella disminución física, que procedía de sus días de infancia.

El aire despejado de Scott parecía confirmar lo que se comentaba a hurtadillas: que el señor de Abbotsford apenas encontraba tiempo para el sueño y pasaba día y noche en su estudio escribiendo sus novelas.

—Sir —dijo el mensajero, y se inclinó cuando el señor de la casa llegó ante él—. Perdone esta intrusión a una hora tan temprana.

—Está bien, hijo —dijo sir Walter, y una sonrisa juvenil iluminó sus rudos rasgos—. Aún no me había ido a la cama, y por lo que parece, no creo que hoy vaya a hacerlo ya. Mi fiel Mortimer me ha dicho que tenías un mensaje para mí. ¿Del sheriff de Kelso?

—Exacto, sir —confirmó el mensajero—, y lamento que no sea una buena noticia. Se trata de su estudiante, Jonathan Milton...

Una sonrisa de complicidad se dibujó en el rostro de sir Walter.

—El bueno de Jonathan, sí. ¿Qué le ha ocurrido ahora? ¿Ha olvidado la hora, llevado por su celo, y se ha dormido entre infolios y viejos documentos?

Esperaba que el mensajero respondiera, al menos, a su sonrisa; pero el rostro del hombre permaneció serio.

—Temo que es peor que eso, sir —dijo en voz baja—. Ha habido un accidente.

—¿Un accidente? —Sir Walter levantó las cejas.

—Sí, sir. Una desgracia espantosa. Su estudiante, Jonathan Milton, ha muerto.

—¿Que... que ha muerto? ¿Jonathan ha muerto? —se oyó decir sir Walter a sí mismo. Tenía la sensación de que un extraño pronunciaba las palabras; era incapaz de creer lo que oía.

El mensajero asintió con la cabeza, consternado. Tras una pausa que se hizo interminable, continuó:

—Lamento mucho tener que transmitirle esta noticia, sir; pero el sheriff quería que fuera informado cuanto antes.

—Naturalmente —dijo sir Walter, que tenía que esforzarse para conservar su aplomo—. ¿Qué ha ocurrido? ¿Y dónde? —quiso saber.

—En la biblioteca, sir. Por lo visto, el joven señor se quedó allí hasta muy tarde para estudiar. Parece que cayó por la escalera.

El espanto de sir Walter se tiñó al momento de un sentimiento de culpa. Jonathan había ido a Kelso por encargo suyo, había investigado para él en la antigua biblioteca. De modo que tenía al menos parte de responsabilidad en lo ocurrido.

—Iré enseguida a Kelso —informó decidido.

—¿Por qué, sir?

—Porque debo ir —dijo sir Walter apesadumbrado—. Es lo menos que puedo hacer por Jonathan.

—No lo haga, sir.

—¿Por qué no?

—El sheriff de Kelso se está ocupando de las investigaciones, y a su debido tiempo le informará de todo. Pero... no vaya a ver el cadáver. Es una visión horrible, sir. No debería...

—Tonterías —le interrumpió sir Walter bruscamente—. Yo mismo fui sheriff durante bastante tiempo y sé qué me espera. ¿Qué clase de maestro sería si no fuera a informarme sobre las circunstancias de la muerte de Jonathan?

—Pero sir...

—Basta —le ordenó sir Walter secamente. El mensajero no tuvo más remedio que inclinarse y retirarse, aunque intuía que a su superior, el sheriff de Kelso, no le alegraría demasiado la visita de sir Walter.

La localidad de Kelso estaba situada a unos veinte kilómetros de Abbotsford. La mayor parte de Kelso formaba parte del patrimonio del duque de Roxburghe, cuyo antecesor había erigido unos cien años atrás un castillo a orillas del Tweed en el que la familia residía desde entonces. Junto con las localidades de Selkirk y Melrose, Kelso formaba un triángulo que a Scott le gustaba describir como «su tierra»: colinas y bosques atravesados por las tranquilas aguas del Tweed, que representaban para él la quintaesencia de su patria escocesa. Sir Walter consideraba Kelso como el pueblo más romántico de la comarca, un lugar donde aún parecía seguir vivo gran parte del espíritu de la antigua Escocia que tanto le gustaba evocar en sus novelas.

Algunos días, Scott se hacía llevar a Kelso por su cochero, para pasear entre los antiguos edificios de piedra a orillas del Tweed y dejarse inspirar por la atmósfera del pasado. Esa mañana, sin embargo, el camino a Kelso era para él mucho más amargo.

Sir Walter había puesto rápidamente a los miembros de la casa al corriente del terrible incidente. Lady Charlotte, su bondadosa esposa, había estallado en lágrimas al enterarse de la muerte de Jonathan Milton, ese joven cortés y atento que en no pocas ocasiones le había recordado a su marido en sus años jóvenes, por su entusiasta patriotismo y su curiosidad por el pasado. Mientras tanto, sir Walter había ordenado que engancharan los caballos y había subido al coche junto con su sobrino Quentin, que residía también en Abbotsford y había querido acompañar a su tío.

Quentin, que había pasado su infancia y su juventud en Edimburgo, era el hijo de una hermana de sir Walter. Era un joven de veinticinco años, fuerte y alto como la mayoría de los Scott, pero que se caracterizaba por cierta ingenuidad que debía atribuirse sobre todo a que nunca se había alejado por mucho tiempo de la casa de sus padres. Quentin había llegado a Abbotsford para hacer su aprendizaje con sir Walter; conforme a los deseos de su madre, el joven debía convertirse en escritor, como su famoso tío.

Scott, por su parte, por más que se sintiera halagado por este encargo, temía que a Quentin le faltaran la mayoría de las condiciones que se requerían para convertirse en un novelista de éxito. Aunque el joven poseía una mente despierta y una notable fantasía, cualidades ambas fundamentales para la práctica de la escritura, tanto su capacidad de expresión lingüística como su conocimiento de los clásicos, de Plutarco a Shakespeare, dejaban bastante que desear.

Además, Quentin tenía una extraña facilidad para complicar los hechos objetivos y pasar por alto lo esencial, cualidad que sin duda había heredado de su padre. La agudeza analítica y la enérgica capacidad de decisión características de todos los Scott brillaban por su ausencia en su caso, y tampoco podía negarse que el joven daba muestras de cierta torpeza.

De todos modos, Scott se había declarado dispuesto a aceptar a Quentin y a formarle. Tal vez, se decía, su sobrino aún tuviera que descubrir su verdadera vocación, y posiblemente el tiempo que pasara en Abbotsford podría serle útil para ello.

—Aún no puedo creerlo —dijo Quentin, afectado, mientras el coche avanzaba traqueteando por el camino cubierto de follaje. Para esa época del año, las noches eran desacostumbradamente frías, y los dos hombres sentados en el interior del carruaje se habían ajustado bien las capas en torno a los hombros—. Me parece sencillamente increíble que Jonathan esté muerto, tío.

—Increíble, en efecto —respondió Walter Scott, abstraído en sombrías meditaciones; no podía dejar de pensar que el joven Jonathan había ido a Kelso por él y que todavía podría estar con vida si no le hubiese enviado a la biblioteca.

Naturalmente, sabía que el joven sentía un enorme interés por el pasado, y había considerado su deber promover adecuadamente esta afición y el talento que Jonathan poseía para la historia. Sin embargo, en ese momento las razones que le habían impulsado a adoptar aquella actitud le parecían fatuas e inconsistentes.

¿Qué diría a los padres de Jonathan, que habían enviado a su hijo para que aprendiera y se desarrollara a su lado? La sensación de haber fracasado pesaba en su ánimo y se sentía dominado por una fatiga abrumadora. No había pegado ojo en toda la noche, trabajando en su nueva novela, pero aquella obra heroica en torno al amor, los duelos y la cábala de pronto le resultaba indiferente. Todos sus pensamientos se concentraban en el joven estudiante que había perdido la vida en el archivo de Dryburgh.

También Quentin parecía abrumado por la noticia. Jonathan y él tenían casi la misma edad, y en las últimas semanas se habían convertido en buenos amigos. La repentina muerte del estudiante le había conmocionado profundamente. Una y otra vez se pasaba nerviosamente la mano por la espesa cabellera marrón, alborotándose el pelo, que apuntaba en todas direcciones. Como siempre, llevaba la chaqueta arrugada, y el lazo mal anudado. Normalmente, sir Walter le habría hecho notar que su aspecto no era en absoluto propio de un gentleman, pero esa mañana aquello le resultaba indiferente.

El coche salió del bosque y a través de la ventanilla lateral pudieron distinguir la cinta clara del Tweed. La niebla cubría el río y los bancos de la orilla, y el sol, que entretanto había salido, se ocultaba tras espesas nubes grises, lo que contribuyó a ensombrecer aún más el ánimo de sir Walter.

Finalmente aparecieron entre las colinas los primeros edificios de Kelso. El carruaje pasó ante la taberna y la vieja herrería, y siguió bajando por la calle del pueblo para ir a detenerse ante los muros del viejo almacén de grano. Sir Walter no esperó a que bajara el cochero. Abrió la puerta y salió, seguido por Quentin.

El aliento de los dos hombres formaba nubecillas de vapor en el aire húmedo y frío de la mañana. Por los caballos y el coche que se encontraban ante el edificio, sir Walter dedujo que el sheriff todavía se encontraba en el lugar. Pidió al cochero que esperara y se acercó a la entrada, que vigilaban dos miembros de la milicia nacional.

—Lo lamento, sir —dijo uno de ellos, un mozo de aspecto tosco con un cabello rojizo que revelaba su procedencia irlandesa, cuando los dos hombres llegaron junto a él—. El sheriff ha prohibido el acceso a la biblioteca a todas las personas ajenas al caso.

—Y ha hecho bien —observó sir Walter—. Pero yo soy el maestro del joven que ha muerto en esta biblioteca. Por eso supongo que puedo solicitar que se me permita la entrada.

Scott pronunció estas palabras con tal decisión que el pelirrojo no se atrevió a replicar. El mozo, que parecía completamente desconcertado, intercambió una mirada de impotencia con su camarada, y luego se encogió de hombros y les dejó pasar. Sir Walter y Quentin cruzaron las grandes puertas de roble y entraron en el venerable edificio, que antes había sido el almacén de grano de la región y ahora se había transformado en un depósito del conocimiento. A ambos lados de la sala principal se extendían hileras de estanterías dobles de casi cinco metros de altura, situadas las unas frente a las otras, formando estrechos pasillos. Varias mesas de lectura ocupaban el centro libre de la sala. Como el almacén tenía una altura considerable, a lo largo de los laterales se había levantado una galería, bordeada por una balaustrada de madera que descansaba sobre pesados pilares de roble. Allí arriba se habían instalado nuevas estanterías de libros e infolios; más de los que un hombre podría examinar en toda su vida.

Al pie de la escalera de caracol que conducía a la balaustrada, algo yacía en el suelo cubierto por un paño oscuro de lino. Sir Walter dedujo, angustiado, que debía de ser el cadáver de Jonathan. A su lado se encontraban dos hombres que conversaban en voz apagada. Sir Walter los conocía a ambos.

John Slocombe, el sheriff de Kelso, enfundado en una chaqueta raída con la insignia de sheriff del condado, era un hombre fornido de edad mediana, de cabello ralo y con una nariz enrojecida por el scotch, que no reservaba solo para las frías noches de invierno.

El otro hombre, que llevaba la sencilla cogulla de lana de la orden premonstratense, era el abad Andrew, el superior de la congregación y administrador de la biblioteca. Aunque el convento de Dryburgh ya no existía, la orden había destinado a Andrew y a algunos hermanos para que se ocuparan de los fondos del antiguo archivo, que había sobrevivido de forma milagrosa a las turbulencias de la época de la Reforma. Andrew era un hombre de elevada estatura, delgado, con rasgos ascéticos pero de ningún modo adustos. Sus ojos azul oscuro eran como los lagos de las Highlands, misteriosos e impenetrables. Sir Walter apreciaba la serenidad y la ponderación del religioso.

Al distinguir a los visitantes, los dos hombres interrumpieron la conversación. El rostro de John Slocombe reveló un horror manifiesto cuando reconoció a sir Walter.

—¡Sir Scott! —exclamó, y se acercó a los recién llegados retorciéndose las manos con nerviosismo—. Por san Andrés, ¿qué está haciendo aquí?

—Informarme sobre las circunstancias de este espantoso accidente —replicó sir Walter en un tono que no admitía réplica.

—Es horrible, horrible —dijo el sheriff—. No debería haber venido, sir Walter. El pobre muchacho...

—¿Dónde está?

Slocombe comprendió que el señor de Abbotsford no tenía la menor intención de atender a sus insinuaciones.

—Allí, sir —dijo titubeando, y se hizo a un lado para dejar ver el bulto ensangrentado que yacía sobre el suelo de piedra desnudo y frío de la biblioteca.

Sir Walter oyó cómo Quentin dejaba escapar un gemido, pero no le prestó atención. En aquel momento su compasión y su interés estaban exclusivamente centrados en el joven Jonathan, arrancado a la vida de aquel modo tan inesperado como aparentemente absurdo. Aunque sir Walter era un hombre de complexión robusta, al acercarse al muerto sintió que le flaqueaban las piernas.

El ayudante del sheriff había tendido una manta sobre el cadáver, aunque en algunos lugares la tela estaba completamente empapada de sangre oscura. También en el suelo se veía sangre, que se había deslizado sobre las losas de piedra en regueros viscosos y finalmente se había condensado con el frío.

El sheriff Slocombe se mantenía junto a sir Walter, y seguía gesticulando nerviosamente.

—Piense, sir Walter, que fue una caída desde una gran altura. Es una visión espantosa. Solo puedo aconsejarle que no...

Sir Walter no se dejó convencer. Con gesto decidido, se inclinó, sujetó la manta y tiró de ella. La visión que se ofreció a los cuatro hombres era realmente atroz.

Era Jonathan, de aquello no cabía duda; pero la muerte le había deformado horriblemente. El estudiante yacía sobre el suelo extrañamente contorsionado. Al parecer, había caído de cabeza y se había golpeado con gran violencia. Había sangre por todas partes, y algo más que sir Walter tomó por masa encefálica.

—Espantoso, ¿verdad? —preguntó el sheriff, y miró a sir Walter, impresionado.

Mientras el señor de Abbotsford palidecía y asentía con la cabeza consternado, Quentin ya no pudo aguantar más. El joven dejó escapar un sonido gorgoteante, se llevó la mano a la boca y corrió afuera para vomitar.

—Parece que su sobrino no lo ha soportado —constató el sheriff en un tono de ligero reproche—. Ya le advertí que era espantoso, pero no quiso creerme.

Sir Walter no respondió. En lugar de eso, se sobrepuso a su horror y se inclinó para despedirse de Jonathan.

Una parte de él esperaba probablemente encontrar perdón en el rostro pálido y manchado de sangre del muerto. Pero lo que sir Walter vio allí fue algo distinto.

—¿Sheriff? —preguntó.

—¿Dígame, sir?

—¿No le ha llamado la atención la expresión del rostro del muerto?

—¿Qué quiere decir, sir?

—Tiene los ojos dilatados y la boca muy abierta. En los últimos segundos de su vida, Jonathan tuvo que estar muy asustado por algo.

—Debió de darse cuenta de que perdía el equilibrio. Tal vez durante un breve instante fuera consciente de que había llegado el final. A veces ocurre.

Sir Walter alzó la mirada hacia la estrecha escalera de caracol, que trepaba hacia lo alto a solo unos pasos de distancia.

—¿Jonathan llevaba algún libro consigo cuando cayó por la escalera?

—Por lo que sabemos, no —replicó el abad Andrew, que hasta entonces se había limitado a escuchar en silencio—. En todo caso no se encontró ninguno.

—Ningún libro —repitió sir Walter en voz baja.

Miró hacia la escalera, tratando de imaginar cómo se había desarrollado el trágico accidente. Pero por más que se esforzaba, no acababa de conseguirlo.

—Perdone, sheriff —dijo por fin—, pero aquí hay algunas cosas que no entiendo. ¿Cómo es posible que un hombre joven, que no lleva ningún peso encima y tiene las manos libres para sujetarse a la barandilla, se precipite por esta escalera de cabeza y se rompa el cráneo?

El rostro de John Slocombe cambió de color casi imperceptiblemente, y a sir Walter, que debido a su profesión se había convertido en un observador atento, tampoco se le escapó el brillo que iluminó por un instante los ojos del sheriff.

—¿Qué quiere decir con eso, sir?

—Que no creo que Jonathan cayera de los escalones —dijo sir Walter, mientras se incorporaba lentamente, se dirigía a la escalera y subía los primeros peldaños—. Fíjese en la sangre, sheriff. Si efectivamente Jonathan hubiera caído desde aquí, las manchas deberían apuntar hacia la salida; pero señalan en la dirección opuesta.

El sheriff y el abad Andrew intercambiaron una mirada fugaz.

—Tal vez —opinó el guardián de la ley, señalando hacia arriba— nos hayamos equivocado. Tal vez ese pobre joven cayó directamente desde la balaustrada.

—¿Desde ahí arriba? —Sir Walter subió los escalones, que crujieron suavemente bajo sus pies. Lentamente recorrió la baranda de madera decorada con tallas hasta llegar al lugar bajo el que yacía el cadáver del estudiante—. Tiene razón, sheriff —constató, asintiendo con la cabeza—. Jonathan pudo caer desde aquí. Los rastros de sangre lo confirmarían.

—Lo que yo decía. —En el rostro de John Slocombe podía adivinarse el alivio que sentía.

—De todos modos —objetó sir Walter—, no sé cómo Jonathan podría haber caído por encima de la balaustrada. Como puede ver, sheriff, la baranda casi me llega al pecho, y el Creador me dotó de una estatura muy respetable. El pobre Jonathan era una cabeza más bajo que yo. ¿Cómo pudo producirse, pues, un accidente que le hiciera caer de cabeza desde la balaustrada?

El sheriff apretó las mandíbulas y los rasgos de su cara se alteraron de nuevo. Tomó aire para contestar, pero luego cambió de opinión. Murmurando en voz baja, subió la escalera, se acercó a sir Walter y susurró en tono conspirativo:

—Ya le insinué que dejara tranquilo el cadáver, sir, y tenía mis razones para hacerlo. El destino del pobre joven ya es bastante malo; no le arrebate también la posibilidad de salvar su alma.

—¿Qué quiere decir con eso?

—Quiero decir, sir, que usted y yo sabemos muy bien que el joven señor Jonathan no pudo ser empujado desde esta balaustrada, pero que sería mejor que nos guardáramos esta idea para nosotros. Usted ya sabe —dijo mirando de reojo al abad Andrew, que se encontraba abajo junto al cadáver y rezaba con la cabeza inclinada— lo que la Iglesia niega a los que rechazan el mayor regalo del Creador.

—¿Qué quiere decir con esto? —Sir Walter dirigió una mirada inquisitiva al rostro enrojecido por el alcohol del sheriff de Kelso—. ¿Que el pobre Jonathan se suicidó?

Sin querer había elevado la voz, pero el abad Andrew no parecía haberle oído. El religioso seguía orando, en actitud humilde, por el alma de Jonathan.

—Lo supe en cuanto entré en la biblioteca —insistió Slocombe—, pero me lo guardé para mí para permitir que el joven tuviera un entierro como es debido. Piense en su familia, sir, en la vergüenza que tendría que soportar. No manche el recuerdo de su alumno sacando a la luz una verdad que es mejor que permanezca oculta.

Walter Scott miró a los ojos al hombre que era responsable de imponer la ley y preservar el orden en el condado. Pasaron unos instantes, que a John Slocombe le parecieron eternos, antes de que una sonrisa cortés se dibujara en el rostro de sir Walter, que respondió suavemente:

—Sheriff, comprendo lo que quiere decirme y valoro su... —e introdujo una corta pausa— su discreción. Pero Jonathan Milton de ningún modo se suicidó. Podría jurarlo.

—¿Cómo puede estar tan seguro de ello? Se pasaba el tiempo solo, ¿no es cierto? Apenas tenía amigos, y por lo que sé, tampoco fue visto nunca con ninguna muchacha. ¿Qué sabemos de lo que puede pasar por la cabeza de una mente enferma?

—Jonathan no tenía una mente enferma —le contradijo sir Walter—. Era un hombre extremadamente despierto y sano. Pocas veces he tenido a un estudiante que cumpliera con las tareas que le encomendaba con mayor diligencia y entusiasmo que él. ¿Y quiere hacerme creer que se lanzó premeditadamente por encima de esta baranda para poner fin a su vida? Esto es una biblioteca, sheriff. Jonathan vivía para el estudio de la historia. No habría muerto por ella.

—Entonces ¿cómo explica lo ocurrido? ¿No decía antes que no podía haber caído de ningún modo por la escalera?

—Muy sencillo, sheriff. Que Jonathan no se lanzara desde la balaustrada no quiere decir forzosamente que no cayera desde ella.

—No comprendo...

—¿Sabe, sheriff? —dijo sir Walter, observando a Slocombe con ojos glaciales—, creo que sabe usted muy bien adónde quiero ir a parar. Excluyo que nos encontremos ante un accidente que le costara la vida al pobre Jonathan y tampoco puedo creer que él mismo se la quitara. De modo que solo queda una posibilidad.

—¿Un asesinato? —dijo el sheriff, pronunciando la terrible palabra en voz apenas audible—. ¿Cree que su discípulo fue asesinado?

—La lógica no permite extraer ninguna otra conclusión —replicó sir Walter, con una voz en la que resonaba la amargura.

—¿Qué lógica? Solo ha planteado suposiciones, sir, ¿o acaso no es así?

—Pero suposiciones que para mí solo admiten una conclusión —dijo sir Walter, y bajó la mirada para contemplar el cuerpo sin vida de su alumno—. Jonathan Milton ha muerto esta noche de muerte violenta. Alguien le lanzó a la muerte, arrojándolo por encima de la balaustrada.

—¡No es posible!

—¿Por qué no, sheriff? ¿Porque eso le daría demasiado trabajo?

—Con todo el respeto, sir, tengo que defenderme contra esta imputación. Después de que me informaran de lo ocurrido, vine aquí corriendo sin vacilar para aclarar las circunstancias de la muerte de Jonathan Milton. Conozco mis deberes.

—Entonces cumpla con ellos, sheriff. Para mí está claro que aquí se ha cometido un crimen, y espero que haga todo lo que esté en su mano para esclarecerlo.

—Pero... esto no es posible. Sencillamente no es posible, ¿comprende? Desde que soy sheriff, nunca ha habido un asesinato en este condado.

—Entonces tendrá que quejarse ante el asesino de Jonathan de que no se haya atenido a la norma —replicó sir Walter mordazmente—. Yo, por mi parte, no descansaré hasta descubrir qué ha ocurrido aquí realmente. Sea quien sea el culpable de la muerte de Jonathan Milton, tendrá que pagar por ello.

Scott había abandonado su tono susurrante y hablaba con voz audible, de modo que también el padre Andrew había prestado atención a sus últimas palabras. El monje miró hacia arriba, y sir Walter tuvo la sensación de que los rasgos del religioso expresaban comprensión.

—Por favor, sir —dijo el sheriff Slocombe, que ahora había adoptado un tono casi suplicante—, tiene que entrar en razón.

—Mi razón nunca ha funcionado con mayor claridad que en este instante, mi apreciado sheriff —le aseguró sir Walter.

—Pero ¿qué tiene intención de hacer ahora?

—Haré que este suceso sea investigado. Por alguien que no tema tanto a la verdad como usted.

—He hecho lo que consideraba correcto —se defendió Slocombe—, y sigo creyendo que se equivoca. No hay ningún motivo para informar a la guarnición.

Sir Walter, que ya había dado media vuelta para bajar al piso inferior, se volvió de nuevo hacia él.

—¿Es eso, sheriff? —preguntó en tono seco—. ¿Es eso lo que teme? ¿Que pueda informar a la guarnición y que un inglés tome el mando aquí?

El sheriff no respondió, pero la mirada cohibida que dirigió al suelo le traicionó.

Sir Walter lanzó un suspiro. Conocía el problema. Los oficiales británicos de las guarniciones, entre cuyas tareas se encontraba también la de asegurar la paz en el país y ejercer funciones de policía, tenían el defecto de ser poco cooperativos. La arrogancia con que trataban a sus colegas escoceses era tristemente famosa. En cuanto se hicieran cargo del caso, el sheriff prácticamente no tendría ya nada que decir.

Durante su época de sheriff en Selkirk, Scott había tenido que relacionarse en repetidas ocasiones con los capitanes de las guarniciones. La mayoría de ellos odiaban haber sido trasladados al crudo norte, y no era raro que la población sufriera las consecuencias de su descontento. Alertar a la guarnición significaba dejar todo Kelso a merced de su arbitrariedad.

—No tiene nada que temer, sheriff —dijo sir Walter en voz baja—. No tengo intención de informar a la guarnición. Nosotros mismos trataremos de descubrir qué le sucedió al pobre Jonathan.

—Pero ¿cómo, sir? ¿Cómo va a hacer eso?

—Con buenas dotes de observación y un entendimiento despierto, sheriff.

Seguido por Slocombe, que se frotaba las manos nerviosamente, sir Walter bajó los peldaños de la escalera y se acercó al abad Andrew, que, incluso enfrentado a un acontecimiento tan espantoso, parecía respirar, como siempre, una profunda paz interior.

—¿Si no he oído mal, no comparte usted la teoría del sheriff? —preguntó el monje.

—No, estimado abad —respondió sir Walter—. Hay demasiadas contradicciones. Demasiadas cosas que no encajan.

—Esta es también mi opinión.

—¿Que también es su opinión? —gimió Slocombe—. ¿Y por qué no me ha dicho nada?

—Porque no soy quién para poner en duda sus juicios. Usted es el guardián de la ley, John, ¿o no es así?

—Eso creo, sí —dijo el sheriff, desconcertado. Por su expresión se veía que en ese momento se sentiría mejor en compañía de un buen vaso de scotch.

—Entonces ¿cree usted también que el pobre muchacho fue empujado desde ahí arriba? —preguntó sir Walter.

—La sospecha parece lógica. Aunque la idea de que entre estos venerables muros haya podido cometerse un crimen sangriento me llena de inquietud y temor.

—Tal vez no fue un asesinato —lo intentó de nuevo Slocombe—. Tal vez fue solo una desgracia, una broma que acabó mal.

—Acabó mal, en efecto —replicó sir Walter ásperamente, mirando de reojo al cadáver horriblemente desfigurado—. ¿Ha interrogado a sus compañeros de congregación, abad Andrew?

—Naturalmente. Pero ninguno de ellos vio ni oyó nada. En ese momento todos se encontraban en sus habitaciones.

—¿Existen testimonios de ello? —insistió sir Walter. La pregunta le valió una mirada reprobadora del monje—. Disculpe —añadió a media voz—. No quiero sospechar de nadie. Es solo que...

—Ya sé —aseguró el abad—. Se siente usted culpable porque el joven Jonathan estaba a su servicio. Estaba aquí por encargo suyo cuando sucedió, y por eso cree ser corresponsable de su muerte.

—¿Y cómo podría reprochármelo? —exclamó Scott haciendo un gesto de impotencia—. A primera hora de la mañana, un mensajero llama a mi puerta y me comunica que uno de mis estudiantes está muerto. Y todo lo que el sheriff puede proporcionarme son cuatro explicaciones sin ninguna consistencia. ¿Cómo reaccionaría usted en mi lugar, abad?

—Trataría de descubrir qué ha ocurrido —replicó el superior de la congregación con franqueza—. Y al hacerlo, no me preocuparía de si puedo herir o no la sensibilidad de los afectados. Averiguar la verdad tiene prioridad absoluta en estas circunstancias.

Sir Walter asintió con la cabeza, agradecido por esas palabras de ánimo. En su interior reinaba la confusión. Habría preferido encontrar otra explicación para el incidente; pero los indicios solo permitían una conclusión: Jonathan Milton había sufrido una muerte violenta. Alguien le había empujado por encima de la balaustrada; no existía otra posibilidad. Y a su maestro correspondía ahora descubrir quién era ese alguien.

—¿Estaba cerrada la puerta de la biblioteca cuando encontraron a Jonathan? —preguntó sir Walter.

—Efectivamente —se apresuró a informarle el abad.

—¿No había señales de una entrada violenta?

—No, en tanto es posible juzgarlo.

—¿Había huellas en el suelo? ¿Indicios que permitan concluir que, aparte de Jonathan, había alguien más en la biblioteca?

—Tampoco, por lo que podemos saber. Parece que Jonathan estaba completamente solo.

—Esto resulta muy inquietante —comentó el sheriff Slocombe con voz de conspirador—. Cuando era joven, mi abuelo me explicó un caso parecido. El asesino nunca fue encontrado, y el caso nunca se resolvió.

—Bien —suspiró sir Walter—, al menos trataremos de hacerlo, ¿no le parece? ¿Sabe dónde trabajó por última vez Jonathan, estimado abad?

—Allí, en aquella mesa. —El monje señaló una de las macizas mesas de roble que ocupaban el centro de la sala—. Encontramos sus instrumentos de escritura, pero no había ningún libro.

—Entonces debió de subir para volver a colocarlo en su sitio —supuso sir Walter—. Tal vez quería acabar sus estudios.

—Es posible. ¿En qué trabajaba últimamente el joven señor?

—Investigaba para una nueva novela que se desarrolla en la Baja Edad Media. —Sir Walter sonrió con indulgencia—. Ya sabe que Jonathan no solo realizaba estudios a mi servicio —añadió—. Su entusiasmo por la ciencia de la historia era muy grande.

—Es cierto. El joven señor pasaba a menudo noches enteras investigando los secretos del pasado. Posiblemente...

—¿Sí? —preguntó sir Walter.

—No, nada. —El abad sacudió la cabeza—. Era solo una idea. Nada importante.

—¿Cree que es posible que fuera un ladrón? ¿Alguien que se hubiera ocultado aquí, en la biblioteca, y hubiera espiado a Jonathan?

—Me sorprendería. ¿Qué podrían robar aquí, amigo mío? En este lugar no hay más que polvo y libros antiguos. En nuestros días, los ladrones y los rateros están mucho más interesados en llenar sus estómagos y sus bolsas.

—Es cierto —admitió sir Walter—. De todos modos, ¿no podría comprobar si se ha robado algo?

El abad Andrew dudó un momento.

—Será difícil. Muchos de los documentos del archivo aún no han sido catalogados. La ayuda que me hace llegar la orden es, dicho sea entre nosotros..., más bien parca. En estas condiciones, averiguar si se ha sustraído algo resultaría casi imposible; especialmente teniendo en cuenta que no me parece muy probable que un ladrón esté interesado en estos antiguos escritos.

—En todo caso sabré valorar sus esfuerzos —le aseguró sir Walter—. Le enviaré a Quentin para que colabore con sus hermanos en la revisión de los fondos. Y naturalmente mostraré mi agradecimiento a su comunidad a través de una aportación económica.

—Si tanto le interesa...

—Se lo ruego. No encontraré la paz hasta que sepa por qué tuvo que morir Jonathan.

—Comprendo. —El monje asintió con la cabeza—. Pero tengo que prevenirle, sir Walter.

—¿De qué?

—Es preferible que algunos secretos sigan permaneciendo ocultos en el pasado —dijo el abad enigmáticamente—. No es bueno tratar de arrancárselos.

Sir Walter le dirigió una mirada escrutadora.

—No ese secreto —dijo luego, y se volvió para salir—. No ese secreto, apreciado abad.

—¿Qué hará ahora, señor? —preguntó Slocombe, preocupado.

—Muy sencillo —replicó sir Walter en tono decidido—. Veré qué tiene que decir el médico.

3

En la frontera escocesa, al mismo tiempo

Un viento frío acariciaba las colinas de las Highlands.

Parte de las elevaciones que se extendían hasta el horizonte se habían plegado mansamente a las fuerzas de la naturaleza, que las minaban sin descanso; pero otra, en el curso de millones de años, había sido literalmente aplastada por ellas, y caía en abruptos despeñaderos corroídos por el viento y la lluvia.

Una hierba amarillenta, en la que se mezclaban las manchas de color de los brezos y las retamas que reptaban sobre la áspera piedra caliza, cubría el paisaje. Las cimas de las montañas estaban cubiertas de nieve, y la niebla que flotaba sobre los valles proporcionaba a la tierra un aura de virginidad. Un fino río que brillaba con destellos plateados fluía hasta un lago alargado, en cuya superficie lisa se reflejaba el majestuoso paisaje. Por encima resplandecía un cielo azul, salpicado de nubes.

Las Highlands parecían no conocer el paso del tiempo.

Un caballo blanco como la nieve, con las crines ondulantes y la cola flotando al viento, galopaba por la orilla del lago. A su lomo cabalgaba una joven.

No llevaba silla ni riendas; la mujer, sentada a lomos del

animal y vestida solo con una sencilla camisa de lino, se aferraba con las manos a sus crines. Aunque los cascos del caballo parecían volar sobre el árido paisaje, la amazona no sentía ningún miedo. Sabía que no podía ocurrirle nada; depositaba toda su confianza en el poderoso animal, cuyos músculos sentía trabajar bajo el pelaje empapado de sudor. El animal galopó hasta lo alto de una suave pendiente y siguió la cadena de colinas que bordeaban el lago.

La mujer echó la cabeza hacia atrás y dejó que el viento jugara con sus cabellos. Disfrutó del aire puro; no sentía ni el frío ni la humedad de esa mañana escocesa, y tenía la sensación de formar un solo cuerpo con la tierra.

Finalmente, el animal redujo la velocidad de su galope y pasó a un trote lento. En el extremo de la colina, allí donde el suelo árido había perdido la permanente batalla contra las fuerzas de la lluvia y el viento y caía en picado, se detuvo.

La mujer alzó la mirada y dejó que vagara por las colinas y los valles. Inspiró el intenso aroma del musgo y el olor acre de la tierra, oyó el suave canto del viento, que sonaba como el lamento por un mundo hacía tiempo perdido, hundido en la niebla de los siglos.

Eran las Highlands, la tierra de sus padres...

El sueño acabó bruscamente. Un bache de la estrecha carretera, lleno de irregularidades, hizo que el carruaje diera un salto, y Mary de Egton despertó de repente del adormilamiento intranquilo en que había caído durante el largo viaje. Parpadeando, abrió los ojos.

No sabía cuánto tiempo había dormido. Todo lo que recordaba era el sueño..., un sueño que siempre se repetía. El sueño de las Highlands, de los lagos y las montañas. El sueño de la libertad.

El recuerdo, sin embargo, se desvaneció rápidamente, y el despertar a la realidad fue frío y desagradable.

—¿Ha dormido bien, milady? —preguntó la joven que se encontraba sentada junto a ella en el fondo del coche. Como Mary, su acompañante llevaba también un vestido de terciopelo forrado y por encima un manto de lana que debía protegerla del crudo frío del norte, además de un original sombrerito bajo el que asomaban los mechones de su cabello moreno. Era unos años más joven que Mary, y, como siempre, sus ojos irradiaban un optimismo infantil, una alegría, que, teniendo en cuenta las circunstancias que rodeaban el viaje, Mary era incapaz de compartir.

—Gracias, Kitty —dijo, forzando una sonrisa, que contrastaba por su expresión atormentada con la de la joven doncella—. ¿Has tenido alguna vez un sueño del que desearías no despertar nunca?

—De modo que ha tenido otra vez el mismo sueño, ¿no? —preguntó la doncella, intrigada. La curiosidad era una de las cualidades más destacadas de Kitty.

Mary se limitó a asentir con la cabeza. La libertad que había experimentado en su sueño seguía presente en ella y le proporcionaba un poco de consuelo, aunque sabía que era solo un sueño y que aquella sensación no era más que una ilusión.

La realidad era muy distinta. Aquel carruaje no conducía a Mary hacia la libertad, sino al cautiverio. La llevaba al norte, a las salvajes y rudas tierras altas, aquellas de las que en las recepciones locales se comentaban cosas increíbles: se hablaba de inviernos gélidos y de la niebla, que era tan densa que uno podía perderse en ella; de hombres toscos e incultos, que ignoraban las normas sociales y entre los que había algunos que seguían resistiéndose a reconocer a la Corona británica. Para esos hombres la libertad lo era todo.

Pero Mary no sería libre allí. El motivo de que se dirigiera a Escocia era su boda con Malcolm de Ruthven, un joven terrateniente escocés, cuya familia había acumulado grandes riquezas. El matrimonio se había concertado sin que Mary fuera consultada. Era uno de esos arreglos comunes entre las familias nobles; beneficioso para ambas partes, como solía decirse.

Naturalmente Mary se había opuesto. Naturalmente había alegado que no quería casarse con un hombre al que no conocía ni amaba. Pero sus padres eran de la opinión de que el amor era algo trivial, burgués, cuya importancia se exageraba enormemente. Tanto desde el punto de vista financiero como si se atendía a las consideraciones sociales, no podía ocurrirles nada mejor que el enlace de su hija con el joven laird de Ruthven. La familia de Mary no pertenecía precisamente a uno de los más ricos linajes nobles, y una unión con los Ruthven significaba un ascenso tanto en lo material como en lo social, cosas ambas a las que los padres de Mary otorgaban un gran valor.

Mary, en cambio, se resistía.

Se había defendido con todas sus fuerzas contra ese acuerdo cuando Eleonore de Ruthven, la madre del joven, había acudido a Egton para examinar a su futura nuera. Mary se había sentido como un pedazo de carne ofrecido en el mercado, y había reprochado a sus padres que quisieran venderla solo para obtener algunos privilegios. A pesar de que con ello superó ampliamente los límites del buen tono, el mutuamente beneficioso trato se convirtió en cosa hecha. Malcolm de Ruthven obtendría a una bella y joven esposa y los Egton se verían libres de su rebelde hija, antes de que pudiera causarles nuevos quebraderos de cabeza.

Mary nunca había sido lo que sus padres probablemente esperaban de ella: una de esas muchachas que ansiaban convertirse en princesas y rondaban por los bailes y las recepciones sociales pensando solo en agradar a algún joven conde o terrateniente.

Sus intereses eran otros.

Desde niña había preferido rodearse de libros antes que de vestidos nuevos, y había preferido hundir la nariz en sus novelas en vez de dedicarse a insulsas cháchara. Su corazón pertenecía a la palabra escrita, de la que nunca llegaba a cansarse, pues en ella habitaba el poder de trasladarla a un tiempo y un mundo en el que palabras como nobleza y honor aún tenían un significado.

Si habían sido los libros los que habían despertado en Mary ese anhelo de romanticismo y pasión, o si había encontrado en ellos lo que su corazón siempre había buscado, era algo que ella misma no habría sabido decir. Pero su deseo había sido siempre convertirse en la mujer de un hombre que no se casara con ella por su posición, sino porque la amara íntimamente.

Sin embargo, en la sociedad no había lugar para un romanticismo de este tipo. Su funcionamiento estaba marcado por las calumnias y las intrigas, por guerras de poder que se desarrollaban a espaldas de los implicados, y por maniobras políticas como era el matrimonio de Mary con Malcolm de Ruthven.

Desencantada, Mary había tenido que reconocer que el amor y la sinceridad eran cosas que pertenecían irrevocablemente al pasado. Solo en los libros podía encontrar todavía sus huellas, en la prosa y la poesía que hablaban de un tiempo que había acabado hacía ya medio milenio…

De pronto el traqueteo que había sacudido al carruaje durante todo el viaje cesó. Se habían detenido, y Mary pudo oír cómo el cochero bajaba del pescante y se acercaba.

—¿Milady?

Mary apartó la cortina de la ventanilla para lanzar una mirada al exterior.

—¿Sí, Winston?

—Milady me había pedido que la informara cuando llegáramos a Carter Bar. Ya hemos llegado, milady.

—Muy bien. Gracias, Winston. Bajaré aquí.

—¿Está segura, milady? —El cochero, un hombre de aspecto tosco y cara pálida, enrojecida ahora por el viento de la marcha, la miraba con aire preocupado—. Aquí los caminos no están pavimentados, y no hay ninguna barandilla a la que milady pueda sujetarse.

—Soy noble, Winston, pero no estoy hecha de azúcar —le informó Mary sonriendo, y se dispuso a bajar del carruaje poniendo así al pobre Winston, que se encontraba al servicio de su familia en Egton, en un verdadero apuro, porque el hombre no tenía suficientes manos para abrir la puerta del coche, desplegar el pequeño estribo y ayudar a su señora a bajar.

—Gracias, Winston —dijo Mary, resarciéndole con una sonrisa—. Voy a pasear un rato.

—¿Puedo acompañar a milady?

—No es necesario, Winston. Puedo ir sola.

—Pero su madre...

—Mi madre no está aquí, Winston —replicó Mary con determinación—. Todo lo que la preocupa es que su mercancía llegue sana y en buen estado al castillo de Ruthven. Y ya sabré yo ocuparme de eso.

El cochero bajó la mirada, cohibido. Como sirviente no estaba acostumbrado a que hablaran con él con tanta franqueza. Mary lamentó enseguida haberle colocado en una situación incómoda.

—No te preocupes —dijo suavemente—. Solo caminaré unos pasos. Por favor, quédate junto al coche mientras tanto.

—Como desee milady.

El cochero se inclinó y la dejó pasar. Mary, que en ese entorno, con su manto y su vestido de terciopelo, parecía extrañamente fuera de lugar, se acercó al borde del camino y dejó vagar la mirada por el amplio panorama que se extendía más allá de la irregular cinta de piedra y limo de la carretera.

Era un paisaje amable de colinas y valles verdeantes, en los que se distinguían pequeñas aldehuelas, prados, pastizales y ríos. Las casas estaban construidas en piedra, y de sus chimeneas ascendían hacia el cielo finas cintas de humo. Los rebaños pastaban en los prados cubiertos de rastrojos. Aquí y allá, los rayos del sol atravesaban la capa de nubes y dibujaban manchas doradas en la alegre campiña.

Mary estaba sorprendida.

Le habían dicho que el panorama de Carter Bar transmitía al viajero que llegaba a Escocia una primera impresión de la rudeza y la aridez que le esperaban en el norte. Unos treinta kilómetros al sur, el emperador romano Adriano había hecho levantar una muralla que había separado, hacía ya unos 1.700 años, la civilización del sur de la barbarie del norte, y esa fama marcaba todavía hoy la imagen de Escocia. Sin embargo, Mary no podía descubrir allí nada de la rudeza, del salvajismo y la aridez de que se hablaba en el sur.

La tierra que se extendía ante ella no era pobre y agreste, sino fértil y rica en vegetación. Había bosques y prados verdes, y aquí y allá se distinguían manchas de los campos labrados. Mary había esperado que el panorama de Carter Bar la amedrentaría, pero no era esa en absoluto la sensación que le inspiraba. La visión de esta encantadora campiña, con sus suaves colinas y valles, le proporcionó algo de consuelo, y por un breve, casi imperceptible momento tuvo la impresión de que volvía a casa tras una larga ausencia.

Aquella sensación, sin embargo, se desvaneció enseguida, porque Mary comprendió súbitamente que en ese instante estaba dejando atrás todo lo que le había sido familiar. Ante ella se abría la incertidumbre de lo desconocido. Una vida con un hombre al que no amaba, en una tierra que le era extraña. La antigua melancolía la dominó de nuevo, penetrando, sombría y oprimente, en su corazón.

Mary dio media vuelta y volvió, abatida, al carruaje. Su doncella Kitty había preferido esperarla en el coche. Al contrario que a Mary, a ella le habría parecido magnífico que la casaran con un acomodado terrateniente escocés y saber que pasaría el resto de su vida en un castillo, rodeada de riqueza y lujos. A Mary, en cambio, la idea le resultaba tan insoportable que le provocaba un malestar casi físico. ¿Qué significaba toda esa riqueza, pensaba tristemente para sí, cuando no entraba en juego ningún sentimiento auténtico?

Winston la ayudó a subir al carruaje y esperó pacientemente a que se instalara. Solo después trepó él al pescante, soltó el freno y condujo al tiro de dos caballos pendiente abajo por la estrecha carretera que serpenteaba en dirección al valle.

Mary se atormentó todavía durante un rato contemplando el paisaje por la ventanilla. Vio prados verdes y rebaños de ovejas que pastaban: una imagen de paz, que, sin embargo, no podía aportarle ya ningún consuelo. La sensación de familiaridad que había sentido arriba en el paso se había esfumado para no volver, y a Mary no le quedó más remedio que hacer lo que siempre había hecho en casa, en Egton, cuando tenía la sensación de que la ahogaban las restricciones que le imponía su condición.

Cogió un libro.

—¿Un nuevo libro, milady? —preguntó Kitty parpadeando divertida, cuando Mary cogió el pequeño volumen encuadernado en piel. La doncella era una de las pocas personas que conocía la pasión secreta de su señora.

Mary asintió.

—Se titula *Ivanhoe*. Lo ha escrito un escocés llamado Walter Scott.

—¿Escribir, un escocés, milady? —Kitty rió entre dientes, y luego se sonrojó súbitamente—. Por favor, milady, perdone mis irreflexivas palabras —murmuró avergonzada—. Olvidaba que su futuro esposo, el laird de Ruthven, también es escocés.

—No te preocupes. —Mary esbozó una sonrisa. Al menos Kitty siempre sabía cómo arreglárselas para animarla un poco.

—¿De qué trata el libro, milady? —preguntó la doncella para cambiar de tema.

—Del amor —respondió Mary con melancolía—. Del amor verdadero, Kitty, del honor y la lealtad. Cosas que, me temo, han quedado un poco anticuadas.

—¿Y estuvieron de moda alguna vez?

—Eso creo. En todo caso me gustaría creerlo. La forma en que Scott escribe de estas cosas, las palabras que encuentra... —Mary sacudió la cabeza—. No puedo imaginar que alguien pueda escribir así sin haberlo experimentado antes personalmente alguna vez.

—¿Quiere leerme algo, milady?

—Con mucho gusto.

Mary se alegró de que su acompañante mostrara interés por el elevado arte de la palabra escrita. Gustosamente recitó un fragmento de la novela surgida de la pluma de Walter Scott. Y con cada línea que leía, aumentaba su admiración por el arte del escritor.

Scott escribía sobre una época en la que el amor y el honor habían sido algo más que meras palabras vacías. Su novela, que se desarrollaba en la Inglaterra de la Edad Media, trataba de orgullosos caballeros, mujeres nobles, de héroes que se consumían de amor por su adorada y defendían su honor con la afilada punta de su espada..., de una era perdida que probablemente nunca volvería, barrida por el viento del tiempo.

Mary estaba atrapada por la lectura. Con la fuerza de su poesía, Scott sabía expresar exactamente lo que sentía en el fondo de su corazón.

El duelo.

La melancolía.

Y un hálito de esperanza.

Al caer la noche, el carruaje llegó a Jedburgh, un pueblecito situado treinta y ocho kilómetros al sudoeste de Galashiels. Como en toda la localidad solo había una posada que ofreciera alojamiento, la elección no fue difícil.

Los cascos de los caballos repiquetearon sobre los adoquines toscamente tallados cuando Winston detuvo el coche ante el antiguo edificio de piedra natural. Kitty miró por la ventanilla con aire ligeramente reprobador y arrugó la nariz al ver el edificio gris, que un cartel herrumbrado identificaba como The Jedburgh Inn.

—No es precisamente un palacio, milady —se adelantó a opinar—. Se ve que ya no estamos en Inglaterra.

—Eso no me preocupa, Kitty —replicó Mary modestamente—. Tendremos un techo bajo el que cobijarnos, ¿no? Me pasaré el resto de mi vida en un castillo. ¿Qué importa una noche en una posada?

—En realidad no quiere ir a Ruthven, ¿verdad? —preguntó Kitty con una franqueza poco adecuada a su posición, pero muy propia de ella.

—No. —Mary sacudió la cabeza—. Si hubiera una posibilidad de evitar esta boda, lo haría. Pero soy lo que soy, y debo someterme a la voluntad de mi familia; aunque…

—¿Aunque no ame a laird Malcolm? —la ayudó a acabar Kitty.

Mary asintió.

—Siempre esperé que mi vida fuera distinta —dijo en voz baja—. Un poco como en esa obra que te he leído hoy. Que en ella hubiera amor y pasión. Que fuera distinta de la de mis padres. Supongo que era ingenuo por mi parte.

—¿Quién sabe, milady? —dijo Kitty, dirigiéndole una sonrisa—. ¿No sabe lo que cuentan de esta tierra? ¿Que aquí aún actúa la magia de los tiempos antiguos?

—¿Es cierto eso?

—Desde luego, milady. Lowell, el mozo de cuadra, me lo explicó. Su abuelo era escocés.

—Vaya —replicó Mary—. ¿Has trabado relación con el mozo de cuadra, Kitty?

—No, yo… —La doncella se sonrojó—. Solo quería decir que tal vez al final todo acabe saliendo bien, milady. Tal vez Malcolm de Ruthven sea el hombre de sus sueños.

—Lo dudo. —Mary sacudió la cabeza—. Me gusta leer historias, Kitty, pero no soy tan ingenua para creer que nada de lo que en ellas está escrito pueda llegar a cumplirse. Sé lo que la vida exige de mí. Y de ti, Kitty —añadió cuando Winston se acercó para abrir la puerta del carruaje—; exige que pases una noche en esta posada, tanto si te gusta como si no.

—No me gusta, milady —replicó Kitty, guiñándole el ojo—, pero como solo soy su doncella, me resignaré y...

El resto de lo que quería decir quedó ahogado por un vocerío que llegaba de la calle, acompañado por un ruido de pasos apresurados sobre el duro adoquinado.

—¿Qué está ocurriendo? —preguntó Mary.

Rápidamente cogió la mano que le tendía Winston, y bajó del carruaje justo a tiempo para ver cómo varios hombres, que llevaban el uniforme rojo con largos faldones de la milicia de las Tierras Altas, arrastraban a un hombre fuera de la posada.

—¡Vamos, ven aquí! ¿Vendrás con nosotros de una vez, maldito canalla?

—¡No, no quiero! —bramó el increpado, un hombre de robusta complexión que llevaba las ropas sencillas, casi miserables, de un campesino. Su acento revelaba claramente que era escocés, y su boca pastosa mostraba que había bebido demasiado. Su cara y su nariz estaban casi tan rojas como los uniformes de los soldados que le sujetaban y le empujaban violentamente hacia la calle.

—¡Te enseñaremos a no arrastrar por el fango el nombre del rey, maldito rebelde!

El jefe de la tropa, que llevaba los galones de cabo, levantó el brazo y golpeó al hombre en el costado con la culata de su fusil. El borracho se desplomó, lanzando un gemido, y quedó tendido sobre la fría piedra.

El oficial y sus soldados empezaron entonces, entre risotadas, a descargar culatazos contra el caído y a golpearle con sus botas. Algunos hombres que habían salido de la posada detrás de los soldados permanecían de pie al borde de la calle y asistían, consternados, a aquel juego cruel. Sin embargo, ninguno de ellos se atrevió a enfrentarse a los soldados, que por lo visto tenían intención de establecer un ejemplo sangriento con el indefenso campesino.

Mary vio horrorizada cómo el hombre tendido en el suelo recibía un culatazo en la cara. Su nariz se rompió con un horrible crujido, y el rojo claro de la sangre salpicó el pavimento.

Mary de Egton apartó la mirada, asqueada. Todo en ella se rebelaba contra la forma en que trataban a aquel hombre, y espontáneamente adoptó una valerosa decisión.

—¡Basta! —ordenó en voz alta. Pero los soldados no la oyeron y siguieron golpeando al caído.

Mary quiso correr entonces en ayuda del pobre hombre, pero Winston, que todavía la tenía cogida de la mano, la retuvo.

—No lo haga, milady —la previno el cochero—. Piense que somos unos extraños en esta parte del país, y no sabemos cómo...

Con un movimiento enérgico, Mary se soltó. Extraña o no, no tenía intención de ver cómo aquel pobre hombre era golpeado hasta la muerte. No había culpa que pudiera justificar semejante castigo.

—¡Basta! —dijo de nuevo, y antes de que Winston o cualquiera de los presentes pudieran detenerla, ya había entrado en el círculo de los hombres uniformados que golpeaban al caído.

Estupefactos, los soldados interrumpieron su bárbara tarea.

—¿Quién tiene el mando aquí? —preguntó Mary en tono decidido.

—¡Yo, milady! —respondió el joven cabo.

Por su dialecto, Mary pudo deducir que también él era escocés, un escocés que se ensañaba en público con un compatriota.

—¿Qué ha hecho este hombre para que merezca ser tratado de este modo? —quiso saber Mary.

—Perdone, milady, pero no creo que esto sea de su incumbencia. Hágase a un lado y déjenos cumplir con nuestro deber.

—¿Su deber, cabo? —Mary miró de arriba abajo al escocés—. ¿Considera su deber golpear a un hombre caído e indefenso? Debo decir, cabo, que realmente me alegra saber que hay soldados tan conscientes de su deber. Al menos así una dama no debe temer por su seguridad; siempre, claro está, que no se encuentre tendida en el suelo.

Algunos de los mirones rieron ruidosamente. Los rasgos del cabo adoptaron el color de su uniforme.

—Puede ofenderme tanto como quiera, milady —dijo con voz temblorosa—, pero no debería tratar de evitar que castigue a este traidor.

—¿Es un traidor? ¿Qué ha hecho?

—Se ha expresado de forma despectiva sobre la casa real —fue la indignada respuesta.

—¿Y eso ya lo convierte en un traidor? —Mary alzó las cejas—. ¿Qué puede decirse entonces de un cabo que maltrata públicamente a sus propios compatriotas? Porque es usted escocés, ¿verdad, cabo?

—Naturalmente, milady, pero...

De nuevo rieron algunos de los hombres que se encontraban ante la posada. Dos de ellos dieron incluso unas palmadas, encantados.

—Si este hombre ha infringido la ley, llévaselo y procéselo —reprendió Mary al oficial—; pero si no ha hecho nada que infrinja la ley y solo le golpea porque usted y sus compañeros no tienen nada mejor que hacer, sea tan amable de dejarle en paz, cabo. ¿Me ha comprendido?

Plantado ante ella, el oficial apretó los puños con rabia, impotente, temblando de ira; pero sabía muy bien que no podía hacer nada. La joven que le había reprendido con tanta brusquedad a la vista de todos era, visiblemente, de origen noble, y era británica. A ojos del cabo, esas eran dos buenas razones para no encararse con ella.

—Informaré de esto —hizo saber apretando los dientes.

—Hágalo —replicó Mary mordazmente—. Espero con

ansia que llegue el momento de poder tomar una buena taza de té con el comandante de su guarnición.

El cabo aún permaneció un rato inmóvil. Luego se volvió, encendido de ira, e indicó a sus hombres que le siguieran. Entre los aplausos y las chanzas de los curiosos, los uniformados se retiraron.

Sin dedicarles una sola mirada, Mary se inclinó hacia el hombre que se retorcía de dolor en el suelo. Tenía la nariz torcida, la cara manchada de sangre y una herida abierta en la frente.

—Todo va bien —le dijo con voz tranquilizadora, mientras sacaba del bolsillo de su manto un pañuelo de seda—. Se han ido. Ya no tiene nada que temer.

—Que Dios la bendiga, milady —balbuceó el campesino, a quien los dolores parecían haber devuelto la sobriedad—. Que Dios la bendiga...

—No ha sido nada...

Mary sacudió la cabeza y secó la sangre del rostro del hombre. Retrospectivamente no podía decir qué la había impulsado a intervenir en su favor de forma tan decidida. ¿Había sido compasión? ¿O sencillamente se había indignado al ver que trataban a una persona de una forma tan cruel?

—Tiene la nariz rota —dijo Mary a los curiosos, que seguían mirando boquiabiertos al borde de la calle—. Alguien debería llamar a un médico.

—¿A un médico? —preguntó con cara de pasmo un muchacho de cabellos encendidos—. Aquí no hay médico, milady. El doctor más próximo está en Hawick, y es inglés.

—¿Y eso qué significa?

El muchacho la miró con los ojos muy abiertos.

—Significa que no hace falta que le llamemos porque no vendría —dijo encogiéndose de hombros—. Además el salario de un año no bastaría para pagarle.

—Comprendo. —Mary se mordió los labios—. Entonces llevadlo a la posada y colocadlo sobre una mesa. Trataré de curarlo yo misma.

El joven y sus compañeros se miraron los unos a los otros desconcertados. Era evidente que no sabían qué hacer.

—¡Vamos, a qué esperáis! —dijo un viejo escocés, que estaba allí plantado, mordisqueando su pipa y enviando nubecillas al aire neblinoso del atardecer—. Haced lo que ha dicho milady y llevad al pobre Allan a la casa.

Los muchachos se golpearon con los codos, como para darse ánimo, y por fin se pusieron en movimiento. Cogieron al herido, que gemía atrozmente, y lo llevaron a la posada.

—Gracias —dijo Mary, dirigiéndose al viejo escocés, que seguía fumando con deleite su pipa.

—Hummm —replicó el anciano. Su cara, curtida por la intemperie, tenía la textura del cuero viejo, y su barba era como una corona blanca que iba de una oreja a otra—. Ha hecho bien, chiquilla —añadió aprobatoriamente.

—¿Chiquilla? —preguntó exaltado Winston, que había asistido atónito al incidente y ahora descargaba el equipaje de las dos damas—. Esta dama es lady Marybeth de Egton —informó al viejo escocés—. Si tienes que dirigirte a ella, será mejor que lo hagas como corresponde a su rango y su origen, y no...

—Ya basta, Winston —interrumpió Mary a su cochero.

—Pero milady, él no...

—Ya basta —repitió Mary con energía, y Winston enmudeció; enfurruñado, el cochero volvió a su tarea, se cargó los dos baúles a la espalda y los llevó al interior de la posada.

—Bien hecho —volvió a decir el viejo escocés dirigiéndose a Mary, y la sonrisa que le envió fue como un débil rayo de luz en aquel día triste.

Más tarde, los tres viajeros se encontraron en la sala, junto a una mesa un poco apartada de las demás y cubierta con un mantel de lino. La sala del Jedburgh Inn no se diferenciaba de la de las otras posadas y tabernas en las que habían pernoctado los últimos día Mary y su cortejo: una estancia moderadamente grande, con paredes de piedra maciza y por encima un techo bajo de madera desgastada. La barra era poco más que una tabla gruesa, colocada sobre una fila de viejos barriles de *ale*, y las mesas y las sillas eran de madera de roble toscamente trabajada. Un fuego ardía en la chimenea abierta y mantenía alejado el frío de la noche; más atrás, una escalera de madera conducía al primer piso de la casa, donde se encontraban las habitaciones de los huéspedes.

Ante todo, Mary se había ocupado del herido. Había curado sus heridas lo mejor que había podido y había ordenado que lo llevaran a casa para que pudiera descansar. Luego Winston había encargado la comida al posadero, y en ese momento les servían una abundante cena consistente en *ale*, queso, pan y *haggis*. Mientras que Kitty y Winston daban muestras evidentes de no apreciar demasiado la cocina escocesa, Mary la encontró de lo más apetitosa. Tal vez fuera su rechazo a todo lo artificial, a lo excesivo, lo que le hacía valorar las ventajas de la cocina sencilla: las especiadas vísceras de cordero le parecían mucho más sabrosas que las perdices y los faisanes que se ofrecían en las aburridas recepciones a que estaba acostumbrada.

Tampoco pasó por alto las continuas miradas furtivas que dirigían hacia su mesa los hombres y mujeres presentes en la sala. La joven nunca había visto unas miradas como aquellas, pero no tardó en comprender cuál era su significado.

Hambre.

La gente que se encontraba sentada a las mesas vecinas era pobre de solemnidad. Un *haggis* entero era seguramente más de lo que tenían para comer, ellos y sus familias, en todo un mes. Cuando Winston se quejó poco después de que los escoceses no parecían saber cómo se fabricaba una *ale* decente, Mary le reconvino con sequedad. No podía decir por qué, pero algo en ella había tomado partido instintivamente por las personas que habitaban esta tierra extranjera, algo que procedía de las profundidades de su ser y cuyo origen no conseguía precisar.

Así permanecieron en silencio sentados a la mesa, no muy lejos de la chimenea, que difundía un agradable calor. Ni Kitty ni Winston se atrevían a decir palabra; el cochero porque, para su gusto, ya había sufrido demasiadas reprimendas en aquel día, y la joven doncella porque, por más que lo intentara, no podía comprender a su señora.

Mary ya iba a anunciar su intención de retirarse a descansar, cuando uno de los huéspedes se levantó de su mesa y se acercó con pasos pesados hacia ellos. Era el viejo escocés barbudo que había interpelado a Mary ante la posada. La pipa seguía encajada en la comisura de sus labios. El anciano se apoyaba en un nudoso bastón, cuyo pomo estaba adornado con artísticas tallas.

—¿Puedo sentarme, milady? —preguntó con la lengua pastosa por la cerveza.

—No —replicó Winston agriamente, levantándose de su silla—. Milady no desea...

—Naturalmente que puede —dijo Mary sonriendo, y señaló la silla situada al extremo de la alargada mesa.

—Pero milady —exclamó Winston, acalorado—, ¡es solo un simple campesino! ¡No se le ha perdido nada en su mesa!

—Tan poco como a un simple cochero —replicó Mary impasible—. Así son las cosas en los viajes.

—¿Está de viaje? —preguntó el viejo escocés después de sentarse—. ¿Se dirige al norte, quizá?

—Esto no te incumbe —dijo Winston ásperamente—. Milady no va a...

Una mirada reprobadora de Mary le hizo callar. El cochero volvió a sentarse en su sitio con aire enfurruñado, como si le hubieran forzado a beber una jarra más de aquella asquerosa cerveza escocesa.

—Sí, vamos hacia el norte —informó Mary cortésmente al viejo escocés, que le parecía extrañamente familiar: era como si no fuera la primera vez que le veía, y sin embargo, nunca en su vida había cruzado la frontera de Carter Bar. Se trataba más bien de un sentimiento, una intuición que surgía de las profundidades de su ser.

—¿Es su primer viaje a Escocia?

Mary asintió con la cabeza.

—¿Y le gusta esto?

—No lo sé. —Mary sonrió cohibida—. He llegado hoy. Es demasiado pronto para formarse una opinión.

—En eso ya aventaja usted a sus compatriotas —opinó el viejo escocés con una sonrisa sin alegría—. La mayoría de los ingleses que vienen a visitarnos ya saben desde el primer día que esto no les gusta. La tierra es agreste; el tiempo, frío, y la cerveza no tiene el mismo sabor que en casa.

—¿De verdad hay gente que opina así? —preguntó Mary, dedicando una mirada reprobadora a Winston.

—Desde luego, milady. Pero usted es distinta, puedo sentirlo en mis viejos huesos.

—¿Qué quieres decir con eso?

El viejo dejó la pipa, lanzó un último anillo de humo al aire denso, que olía a *ale* y a sudor frío, y una sonrisa juvenil se dibujó en sus labios.

—Soy viejo, milady —dijo—. Setenta y seis condenados inviernos he vivido ya, y en esta región esto son muchos inviernos. Vine al mundo el mismo año en que ese condenado carnicero de Cumberland nos infligió la humillación de Culloden. Desde entonces, he visto llegar y marcharse a muchos ingleses. Para la mayoría de ellos, nuestra hermosa tierra no es más que algo que explotar, algo a lo que se le puede arrancar hasta el último condenado penique. Pero usted está hecha de otra pasta, puedo sentirlo.

—No te equivoques —replicó Mary—. Soy noble, igual que esos otros ingleses de los que hablas.

—Pero usted no nos ve como bárbaros que deben cultivarse —dijo el viejo escocés, dirigiéndole una mirada cargada de intención—. Usted nos ve como personas. Si no, no se habría interpuesto cuando esos viles traidores cayeron sobre el pobre Allan Buchanan.

—Solo hice lo que era mi deber —replicó Mary modestamente.

—Hizo más que eso. Fue muy valiente y tomó partido por nosotros. Esos jóvenes que ve allí —y señaló a las mesas vecinas, ocupadas por jóvenes escoceses que no dejaban de dirigirle miradas furtivas— nunca lo olvidarán.

—No tiene importancia. No ha sido nada especial.

—Tal vez no para usted, milady, pero para nosotros sí. Cuando uno pertenece a un pueblo que ha sido oprimido y explotado por los británicos y los terratenientes, que es expulsado de su tierra solo para que otros puedan obtener más beneficios, se aprende a valorar la amistad.

—Te refieres a las *Clearances*, ¿verdad? —preguntó Mary, que había oído hablar de los forzados reasentamientos de población llevados a cabo por los terratenientes con el objetivo de reestructurar la economía de las Highlands. En lugar de la agricultura que se había practicado allí hasta entonces, y que proporcionaba escasas ganancias, el futuro económico de Escocia debía ser la cría de ovejas. Pero para ello era necesario que los habitantes de las tierras altas fueran trasladados de sus regiones de origen hacia las costas. La nobleza del sur consideraba estas medidas necesarias para hacer por fin del norte del reino una región civilizada y próspera. Desde el punto de vista de los nativos, naturalmente, las cosas se veían de otro modo…

—Es una vergüenza —dijo el viejo escocés—. Durante generaciones nuestros padres lucharon para que Escocia se viera libre de estos condenados ingleses, y ahora nos expulsan de la tierra que habitamos desde hace siglos.

—Lo lamento mucho —dijo Mary, y sus palabras sonaron sinceras. Aunque a primera vista nada la unía a estas personas, de una extraña forma se sentía próxima a ellas, quizá porque compartían un destino común: también Mary se sentía expulsada de su hogar y tendría que pasar el resto de su vida en un lugar que le era extraño y en el que no quería vivir. Tal vez, pensó, tenía más cosas en común con estos hombres de lo que hasta ese momento había supuesto.

—Quinientos años —murmuró el viejo escocés para sí—. Quinientos malditos años hace de eso. ¿Lo sabía?

—¿De qué estás hablando?

—Era el año 1314 cuando Robert I Bruce se enfrentó a los ingleses en el campo de batalla de Bannockburn. Los clanes unidos los desollaron vivos, y Robert se convirtió en rey de una Escocia libre. Hace más de quinientos años —añadió el viejo en un susurro misterioso.

—No lo sabía —reconoció Mary—. En realidad, sé muy poco acerca de las Highlands. Pero pienso hacer algo para remediarlo.

—Sí, hágalo, milady —continuó el viejo, y se inclinó tanto hacia ella que Mary pudo percibir el olor áspero de su chaqueta de cuero y su aliento amargo de tabaco y cerveza—. Siempre es bueno conocer el pasado. No hay que olvidarlo nunca. Nunca, ¿me oye?

—Desde luego —le aseguró Mary un poco intimidada. Los rasgos del viejo escocés habían cambiado; ya no parecían tan bondadosos y sabios como antes, sino fanáticos y enfurecidos. En su mirada, hacía solo un momento tan benévola, parecía arder ahora un fuego salvaje.

—Cometimos el error de olvidar el pasado —le susurró el viejo, y al pronunciar estas palabras, su voz adoptó un tono conspirativo—. Traicionamos las tradiciones de nuestros antepasados y fuimos terriblemente castigados por ello. El propio Robert fue quien dio el primer paso. Rompió con las tradiciones, cometió el error con el que empezó todo el mal.

—¿Qué error? —preguntó Mary asombrada—. ¿De qué estás hablando?

—Hablo de la espada del rey —dijo el viejo escocés con aire misterioso—. De la espada que se quedó en el campo de batalla de Bannockburn. Ella había alcanzado la victoria, pero Robert no la respetó. Rompió con la tradición del tiempo antiguo y volvió su mirada hacia otros usos y costumbres. Ese fue el principio del fin.

—Si tú lo dices…

Penosamente impresionada, Mary miró alrededor. Era evidente que el viejo había bebido demasiado y el alcohol se le había subido a la cabeza. Por las miradas de Kitty y de Winston podía ver que ninguno de los dos daba el menor crédito a las palabras del hombre. Mary, en cambio, se sentía turbada, aunque no habría sabido decir por qué.

Tal vez tuviera que ver con el propio viejo, que le parecía tan extraño y al mismo tiempo tan familiar. Y tal vez, también, con lo que contaba, aunque Mary no comprendía nada de toda aquella historia.

—La espada se perdió —murmuró el anciano—, y con ella nuestra libertad.

—De acuerdo, viejo —dijo el posadero, que llegaba para recoger la mesa—. Ya has molestado bastante a milady. Ahora es momento de volver a casa. Es la hora del cierre, y no quiero tener más problemas con los rojos.

—Ya me voy —aseguró el viejo—. Permítame solo que vuelva a mirar en sus ojos, milady. En ellos puedo reconocer algo que hacía mucho tiempo que no veía.

—¿Y es…? —preguntó Mary ligeramente divertida.

—Bondad —replicó el viejo con seriedad—. Valor y sinceridad. Cosas que creía perdidas. Me alegro de haberla encontrado, milady.

Durante un breve instante, Mary creyó ver un brillo húmedo en los ojos del viejo. Luego el escocés se levantó y se volvió para salir. El hombre abandonó el local junto con los otros clientes, que el dueño empujaba con suave firmeza hacia la calle.

Mary les siguió con la mirada, perpleja. Las últimas palabras del viejo escocés se repetían en su cabeza.

«Bondad, valor y sinceridad. Cosas que creía perdidas...»

El viejo había expresado exactamente lo que también ella sentía. Había plasmado en palabras sus pensamientos más íntimos, como si pudiera ver el fondo de su alma. Como si la conociera desde hacía años. Como si conociera sus deseos secretos y sus anhelos y los compartiera...

—Un bicho raro, si me lo pregunta, milady —dijo Winston.

—No sé. —Kitty se encogió de hombros—. Yo lo encuentro muy simpático.

—Ha sido muy extraño —dijo Mary—. Sé que parece una locura, pero tengo la sensación de que conozco a este hombre.

—Me sorprendería mucho, milady. —Winston sacudió la cabeza—. Un pobre diablo como él no debe de haber salido nunca de su pueblo. Y usted tampoco ha estado nunca aquí antes.

—No quería decir eso. Es algo distinto. Una especie de familiaridad que raras veces hasta ahora...

Mary calló.

Por más confianza que tuviera en sus sirvientes, no debía revelarles algo que formaba parte de su más íntima vida interior. Ni siquiera Mary sabía interpretar qué había ocurrido entre ella y el viejo hombre de la frontera. Pero era evidente que sus palabras la habían conmovido. Su duelo por la vieja Escocia, perdida para siempre, la había afectado como si también ella hubiera perdido algo importante. «Una época de romanticismo y verdad...»

Mary no podía dejar de pensar en ello.

Más tarde, mientras estaba tendida en la cama en su habitación, bajo la pesada manta rellena de plumón que se reservaba a los huéspedes de rango, se preguntó cómo debió de haber sido.

Entonces, hacía quinientos años...

Partieron por la mañana temprano. Winston había enganchado los caballos con las primeras luces del alba. Mientras Kitty atendía a su señora en su arreglo matutino y la ayudaba a vestirse, el sirviente cargó los baúles en el amplio maletero montado en la cola del carruaje.

En la sala de la posada, que aún olía a sudor y a cerveza, el pequeño grupo de viajeros tomó un frugal pero vigorizador desayuno consistente en unas sustanciosas gachas. Winston quiso protestar, alegando que una lady inglesa podía esperar algo mejor, pero Mary le disuadió de hacerlo.

No quería parecer descortés; el encuentro con el viejo escocés la noche anterior la había impresionado profundamente, y empezaba a intuir la magnitud del orgullo y el apego a la tradición que caracterizaba a esos hombres sencillos. También ellos tomaban solo gachas para desayunar, de modo que Mary pensaba contentarse también con eso. Una extraña simpatía, que ni ella misma podía explicarse, la unía a los habitantes de este país.

Aquella noche había soñado de nuevo; había vuelto a ver a la joven que cabalgaba en su caballo blanco como la nieve por las Highlands, unas Highlands que Mary solo conocía por las pinturas y que en sus sueños eran tan palpables como si hubiera estado ya allí en persona. Luego, Mary ya solo podía recordar impresiones borrosas e imágenes lejanas. Un castillo desde cuyas almenas miraba una mujer joven, y una espada clavada en el suelo en medio de un campo de batalla.

Debía de ser consecuencia de las palabras del viejo escocés, que la habían perseguido hasta sus sueños.

Después de desayunar, los viajeros abandonaron el Jedburgh Inn. El sol ya había ascendido sobre las toscas casas cubiertas de paja y el cielo se había teñido de un delicado tono rosa .

—Un amanecer rojo —comentó Winston malhumorado, mientras ayudaba a las damas a subir al coche—. Va a llover, milady. No parece que esta condenada tierra quiera prepararle un buen recibimiento.

—También llovía en casa, Winston —dijo Mary encogiéndose de hombros—. No comprendo tu irritación.

—Perdone, milady. Debe de ser por la región. Es un lugar solitario y desolado, y los habitantes no son más que campesinos incultos.

Mary, que estaba subiendo al carruaje, se detuvo con un pie en el estribo y dirigió una mirada reprobadora a su criado.

—Para ser un cochero tienes una elevada opinión de ti mismo, mi buen Winston.

—Perdone, milady. No quería parecer despreciativo —se disculpó el sirviente, pero la altivez que se reflejaba en sus rasgos desmentía sus palabras.

Mary trepó al carruaje y ocupó su lugar. No podía censurar a los escoceses por no soportar a los ingleses. Incluso los sirvientes ingleses parecían mirar despectivamente a los habitantes de esta tierra y los consideraban unos patanes.

Mary, sin embargo, no era de la misma opinión. A través de las novelas de Walter Scott que había leído, se había formado otro concepto de la tierra al otro lado de la frontera. Lo que para algunos era un territorio desolado donde no existía la cultura ni las buenas costumbres era para ella uno de los pocos lugares en que los conceptos de honor y nobleza aún no habían muerto.

Para la mayoría de los jóvenes nobles de su edad, la tradición era solo una palabra vacía, un tópico con el que se trataba de legitimar la propia riqueza, mientras otros apenas tenían qué comer; aquí en el norte, en cambio, la palabra aún tenía un significado. Aquí se vivía con el pasado, y la gente estaba orgullosa de ello. Mary había visto claramente ese orgullo en los ojos del viejo.

Mientras el carruaje se ponía en movimiento y Kitty no dejaba de quejarse de que había dormido mal en el miserable camastro de la posada y de que le dolía la espalda, los pensamientos de Mary volvieron a girar en torno a lo que había dicho el extravagante viejo.

¿A qué debía de referirse cuando había hablado de traición? ¿Qué viejas tradiciones se habían abandonado en el campo de batalla de Bannockburn? El escocés parecía tomarse aquello muy en serio, aunque su lengua estuviera entorpecida por la cerveza. Mary pensó que su futuro país era una tierra llena de enigmas y contradicciones.

Perdida en sus pensamientos, miró por la ventanilla lateral del carruaje, vio pasar los edificios de Jedburgh, las tiendas de los comerciantes y los talleres de los artesanos. Algunas gallinas y un cerdo, que corrían sueltos por la calle, se apartaron a un lado asustados al ver que se acercaba el coche.

A aquellas horas apenas había nadie en la calle, solo unas mujeres que iban al mercado empujando sus carretillas. Poco después, el carruaje llegó a la plaza del mercado, una despejada superficie de cuarenta y cinco metros de lado rodeada de casas de dos pisos, entre ellas un despacho comercial y la casa del sheriff local.

En el extremo este de la plaza, algunas vendedoras habían instalado sus puestos y sus tenderetes y ponían a la venta lo poco que sus hombres habían podido arrancar al pobre suelo. Mary, sin embargo, no les dedicó ni una mirada. Toda su atención se centraba en el patíbulo que habían erigido en el centro de la plaza.

Era una tarima de madera sin pulir en la que se levantaban varias horcas. Mary vio con horror que de las sogas colgaban cinco hombres.

Los habían ejecutado al amanecer. Algunos soldados, que con sus uniformes rojos constituían la única nota de color frente al gris melancólico de las casas, montaban guardia ante las horcas.

—Qué horror —exclamó Kitty, tapándose la cara con las manos.

Trastornada hasta lo más íntimo por aquella visión, Mary sintió náuseas, pero no pudo apartar la mirada de los cinco cuerpos inanimados que colgaban de sus cuerdas, rígidos y sin vida. Y entonces descubrió con espanto que conocía a uno de los muertos.

Como no habían colocado sacos sobre las cabezas de los condenados, al pasar pudo ver los rostros de los muertos. Y en uno de ellos, Mary reconoció al viejo escocés que la había interpelado en el Jedburgh Inn, que le había hablado de Robert I Bruce y de la batalla de Bannockburn, de cómo la tradición del pueblo escocés había sido traicionada.

Las últimas palabras que había pronunciado acudieron a su mente. El hombre se había despedido de ella. De algún modo parecía haber intuido que no llegaría a ver el nuevo día.

Mary cerró los ojos; sintió duelo e ira al mismo tiempo. Había hablado con el viejo, le había mirado a los ojos. Sabía que no había sido un mal hombre, un criminal que mereciera ser colgado y expuesto a la vista de todos en la plaza pública. Pero en esta tierra —poco a poco Mary empezaba a comprenderlo— imperaban otras reglas.

Uno de los soldados que hacía guardia ante el patíbulo miró hacia el carruaje. Llena de espanto, Mary vio que era el joven cabo al que había reprendido ante la posada. El hombre esbozó una sonrisa irónica y se inclinó en su dirección. Se había vengado amargamente de la humillación que le había infligido.

Mary no sabía qué debía hacer. Le habría gustado indicar a Winston que detuviera el carruaje, para poder acercarse al cabo y reprenderle; pero una voz interior le decía que con aquello solo conseguiría empeorar las cosas.

El orgullo y la firmeza inquebrantable del viejo habían constituido, sin duda, un continuo motivo de irritación para los gobernantes ingleses. Lo habían colgado para dar ejemplo y mostrar a la población que era peligroso rebelarse contra los poderosos. E indirectamente, Mary había contribuido a ello.

Aquello la conmocionó hasta lo más hondo. Mary se avergonzó de pertenecer al grupo que tenía el poder en sus manos en aquellas tierras. En los bailes de la nobleza del sur, a la gente le gustaba divertirse hablando de la estupidez de los campesinos escoceses y comentando que, si hacía falta, debería inculcárseles la civilización incluso a la fuerza. Jóvenes que nunca habían padecido ninguna necesidad en su vida disfrutaban haciendo bromas de mal gusto sobre ellos.

Pero la realidad era distinta. En esta tierra no imperaba la civilización, sino la arbitrariedad; y no los escoceses, sino los ingleses, parecían ser aquí los auténticos bárbaros.

La indignación de Mary no tenía límites, lágrimas de rabia y de dolor asomaron a sus ojos, y mientras el carruaje abandonaba Jedburgh, la joven se preguntó una vez más a qué clase de horrible lugar la habían enviado.

4

Durante su época de sheriff en Selkirk, Walter Scott había asistido a dos autopsias.

Él mismo ordenó que se efectuara la primera cuando Douglas McEnroe, un notorio mujeriego, apareció desnucado en la zanja de la carretera que iba de Ashkirk a Lillisleaf; la otra debió realizarse cuando una viuda de Ancrum afirmó que la repentina muerte de su marido por un ataque al corazón no podía ser casual. En ambos casos, la sospecha de asesinato no se confirmó, y secretamente sir Walter deseaba que también hoy fuera así. Un sombrío presentimiento le decía, sin embargo, que era inútil esperarlo.

William Kerr era un hombre entrado en años, que caminaba encorvado por el peso de la edad y al que el reuma atormentaba en los días fríos y neblinosos, tan frecuentes en las Lowlands. Como era el único médico de Selkirk, Kerr siempre estaba ocupado, ya fuera para tratar el dolor de muelas de un lugareño o para asistir al parto de una vaca, porque el doctor era responsable de ambos tipos de urgencias.

Como sheriff de Selkirk, sir Walter había aprendido a apreciar a Kerr, no solo como amigo sino también como médico competente. Porque el viejo Will podía ser un tipo extravagante con costumbres peculiares, pero era el mejor médico que sir Walter conocía. Y ahora necesitaba su consejo.

—Bien —opinó Kerr con su característica entonación monótona, que a un oyente desprevenido le recordaría seguramente el sonido de un cuerno de caza oxidado—, por lo que puedo juzgar, el joven cayó desde una altura elevada.

—¿Cayó o fue empujado? —preguntó sir Walter—. Esta es la cuestión, amigo mío.

Caminando a pasitos cortos, Kerr contorneó la mesa donde estaba tendido el cuerpo del pobre Jonathan. Sir Walter había ordenado su traslado de Kelso a Selkirk para que el médico lo examinara, y por afligido que se sintiera por la cruel muerte de un hombre tan joven, el viejo Kerr parecía disfrutar también del cambio que suponía para él la observación de un cadáver.

Después de haber inspeccionado la fractura del cráneo, el médico lavó el cadáver de sangre para poder examinar mejor las heridas de Jonathan.

—No existen indicios de una acción violenta —constató finalmente—. Ninguna herida cortante o punzante en todo el cuerpo. La muerte se produjo a consecuencia del impacto, no hay duda de ello. Además el pobre joven se desnucó en la caída. Esto explica el ángulo poco natural en que se encuentran la cabeza y el tronco.

Sir Walter evitó mirar. El penetrante olor que impregnaba el aire de la habitación de trabajo de William Kerr, procedente de los innumerables aceites y esencias que el médico administraba a sus pacientes como remedio, ya le removía suficientemente el estómago. Pensar que ese hombre joven que yacía, pálido e inerte, sobre la mesa se encontraba, hacía solo unos días, en perfecto estado de salud le resultaba insoportable.

—La barandilla de la biblioteca es demasiado alta para que pudiera producirse una caída accidental —constató sir Walter—, y sencillamente me niego a creer que Jonathan se haya quitado la vida. Era un joven alegre y optimista, y no puedo imaginar ninguna razón que permita siquiera considerar seriamente la posibilidad de que...

—El amor.

Kerr alzó la mirada. En una muestra de ese extraño humor que se había hecho famoso entre los habitantes del pueblo, el médico rió suavemente entre dientes. Ante el ojo izquierdo llevaba un artilugio fabricado por él mismo, que consistía en un corto tubo de cuero y una lente de aumento —una ayuda para que nada escapara a la observación de sus viejos ojos—, y cuando miró a Scott con él, dio la sensación de que el ojo monstruoso de un cíclope había fijado su mirada en el señor de Abbotsford.

—Tal vez nuestro joven amigo tuviera penas de amor —aventuró Kerr—. Tal vez idolatrara a alguna dama que no le correspondía. No hay que subestimar el poder con el que una pasión no correspondida puede arrastrar a un alma humana al abismo.

—Eso es cierto, viejo amigo —asintió sir Walter—. Muchas de mis novelas hablan del poder del amor. Pero la única pasión del pobre Jonathan eran sus libros. Y al final —añadió con amargura— probablemente fueran ellos la causa de su perdición.

—¿Dice usted que el joven fue empujado desde la balaustrada?

—Eso supongo. No existe otra posibilidad.

—¿Porque los indicios así lo indican, o porque no quiere aceptar otra explicación?

—¿Qué quiere decir con eso, Will?

—¿Aún recuerda a Sally Murray?

—Naturalmente.

—Esa pobre mujer estaba tan convencida de que su marido había sido asesinado que no consideraba ninguna otra posibilidad. Sin embargo, la verdad era que había estado en Hawick con las prostitutas, y seguramente las jovencitas habían exigido un esfuerzo excesivo a su delicado corazón. —El médico volvió a reír entre dientes—. Esas cosas suceden, sir. El pasado no cambiará solo porque nosotros queramos que sea distinto.

—¿Por qué me cuenta esto, Will?

Kerr se sacó la lente de aumento y la dejó a un lado.

—En mis investigaciones, este objeto me presta un gran servicio —explicó—, pero no lo necesito para mirar en el alma de otras personas. Y en su alma, sir, con todos los respetos, descubro culpabilidad.

—¿Culpabilidad? ¿Por qué motivo?

—No lo sé, porque de hecho no tiene usted ninguna culpa de lo que le ha sucedido a este pobre joven. Pero le conozco bastante bien para saber que, de todos modos, se atormenta con reproches.

—Aunque tuviera razón, no veo adónde quiere ir a parar, Will.

—Piense en la viuda Murray. A ella le resultaba más fácil creer que su marido había sido envenenado que aceptar que había tenido un final poco honroso entre los brazos de una mujer de vida alegre. Y creo que usted, sir, quiere encontrar como sea a alguien que cargue con la culpa por la muerte de Jonathan.

—Tonterías. —Scott sacudió la cabeza—. No se trata de eso.

—Eso espero, sir. Pues, como sabe, la pobre viuda Murray murió sin haber aceptado nunca la verdad.

—Lo sé, mi buen Will —replicó sir Walter, suspirando—. Pero pasa por alto que existe una gran diferencia entre el caso Murray y este. Entonces no había ningún indicio que señalara que Lester Murray había muerto a causa de un corazón al que se había exigido demasiado. Pero aquí las cosas son distintas. Jonathan fue encontrado con el cráneo destrozado al pie de una balaustrada desde la cual era imposible que hubiera podido caer por sí mismo. Y por todo lo que sé del joven, tampoco existe ningún indicio de que albergara pensamientos suicidas. No son imaginaciones mías, Will. Existen elementos que apoyan que Jonathan Milton no fue víctima de un accidente. Fue un asesinato.

Una vez más sir Walter había elevado el tono sin darse

cuenta, y era consciente de que aquello no contribuía a aumentar su credibilidad. Era cierto que le costaba asimilar la muerte de su discípulo, pero eso no significaba que se refugiara en ideas descabelladas para huir de la realidad. ¿O tal vez sí?

El viejo Kerr miró a sir Walter a través de su saltón ojo óptico, que mientras tanto había vuelto a colocarse. Scott tuvo la sensación de que con él podía penetrar hasta el fondo de su alma.

—Le comprendo, sir —dijo el médico finalmente—. Posiblemente en su lugar yo sentiría lo mismo.

—Gracias, Will.

Kerr asintió con la cabeza, y a continuación se volvió de nuevo hacia el cadáver para examinar cada pulgada del cuerpo sin vida.

Pasaron unos minutos que se hicieron interminables, en los que sir Walter deseó encontrarse en cualquier otro lugar. ¿En qué novela estaba trabajando ahora?, pensó. ¿Cuál era la última escena que había escrito? No podía recordarlo. De pronto, la poesía y el romanticismo parecían estar muy lejos. En el laboratorio de William Kerr no había lugar para ellos.

—Aquí —dijo de repente el médico—. Podría ser eso.

—¿Ha encontrado algo?

—Pues sí... Aquí, en los brazos, hay zonas con equimosis. Esto podría indicar que el joven fue sujetado con bastante fuerza. Además, esto también me ha llamado la atención. ¡Escuche!

Con una sonrisa de complicidad, el médico presionó sobre las costillas del muerto, que cedieron con un leve crujido.

—¿Están rotas? —preguntó sir Walter, tratando de sobreponerse a la náusea.

—Así es.

—¿Y eso qué significa?

—Que es posible que hubiera una pelea durante la cual le rompieron las costillas a su alumno.

—O bien —añadió sir Walter, forzando el razonamiento— que las costillas de Jonathan se rompieron cuando alguien le empujó violentamente por encima de la barandilla.

—También eso sería posible. De todos modos, las fracturas podrían haber sido causadas igualmente por la caída.

—Siga buscando, Will —le pidió Scott al doctor—. Cuanto más encuentre, más nos acercaremos a la verdad de los hechos.

—No tiene por qué ser así —le contradijo el médico con un guiño, que debido a la lente de aumento resultó bastante grotesco—. Raramente más conocimiento proporciona también mayor claridad. Con bastante frecuencia ocurre lo contrario. Sócrates ya lo sabía.

A pesar de la tensión a que se encontraba sometido, sir Walter no pudo dejar de sonreír ante la ocurrencia del peculiar médico. Tal vez, efectivamente, William Kerr pudiera aportar algo de luz a la oscuridad. Una vez más, el médico no le decepcionó.

—¿Sir? —preguntó de repente.

—¿Sí, Will?

—¿De qué color era el manto de Jonathan?

—Bien, era... gris, por lo que puedo recordar —dijo sir Walter arrugando la frente—. ¿Qué importancia tiene eso?

—¿No sería negro? ¿De lana gruesa?

—No. —Sir Walter sacudió la cabeza—. No, por lo que recuerdo.

Una sonrisa triunfal se dibujó en el rostro de William Kerr. El médico cogió unas pinzas y sacó algo que se encontraba bajo la uña del pulgar de la mano derecha de Jonathan. Cuando lo levantó, sir Walter vio que se trataba de una fibra. Una fibra de lana negra.

—Al parecer —dijo el viejo William Kerr—, había alguien más en el archivo, aparte del joven Jonathan.

El ambiente era lúgubre en la biblioteca. Entre las altas estanterías repletas de viejos infolios, el tiempo parecía haberse detenido, y el polvo de los siglos transcurridos llenaba el aire. Aunque habían colocado numerosas velas encendidas en las mesas de lectura, al cabo de unos pasos su luz era absorbida por la oscuridad.

Quentin Hay no era un hombre valiente. El sobrino de Walter Scott carecía del carácter enérgico y decidido de su tío, y sin duda no podía considerársele un modelo de osadía. Mientras que sus hermanos habían sabido enseguida qué querían ser —Walter, el pequeño, que había recibido el nombre de su tío, había ido a Edimburgo para estudiar derecho, y Liam, el mayor, había entrado en los dragones—, Quentin había cumplido los veinte años sin tener la más remota idea de qué haría consigo mismo y con su vida, con gran pesar de su madre, que finalmente había decidido que emulara a su hermano y se convirtiera también en escritor.

No es que Quentin no pudiera imaginarse ganándose el pan con la escritura; el problema estaba en que también podía imaginarse viviendo del ejercicio de cualquier otra profesión. Y aunque le gustaba escribir, dudaba mucho que su disposición para desempeñar este oficio fuera tan marcada como la de su tío.

En cualquier caso, de esta manera había tenido la oportunidad de salir de su casa. Y se encontraba a gusto en Abbotsford. No solo porque sir Walter era para él un maestro paciente y sabio y, en muchos aspectos, una figura paterna más relevante que su padre carnal, un hombre lacónico y muy trabajador, que ejercía de contable en un despacho comercial de Edimburgo; sino también porque sir Walter no le presionaba, como solían hacer sus padres, y porque Quentin, por primera vez, tenía la sensación de poder decidir por sí mismo qué quería hacer con su vida. Al menos la mayoría de las veces.

De todos modos, sentarse hasta tarde en la noche, expuesto a las corrientes de aire en una fría biblioteca, para buscar indicios sobre un asesinato no se encontraba entre las actividades que habría escogido si le hubieran dado la oportunidad de elegir. Pero sir Walter había dejado clara la urgente necesidad que tenía de su ayuda, y Quentin, que podía percibir cuánto había afectado a su tío la muerte de Jonathan Milton, no había querido dejarle en la estacada. Por otra parte, él mismo se sentía consternado por el repentino y terrible final del joven estudiante, con el que a menudo había ido a Jedburgh para comprar o para visitar la posada local.

A lo largo del día, Quentin había echado una mano al abad Andrew y a sus compañeros de congregación en la revisión de los fondos de la biblioteca, una empresa prácticamente imposible habida cuenta del volumen de tesoros de papel que se acumulaban en las altas estanterías. Los monjes se habían concentrado en las zonas donde había trabajado Jonathan Milton, y naturalmente también habían revisado los estantes del piso superior, el último lugar donde había estado el estudiante.

A su modo contemplativo, los premonstratenses se habían puesto silenciosamente al trabajo. Al principio, a Quentin el silencio le había parecido opresivo y difícil de soportar, pero en el curso del día se había acostumbrado a él, y con el tiempo se había convertido en algo incluso liberador. Finalmente había podido disfrutar de la posibilidad de encontrarse solo con sus pensamientos, con su miedo, su dolor y su rabia contra los responsables de la muerte de Jonathan.

Al llegar la noche no se había descubierto aún ningún indicio de que un ladrón hubiera actuado en la biblioteca. Todos los volúmenes parecían estar en su lugar, cuidadosamente alineados y cubiertos por un polvo de décadas. A la caída del sol, los monjes se habían retirado para recogerse en oración y acabar el día en clausura.

Quentin, sin embargo, había permanecido en la biblioteca.

Un sentimiento hasta entonces desconocido se había apoderado de él y le impelía a continuar la búsqueda: la ambición.

Quentin se sentía dominado por el irreprimible impulso de descubrir qué había ocurrido, aunque era incapaz de definir con exactitud de dónde procedía esa compulsión. Tal vez fueran las misteriosas circunstancias de la muerte de Jonathan las que habían despertado su curiosidad y le llevaban incluso a pasar la noche en ese entorno siniestro y sombrío. O tal vez fuera la posibilidad de demostrar por fin a su tío de qué era capaz.

Sir Walter había hecho ya tanto por él..., y ahora tenía la oportunidad de demostrarle su gratitud. Quentin estaba seguro de que su tío no volvería a encontrar la paz hasta que las circunstancias de la muerte de Jonathan hubieran quedado completamente aclaradas. Y si él podía contribuir en algo, quería hacerlo, por desagradables que fueran las circunstancias.

El joven evitó mirar alrededor, hacia la biblioteca iluminada por la luz crepuscular de las velas. Aunque sus capacidades literarias dejaban bastante que desear, Quentin disponía de una fantasía desbordada que le hacía ver por todas partes, en los pasillos y en los rincones oscuros que se abrían entre las estanterías, formas espectrales: los mismos fantasmas que todos los niños creen ver en las noches oscuras y de los que Quentin en realidad nunca había llegado a deshacerse.

Recordó que su tío le había preguntado una vez, divertido, si creía en los fantasmas. Naturalmente que no, había negado Quentin, que al fin y al cabo no quería quedar en ridículo ante él. Pero en el fondo sabía que había mentido. El joven estaba convencido de que había cosas entre la tierra y el cielo que no podían explicarse racionalmente, y una sala desierta e insuficientemente iluminada, repleta hasta el techo de escritos y libros antiquísimos, constituía un entorno de lo más apropiado para dar alas a esta creencia.

—Tengo que concentrarme —dijo Quentin, rememorando el lema que le había inculcado su tío—: El entendimiento aporta a la oscuridad una luz más clara que la de cualquier fuego.

No sonaba muy convincente, pero le tranquilizó oír su

propia voz. Con ánimo resuelto cogió la palmatoria y el material de escritura y volvió arriba para continuar su trabajo.

Parte de los libros del archivo ya había sido catalogada por los monjes. Eso significaba que los libros estaban provistos de signaturas sucesivas que señalaban el orden en que estaban dispuestos en las estanterías. Si habían sacado un libro de allí, sería muy fácil descubrirlo: era imposible que el ladrón hubiera podido cambiar las restantes signaturas. De todos modos, teniendo en cuenta el abrumador número de volúmenes que se almacenaban en el archivo de Dryburgh, la tarea de revisar todas las signaturas y comprobar que no faltaba ninguna era un trabajo hercúleo. Y si el ladrón no había sido tan tonto para llevarse un ejemplar registrado y había sustraído uno de la zona no catalogada de la biblioteca, nunca conseguirían encontrar su pista.

A la luz oscilante de la vela, Quentin pasó revista a la siguiente estantería. Las signaturas incluían varias cifras romanas y caracteres que no eran fáciles de distinguir. Seguirlos requería la máxima concentración, de modo que el joven se olvidó casi por completo de su lúgubre entorno.

Una tabla que sobresalía, deformada por la humedad, lo devolvió súbitamente a la realidad.

La punta de su bota se enganchó en el resalte, haciéndole perder el equilibrio. Quentin se inclinó hacia delante, y antes de que pudiera reaccionar y sujetarse a algún sitio, cayó de bruces contra el suelo y aterrizó con un crujido sordo sobre las viejas tablas, que gimieron de un modo inquietante bajo su peso.

Instintivamente, Quentin había soltado la palmatoria, que al golpear contra el suelo se partió en dos. Separada de su soporte, la vela aún encendida rodó por el entarimado, que en ese lugar descendía ligeramente. Con los ojos dilatados por el espanto, Quentin vio cómo se alejaba girando.

—¡No! —exclamó como si quisiera reprender a la desconsiderada vela, y se lanzó, reptando, en su persecución.

Mientras corría a cuatro patas tras ella, se sintió dominado por el pánico. Si el fuego prendía en uno de los estantes, las llamas se extenderían en cuestión de segundos. El pergamino tratado con aceite ardería como yesca, igual que el viejo papel, con una antigüedad de siglos. De todas las torpezas y negligencias que había cometido en su vida, aquella sería con diferencia la más terrible.

—No —gimió al ver que la vela rodaba bajo una de las estanterías.

El joven se dejó caer sobre el vientre y reptó desesperado por el suelo. El polvo que se levantó le escoció los ojos y le hizo toser. Impulsado por el pánico, continuó la extraña persecución, hasta que constató, aliviado, que la vela se había detenido bajo el estante.

Se estiró y trató de alcanzarla, pero sus brazos eran demasiado cortos. En un arranque de ingenio cogió la pluma, que aún sostenía en la otra mano, y con su ayuda acercó la vela.

Ignorante del terror que había desencadenado, el cabo de cera rodó por el suelo e iluminó las tablas.

En ese instante Quentin lo vio.

A la luz fugitiva de la llama, se vio solo durante un brevísimo instante, pero despertó la atención de Quentin, que rápidamente hizo rodar de nuevo la vela hacia atrás.

No se había equivocado. En la tabla, bajo el estante, se distinguía un signo, un emblema que alguien había tallado en la madera blanda.

Intrigado, Quentin se inclinó hacia delante y metió la cabeza tanto como pudo entre el suelo y el estante.

El signo era más o menos del tamaño de su palma y parecía un sello, con la diferencia de que no podía distinguirse en él ninguna letra. Estaba formado solo por dos elementos: uno curvado, que parecía una media luna, y otro recto, que la atravesaba.

Aunque Quentin nunca había visto aquel signo, había algo en él que le resultaba extrañamente familiar, y que al mismo tiempo le atemorizaba.

¿Qué podía significar aquello? ¿Por qué habían hecho una incisión en la madera precisamente en aquel lugar?

«Tal vez para marcar algo», se respondió el sobrino de sir Walter a sí mismo. Con gesto decidido, asió la vela y la sacó de debajo del estante. Como el candelero estaba roto, tenía que sujetarla directamente con las manos, de modo que la cera goteaba sobre sus dedos. Pero Quentin no se preocupó por eso. Su pulso se había acelerado; la emoción era aún mayor ahora que intuía que podía haber descubierto algo realmente importante. Posiblemente su torpeza le había prestado un buen servicio en aquella ocasión. Tal vez fuera el primero que había descubierto el símbolo...

Lentamente se incorporó y, a la luz de la vela, examinó la estantería bajo la que había descubierto el signo. El resplandor de la llama no llegaba muy lejos; tuvo que buscar hilera tras hilera, subiendo cada vez más.

De pronto se detuvo. Faltaba un volumen.

En medio de una hilera de infolios que no llevaban ninguna identificación, se abría un hueco de un palmo de ancho aproximadamente.

—Aquí está —susurró Quentin, y el tono conspirativo con que había pronunciado estas palabras hizo que el pelo se le erizara en la nuca—. Lo he encontrado.

De modo que su tío tenía razón. Un ladrón había entrado, efectivamente, en la biblioteca, y él, Quentin, había encontrado la prueba de ello. Su pecho se hinchó de orgullo y sintió deseos de proclamar a gritos su euforia.

Entonces, de pronto, oyó un ruido siniestro.

Unas pisadas suaves, palpitantes, subían por la escalera de la galería. Las tablas gemían bajo su peso.

Por un momento, Quentin se quedó paralizado de terror, y su antigua pusilanimidad se impuso de nuevo. Luego, sin embargo, hizo un esfuerzo por controlarse. Tenía que dejar de creer en fantasmas; de otro modo nunca conseguiría ganarse el respeto de su tío y de su familia.

—¿Quién va? —preguntó en voz alta, intentando que su voz sonara firme y segura.

No recibió respuesta.

—¿Tío, eres tú? ¿O es usted, abad Andrew?

De nuevo reinaba un silencio helado en la biblioteca; también los pasos habían dejado de oírse.

Quentin se humedeció los labios. Se había propuesto firmemente dejar de creer en fantasmas, pero ¿por qué el visitante nocturno no respondía cuando le interpelaban? El recuerdo de lo que le había sucedido al pobre Jonathan volvió a su memoria, y el miedo le oprimió el pecho como un anillo de hierro, dejándole sin aire.

—¿Quién va? —preguntó de nuevo, y con la vela en la mano, volvió caminando por el pasillo que formaban las estanterías. Horrorizado, constató que su vela era ahora la única fuente de luz en la biblioteca. Alguien había apagado todas las demás y había dejado el archivo en la oscuridad.

¿Con qué objeto?

Aferrando la vela con las dos manos, como si fuera un espíritu bueno que le conducía a través de las sombras, Quentin siguió hasta el final del pasillo. Pisaba con cuidado y se estremecía con cada crujido que emitían las viejas tablas. Finalmente alcanzó el pasillo principal y echó un vistazo hacia fuera. Aquello era desesperante. El débil resplandor de la llama desaparecía unos pocos codos más allá, tragado por la polvorienta negrura de la sala. Quentin solo podía imaginar qué se encontraba al otro lado; un escalofrío recorrió su cuerpo al pensar en ello.

A pesar del manto que llevaba, de pronto sintió frío. Tuvo que hacer un gran esfuerzo para contener el pánico que crecía en su interior. Con cuidado colocó un pie ante el otro. Tenía que alcanzar la escalera; solo tenía un deseo, abandonar la biblioteca cuanto antes. Primero el signo misterioso en el suelo, luego el volumen que faltaba, finalmente los pasos en la oscuridad…

En aquella biblioteca sucedían cosas siniestras con las que Quentin no quería tener nada que ver. Poco le importaba lo que dijeran los demás. Que se sintieran decepcionados si querían, pero no tenía ningunas ganas de sufrir el mismo triste destino de Jonathan.

Con pasos inseguros se dirigió hacia la escalera, pasando ante las hileras de estanterías. Era como en las noches intranquilas de su infancia, cuando horrores indecibles le espiaban en los oscuros rincones. También ahora, Quentin se estremecía al creer reconocer aquí una sombra, allá una figura imprecisa. Tuvo que hacer de tripas corazón para seguir colocando un pie ante el otro. Y entonces, de pronto, distinguió una figura que se erguía ante él, en la oscuridad. Durante un instante pensó que era también un fantasma creado por su miedo, un desvarío de su fantasía. Pero cuando la sombra se movió, Quentin comprendió que se había equivocado.

Un grito salió de su garganta y se llevó las manos a la cara. La vela se le escapó de nuevo de las manos y cayó al suelo. Mientras rodaba, sus rayos oscilantes iluminaron a la extraña figura, y la sospecha de Quentin se convirtió en una espantosa certeza.

¡Aquel fantasma era real!

Quentin vio un manto oscuro y una cara sin contornos. Luego sintió un calor abrasador a su espalda, seguido de una claridad cegadora.

Obedeciendo a un instinto repentino, Quentin se volvió y se encontró frente a un mar de llamas.

Las estanterías se habían incendiado. Un fulgor amarillo ascendía flameante y se propagaba ya a las filas de libros, devorándolos como un ávido Moloch.

—¡No! —gritó Quentin horrorizado, al ver cómo la sabiduría de siglos caía víctima de la furia de las llamas. Y un segundo después supo que había sido culpa suya. Había dejado caer la vela y...

El joven se volvió de nuevo y miró hacia el encapuchado

que le había provocado aquel pánico irrefrenable. El fantasma había desaparecido. Pero ¿había existido acaso realmente, o era solo una quimera surgida de sus miedos? ¿Había vuelto a soñar con los ojos abiertos?

No le quedaba tiempo para pensar en ello. El fuego ya se había propagado a las siguientes estanterías. Con un fragor sordo, las llamas devoraban los valiosos libros e infolios. Un horror indecible le invadió. Por un instante, Quentin permaneció inmóvil, como petrificado, ante aquella visión. Luego comprendió que tenía que hacer algo.

—¡Fuego! ¡Fuego! —aulló tan fuerte como pudo, y se precipitó hacia las estanterías en llamas con el valiente pero insensato propósito de salvar al menos algunos libros. Un humo acre, que le ardía en los ojos y le cortaba la respiración, brotaba de los infolios.

Consiguió coger algunos libros que aún no habían ardido y los sacó del estante para salvarlos de las llamas, pero el humo le rodeaba por todas partes y le envolvía como una pared densa e impenetrable.

Quentin empezó a toser. Una humareda cáustica le corroía los pulmones, y sintió que se mareaba. Las fuerzas le abandonaron y dejó caer los libros. Le temblaban las rodillas, y las piernas apenas le sostenían.

Con los ojos hinchados por el humo, alcanzó a divisar la escalera. Tenía que llegar hasta ella; si no, moriría entre las llamas.

Tosiendo y ahogándose, se abrió paso con dificultad entre la densa humareda, apretándose contra la cara el pañuelo que llevaba atado al cuello.

—¡Fuego! —seguía gimiendo mientras avanzaba, pero el fragor del incendio, que había desencadenado una verdadera tormenta de fuego en la biblioteca, ahogaba sus gritos.

Finalmente alcanzó la barandilla y consiguió sujetarse a ella. Las tablas temblaban bajo sus pies. A punto de perder el conocimiento, avanzó hacia la escalera aferrándose a la balaustrada. Luchando por respirar, siguió adelante con esfuerzo, alcanzó el primer escalón... y perdió el equilibrio.

Quentin aún fue consciente de que caía al vacío. Luego las llamas parecieron extinguirse de golpe y todo se volvió negro a su alrededor.

La vio en la lejanía. Montaba un caballo blanco como la nieve, que galopaba a través del paisaje con las crines ondulantes y la cola al viento. Cuanto más se acercaba, más claramente podía distinguir sus rasgos.

Era joven, no mayor que él, y de figura elegante. Cabalgaba erguida, sentada a lomos de su caballo, que no llevaba silla ni riendas, y se agarraba con fuerza a las crines. Sus cabellos ondeaban al viento y enmarcaban un rostro de rasgos regulares, con una boca pequeña y unos ojos que brillaban como estrellas. Parecía llevar como única prenda una sencilla camisa de lino, que flotaba en torno a su cuerpo como agua.

Era la criatura más hermosa que jamás había visto. Y aunque podía distinguirla claramente, aunque sentía el viento y olía el aire húmedo y perfumado que ascendía del suelo, supo que no era real, sino solo un sueño.

La amazona se acercó a él.

Los cascos de su caballo apenas parecían rozar el suelo; el animal avanzaba a una velocidad que cortaba el aliento. Aunque intuía que era solo un espejismo, extendió las manos hacia ella, trató de tocarla...

—¿Quentin?

La voz parecía venir de muy lejos, como si procediera del otro lado de un extenso valle y el viento trajera sus palabras hasta él.

Quentin no quería oírlas. Sacudió la cabeza y se apretó las

manos contra los oídos, pues solo tenía ojos para la amazona, que ahora parecía volver a alejarse.

—¡No! —gritó decepcionado—. ¡No te vayas! Por favor, no te vayas...

—Tranquilo, hijo. Todo va bien.

Otra vez la voz. Esta vez estaba considerablemente más cerca, y cuanto más clara se volvía, más borrosa se hacía la imagen de la joven.

—Por favor, no te vayas —murmuró Quentin de nuevo.

Entonces sintió que alguien le tocaba el hombro, y abrió los ojos.

Para su sorpresa, se encontró ante el rostro de un hombre. El cabello gris pálido, peinado hacia delante, enmarcaba unos rasgos que revelaban decisión y fuerza, pero también preocupación. Quentin tardó aún unos segundos en comprender que ya no se encontraba en el reino de los sueños y que aquella cara que le observaba con preocupación era la de Walter Scott.

—Tío Walter —susurró. Le costaba hablar; cada palabra le ardía en la garganta como fuego.

—Buenos días, Quentin. Espero que hayas dormido bien.

Una sonrisa juvenil se dibujó en el rostro de sir Walter, y un poco de la energía casi inagotable de que estaba dotado el señor de Abbotsford asomó en su mirada. Quentin, en cambio, se sentía desdichado y exhausto. Y cuando el recuerdo de lo ocurrido volvió a él, supo por qué.

—¿Dónde estoy? —preguntó con voz ronca.

—En Abbotsford.

—¿En Abbotsford?

Quentin miró alrededor, sorprendido. Efectivamente se encontraba en su dormitorio, en la propiedad de su tío. Estaba tendido en la cama, y sir Walter se encontraba a su lado, sentado en el borde. La luz mate del amanecer penetraba a través de la ventana anunciando un nuevo día.

—¿Cómo he llegado hasta aquí?

—Tuviste mucha suerte. El abad Andrew y sus monjes descubrieron el fuego y no dudaron en penetrar en aquel mar de llamas para salvarte.

—Entonces ¿consiguieron apagar el incendio?

—No, eso no. —La voz de sir Walter sonaba decepcionada—. El almacén de grano de Kelso ha ardido hasta los cimientos, y con él todos los libros que albergaba. La sabiduría del pasado ha quedado reducida a cenizas. Pero tú, querido muchacho, estás vivo. Solo eso importa.

—Reducida a cenizas —repitió tristemente Quentin como un eco, atormentado por su mala conciencia; los remordimientos le oprimían la garganta—. Habría sido mejor que los monjes me hubieran dejado morir entre las llamas —dijo en voz baja.

—¡Por Dios, muchacho! —De pronto la voz de sir Walter había adoptado un tono severo—. Deberías mostrarte más agradecido —exclamó frunciendo las cejas—. Los hermanos te encontraron inconsciente al pie de la escalera. Si no te hubieran rescatado, no estarías ahora entre nosotros.

—Lo sé, tío —dijo Quentin, compungido—. Y tal vez hubiera sido mejor.

—¿Cómo puedes decir algo así? Estábamos muy preocupados por ti. El doctor Kerr y lady Charlotte no se han apartado de tu lado en toda la noche.

—No lo merezco, tío —replicó Quentin, abatido—. Porque el incendio de la biblioteca...

—¿Sí?

—... lo provoqué yo —acabó su confesión Quentin—. Dejé caer mi vela y la llama prendió en uno de los estantes. Traté de salvar algunos de los libros, pero era demasiado tarde. Es culpa mía, tío. Los que dicen que no sirvo para nada tienen razón. En todos los meses que llevo aquí contigo, solo he sido una carga para ti. Te he decepcionado.

Quentin, que se sentía incapaz de mirar a su tío a la cara, cerró los ojos esperando que sir Walter le dedicara una retahíla de improperios e imprecaciones furiosas. Pero en lugar de eso, sir Walter dejó escapar un largo, larguísimo suspiro.

—¿Quentin?

—¿Sí, tío? —replicó parpadeando.

—¿Doy la impresión de estar furioso contigo?

—Pues... no, tío.

—Eres un joven muy necio, ¿sabes?

—Sí, tío.

—Pero no por las razones que has nombrado, sino porque aún sigues sin comprender cuánto significas para todos nosotros. ¿Sabes cuánto hemos llegado a preocuparnos por ti? Ya he perdido a Jonathan, Quentin. Y no habría soportado perderte a ti también. Eres mi sobrino, carne de mi carne. No debes olvidarlo nunca.

Quentin se permitió una tímida sonrisa.

—Es muy amable por tu parte, tío, y lamento mucho haberos causado tantas preocupaciones. Pero el incendio de la biblioteca fue culpa mía. Ahora nunca sabremos quién asesinó al pobre Jonathan.

—Yo no estaría tan seguro.

—¿No? ¿Por qué?

—Porque el abad Andrew y sus compañeros de congregación descubrieron unos recipientes vacíos detrás de la biblioteca. Recipientes en los que se había guardado petróleo.

—¿Y eso qué significa?

—Significa, muchacho, que fue un incendio provocado. Alguien arregló las cosas para que la biblioteca fuera pasto de las llamas.

—Entonces... ¿no tengo la culpa de nada?

—Claro que no. ¿Crees en serio que una simple vela podría desencadenar un infierno como ese en un abrir y cerrar de ojos?

Quentin respiró. Por un breve instante se sintió tan puro y ligero como si el padre Cawley le hubiera dado la absolución. Pero luego algo volvió a su memoria...

—¿De modo que fue un incendio provocado?

—Eso parece. Por lo visto alguien quiso borrar las huellas que había dejado en la biblioteca.

—El encapuchado —susurró Quentin, y sintió que un escalofrío le recorría la espalda—. La figura oscura. Creí que era solo una alucinación, pero...

—¿Quentin?

—¿Sí, tío?

—¿Hay algo que quieras contarme?

—No —dijo Quentin rápidamente, para dejar escapar luego un indeciso «Sí». ¿Qué tenía que perder a estas alturas? Tanto peor si su tío le tomaba por un soñador y un iluso; él se atendería a la verdad—. Creo que no estaba solo en la biblioteca —acabó por confesar en tono vacilante.

—¿Qué quieres decir?

—Quiero decir que allí había alguien más. Una figura oscura.

—¿Una figura oscura?

Sir Walter le dirigió una mirada en la que se mezclaban la incredulidad y la estupefacción.

—Parecía un fantasma —continuó Quentin—, como un espíritu de esas historias con que asustan a los niños en Edimburgo. De pronto apareció en la oscuridad y me miró fijamente, pero no pude ver su cara.

—¿Dijo algo?

Quentin sacudió la cabeza.

—Solo estaba ahí inmóvil, mirándome. Y cuando estalló el incendio, desapareció de pronto.

—¿Estás completamente seguro de eso?

—No. —Quentin sacudió la cabeza—. No lo estoy, tío. Todo fue tan rápido y me asusté tanto que ya no sé lo que realmente vi y lo que no.

—Comprendo. —Sir Walter asintió lentamente—. ¿De modo que también podría ser que tu miedo te hubiera jugado una mala pasada?

—Podría ser.

Sir Walter volvió a asentir con la cabeza, y Quentin pudo reconocer la decepción en el rostro de su tío y mentor. Su tío estaba demasiado contento de verle sano y salvo para regañarle por su falta de atención, y aquello casi le dolía más que haberle decepcionado.

—Allí había algo más, tío —dijo rápidamente.

—¿Sí?

—Poco antes de que la sombra apareciera, antes de que oyera sus pasos, había descubierto una cosa.

—¿Qué, hijo mío?

—Era un signo. Un símbolo grabado en una de las tablas del suelo.

—¿Qué clase de signo?

—No lo sé. No era un número ni una letra, al menos no de ninguna lengua que conozca. Y cuando examiné la estantería que había encima, constaté que faltaba uno de los volúmenes.

—¿Qué estás diciendo?

—Faltaba uno de los volúmenes —repitió Quentin, convencido—. Alguien debió de llevárselo. Posiblemente esa figura del manto negro.

—¿Con un manto negro, dices? —Los ojos de sir Walter se habían entornado hasta convertirse en dos estrechas rendijas, como si Quentin acabara de decir algo increíblemente importante—. ¿Has dicho que la figura llevaba un manto negro? ¿De lana, tal vez?

—Sí, con una capucha —confirmó Quentin—. ¿Por qué es importante eso, tío?

—Porque el doctor Kerr ha encontrado fibras de lana negras junto al cadáver de Jonathan —explicó sir Walter en tono preocupado—. ¿Entiendes lo que eso significa, muchacho?

—¿Que no he imaginado esa figura? —preguntó Quentin prudentemente.

—Más que eso. Podría significar que te encontraste con el asesino de Jonathan. Y que intentó matarte a ti también.

—¿Matarme a mí? —dijo Quentin, con un nudo en la garganta—. Pero ¿por qué, tío? ¿Por qué alguien iba a hacer algo tan espantoso? —graznó.

—No lo sé, Quentin —replicó sir Walter sombríamente—. Pero me temo que tu descubrimiento da un giro totalmente nuevo a los acontecimientos. Tanto si al sheriff Slocombe le gusta como si no, tendremos que alertar a la guarnición.

Pocos días después del incendio del archivo de Dryburgh, un carruaje escoltado por jinetes uniformados descendía por la estrecha carretera que conducía a Abottsford siguiendo la orilla del río Tweed.

En el coche viajaban John Slocombe, el sheriff de Kelso, y un hombre moreno en cuya presencia Slocombe se sentía extremadamente incómodo.

El hombre era británico.

Aunque llevaba una levita civil, pantalones grises y botas de montar, en su apariencia había algo marcial. Llevaba el pelo corto, y tenía unos ojos de mirada penetrante y unos rasgos de expresión casi ascética. Su fina boca parecía cortada a cuchillo, y su porte revelaba claramente que estaba acostumbrado a dar órdenes.

Su nombre era Charles Dellard.

Inspector Dellard.

Dotado de amplios poderes, había viajado allí por encargo del gobierno para investigar los misteriosos acontecimientos ocurridos en la biblioteca de Kelso.

Slocombe apenas se atrevía a mirar a la cara a su acompañante. Con aire sumiso, el sheriff mantenía los ojos fijos en el suelo, y solo de vez en cuando, cuando creía que el otro no le observaba, se atrevía a dirigirle una mirada furtiva.

Los peores temores del sheriff se habían confirmado con

creces. La ley que debía garantizar la paz más allá de la frontera exigía que, siempre que los sheriffs locales se sintieran superados en la realización de una tarea, requirieran el apoyo de las guarniciones militares. La idea de que un arrogante oficial inglés, que había sido trasladado al norte para hacer méritos, se dejara caer por allí y se hiciera cargo de su trabajo no había agradado en absoluto a Slocombe, que por eso había rogado a sir Walter que mantuviera el asunto en sus manos. Nunca era bueno reclamar la ayuda de los ingleses, porque demasiado a menudo ya era imposible deshacerse de ellos. Sin embargo, después del incendio de la biblioteca, que casi había costado la vida a su sobrino, no había habido forma de disuadir a Scott de que reclamara la ayuda de la guarnición. Y Slocombe, que de ese modo veía considerablemente reducido su margen de actuación, no había tenido más remedio que poner al mal tiempo buena cara. Scott parecía realmente obsesionado con la idea de que un asesino se paseaba por Kelso, y nada ni nadie iban a convencerle de lo contrario.

Slocombe había decidido entonces ejercer la menor resistencia y había permitido que la humillación recayera sobre él; pero, como había podido comprobarse, aquel caso había hecho más ruido del que él o cualquier otro que viviera en la zona fronteriza pudieran juzgar conveniente. Tal vez aquello estuviera relacionado con el hecho de que Scott era una celebridad, cuyas novelas se leían incluso en la corte real. En cualquier caso, se había informado a Londres del asunto, y pocos días después Dellard había aparecido en Kelso; un inspector del gobierno que había anunciado que tenía intención de resolver el caso sin dejar ningún cabo suelto. Le gustara o no, la realidad era que Slocombe había sido degradado al papel de ayudante, al que no le quedaba más que cooperar o perder un puesto bien remunerado en la administración local.

—Odio estos inacabables bosques y colinas —se quejó Dellard mientras echaba un vistazo por la ventana—. Se diría que en este agreste territorio la civilización ha florecido de forma tan parca como la cultura de sus habitantes. ¿Falta mucho para la residencia de Scott?

—Ya no está muy lejos, sir —se apresuró a responder Slocombe —. Abbotsford se encuentra junto al Tweed, no lejos de...

—Ya es suficiente. No he venido aquí para realizar estudios geográficos, sino para aclarar un caso de asesinato.

—Naturalmente, sir. Aunque, si me permite la objeción, aún no está demostrado que se trate de un asesinato.

—Será mejor que me deje a mí esta decisión.

—Naturalmente, sir.

El carruaje abandonó el bosque que bordeaba la orilla del río y se acercó a un portal erigido con piedra natural, cuyas verjas estaban abiertas de par en par. Carruaje y jinetes cruzaron la puerta y siguieron por la avenida hacia el imponente edificio que se levantaba a su extremo. La agrupación de muros, torres y almenas de piedra arenisca tallada recordaba a un castillo medieval.

—¿Es esto? —preguntó Dellard.

—Sí, señor, esto es Abbotsford.

—Scott parece ser una persona que se interesa por el pasado.

—Es cierto. Muchos dicen que encarna el alma de Escocia.

—Eso me parece algo exagerado. En Londres me hablaron de este edificio y también del poco gusto con que mezcla diversos estilos. De todos modos, Scott parece tener dinero, lo que aquí, en el norte, no es demasiado corriente.

El cochero tiró de las riendas y el carruaje se detuvo. Con actitud solícita, Slocombe descendió y abatió el estribo para que bajara su superior, y Dellard le dejó hacer como si fuera algo perfectamente natural. Con la grave indolencia de los hombres acostumbrados al poder, bajó del coche y observó con aire despreciativo al mayordomo, que se acercaba con cara de sorpresa.

—Buenos días, sir —dijo el sirviente, un hombre de constitución robusta y manos toscas que sin duda sabía más de cuidar caballos que de tratar con visitas de alto rango. El hombre se inclinó indeciso—. ¿Qué le trae a esta casa, señor?

—Querría hablar con sir Walter —exigió Dellard en un tono que no admitía réplica—. Enseguida.

—Pero, señor... —El mayordomo le dirigió una mirada sorprendida—. No creo que su visita haya sido anunciada. Sir Walter es un hombre muy ocupado, que...

—¿Demasiado ocupado para recibir a un alto comisionado del gobierno? —Dellard enarcó sus delgadas cejas—. Me sorprendería que fuera así.

—¿A quién debo anunciar? —preguntó el empleado, amedrentado.

—Al inspector Charles Dellard, de Londres.

—Muy bien, sir. Si quiere hacer el favor de seguirme... —Y con un gesto desmañado, mostró al visitante el camino hacia la entrada.

Con una seña, Dellard ordenó a los miembros de su escolta —ocho jinetes que llevaban el uniforme rojo de los dragones británicos— que desmontaran y le esperaran. A Slocombe, en cambio, le indicó con un gesto que le siguiera al interior de la casa.

Los tres hombres entraron en el patio de la residencia a través de un portal enmarcado por rosales, y después de pasar junto al surtidor que ocupaba el centro del jardín, llegaron al vestíbulo de entrada. Desde allí, el mayordomo condujo a Dellard y a Slocombe al salón, una habitación caldeada por una chimenea en la que crepitaba el fuego y desde cuyas grandes ventanas se disfrutaba de un amplio panorama sobre el Tweed. Dellard miró alrededor con indisimulada curiosidad.

—Si los señores quieren hacer el favor de esperar —dijo el mayordomo, y se retiró. Se veía claramente que se sentía incómodo en presencia del inglés.

A John Slocombe le sucedía lo mismo. Si el sheriff hubiera

tenido posibilidad de hacerlo, también se habría esfumado. Pero debía resignarse a su situación si quería conservar su trabajo. Además, estaba en manos de sir Walter enderezar la situación. Había sido Scott quien había insistido en dar aviso a la guarnición; de modo que sería él quien tendría que arreglárselas para deshacerse de nuevo de los ingleses.

No tardaron en oírse pasos en la habitación contigua. La puerta se abrió y sir Walter entró en la sala, vestido, como siempre, con una sencilla chaqueta. Como ocurría con frecuencia, sus ojeras revelaban que en las últimas noches había dormido poco.

Su sobrino Quentin le acompañaba, lo que contribuyó a empeorar el humor de Slocombe, que no podía soportar a aquel joven desgarbado de cara pálida. A sus ojos, él era el culpable del incendio de la biblioteca y solo había inventado aquella historia del visitante siniestro para eludir su responsabilidad. Y ahora todos tenían que cargar con la guarnición.

—¿Sir Walter, supongo? –preguntó el inspector Dellard, sin dar oportunidad a presentarse al señor de la casa. Sus formas directas revelaban su origen militar.

—Así es —confirmó sir Walter, y se acercó con aire escéptico—. ¿Y con quién tengo el honor de hablar?

Dellard se inclinó rígidamente.

—Charles Dellard, inspector comisionado por el gobierno —se presentó—. Me han enviado para investigar los acontecimientos de la biblioteca de Kelso.

Sir Walter y su sobrino intercambiaron una mirada asombrada.

—Tengo que reconocer —dijo el señor de Abbotsford— que me siento tan sorprendido como halagado. Por una parte, no me habría atrevido a esperar que enviaran a un inspector del gobierno para investigar el caso. Y por otra, no me habían informado de su llegada.

—Le pido perdón por ello; pero, por desgracia, no hubo tiempo de ponerle en conocimiento de mi llegada —replicó

Dellard. El tono exigente y arrogante había desaparecido de su voz, que ahora reflejaba un celo obsequioso—. Si queremos averiguar lo que ocurrió en Kelso, no tenemos tiempo que perder.

—Naturalmente coincidimos en ello —asintió sir Walter—. ¿Puedo presentarle a mi sobrino, inspector? Es un testigo ocular. El único que vio al encapuchado.

—He leído el informe —replicó Dellard, y esbozó de nuevo una reverencia—. Es usted un joven extremadamente valeroso, señor Quentin.

—Gra... gracias, inspector —replicó Quentin, sonrojándose—; pero me temo que no merezco sus elogios. Cuando vi al encapuchado, escapé y me desvanecí.

—A cada uno según sus capacidades —replicó Dellard con una sonrisa de suficiencia—. Con todo, es usted mi testigo más importante. Debe contarme todo lo que vio. Cualquier detalle, por pequeño que sea, puede ayudar a atrapar al criminal.

—¿De manera que también usted considera que se trata de un asesinato?

—Solo un idiota ciego con las aptitudes criminalísticas de un buey podría negarlo seriamente —dijo el inspector, dirigiendo una mirada reprobadora a Slocombe.

—Pero, sir —se defendió el sheriff, que se había sonrojado de vergüenza—, aparte de la declaración del joven señor, no tenemos ningún dato en el que apoyarnos para afirmar que existe un criminal.

—Esto no es del todo cierto —replicó sir Walter—. Olvida las fibras de tejido que se encontraron junto al cadáver de Jonathan.

—Pero ¿y el motivo? —preguntó Slocombe—. ¿Cuál podría ser el motivo del criminal? ¿Por qué alguien tendría que irrumpir en la biblioteca de Dryburgh y asesinar a un estudiante indefenso? ¿Y por qué ese alguien, a continuación, iba a quemar todo el edificio?

—¿Tal vez para borrar las huellas?

Aunque Quentin había hablado en voz baja, todas las miradas se volvieron ahora hacia él.

—¿Sí, joven señor? —preguntó Dellard, dirigiéndole una mirada escrutadora—. ¿Tiene usted alguna sospecha?

—Bien..., yo... —El sobrino de sir Walter carraspeó. No estaba acostumbrado a hablar ante tantas personas, y menos aún cuando entre ellas se encontraban representantes de la ley—. Quiero decir que yo no entiendo demasiado de estas cosas —continuó—, pero poco antes de que apareciera ese encapuchado, descubrí algo en la biblioteca. Una especie de signo.

—¿Un signo? —Dellard alzó las cejas.

—Tenía un aspecto muy extraño, y estaba grabado en una de las tablas del suelo. Cuando examiné con más atención la estantería que tenía encima, vi que faltaba un libro. Posiblemente fue robado.

—¿Y usted cree que alguien se arriesgaría a cometer dos asesinatos solo para llevarse un libro antiguo? —preguntó mordazmente Slocombe.

—Bien, yo...

—Me temo que esta vez tengo que dar la razón a nuestro despierto sheriff —dijo Dellard con una sonrisa de disculpa—. No me parece que un signo misterioso y un libro desaparecido puedan constituir base suficiente para la comisión de un asesinato, y menos aún para dos.

—Con todos los respetos —replicó sir Walter sacudiendo la cabeza—, eso es todo lo que tenemos.

—Es posible. Pero parto de la base de que con una investigación más atenta del caso surgirán otros indicios. Difícilmente los acontecimientos de la biblioteca pueden estar relacionados con un libro desaparecido.

—¿Qué le hace estar tan seguro de ello?

Dellard dudó un segundo, y luego la sonrisa de suficiencia volvió a dibujarse en sus labios.

—Se lo ruego, sir Walter. Sé que es usted un hombre que se gana la vida escribiendo historias, y siento el mayor respeto por su arte. Pero le pediría que comprenda también que en mis indagaciones solo puedo atenerme a los hechos.

—Lo comprendo perfectamente. Pero ¿no debería seguir primero las pistas que tiene, inspector, antes de buscar otras?

—Desde luego, sir. Pero este asunto no guarda relación con un libro desaparecido, puede creerme.

—¿Ah no? —Los ojos de sir Walter se habían reducido a dos finas rendijas—. ¿Con qué está relacionado, pues, inspector? ¿Nos está ocultando algo con respecto a este caso?

—¿Cómo puede pensar algo así, sir? —replicó Dellard con un gesto de rechazo—. No olvide, por favor, que fui enviado aquí a instancia suya. Naturalmente, en todo momento le mantendré al corriente del estado de las investigaciones; pero mi experiencia en el campo de la criminalística me dice que no tenemos que enfrentarnos a libros desaparecidos ni enredos de este estilo, sino que el criminal o criminales persiguen otros objetivos.

—Comprendo —se limitó a decir sir Walter. La rigidez de sus rasgos no dejaba ver si prestaba crédito o no a las palabras de Dellard; aunque el inspector creyó adivinar un rastro de duda en el rostro del escritor.

—En cualquier caso —dijo—, haré todo lo que esté en mi mano para esclarecer el asunto y me ocuparé de que en este territorio vuelvan a reinar la paz y el orden. La muerte de su estudiante no quedará impune, sir Walter, se lo prometo.

—Gracias, inspector. Mi sobrino y yo valoramos mucho sus esfuerzos.

—A su disposición. —Dellard se inclinó—. Volveré a pasar en los próximos días para ponerle al corriente del desarrollo de las investigaciones. Posiblemente —añadió en tono prometedor— podamos esclarecer el caso en el plazo de unos días.

—Eso sería muy tranquilizador —aseguró sir Walter, y Dellard y Slocombe se volvieron para salir.

Mortimer, el mayordomo, condujo a los dos hombres hasta el portal, donde esperaban el carruaje y la escolta armada. Con un movimiento de la mano, Dellard ordenó a sus hombres que montaran y luego subió al coche.

Durante el viaje, que les llevaba de vuelta a Kelso siguiendo la orilla del Tweed, el inspector no dijo una palabra. A Slocombe, sentado frente a él en el carruaje, el silencio se le hacía insoportable; finalmente no pudo contenerse y preguntó en voz baja.

—¿Sir?

—¿Qué ocurre?

—Cuando Scott le preguntó si se callaba algo, dudó usted un instante...

Dellard dirigió al sheriff una mirada asesina.

—¿Qué quiere decir con eso, sheriff? ¿Me acusa de mentir? ¿Cree que he ocultado algo a sir Walter?

—Claro que no, sir. Solo pensaba que...

—Tiene razón en sus suposiciones —reconoció Dellard de pronto—. De todos modos me intranquiliza que incluso un inocentón como usted pueda descubrir mi juego con tanta facilidad.

—¿Cómo dice, sir?

Los rasgos de Slocombe reflejaban un total desconcierto. La insolencia de Dellard desbordaba por completo su capacidad de comprensión.

—Efectivamente he ocultado algo a Scott —explicó Dellard en tono desabrido—; pero no con malas intenciones, sino para protegerles a él y a su sobrino.

—¿Protegerles? ¿De qué, sir?

El inspector le dirigió una mirada larga y escrutadora.

—Si se lo digo, sheriff, no deberá comentárselo a nadie. Este asunto es extremadamente delicado. Incluso en Londres se habla de ello a hurtadillas.

Slocombe tragó saliva. El color de su piel, ya habitualmente enrojecida por el scotch, se oscureció dos tonos, y a pesar del frío de la mañana, unas gotitas de sudor asomaron a su frente.

—Naturalmente, sir —balbuceó en voz baja—. Seré una tumba.

—En ese caso debe saber que el asesinato en la biblioteca de Dryburgh no ha sido el primer suceso de este tipo.

—¿No?

—De ningún modo. Por todo el país se han producido asesinatos extremadamente misteriosos, cuyos autores eran hombres vestidos con cogullas negras. Sabemos que tras ellos se oculta un grupo de nacionalistas escoceses, que ya han provocado disturbios en repetidas ocasiones. Esos asesinos empezaron a ejecutar sus crímenes coincidiendo con el inicio de los reasentamientos de los habitantes de las Highlands, pero hasta ahora no hemos conseguido atrapar a ninguno.

—Comprendo —dijo Slocombe con un hilo de voz, y por su expresión podía adivinarse que no estaba muy seguro de querer escuchar todo aquello.

—Por una parte, no quería inquietar a sir Walter. Todo el mundo sabe cuánto ha trabajado para defender los intereses de Escocia ante la Corona, y no querría que tuviera problemas por culpa de unos desalmados. Y por otra, los acontecimientos de Kelso nos han proporcionado una ventaja de un valor incalculable, que hasta ahora nunca habíamos tenido.

—¿Una ventaja? Me temo que no le comprendo, sir...

—En los casos anteriores, los asesinos atacaron una y otra vez hasta conseguir eliminar a todos aquellos que, a sus ojos, habían traicionado a la patria escocesa ante la Corona inglesa. Sir Walter es, a ojos de muchos escoceses, un héroe, porque ha intervenido en la corte para que se admitieran de nuevo las antiguas tradiciones escocesas. Pero otros, en cambio, lo tienen por un traidor a Escocia que establece turbios compromisos con la Corona. La verdad se encuentra siempre en el ojo del observador.

Slocombe inspiró profundamente. Lo que había escuchado penetraba progresivamente en su cerebro encharcado en alcohol.

—¿Quiere decir que alguien quiere asesinar a sir Walter?

—No solo a él. También a toda su familia y a los que le rodean. Y para estos sectarios cualquier medio está justificado. ¿Comprende ahora por qué no he querido hablar de ello con sir Walter?

El sheriff asintió lentamente.

—Pero ¿en ese caso —objetó después de reflexionar un poco— no sería aconsejable poner a Scott al corriente del auténtico trasfondo de estos acontecimientos? Así podría tomar las medidas adecuadas para protegerse a sí mismo y a su familia.

—No. —Dellard sacudió la cabeza con decisión—. No me parece conveniente.

—Pero ¿no decía hace un momento que los asesinos no cederán hasta que hayan conseguido su propósito?

—Exactamente.

—Entonces… —Slocombe miró a su interlocutor, estupefacto—. Corre este riesgo a sabiendas. Quiere utilizar a Scott y a su familia como señuelo.

—No tengo otra elección —replicó Dellard sin inmutarse—. Estos asesinos ya tienen docenas de muertes sobre su conciencia y el círculo se amplía cada vez más. En el norte hace tiempo que causan disturbios, y ahora alargan su mano hacia el sur. Esto tiene que acabar, incluso por su propio interés. ¿Porque qué ocurriría si la Corona tuviera la impresión de que Escocia ya no es segura?

—Enviarían tropas —dijo Slocombe en voz baja—. Aún más tropas.

Dellard asintió con la cabeza.

—Ya ve que estoy de su lado. Pero el contenido de esta conversación debe quedar entre nosotros, ¿me ha comprendido?

—Naturalmente, sir.

—Scott y su familia no deben saber nada acerca del peligro que les amenaza. Los vigilaré con mis hombres y me ocuparé de que no les suceda nada. Y cuando los asesinos quieran golpear de nuevo, los atraparemos. Nunca hemos tenido una oportunidad mejor.

5

—¿Es eso?

Walter alzó las cejas, mientras observaba el sencillo signo que su sobrino Quentin había dibujado. Eran solo dos trazos; uno curvado como una media luna, y otro rectilíneo, que cruzaba la hoz en ángulo recto.

—Sí, creo que sí. —Quentin asintió, mientras se frotaba la nuca, confuso—. Debes tener en cuenta, tío, que solo pude ver el signo un momento, cuando trataba de sacar la vela de debajo del estante...

—... que había rodado todavía encendida, después de que hubieras dejado caer la palmatoria —resumió sir Walter la historia que su sobrino le había contado con todo lujo de detalles—. ¿Y por qué no le has dicho nada de esto al inspector?

—Porque no se ha mostrado interesado en saberlo —replicó Quentin con la cabeza baja. Sir Walter y su sobrino estaban sentados el uno frente al otro en los sillones del salón. El fuego crepitaba en la chimenea, difundiendo un agradable calor; pero eso no evitó que Quentin se estremeciera al añadir—: Creo que no confío en él, tío.

—¿En quién, muchacho?

—En el inspector Dellard.

—¿Por qué no?

—No lo sé, tío... Es solo una sensación. Pero tuve la impresión de que no nos decía toda la verdad.

Sir Walter esbozó una sonrisa mientras tendía la mano hacia su taza de té, para tomar un sorbito.

—¿No tendrá eso, por casualidad, algo que ver con el hecho de que el inspector sea inglés? —preguntó, dirigiendo una mirada escrutadora a su sobrino. Sabía que en casa de su hermana los comentarios antimonárquicos eran algo habitual, y no era extraño pensar que aquello podía haber influido en Quentin.

—No —replicó Quentin resueltamente—. No tiene nada que ver con eso. Llevo suficiente tiempo aquí para haber aprendido algo de ti, tío. Tú me has hecho ver que no se trata de ser inglés o escocés, sino de que uno sea consciente de su herencia y su honor, de su deber como patriota.

—Eso es cierto —asintió sir Walter. Por lo visto no todo lo que había tratado de transmitir al joven había caído en saco roto.

—Pero, de todos modos, Dellard no me ha gustado. Por eso quería contártelo a ti primero.

—Comprendo. —Sir Walter cogió el trozo de papel que estaba entre ambos sobre la mesita y le dio la vuelta—. ¿De modo que el signo tenía este aspecto?

—Creo que sí. Inmediatamente después de recuperar el conocimiento no podía recordarlo; pero cuanto más tiempo pasa, más claro aparece ante mis ojos.

—Bien. —Sir Walter tomó otro trago de té, mientras observaba el dibujo críticamente—. ¿Y qué puede ser esto? Se diría que es un emblema, posiblemente una especie de signo secreto.

—¿Tú crees? —Quentin se inclinó hacia delante. Sus pálidas mejillas se habían teñido de rojo, lo que sucedía siempre que alguna cosa alteraba su habitualmente más bien tranquilo temperamento.

—De algún modo —dijo sir Walter, pensativo— este signo me resulta incluso conocido. Cuanto más lo pienso, más me parece haberlo visto antes.

—¿Estás seguro?

—Por desgracia, no.

Sir Walter sacudió la cabeza y tomó otro trago de té. Habitualmente el disfrute de la amarga bebida, que tomaba una vez al día, daba alas a su fantasía y le ayudaba a mantener la mente despierta. Tal vez hoy le ayudara también a descubrir el secreto del misterioso signo.

Observó el dibujo desde todos los ángulos.

—En alguna parte... —murmuró, cavilando—. Si pudiera acordarme...

De pronto se quedó inmóvil.

De golpe vio el dibujo con otros ojos. Creía saber dónde había visto anteriormente ese emblema. No dibujado en un papel, sino grabado a fuego sobre la madera. La marca de un artesano...

Con un ímpetu que asustó a su sobrino, sir Walter saltó del sillón y abandonó el salón. Quentin, que empezaba a temer que su tío no se encontrara bien, le siguió con mirada preocupada.

Pero sir Walter se encontraba de maravilla. Haber descubierto de improviso de qué conocía el signo le llenaba, al contrario, de euforia. A través del estrecho corredor, se dirigió apresuradamente hacia el vestíbulo, y allí concentró su atención en el entablado de madera de roble, que examinó con mirada atenta.

—¿Tío? —preguntó Quentin indeciso.

—No te preocupes, muchacho, estoy bien —le aseguró sir Walter, mientras recorría con la vista las planchas, esmeradamente trabajadas y adornadas con tallas, que tenían una antigüedad de varios siglos. Su examen se concentraba sobre todo en los bordes que quedaban apartados de las miradas de un observador ocasional.

Quentin permaneció allí inmóvil, con la boca abierta. Si hubiera sabido qué estaba buscando su tío, le habría ayudado gustosamente; pero así lo único que podía hacer era mirar, desconcertado, cómo sir Walter revisaba cada una de las planchas del entablado y pasaba el dedo por los bordes levantando un polvo gris.

—Tendré que indicar a los criados que sometan esta parte del edificio a una limpieza a fondo —dijo sir Walter tosiendo—. ¿Sabes de dónde proceden estas planchas, muchacho?

—No, tío.

—Proceden de la abadía de Dunfermline —explicó sir Walter, mientras seguía buscando impertérrito—. Cuando, hace cuatro años, se empezó a levantar de nuevo el ala este, eliminaron algunos elementos de la antigua construcción, entre ellos estos maravillosos trabajos, que yo adquirí e hice traer a Abbotsford.

—Dunfermline —repitió Quentin pensativo—. ¿No es la iglesia en que se encontró la tumba de Robert I Bruce?

Scott interrumpió su búsqueda un instante para sonreír aprobadoramente a su sobrino.

—Exacto. Me alegra, Quentin, que las lecciones de historia que te doy no sean del todo inútiles.

—La tumba fue descubierta casualmente hace cuatro años en el curso de los trabajos de construcción —dijo Quentin, poniendo a prueba sus conocimientos—. Hasta entonces no se sabía dónde se encontraba la tumba del rey Robert.

—También esto es correcto, muchacho. —Sir Walter se inclinó para examinar el remate de una nueva plancha de madera—. Pero posiblemente no fue una casualidad que se encontrara la tumba del rey Robert. No son pocos los que afirman que la historia siempre entrega sus secretos cuando el tiempo está maduro para ello... ¡Ajá!

Quentin dio un respingo al oír el grito de triunfo de su tío.

—¿Qué ocurre?

—Ven aquí, muchacho —le pidió Scott—. Trae una vela. Y si es posible —añadió con una ligera sonrisa—, esta vez no la dejes caer, ¿de acuerdo?

Quentin corrió hasta uno de los candelabros que se encontraban repartidos por el perímetro del vestíbulo, cogió una vela y volvió a toda prisa junto a su tío, cuyo rostro reflejaba una alegría juvenil.

—Ilumina allí —indicó a su sobrino, y Quentin sostuvo la vela de modo que la luz cayera sobre el borde del entablado.

En ese momento también él lo vio. Era el signo de la biblioteca.

Quentin tomó aire, emocionado, y estuvo a punto de dejar caer la vela, lo que le valió una mirada reprobadora de sir Walter.

—¿Qué significa esto, tío? —preguntó intrigado el joven, cuyo rostro tenía ahora cierta similitud con un tomate maduro.

—Esto es una runa —explicó sir Walter satisfecho.

—¿Una runa? ¿Quieres decir un signo de escritura pagano?

Sir Walter asintió con la cabeza.

—Aunque en la Edad Media los caracteres de escritura cristianos estaban ampliamente difundidos, los símbolos paganos perduraron hasta bien avanzado el siglo XIV, sobre todo entre aquellos que concedían gran valor a las antiguas tradiciones. En dicho proceso a menudo perdieron su significado original; esta, por ejemplo, fue utilizada como emblema por un artesano.

—Comprendo —dijo Quentin, en un tono en el que podía adivinarse la decepción—. ¿Y tú crees que lo que vi en la biblioteca era solo el emblema de un artesano? Entonces supongo que mi descubrimiento no es tan excitante como pensaba.

—De ningún modo, mi querido sobrino, y por dos razones. En primer lugar, porque la galería del archivo de Kelso se erigió hace apenas cien años, mientras que este entablado es considerablemente más antiguo; de manera que difícilmente puede tratarse del mismo artesano.

—¿Tal vez de un descendiente suyo? —preguntó Quentin prudentemente.

—Se trataría de una casualidad sorprendente. Igual que debería ser también una casualidad que, justo en el estante que encontraste marcado con este signo, faltara uno de los infolios. Y que ese desconocido encapuchado apareciera precisamente en el instante en que hacías tu descubrimiento. Tantas casualidades simultáneamente, querido muchacho, son altamente improbables. Si escribiera algo así en una de mis novelas, la gente nunca me creería.

—Entonces ¿he descubierto de verdad algo importante?

—Eso vamos a averiguar —dijo sir Walter, y le dio unas palmaditas de ánimo antes de volver a ponerse en movimiento, esta vez en dirección a la biblioteca—. En cualquier caso, ahora sabemos que tu signo es una vieja runa, de modo que debería ser posible descubrir qué significa.

Quentin encajó de nuevo la vela en el candelabro y siguió a su tío a la biblioteca, que se encontraba junto al despacho, en el ala este del edificio. Allí se almacenaban más de nueve mil volúmenes, muchos de ellos originales, que Scott había adquirido de viejas colecciones. Bajo un techo imponente, decorado con suntuosas tallas, un atril cuadrado y varios sillones que invitaban a la lectura ocupaban el centro de la sala, rodeados por pesadas estanterías de roble repletas de volúmenes encuadernados en cuero.

Desde los clásicos de la Antigüedad, pasando por los escritos de los filósofos, hasta los tratados históricos y geográficos, la biblioteca de Abbotsford abarcaba todos los campos en los que, en opinión de Scott, un gentleman debía ser experto. Además, se encontraban allí libros de escritores extranjeros, como los alemanes Goethe y Bürger, que Scott había traducido a su lengua en sus años de juventud, así como colecciones de baladas y cuentos escoceses que había recogido de todas partes.

La biblioteca de Abbotsford no podía compararse con el inmenso tesoro de conocimientos que se almacenaba en Kelso; sin embargo, mientras que los fondos de Dryburgh habían sido solo un archivo en el que la sabiduría de los siglos pasados dormitaba sin provecho, la biblioteca de sir Walter era un lugar de intercambio espiritual y de inspiración, y no pocos de los volúmenes encuadernados estaban desgastados por las frecuentes lecturas.

A pesar de que Quentin, en todos los meses que llevaba en casa de su tío, aún no había conseguido descubrir el sistema con el que estaban ordenados aquellos miles de libros, sir Walter no tenía ninguna dificultad en orientarse. Con paso decidido se dirigió hacia una de las estanterías, cogió, después de una breve búsqueda, un volumen con letras doradas, lo sacó y lo colocó sobre el atril en el centro de la habitación.

—Luz, muchacho, más luz —pidió a Quentin, que se apresuró a encender los candelabros, pues la chimenea no alcanzaba a iluminar la amplia habitación.

Scott esperó con visible impaciencia a que su sobrino encendiera las velas y el espacio se fuera iluminando poco a poco con cada nueva llama.

Por fin la luz de las velas alcanzó la intensidad suficiente para permitir la lectura. Sir Walter abrió el libro y con un gesto llamó a su lado a Quentin, que constató sorprendido que la obra era un tratado sobre las runas.

—En este volumen se han recopilado muchos de los signos antiguos —explicó sir Walter—. Debes saber, muchacho, que no existía una escritura rúnica unitaria. Su significado variaba de una región a otra. Algunos signos tenían un significado que solo unos pocos iniciados conocían, y había otros que…

—¡Mira, tío!

Quentin gritó tan fuerte que su tío se sobresaltó. Sin embargo, Scott no se encolerizó, pues habían encontrado lo que estaban buscando.

En una de las páginas del libro aparecía representada la runa que Quentin había visto en la biblioteca, aquella marca curvada cruzada por un trazo perpendicular.

—Esa es —murmuró sir Walter, y leyó en voz alta la explicación de la figura—. «Junto a los habituales signos rúnicos, que se encuentran en casi todos los clanes y se remontan a raíces pictas, existen también diversos signos que se añadieron en una época posterior. Un ejemplo de ello es la aquí representada runa de la espada, de la que se encuentra el primer testimonio en la Alta Edad Media...».

—¿Una runa de la espada? —preguntó Quentin levantando las cejas.

—Sí, muchacho. —Sir Walter asintió, mientras echaba de nuevo una rápida ojeada al texto—. Este signo significa «espada».

—Comprendo, tío —dijo Quentin con cara de no entender nada—. ¿Y qué significa eso?

—Tampoco yo lo sé, muchacho. Pero haremos todo lo posible por descubrirlo. Escribiré a un par de amigos de Edimburgo. Posiblemente conozcan a alguien que nos pueda contar algo más. E informaremos al inspector Dellard de nuestro descubrimiento.

—¿Qué? ¿Estás seguro, tío? —preguntó Quentin, para añadir enseguida con algo más de cautela—: Quiero decir, ¿lo consideras realmente necesario?

—Ya sé que desconfías de él, muchacho, y si tengo que serte sincero, tampoco yo tengo muy claro qué debo pensar de ese hombre. Pero no deja de ser el funcionario encargado de este caso, y si queremos que haga rápidos progresos y descubra al asesino de Jonathan lo más pronto posible, tenemos que cooperar con él.

—Naturalmente. Tienes razón.

—Ordenaré que enganchen enseguida los caballos. Viajaremos a Kelso para informar al inspector Dellard. Estoy intrigado por saber qué dirá de nuestro descubrimiento.

Aunque se ganaba el sustento concibiendo historias que trasladaban al lector a otros tiempos y lugares, sir Walter no era ningún soñador. El gran éxito de que gozaban sus obras no se debía solo a su capacidad para plasmar en palabras la imprecisa nostalgia por épocas pasadas, sino también a su marcado sentido de la realidad.

Sir Walter no esperaba que Charles Dellard brincara de alegría ni que les diera las gracias por el nuevo indicio; pero la reacción del inspector fue más reservada incluso de lo que había imaginado.

Los tres hombres estaban sentados en la oficina del sheriff Slocombe en Kelso, que Dellard no había dudado en convertir en su centro de trabajo. Instalado tras el amplio escritorio de madera de roble, el inspector sacudía la cabeza mientras miraba el libro sobre las runas, que había dejado abierto sobre la mesa.

—¿Y está completamente seguro de que este es el signo que vio? —preguntó a Quentin, que, como siempre, se sentía incómodo en presencia del inglés.

—Pues... sí, sir —aseguró balbuceando—. Creo que sí.

—¿Lo cree? —La mirada de Dellard tenía algo de un ave de rapiña—. ¿O está seguro?

—Estoy seguro —dijo Quentin, ahora con voz más firme—. Este es el signo que vi en la biblioteca.

—En nuestro último encuentro no podía recordarlo. ¿A qué se debe este cambio?

—Vamos —dijo sir Walter, acudiendo en ayuda de su sobrino—, es bien sabido que, después de un acontecimiento impactante, los recuerdos vuelven a la memoria poco a poco. Cuando Quentin me llamó la atención sobre esto, enseguida empezamos a investigar. Y ahora, inspector, compartimos con usted el resultado de nuestra investigación.

—Y lo aprecio muchísimo, señores —aseguró Dellard, aunque su expresión crispada desmentía sus palabras—. Me temo, sin embargo —añadió—, que no podré hacer gran cosa con su descubrimiento.

—¿Por qué no?

—Porque... —empezó Dellard, y en sus ojos de un azul

acerado brilló un fulgor enigmático. El inspector se interrumpió y pareció reflexionar un momento—. Porque ya tengo una pista, que estoy siguiendo —explicó luego.

—¿Ah sí? —exclamó sir Walter, y se inclinó hacia delante intrigado—. ¿Y qué pista es esa, si me está permitido preguntarlo?

—Lo lamento, sir, pero no estoy autorizado a informar sobre este punto ni a ustedes ni a nadie. Todo lo que puedo decirles es que el descubrimiento del señor Quentin y el signo de este libro no tienen nada que ver con ello.

—¿Por qué está tan seguro, inspector? ¿Había visto antes este signo? ¿Ha seguido ya esta pista en otra ocasión?

—No, yo...

De nuevo se interrumpió. A la aguda mirada de sir Walter no se le escapó que el inspector se había puesto nervioso. Su comportamiento parecía indicar que Dellard les ocultaba algo. ¿Había tenido razón Quentin en sus suposiciones?

La mirada de Dellard voló, inquieta, de uno a otro. El inspector parecía haber intuido que estaba perdiendo credibilidad ante sus visitantes. Por eso añadió rápidamente:

—Ya sé que esto puede sonar extraño a sus oídos, pero les ruego que confíen en mí, señores. Todos mis esfuerzos se centran en garantizar el bienestar de los ciudadanos de este territorio.

—No dudo de sus palabras, y estoy convencido de que las razones que le mueven son honorables, inspector —dijo Scott—; sin embargo, tendrá que admitir que la aparición de esta runa constituye una extraña casualidad.

—Estoy totalmente de acuerdo con usted, sir. Pero un hombre de su experiencia debe de saber que este tipo de casualidades se dan a veces y que no siempre tienen un correlato en la realidad. Lo que quiero decir es que no tengo ninguna duda de que el joven señor vio este signo en la biblioteca, pero le ruego que también usted me crea si le digo que esto no tiene relación con los acontecimientos ocurridos en ella. Mis hombres y yo nos encontramos ya tras la pista de los auténticos criminales. A su tiempo le informaré sobre el desarrollo de las investigaciones.

—Comprendo —dijo sir Walter, contrariado. Aunque había contado con que Dellard se resistiera a dejarse ayudar en su trabajo por unos civiles, incluso a él le sorprendía que hubiera rechazado el indicio con tanta brusquedad—. Supongo que con esto está todo dicho. Si no quiere tomar en consideración nuestra ayuda, inspector, naturalmente no podemos forzarle a ello.

Scott hizo una seña a su sobrino y ambos se volvieron para salir. También Dellard se levantó, siguiendo las normas de la cortesía, y Quentin recogió el libro de las runas. Scott y su sobrino ya se disponían a abandonar el despacho cuando el inspector se aclaró la garganta. Al parecer aún tenía algo que decir.

—¿Sir Walter? —preguntó en voz baja.

—¿Sí?

—Hay algo que querría pedirle —dijo el policía. Por su mirada era imposible adivinar qué le rondaba la cabeza—. Para ser franco, no es ningún ruego, sino una necesidad.

—¿Sí? —volvió a preguntar sir Walter. Al parecer, la cortesía británica exigía dar vueltas y más vueltas antes de entrar en materia; pero como escocés que era, él prefería siempre el camino directo.

—Las indagaciones que llevamos a cabo mis hombres y yo requieren —empezó a explicar ceremoniosamente— que no abandone usted Abbotsford.

—¿De qué me está hablando?

—Hablo de que en los próximos días no debe abandonar su residencia, sir, así como tampoco su sobrino y los restantes miembros de su casa y de su familia.

Quentin dirigió a su tío una mirada interrogadora, pero sir Walter no reaccionó ante ella.

—Bien, inspector —dijo—, supongo que tendrá sus razones para pedirme algo así.

—Las tengo, sir, créame, por favor. Es por su bien.

—¿No va a decirme nada más al respecto? Usted me exige que no abandone Abbotsford, que permanezca encerrado entre las paredes de mi casa como un ladrón, ¿y todo lo que tiene que decir para justificarlo es que es por mi bien?

—Lamento no poder revelarle nada más —replicó Dellard fríamente—, pero tiene que comprender que estoy ligado a unas órdenes y a unas instrucciones que debo acatar. Ya le he dicho más de lo que debía. De modo que, por favor, sir Walter, déjenos a nosotros las indagaciones y retírese con su familia a Abbotsford mientras sea necesario. Estará más seguro allí, créame.

—¿Más seguro? ¿Me amenaza algún peligro acaso?

—¡Por favor, sir! —La voz del inspector adoptó un tono conspirativo—. No siga preguntando y haga lo que le pido. Las investigaciones ya están muy avanzadas, pero hemos de tener las manos libres para seguir adelante.

—Comprendo. —Scott asintió con la cabeza—. ¿De modo que no quiere que participemos de ningún modo en las investigaciones?

—Es demasiado peligroso, sir. Por favor, créame.

—Muy bien —se limitó a decir el señor de Abbotsford, sin preocuparse por ocultar la irritación en su voz—. Quentin, nos vamos. No creo que el inspector necesite nuestra ayuda por más tiempo.

—Se lo agradezco, sir —replicó Dellard—. Y vuelvo a pedirle que me comprenda.

—Le comprendo perfectamente, inspector —le aseguró Scott, que ya se encontraba en el umbral—. Pero ahora también usted tiene que comprender algo: soy presidente del Tribunal Supremo escocés. Uno de mis estudiantes ha sido asesinado alevosamente y mi propio sobrino ha escapado por los pelos a un atentado contra su vida. Si cree de verdad que me retiraré a mi casa y esperaré allí pacientemente, comete un gran error, inspector. Si mi familia se encuentra amenazada por algún peligro, como usted afirma, puede tener la absoluta seguridad de que no permaneceré con los brazos cruzados y dejaré que otros se preocupen por mi seguridad, sino que seguiré haciendo todo lo que esté en mi mano para que el asesino de Jonathan sea capturado. Siga investigando sus indicios, inspector, le deseo mucho éxito en sus esfuerzos; pero no trate de impedir que yo prosiga con mis indagaciones. Buenos días.

Dicho esto, Scott abandonó la oficina del sheriff. Quentin, que se había retorcido como una anguila bajo las miradas de Dellard, salió pisándole los talones. La puerta se cerró silenciosamente tras ellos.

Durante unos segundos Dellard permaneció de pie, inmóvil, detrás de su escritorio; solo después se sentó de nuevo y tendió la mano hacia el pulido tablero para coger la cajita en la que Slocombe guardaba su tabaco indio. Una sonrisa satisfecha se dibujó en su rostro severo.

En los círculos que frecuentaba, Dellard era conocido por ser un brillante estratega. Uno de sus puntos fuertes era influir en las personas y conseguir que hicieran lo que deseaba.

En ocasiones bastaba con animarlas. Y en otras —como en el caso de ese testarudo escocés— bastaba con prohibirles algo para tener la seguridad de que harían exactamente lo que uno quería de ellos.

Los planes de Dellard se desarrollaban conforme a sus deseos.

—Perdona, tío —dijo Quentin, mientras se esforzaba en adaptarse al ritmo que sir Walter marcaba aquella mañana—, pero ¿ha sido inteligente enfrentarse a Dellard de este modo?

—No se trata de eso, muchacho —replicó Scott, a quien la conversación con el inspector había alterado visiblemente—. Había que poner las cartas sobre la mesa. En todo caso, ahora el señor Dellard sabe a qué atenerse con respecto a nosotros.

—¿Y si tenía razón? ¿Y si realmente nos encontramos en peligro?

—No hay peligro en el mundo que pueda evitarse escondiendo la cabeza en la arena como si no existiera —dijo sir Walter con determinación—. Dellard parece saber algo, pero no quiere decírnoslo. Y yo tengo que respetar su decisión. De modo que tendremos que descubrir por nuestra cuenta qué se oculta tras este asunto. ¿Te fijaste en la cara de Dellard cuando su mirada se posó en la runa?

—Hum... no, tío.

—¡Observa, Quentin! ¡Debes observar! ¡¿Cuántas veces te he dicho ya que un gran escritor no puede ir por la vida con los ojos cerrados?! En el don de la observación reside el gran secreto de nuestro gremio.

—Comprendo. Claro, tío —dijo Quentin tímidamente, e inclinó la cabeza amedrentado.

Sir Walter se dio cuenta y se reprendió a sí mismo por haber increpado al joven. Si tenía que ser sincero, debía reconocer que su irritación no tenía a Quentin por destinatario, ni tampoco al inspector Dellard. Era toda la situación la que le afectaba los nervios y le volvía irascible y regañón, la sensación de estar perdido en un bosque de preguntas y no encontrar ningún camino de salida...

—Perdona, muchacho —dijo, y sus rasgos endurecidos por el enfado volvieron a suavizarse—. No es culpa tuya. En realidad...

—Encuentras a faltar a Jonathan, ¿verdad, tío?

—Eso también.

—Sin duda él te habría sido de mayor ayuda. Tal vez habría sido mejor que esa noche hubiera sido yo quien cayera de la galería, entonces Jonathan estaría contigo y...

—Alto. —Sir Walter se detuvo y cogió a su sobrino del hombro—. Quiero suponer que no lo dices en serio.

—¿Por qué no? —replicó Quentin apesadumbrado—. Jonathan era tu mejor estudiante. Veo cuánto te duele su muerte. Yo, en cambio, solo te doy problemas y dificultades. Tal vez sería mejor que me enviaras de vuelta a Edimburgo.

—¿Es eso lo que quieres?

Quentin miró al suelo, cohibido, y sacudió la cabeza.

—Entonces no te enviaré —prometió sir Walter, decidido.

—Pero ¿no decías que…?

—Es posible que Jonathan fuera el estudiante con mayor talento que nunca estuvo a mi servicio, y reconozco que su muerte ha dejado un gran vacío en mi vida. ¡Pero tú, Quentin, eres mi sobrino! Solo por eso tendrás siempre un lugar en mi corazón.

—¿Aunque vaya por la vida con los ojos cerrados?

—Aun así —le aseguró sir Walter, que no pudo evitar una sonrisa—. Además, no deberías olvidar que fuiste tú quien vio la runa de la espada. Sin tu descubrimiento no estaríamos tras la pista del secreto.

—Posiblemente no exista ningún secreto. El inspector Dellard dijo que mi descubrimiento no tenía nada que ver con el asesinato de Jonathan y con el incendio de la biblioteca.

—Eso dijo, sí —reconoció sir Walter—; pero mientras hablaba, sus ojos brillaban de un modo que no acabó de gustarme. Si no supiera que el inspector Dellard es un fiel y leal servidor del Estado, diría que nos miente.

—¿Que nos miente? —Quentin se asustó.

—O al menos que nos oculta algo —dijo sir Walter, rebajando un poco la acusación—. En ambos casos está justificado que continuemos las indagaciones por nuestra cuenta. El inspector Dellard no parece estar interesado en trabajar en colaboración.

—¿Y si tuviera razón al advertirnos? ¿Y si efectivamente fuera peligroso continuar con las investigaciones?

En la mirada que sir Walter dirigió a su joven discípulo asomó ese destello de despreocupación juvenil y gusto por la aventura que el señor de Abbotsford sacaba a relucir a veces.

—Entonces, mi querido sobrino —replicó lleno de convencimiento—, sabremos defendernos. Pero por el momento me siento más inclinado a suponer que nuestro apreciado inspector solo quiere amedrentarnos, para tener las manos libres en su investigación y no tener que descubrir sus cartas ante un viejo y testarudo escocés.

—¿Eso crees?

—En cualquier caso, no lo conseguirá —dijo sir Walter sonriendo, mientras volvía a ponerse en marcha y seguía adelante por la estrecha calle principal de Kelso.

—¿Qué vamos a hacer ahora?—preguntó Quentin.

—Iremos a ver al abad Andrew y le pediremos una entrevista. Posiblemente sepa sacar más partido del descubrimiento del signo rúnico que Dellard. Al fin y al cabo, se encontró en su biblioteca. Y tal vez sepa valorar más nuestra cooperación que el inspector.

—¿Sigues convencido de que la runa es la clave de todo?

—Así es, muchacho, aunque no pueda decirte exactamente por qué tengo esta impresión. Por una parte, hay demasiadas coincidencias para mi gusto, y por otra, tengo la firme convicción de que todo esto es mucho más complicado de lo que parece a primera vista.

Quentin no se atrevió a hacer más preguntas. Todo el asunto, desde la muerte de Jonathan, pasando por los acontecimientos de la biblioteca, hasta el descubrimiento de la runa de la espada, ya era bastante siniestro de por sí y llenaba de zozobra su joven corazón. Una parte de él —aunque pequeña— no habría tenido nada en contra si su tío le hubiera enviado de vuelta a Edimburgo. Pero otra —y sir Walter seguramente afirmaría que en ella se hacía patente la herencia de la familia Scott— le impulsaba a quedarse con su tío y colaborar con él en las investigaciones. Una insólita mezcla de miedo y ansias de aventura se había instalado en su interior y hacía que se sintiera como si un enjambre de avispas hubiera anidado en su estómago.

Bajaron por la calle principal hacia la iglesia, a la que estaba adosado el edificio del pequeño convento.

Como en Kelso solo vivían unos pocos premonstratenses, la casa era discreta y modesta. Cada uno de los hermanos de la orden se alojaba en una celda estrecha y sencillamente amueblada; había una sala capitular para las reuniones, y junto a ella se encontraba el refectorio donde solían comer los monjes. Un pequeño huerto conventual, en el que cultivaban verduras, patatas y hierbas aromáticas, les proveía de alimentos básicos, y además el duque de Roxburghe hacía sacrificar regularmente para ellos una vaca o un cerdo.

Aunque Quentin había estado ya muchas veces en la biblioteca, esta era su primera visita al convento propiamente dicho, y cuando llamaron al pesado portal de entrada, una extraña y profunda sensación de respeto le invadió. La puerta se abrió silenciosamente y apareció la cara severa de un monje de baja estatura a quien Quentin conocía como el hermano Patrick.

Sir Walter le pidió cortésmente disculpas por la molestia y preguntó si podían hablar con el abad Andrew. El hermano Patrick asintió, hizo entrar a los dos visitantes y les pidió que esperaran en el pequeño vestíbulo.

Mientras jugueteaba nerviosamente con su chistera, que se había quitado en señal de respeto, con las manos húmedas de sudor, Quentin levantó la mirada para contemplar el artesonado ricamente decorado con que estaba revestida la entrada. La casa, que desde fuera producía una impresión de pobreza, no dejaba adivinar aquella suntuosidad interior.

—El techo es una de las pocas piezas que pudieron salvarse de la abadía de Dryburgh —explicó sir Walter, que seguramente había percibido la sorpresa de Quentin—. Si miras bien, podrás reconocer aquí y allá manchas de hollín. Los ingleses no trataron con muchos miramientos la antigua abadía.

Quentin asintió. Recordaba que su tío le había hablado de los acontecimientos sangrientos que se habían producido durante el movimiento de reforma. En 1544, el inglés Somerset invadió el sur de Escocia con su ejército y durante tres años saqueó el país. La abadía de Dryburgh fue víctima de su furia destructora ya en el primer año de guerra, y desde entonces no había vuelto a reconstruirse. Solo una orgullosa ruina al norte de Jedburgh recordaba su antiguo esplendor.

Súbitamente se oyeron pasos en el corredor y el abad Andrew apareció. Al ver a Scott y a su sobrino, una suave sonrisa se dibujó en sus rasgos ascéticos.

—Sir Walter, qué inesperada alegría. Y el joven señor Quentin también está aquí.

—Mis respetos, abad Andrew —dijo Scott, y él y su sobrino se inclinaron—. Pero está por ver si nuestra visita supondrá realmente una alegría.

—Siento que le abruma alguna carga, amigo mío. ¿Qué es? ¿Puedo ayudarle?

—A decir verdad, es lo que precisamente esperábamos al venir aquí, estimado abad. ¿Podría concedernos un poco de su valioso tiempo?

El abad sonrió melancólicamente.

—Amigo mío, desde que la biblioteca fue pasto de las llamas, ya no hay mucho de lo que tengamos que ocuparnos mis hermanos y yo. De modo que me alegrará escuchar lo que tengan que decirme. Por favor, síganme a mi despacho.

Dicho esto, el abad se volvió y precedió a los visitantes por el estrecho corredor que partía de la zona de entrada. Los tres hombres avanzaron entre las paredes desnudas de piedra natural hasta llegar a una escalera de madera que conducía al primer piso de la casa. Sir Walter y Quentin siguieron al abad Andrew arriba; Quentin se estremeció al escuchar los crujidos de los peldaños bajo sus pasos.

En el piso superior se encontraban las celdas de los monjes, así como el despacho del abad, que, además de ser el responsable de la congregación, se encargaba también de la administración del pequeño convento. El abad Andrew abrió la puerta, pidió a sus visitantes que entraran y les indicó que se sentaran a la larga mesa que ocupaba el centro de la humilde habitación, iluminada por una estrecha ventana.

—¿Y bien? —preguntó, después de haberse sentado también a la mesa—. ¿Qué les ha traído hasta aquí, señores?

—Este libro —respondió sir Walter, y con un gesto pidió a Quentin que abriera el volumen por la página correspondiente.

El joven colocó el libro sobre la mesa con cierta ceremonia. Necesitó un rato para encontrar la página con el símbolo de la espada. Finalmente la abrió y acercó el libro al abad Andrew.

El monje, que no sabía muy bien qué le esperaba, lanzó una mirada furtiva al signo, y sir Walter se dio cuenta de que un estremecimiento recorría sus habitualmente relajados rasgos.

—¿De dónde ha sacado eso? —preguntó el religioso.

—¿Conoce este signo? —replicó sir Walter.

—No. —El abad Andrew sacudió la cabeza un poco demasiado rápido—. Pero ya he visto antes signos parecidos. Es una runa, ¿no es cierto?

—Una runa, en efecto —asintió sir Walter—. La misma que Quentin vio grabada en la tabla del suelo de la galería poco antes de que la biblioteca ardiera. Y además, es también la misma runa que, como marca de un artesano, se grabó a fuego en uno de los paneles de mi casa, que proceden de la iglesia conventual de Dunfermline.

—Comprendo —dijo el abad—. Una notable coincidencia.

—O tal vez más que eso —insinuó sir Walter—. Para descubrirlo hemos venido hasta aquí, apreciado abad. ¿Puede decirnos algo sobre este signo?

—¿Sobre este signo? —El abad Andrew pareció reflexionar un momento—. No —dijo finalmente—. Lo lamento, sir Walter. No hay nada que pueda decirle al respecto.

—¿Aunque el signo se encontrara en su biblioteca?

—Como sabe, los monjes de mi orden no fueron los constructores de la biblioteca.

—Cierto, pero la administraban. Y Quentin cree recordar que justo en la estantería marcada con esta runa faltaba un libro. Posiblemente era el volumen robado. El indicio que falta para explicar el asesinato de Jonathan Milton.

—¿Es eso cierto, señor Quentin? —El abad Andrew miró a Quentin esperando una respuesta; su mirada se tiñó con una expresión de determinación que imponía respeto y no parecía encajar con la imagen de un monje.

—Sí, venerable padre —replicó el joven, como si se encontrara ante un tribunal.

—¿Podría decirnos qué libro faltaba? —preguntó sir Walter—. Por favor, reverendo abad, es muy importante. Como por desgracia la biblioteca ha ardido por completo, no podemos verificar nuestras suposiciones. Solo podemos recurrir al recuerdo.

—Y a veces también él puede engañarnos —dijo el abad enigmáticamente—. Lo lamento, sir Walter. No puedo servirles de ayuda. No puedo decirles nada sobre esa runa ni sobre el libro que posiblemente sustrajeron de los fondos de la biblioteca. Todo se ha desvanecido con el incendio, y sería mejor que lo dejaran así.

—No puedo hacerlo, estimado abad —le contradijo sir Walter, en un tono cortés pero firme—. Con todo el respeto que su cargo y su orden me merecen, debo decir que uno de mis alumnos fue asesinado en su biblioteca, y mi sobrino estuvo también a punto de perder la vida allí. Incluso el inspector Dellard parece no albergar ninguna duda acerca de que existe un asesino astuto y sin escrúpulos que comete sus crímenes en Kelso, y no descansaré hasta que sea encontrado y reciba su justo castigo.

—¿Busca venganza?

—Busco justicia —precisó sir Walter con rotundidad.

El monje le dirigió una mirada larga y penetrante. Resultaba imposible adivinar qué estaba pensando.

—Sea como sea —dijo finalmente—, me parece que debería compartir sus observaciones con el inspector Dellard y sus hombres. Como ya imaginará, el inspector pasó por aquí y me hizo algunas preguntas. Tuve la impresión de que el caso se encontraba en buenas manos.

—Tal vez sea así —concedió sir Walter—, pero también es posible que se equivoque. El inspector Dellard parece seguir su propia teoría en lo que se refiere a este caso.

—¿Entonces ya está tras la pista del criminal?

—O bien sigue un camino equivocado. Las cosas están aún demasiado confusas para que se pueda afirmar con seguridad. Pero sé que puedo confiar en mi sobrino, estimado abad, y si él me dice que ha visto este signo, yo le creo. ¿Sabe usted qué significa?

—¿Y cómo podría saberlo? —La pregunta del abad sonó insólitamente cáustica.

—Es una runa de la espada, un símbolo de la Alta Edad Media, es decir, de una época en que sus antepasados ya habían triunfado sobre el paganismo.

—Esto no tiene nada de inhabitual. En muchas zonas de Escocia, las tradiciones y costumbres paganas se mantuvieron hasta entrado el siglo XVI. —El abad Andrew sonrió—. Ya conoce la fama de testarudez de que gozan nuestros compatriotas.

—Es posible. Pero algo, llámelo, si quiere, una sensación, una intuición, me dice que no se trata simplemente de eso. No es solo una runa, un antiguo signo cuyo significado se perdió hace tiempo. Es un símbolo.

—Un símbolo suele representar a otra cosa, sir Walter —objetó el abad, dirigiéndole una mirada escrutadora—. ¿Qué se supone que puede representar esta runa de la espada?

—Eso no lo sé —admitió el señor de Abbotsford con un bufido—, pero me he jurado descubrirlo, aunque sea solo porque me siento obligado hacia Quentin y el pobre Jonathan. Y esperaba que usted pudiera ayudarnos.

—Lo lamento. —El abad Andrew suspiró y sacudió lentamente la cabeza, que ya mostraba algunas canas—. Ya sabe, sir Walter, que siento afecto por usted y que soy un gran admirador de su arte, pero en este asunto no puedo ayudarle. Solo quiero decirle una cosa: deje en paz el pasado, sir. Mire hacia delante y alégrese por los que aún están con vida, en lugar de querer buscar una reparación por los muertos. Es un consejo bien intencionado. Por favor, acéptelo.

—¿Y si no lo hago?

En los rasgos del abad volvió a dibujarse la suave y tranquila sonrisa de antes.

—No puedo obligarle a ello. Toda criatura de Dios tiene el derecho a tomar libremente sus decisiones. Pero se lo ruego encarecidamente, sir Walter: tome la decisión correcta; retírese del caso y deje las indagaciones al inspector Dellard.

—¿Es usted quien me lo aconseja? —preguntó sir Walter abiertamente—. ¿O solo me trasmite lo que Dellard le ha encargado?

—El inspector parece estar preocupado por su bienestar, y yo comparto esta preocupación —replicó el abad Andrew tranquilamente—. Permítame que le prevenga, sir Walter. Una runa es un signo pagano de una época que permanece oculta en la oscuridad. Nadie sabe qué secretos oculta o qué siniestras intenciones y pensamientos puede haber engendrado. No es algo que deba tomarse a la ligera.

—¿De qué me está hablando? ¿De superstición? ¿Un religioso como usted?

—Hablo de cosas que son más antiguas que usted y que yo, más antiguas incluso que estos muros y este convento. El mal, sir Walter, no es una quimera. Existe y es tan real como todo lo demás, e intenta continuamente arrastrarnos a la tentación. A veces también —y señaló al libro que se encontraba abierto sobre la mesa— enviándonos extraños signos.

La voz del abad se había hecho cada vez más débil, hasta convertirse en un susurro. Cuando acabó de hablar, fue como si se apagara un fuego mortecino. Quentin, que, al escuchar las palabras del monje, había palidecido como la cera, sintió un escalofrío helado.

La mirada de sir Walter y la del abad se encontraron, y durante un momento los dos hombres se miraron fijamente.

—Bien —dijo Scott finalmente—. He comprendido. Le agradezco sus sinceras palabras, estimado abad.

—Le he hablado muy en serio, amigo mío. Por favor, atienda a mi consejo. No siga persiguiendo ese signo. Lo digo con la mejor intención.

Sir Walter se limitó a asentir con la cabeza. Luego se levantó para marcharse.

El abad Andrew se encargó personalmente de acompañar a sus dos visitantes hasta el portal. La despedida fue más breve y menos cordial que el recibimiento. Las palabras que se habían pronunciando seguían produciendo su efecto.

Fuera, en la calle, Quentin permaneció durante un buen rato en silencio, sin atreverse a interpelar a su tío, que, en contra de su costumbre, tampoco parecía sentir la necesidad de compartir sus pensamientos. Solo cuando llegaron de nuevo a la plaza del pueblo, donde esperaba el carruaje, Quentin rompió el silencio.

—¿Tío? —empezó titubeante.

—¿Sí, sobrino?

—Esta ha sido la segunda advertencia que recibimos hoy, ¿verdad?

—Eso parece.

Quentin asintió despacio.

—¿Sabes? —confesó luego—, cuanto más pienso en ello, más me parece que debo haberme equivocado. Tal vez no fue ese signo el que vi. Tal vez fue otro completamente distinto.

—¿Es el recuerdo el que habla, o el miedo?

Quentin reflexionó un momento.

—Una mezcla de ambos —dijo dudando. Sir Walter no pudo evitar una sonrisa.

—El recuerdo, sobrino, no conoce el miedo. Yo creo que

sabes perfectamente qué viste, y el abad Andrew también lo sabía. Le he observado cuando su mirada se posaba en la runa de la espada. Conoce ese signo, estoy seguro. Y sabe cuál es su significado.

—Pero tío, ¿quieres decir que el abad Andrew nos ha mentido? ¿Un hombre de fe como él?

—Muchacho, confío en el abad Andrew, y estoy seguro de que nunca haría nada que pudiera perjudicarnos. Pero sin duda sabe más de lo que ha admitido ante nosotros...

6

Desde la cima de una colina, el jinete observaba la carretera que conducía de Jedburgh, en el sur, a Galashiels, en el norte, y que, más abajo de Newton, cruzaba un barranco que el Tweed había excavado en el terreno en el curso de los milenios. El suave paisaje montuoso se desplomaba allí en el abismo de forma inhabitualmente abrupta. Empinadas paredes de limo y arena rodeaban el lecho del río, que en ese lugar se estrechaba y discurría muchos metros por debajo del puente. Una arquitectura de troncos unidos entre sí, atrevida pero de aspecto frágil, sostenía la construcción.

Solo ochocientos metros al sur del puente de madera había un cruce en el que se juntaban las carreteras de Jedburgh y Kelso. Desde la colina podía distinguirse tanto el cruce como el puente. El jinete, después de ejecutar su siniestra obra, ya no tenía más que esperar. Se había cubierto con una capa de lana verde oscura, que le ayudaba a confundirse con el entorno y le hacía casi invisible bajo las ramas colgantes de los árboles, y se cubría la cara con una máscara de tela que, con excepción de unas finas rendijas para los ojos, le ocultaba completamente el rostro; un indicio más de que abrigaba algún propósito infame.

El hombre estaba sin aliento. Su amplia caja torácica se levantaba y se hundía violentamente bajo la capa, y el pelaje de su caballo negro brillaba de sudor. Apenas le había quedado tiempo para ejecutar el trabajo que le habían encomendado. No podían permitirse el menor retraso, y todo había tenido que hacerse con la máxima rapidez. Una vez que el carruaje de Kelso hubiera pasado el cruce, ya no habría vuelta atrás.

Hacía pocos minutos que la señal de humo había ascendido en el este, lo que significaba que el carruaje de Scott había abandonado el bosque. Pronto llegaría al cruce.

El jinete se irguió en la silla y espió, aguzando la vista, entre las ramas, para asegurarse de nuevo de que la construcción del puente no mostraba ningún defecto visible. Aquello era importante si la muerte de Walter Scott debía parecer un accidente.

En las últimas horas, el enmascarado y su gente habían estado trabajando en el puente de modo que cediera bajo la carga. Debido a la afiligranada forma de la construcción, aquello no era particularmente difícil. Bastaba que cedieran unos pocos puntales para que toda la estructura se precipitara a las profundidades, y con ella, todo lo que se encontrara encima.

Scott había cometido un error de peso. Con sus investigaciones y su curiosidad había hecho que personas poderosas se sintieran amenazadas. El enmascarado había recibido el encargo de acabar con esa amenaza, definitivamente y de modo que no levantara ninguna sospecha.

Un puente derrumbado suscitaría, sin duda, muchas preguntas, posiblemente se desencadenaría una nueva disputa entre los terratenientes y el gobierno, que se culparían mutuamente de la desgracia. Luego, nadie se haría más preguntas sobre la muerte de Walter Scott. Justo lo que querían los que habían pagado al hombre de la máscara.

Los ojos del jinete se empequeñecieron cuando desde el sudeste llegó hasta él, traído por el viento, un sonido de cascos y el traqueteo de un carruaje. Casi al mismo tiempo resonó el grito de un arrendajo, la señal acordada.

El puño del enmascarado se cerró en un gesto de triunfo. Scott y su sobrino no tenían ninguna posibilidad; no podían imaginar que corrían hacia una trampa mortal. Cuando el puente cediera, morirían bajo los escombros o se ahogarían en las aguas del río, que en esa época del año bajaba muy crecido.

¿No había dicho Scott en alguna ocasión que quería morir con la mirada puesta en su querido Tweed? La cara bajo la máscara se deformó en una mueca burlona. Al menos ese deseo se vería satisfecho.

El jinete volvió la vista hacia el sur, en dirección al cruce de carreteras; esperaba ver aparecer en cualquier momento el carruaje de Scott surgiendo de las colinas. Tan seguro estaba del éxito de su plan que ya contaba mentalmente las monedas que le habían prometido por el crimen; sin embargo, en un instante todo cambió.

Mientras volvía a sonar el grito del arrendajo, esta vez más estridente y dos veces, apareció efectivamente un carruaje en el cruce; pero no llegaba por la carretera de Kelso, sino de Jedburgh, y alcanzaría el puente antes que el coche de Scott.

El enmascarado lanzó un juramento que ponía de manifiesto su bajo origen. ¿No había indicado a sus hombres, apostados más allá del cruce, que vigilaran que ningún otro carruaje pasara por el camino?

La mirada del asesino a sueldo voló atribulada entre el puente y el cruce de carreteras. El carruaje desconocido llegaría al barranco antes que Scott, y serían sus ocupantes los que se precipitarían al abismo. Sus jefes no le pagarían por eso...

El pánico se apoderó del hombre apostado en la colina. Rápidamente saltó de la silla, corrió bajo las ramas colgantes de los fresnos y, aunque se arriesgaba a ser visto, hizo una señal a los hombres que se ocultaban entre los matorrales a cada lado de la carretera. Gesticulando frenéticamente, señaló en la dirección por donde aparecería en unos instantes el otro carruaje.

Una mirada nerviosa hacia atrás, a la encrucijada, le mostró que el coche desconocido había pasado ya la carretera de Kelso y ahora se dirigía directamente hacia el puente. Era un tiro de dos caballos. Un único cochero iba sentado en el pescante, y por los baúles con que el vehículo iba cargado, el enmascarado dedujo que debía de tratarse de viajeros, posiblemente británicos del sur. El hombre maldijo de nuevo. Si en el accidente perdía la vida algún británico, el asunto provocaría un escándalo mucho mayor que si se trataba de un escocés.

Un momento después, el cabecilla de la banda de criminales vio llegar a su propia gente por la carretera de Jedburgh —seis jinetes que cabalgaban a galope tendido como si les persiguiera un escuadrón de dragones—. Al parecer, no habían prestado suficiente atención y habían dejado que el carruaje se escurriera entre sus filas. Ahora corrían como locos tras él, tratando de atraparlo.

Tal vez, pensó el enmascarado, aún no estaba todo perdido.

Mary de Egton se encontraba todavía bajo los efectos de la impresión de los terribles acontecimientos que habían tenido lugar en Jedburgh. La imagen de los hombres colgando sin vida en el patíbulo permanecía en su cabeza, y se preguntaba una vez más qué delito podían haber cometido el anciano de la posada y sus camaradas para haber sido ahorcados sumariamente en la plaza del pueblo.

En la agreste tierra que se extendía al otro lado de la frontera, se dijo, reinaban leyes distintas. Mary nunca había visto antes a un colgado, y aquella terrible impresión la atormentaba; al contrario que a Kitty, cuya naturaleza cándida la ayudaba a superar también rápidamente las cosas desagradables.

—¿Qué ocurre, milady? —preguntó la doncella sonriendo—. ¿No estará afligida aún por esos hombres?

Mary asintió con la cabeza.

—No logro olvidarlos. No puedo comprender por qué los han ajusticiado.

—Yo tampoco lo sé, milady; pero estoy segura de que debían de tener buenas razones. Posiblemente eran criminales buscados. ¡Tal vez —y se llevó horrorizada la mano a la boca— aquel tipo tan extraño que anoche le habló en la posada fuera un asesino y usted se salvó de la muerte por los pelos!

—Tal vez —concedió Mary pensativa—. El caso es que ese hombre no parecía un asesino.

—Nunca lo parecen, milady. Si no, les reconocerían a la primera, y ya no habría asesinos —replicó la doncella con una lógica aplastante.

—También es verdad —dijo Mary, y no pudo evitar una sonrisa. El espíritu ingenuo de Kitty la ayudaba a superar su melancolía—. Pero miré a ese viejo escocés a los ojos, y lo que vi en ellos...

Un grito estridente surgió de la garganta de Kitty, haciéndola callar. La violenta sacudida hizo temblar el carruaje, y Mary, aplastada contra el asiento forrado de terciopelo oscuro, oyó el ruido atronador de los cascos y luego el restallar del látigo de Winston.

—Pero ¿qué ocurre? —preguntó Kitty, asustada.

Mary sacudió la cabeza, perpleja. Aunque el coche se bamboleaba violentamente y saltaba sobre la carretera salpicada de baches, se levantó de su asiento y se arrastró hasta la ventana, bajó el vidrio y lanzó una mirada al exterior.

Un poco más adelante pudo distinguir un puente, hacia el que el carruaje se dirigía a toda velocidad; al mirar atrás, vio a seis jinetes que volaban en su persecución. Los hombres llevaban ropas andrajosas y amplios mantos, que flotaban en torno a sus escuálidas figuras, y además, sombreros de ala ancha y máscaras.

Aquella visión le produjo el efecto de un martillazo.

¡Ladrones!

¡Un asalto!

Conmocionada, saltó hacia atrás y se dejó caer en su asiento. Kitty, que había adivinado el horror en los pálidos rasgos de su señora, no tuvo tiempo de preguntar por la causa, porque un instante después un disparo rompió el silencio en el valle.

—¿Qué ha sido eso?

Sir Walter, que iba sentado con Quentin en el coche que les llevaba de vuelta de Kelso a Abbotsford, dio un respingo. Hacía un instante estaba sumido en sus pensamientos, rumiando sobre las razones que podría tener el abad Andrew para ocultarles lo que visiblemente sabía sobre la runa de la espada y los misteriosos acontecimientos de la biblioteca; pero el ruido le había devuelto súbitamente a la realidad.

—¿El qué? —preguntó Quentin con su característica inocencia—. ¿De qué hablas?

—Ese ruido que acabamos de oír. Ese estampido.

—No he oído nada, tío.

—Pues yo sí —aseguró sir Walter, exasperado—, y conozco ese ruido. Era un disparo, muchacho.

—¿Un disparo? —preguntó Quentin incrédulo. Entonces, el ruido que había oído sir Walter se repitió.

—Disparos —gritó su tío, y se lanzó hacia la ventana para mirar fuera.

Justo en ese momento llegaban a la encrucijada donde la carretera se unía a la de Jedburgh para seguir hacia el puente. Mudo de sorpresa, sir Walter vio cómo una horda de jinetes con capas que flotaban al viento daba caza a un carruaje desconocido, cuyo cochero agitaba el látigo y parecía hacer lo imposible por escapar de ellos.

—¡Un asalto! —gritó sir Walter perplejo—. ¡Estos ladrones se atreven incluso a actuar en pleno día!

Quentin gimió asustado. En lugar de precipitarse hacia la

ventana como había hecho su tío para comprobar qué ocurría fuera, se lanzó instintivamente al suelo del carruaje, protegiéndose la cabeza con los brazos. Después de los acontecimientos de la biblioteca y de la sombría advertencia que había pronunciado el abad Andrew, un asalto de ladrones armados era sencillamente demasiado para sus castigados nervios.

Sir Walter aún estaba reflexionando sobre qué podía hacer —la comarca en torno a Galashiels se consideraba segura, y ni él ni su cochero llevaban armas— cuando apareció una nueva amenaza.

Justo ante el puente, de los matorrales que bordeaban la carretera saltaron varios hombres —unas figuras desarrapadas, como las que montaban a caballo, que llevaban también máscaras ante la cara— y cerraron el paso al carruaje. En la mano del cabecilla, sir Walter vio brillar una gran pistola de pedernal, que escupió fuego por su doble cañón...

Winston Sellers hizo chasquear el látigo y azuzó implacablemente a los caballos que tiraban del carruaje. Sus cascos parecían volar sobre la pedregosa carretera; los tendones y los músculos trabajaban bajo el pelaje brillante de sudor, pero el cochero no daba tregua a los animales.

Los Sellers servían a la casa de Egton desde hacía tres generaciones, y todos sus miembros habían dado siempre prueba de una absoluta lealtad a la familia. Nunca habían dejado de ser fieles a los Egton, y jamás se habían apartado de su lado, ni siquiera en la época en que el abuelo de lady Mary, lord Warren de Egton, fue a las colonias, a Norteamérica, para luchar como oficial contra los rebeldes separatistas.

Ni el propio Winston habría sabido decir por qué pasaban esos pensamientos por su cabeza mientras, sentado sobre el pescante del bamboleante carruaje, azuzaba sin descanso a los caballos. Tal vez fuera porque en aquel momento era consciente de la responsabilidad que recaía sobre sus hombros.

Tal vez Mary de Egton no siempre reflejaba lo que Winston entendía por una lady, y su tendencia a hacer caso omiso de todo lo correcto y tradicional a menudo le había colocado en situaciones incómodas; pero la joven siempre se había mostrado justa y atenta con él, y eso era más de lo que podían decir muchos sirvientes de sus señores. El cochero estaba firmemente decidido a defender su vida hasta el último aliento y a hacerlo todo para que no cayera en manos de los ladrones.

Winston miró nerviosamente hacia atrás y vio a los jinetes que perseguían el carruaje, con aquellas aterradoras máscaras sobre sus caras. Nunca antes había sido perseguido por unos ladrones, ni tampoco habían atentado nunca contra su vida. Pero el primer disparo le había hecho súbitamente darse cuenta de que aquella gente no se detenía ante nada y de que no podía permitir que las damas cayeran en poder de los bandidos.

De nuevo blandió el látigo. Los cascos de los caballos atronaban sobre la desigual carretera mientras arrastraban el carruaje, cuyas ruedas emitían, al saltar sobre las piedras y los baches, unos inquietantes gemidos. Winston solo podía confiar en que resistieran el esfuerzo. Si se rompía una rueda o un eje, todo estaría perdido. Solo tendrían una oportunidad de escapar a sus perseguidores si alcanzaban el puente que se encontraba un poco más adelante. Sobre los lisos tablones, el carruaje avanzaría muchísimo más rápido, y tal vez entonces consiguieran dejarlos atrás.

De nuevo sonó un disparo. Instintivamente Winston encogió la cabeza entre los hombros, consciente probablemente de que sobre el pescante ofrecía un objetivo fácil. El plomo que el bandido había disparado no acertó en el blanco. El cochero se permitió un suspiro de alivio, que, sin embargo, se le quedó atravesado en la garganta cuando volvió a mirar hacia atrás. Los perseguidores habían ganado terreno; ahora estaban solo a diez o quince metros del carruaje.

Tenía que extraer las últimas energías de los caballos si

quería llegar al puente antes de que le alcanzaran. Ya se disponía a restallar el látigo, cuando vio cómo la maleza se abría a ambos lados de la carretera y varios enmascarados saltaban a ella, armados con pistolas y sables.

En una reacción instintiva, Winston quiso tirar de las riendas para esquivar a los hombres que le cerraban el paso; pero al momento comprendió que de ese modo echaría a perder definitivamente cualquier posibilidad de escape. Solo quedaba un camino: permanecer en la carretera, no detenerse y romper el cordón de los ladrones.

Winston Sellers no era un hombre particularmente valiente ni muy decidido, pero la situación le transformó. Levantándose a medias en el pescante, blandió el látigo y azuzó a los caballos con gritos estentóreos.

En la carretera los ladrones gritaron, y Winston vio cómo uno de ellos levantaba su pistola. En un abrir y cerrar de ojos saltó la chispa y el arma se disparó. El cochero sintió un dolor agudo, ardiente, en su hombro derecho; el impacto fue tan fuerte que le echó hacia atrás en el pescante, pero no soltó las riendas ni dejó de blandir el látigo.

La pistola del bandido atronó de nuevo, y del segundo cañón del arma voló otra bala, que esta vez erró su objetivo. El carruaje había llegado a la altura de los hombres. Cuatro de ellos se lanzaron gritando hacia un lado, pero el tirador no fue bastante rápido. Los cascos de los caballos lo alcanzaron y lo derribaron, y las pesadas ruedas del carruaje le pasaron por encima aplastándolo.

Un instante después el coche había alcanzado el puente y volaba sobre los maderos bruñidos por la lluvia. A pesar del dolor que le atormentaba y de la sangre que manaba de la herida, Winston Sellers exteriorizó su alivio con un grito ronco; un alivio que, sin embargo, solo duró una fracción de segundo.

Entonces sintió que los maderos cedían bajo el peso del carruaje y escuchó el gemido de la estructura. La supuesta salvación se reveló como una trampa mortal.

Todo ocurrió tan deprisa que incluso al rápido entendimiento de sir Walter le resultó difícil seguir el exacto desarrollo de los acontecimientos.

El carruaje, conducido por un cochero que debía de ser un hombre de una extraordinaria presencia de ánimo, acababa de romper la falange de los ladrones que se habían plantado inesperadamente en su camino y corría a toda velocidad hacia el puente.

Casi simultáneamente, los bandidos cesaron en su furioso ataque y se dispersaron como una bandada de gallinas ante el zorro. Los jinetes izaron a los caballos a sus camaradas que iban a pie; solo dejaron en el suelo al que había sido atropellado por el coche. Luego espolearon a sus monturas y salieron al galope por las colinas.

Y entonces resonó un gemido estremecedor.

Sir Walter miró hacia el puente y fue testigo de un suceso increíble.

Los ocupantes del carruaje, que apenas acababan de escapar a los ladrones, se enfrentaban ahora a un nuevo y mortal peligro. Porque cuando el vehículo llegó al centro del puente, la estructura se derrumbó sobre sí misma.

Desde la posición en que se encontraba, sir Walter no pudo ver dónde había empezado el derrumbe. Con un potente crujido, uno de los puntales cedió. El enorme peso que descansaba sobre los pilares y las vigas de madera que se elevaban sobre las aguas del Tweed ejerció así presión sobre un solo lado. La estructura se desequilibró, y con un terrible estruendo el puente se derrumbó sobre sí mismo.

Justo al lado del carruaje, las vigas se partieron. En el punto de rotura, los maderos de la calzada cedieron, se precipitaron a las profundidades y fueron arrastrados por las espumeantes aguas del río. Las ruedas del coche se hundieron en los agujeros que habían dejado los maderos que faltaban, y la rápida carrera de los caballos quedó bruscamente interrumpida.

Los animales relincharon asustados y su frenética huida se detuvo en seco. Llenos de pánico, tiraron violentamente de sus arneses, impulsados por los gritos estridentes del cochero, que desde su elevado puesto apenas podía comprender qué había ocurrido. En ese instante, toda la construcción central del puente cedió. En una auténtica reacción en cadena, los pilares y las vigas de carga se rompieron como ramas podridas, y el puente se partió por el centro.

Las vigas maestras se quebraron con un crujido espantoso, y la calzada de maderos se abrió y se hundió en las profundidades. La grieta se hacía cada vez más grande. Dominados por el pánico, los caballos relinchaban y trataban de levantarse sobre sus patas traseras, pero los arneses se lo impedían. Parte del suelo había desaparecido bajo sus patas y los animales braceaban ahora en el vacío.

Mientras una mitad del puente se derrumbaba sobre sí misma con un ruido atronador, la parte sobre la que se encontraba el carruaje permaneció unida aún con el borde del barranco. Uno de los pilares resistía con firmeza a las leyes de la física, pero era solo cuestión de tiempo que cediera a la presión. Otras vigas se rompieron, y el camino de madera se inclinó hacia un costado.

El carruaje se deslizó hacia abajo y golpeó contra la barandilla, que de momento resistió el impacto. Una sacudida recorrió el vehículo, y el cochero, que se había sujetado desesperadamente al pescante, perdió el equilibrio. Sus manos se agitaron en el vacío, y gritando, cayó de cabeza al abismo, donde el río se lo tragó.

Los dos caballos, que seguían braceando desesperadamente, retenidos por los arneses, tiraron con violencia del carruaje. La pluma se rompió, y los animales siguieron a su cochero a una muerte segura. En su caída partieron otra viga, y el último pilar que quedaba en pie se inclinó chirriando. Sostenido solo por la deteriorada baranda, el carruaje se balanceó dramáticamente, inclinado sobre el abismo. De su interior surgían gritos estridentes.

—¡No! —gritó horrorizado sir Walter, que hasta ese momento había confiado en que no viajara nadie en el carruaje. Reflexionando febrilmente, trató de encontrar un modo de ayudar a los ocupantes.

Kitty gritaba fuera de sí.

En el instante en que la calzada del puente se había derrumbado y el carruaje se había deslizado varios metros hacia las profundidades, un grito estridente y prolongado que parecía no tener fin había surgido de su garganta. Mary, en cambio, se esforzaba en conservar la calma, lo que no era precisamente fácil en aquellas circunstancias.

Primero el carruaje se había hundido casi verticalmente, y luego había volcado de costado. Las dos mujeres habían visto entonces con horror cómo Winston se precipitaba al abismo.

—¡Dios mío, milady! —chilló Kitty, mientras se aferraba con fuerza a su asiento en el fondo del coche, como si aquello pudiera salvarla.

Mary miró por la ventana lateral y vio la barandilla que separaba al carruaje del abismo y que por el momento aún lo protegía de la caída. La madera corroída por el sol y la lluvia había conocido tiempos mejores, y Mary se preguntó instintivamente cuánto tiempo podría resistir ese peso, sobre todo porque ya podían escucharse unos chirridos y crujidos siniestros.

Con cuidado, para no poner en peligro el frágil equilibrio, se atrevió a moverse un poco más hacia delante y echó una ojeada por la ventana. Con espanto constató que el puente acababa justo ante el carruaje; allí, en el lugar donde la calzada habría debido continuar, solo se veían los extremos quebrados de las vigas maestras. Los caballos habían desaparecido.

Los animales debían de haberse precipitado a las profundidades junto con su dueño.

El puente se había partido por el centro, y la otra mitad ya se había derrumbado. Solo un capricho del destino parecía haber preservado de momento ese lado. De todos modos, ese capricho podía llegar a su término en cualquier momento, cuando el último pilar que quedaba en pie cediera. O lo que era aún más probable, cuando la vieja madera de la baranda dejara de aguantar.

A pesar del pánico que sentía, Mary era consciente de que no podían permanecer ni un momento más en el carruaje. «Tenemos que abandonar el coche», fue su primer pensamiento.

—Ven, Kitty.

—No, milady. —La doncella sacudía convulsivamente la cabeza; lágrimas de pánico caían por sus mejillas—. No puedo.

—¡Sí puedes! Sé que puedes hacerlo, Kitty.

La doncella seguía sacudiendo la cabeza tozudamente, como una niña pequeña.

—Moriremos —sollozó—, igual que Winston.

—No, no moriremos —la contradijo Mary en tono resuelto. La expresión de su rostro no tenía ya nada de la distinción de una lady de casa noble. La determinación había hecho que las venas, hinchadas, resaltaran en su frente pálida, y sus ojos dulces revelaban ahora una férrea voluntad de supervivencia—. Tenemos que abandonar el carruaje, Kitty. Si nos quedamos aquí, moriremos.

—Pero... pero... —balbuceó la doncella, que estaba blanca como la cera y temblaba como una azogada. Lágrimas de miedo habían borrado todo rastro de su habitual carácter despreocupado.

También Mary sentía que el corazón iba a estallarle en el pecho; tenía la sensación de que en cualquier momento el suelo desaparecería bajo sus pies, tanto en sentido literal como figurado. Con una disciplina férrea, se esforzó, sin embargo, en recuperar su aplomo y hacer lo único que podía salvarles la vida a su doncella y a ella.

Lentamente se arrastró hacia arriba sobre el banco, hacia el otro lado del carruaje, acompañada por los constantes crujidos de la baranda. De algún modo consiguió descorrer el cerrojo y empujar la puerta hacia arriba. Sobre ella apareció el cielo azul.

—Vamos, Kitty —susurró a su doncella—. Subamos.

—Vaya usted, milady. Yo me quedaré aquí.

—¿Para hacer qué? ¿Para morir? —preguntó Mary con dureza—. Ni hablar. Vamos, afuera.

—¡No, milady, por favor!

—¡Maldita sea! ¡Vas a moverte de una vez, mocosa malcriada! —la increpó Mary, y aunque el tono y las palabras eran más propios de un afilador de cuartel que de una dama, no dejaron de causar el efecto buscado.

Kitty abandonó, titubeante, el rincón donde había permanecido agazapada y cogió la mano de Mary para trepar al exterior del carruaje. De repente se escuchó un fuerte crujido. Mary se dio cuenta, horrorizada, de que la baranda cedía y se doblaba bajo el peso del coche.

Entonces resonó un crujido seco. Uno de los largueros se rompió, y el carruaje se inclinó un poco más hacia el abismo. Pero la baranda aún no había capitulado definitivamente en aquel combate perdido de antemano, y el pesado vehículo seguía aún, literalmente, colgado de un hilo.

Temblando, Kitty miró hacia las profundidades que se abrían tras la ventana.

—Rápido —susurró Mary, y la cogió de la mano para atraerla hacia sí y ayudarla a trepar al exterior del coche.

Kitty se movía con torpeza, estorbada por su vestido de seda. Con una mezcla de paciencia y suave violencia, Mary consiguió empujar a su doncella al exterior. Y después de lanzar una última mirada al vacío que se abría a sus pies, abandonó también el carruaje.

Las delicadas manos de Kitty se tendieron hacia ella y la ayudaron a subir. Con los miembros temblorosos, Mary se izó, y a pesar de su amplio vestido, consiguió salir por la abertura por la abertura. Temblando de arriba abajo, las dos mujeres se encontraron acurrucadas sobre la inclinada pared lateral del carruaje; en ese instante comprendieron hasta qué punto era desesperada su situación.

Solo uno de los pilares del puente permanecía intacto y soportaba el último tramo de la calzada, sobre el que se encontraba el carruaje, pero el soporte ya estaba doblado y pronto cedería, arrastrando al abismo al resto del puente, y con él al coche.

Consternada, Mary levantó la mirada hacia el borde del abismo. La calzada de madera del puente había caído de lado y colgaba oblicuamente sobre el precipicio; parecía pender solo de unas pocas fibras de madera. Si se rompían, todo habría acabado. Mary percibió el rumor que ascendía de las profundidades, oyó claramente el crujido del pilar, que no soportaría mucho tiempo más la carga.

—Oh, milady —gemía Kitty, mientras miraba horrorizada hacia el abismo—. Milady, milady…

Lo repetía como un conjuro, mientras lágrimas amargas caían por sus mejillas. Mary buscó, desesperada, una salida, pero se vio forzada a reconocer que no había ninguna. No tenían ninguna oportunidad de llegar a la otra orilla, y tampoco podían volver atrás. Un movimiento torpe, un paso en falso, y el pilar cedería.

El miedo y el pánico que antes había combatido con tanto éxito, se apoderaron ahora también de ella. Mary y su doncella se cogieron de las manos para proporcionarse consuelo en los últimos minutos —tal vez los últimos segundos— de su vida.

Ambas estaban tan asustadas que no pudieron ver cómo llegaba la salvación, bajo la modesta forma de una cuerda.

Desconcertada, Mary miró fijamente el final de la soga, que formaba un lazo. Instintivamente la sujetó y levantó la mirada hacia el borde del barranco, de donde había llegado. No se veía a nadie, pero un instante después, lanzaron una segunda cuerda. También en este caso, el extremo formaba un lazo.

Una voz apremiante resonó en lo alto:

—¡Rápido! ¡Rodéense con los lazos!

Mary y Kitty intercambiaron una mirada asombrada. Luego hicieron lo que la voz les ordenaba; pasaron los brazos por dentro de los lazos y se los ciñeron en torno al cuerpo. ¡Justo a tiempo!, porque un instante después la baranda del puente cedía.

Con un sonoro crujido, la desgastada madera se quebró, y el carruaje sobre el que estaban agachadas las dos mujeres se deslizó sobre los maderos inclinados, cayó al vacío y se sumergió en las turbulentas aguas del río.

Mary y su doncella gritaron al sentir que perdían el apoyo bajo sus pies. Por un instante temieron ser arrastradas también al abismo, pero las cuerdas las sostuvieron. Al mismo tiempo sintieron que tiraban de ellas hacia arriba, mientras por debajo el resto del puente, que había perdido por completo la estabilidad, se desmoronaba chirriando.

El gemido del pilar y el ruido de la madera al quebrarse ahogaron el estridente grito de Kitty. Petrificadas por el espanto, las dos mujeres vieron cómo el resto del puente se separaba del borde de la pared y con un estruendo infernal se precipitaba a las profundidades, mientras ellas se balanceaban impotentes sobre el abismo, entre la vida y la muerte.

Pero fuera quien fuese quien aguantaba aún el extremo de la cuerda, no parecía tener intención de soltarla. Bamboleándose sobre el abismo, Mary de Egton y su doncella fueron izadas lentamente, palmo a palmo.

Los gritos de Kitty se extinguieron, y sus habitualmente sonrosados rasgos adoptaron un tono verdoso. Un instante después, perdió el conocimiento; la impresión y el horror de los acontecimientos habían sido demasiado para la doncella. Inmóvil, Kitty colgaba en su lazo, que tiraba a sacudidas de ella, arrastrándola hacia arriba.

Mary aún se mantuvo consciente el tiempo suficiente para vivir la llegada al protector borde de la pared. Con manos temblorosas palpó la roca. Desde arriba, unas manos abrazaron sus muñecas y la ayudaron a alcanzar suelo seguro.

Agotada, se dejó caer en el polvo. Su respiración era irregular, el corazón le latía desbocado, y se dio cuenta de que también iba a perder el conocimiento.

Había visto el final ante sí y apenas podía creer que se había salvado. Le parecía un milagro, y solo quería dirigir una mirada a su misterioso salvador antes de perder por completo la conciencia.

Un rostro apareció sobre ella. Pertenecía a un joven de rasgos un poco ingenuos, pero francos y simpáticos, que la miraba preocupado.

A este se añadió un segundo rostro, cuyo propietario era unos años mayor. Un mentón ancho de aspecto enérgico adornaba una faz enmarcada por cabellos de un color gris pálido. El escrutador par de ojos despiertos y claros que la miraban de frente podía pertenecer tanto a un erudito como a un poeta.

—¿Se encuentra bien? —preguntó el hombre, y mientras sus sentidos se enturbiaban, Mary fue consciente de que conocía esa cara.

La había visto en el libro que había leído y que trataba de los hechos valerosos del caballero Wilfred de Ivanhoe. Cuando la inconsciencia cayó sobre ella como un saco grueso y oscuro, pensó que su misterioso salvador no podía ser sino el propio sir Ivanhoe...

7

Cuando Mary abrió los ojos de nuevo, aparentemente no había cambiado nada. La cara seguía flotando sobre ella y miraba preocupada hacia abajo.

—No sé —susurró suavemente—. O bien estoy muerta y en el cielo, o...

—No está muerta, hija mía —dijo la cara iluminada por una dulce sonrisa—. Y esto tampoco es el cielo. Aunque me he esforzado mucho para hacer este lugar lo más agradable posible.

La joven parpadeó, y enseguida se rehizo un poco de su aturdimiento. Estupefacta, constató que ya no se encontraba al aire libre. Estaba tendida en una cama blanda en una amplia habitación, con el techo soportado por vigas de madera decoradas con tallas. Un entablado de madera oscura revestía las paredes y el olor a cera impregnaba el aire.

A través de la ventana, en la parte opuesta de la habitación, el sol penetraba a raudales inundando el espacio con esa luz cálida y amable que solo la primavera puede traer consigo. Un dulce olor llegaba desde fuera: el aroma de unas flores que Mary no conocía, pero que despertaron de nuevo sus ansias de vivir.

Primero percibió el entorno como un sueño lejano y extático; pero a cada instante que pasaba, aumentaba en ella la conciencia de que no se encontraba de ningún modo muerta y en el cielo, sino que era la vida, la realidad, lo que la rodeaba. Y eso significaba también que el hombre que se encontraba de pie junto a su cama y la miraba desde arriba con preocupación no era un ángel sino un ser de carne y hueso. Su heroico salvador...

—No es usted sir Ivanhoe —constató sonrojándose.
—No exactamente.

El hombre del cabello blanco sonrió. Tenía un marcado acento escocés, sin que eso le hiciera parecer rústico. De hecho, Mary tuvo la impresión de que se encontraba ante un perfecto gentleman.

—Por favor, perdone que no haya podido presentarme aún —dijo—. Mi nombre es Walter Scott, milady. A su servicio.

—¿Walter Scott?

En un primer momento Mary creyó que aún estaba soñando, pero luego comprendió que estaba totalmente despierta y que efectivamente se encontraba frente al autor de las novelas que tanto amaba. Sin embargo, se esforzó en no dejar ver su sorpresa. Había oído decir que a sir Walter no le gustaba sacar a relucir su profesión, y no quería avergonzarle.

—¿Nos conocemos, tal vez? —preguntó el hombre—. Perdone si no lo recuerdo, milady, pero de vez en cuando parece que mi memoria, de la que tanto me envanezco, me deja vergonzosamente en la estacada.

—No, no, de ningún modo.

Mary sacudió la cabeza, y al hacerlo tuvo la sensación de que un herrero estaba descargando martillazos en el interior de su cráneo. Al mismo tiempo, a su mente volvió el recuerdo de los espantosos acontecimientos que había vivido.

De nuevo experimentó aquellos momentos de terror e incertidumbre. Vio derrumbarse el puente; oyó el crujido de las vigas y los asustados gritos de Kitty; sintió su propio miedo. Sin embargo, era el bienestar de su doncella lo que más la preocupaba ahora.

—¿Cómo está Kitty? —preguntó—. ¿Está también...?

—No se preocupe —replicó sir Walter—. Se encuentra bien. El doctor le ha administrado un tónico de extracto de valeriana. Duerme.

—¿Y... Winston?

Sir Walter sacudió la cabeza.

—Lo lamento, milady. El río lanzó a la orilla el cadáver de su cochero un poco más abajo del lugar del derrumbe. No pudimos hacer nada por él.

Mary asintió con la cabeza. Sus ojos se humedecieron, y apartó la mirada cohibida, no porque sus lágrimas la avergonzaran, sino porque su pena le pareció insincera. Por más que lamentara que Winston hubiera perdido la vida, y aunque era consciente de que en gran parte debía su supervivencia al valor y a la presencia de ánimo del cochero, su primer pensamiento no había sido para él, sino para su propio bienestar.

Sir Walter le dirigió una mirada escrutadora, como si supiera exactamente qué ocurría en su interior.

—No se aflija, milady —dijo en voz baja—. Sé lo que siente, pues yo mismo he vivido ya situaciones como esta. Hace poco uno de mis estudiantes murió en circunstancias trágicas; días más tarde, mi sobrino estuvo a punto también de ser víctima de una desgracia. Y todo lo que pude sentir fue agradecimiento por su salvación. Solo somos seres humanos, milady.

—Gracias —dijo Mary suavemente, y cogió el pañuelo que él le tendía para secarse las lágrimas—. Es usted muy bondadoso, sir. Y nos ha salvado. Si no hubieran estado allí...

—Solo estábamos en el lugar oportuno en el momento justo —le quitó importancia sir Walter, y por un instante a Mary le pareció que una sombra cruzaba por su rostro—. Cualquiera habría hecho lo mismo en nuestro lugar.

—Lo dudo mucho —replicó Mary—. Solo espero que un día pueda devolverle el favor, sir.

—Y yo espero que el Señor no lo quiera, milady —replicó rápidamente sir Walter con una sonrisa traviesa—. ¿Cómo se siente?

—En fin. A la vista de lo ocurrido, podría decirse que me siento bien.

—Me alegra oírlo. —Sir Walter asintió con la cabeza—. Indicaré a una de las sirvientas que le traigan té y pastas —añadió—. Debe de estar hambrienta.

—No demasiado. A decir verdad, tengo el estómago como si me hubiera tragado un saco de pulgas. —La joven se sonrojó y se llevó rápidamente la mano a la boca—. Disculpe, sir. No puedo creer que haya dicho eso.

—¿Y por qué no? —Sir Walter no pudo evitar una sonrisa—. Créame: demasiadas jóvenes de la nobleza manejan su lengua como si estuvieran pisando huevos. Me parece refrescante que una mujer de noble origen sepa expresarse de un modo un poco creativo.

—¿Usted... sabe quién soy? —Mary se sonrojó aún más—. Lo cierto es que no me he presentado aún. Debe de considerarme muy descortés.

—De ningún modo, lady Mary —replicó galantemente sir Walter—. Lo descortés habría sido preguntarle por ello. De todos modos, podría decirse que su fama la ha precedido.

—¿Cómo ha podido...? —preguntó Mary, para darse luego a sí misma la respuesta—. El coche. Mi equipaje...

—Lo que ha podido salvarse del río ha sido traído aquí. Aunque me temo que no podrá disfrutar mucho de ello.

—No tiene importancia. Después de todo lo que ha ocurrido, estoy tan agradecida por estar todavía con vida que no voy a quejarme por un par de estúpidos vestidos.

—Es muy inteligente por su parte, aunque no precisamente habitual en una joven de buena familia, si se me permite decirlo.

—Me ha salvado la vida, sir —replicó Mary sonriendo—. Naturalmente que le está permitido, y naturalmente tiene razón. No soy precisamente un prototipo de mi condición.

—Puede felicitarse por ello, milady. La mayoría de las jóvenes se habrían asustado tanto en el carruaje que habrían sido arrastradas con él a la muerte. En cambio, usted tuvo suficiente valor para actuar.

—Aún no lo había considerado de este modo —dijo Mary sonriendo de nuevo—. ¿Cuánto tiempo he estado inconsciente?

—Un día y una noche —replicó sir Walter.

—¿Y todo ese rato he estado aquí?

—Perdone que haya actuado a mi manera, milady, pero consideré que lo mejor era traerla a Abbotsford. Aquí se encuentra segura y podrá reponerse de todo lo que le ha sucedido.

—Abbotsford —repitió Mary en voz baja; «la romanza de piedra y mortero»: así solía llamar Walter Scott a su residencia.

De nuevo la dominó un cansancio de plomo, y no pudo evitar que sus ojos parpadearan. Vagamente vio cómo sir Walter se apartaba y salía de la habitación; percibió, como desde muy lejos, que había alguien más en la estancia, alguien a quien no había visto hasta ese momento: un joven de pelo rojizo que se frotaba las manos nerviosamente y miraba hacia ella preocupado.

Entonces la fatiga la venció y Mary volvió a dormirse.

Quentin permanecía inmóvil en la puerta. Aunque sabía que aquella conducta no era en absoluto propia de un gentleman, no podía apartar los ojos de la joven.

Mary de Egton —así se llamaba— era la criatura más hechizadora que jamás había visto.

Su figura esbelta, perfecta, la cara hermosa y noble, con los pómulos altos y la nariz un poco curvada hacia arriba —tal vez un poco demasiado atrevida para una dama de la nobleza—, los ojos de un azul acuoso, la boca pequeña y fina y el cabello rubio rizado, que se desplegaba en ondulaciones sobre la almohada; todo le tenía completamente fascinado.

Hasta ese momento, Quentin no se había interesado particularmente por las mujeres; por un parte, probablemente, porque ellas no se habían interesado por él, pero, por otra también, porque su corazón nunca había palpitado por una criatura del sexo femenino. Hasta entonces solo había conocido a las hijas de los burgueses de Edimburgo y a toscas muchachas campesinas; pero Mary de Egton era distinta a cualquier otra mujer que hubiera visto. Si, a partir de ese momento, le hubieran permitido pasar el resto de su vida en el umbral de su habitación y poder estar cerca de ella, su dicha habría sido completa.

A sir Walter no le había pasado desapercibida la fascinación de su sobrino por la joven dama. Que Quentin le pidiera ir a verla ya le había parecido extraño, sobre todo porque su preocupación por el bienestar de la doncella de lady Mary era, visiblemente, mucho menos marcada. Al parecer, la joven Mary de Egton había tomado por asalto el íntegro corazón de Quentin.

Durante todo ese tiempo, el joven no se había atrevido a pisar su habitación, no solo porque lo considerara inapropiado, sino porque era demasiado tímido para hacerlo. Ya solo la mirada que ella le había dirigido poco antes de volver a dormirse había bastado para hacer que su corazón palpitara desbocado y sus mejillas ardieran.

—¿Se pondrá bien? —preguntó a su tío susurrando para no despertar a la lady.

—No te preocupes —replicó sir Walter, que no pudo evitar una sonrisa irónica.

Pocas veces había visto a su sobrino mostrarse tan solícito, en especial en relación a una joven. La forma en que permanecía en el umbral y observaba a la dama de su corazón desde lejos le recordó a los personajes de sus novelas, a los caballeros y nobles señores sobre los que escribía y que suspiraban de amor por sus damas. Con la diferencia de que esto no era una novela, sino la realidad, y de que sin duda el final sería distinto al de sus novelas.

—Ha sufrido una conmoción, pero por lo demás está bien —tranquilizó a su sobrino—. El doctor Kerr dice que pronto podrá levantarse.

—Me alegro —dijo Quentin, esforzándose en sonreír—. Faltó poco, ¿verdad?

—Desde luego. —Sir Walter asintió y posó su carnosa mano sobre el hombro del joven—. Con toda esta actividad no he encontrado el momento de darte las gracias, sobrino.

—¿Darme las gracias? ¿Por qué, tío?

—Hiciste un buen trabajo. Fue idea tuya utilizar las cuerdas de la caja de herramientas del carruaje. Si no hubieras actuado tan deprisa y con tanta abnegación, las dos damas no estarían con vida ahora.

Quentin se sonrojó y no supo qué contestar. Estaba más acostumbrado a que le reprendieran por su torpeza. Recibir alabanzas, y además por un acto como aquel, constituía una nueva experiencia para él.

—No fue nada —dijo modestamente—. A cualquiera se le habría ocurrido.

—En cualquier caso —opinó sir Walter, mientras cerraba con cuidado la puerta de la habitación de invitados—, ayer te comportaste como un auténtico Scott, muchacho.

—Te lo agradezco, tío —dijo Quentin, satisfecho por el elogio—. Pero en realidad no hay motivo para felicitarse por la salvación de las damas. De todos modos hubo una víctima mortal. Y esos bribones escaparon.

—Esto es cierto.

—¿Ya hay alguna noticia del sheriff Slocombe?

—No —replicó sir Walter, mientras bajaban la escalera y se dirigían hacia el despacho, que, como siempre, olía a leña y tabaco—. Él y su gente siguen ocupados buscando pistas. Y mientras tanto esos bandidos se han esfumado sin dejar rastro.

—¿Y el inspector Dellard?

—Por lo que he podido saber, no concede ninguna importancia al incidente. Ha dejado que el sheriff se ocupe de ello, aun sabiendo que a Slocombe le supera totalmente esta tarea. Aunque esos tunantes se hubieran escondido en su propia bodega, no los encontraría. El scotch reclamaría toda su atención.

—Es una vergüenza —se indignó Quentin, en un arranque de temperamento poco corriente en él—. Unos viajeros inermes son atacados por una banda de ladrones en pleno día y el sheriff no está en condiciones de atraparlos.

—Tal vez fueran ladrones —dijo sir Walter pensativamente—. Pero también es posible que fueran algo más que eso.

—¿Qué quieres decir, tío? Llevaban máscaras. E iban armados, ¿no?

—Eso no les convierte forzosamente en ladrones, muchacho; pero posiblemente eso sea lo que debamos suponer.

—¿Eso crees?

—Posiblemente... Dime, Quentin, ¿cuántas veces en los últimos años se ha producido un asalto en pleno día en Galashiels?

—No lo sé, tío; no hace tanto tiempo que estoy aquí, como sabes.

—Yo te lo diré, muchacho —replicó sir Walter, y el tono conspirativo con que había pronunciado estas palabras hizo que Quentin aguzara el oído al instante—. En los últimos cuatro años no ha habido en el distrito ni un solo asalto tan audaz como este. La comarca se considera, en general, pacificada, y puedo decir que yo, como sheriff de Selkirk, he aportado mi contribución a ello. ¿Y sabes cuántos puentes se han derrumbado en los últimos quince años?

Quentin sacudió la cabeza.

—Ni uno solo —explicó sir Walter—. ¿Entiendes adónde quiero ir a parar?

—Piensas que son demasiados incidentes de golpe —replicó Quentin.

—Has dado en el clavo, sobrino. El sheriff Slocombe considera que el derrumbe del puente fue un accidente, una catástrofe que nadie podía prever; pero yo tengo mis dudas. ¿Y si esos tipos manipularon el puente para hacer que se derrumbara en el momento en que pasaba el carruaje?

—¿Quieres decir que no eran unos ladrones, sino asesinos a sueldo? —preguntó Quentin con voz apagada.

—Así es —constató sir Walter sombríamente.

—Pero —objetó Quentin después de reflexionar un momento— ¿qué sentido tiene? Esos bandidos trataron de detener el carruaje de Mary..., quiero decir, de lady Mary. ¿Por qué tenían que hacerlo, si en realidad se trataba de conducir al carruaje al puente? Habría bastado con que los jinetes lo acosaran, ¿no?

—Yo también me he hecho esta pregunta, muchacho —replicó sir Walter, asintiendo aprobadoramente—. Veo que poco a poco mis lecciones de lógica aplicada dan sus frutos. Pero ¿qué ocurriría si el ataque no fuera dirigido, en realidad, contra lady Mary? ¿Si esos enmascarados no hubieran tenido la intención de empujar su carruaje al puente, sino de impedir que lo cruzara?

—¿Quieres decir que...? —La tez de Quentin adquirió de pronto una palidez insana. Su recién adquirido aplomo parecía haberse desvanecido de golpe.

—Imaginemos por un momento que estos enmascarados tenían el encargo de perpetrar un atentado, un atentado contra un carruaje que sabían que cruzaría el puente. Bajan al barranco y preparan los pilares de modo que soporten el paso de un caminante pero se derrumben bajo el peso de un coche. Y sigamos suponiendo que esta gente, después de realizar el trabajo, se sienta entre la maleza y espera a que el susodicho carruaje se acerque. Y efectivamente llega un carruaje, pero resulta que no es el que habían esperado. Algo no ha salido según lo planeado, y un coche con una joven noble y sus dos sirvientes amenaza con llegar primero al puente. ¿Qué harán los asesinos?

—Tratarán de detener el carruaje —dijo Quentin en voz baja.

—¡Eso hicieron, justamente, estos hombres! Sin embargo,

no lo consiguieron. Para intentar salvar a las dos mujeres, el cochero rompió sus líneas y corrió hacia el puente... Y ya conoces el resto de la historia.

—Esto... suena increíble —replicó Quentin—. Y sin embargo, parece la única explicación que tenga sentido. Pero ¿a quién iba dirigido en realidad el ataque? ¿Quién se sentaba en el otro carruaje y debía precipitarse al abismo con él?

Sir Walter no respondió nada; se limitó a dirigirle una mirada larga y penetrante. Su joven sobrino no dejaba de sorprenderle; a veces por su agudeza, y luego, de nuevo, por su capacidad para no reconocer lo que era evidente.

—¿Quieres decir que...? —balbuceó el joven al vislumbrar la terrible verdad.

—¿Y qué podría ser si no? Recuerda las palabras del inspector Dellard. Nos previno expresamente de que podían atentar contra nuestra vida.

—Es cierto. Pero ¿tan pronto?

—Que yo sepa, los asesinos no se guían por ninguna agenda —replicó sir Walter con amargura—. Todo indica que el ataque era una emboscada cuidadosamente preparada y que el derrumbe del puente no fue una casualidad. Sencillamente no habían previsto que el carruaje de lady Mary pasara por el puente antes que nosotros. Ella y sus sirvientes estaban en mal momento en el lugar equivocado. Si hubiéramos llegado aunque fuera solo unos instantes antes a la encrucijada, habríamos sido nosotros los que nos habríamos hundido al cruzar el puente.

Quentin permaneció inmóvil, como fulminado por un rayo. Su rostro había palidecido aún más y reflejaba un horror indecible. Le temblaron las rodillas, y se dejó caer en uno de los sillones de cuero colocados ante la chimenea. Perdido en sus pensamientos, contempló las llamas mientras repetía una y otra vez:

—El ataque iba dirigido contra nosotros. Solo a una casualidad debemos encontrarnos aún con vida.

—Así lo veo yo también, muchacho —asintió, furioso, sir

Walter—. Por lo visto, nuestros adversarios son más poderosos y peligrosos de lo que hasta ahora habíamos supuesto. Yo pensaba que Dellard exageraba, para mantenernos alejados de las indagaciones y tener las manos libres; pero tal como se presentan ahora las cosas, parece que me había equivocado. Nos enfrentamos, efectivamente, a un gran peligro.

—¿Y qué haremos ahora? —preguntó Quentin abatido.

—Informaremos a Dellard de nuestras conclusiones y le haremos ver que este incidente entra claramente dentro de su jurisdicción. Porque si el caso sigue en manos de Slocombe, los únicos éxitos que podremos presentar al final serán unas cuantas botellas de scotch vacías. Pero primero deberíamos ocuparnos de nuestras huéspedes, como corresponde a hombres civilizados. A lady Mary y a su doncella no debe faltarles de nada aquí, en Abbotsford.

—Comprendo, tío.

—Y... ¿Quentin?

—Dime, tío.

—Ni una palabra de lo que hemos hablado a lady Charlotte. Mi mujer ya tiene bastantes preocupaciones, y la pérdida de Jonathan la ha afectado mucho. No quiero intranquilizarla inútilmente.

—¿Inútilmente, tío? Una banda de asesinos nos acecha. Un hombre ha muerto y dos damas han salvado la vida de milagro. ¿No crees que existen motivos suficientes para estar intranquilo?

Sir Walter no le contradijo, y Quentin pudo leer en sus ojos que pensaba como él.

—Ya has oído lo que he dicho, sobrino —insistió a pesar de todo—. No quiero que lady Charlotte ni nadie de la casa se entere de lo que hemos comentado.

—Como quieras, tío.

—Bien —asintió sir Walter, mientras por su cabeza cruzaba la idea de que aquel asunto no iba a solucionarse simplemente negándolo.

Al atardecer, Mary de Egton se había repuesto tanto que el doctor le permitió abandonar la cama. También su doncella Kitty estaba totalmente recuperada, aunque los extractos de valeriana que Kerr le había administrado aún frenaban un poco su habitual vivacidad.

Lady Charlotte había querido asumir personalmente la tarea de ocuparse de las dos damas y acompañarlas a visitar la casa y los jardines.

La repentina muerte de Jonathan había afectado profundamente a la esposa de sir Walter y había dejado en ella un extraño vacío. Como no le había sido concedido el don de tener hijos propios, lady Charlotte trataba a todos los estudiantes que Scott acogía en Abbotsford con una atención casi maternal, y los jóvenes que entraban y salían de la casa la apreciaban y la veneraban. Si sir Walter era la cabeza de la casa, acostumbraban decir, su esposa era el corazón. El propio sir Walter repetía continuamente que su espacioso hogar no sería más que una colección de piedras inertes si lady Charlotte no lo llenara de vida, y sus palabras correspondían en todo a la verdad.

La esposa —una dama de mediana edad de figura esbelta y rasgos marcados, dotada de una belleza tranquila y elegante— se ocupaba de la administración de la propiedad. Ella se encargaba de dirigir a la servidumbre y a los jardineros, al cochero y al mozo de cuadras, ayudada en su tarea por el fiel Mortimer, que llevaba muchos años al servicio de la familia Scott y había ascendido de simple mozo de caballos a mayordomo de la casa. Lady Charlotte utilizaba los mismos patrones que su marido para juzgar el valor de un hombre: para ella no era el origen lo decisivo, no era el linaje lo que convertía a una persona en un criatura honorable, sino solo sus actos.

Mientras sir Walter se retiraba para pasar el resto del día en su despacho meditando sobre su última novela —debido a los incidentes de los últimos días se había retrasado considerablemente y debía apresurarse si quería mantener los plazos de entrega del próximo capítulo—, lady Charlotte guió a las dos visitantes por Abbotsford.

La señora de la casa les mostró las espaciosas salas, adornadas con armaduras y pinturas, y luego los jardines, la colección de armas y la biblioteca. Esta última, sobre todo, dejó extasiada a Mary, que, por desgracia, había perdido todos sus libros cuando el carruaje se precipitó a las aguas del Tweed.

Lady Charlotte le permitió echar una ojeada a la biblioteca y pasar allí el tiempo que faltaba para la cena ocupada en la lectura. Mientras Mary no se cansaba de mirar los innumerables tesoros encuadernados en cuero que dormitaban en los estantes, Kitty se dedicó a contemplar a los mozos que trabajaban en el prado segando la hierba con sus brazos desnudos brillando de sudor.

A las siete sonó la campana de la cena, y todos fueron a reunirse en torno a una larga mesa en el espacioso comedor de la residencia. Sir Walter y su esposa habían ocupado, el uno frente al otro, las cabeceras. Junto a sir Walter se sentaban Quentin y Edwin Miles, un joven estudiante de Glasgow que en aquellos momentos residía también en Abbotsford. Los dos puestos a los lados de lady Charlotte, reservados a Mary de Egton y a su doncella, aún estaban libres. Inicialmente, también William Kerr debía quedarse a comer, pero el doctor, del que sir Walter sabía que era un compañero retraído y no precisamente hablador, había preferido volver a Selkirk a última hora de la tarde, después de haber examinado por última vez a las dos jóvenes y de comprobar su estado de salud.

Un sonido de voces amortiguadas llegó del pasillo, y una de las sirvientas introdujo a lady de Egton y a su doncella. Lady Charlotte les había proporcionado prendas de su propio vestuario: vestidos sencillos de seda rojo oscuro y verde, que realzaban la radiante belleza de las jóvenes visitantes. A sir Walter no se le escapó que Quentin se quedó con la boca abierta, admirado, al ver entrar a Mary de Egton en el comedor.

—No sé cuál es la costumbre en Edimburgo —cuchicheó a su sobrino sonriendo con ironía—, pero nosotros, la gente sencilla del campo, cerramos la boca cuando queremos complacer a una dama.

El rostro de Quentin se tiñó repentinamente de púrpura. El joven miró hacia el plato, cohibido, y ya no se atrevió a volver a observar a la joven. Edwin Miles no tenía tantas dificultades para moverse en sociedad. Con los modales de un perfecto gentleman —como quería que le consideraran—, se levantó de su asiento y se inclinó para ofrecer sus respetos a las dos damas. Quentin vio la sonrisa que lady Mary le dedicaba y se sintió irritado. Una nebulosa intuición, que surgía del fondo de su conciencia, le dijo que lo que sentía debían de ser celos. Por primera vez en su vida...

Después de haber sonreído amablemente a todo el grupo, Mary se sentó en su sitio; tras una seña de lady Charlotte, se sirvió el primer plato de la cena.

—Me he decidido por una sopa cazadora —explicó lady Charlotte, mientras las sirvientas dejaban sobre la mesa dos soperas que despedían un aroma delicioso—. Espero haber acertado el gusto de las damas.

—Naturalmente —aseguró Kitty, saltándose las normas de la etiqueta, antes de que Mary pudiera responder—. No sé cómo se sentirán ustedes, pero yo, después de todo lo que ha ocurrido, tengo un hambre de lobo.

—Kitty —siseó Mary reprobadoramente, y su doncella se sonrojó. Sir Walter y lady Charlotte, sin embargo, rieron.

—No se preocupe, lady Mary —la tranquilizó Scott—. En mi casa siempre se aprecian las palabras sinceras. Tal vez en algunas regiones del reino se considere poco elegante, pero aquí, en Escocia, es una vieja tradición decir lo que se piensa. Quizá esta sea una de las razones de los malentendidos que se han dado entre ingleses y escoceses.

—Le agradezco su amabilidad, sir —replicó Mary cortésmente—. Nos ha acogido en su casa y nos ha proporcionado toda la ayuda imaginable. Si no fuera por usted, Kitty y yo no estaríamos aquí sentadas. Nunca podré agradecérselo lo suficiente.

—No me lo agradezca demasiado —replicó sir Walter, y de nuevo una sombra pareció cruzar por su rostro—. Quentin y yo solo hicimos lo que exigían las circunstancias. Pero antes de cenar, recemos y demos gracias al Señor. Y pensemos también en aquellos que ya no están entre nosotros.

A Mary le pareció que la luz de la chimenea y de las velas de los candelabros disminuía de pronto, como si la sombra en los rasgos de sir Walter se extendiera por toda la habitación. La tristeza se apoderó de los corazones de todos los presentes, que inclinaron la cabeza y juntaron las manos en un mudo recuerdo.

—Señor —dijo sir Walter en voz baja—, nosotros no conocemos tus designios y no tenemos entendimiento suficiente para comprenderlos. En tu sabiduría y tu bondad has preservado a estas dos jóvenes de la muerte y las has conducido hasta nosotros sanas y salvas. Rogamos por las almas de aquellos que ya no están entre nosotros. Por Jonathan Milton y Winston Sellers. Ambos cumplieron con su deber hasta el último momento, cada uno a su modo. Acéptalos contigo en tu reino y condúcelos a la justicia eterna. Y protege a los que nos hemos reunido aquí a esta mesa de todo el mal que acecha al borde del camino. Amén.

—Amén —resonó alrededor.

Mary, que había bajado la mirada, levantó los ojos parpadeando.

La habían prevenido contra los escoceses católicos, contra el fanatismo que a veces provocaba en ellos su tendencia a la religiosidad, pero no había apreciado nada de aquello en la oración de sir Walter. Lo que había visto y oído era solo emoción, el dolor compartido de alguien a quien no le importaba si uno era protestante o católico, inglés o escocés. En la imagen del mundo de Walter Scott —y Mary había sacado aquella impresión también de la lectura de sus novelas— se trataba siempre de personas, y no de confesiones o razas.

Mary captó la mirada que le lanzaban desde el otro extremo de la mesa. Era el joven que le había llamado la atención poco antes de que cayera de nuevo en un sueño profundo y del que ahora sabía que era el sobrino de sir Walter.

—He oído que estaba usted muy preocupado por mi estado, joven señor —dijo, dirigiéndole una sonrisa.

—Esto es decir poco. —Lady Charlotte sonrió suavemente—. El buen Quentin ha estado montando guardia todo el tiempo ante su habitación, lady Mary.

—Y mientras lo hacía también lanzaba alguna mirada a su interior —replicó Mary, y la sonrisa que le dirigió hizo que la pálida cara de Quentin se ruborizara.

—Per... perdone, milady —balbuceó—. No era mi intención avergonzarla.

—Y no era mi intención avergonzarle, estimado señor Quentin —replicó ella—. Al contrario, Kitty y yo le debemos mucho. Según me han dicho, fue usted quien tuvo la idea salvadora de la cuerda.

—Bien, yo...

Quentin no sabía qué debía replicar a aquello. Tímidamente, apartó la mirada y removió la sopa con la cuchara de plata. La sopa cazadora era uno de sus platos preferidos, pero aquel día le era casi imposible tragar una cucharada; por un lado, porque el reciente descubrimiento de sir Walter le corroía por dentro como una úlcera, y por otro, porque la encantadora compañía de lady Mary se encargaba de hacerle actuar como un completo necio.

El gallardo Edwin Miles, que en Edimburgo había frecuentado ya los círculos distinguidos de la sociedad, no tenía tantos problemas como él. El joven carraspeó ligeramente y luego, con un gesto galante, alzó su vaso para hacer un brindis.

—Aunque no soy el señor de la casa, sino solo un huésped indulgentemente soportado, querría permitirme un brindis.

Bebamos a la salud de estas dos jóvenes damas que el Señor ha conducido sanas y salvas hasta nosotros. Y naturalmente por sir Walter y Quentin, que han tenido una no desdeñable participación en ello.

—Por sir Walter y Quentin —dijo Mary, y alzó igualmente su vaso.

También Quentin, que por fin sabía cómo tenía que comportarse, quiso levantar su copa, pero al hacerlo rozó con el codo el vaso de sir Walter y lo derribó, derramando el borgoña sobre el inmaculado mantel.

Lady Charlotte dejó escapar una risa benévola; Kitty rió entre dientes, divertida por su torpeza, y Edwin Miles, que tenía, con todo, suficiente mundo para contener la risa, se tapó la boca con la mano. Quentin habría deseado que la tierra se lo tragara.

¿Por qué había tenido que abandonar Edimburgo y lanzarse en busca de aventuras? Porque eso era, principalmente, lo que había buscado. Le dolía estar siempre sentado en casa escuchando relatos acerca de los grandes actos de sus hermanos... Sin embargo, en ese instante deseaba con todas sus fuerzas encontrarse de vuelta con su familia. Ese no era su mundo; no lo era en absoluto. A más tardar después del incendio de la biblioteca, debería haber reconocido las señales y volver a Edimburgo. Ladrones encapuchados que acechaban al borde de las carreteras, puentes que se derrumbaban y asesinos a sueldo; todo aquello era más de lo que un espíritu sencillo podía encajar. Y por si eso no bastara, ahora había aparecido esa mujer que ponía todo su mundo patas arriba. En su presencia se comportaba como un patán.

Ahí estaba, sentado a la mesa rojo como un pimiento, cuando el joven Miles, como si extrajera alguna ventaja personal de hurgar aún más en la herida, dijo refocilándose:

—Vaya, me parece que nuestro buen Quentin está un poco torpe esta noche.

—¿Y qué importa? —replicó Mary enseguida—. Tal vez el

joven señor Quentin no ande sobrado de habilidad en la mesa, pero ayer demostró poseer toda la presencia de ánimo y todo el valor que una mujer pueda desear hallar en un hombre.

La sonrisa que le dirigió fue tan amistosa y cautivadora que Quentin se sintió mejor instantáneamente, y Edwin se batió en retirada como un perro ladrador al que acaban de pisar la cola.

—Según me ha dicho mi esposa, se ha interesado usted mucho por la biblioteca, ¿no es cierto, lady Mary? —intervino sir Walter para cambiar de tema.

Los comensales habían acabado el primer plato y las sirvientas retiraron los servicios. Del estrecho corredor que desembocaba en la cocina, llegaba ya el olor fuerte y dulzón del asado de faisán con salsa de bayas.

—Es verdad. —Mary asintió con la cabeza—. Tiene usted una colección realmente impresionante, sir. Si me lo permite, me gustaría volver cuando tenga tiempo libre, para disfrutarla con más calma.

—Pues eso no es nada —intervino Quentin quizá demasiado rápido, aunque en esta ocasión consiguió, al menos, enlazar dos frases seguidas—. Lo que ha visto era solo la biblioteca de consulta. La verdadera biblioteca es aún mucho mayor. Si mi tío me lo permite, podría hacerle de guía y mostrársela, lady Mary.

—Naturalmente que lo permito —dijo sir Walter—. Ya le he dicho a lady Mary que debe sentirse como en su casa en Abbotsford.

—Gracias, señores. Es una agradable sensación sentirse en casa. Porque en realidad puede decirse que en este momento no tengo un hogar.

—¿Cómo debemos entender eso?

—Cuando ocurrió esa terrible desgracia, me encontraba de camino a Ruthven, donde espero encontrar un nuevo hogar; pues, cumpliendo los deseos de mis padres, debo casarme con el joven laird de Ruthven.

Quentin se quedó atónito. Sencillamente no quería dar crédito a sus oídos. ¿Esa criatura hechizadora estaba ya comprometida e iba a casarse con un joven noble? Los sueños con olor a rosas de Quentin, las esperanzas que se había forjado durante unos breves momentos se desvanecían de golpe en el aire.

—Disculpe mi franqueza, milady, pero por la forma en que lo dice, no parece que sea también su voluntad casarse con el laird de Ruthven —dijo sir Walter.

—Si le he dado esta impresión, lo lamento —replicó enseguida la joven con elegancia—. No soy quién para poner en cuestión la decisión de mis padres. De todos modos, aún no conozco al laird de Ruthven, de modo que no sé qué me espera.

—¿Está usted prometida a un hombre al que ni siquiera conoce? —preguntó Quentin, incrédulo—. ¿A alguien a quien nunca ha visto?

—En los círculos de donde procedo, esto es lo habitual —replicó Mary—, y como buena hija debo inclinarme ante la voluntad de mi familia, ¿no le parece?

—Desde luego —dijo Quentin, y volvió a sonrojarse—. Lo siento, no quería ofenderla.

—No me ha ofendido, mi querido señor Quentin —dijo ella, y por un breve instante sus miradas se cruzaron—. A veces los extraños pueden comprendernos mejor que las personas que nos son próximas —continuó—, pero esto no importa ahora. Me he acomodado a los deseos de mi familia y encontraré un nuevo hogar en el castillo de Ruthven. Lo único que lamento es que casi todo lo que traía conmigo de mi antigua vida se ha hundido en las aguas del río.

—Debe de ser terrible perderlo todo —dijo compasivamente lady Charlotte—. Vestidos y joyas, todo lo que una lady más aprecia.

—No lo lamento por mis vestidos —aseguró Mary—, pero echo en falta mis libros. Aunque debería estar contenta de haber salido con vida. No sé si pueden comprenderlo, pero tengo la sensación de haber perdido a unos buenos amigos.

—Naturalmente que lo comprendo —le aseguró sir Walter—. Posiblemente nadie pueda comprenderlo mejor que yo. Una buena novela es, de hecho, como un amigo, ¿no es cierto?

—Es verdad.

—¿Qué estaba leyendo últimamente?

—Una novela muy emocionante que se desarrolla en la Edad Media inglesa. Se llama *Ivanhoe*.

—¿Y bien? ¿La entretuvo el libro? —preguntó sir Walter sin mover una ceja.

—Desde luego —confirmó Mary—. El novelista que redactó la obra, por otra parte, es un escocés.

—¿Un escocés? ¿Le conozco tal vez?

—Diría que sí, sir Walter —replicó Mary sonriendo—; porque a pesar de que el autor de la novela ha preferido permanecer anónimo, sé muy bien que fue usted quien la escribió.

No era fácil que sir Walter se quedara sin palabras, pero en esta ocasión se quedó realmente mudo de estupefacción.

Aunque no le gustaba alardear de su condición de escritor, Scott no había podido evitar que en los últimos años menudearan los comentarios acerca de la identidad del creador de las aventuras de Ivanhoe y de otros personajes novelescos; de modo que no intentó negar su autoría, con mayor razón aún porque el elogio de la joven le halagaba.

—Por favor, no se enoje porque no se lo haya dicho enseguida, sir Walter —le rogó Mary—. No lo he hecho por falta de respeto, pues considero que sus novelas son obras maestras. He leído todas las que he podido procurarme, y no conozco a nadie que pueda vestir con palabras los sentimientos de los tiempos pasados de una forma tan cautivadora como usted. Al leer sus libros, una tiene la impresión de que siente como sus héroes, de que en su pecho late un corazón que no ha olvidado valores como la dignidad y el honor, tampoco en estos tiempos.

Sir Walter estaba acostumbrado a ser criticado. En Edimburgo existían no pocos autodenominados especialistas que creían reconocer en sus obras tal o cual defecto y se erigían en jueces de su arte; nunca había recibido un cumplido que pareciera llegar de tan hondo como el de lady Mary.

—Se lo agradezco, milady —dijo con sencillez.

—No, sir, yo se lo agradezco a usted; pues sus novelas me han ayudado a no perder la esperanza en estos últimos años y siempre me han acompañado, incluso aquí, en una tierra extraña.

—Si mis novelas le han gustado, lady Mary, si la han emocionado, no es usted una extraña en esta tierra. —Sir Walter sonrió, y su voz tembló un poco cuando continuó diciendo—: Como podrá comprobar, en Abbotsford no faltan libros precisamente. Si me lo permite, será para mí un placer ofrecerle algunos ejemplares de mi biblioteca.

—Es muy amable de su parte, sir, pero no puedo aceptarlo de ningún modo. ¡Demasiado ha hecho ya por mí!

—Acéptelos tranquilamente, hija mía —dijo lady Charlotte, y una sonrisa divertida se dibujó en su dulce rostro—. Si mi esposo ha decidido separarse de algunos de sus queridos libros, debería aprovechar la ocasión enseguida antes de que vuelva a la razón y cambie de opinión.

Todos rieron, y más que nadie la víctima de la broma. Al resplandor de las velas, los contertulios siguieron charlando mientras las sirvientas traían el siguiente plato.

En torno a la mesa se intercambiaron ideas y se disfrutó de momentos de despreocupación; por unas horas pareció que las oscuras nubes que se habían acumulado sobre Abbotsford se hubieran disipado.

A la mañana siguiente, Mary de Egton y su doncella partieron de Abbotsford.

Como, por desgracia, su carruaje estaba destrozado, sir Walter había hecho enganchar uno de sus tiros de cuatro caballos y lo había puesto a disposición de las mujeres para el viaje. El cochero lo devolvería en cuanto hubiera dejado a lady Mary y a su doncella a salvo en Ruthven. Además Scott envió a dos sirvientes a caballo como escolta, no tanto porque temiera que las damas pudieran ser víctimas de un asalto, sino porque no quería que sintieran ningún temor. El cadáver de Winston Sellers fue llevado de vuelta a Egton, donde descansaría en paz cerca de su familia.

—¿Cómo podría darle las gracias, sir Walter? —preguntó Mary mientras se despedían ante el portal de piedra de Abbotsford—. Ha hecho por nosotras más de lo que nunca podré pagarle.

—No me lo agradezca, lady Mary —replicó Scott—. Me he limitado a cumplir con mi deber.

—Ha hecho mucho más que eso, igual que su esposa y su sobrino. Todos ustedes nos han acogido con una extraordinaria amabilidad y nos han vuelto a dar esperanza después de esos espantosos acontecimientos. Solo deseo que algún día pueda devolverles todo esto.

—Será mejor que no lo espere, milady —dijo sir Walter enigmáticamente. Luego llamó con un gesto a uno de sus sirvientes, que llevaba consigo un gran libro encuadernado en cuero—. Si me lo permite, querría darle también esto para el camino.

—¿Qué es?

—Es un tratado sobre la historia de nuestro país, desde los pictos, pasando por el destino de los clanes, hasta la batalla de Culloden. Si quiere aprender a conocer Escocia y a sus hombres, debe leer este libro.

El sirviente entregó el pesado volumen a Mary, que lo cogió con cuidado y lo hojeó. Era un libro antiguo, sin duda de más de cien años; Mary no se atrevió a calcular su valor.

—No puedo aceptarlo, sir —dijo finalmente—. Le estaba diciendo cuánto le debo; ya me ha dado tantos de sus libros, ¿y ahora además quiere regalarme este?

—Sé que con usted estará en buenas manos, lady Mary. En sus ojos no veo la superioridad y los prejuicios con que llegan a nuestra tierra escocesa muchos visitantes del sur. Las diferencias entre ingleses y escoceses no deberían prolongarse por más tiempo. Somos un país, un reino. Y si este libro puede contribuir en algo a ello, estaré encantado de regalárselo.

Mary sintió que no tenía sentido oponerse. Cortésmente se inclinó y prometió conservarlo como un tesoro.

Luego llegó el momento de la despedida.

Aunque había pasado poco tiempo en Abbotsford, a Mary le fue difícil separarse de los románticos miradores y las torres de piedra, en los que se había encontrado como en su casa. Aquel era un mundo en el que se había sentido a gusto y que, fuera de esos muros, ya no parecía existir. Un mundo en el que todavía había dignidad, valor y honor y en el que las personas no eran juzgadas por sus títulos sino por sus corazones.

Mary se despidió de sir Walter y de lady Charlotte, y finalmente de Quentin, que en el momento del adiós no pudo mirarla a los ojos. Y aunque no era algo habitual, se despidió también de la servidumbre, agradeciendo cada una de las amabilidades con que la habían obsequiado.

Después subió al carruaje que esperaba. Con una sacudida, el pesado vehículo se puso en marcha, salió del patio y empezó a rodar por la carretera.

Los Scott y Quentin se quedaron en la puerta saludando hasta que el carruaje desapareció en una curva y el verdor del bosque se lo tragó. Por un breve instante, sir Walter creyó ver un brillo húmedo en los ojos de su sobrino.

No solo Mary de Egton y su doncella, sino también la familia Scott, había vivido por unas horas en un ambiente de despreocupación y había podido olvidar el duelo y las tribulaciones de los días precedentes.

Con la despedida de lady Mary volvía la vida cotidiana, y con ella el temor.

8

—¿Qué espera de mí?

El rostro de Charles Dellard no reflejaba benevolencia ni compasión. Al contrario, sir Walter tenía la impresión de que el inspector se sentía secretamente complacido al comprobar que sus sombrías predicciones se habían hecho realidad tan pronto.

—¿Que qué espero de usted? —repitió sir Walter. En el despacho de la guardia de Kelso hacía calor y el ambiente estaba cargado. Quentin, que acompañaba, como siempre, a su tío, tenía la frente perlada de sudor—. Espero que atienda a sus deberes e investigue este suceso como merece.

—Como ya dije, el asunto no entra en mis atribuciones. El sheriff Slocombe, como representante de la ley, es la persona autorizada para investigar el accidente del puente…

—No fue un accidente —le contradijo sir Walter con decisión—. Fue un atentado premeditado dirigido contra mi sobrino y contra mí. Lady de Egton y su doncella estaban sencillamente en el lugar y el momento equivocados.

—Ya me lo ha dicho antes. Pero no existe ningún indicio que lo apoye.

—¿Cómo que no? ¿No me advirtió usted mismo en nuestro último encuentro que me encontraba en peligro? ¿Que debía apartarme del caso?

Dellard no contestó enseguida, sino que pareció escoger cuidadosamente sus palabras.

—Bien, sir —dijo entonces—, supongamos que tiene razón. Partamos de la base de que este terrible suceso no fue un desgraciado accidente, sino la obra de los criminales que también son responsables de la muerte de Jonathan Milton y del incendio de la biblioteca. ¿Qué espera de mí? —preguntó de nuevo—. Ya le dije que estoy tras la pista de estos criminales. ¿Qué más podría hacer?

—Podría, por ejemplo, decirme de una vez quién es esa gente —propuso sir Walter—. ¿Por qué son tan fanáticos que no les importa sembrar su camino de cadáveres? ¿Qué oculta usted?

—Lo lamento, sir —respondió Dellard con expresión impenetrable—, pero no estoy autorizado a darle información sobre este asunto.

—¿No? ¿Aunque hayan atentado contra la vida de mi sobrino y la mía? ¿Aunque una joven dama que, por cierto, es noble, haya estado a punto de morir? ¿Aunque haya habido una víctima mortal?

—Le he comunicado todo lo que debe saber. Le dije que para usted era más seguro permanecer en Abbotsford y esperar allí hasta que mi gente y yo hubiéramos llegado al final de este asunto. Estamos a punto de solucionar el caso y de capturar a los responsables. Pero es importante que se atenga a mis instrucciones, sir.

—¿Sus instrucciones? —preguntó sir Walter airadamente.

—Mis encarecidos ruegos —rectificó Dellard diplomáticamente; pero el fulgor que brillaba en sus ojos revelaba que habría podido utilizar también vocablos muy distintos si su disciplina no le hubiera frenado.

—De modo que sigue negándose a revelarnos nada sobre el caso. A pesar de todo lo que ha ocurrido.

—No puedo hacerlo. La seguridad de los ciudadanos de este territorio tiene absoluta prioridad para mí, y no haré nada que pueda ponerla en peligro. De ningún modo permitiré que un civil...

—¡Este civil ha estudiado derecho! —exclamó sir Walter tan fuerte que Quentin dio un respingo. De pronto la figura habitualmente tan afable de su tío había adquirido un carácter hosco e intimidador—. ¡Este civil ha sido durante varios años sheriff de Selkirk! —continuó—. ¡Y este civil tiene derecho a saber quién atenta contra su vida y quién amenaza la paz de su casa!

Durante unos segundos, que a Quentin le parecieron eternos, los dos hombres permanecieron frente a frente mirándose, separados solo por el antiguo escritorio de madera de roble.

—Muy bien —dijo Dellard finalmente—. Por respeto hacia su persona y a la consideración de que goza tanto aquí como ante la Corona, me inclinaré y le pondré al corriente del asunto. Pero le prevengo, sir Scott: saber demasiado puede ser peligroso.

—Ya han atentado contra mi vida en una ocasión —replicó sir Walter, furioso—. En ese suceso un hombre murió y dos jóvenes damas escaparon con vida por muy poco. Quiero saber de una vez en qué posición me encuentro.

—No dirá que no le he avisado —dijo el inspector en un tono tan siniestro que a Quentin se le puso la piel de gallina—. Nuestros adversarios son tan desalmados como astutos; por ello es imprescindible actuar con la máxima prudencia.

—¿Quiénes son? —preguntó sir Walter, impertérrito.

—Rebeldes —replicó Dellard escuetamente—. Campesinos y otras gentes del pueblo insatisfechas con un destino del que solo ellos son culpables.

—¿De qué está hablando?

—Hablo de que el gobierno, desde hace algunos años, está haciendo todo lo posible para civilizar esta tierra dejada de la mano de Dios y de que, por parte de la población, se le ponen continuamente obstáculos en el camino. Y esto sucede a pesar de que a esta gente no le podía pasar nada mejor que les sacaran de estos yermos para reasentarlos en la costa, donde hay tierra fértil y trabajo, ciudades en las que puede llevarse una vida que merezca ese nombre.

—Si está aludiendo a las Highlands Clearances... —empezó sir Walter.

—¡Eso hago justamente! Hablo de derrochar el dinero de los impuestos de honrados ciudadanos para facilitar una vida mejor a unos testarudos escoceses. ¿Y cómo lo agradecen? Con revueltas, crímenes y asesinatos.

Con el alma en vilo, Quentin seguía la conversación, que iba degenerando progresivamente en disputa. Sabía que Dellard, con su frívolo discurso, estaba tocando un punto sensible en el temperamento normalmente equilibrado de su tío.

Naturalmente, también Quentin estaba informado de las acciones de evacuación de población que se desarrollaban en las tierras altas desde hacía ya varios años. Seducidos por las promesas de los ricos criadores de ovejas, que se declaraban dispuestos a pagar altos arrendamientos por sus terrenos, muchos terratenientes habían aceptado desalojar a los hombres que habitaban sus tierras. Los lugareños eran forzados a abandonar su hogar y trasladarse a regiones costeras, y no era raro que a quien se negaba a hacerlo le quemaran la casa con él dentro. La situación era particularmente conflictiva en el condado de Sutherland, donde el inglés Granville imponía su ley y los representantes judiciales tenían el apoyo de los militares. Sir Walter se había declarado repetidamente contrario a los reasentamientos, pero sus opiniones no habían encontrado eco entre los implicados, reacción en la que sin duda influía que muchos nobles escoceses defendiesen las medidas, que llenaban sus bolsillos.

—No tengo ningún inconveniente en llamar a las cosas por su nombre, inspector —dijo sir Walter, que parecía contenerse con dificultad—, pero no me gusta que se distorsionen. En el curso de las evacuaciones en las tierras altas, muchos campesinos escoceses fueron y son deportados con métodos brutales y contra su voluntad de sus tierras ancestrales para ser trasladados a la costa; y todo eso solo para que sus antiguos señores de los clanes puedan arrendar la tierra a ricos criadores de ovejas del sur.

—¿Tierras ancestrales? Está hablando usted de suelos pobres y piedras desnudas.

—Estas piedras, apreciado inspector, son la patria de estas personas, el lugar que habitan desde hace cientos de años. Es posible que las intenciones del gobierno sean honorables, pero no justifican de ningún modo semejante actuación.

—¿Está justificando, pues, que una banda constituida por estos patanes sin tierra recorra el país asesinando y asolándolo todo? —replicó Dellard airadamente.

Sir Walter inclinó la cabeza.

—No —dijo en voz baja—, no lo hago. Y me avergüenzo de que los que se encuentran tras estos viles ataques sean compatriotas míos. Pero ¿está realmente seguro de que es así?

—Persigo a estos criminales desde hace años —dijo Dellard—. Son fanáticos. Nacionalistas que se envuelven en cogullas y merodean por el país. Pero esta vez les estoy pisando los talones. Estoy a punto de atraparlos.

—¿Fue también esa gente la que asesinó al pobre Jonathan?

—Así es.

—¿Y fueron los que estuvieron a punto de acabar con la vida de mi sobrino?

—Lamento que tenga que enterarse de todo esto, sir Walter; pero no me ha dejado otra opción. Mi intención es protegerles, a usted y a su familia, y preservarles de influencias dañinas. Pero debe dejar que haga mi trabajo.

Sir Walter calló. Quentin, que a esas alturas conocía bastante bien a su tío, pudo ver que las palabras de Dellard le habían dado que pensar. A Quentin, en cambio, las explicaciones del inspector le habían impresionado menos. La idea de que tras aquellos incidentes se encontraran unos campesinos levantiscos y de que el misterioso fantasma con el que se había tropezado en la biblioteca fuera una persona de carne y hueso más bien le tranquilizaba.

Sir Walter, con todo, no parecía dispuesto a darse por satisfecho.

—Esto no tiene sentido —objetó—. Si efectivamente se trata de rebeldes, ¿por qué han puesto sus miras en mí? Todo el mundo sabe que me opongo a las Clearances y que nunca lo he ocultado, ni siquiera ante los representantes del gobierno.

—Pero también es sabido que simpatiza con la Corona, sir. Gracias a su influencia, la forma de vida escocesa se ha puesto de moda en la corte y el rey planea una visita a Edimburgo. Es evidente que de este modo, le guste o no, se ha ganado la enemistad de los rebeldes.

—¿Y por qué unos campesinos rebeldes deberían quemar una biblioteca? Lo lógico es pensar que el principal interés de unos hombres expulsados de sus tierras es llenar sus estómagos hambrientos.

—¿Espera que le explique qué traman unos ladrones que se mueven a salto de mata? Son rebeldes, sir Scott, estúpidos campesinos que no se preguntan por el sentido de sus crímenes.

—Estos hombres se arriesgan a acabar en la horca, inspector. De modo que es lógico suponer que persiguen un objetivo con sus actuaciones.

—¿Adónde quiere ir a parar?

—Con esto quiero decir que su teoría no me convence, inspector Dellard, porque faltan pruebas decisivas que la apoyen. Yo, en cambio, le he proporcionado repetidamente indicios y declaraciones de testigos, pero usted no se ha interesado por ellos.

—¿Qué declaraciones? —Dellard lanzó una ojeada despreciativa a Quentin—. El relato de un joven que estaba tan asustado que apenas puede recordar nada con precisión. Y una historia rocambolesca sobre no sé qué viejo signo. ¿Espera usted que presente algo así a mis superiores?

—Ningún signo, sino una runa —le corrigió sir Walter—. Y a pesar de todo lo que ha dicho, sigo sin estar convencido de que esta runa no esté relacionada con lo que ha ocurrido aquí.

—Es libre de hacerlo —replicó Dellard, y su voz sonó tan helada que Quentin se estremeció—. No puedo obligarle a que crea en mi teoría, aunque sin duda tengo más experiencia que usted en la lucha contra el crimen y estoy desde hace tiempo tras la pista de estos bandidos. Si lo desea, puede elevar una queja contra mí ante el gobierno. Pero hasta ese momento, sir, soy yo quien dirige las indagaciones y no permitiré que nadie me diga cómo tengo que actuar.

—Le he ofrecido mi ayuda, eso es todo.

—No necesito su ayuda, sir. Sé que existen algunos círculos en la corte que simpatizan con usted pero yo no formo parte de ellos. Yo soy un oficial, ¿me comprende? Estoy aquí porque tengo una tarea que cumplir, y eso haré. Actuaré con dureza contra esa cuadrilla de campesinos y les mostraré quién manda en esta tierra. Y a usted, sir Walter, le aconsejo encarecidamente que se retire a Abbotsford y permanezca allí. No puedo, ni quiero, decirle más.

—¿Considerará, al menos, la posibilidad de destacar a algunos de sus hombres para la protección de Abbotsford?

—Eso no será necesario. Ya nos encontramos tras la pista de los malhechores. Dentro de poco los tendremos cogidos en la trampa. Y ahora le deseo buenos días, sir.

Dellard volvió a sentarse tras su escritorio, se volvió hacia los documentos que había estado examinando antes de que llegaran y no volvió a dirigirles la mirada, como si ya hubieran abandonado la habitación.

Sir Walter apretó los puños y por un momento Quentin temió que su tío perdiera los estribos. Los acontecimientos de los últimos días, empezando por la muerte de Jonathan, siguiendo con el incendio de la biblioteca y acabando con el atentado en el puente, habían afectado a sir Walter más de lo que quería admitir, y Quentin —aunque a regañadientes— tuvo que reconocer que incluso su tío conocía lo que era el miedo.

Tal vez no fuera tanto la preocupación por su propio bienestar lo que le quitaba el sueño, sino la inquietud por la seguridad de su familia y de la gente que se encontraba a su servicio. Y Dellard no movía un dedo para disipar esos temores.

Sir Walter se volvió bruscamente, cogió su sombrero y abandonó el despacho del inspector.

—Este hombre oculta algo —dijo en cuanto estuvieron de nuevo en la calle.

—¿A qué te refieres, tío? —preguntó Quentin.

—No sé qué es, pero creo que Dellard sigue sin decirnos todo lo que sabe sobre esos rebeldes.

—¿Y qué harás ahora?

—Dos cosas. Por una parte, enviaré una carta a Londres para protestar por la obstinada actitud de Dellard. Para ser alguien que ha sido enviado para protegernos, es decididamente arrogante. Y tampoco la actitud que adopta hacia nuestro pueblo me gusta.

—¿Y por otra?

—Volveremos a visitar al abad Andrew. En nuestra última conversación tuve la sensación de que también él sabe más de lo que quiso decirnos. Tal vez ahora, bajo la impresión de los últimos acontecimientos, cambie de opinión y rompa su silencio.

Quentin se limitó a encogerse de hombros. Sabía que no serviría de nada contradecirle. También en su empecinamiento a la hora de mantener sus decisiones, sir Walter era un escocés de pura cepa.

Así, tomaron de nuevo el camino de la abadía. Quentin observó con satisfacción que las calles de la ciudad estaban muy animadas esa mañana, lo que parecía excluir la posibilidad de que pudieran ser víctimas de una nueva emboscada. De todas formas, el joven se descubrió dirigiendo miradas más escépticas de lo habitual a las personas con las que se cruzaban o que se encontraban paradas en las callejuelas. El incidente de la biblioteca y los acontecimientos en el puente le habían hecho desconfiar de todo lo que le rodeaba. Para el cándido joven, aquel era un cambio muy notable, aunque Quentin no sabía si considerarlo positivo o negativo. En cualquier caso, al menos era útil.

Desde el portal del monasterio fueron conducidos de nuevo al primer piso. Esta vez encontraron al abad Andrew abstraído en la oración.

El monje que les había introducido les pidió con voz susurrante que esperaran a que el abad hubiera acabado su breviario. Sir Walter y Quentin atendieron cortésmente la petición. Mientras aguardaban, Quentin tuvo ocasión de echar una ojeaba al despacho sencillamente amueblado del religioso. Su mirada se posó en una colección de libros antiguos y rollos de escritura, algunos de los pocos ejemplares que habían podido ser rescatados de la biblioteca quemada. El abad Andrew no era solo un hombre de fe y el superior de la congregación de Kelso, sino también un científico y un erudito.

El monje acabó su oración con el signo de la cruz y se inclinó hasta el suelo. Luego se levantó de su posición arrodillada y volvió a inclinarse ante la sencilla cruz que colgaba, como único adorno, de la pared encalada. Solo entonces se volvió hacia sus visitantes.

—¡Sir Walter! ¡Joven señor Quentin! Qué feliz me siento de volver a verles sanos y salvos después de todo lo que ha sucedido. Doy las gracias al Señor por ello.

—Buenos días, reverendo padre. Veo que ya ha oído hablar del incidente.

—¿Y quién no? —replicó el religioso, y sonrió a su modo benévolo e indulgente—. Cuando el sheriff Slocombe trabaja en un caso, todo Kelso suele estar informado del estado de las investigaciones.

—Entonces ya imaginará por qué estamos aquí.

—¿Para rogar al Señor por la pronta detención de los malhechores?

Raras veces, en el tiempo que llevaba en Abbotsford, Quentin había visto que sir Walter se enmudeciera ante nadie, pero esa fue una de las pocas ocasiones en que pudo hacerlo. El joven no pudo sustraerse a la impresión de que eso justamente era lo que había pretendido el abad Andrew.

—No, estimado abad —admitió, sin embargo, sir Walter—. Estamos aquí porque buscamos respuestas.

—¿Y quién no? La búsqueda de respuestas ocupa la mayor parte de nuestra vida.

—Supongo que así es —replicó sir Walter—, y me temo que si no las consigo pronto, mi vida no será muy larga.

—Habla con mucha tranquilidad de cosas muy serias —constató el abad en un tono de ligero reproche.

—Mi tranquilidad es solo externa, estimado abad, puede creerme —dijo sir Walter—. En realidad me invade una profunda preocupación, no tanto por mí mismo como por las personas que más aprecio. Ya he perdido a una, y hace unos pocos días, un desconocido también encontró la muerte. Este asunto está adquiriendo una gravedad cada vez mayor, y eso me inquieta.

—Comprendo su angustia, sir Walter, y naturalmente les incluiré en mis oraciones. Pero me pregunto por qué ha venido a verme. Me parece que en este caso el inspector Dellard es la persona más indicada para...

—Ya hemos ido a ver al inspector Dellard —intervino Quentin de improviso, porque tenía la sensación de que debía ayudar a su tío de algún modo. Con todo, el joven no dejó de sorprenderse por su atrevimiento.

—Nos ha contado una historia abstrusa según la cual unos campesinos levantiscos de las Highlands serían los responsables de los ataques —añadió sir Walter a modo de aclaración.

—¿Y usted no le cree?

—No tiene sentido. Dellard no ha concedido ninguna importancia a la declaración de Quentin ni a mis observaciones y se aferra tozudamente a su propia teoría.

—Usted alude al asunto de la runa...

—Sí, estimado abad. Estas son las respuestas que buscamos.

—¿De mí?

—Sí, reverendo padre. Para serle franco, esperábamos que pudiera decirnos algo más que en nuestra última visita.

—Les he comunicado todo lo que sé al respecto. Pero también les dije que si se ocupaba demasiado de estas cosas invocaría a la desgracia y poco después usted mismo pudo experimentar cuánta razón tenía. De modo que esta vez escuche mi consejo, sir Walter. Procede del corazón de un hombre que siente un gran afecto por usted y su familia.

—No tengo ninguna duda sobre ello, y ya sabe que también yo he tenido siempre en gran estima al convento. Pero no son buenos consejos lo que necesito, sino respuestas. Tengo que saber qué se oculta tras esa runa. Dellard no cree en ello, pero yo estoy convencido de que el signo y esos amenazadores incidentes están relacionados.

—¿Qué le hace estar tan seguro?

En la voz del religioso podía percibirse un ligero cambio. Ahora ya no parecía tan tranquila y benevolente, lo que Quentin atribuyó al efecto de una tensión creciente.

—No estoy en absoluto seguro, estimado abad. Mi sobrino y yo erramos a través de un laberinto de indicios inconexos y buscamos las relaciones que faltan. Esperábamos que usted pudiera ayudarnos en esto, porque, para ser sinceros...

—¿Sí?

—... tuve la impresión de que sabe usted un poco más de lo que quiso revelarnos —confesó sir Walter con su habitual franqueza—. Sé que no abrigaba malas intenciones al callar, sino que lo hizo porque quería tranquilizarnos. Pero ahora sería importante saberlo todo. Es más fácil prepararse para un peligro cuando se sabe de dónde llega la amenaza.

—¿De modo que se dio cuenta? —El abad alzó las cejas, sorprendido.

—Una de las exigencias de mi oficio es aprender a interpretar los cambios en la mímica y la gestualidad. Me precio de haber adquirido algunas capacidades en el elevado arte de la observación, y en su caso, reverendo, me pareció claro que no nos lo había dicho todo sobre la runa de la espada.

El superior miró primero a sir Walter y después a su sobrino. Respiró unas cuantas veces antes de recuperarse de su sorpresa. Y luego dijo:

—Callar las cosas y ocultar secretos no es propio de un religioso. Aunque no existe ningún voto que nos comprometa con la verdad, el Señor siempre nos ha llamado a dar un testimonio sincero ante los demás. Por eso no voy a negar que tiene razón, sir Walter. Conozco ese signo que me mostró, y ya lo había visto antes.

—¿Por qué no nos los dijo?

—Porque no quería que les ocurriera nada, ni a usted ni a su sobrino. Esta runa, sir Walter, pertenece al reino del mal. Procede de una época pagana, y nunca trajo nada bueno a los hombres. Me temo que deberá contentarse con esto, porque no puedo, ni debo, decirle más.

—Lo lamento, abad Andrew, pero de ningún modo puedo contentarme con lo que me ha dicho. Tengo motivos para suponer que esta runa y el atentado en el puente están relacionados, y debo descubrir qué se oculta tras esto.

—No parece que el inspector Dellard crea en esta relación.

—No —confirmó sir Walter malhumorado—. Él está convencido de que la runa no tiene nada que ver con los hechos que han sucedido.

—¿Por qué no acepta su explicación? En mi opinión, el inspector es un investigador cauteloso y experimentado, que goza de la confianza del gobierno y también de los terratenientes.

—Porque abrigo la sospecha de que el inspector está más interesado en utilizar los acontecimientos como pretexto para actuar contra los rebeldes que en esclarecerlos realmente —respondió sir Walter con franqueza.

—Esta es una grave inculpación.

—No es una inculpación. Es una sospecha que revelo a un buen amigo. Usted y yo estamos interesados en la verdad, estimado abad; pero no estoy tan seguro en lo que concierne a Dellard.

De nuevo se produjo una pausa, en la que la mirada de Quentin pasó de un hombre a otro.

Los dos habían dejado claro su punto de vista, y Quentin no sabría decir quién había aportado los argumentos más convincentes. Tanto en la figura de sir Walter como en la del abad había algo que infundía respeto, y Quentin estaba intrigado por saber quién de los dos acabaría por salirse con la suya.

Teniendo en cuenta el asunto de que se trataba, Quentin ni siquiera estaba seguro de querer que fuera su tío quien impusiera su voluntad…

—Respeto sus intenciones, sir Walter —dijo finalmente el abad—, y sé lo que siente. Pero no puedo decirle más de lo que ya le he dicho. En todo caso me gustaría advertirle una vez más: la runa es un signo del mal. La muerte y la ruina caen sobre aquel que sigue sus oscuras sendas. Dos hombres han encontrado ya la muerte, y ha faltado muy poco —y el abad miró hacia Quentin— para que tuviéramos que lamentar más víctimas. Siéntase agradecido por aquellos que todavía están entre nosotros y deje las cosas como están. A veces —añadió el abad en tono solemne—, los hombres obtienen una ayuda con la que no habían contado.

—¿De qué está hablando? —preguntó sir Walter con sarcasmo—. ¿De mi ángel de la guarda?

—Estoy plenamente convencido de que el Todopoderoso extiende su mano protectora sobre nosotros, sir Walter, incluso en tiempos sombríos como estos. Olvide lo que ha visto y oído, y confíe en que Dios le protegerá a usted y a los suyos. Le pido, no, le imploro, que olvide la runa. No solo por usted mismo. Piense también en su familia.

El abad había hablado en voz baja, recalcando cada palabra. A Quentin se le había puesto la piel de gallina al oírlo, y también su tío, normalmente tan equilibrado y sereno, parecía afectado por las palabras del monje.

La muerte y la ruina, una runa que pertenecía al reino del mal: Quentin se estremecía ante aquellas palabras, y no habría tenido ningún problema en borrar para siempre aquel asunto de su mente. Sir Walter, por su parte, no llegaba a tanto; pero sus rasgos, antes tan decididos, se habían suavizado y habían perdido su rigidez.

—Bien —dijo finalmente con voz ronca—. Le agradezco sus sinceras palabras, reverendo abad, y aunque mi anhelo por conocer la verdad no ha disminuido, le prometo que reflexionaré sobre lo que ha dicho.

El abad Andrew parecía aliviado.

—Hágalo, sir. Su familia se lo agradecerá. Hay cosas tan antiguas que han sido olvidadas por la historia. Tradiciones que se remontan a siglos y proceden de épocas sombrías. Demasiados hombres han perdido ya la vida por su causa para jugar frívolamente con ellas. Las consecuencias serían funestas. Una catástrofe sin salvación posible...

—¡Adelante! ¡Agrupadlos!

La voz cortante de Charles Dellard resonó en la plaza del pueblo de Ednam. La pequeña localidad, que se encontraba a unos seis kilómetros al noroeste de Kelso, era el objetivo de la operación que el inspector había decidido emprender obedeciendo a una inspiración repentina.

El pisoteado suelo limoso tembló bajo los cascos de los caballos cuando los dragones espolearon a sus monturas. Los uniformes rojos brillaban, las pulidas botas de montar y los gorros de cuero negro refulgían, y los bruñidos sables reflejaban la luz del atardecer deslumbrando a los habitantes del pueblo.

Los jinetes llegaron de todas partes y empujaron ante sí a los lugareños como ganado, para reunirlos, apretujados como un rebaño asustado, en el centro de la plaza rodeada de miserables cabañas con techo de paja. Las mujeres y los niños lloraban, mientras los hombres, que habían sido sacados de sus casas, comercios y talleres, apretaban los puños en un gesto de rabia impotente.

Dellard los contempló con indiferencia. El inspector, que, como sus hombres, iba montado y miraba desde lo alto de su silla a los lugareños pobremente vestidos, estaba acostumbrado a ser odiado. El puesto que ocupaba requería tomar decisiones e imponerlas con dureza, y su larga experiencia en este campo le había proporcionado un instinto seguro sobre la mejor forma de atemorizar a las masas y forzarlas a seguir su voluntad.

El poder tenía dos pilares: la dureza y la arbitrariedad.

Dureza para que nadie dudara de que poseía la determinación y la fuerza necesarias para hacer uso de su poder.

Arbitrariedad para que nadie pudiera sentirse seguro y el miedo doblegara la voluntad de las personas.

Los dragones realizaron su trabajo con toda eficacia, lo que casi divirtió a Dellard. No pocos de los jinetes eran escoceses de nacimiento que actuaban contra sus propios compatriotas. Muchos de ellos habían tomado parte en las Clearances en Sutherland. Granville los había recomendado, y Dellard no dudó en recurrir a ellos cuando tuvo que reunir a un destacamento combativo para ejecutar esta misión.

Al fin y al cabo, nunca se habían enfrentado a un reto de tanta envergadura. Dellard era realista, le repugnaban las palabras pomposas. Pero en esta ocasión se jugaban el todo por el todo...

Uno de los dragones disparó su mosquete. El estampido

ensordecedor que resonó en la plaza hizo enmudecer de golpe a la multitud. Se hizo el silencio. En algún lugar un caballo resopló y golpeó con los cascos contra el suelo. Por lo demás, no se oía el menor ruido.

Inquietos, los lugareños alzaron la mirada hacia los dragones que les cercaban por todas partes. Dellard percibió la ira y el miedo en los ojos de la gente, y disfrutó de la sensación de haber vencido y de poseer el poder.

Guió a su caballo a través de las filas de los soldados. Con su uniforme, con chaqueta oscura, pantalones blancos y un amplio manto de montar sobre los hombros, tenía un aire lúgubre e intimidador, y los habitantes del pueblo se apartaban a su paso.

Dellard conocía los mecanismos del miedo, y sabía qué hacer para que se convirtiera en su aliado. Aguardó aún unos momentos, dejando a los lugareños en la incertidumbre sobre la suerte que les esperaba. Luego su voz cortante retumbó en la plaza.

—Hombres y mujeres de Ednam —gritó—, soy el inspector Charles Dellard del gobierno de su majestad el rey. Posiblemente ya habréis oído hablar de mí. Fui enviado para investigar los sucesos que condujeron al incendio de la biblioteca de Kelso, y tengo fama de cumplir siempre lo que se me encarga sin contemplaciones, a completa satisfacción de su majestad. Naturalmente ya sé quién se encuentra tras el vil ataque y estoy tras la pista de los criminales, que deberán pagar por sus actos. Este es el motivo por el cual estoy aquí. ¡He recibido informaciones que señalan que algunos de los rebeldes que cometen sus fechorías en Galashiels se esconden en este pueblo!

La inquietud se hizo palpable en la plaza. Hombres y mujeres intercambiaron miradas consternadas, y Dellard pudo ver en sus ojos cómo crecía el miedo. Naturalmente no tenían ni idea de qué hablaba, y se preguntaban, azorados, qué se proponía hacer con ellos y qué ocurriría a continuación.

Un hombre se adelantó. Dellard calculó que tendría unos sesenta años. Llevaba un vestido viejo y andrajoso, y el sombrero de tres picos, conforme a la antigua moda, que manoseaba nerviosamente, estaba agujereado.

—¿Qué quieres? —preguntó el inspector fríamente.

—Sir, me llamo Angus Donovan. Soy el hombre que los habitantes de Ednam han elegido como su portavoz.

—¿Eres el alcalde?

—Si desea llamarlo así, sir.

—¿Y qué quieres de mí?

—Asegurarle, en nombre de los habitantes de Ednam, que tiene que estar equivocado. No hay rebeldes en nuestro pueblo. Todos los hombres y mujeres de Ednam respetan la ley.

—¿Y esperas que lo crea? —Las comisuras de los labios de Dellard se inclinaron despreciativamente hacia abajo—. Vosotros, los campesinos, sois todos iguales. Os agacháis e inclináis la cabeza, pero en cuanto nos damos la vuelta, mostráis vuestro verdadero rostro. Asoláis y saqueáis, sois taimados y codiciosos y asesináis a vuestros propios paisanos.

—No, sir. —El alcalde se inclinó profundamente—. Perdone que le contradiga, pero en Ednam no hay nadie que sea así.

—Posiblemente no procedan de Ednam —concedió Dellard—; pero quien proporciona albergue a malhechores o ayuda a ocultarlos a la ley se hace tan culpable de sus crímenes como si él mismo los hubiera cometido.

—Pero aquí no hay ningún malhechor, créame. —La desesperación aumentaba en la voz del viejo Donovan.

—Está bien —dijo Dellard muy tranquilo—. Entonces demuéstramelo.

—¿Que se lo demuestre? —dijo el alcalde con los ojos dilatados—. ¿Cómo podría demostrárselo, sir? Tiene que confiar en mi palabra. Mi palabra como el más viejo del pueblo y veterano en la batalla de…

Charles Dellard se limitó a reír.

—Así son las cosas con los escoceses, ¿verdad? —se burló—. En cuanto se sienten acorralados, se refugian en su glorioso pasado porque es lo único que les queda. Pero eso no os servirá de nada. ¿Capitán?

Un dragón que llevaba las charreteras doradas del rango de oficial se puso firme en su silla.

—¿Sí, sir?

—Esta gente tiene media hora para entregarnos a los rebeldes. Si no lo hacen, quemad sus casas.

—Sí, sir —ladró el oficial, y su rostro rígido no dejaba duda de que estaba dispuesto a ejecutar sin vacilar la orden de su superior.

—Pe... pero, sir —balbuceó Angus Donovan, mientras un pánico silencioso se extendía entre las filas de los lugareños.

Dureza y arbitrariedad, pensó Dellard satisfecho.

—¿Qué quieres? —preguntó—. Os concedo una oportunidad, ¿no? También habría podido ordenar a mis hombres que cogieran rehenes o fusilaran a algunos de vosotros.

—¡No! —exclamó el viejo, asustado, y levantó las manos en un gesto implorante—. ¡Cualquier cosa menos eso!

—Haced lo que digo y no os ocurrirá nada. Traednos a los rebeldes y os dejaremos en paz. Seguid ocultándolos y vuestro pueblo arderá.

—Pero nuestras casas... ¡Son todo lo que tenemos!

—Entonces deberíais hacer con la máxima celeridad lo que os exijo —dijo Dellard, inflexible—. En otro caso, pronto no tendréis nada en absoluto. ¿Capitán?

—¿Sí, sir?

—Media hora. Ni un minuto más.

—Comprendido, sir.

Dellard asintió con la cabeza. Luego sujetó las riendas, hizo dar media vuelta a su caballo y salió cabalgando de la plaza. El oscuro manto se hinchaba a su espalda, y era consciente de que no pocos habitantes del pueblo debían de ver en él a un demonio encarnado.

Dureza y arbitrariedad.

Charles Dellard estaba satisfecho. Las cosas se desarrollaban tal como había planeado.

Cuando Scott y Slocombe se enteraran del asunto, supondrían que con aquello quería provocar a la población para desafiar a los nacionalistas y forzarlos a actuar. Probablemente elevarían una protesta, y tal vez Scott escribiría otra de sus famosas cartas a Londres.

A Dellard le resultaba indiferente. Ninguno de esos bobos tenía idea de la amplitud real de sus planes. Y un día, dentro de muchos años, nadie querría creer que todo había empezado en un poblacho insignificante al otro lado de la frontera.

Un poblacho llamado Ednam.

9

Seis días más tarde, Mary de Egton llegó al castillo de Ruthven, el lugar que debía convertirse en su futuro hogar.

El viaje había sido largo y fatigoso, pero Mary no había caído en la melancolía que la había acompañado en su camino de Egton a Galashiels. Por terrible que hubiera sido el accidente en el puente y por mucho que lamentara la muerte del pobre Winston, ambas cosas le habían hecho darse cuenta de que la vida era un regalo por el que debía estar agradecida.

Naturalmente también la estancia en Abbotsford había contribuido a que Mary se sintiera mejor; por primera vez desde hacía mucho tiempo —tal vez por primera vez— se había encontrado con personas que parecían comprenderla y con las que se sentía como en casa. Los Scott no solo la habían acogido en su hogar y la habían sentado a su mesa, sino que ella y Kitty habían tenido la sensación de ser bienvenidas allí. Y esa sensación había cambiado algo en Mary; había hecho que esta tierra agreste al otro lado de la frontera ya no le inspirara tanto temor y desconfianza como al inicio de su viaje. Tal vez aquí muchas cosas le resultaran insólitas y extrañas; pero otras, en cambio, le resultaban, de una extraña manera, familiares, tal como había sentido, por un breve instante, en el punto fronterizo de Carter Bar al mirar hacia las Lowlands.

Sin duda también la lectura de las obras de sir Walter había contribuido a que Mary se sintiera más que nunca unida a Escocia. En su generosidad, Scott le había regalado una edición completa de las novelas y versos que había publicado hasta el momento, y durante los seis últimos días, Mary apenas había hecho otra cosa que no fuera leer, para desgracia de Kitty, que no podía soportar los libros y habría preferido charlar de vestidos y cotillear.

Sin embargo, Mary había encontrado en los libros de sir Walter una puerta de acceso a su nuevo hogar. Ahora creía conocer mejor algunas cosas, y tenía la sensación de que podía oír batir el ritmo del corazón escocés, como lo había llamado sir Walter. Aunque anteriormente había leído algunos de los libros de Scott, solo ahora captaba su auténtico significado. En la descripción de épocas desaparecidas, en la descripción de los personajes y su modo de actuar, en la lengua con la que sir Walter hablaba de héroes nobles y tiernas damas había algo de la grandeza de alma y la dignidad de esta vieja, viejísima tierra. De pronto Mary se sentía orgullosa de poder formar parte de aquello.

Hacía solo unos días, el viaje a Ruthven le había parecido un pasaje al exilio; se había sentido como una hija no amada enviada a un país extranjero, al que debería adaptarse como pudiera.

Ahora, sin embargo, veía su destino como una oportunidad. Tal vez estuviera predestinada a empezar aquí, en el norte del reino, una vida nueva y más plena. Posiblemente el castillo de Ruthven fuera para ella un hogar como no lo había sido la mansión de Egton, y tal vez encontrara en Malcolm de Ruthven al amor de su vida.

Mary estaba decidida a dejar atrás el pasado. Ni siquiera las oscuras nubes que cubrían el cielo cuando aquella mañana el carruaje abandonó Rattray pudieron amedrentarla. La última etapa del viaje era la más corta. Ya solo tenían que recorrer unos treinta y dos kilómetros para llegar al castillo de Ruthven, y con cada hito que pasaba, el corazón de Mary palpitaba con más fuerza.

—¿Está nerviosa, milady? —preguntó Kitty, que sabía

interpretar muy bien el lenguaje corporal de su señora, y por ello había podido percibir también que el humor de lady Mary había mejorado notablemente en los últimos días.

—¡Claro que sí, y también tú lo estarías en mi lugar! Al fin y al cabo, dentro de poco me encontraré con el hombre con el que pasaré el resto de mi vida.

—¿Realmente nunca ha visto al laird de Ruthven?

—No.

—¿Ni siquiera en un retrato?

—No.

—Entonces le contaré lo que dicen de él —dijo Kitty, y se inclinó hacia delante como si alguien pudiera espiar sus confidencias—. Dicen que el laird es un hombre muy apuesto y una gloria para su sexo. Además posee una gran fortuna y es un hombre de cultura. Y aunque es escocés de nacimiento, se dice que ha asimilado las costumbres inglesas y es un gentleman de pies a cabeza.

—¿Ah sí? ¿Eso es lo que dicen de él? —preguntó Mary, y alzó las cejas, escéptica.

Kitty, que no podía conservar mucho tiempo un secreto, se sonrojó y sacudió la cabeza.

—No, milady —reconoció—. Solo se lo he dicho porque no quería que se preocupara. Todo irá bien, ya verá. Solo tiene que creer firmemente en ello.

Mary no pudo evitar una sonrisa. La preocupación de Kitty era conmovedora, tanto como su ingenua confianza en el destino. Pero tal vez tuviera razón. Si a Mary le hubieran dicho hacía unos días que conocería a Walter Scott, nunca lo habría creído. Sin embargo, había ocurrido, y eso debía de ser un signo de que tal vez todavía había esperanza. Esperanza en una vida más bella y libre, sin las coerciones que había dejado atrás. Tal vez en el castillo de Ruthven encontrara la felicidad.

—Está bien, querida Kitty —dijo—. Confiaré en mi fortuna y esperaré a ver qué me depara el castillo de Ruthven. Tal vez allá vivamos los días más hermosos de nuestra vida.

—Naturalmente —replicó la doncella, y rió entre dientes complacida—. Bailes y recepciones, vestidos bonitos y mesas bien servidas. Ya verá, será maravilloso, milady.

—Y quién sabe —añadió Mary con una sonrisa pícara—, tal vez allí haya también algún guapo joven para ti.

—¡Milady! —susurró la doncella, sonrojándose.

Se habría defendido vigorosamente contra esta suposición si en aquel instante, al otro lado de la colina por la que ascendía el carruaje, no hubieran aparecido los muros del castillo de Ruthven.

—¡Mire, milady! ¡Ya hemos llegado!

Mary miró a través de los cristales empañados. El ambiente era desagradablemente frío en el interior del carruaje; la humedad que ascendía del suelo y que se había posado como un vapor helado sobre la rala colina de color de tierra parecía deslizarse por todas las rendijas y hacía tiritar a las dos mujeres. Y ciertamente, la visión del castillo de Ruthven no contribuía a ahuyentar el frío.

Muros de piedra natural, gruesos y poderosos, como si estuvieran allí desde el principio de los tiempos, surgían de la espesa niebla. Por detrás sobresalía una imponente torre principal dotada de altas almenas, a la que se encontraba adosada una edificación de varios pisos en cuyas altas ventanas brillaba una luz pálida. En el lado derecho de la impresionante construcción sobresalían del muro torres de defensa que la aseguraban hacia el este, donde el terreno se extendía formando suaves ondulaciones y quedaba dividido por un estrecho curso de agua. Al otro lado, la elevación sobre la que se erguía el castillo de Ruthven caía bruscamente; un precipicio rocoso se abría al otro lado de la muralla, que al oeste estaba coronada por una alta torre de guardia. De la torre partía una maciza terraza, en la que Mary creyó reconocer una figura evanescente, oscura y encorvada. Un instante después la figura había desaparecido. Mary no habría sabido decir si había sido víctima de una alucinación.

El carruaje ascendió por la cresta de la elevación. La carretera llena de baches conducía hasta el gran portal que se abría en el muro exterior. Por encima de la puerta surgían de la pared de piedra los sólidos pescantes de un puente levadizo de madera, tendido sobre un amplio foso que rodeaba el castillo y terminaba al oeste en el precipicio.

Cuando el carruaje se acercó, las hojas de la puerta se abrieron como por arte de magia.

Mary y su doncella intercambiaron una mirada. Ninguna de las dos mujeres dijo nada, pero la primera impresión que ofrecía el castillo de Ruthven no tenía nada de acogedora. Por más que se esforzara en contemplar las cosas bajo un prisma positivo, Mary no podía dejar de ver, en las puertas del castillo que se abrían, unas enormes fauces que amenazaban con tragarlas a ella y a Kitty.

Cuanto más se acercaba el carruaje a los muros de la fortaleza, más altos y amenazadores se alzaban estos hacia el cielo. Acongojada, Mary trató de convencerse a sí misma de que el aura siniestra que emanaba de aquel lugar solo debía atribuirse al tiempo desapacible. Si el sol hubiera sonreído en el cielo y las colinas hubieran estado salpicadas de flores, sin duda la impresión habría sido distinta. Pero así todo parecía lúgubre, triste y muerto.

Mary no pudo dejar de pensar con añoranza en los jardines que le había mostrado lady Charlotte, en los verdes prados que se extendían a lo largo del Tweed. En su vida olvidaría las horas que había pasado en la casa de los Scott. El recuerdo de aquellos días la ayudó a ahuyentar un poco aquella impresión sombría.

El carruaje llegó a la puerta del castillo. Las dos mujeres escucharon el repiqueteo amortiguado y hueco de los cascos de los caballos mientras cruzaban el puente levadizo y pasaban a través del arco del portal. De golpe se hizo la oscuridad en el interior del carruaje. Mary se sintió asaltada por una repentina sensación de inquietud; también sobre el ánimo habitualmente despreocupado de Kitty cayó una sombra.

Ni siquiera después de que el carruaje hubiera cruzado la puerta aumentó la claridad; el coche con las dos mujeres entró en un patio rodeado de muros, cuyo lado frontal estaba limitado por el macizo edificio principal. A ambos lados se distinguían algunas construcciones achaparradas con establos y alojamientos, pero no se veía un alma por ningún sitio.

Finalmente el carruaje se detuvo. Los caballos permanecieron inmóviles; a Mary le pareció que los animales resoplaban inquietos. El cochero que había enviado Walter Scott bajó del pescante y abatió el estribo. Luego abrió la puerta.

—Milady, hemos llegado a nuestro destino —dijo—. El castillo de Ruthven.

Mary aceptó la mano que el cochero le tendía y bajó del carruaje, recogiéndose la falda como correspondía a una dama, para no ensuciarse la orla del vestido.

Un aire frío y húmedo le golpeó en la cara. Amedrentada, miró alrededor, y solo vio muros de piedra grises y sombríos. En lo alto, junto a la torre oeste, se levantaba la terraza, pero la figura no estaba allí; probablemente Mary la había imaginado.

En ese momento el portal del edificio principal se abrió, y una mujer esbelta salió por él. Con pasos medidos bajó los peldaños que conducían al patio. Todos sus movimientos transmitían una sensación de dignidad y de gracia. Dos sirvientes la acompañaban con la mirada baja. Del establo se deslizaron también al exterior unas figuras encorvadas, que se ocuparon del carruaje y los caballos, pero evitaron cualquier contacto visual con las visitantes.

La mujer esbelta, que llevaba un vestido amplio con relucientes brocados plateados, se dirigió hacia Mary. Ya no era tan joven como podían hacer creer su figura y su porte. El cabello, severamente recogido en un peinado alto, había encanecido, y la piel, empolvada a la vieja usanza, estaba surcada de arrugas. En su rostro pálido y enjuto, de rasgos afilados, brillaban unos ojos juntos, de mirada despierta y escrutadora.

Probablemente aquella mujer nunca había sido una belleza, pero en ella había algo que infundía respeto y que ya había impresionado a Mary en su último encuentro, cuando había ido a Egton para examinar a su futura nuera.

Mary conocía a esa mujer: era Eleonore de Ruthven, la madre de su futuro esposo.

Con pasos medidos, la señora de Ruthven se acercó a Mary. Su rostro no mostraba ninguna agitación, no revelaba alegría ni afecto. Lady Ruthven se limitó a tender la mano para recibir, al uso antiguo, el homenaje de la joven.

Mary sabía lo que se esperaba de ella. Desde pequeña la habían aleccionado para ello, y aunque no tenía en demasiada consideración las antiguas costumbres, se sometió a la etiqueta. Cogió la mano de lady Eleonore, hizo una profunda reverencia y mantuvo la cabeza baja hasta que la señora del castillo la autorizó a erguirse de nuevo.

—Levántate, hija mía —dijo. Para Mary y su doncella aquellas palabras sonaron como si de pronto la niebla hosca y fría hubiera adquirido voz—. Bienvenida al castillo de Ruthven.

—Gracias, milady —dijo Mary, y se incorporó obediente.

—De modo que volvemos a vernos. Te has hecho aún más hermosa desde nuestro último encuentro.

Mary se inclinó de nuevo.

—Milady es muy benévola conmigo, pues las tribulaciones del largo viaje que he dejado atrás sin duda habrán dejado sus huellas.

—Una lady siempre debe ser una lady, hija mía. ¿No te lo ha dicho nunca tu madre?

—Oh sí, milady. —Mary suspiró—. Muchas veces.

—Es nuestro origen lo que nos diferencia del pueblo, hija, no lo olvides nunca. En la gente sencilla, un viaje por las Highlands puede dejar huella, pero no en nosotras.

—No, milady.

—Disciplina, hija mía. Lo que hayas aprendido hasta ahora sobre esta virtud fundamental te será de gran utilidad en Ruthven. Y lo que hasta ahora hayas descuidado lo aprenderás aquí.

—Como desee, milady.

—¿Dónde está tu equipaje?

—Lo lamento, milady, pero no traigo mucho equipaje. La mayoría se perdió en un accidente, que mi primer cochero pagó con la vida.

—¡Qué espanto! —exclamó Eleonore, y se tapó su pálida cara con las manos—. ¿Todos tus vestidos se han perdido? ¿Las sedas? ¿Los brocados?

—Con su permiso, milady, mi doncella y yo podemos estar agradecidas de haber escapado con vida. Lo poco que poseemos lo hemos recibido de unas personas caritativas que nos acogieron en su casa.

—¡Dios todopoderoso! —La señora del castillo miró fijamente a Mary, como si hubiera perdido la razón—. ¿Los vestidos que llevas no son los tuyos?

—No —reconoció Mary—. No nos quedó nada.

—¡Qué deshonra! ¡Qué vergüenza! —gimió Eleonore—. ¡La futura esposa del laird de Ruthven viajando por el país como una mendiga!

—Con permiso, milady, no es eso lo que ha sucedido.

—¿No? ¿Y qué hay en los baúles que tu cochero descarga ahora? ¿Aún más vestidos de un alma caritativa?

—Libros —la corrigió Mary sonriendo.

—¿Libros? —La voz helada se atragantó.

—Una colección de antiguos clásicos. Me gusta leer.

—Y supongo que mucho, además…

—Si me queda tiempo libre, sí.

—Aquí, en el castillo de Ruthven, no encontrarás muchas oportunidades de hacerlo. Comprobarás que la vida de la esposa de un laird está llena de sacrificio y de deberes, de modo que no te quedará tiempo para practicar esos ridículos entretenimientos.

—Perdone que la contradiga de nuevo, milady, pero no considero que la afición por los libros sea un entretenimiento ridículo. Walter Scott suele decir...

—¿Walter Scott? ¿Quién es ese?

—Un gran escritor, milady. Y un escocés.

—¿Qué importancia tiene eso? También lo es nuestro mozo de cuadras. Mírame, hija. También por mis venas fluye la sangre de la vieja Escocia, y no por eso mi hijo y yo tenemos nada en común con esos campesinos toscos y perezosos que residen en nuestras tierras e impiden que proporcionen beneficios.

Su voz se había hecho más sonora y tajante y sus rasgos se habían endurecido. Sin embargo, enseguida pareció reflexionar, y en su rostro apareció un amago de sonrisa.

—Pero no hablemos más de ello —dijo—. Aún no, hija. Acabas de llegar y seguro que estás cansada del viaje. Cuando lleves un tiempo aquí, sabrás de qué hablo y compartirás mi opinión.

Lady Ruthven hizo una seña a los sirvientes para que llevaran el escaso equipaje de las mujeres a la casa.

—Indicaré a Daphne que te enseñe tu habitación —añadió luego—. Y a continuación te preparará un baño para que puedas refrescarte. Al fin y al cabo, debes agradar a tu prometido cuando te vea por primera vez.

—¿Dónde está Malcolm? —preguntó Mary esperanzada—. ¿Cuándo le veré?

—Mi hijo, el laird, ha salido de caza —dijo Eleonore fríamente—. No le esperamos hasta mañana. Hasta entonces tienes tiempo de aclimatarte. Te proporcionaré algunos vestidos míos hasta que la modista te haga unos nuevos. Daphne, mi camarera, te vestirá.

—Disculpe, milady, pero tengo a mi propia doncella. Kitty me ha acompañado por expreso deseo mío, y mi intención es que permanezca también a mi servicio en adelante.

—Eso no será preciso, hija mía —dijo la señora del castillo, y observó a Kitty con aire despreciativo—. El laird de Ruthven puede proporcionarte todo el personal que necesites. Tu doncella puede volver a Egton. Aquí no te sería ya de ninguna utilidad.

—¿Qué? —Kitty dirigió una mirada atribulada a Mary—. Por favor, milady…

—¿Quién te ha dado permiso para levantar la voz? —dijo Eleonore secamente—. ¿Te he preguntado tu opinión, muchacha?

—Por favor, no se disguste, milady —le pidió Mary—. Es culpa mía si Kitty no sabe dónde se sitúan los límites de su condición. Para mí, es más que una sirvienta. En los últimos años se ha convertido en una fiel acompañante y una amiga. Por eso querría solicitarle, con todos mis respetos, que permita que se quede.

—¿Una sirvienta es tu amiga? —La mirada de Eleonore revelaba incomprensión—. El sur tiene usos realmente singulares. En el norte, sin embargo, honramos las tradiciones. También a eso te acostumbrarás.

—Como milady desee.

—Por mí, tu doncella puede quedarse. Pero no habrá privilegios especiales para ella.

—Naturalmente que no. Gracias, milady.

—Ahora ve y acostúmbrate a tu nuevo hogar. Cuando el laird vuelva a casa mañana, debe encontrarlo todo perfecto. También a su futura esposa.

—Naturalmente, milady —dijo Mary, y bajó respetuosamente la cabeza.

Eleonore de Ruthven le respondió con una inclinación. Ya se había vuelto y se disponía a dirigirse a la casa, cuando Mary la llamó de nuevo.

—¿Milady?

—¿Sí? ¿Qué ocurre?

—Le doy las gracias por su benévola acogida. Me esforzaré en corresponder a las esperanzas que han depositado en mí. Ruthven será en adelante mi nuevo hogar.

Por un momento pareció que la señora del castillo quisiera replicar algo, pero finalmente se limitó a asentir de nuevo y dejó a Mary y a Kitty en el patio. Las dos mujeres se miraron sin decir nada, y ambas tuvieron la sensación de que algo del frío que Eleonore había desprendido a su paso permanecía todavía en el aire.

En su primera noche en el castillo de Ruthven, Mary durmió mal. Intranquila, rodaba de un lado a otro en la cama, y aunque no estaba despierta, tampoco tenía la sensación de dormir. Era como si las altas torres y muros del castillo lanzaran sobre sus sueños lúgubres sombras.

De nuevo vio a la joven que cabalgaba a lomos de un blanco semental a través de las Highlands —parecía que había transcurrido una eternidad desde aquel sueño—. Mary reconoció a la amazona por su figura grácil, su sencilla y tranquila belleza y su largo pelo oscuro.

Pero esta vez no la vio a lomos de un caballo, y tampoco tuvo aquella sensación de libertad de las otras ocasiones, cuando el viento alborotaba sus cabellos y el olor terroso de las Highlands llenaba sus pulmones. Esta vez su corazón se sentía oprimido, triste y lleno de preocupación.

La joven estaba de pie en la terraza de un castillo, inclinada contra una de las almenas, y miraba fijamente hacia el agreste paisaje montuoso que se extendía al otro lado del barranco. El sol se estaba hundiendo en el vapor neblinoso que como cada noche ascendía del suelo, y en la tierra iluminada por el astro rojo suspendido sobre el horizonte, parecía que mares de sangre se acumularan en las depresiones del terreno. La joven vio en ello un mal augurio, y Mary pudo sentir claramente su miedo.

—¿Gwynn?

Al oír su nombre, la joven se volvió. Llevaba un sencillo vestido de lino e iba descalza. Sin embargo, no sentía frío.

Estaba acostumbrada al duro clima de las Highlands; aquí había nacido y crecido.

El hombre que había pronunciado su nombre era joven, apenas acababa de salir de la adolescencia. Llevaba un *plaid* de lana teñida de rojo y marrón anudado en torno a las caderas y los hombros. Un cinturón de cuero, del que colgaba una espada corta y ancha, mantenía cerrado el tartán. El parecido entre el joven y la mujer saltaba a la vista: los mismos rasgos nobles, los mismos ojos azules, el mismo cabello negro, que el joven guerrero llevaba suelto, flotando sobre los hombros. Su mentón, sin embargo, era más ancho y enérgico que el de su hermana, y las comisuras de sus labios se inclinaban hacia abajo. Aquella expresión revelaba odio y duelo, y Gwynn se sobresaltó al verle así.

—No hace falta que sigas mirando —dijo con una frialdad que le dio escalofríos—. Padre no volverá.

—¿Qué ha ocurrido, Duncan?

—Un mensajero ha traído noticias de Stirling —respondió el joven con voz temblorosa—. Los ingleses han sido derrotados, pero muchos guerreros valerosos han caído, también de nuestro clan.

—¿Quiénes? —preguntó Gwynn, aunque temía la respuesta.

—Fergus. John. Braen. Nuestro primo Malcolm. Y nuestro padre.

—No —dijo Gwynn en voz baja.

—Según ha informado el mensajero, luchó hasta el último momento y venció a diez caballeros ingleses. Entonces le alcanzó una flecha lanzada desde las filas enemigas. Una flecha que iba dirigida a William Wallace. Pero padre se lanzó, cruzándose en su vuelo, y la detuvo con su corazón. Parece que murió inmediatamente; Wallace ni siquiera se dio cuenta.

Los ojos de Gwynn se llenaron de lágrimas. Durante todo el día había esperado noticias del campo de batalla. En el fondo de su corazón temía que algo terrible pudiera haber ocurrido, pero hasta el final había confiado en que no fuera así. Las palabras de su hermano, sin embargo, habían destruido todas sus esperanzas.

Duncan abrió los brazos en un gesto de impotencia, y Gwynn se precipitó hacia él. Los hermanos se abrazaron en su duelo; se aferraron el uno al otro como niños en busca de consuelo.

—Habría debido ir con él —dijo Duncan en voz baja, luchando contra las lágrimas. Su padre le había enseñado que un hombre de las tierras altas nunca derramaba lágrimas en presencia de una mujer, y ahora, más que nunca, no quería ceder a ellas—. Habría debido luchar a su lado, como Braen y Malcolm.

—Entonces también tú estarías muerto ahora —sollozó Gwynn—, y yo estaría sola.

—Habría podido salvarle. Habría podido impedir que diera su vida por ese William Wallace, que cree que podrá liberarnos de los ingleses.

Su hermana se deshizo del abrazo y le miró inquisitivamente.

—Padre creía en la victoria, Duncan. En la victoria y en una Escocia libre.

—Una Escocia libre —se burló su hermano—. Otra vez estamos a vueltas con eso. Cientos de guerreros han perdido la vida en Stirling. ¿Y para qué? Para seguir a la batalla a un fanático que sueña con hacerse con la corona. ¿Has oído cómo lo llaman últimamente? Braveheart lo apodan, porque ha derrotado a los ingleses. Creían que hacía todo eso por ellos, pero él solo piensa en sí mismo.

—Padre confiaba en él, Duncan. Decía que si alguien podía conseguir unir a los clanes y vencer a los ingleses, ese era William Wallace.

—Esta confianza le ha costado la vida, como a tantos otros. Todos se han dejado engañar por las promesas de Wallace.

—Pero él no prometió nada a los clanes, Duncan. Nada aparte de la libertad.

—Esto es cierto, Gwynn. Pero ¿quiere dársela realmente? ¿O es solo otro más que quiere utilizar a nuestro pueblo y erigirse en su caudillo? Los jefes de los clanes son fáciles de impresionar cuando se les habla de libertad y del odio a los ingleses. Y eso justamente le sucedió a nuestro padre. Sacrificó su vida en vano. Para salvar a un mentiroso que nos traicionará a todos.

—No debes decir esto, Duncan. Padre no lo habría querido.

—¿Y qué importa eso? La carga que me ha dejado en herencia ya es bastante pesada sin la guerra contra Inglaterra. Ahora que padre ya no está con nosotros, yo soy el jefe del clan. Este castillo y sus tierras me pertenecen.

—Pero solo mientras te inclines ante la Corona inglesa —le recordó Gwynn—. Padre lo sabía, y estaba harto de plegarse a la voluntad de los ingleses y tener que adularles. Por eso siguió a Wallace. Lo hizo por nosotros, Duncan. Por ti y por mí. Por todos nosotros.

—Entonces era un loco —dijo Duncan con dureza.

—¡Hermano! ¡No hables así!

—¡Calla, mujer! Soy el nuevo señor del castillo de Ruthven y digo lo que me place. En el encuentro de los clanes manifestaré abiertamente que desconfío de Wallace. Utiliza a los clanes para hacerse con la corona; con nuestra sangre quiere conseguir el poder para sí mismo. Pero yo no le seguiré ciegamente como hizo nuestro padre. Solo Robert Bruce puede convertirse en rey. Es el único por cuyas venas fluye la sangre de los poderosos. Solo a él seguiré.

—Pero Wallace no reclama la corona para sí.

—Aún no. Pero con cada victoria que consigue, se hace más poderoso. Ya se dice que quiere avanzar hacia el sur, para atacar a los ingleses en su propia tierra. ¿Crees que un hombre que osa hacer algo así se contentará con el papel de un vasallo?

No, Gwynn. Wallace aún hace como si quisiera ayudar a Robert en la defensa de sus derechos; pero pronto se quitará la piel de cordero, y aparecerá el lobo que se esconde debajo.

—¿Por qué sientes tanto rencor contra Wallace, Duncan? ¿Porque padre confiaba en él? ¿Porque sacrificó su vida por ese hombre? ¿O porque en lo más profundo de tu ser no estás seguro de que se habría sacrificado también por ti, como hizo por él?

—¡Calla! —bramó Duncan, y se apartó de ella como una fiera herida ante su cazador. Las lágrimas que había contenido con esfuerzo se desbordaron y cayeron incontenibles por sus mejillas—. No sé de qué hablas —afirmó—. Padre tomó su decisión, y yo tomo la mía. Y digo que William Wallace es un traidor ante el que debemos mantenernos en guardia. Me pondré del lado de Robert y haré todo lo que esté en mi mano para protegerle de Wallace.

—Pero si no existe ninguna enemistad entre ambos. Wallace está de parte de Robert.

—La cuestión es por cuánto tiempo, Gwynn —replicó su hermano, y un fulgor extraño brilló en sus ojos—. El mundo tal como lo conocíamos se está desvaneciendo. Se acerca una nueva era, Gwynn, ¿no lo sientes? Los aliados se convierten en traidores; los traidores, en aliados. Que Wallace alcance la victoria si puede, pero al final no será él quien lleve la corona, sino Robert Bruce. Empeñaré todas mis fuerzas en ello. Lo juro por la muerte de mi padre…

10

Medianoche.

La luna creciente brillaba alta en el cielo entre las peladas colinas, bañándolas con su luz pálida y fría. Ni un soplo de viento agitaba el aire, y los velos de niebla yacían como petrificados en las hondonadas.

La tierra estaba desolada y vacía. Ningún árbol elevaba sus ramas hacia el cielo oscuro, y solo una maleza rala crecía en las grises laderas. El suelo estaba surcado de grietas profundas, que cortaban la superficie del páramo y hacían que las colinas parecieran marcadas por llagas ulcerosas.

No parecía haber nada vivo en aquel lugar remoto. Y sin embargo, ellos se reunían allí desde hacía siglos, en ese lugar que albergaba fuerzas siniestras.

Las piedras estaban dispuestas en semicírculo, grandes sillares en otra época cuidadosamente tallados y ahora cubiertos de musgo. Mucho tiempo atrás habían formado un círculo completo: trece grandes piedras, cada una de cinco toneladas de peso. El recuerdo de cómo habían llegado allí y habían podido levantarse en aquel lugar se había perdido; pero el conocimiento de su poder se había preservado. Muchas de las piedras se habían derrumbado, y los grandes y macizos *cairns* yacían dispersos en torno al círculo mágico.

El lugar, sin embargo, había conservado su significado.

Los tres siglos transcurridos desde la erección del círculo de piedras no habían podido minar los poderes que lo habitaban, y los adeptos que se entregaban a su culto aún seguían acudiendo allí.

La procesión que se aproximaba al círculo de piedras constituía una visión espeluznante. Figuras encapuchadas que caminaban de dos en dos, con las cabezas inclinadas, envueltas en largos mantos de tela oscura que parecían absorber la luz de la luna y flotaban en torno a ellos, amplios y ondulantes, mientras se acercaban al círculo murmurando para sí palabras en una lengua que el mundo había olvidado hacía mucho tiempo, sonidos de una época oscura y pagana. La luz del cambio de los tiempos las había barrido, y sin embargo, no habían sido totalmente olvidadas; corazones sombríos las habían conservado en la memoria y las habían preservado hasta el presente. Así, transmitiéndose de generación en generación, habían sobrevivido a los siglos; y con ellas, la antigua fe.

El jefe de los sectarios cabalgaba al frente de su gente, montado en un caballo blanco como la nieve. Como sus partidarios, vestía un amplio manto que ocultaba su figura, pero sus ropas eran de un blanco pálido, que brillaba a la luz de la luna y le proporcionaba el aspecto de un enviado de un mundo distinto, místico.

Cuando el cortejo alcanzó el círculo de piedras, el canto aumentó de intensidad, cambió de ritmo y de entonación. Hacía un momento aún sonaba sumiso y quejoso, mientras que ahora había adquirido un tono apremiante y desafiador.

El tiempo de la espera se acercaba a su fin.

Las figuras, que habían bajado las capuchas de sus mantos sobre la cara, se distribuyeron por el espacio que enmarcaban las piedras. Lo hicieron moviéndose lentamente, con una extraña falta de animación, como en trance. Cada uno sabía qué puesto debía ocupar, conocía cuál era su importancia en el círculo.

El jefe condujo a su caballo hasta el centro del círculo de piedras, hacia un sencillo bloque pétreo que en tiempos antiguos había servido como mesa de sacrificios. Las oscuras manchas de sangre dejaban ver que aún seguía cumpliendo esta función.

El hombre bajó de su caballo, cuyo blanco pelaje relucía, a la luz de la luna, con un brillo apagado que le confería un aura ultraterrena. Con pasos medidos se acercó a la mesa de piedra y levantó los brazos. Instantáneamente el canto enmudeció. Con un gesto acompasado, casi teatral, el hombre sujetó la capucha de su manto blanco y la echó hacia atrás.

Aparecieron unos rasgos inmóviles, rígidos, de metal resplandeciente: una máscara de plata que le cubría todo el rostro menos los ojos, en la que estaban grabados signos de un significado antiguo y siniestro. Sus partidarios le imitaron, y también bajo sus capuchas oscuras aparecieron máscaras, caras grotescas talladas en madera y ennegrecidas con hollín.

—Hermanos —elevó la voz el jefe, que se destacaba, diáfano, en la noche—. Conocéis el motivo de nuestra reunión. El tiempo del cumplimiento ya no está lejos, y aún no hemos encontrado lo que buscamos. Tenemos pistas, que seguimos, pero se han alzado frente a nosotros fuerzas enemigas que se interponen en nuestro camino.

—¡Muerte! —bramó uno de los enmascarados, alzando el puño—. ¡Muerte y ruina para nuestros enemigos!

—Así lo exigen las runas —exclamó la figura erguida junto a la mesa de sacrificios—. Pero también dicen que los hermanos de la espada deben estar sobre aviso. Porque si son descubiertos antes de haber tomado posesión de la herencia que les corresponde por derecho, pueden ser derrotados. No somos invencibles, hermanos, aún no; debemos ser precavidos en todo lo que hacemos. El incidente del puente nunca habría debido producirse. He pedido cuentas a los responsables y me he encargado de que nunca más puedan volver a poner en peligro a nuestra hermandad. Sin embargo, debemos tomar precauciones. Hasta que no se haya cumplido la profecía, seremos vulnerables.

Un silencio turbado se instaló en el círculo de los sectarios. El jefe, que conocía bien el poder de sus palabras, dejó que hicieran su efecto durante un rato. Luego dijo:

—Ha aparecido otro partido, hermanos, que trata de descifrar el enigma de la runa de la espada; y aunque hace muchos años que nosotros vamos en su busca, no podemos excluir que nuestros enemigos alcancen el éxito antes que nosotros.

—¡Muerte y ruina! —tronaron ahora muchas docenas de gargantas—. ¡Muerte y ruina para nuestros enemigos!

—Naturalmente podríamos hacerlo —objetó su jefe—. Naturalmente podríamos deshacernos de nuestros enemigos. Pero he reflexionado, hermanos, y he llegado a la conclusión de que no sería un paso inteligente. Por un lado, otro asesinato atraería la atención hacia nuestra hermandad, lo que no sería aconsejable después de los recientes sucesos. Y por otro, ¿por qué no podríamos utilizar la curiosidad de nuestros enemigos en nuestro provecho? ¿Por qué no servirnos de ellos para resolver el enigma y encontrar lo que durante tanto tiempo nos ha permanecido oculto?

El coro de los enmascarados había enmudecido. Los sectarios miraban a su jefe expectantes; acobardados y, al mismo tiempo, llenos de admiración por su agudeza y su astucia.

—Me encargaré de que nuestros enemigos trabajen para nosotros —proclamó su plan con voz potente—. Creerán que triunfan, pero en realidad la victoria será nuestra. Pensarán que son más astutos que nosotros, pero siempre iremos un paso por delante de ellos. Hermanos, ya está próximo el día en que el poder volverá a manos de los que desde el principio lo poseyeron. Esta vez nadie podrá detenernos.

Sus partidarios, que le rodeaban formando un amplio círculo, manifestaron su acuerdo dejando escapar unos sonidos roncos, paganos.

—Pero ¿cómo lograréis, sublime maestro —objetó finalmente uno de ellos—, que nuestros enemigos trabajen para nosotros?

De la máscara plateada del jefe surgió una risa apagada, que recordaba el retumbar de una tormenta lejana.

—Es sencillo, hermanos. Solo hace falta conocer bien la naturaleza humana. A veces hay que prohibir cosas a la gente para estar seguro de que las harán de todos modos. La vanidad y la curiosidad son poderosos aliados de los que podemos servirnos en la mayoría de los casos, y Walter Scott no está libre de ellas...

11

—Dentro de unos días habrá luna llena.

Quentin se encontraba junto a la ventana del despacho y observaba el pálido disco lunar, cuyo reflejo centelleaba en el río cercano.

Hacía rato que había pasado la medianoche y que lady Charlotte y la criada se habían ido a la cama, pero sir Walter todavía estaba sentado trabajando. Los apremiantes plazos de entrega y los sucesos de los últimos días, que le habían impedido escribir, le obligaban a pasar casi todas las noches ante el escritorio.

Scott había encargado al fiel Mortimer que apostara en torno a la propiedad a algunos vigilantes, que debían dar la voz de alarma en cuanto sucediera algo inusual. Si el inspector Dellard no tomaba ninguna medida para proteger Abbotsford, lo haría Scott. Quentin, que en medio de toda aquella agitación, de todos modos no habría podido conciliar el sueño, hacía compañía a su tío en el despacho.

—No me gusta la luna llena —dijo el joven, mientras miraba pensativamente por la ventana—. Me parece siniestra.

—¿Qué me dices? —exclamó sir Walter, que, sentado ante el gran escritorio, trabajaba en su nueva novela a la luz de una lámpara—. ¿A mi sobrino le asusta la luna llena?

—No es la luna en sí misma —replicó Quentin—, sino lo que puede hacer.

—¿Y eso? —Sir Walter, que no parecía tener inconveniente en interrumpir su trabajo por unos instantes, dejó caer la pluma—. ¿Qué crees que puede hacer la luna llena?

—Cosas terribles. —Quentin se estremeció visiblemente mientras seguía mirando fijamente hacia fuera. El calor de la chimenea no parecía llegar hasta él—. En Edimburgo había un anciano. Se llamaba Maximilian McGregor, pero los niños lo llamábamos siempre Max el Fantasma. Nos contaba muchas historias sobre casas embrujadas, espectros y aparecidos. Y en esas historias siempre había luna llena.

Sir Walter rió benévolamente.

—Estas historias de fantasmas son tan viejas como el propio Edimburgo. También a mí me las contaron de niño. No irás a asustarte por eso, muchacho.

—No de las historias en sí, pero algunas de las figuras que aparecían en ellas aún me visitan en mis sueños. Una vez el viejo Max nos habló de un joven de un clan de las Highlands que había traicionado a su familia. De resultas de ello fue víctima de la maldición de un viejo druida. Y a partir de entonces, las noches de luna llena, el guerrero se transformaba en una bestia, mitad hombre mitad lobo.

—La leyenda del hombre lobo. —Sir Walter asintió—. Buena para asustar a los niños, ¿no crees? Y a los estudiantes crédulos que quieren interrumpir el trabajo de su pobre tío.

Quentin no pudo evitar una sonrisa.

—¿No sería un tema para una nueva novela, tío? ¿La historia de un miembro de un clan al que han maldecido y que se transforma en un hombre lobo?

—No, gracias —rehusó sir Walter—. Me quedo con mis héroes valerosos y mis hermosas damas, con el amor romántico y los combates esforzados. Lo que describo con las palabras del poeta es el pasado; la mayoría de mis personajes existieron realmente. ¿Quién querría leer historias inventadas sobre un monstruo como ese? A veces tienes ideas verdaderamente locas, muchacho.

—Perdona, solo era una ocurrencia estúpida.

Quentin volvió junto a la mesa y se sentó ante su tío.

Sir Walter siguió escribiendo, sumergiendo regularmente la pluma en el tintero. Al cabo de un rato alzó la mirada y observó a Quentin por encima de las gafas, que siempre llevaba puestas cuando escribía; el trabajo continuo a la luz de las velas le había empeorado la vista.

—¿Qué te preocupa, hijo? —quiso saber el escritor.

—Nada —afirmó Quentin envarado.

—¿No tendrá por casualidad algo que ver con la joven dama llamada Mary de Egton, que nos abandonó hace una semana?

Quentin se sonrojó.

—¿Te has dado cuenta? —preguntó tímidamente.

—Aunque me hubiera quedado ciego de repente, no habría dejado de notarlo. Como sabes, mi querido muchacho, la capacidad de observación es una de las cualidades de las que más orgulloso me siento. Me he dado perfecta cuenta de cómo mirabas a la lady de Egton, y debo felicitarte por tu exquisito gusto. Pocas veces he visto a una mujer tan gentil, y con un carácter tan afable además.

—¿Verdad que sí? —coincidió Quentin.

—Pero al mismo tiempo, mi querido muchacho, debo quitarte toda esperanza. Lo que anhelas nunca se convertirá en realidad. Lady Mary es noble, y tú no lo eres. Es inglesa, y tú eres escocés. En un mundo mejor todas estas cosas no deberían tener importancia, pero en el nuestro son obstáculos insuperables. Lady Mary está prometida al laird de Ruthven, con el que se casará dentro de pocas semanas.

—Lo sé —se limitó a decir Quentin con aire desdichado—. Pero no es solo eso. He pensado mucho estos últimos días. Sobre los sucesos en la biblioteca y lo que ocurrió en el río. Y también sobre lo que dijeron el inspector Dellard y el abad Andrew.

—¿Y a qué conclusión has llegado?

—A ninguna, tío. Cada vez que intento pensar en ello, el miedo me impide reflexionar con claridad. Recuerdo las palabras del abad Andrew sobre la intervención de poderes malignos y de repente pierdo el control de mis pensamientos. Hace dos días soñé que habíamos llegado demasiado tarde al puente, y vi cómo Mary caía al abismo y se ahogaba en el río. Y anoche vi Abbotsford en llamas. Tengo la sensación de que ahí fuera está en marcha algo siniestro, algo espantoso, tío.

—Lo sé, hijo. —Sir Walter asintió lentamente—. También yo me preocupo. Pero me esfuerzo tanto como puedo en no dejarme amedrentar por mis miedos. Utiliza la razón, muchacho. El Señor te la ha dado para que hagas uso de ella. Y esta razón debería decirte que el enemigo al que nos enfrentamos a la fuerza debe proceder de este mundo y no de otro. Es posible que la luna llena te resulte siniestra, pero no tiene nada que ver con las cosas que han sucedido aquí; tan poco como tus sueños, por otra parte.

»Ya oíste lo que dijo el inspector Dellard. Los que mueven los hilos en estos ataques son campesinos rebeldes de las Highlands. Aunque no soy amigo de los reasentamientos y no puedo aprobar los métodos de Dellard (la forma en que procedió en Ednam podría hacer pensar que el carnicero lord Cumberland ha vuelto a la acción), tampoco puedo dar mi aprobación a que unos hombres se coloquen fuera de la ley y extiendan el terror entre la población. Por eso espero que Dellard ponga fin cuanto antes a sus fechorías.

Quentin asintió. Como siempre, las palabras de su tío ejercían sobre él un efecto tranquilizador.

—¿Y la runa de la espada? —preguntó—. ¿Ese extraño signo que encontré?

—¿Quién sabe? —Sir Walter se quitó las gafas—. Tal vez fuera efectivamente solo una casualidad, una desgraciada coincidencia de indicios que, observados más de cerca, representarán algo muy distinto a...

En ese momento fuera se oyó un grito.

—¿Qué ha sido eso? —Quentin se levantó de un salto.
—No lo sé, sobrino.

Durante unos instantes los dos hombres permanecieron inmóviles, aguzando el oído para ver si se oía algo aparte del crepitar del fuego en la chimenea. De pronto se escuchó un fuerte ruido, claro y tintineante. Una de las dos ventanas del despacho se hizo añicos; una piedra cayó al interior y aterrizó sobre el entarimado con un ruido sordo. El viento helado de la noche irrumpió en la habitación e hinchó las cortinas; en la pálida penumbra que reinaba fuera, unas figuras borrosas montadas en caballos blancos pasaron velozmente.

—¡Un asalto! —gritó sir Walter asustado—. ¡Alguien ataca la casa!

En el exterior se escuchó un retumbar de cascos, al que se añadió un griterío infernal. Quentin sintió que un escalofrío le recorría la espalda. Medio paralizado por el espanto, miró fijamente afuera, hacia la noche, y vio unas figuras siniestras envueltas en mantos ondulantes y montadas sobre caballos relucientes.

—Espíritus de la noche —exclamó instintivamente—. Jinetes fantasmales.

—Ni soñarlo. —Los ojos de Scott rodaron en sus órbitas. Sir Walter estaba furioso—. Sean quienes sean esos tipos, montan caballos de verdad y lanzan piedras de verdad. Y les daremos la bienvenida con plomo de verdad. Sígueme, sobrino.

Antes de que Quentin supiera qué ocurría, su tío le había cogido del brazo y lo empujaba afuera de la habitación, en dirección a la sala de armas. Allí estaban almacenadas armaduras y espadas, armas de épocas pasadas, pero también modernos mosquetes y pistolas de pedernal, que el señor de Abbotsford también coleccionaba. Su orgullo eran los fusiles de la infantería prusiana, que soldados del regimiento de las tierras altas habían traído de Waterloo. Scott cogió a toda prisa del armario dos de esos finos fusiles, cuyos mecanismos de encendido estaban protegidos por pequeños capuchones de cuero, se quedó con uno y entregó el otro a Quentin.

Quentin cogió la pesada arma, que con la bayoneta calada era casi tan larga como él mismo, y la sostuvo torpemente en las manos. Naturalmente ya había salido a cazar algunas veces y había utilizado carabinas de caza ligeras; pero nunca había tenido en sus manos un arma de guerra como aquella. Sir Walter sacó de otro armario unas pequeñas bolsas de cuero con munición, y también le entregó una a Quentin.

—Cartuchos —dijo solamente—. ¿Sabes cómo se maneja?

Quentin asintió, y los dos salieron corriendo hacia el oscuro vestíbulo. De nuevo se rompió un vidrio en alguna parte, y en el primer piso se escucharon gritos estridentes. Lady Charlotte apareció en el extremo superior de la escalera, acompañada por una sirvienta. Llevaba su camisón, blanco como la nieve, y además se había echado a toda prisa por encima una capa de lana. A la luz temblorosa del candelero que sostenía la sirvienta, podía leerse claramente el espanto en su rostro.

—¡Haz que echen el cerrojo cuando salgamos, querida! —le gritó sir Walter, mientras corría con Quentin hacia la entrada con el mosquete en la mano—. ¡Luego id a la capilla y esconderos allí!

Llegaron a la puerta y Quentin descorrió el cerrojo. La pesada hoja se abrió, y sir Walter y su sobrino se precipitaron al exterior.

Fuera reinaba la oscuridad, de donde irrumpieron inesperadamente las espantosas figuras montadas. Los cascos de sus poderosos corceles, con el pálido pelaje brillante de sudor y lanzando vapor por los hollares, atronaron mientras se lanzaban hacia los dos hombres. Los jinetes llevaban largas capas, que ondeaban en torno a ellos y les conferían un aspecto imponente y aterrador. En sus manos sostenían antorchas, y las llamas siseaban en la noche proyectando un trémulo resplandor sobre los rostros de sus portadores.

Quentin lanzó un grito estridente al observar sus caras

negras, horriblemente deformadas, tras las que le miraban fijamente unos ojos fríos.

—¡Máscaras! —le gritó su tío—. Solo son máscaras, Quentin. —Y como si quisiera confirmar sus palabras, el señor de Abbotsford accionó su mosquete.

El pedernal golpeó contra la cazoleta, y un destello deslumbrante llameó al extremo del cañón mientras resonaba un estampido. Casi al mismo tiempo uno de los jinetes levantó los brazos, dejó caer la antorcha y se sujetó el hombro con la mano. No cayó de la silla, pero era evidente que había sido alcanzado.

—Razona —murmuró Quentin para sí con voz temblorosa—. Utiliza la razón. Si es posible herir a los jinetes, eso significa que son seres de carne y hueso...

—¡Fuera de aquí! —aulló sir Walter con todas sus fuerzas, mientras volvía a cargar el fusil prusiano—. ¡Largaos y dejad de envilecer mi país, malditos cobardes!

Los jinetes se precipitaron hacia ellos dando voces y agitando sus antorchas. Uno de ellos lanzó la llama por encima del muro del jardín, y dentro se elevó un vivo resplandor.

—¡Muerte! —aulló con voz estentórea—. ¡Muerte y ruina para nuestros enemigos!

Quentin sintió que el corazón le saltaba en el pecho. Reconocía aquellos mantos y aquellos semblantes negros y sin contornos. Una figura como esas había estado frente a él en la biblioteca. No se había equivocado, ahora lo sabía. Estos enmascarados eran los responsables del incendio en la biblioteca, y eran también los que habían asesinado al pobre Jonathan y casi habían matado a lady Mary.

El joven enrojeció de ira, y con un valor y una determinación que nunca antes había experimentado, colocó el fusil en posición. Con la mano derecha apartó a un lado el capuchón protector, y acto seguido la metió en la bolsa de la munición y sacó uno de los delgados cartuchos de papel.

Quentin mordió el extremo con los dientes y lo escupió.

Podía sentir en los labios el sabor amargo de la pólvora. Nerviosamente, vertió una pequeña porción de la carga en la cazoleta y abatió la placa. Luego introdujo en el interior del cañón el resto de la carga junto con la bala fijada a ella y las presionó con la baqueta.

Cuando el siguiente escuadrón de jinetes —Quentin contó a cinco bandidos enmascarados— salió de los matorrales, el sobrino de sir Walter estaba preparado. Apoyó la culata del arma contra su hombro, mientras los jinetes, lanzando gritos salvajes y agitando las antorchas, se lanzaban hacia él y su tío.

Sir Walter disparó de nuevo, pero esta vez su bala erró el blanco. Los jinetes rieron, y Quentin vio brillar en la mano de uno de los enmascarados un sable mellado, con el que se abalanzó contra su tío. En unos instantes lo alcanzaría, y el señor de Abbotsford no tenía tiempo para volver a cargar su arma.

Quentin cerró el ojo izquierdo, apuntó y apretó el gatillo.

La lluvia de chispas de la cazoleta inflamó la carga y envió la bala con un fuerte estampido. El retroceso del arma le hizo saltar hacia atrás y lo derribó. Mientras caía, Quentin pudo oír un grito estridente y el relincho aterrorizado de un caballo.

—¡Tío! —gritó.

Se incorporó de un salto y miró hacia sir Walter.

Su tío estaba indemne. Se encontraba solo a unos pasos de Quentin y se apoyaba en su fusil. A sus pies yacía tendido uno de los enmascarados negros en una posición grotesca; el sable estaba clavado en el suelo a su lado.

—¿Yo he…? —preguntó Quentin jadeando.

Sir Walter se limitó a asentir con la cabeza.

—Tú solo los has ahuyentado, muchacho. Al parecer se han ido, y eso es algo que debemos agradecer exclusivamente a tu magistral tiro.

—¿Está…?

Quentin miró hacia la figura enmascarada que yacía inmóvil en el suelo.

—Tan muerto como un hombre pueda estarlo —confirmó sir Walter—. Que el Señor tenga compasión de su pobre alma. Pero tú, muchacho, has demostrado que...

De pronto, desde el bosque cercano, un rumor de hojas llegó hasta ellos. Entre crujidos de ramas rotas, una sombra oscura surgió precipitadamente de entre la maleza. Con un movimiento rápido, sir Walter se llevó al hombro el mosquete, que no había vuelto a disparar después del tiro maestro de Quentin.

—¡Alto! —gritó con voz potente—. ¿Quién eres? ¡No te muevas si no quieres tener el mismo funesto final que tu compañero!

—¡Por piedad, señor! ¡Por favor, no me dispare! —suplicó una voz familiar.

La voz pertenecía a Mortimer, el veterano mayordomo de Abbotsford.

—¡Mortimer!

Estupefacto, sir Walter bajó el arma.

Jadeando, el mayordomo salió precipitadamente del bosque. Respiraba tan deprisa que apenas podía hablar.

—Por favor, sir —consiguió pronunciar con voz entrecortada—. No me castigue por mi incuria... Aposté a los criados tal como me indicó... les dije que se mantuvieran alerta... Pero eran demasiados atacantes y... los criados huyeron al ver esas caras horribles. —Los rasgos del viejo mayordomo reflejaban desesperación—. Eran demonios, sir —susurró—, se lo juro.

—Mi pobre Mortimer. —Sir Walter tendió su mosquete a Quentin y estrechó entre sus brazos al mayordomo, que aún llevaba escrito el horror en la cara—. Estoy seguro de que hiciste cuanto pudiste, pero puedes creerme si te digo que estos asesinos no eran demonios. Si así fuera, nuestro arrojado Quentin difícilmente habría podido alcanzarles con una bala de plomo.

Sir Walter señaló al bandido que yacía sin vida en el suelo, y el buen Mortimer pareció tranquilizarse un poco. El mayordomo se acercó con precaución al enmascarado y lo observó, lo empujó suavemente con el pie. El hombre ya no se movía.

—Debemos volver a la casa y tranquilizar a las mujeres —decidió sir Walter—. Luego montaremos guardia junto al portal. Si esos tipos deciden regresar esta noche, les prepararemos una buena bienvenida. Aunque creo que por el momento ya han tenido suficiente; al fin y al cabo, uno de ellos ha pagado el asalto con...

—¡Sir! ¡Sir!

El grito venía de la casa. Lo había lanzado una de las sirvientas, que ahora estaba de pie en el umbral, con el rostro blanco como la cera.

—¡Vengan, rápido! ¡En la habitación del desayuno...!

Sir Walter y su sobrino intercambiaron una mirada asustada y corrieron de vuelta a la casa. Aunque llevaba los dos mosquetes, Quentin fue más rápido que su tío, que tenía que luchar con su antiguo achaque. El joven lo dejó atrás y se precipitó al interior de la casa, cruzó el vestíbulo y avanzó por el corredor; al extremo de este pudo distinguir el temblor rojo anaranjado.

«¡Fuego!», pensó al instante, y siguió corriendo hacia la habitación del desayuno.

Al otro lado de la amplia ventana, en el lado opuesto del río, ardía un fuego deslumbrante que alguien había prendido en el banco de la orilla. Por un momento Quentin se sintió aliviado al ver que no era la casa la que estaba en llamas, pero luego vio a las figuras enmascaradas que cabalgaban en torno a la hoguera. Entre gritos estridentes, los jinetes agitaron sus antorchas en el aire y salieron al galope.

Quentin permaneció junto a la ventana y miró, asustado, hacia el fuego, que era al mismo tiempo un mensaje. Los bandidos habían vertido petróleo sobre la hierba, trazando un gran motivo de varios metros, que ahora iluminaba la noche con un fulgor cegador.

Quentin lo reconoció enseguida.

Era un signo.

Una media luna cruzada por una línea recta..., la runa de la espada que había descubierto en la biblioteca poco antes de que esta fuera pasto de las llamas.

Sir Walter, que había llegado sin aliento junto a él, también lo miraba. Quentin pudo sentir que, al igual que él, el señor de Abbotsford se estremecía al contemplarlo. El signo ardiente confirmaba la sospecha que sir Walter había abrigado siempre: que los horribles sucesos de Kelso y la runa de la espada estaban relacionados.

Ahora ya nadie podría negarlo. El fuego que ardía al otro lado del río y que podía verse desde muy lejos así lo demostraba.

Sir Walter y su sobrino no fueron los únicos en divisarlo esa noche. También las misteriosas figuras que se ocultaban más abajo entre los árboles, junto a la orilla del río, lo vieron; unas figuras que vestían las sencillas cogullas de una orden monacal.

LIBRO SEGUNDO
EN EL CÍRCULO DE PIEDRAS

1

El despertar fue extraño.

Cuando Mary de Egton abrió los ojos, por un momento no supo dónde se encontraba. Sorprendida, recorrió con la mirada el aposento, con sus fríos muros de piedra. El alto techo estaba forrado con paneles de madera oscura, casi negra, y las paredes estaban guarnecidas con tapices bordados que representaban escenas de caza medievales. Dos armarios de madera, decorados con tallas, a los que se añadía una cómoda con un gran espejo, formaban el mobiliario. En un colgador torneado de madera de roble colgaba un vestido de damasco de un color gris plateado que le resultaba completamente desconocido, hasta que recordó que había llevado esa prenda durante la cena. En realidad no era suya, sino un préstamo de Eleonore de Ruthven, que había insistido en vestirla hasta que no tuviera ropa nueva.

Mary podía sentir cómo la sangre fluía en sus venas. Con una pulsación intranquila, palpitaba a través de su cuerpo como si algo le hubiera provocado un estado de terrible excitación.

Entonces, como si hubieran descorrido poco a poco una cortina, volvió el recuerdo de su sueño de esa noche. Las imágenes eran tan vivas e intensas como si fueran reales. Mary recordó a la joven —Gwynn— y a su hermano Duncan como si aún se encontraran ante ella. Como si efectivamente hubiera sido testigo de la conversación que habían mantenido.

Y eso no era todo.

Mary recordaba también los sentimientos de la joven, que había sentido como si fueran los suyos propios: primero la vaga esperanza de que el padre pronto volviera a casa; luego su decepción, su duelo; y finalmente, cuando había oído hablar a su hermano de mentira y traición, el horror y la confusa intuición de una futura desgracia.

Extraño... Mary nunca había tenido un sueño como aquel. Aunque sus sueños eran vivaces y a menudo podía recordarlos, jamás había visto surgir en ellos unas imágenes tan próximas a la realidad. Había podido sentir el viento áspero que acariciaba los muros del castillo, el olor terroso de las Highlands. Y seguía teniendo la impresión de que efectivamente había estado con Gwynneth y su hermano.

Mary se rió de su irracionalidad; naturalmente aquello era completamente imposible. ¿Cómo podían ser reales los personajes de un sueño? Debía de haberlo imaginado todo. Lo que había visto era una imagen onírica, cuya intensidad podía explicarse de forma muy sencilla: el día anterior, Mary había estado leyendo, en el libro de historia de sir Walter, sobre William Wallace y la lucha de los escoceses por su libertad. ¿No se había concentrado particularmente, en el viaje en carruaje a Ruthven, en el capítulo sobre la batalla de Stirling? ¿No había leído que muchos señores de los clanes habían encontrado la muerte en ella, y que aquello habían conducido a desacuerdos entre los nobles escoceses? ¿Que no pocos habían creído que Wallace pretendía la corona y quería dominar a los clanes?

¡Naturalmente!

Aunque Mary leía libros con frecuencia y le gustaba perderse en los mundos que los escritores evocaban con hermosas palabras, era una persona suficientemente sensata para saber que había una explicación racional para todo. En este caso la tenía a mano: el enigmático sueño era el resultado de su interés por la historia de Escocia. Su intensidad podía explicarse por los acontecimientos de la víspera, por su llegada al castillo de Ruthven y el frío recibimiento de Eleonore.

Aunque tal vez, se dijo, el día anterior había estado demasiado cansada para hacer honor a su nuevo hogar. Un nuevo día empezaba, y quizá hoy lo vería todo de un modo distinto. Al fin y al cabo, pronto se encontraría por primera vez con el hombre con quien iba a compartir el resto de su vida.

Aquella idea ya no la asustó tanto como lo había hecho solo unos días atrás. Como si algo de la majestad y la tranquilidad que emanaba de esta vasta tierra y de sus habitantes se hubiera transferido a ella, Mary sintió de pronto una profunda tranquilidad interior. Apartó la manta, saltó de la cama y caminó con los pies descalzos hacia la ventana.

El suelo de piedra estaba frío, pero apenas lo notó; se sentía colmada de una calidez interna, que debía de proceder aún del extraño sueño. La inexplicable sensación de ser parte de un todo la llenó por un instante de una profunda paz interior, como la que había sentido en el punto fronterizo de Carter Bar cuando contempló los prados y bosques de las Lowlands.

La sensación desapareció en el momento en que miró por la ventana y vio los muros y las torres grises del castillo de Ruthven, que recortaban el azul del cielo y el árido paisaje. El sol ya había salido, pero ninguno de sus rayos llegaba al aposento de Mary; también el patio del castillo tenía el mismo aspecto del día anterior, lúgubre y oscuro, y solo se veían algunos sirvientes y criadas. Parecía como si la vida y la luz describieran un arco en torno a esos viejos muros; pero, naturalmente, Mary sabía que eran solo imaginaciones suyas.

Simplemente, Ruthven era completamente distinto a lo que había esperado, sobre todo si lo comparaba con la propiedad de Abbotsford de Walter Scott: no una romanza en piedra, sino un amurallado canto fúnebre. Allí brotaban las flores, la afabilidad y la luz, mientras que todo eso parecía ser ajeno a este lugar.

Mary se descubrió deseando encontrarse de vuelta en

Abbotsford, pero pensó que era una tonta al perderse en esa ingenua nostalgia. También eso debía de proceder del peculiar sueño que había tenido. Al parecer, la había turbado más de lo que quería reconocerse.

Enérgicamente alejó de sí aquel recuerdo y se concentró de nuevo en el presente. Su atención no debían dirigirse al pasado, sino al futuro, se dijo. A la realidad, y no a los sueños.

¿Cómo habría podido saber que detrás de aquello se ocultaba más de lo que ella o cualquiera otra persona en la tierra podía imaginar?

Kitty ayudó a Mary a vestirse y a prepararse para el desayuno. En Egton, Mary no estaba acostumbrada a vestir de damasco para la primera comida del día. Pero en Ruthven aquello parecía ser lo habitual, y ella quería demostrar que valoraba y respetaba las costumbres de su nuevo hogar.

Eleonore le había anunciado que uno de los sirvientes iría a buscarla a las nueve en punto. El reloj de pared aún no había dado la hora cuando llamaron tímidamente a la puerta de su aposento.

—¿Lady de Egton?

—¿Sí? —preguntó Kitty a través de la puerta.

—La señora ha llamado para el desayuno.

A una seña de Mary, Kitty abrió la puerta. Fuera había un sirviente, que llevaba una librea negra con galones plateados. El hombre, que debía de tener unos cuarenta años, tenía el cabello ralo y una nariz ganchuda; pero lo que más llamó la atención de Mary fue que caminaba extrañamente encorvado, como si temiera que en cualquier momento pudiera abatirse sobre él una terrible desgracia.

Sumisamente, el sirviente bajó la mirada y se inclinó aún más.

—Lady de Egton —repitió la invitación—, la señora ha llamado al desayuno. Si quiere hacer el favor de seguirme.

—Encantada —dijo Mary, y sonrió—. ¿Cómo te llamas, amigo mío?

—S… Samuel —respondió el hombre, dirigiéndole una mirada furtiva—. Pero mi nombre no tiene ninguna importancia, milady. Solo mi trabajo hace que me atreva a molestarla con mi humilde presencia.

En el tono con que pronunció estas palabras y en la mirada de sus ojos grises había algo que inspiraba compasión. Kitty rió entre dientes, y tampoco Mary pudo evitar una sonrisa.

—Estoy dispuesta a adaptarme a los usos y costumbres que imperan aquí, en el castillo de Ruthven —dijo—, pero no puedo imaginar que esté prohibido llamar a un sirviente por su nombre, mi querido Samuel. De modo que no temas, y muéstrame el camino al salón del desayuno.

—Como desee milady —dijo el sirviente, que se inclinó de nuevo y le dirigió desde abajo una mirada cohibida—. Que Dios la proteja, milady.

Acto seguido se volvió y abandonó la habitación. Mary le siguió, y Kitty permaneció en el aposento. Ya había tomado el desayuno a primera hora, con las demás doncellas y ayudas de cámara.

Samuel condujo a Mary por un largo pasillo de piedra natural. Como el lugar carecía de ventanas, también durante el día tenían que estar encendidas las velas, que difundían un resplandor tembloroso y sombrío.

—¿Adónde conduce este camino, Samuel? —preguntó Mary cuando cruzaron un pasaje del que partía una empinada escalera.

—A los aposentos del laird —replicó el sirviente amedrentado. Su mirada reflejaba desconfianza.

—¿De modo que ha vuelto de la caza? —preguntó Mary, que recordaba que la puerta del pasaje estaba cerrada la noche anterior.

—Sí, milady. La caza ha sido buena. El laird ha matado por fin al ciervo que perseguía desde hacía tanto tiempo.

—¿Y esta puerta? —preguntó Mary al llegar a una nueva encrucijada.

De nuevo el sirviente la miró confundido.

—Milady perdonará la pregunta, pero ¿no la han llevado a visitar el castillo?

—No. —Mary sacudió la cabeza—. Llegué ayer.

Samuel pareció aliviado.

—Esta puerta —dijo a continuación— conduce a la torre oeste. Pero no está permitido abrirla. El laird lo ha prohibido.

—¿Por qué? —preguntó Mary, mientras seguían caminando despacio.

—Milady no debería hacerme estas preguntas. Solo soy un sencillo sirviente y no sé mucho.

Mary sonrió.

—De todos modos sabes mucho más que yo, Samuel. Soy una extraña aquí y agradezco cualquier información.

—Con todo, milady, le ruego que no me pregunta a mí, sino a algún otro. A alguien que merezca su confianza.

Era evidente que el sirviente no quería hablar, y Mary tampoco quería forzarle a ello; de modo que calló durante el resto del camino, que, a través de una escalera de caracol de piedra, les llevó al piso inferior, donde se encontraban el salón y el comedor del castillo.

La sala en que se servía el desayuno era alargada y tenía un techo alto soportado por pesadas vigas, del que colgaba un gran candelabro de hierro. A través de la alta ventana de la parte frontal penetraba la luz pálida de la mañana, y podían verse los muros del castillo y detrás las colinas de un color verde mate de las Highlands, que, como el día anterior, estaban envueltas en niebla. En la chimenea ardía un tímido fuego, que no consiguió disipar la sensación de frío que asaltó a Mary en cuanto entró en la habitación.

Dos personas se encontraban sentadas a la larga mesa que ocupaba el centro de la sala. Mary ya conocía a una de ellas: era

Eleonore de Ruthven, la señora del castillo. La otra era Malcolm, laird de Ruthven y futuro esposo de Mary.

Mary no supo qué debía decir al ver por primera vez al hombre con el que pasaría el resto de su vida.

Malcolm era de su misma edad; su cabello, corto y negro como la pez, se retiraba un poco en las sienes, a pesar de su juventud, y tenía la piel tan pálida como su madre. De hecho, el laird parecía haber heredado la apariencia ascética de Eleonore: la misma boca de labios delgados, las mismas mejillas alargadas y los mismos ojos hundidos. Madre e hijo tenían incluso en común esa mirada escrutadora, inflexible, con la que Mary tropezó, en una doble versión, al entrar en la sala del desayuno.

—Buenos días, hija mía —la saludó Eleonore con una sonrisa benevolente—. Como ves, no te he prometido demasiado. Este es Malcolm, el laird de Ruthven y mi hijo, tu futuro esposo.

Mary inclinó la cabeza y dobló la rodilla, como exigía la etiqueta.

—¿Qué te había dicho, hijo mío? —oyó que preguntaba Eleonore—. ¿No es todo lo que te había prometido? ¿Una verdadera dama y una joven de belleza sin par?

—Realmente lo es.

Malcolm se levantó, se acercó a Mary y le tendió la mano a modo de saludo. Por fin podían mirarse el uno al otro a los ojos; pero Mary se estremeció interiormente al comprobar que aquellos ojos eran para ella los de un completo extraño.

No es que hubiera esperado otra cosa; al fin y al cabo, era la primera vez que veía a Malcolm de Ruthven. Pero una pequeña parte de ella, romántica sin remedio —probablemente la que apreciaba tanto los libros de Walter Scott—, había esperado descubrir en la mirada de Malcolm de Ruthven al menos un asomo de confianza, un ligero presagio del afecto que tal vez un día sentirían el uno por el otro.

Pero allí no había nada.

Lo que Mary vio en los ojos de un azul acerado de su futuro esposo fue, sobre todo, frialdad; aunque el joven se esforzó en suavizar esta impresión con palabras.

—Debo decir —señaló Malcolm con una ligera sonrisa— que mi madre no ha exagerado. Es usted realmente una belleza, Mary. Más hermosa de lo que nunca me atreví a soñar.

—Es usted muy generoso en sus alabanzas, honorable laird —replicó Mary avergonzada—. Naturalmente mi modesta ilusión era agradar a sus ojos. Ahora que sé que es así, siento un gran alivio, porque temía no corresponder a sus esperanzas.

Malcolm esbozó una sonrisa.

—Entonces ya somos dos los que sentíamos ese temor —dijo—. Mi madre suele alardear tanto de mis virtudes que a veces es casi imposible estar a la altura de sus himnos de alabanza.

—Tenga la seguridad de que no me defrauda, honorable laird —dijo Mary cortésmente, y le devolvió la sonrisa; posiblemente la primera impresión que había tenido de él había sido equivocada.

—Por favor, llámeme por mi nombre. Entre prometidos no debería interponerse ninguna formalidad. Me llamo Malcolm. Y ahora, por favor, tenga la amabilidad de acompañarnos a mi madre y a mí en el desayuno.

—Encantada —replicó Mary, y ocupó su lugar al otro extremo de la mesa, donde habían colocado un servicio para ella. Una sirvienta llegó y le sirvió té negro, tostadas y mermelada.

Aunque Mary tenía un hambre de lobo, que arrastraba del largo viaje, se guardó de comer demasiado, y se limitó a untar un minúsculo pedacito de pan y a morder solo un trocito —en realidad, habría preferido desayunar con Kitty y las doncellas, donde habría podido comer mantequilla y queso.

Un penoso silencio se hizo en la sala. Mary pudo ver que Eleonore lanzaba a su hijo miradas apremiantes.

—¿Ha tenido un buen viaje? —preguntó Malcolm a continuación insípidamente.

—Por desgracia, no —respondió Mary—. Cerca de Selkirk, mi carruaje fue atacado por unos salteadores de caminos. Mi cochero perdió la vida en el ataque, y mi doncella y yo también estuvimos a punto de morir.

—¡Esto es inaceptable! —El puño de Malcolm de Ruthven se aplastó violentamente contra la mesa—. Estoy definitivamente harto de oír estas historias. Hoy mismo enviaré una carta al gobierno exigiendo que actúen con dureza contra esta pandilla de campesinos. No quiero pensar en lo que habría podido sucederle, querida Mary.

—Tranquilícese, apreciado Malcolm, no me ocurrió nada. Afortunadamente unos hombres valerosos se encontraban cerca y nos salvaron la vida, a mi doncella y a mí. Resultó que uno de mis salvadores era nada menos que sir Walter Scott.

—¿Walter Scott? —Malcolm levantó las cejas—. ¿Debería conocerle? Al parecer es un noble.

—Lo es, aunque no según los patrones habituales —le aseguró Mary—. Sir Walter es un gran escritor, que hace revivir el pasado de nuestra tierra en sus magníficas novelas. Incluso en la corte de Londres se leen sus libros, aunque él es demasiado modesto para darse a conocer allí como el autor de sus obras.

—Libros. —Por su expresión, parecía que Malcolm hubiera mordido un limón—. Debo reconocer, querida, que no son precisamente mi especialidad. Los libros deben de estar muy bien para los eruditos y para aquellos que son demasiado viejos o perezosos para vivir grandes cosas por sí mismos. Yo, por mi parte, prefiero la fama de los propios hechos a las fabulaciones de un visionario exaltado.

Mary mordió otro pedacito de pan y tuvo que masticar lentamente para no dejar ver hasta qué punto la habían herido aquellas palabras. De un solo golpe, Malcolm no solo había ofendido a sir Walter y a su obra, sino que la había acusado también indirectamente de ser indolente y perezosa; parecía demasiado teniendo en cuenta que acababan de conocerse en aquel momento.

Tal vez Mary habría podido pasar por alto que el laird de Ruthven no fuera un amante de la literatura, si él no hubiera insistido en arrancarle una reacción.

—¿Qué opina usted, querida? —preguntó—. ¿No cree también que es más propio de un hombre de honor conquistar la fama por sí mismo en lugar de tratar de emular las aventuras de unos héroes inventados?

—No todos los héroes de sir Walter son inventados —replicó Mary enseguida—. Una de sus novelas más famosas está dedicada, por ejemplo, a Rob Roy.

—¿Ese ladrón, ese hombre sin ley? —preguntó Eleonore horrorizada.

—Nunca fue un ladrón, y solo fue un hombre sin ley a ojos de los ingleses. Scott lo representa como un héroe y un luchador por la libertad, que se opone a la injusticia de que fueron víctimas él y su familia.

—Debo decir que no me extraña que el crimen y el desprecio por la ley sigan aumentando en las Lowlands —replicó Malcolm—, si hombres como ese Scott andan libremente por ahí y elevan a los bandidos al rango de héroes.

—Sir Walter es un famoso artista y un gran hombre —dijo Mary, sin esforzarse ya en ocultar la ira en su voz—. Me salvó la vida y nos acogió en su casa, a mí y a mi doncella. Tengo una gran deuda con él, y no permitiré que su honor sea puesto en cuestión en mi presencia.

—Calma, hija —la previno Eleonore fríamente—. Tus palabras están fuera de tono.

—Deja, madre. —Malcolm sonrió—. Es evidente que mi futura esposa no solo es extremadamente hermosa y encantadora, sino que también posee el corazón de una luchadora. Esto me agrada. ¿Podrá perdonar mis frívolas observaciones, apreciada Mary?

Mary dudó solo un momento.

—Naturalmente —dijo enseguida—. Y le ruego que perdone que haya levantado la voz.

—Está olvidado —aseguró Malcolm, y cambió de tema—. Después del desayuno le mostraré la propiedad de la familia Ruthven. Quedará impresionada.

—Estoy convencida de ello.

—La familia de Ruthven se remonta a una tradición de siglos, hija —explicó Eleonore en un tono que Mary encontró algo irritante—. Conservar estas tradiciones y preservar la propiedad y la posición de nuestra familia constituye la más elevada responsabilidad de mi hijo.

—Naturalmente, madre —dijo Malcolm—. Pero, por favor, no aburras a mi futura esposa con informaciones áridas. Preferiría hablarle de los maravillosos progresos que hemos realizado en nuestras tierras en los últimos años. Ahí donde mi padre, que en paz descanse, todavía arrendaba la tierra a los campesinos, cuyos diezmos apenas bastaban para cubrir los costes, hoy se obtienen elevados beneficios.

—¿De qué modo? —quiso saber Mary.

—Cría de ovejas —se limitó a decir Malcolm.

—¿Se dedican a la cría de ovejas?

—No, hija, no nosotros —dijo Eleonore, y su tono revelaba que la pregunta le parecía de una absurdidad difícil de superar—. Solo ponemos nuestras tierras a disposición de los criadores de ovejas del sur, que pagan bien para que les dejemos apacentar a su ganado en ellas.

—Comprendo —replicó Mary pensativamente—. Perdone la pregunta, que seguramente le parecerá ingenua..., pero ¿qué ha ocurrido con los campesinos que trabajaban estas tierra en época de su padre?

—Se han trasladado —dijo Malcolm, encogiéndose de hombros—. A la costa.

—¿Abandonaron el país de forma voluntaria?

—No exactamente. —El laird rió—. Los menos de entre ellos fueron suficientemente razonables para marcharse voluntariamente; pero no pocos debieron ser obligados por la fuerza, y algunos particularmente testarudos tuvieron que ver cómo sus casas ardían sobre sus cabezas antes de llegar a convencerse de que mi decisión era irrevocable.

Perpleja, Mary miró a su prometido.

—¿Expulsó de su hogar a estas personas? ¿Lo considera justo?

—Es el progreso, hija mía. El progreso raramente es justo. En todo caso no para los mendigos y los campesinos, ¿no cree?

De nuevo rió. Mary no pudo dejar de sentir que había algo pérfido y malicioso en su risa. Con amargura recordó lo que el viejo escocés le había contado, en el Jedburgh Inn, sobre los reasentamientos, y de pronto tuvo la sensación de que Malcolm se divertía a costa del anciano.

—Perdone, apreciado laird —replicó fríamente—, pero me temo que no tiene idea de lo que está hablando.

La engreída risa de Malcolm de Ruthven cesó, y tanto él como su madre le dirigieron una mirada escrutadora y cargada de reproches.

—¿Qué quiere decir con esto, mi apreciada Mary?

—Quiero decir que no sabe qué es ser expulsado de su país de nacimiento y verse forzado a empezar de nuevo en una tierra extraña. No sabe cuánto valor se necesita para eso, y no tiene ni idea de la miseria a que ha lanzado a esas pobres gentes.

El color de la cara de Eleonore cambió visiblemente; su rostro se encendió de ira, y la pálida tez de la señora del castillo se tiñó de rosa. La mujer tomó aire para reprender a Mary con brusquedad, pero su hijo la contuvo.

—Si me lo permites, querida madre —dijo—, me gustaría contestar a eso y explicárselo a Mary.

—¿Existe alguna explicación que pueda justificar semejante injusticia? —Mary levantó las cejas—. Tengo que reconocer que siento curiosidad.

Malcolm volvió a reír, pero su risa ya no sonaba tan satisfecha y fatua como antes.

—Mi querida Mary, por lo que dice, podría parecer que ha pasado las últimas semanas en compañía de escoceses rebeldes. Las universidades de Edimburgo y Glasgow están llenas de jóvenes fanáticos que echan pestes contra las Clearances e invocan el espíritu de los viejos tiempos, en los que eran libres y la tierra en que vivían aún les pertenecía.

—¿Y? —se limitó a preguntar Mary.

—La verdad, mi querida amiga, es que el país nunca perteneció realmente a esta gente. Somos nosotros, los señores de los clanes, los que desde hace siglos tenemos el poder en nuestras manos. A nosotros pertenece la tierra en que viven estas personas. Durante todo este tiempo les hemos soportado, aunque nunca consiguieran sacudirse de encima el polvo de la pobreza y prosperar con los frutos que arrancaban al pobre suelo. En los actuales tiempos de progreso, todo esto ha cambiado. La gente abandona sus cabañas de barro de las Highlands y se traslada a la costa, porque allí encuentran trabajo y bienestar. La pesca tiene una gran necesidad de hombres capaces, y las tejedurías emplean a cientos de mujeres como fuerza de trabajo. Por ello se les paga un salario justo, y el progreso no queda reservado ya a solo a unos pocos. Esta gente nunca será como usted y como yo, apreciada Mary. No son nada, y no tienen nada, y su nombre es como humo que se desvanece en el viento. Pero gracias a las medidas que ha adoptado el gobierno, en colaboración con los lairds y los duques, ahora el bienestar estará al alcance de todos. ¿Sabía que la mayoría de esos pilletes que crecen en granjas apartadas no saben ni leer ni escribir? ¿Que la ayuda médica más próxima a menudo está a días de viaje y que por eso muere mucha gente? Todo esto cambiará, Mary, gracias al progreso.

Malcolm dejó de hablar, y Mary permaneció sentada en silencio. No sabía qué debía replicar, y se avergonzaba de haber juzgado de un modo tan rápido y precipitado. Posiblemente lo que había vivido en Jedburgh había enturbiado su capacidad de juicio, y también su propia situación debía de haber contribuido a que se sintiera más afectada por el destino de los *highlanders* expulsados de su tierra de lo que realmente correspondía.

Tal vez Malcolm tuviera razón; tal vez para los hombres de las tierras altas fuera efectivamente mejor trasladarse a la costa. Era algo parecido a lo que ocurre con los niños, que no saben aún qué es bueno para ellos y sus padres tienen que decidir en su lugar. Como señor de las tierras que ocupaban, Malcolm había decidido por esa gente. Seguro que la decisión no había sido fácil, y ahora Mary se avergonzaba un poco de haber sospechado que solo perseguía su propio beneficio.

—Le ruego —dijo, bajando humildemente la cabeza— que disculpe mis palabras petulantes e irreflexivas. Me temo que todavía tengo mucho que aprender sobre mi nuevo hogar.

—Y yo la ayudaré encantado a hacerlo —replicó Malcolm sonriendo—. Sígame, Mary. Quiero enseñarle todo lo que constituye mi patrimonio...

2

—¿Ningún resultado concreto aún?

Walter Scott estaba tan enojado que casi se atragantó al hablar. Quentin no pudo evitar la comparación con una fiera encerrada en una jaula al ver a su tío paseando de ese modo, con las manos a la espalda, de un lado a otro de su despacho.

—Ya hace una semana que persigue usted a esos asesinos, inspector, ¿y todo lo que tiene que decirme es que aún no hay ningún resultado concreto?

Charles Dellard se encontraba de pie en el centro de la habitación. Su uniforme tenía el mismo aspecto correcto de siempre y las botas de montar negras relucían. Sin embargo, los rasgos angulosos del inspector habían perdido un poco de su seguridad.

—Le pido perdón, sir —dijo en voz baja—. Por desgracia, nuestras investigaciones no nos permiten avanzar como esperábamos.

—¿No? —Scott se dirigió hacia su huésped con el mentón apuntando al frente. Quentin temió por un momento que su tío pasara a las manos—. ¿No decía que le faltaba poco para atrapar a las personas que se encontraban tras estos ataques?

—Posiblemente —reconoció Dellard apretando los dientes— eso fue un error.

—¡Un error! —Scott bufaba como un toro. Quentin no

recordaba haber visto nunca a su tío tan exaltado—. Este error, apreciado inspector, ha trastornado a mi familia y a toda la casa. Pasamos un miedo terrible esa noche. Y sin la intervención arrojada y valerosa de este joven —Scott señaló a Quentin—, tal vez habría ocurrido algo peor.

—Lo sé, sir, y le ruego que acepte mis disculpas.

—Con todo el respeto que me merecen sus disculpas, tengo que decir que no disminuyen el peligro, inspector. Exijo que haga su trabajo y atrape a esos bandidos que atacaron y amenazaron mi hogar.

—Eso intento precisamente, sir. Por desgracia, mis hombres y yo hemos perdido las huellas que seguíamos. Son cosas que suceden a veces.

—Tal vez sea porque han seguido las huellas equivocadas —replicó sir Walter agriamente—. En varias ocasiones le he señalado los indicios con los que mi sobrino y yo habíamos tropezado, pero usted se ha negado a aceptar ninguna ayuda. Allí fuera —y señaló hacia la gran ventana, tras la que podía contemplarse la otra orilla del río— se encuentra la incontrovertible prueba, marcada a fuego en el suelo, de que durante todo este tiempo teníamos razón en nuestras suposiciones. Existe una relación entre los ataques de las últimas semanas y el signo rúnico, Dellard, tanto si le gusta como si no.

El inspector asintió lentamente, y luego caminó hacia la ventana y miró hacia fuera. Aunque había pasado casi una semana desde el asalto, aún podía verse el lugar donde había ardido el signo en la maleza de la orilla. Una hoz como la de la luna, cruzada por un trazo rectilíneo.

Scott, que apenas podía contener su furia y su decepción, se colocó a su lado.

—Desde esa noche, mi esposa está completamente fuera de sí, Dellard. La persiguen pesadillas en las que aparecen jinetes enmascarados con capas negras que atentan contra su vida. Esto tiene que acabar, ¿me ha entendido?

—¿Qué espera de mí? No soy médico. No puedo hacer nada contra las pesadillas de su esposa.

—No, pero puede eliminar las causas que las provocan. Me aconsejó que permaneciera en Abbotsford, y yo me atuve a su consejo, Dellard. Pero eso solo hizo empeorar las cosas, porque sirvió únicamente para atraer a mis enemigos. Estos cobardes asesinos me han perseguido hasta aquí, hasta mi propia casa, y no había nadie para proteger a los míos.

—Lo sé, sir, y lo lamento. Yo le...

—Yo le pedí que destinara algunos hombres a la protección de Abbotsford, pero también eso lo rechazó. Estaba tan seguro de sí mismo y de su absurda teoría que perdió de vista todo lo demás. Faltó poco para que sucediera una catástrofe.

Dellard se puso rígido, sus rasgos se endurecieron aún más. Estoico como una estatua, dejó que los reproches de sir Walter cayeran sobre él sin mostrar ninguna reacción.

—Sir —dijo finalmente—, está en su derecho de estar furioso conmigo. En su lugar tal vez también yo lo estaría, y no podría censurarle si enviara otra carta a Londres para quejarse de mí y del modo en que dirijo este asunto. No dudo que concederán crédito a sus palabras y que en la corte, en consideración a su posición como secretario del Tribunal de Justicia y a su fama, le darán la razón. Por eso me adelantaré a los acontecimientos y yo mismo dimitiré de mi función de inspector investigador. A partir de este momento, el sheriff Slocombe es de nuevo el responsable de los asuntos del distrito.

—¿Demonios, qué clase de hombre es usted, Dellard? ¿Es ese su concepto del honor? ¿Marcharse cuando las cosas se ponen difíciles?

—Bien, sir, había supuesto que usted insistiría en mi despido, y consideraba una prueba de honor...

—¡Con todo el respeto para su honor, Dellard —exclamó sir Walter—, no me importaría que, para variar, hiciese uso de su entendimiento! Ha cometido errores, eso está claro, pero sigo considerándole un investigador capaz, por más que esté lejos de aprobar sus métodos. No quiero que se vaya; exijo que continúe con las investigaciones. Quiero que atrape a los autores de estos cobardes atentados y los lleve ante la justicia. Entonces mi mujer volverá a conciliar el sueño y todos respiraremos tranquilos. Pero espero que en el futuro incluya en sus investigaciones todos los indicios, incluido el enigmático signo de ahí fuera.

Dellard se volvió y miró de nuevo hacia el exterior.

—No quería creerlo —dijo en voz baja—. No quería admitir la posibilidad de que el incendio en la biblioteca y la runa de la espada estuvieran relacionados.

—¿Por qué no? —preguntó sir Walter, antes de que un nuevo interrogante surgiera en su mente—. ¿Y cómo es que conoce el significado de este signo? —añadió—. Si no recuerdo mal, nunca se lo mencioné…

—¿Que cómo lo conozco…? —Dellard se sonrojó. Parecía ser consciente de que había cometido un error—. Bien… es un hecho por todos sabido, ¿no? —objetó.

—En realidad no. —Sir Walter sacudió la cabeza—. Esta runa tiene una antigüedad de siglos, tal vez incluso de milenios, inspector. Con excepción de Quentin y de mí, hasta ahora solo había otra persona que conociera su significado en Kelso.

—Y por esa persona lo he sabido —dijo Dellard rápidamente—. Habla del abad Andrew, ¿no es cierto? Sí, los monjes parecen tener algún antiguo secreto que proteger, o esa impresión tuve yo al menos.

—¿De modo que ya se había informado sobre la runa?

—¿Y por qué debería haberlo hecho? Al fin y al cabo, no creía que hubiera ninguna relación entre ella y este caso.

—Pero habló acerca de ella con el abad.

—Sí, lo hice. Como acerca de muchas otras cosas. ¿Acaso debo rendirle cuentas ahora de con quién hablo y acerca de qué?

—No, inspector, pero exijo lealtad. Dígame, ¿por qué le

preguntó al abad Andrew sobre la runa? Y ¿qué le dijo el monje sobre ella?

—Que era un signo muy antiguo, que posiblemente había sido utilizado hacía muchos cientos de años por una secta pagana.

—¿Una secta? —Sir Walter le dirigió una mirada inquisitiva—. ¿Eso dijo?

—Eso o algo parecido, no puedo recordar las palabras exactas. De todos modos, no me pareció que esas cosas pudieran ser importantes para mis investigaciones.

—Bien, inspector —dijo sir Walter, recalcando cada palabra—, ahora ya debe de haber comprendido que en este punto se equivocó. La runa, le guste o no, está directamente relacionada con los acontecimientos de Kelso y con el asalto a mi casa. De modo que debería empezar por ampliar sus investigaciones en esta dirección.

—Así lo haré, sir, pero no creo que eso nos conduzca a ninguna parte. Aunque partamos de la base de que los criminales forman parte de algún tipo de secta, en la práctica no sabemos nada sobre ellos. No dejan huellas, y su rastro se pierde en la oscuridad del bosque. Casi podría creerse que tenemos que habérnoslas con aparecidos.

Scott notó que Quentin se estremecía. Él, por su parte, ni siquiera parpadeó.

—Los aparecidos —dijo tranquilamente— no suelen montar a caballo, mi apreciado inspector. Y por lo que se dice, también son extremadamente insensibles a las balas de plomo. El hombre al que mi sobrino disparó en defensa propia aquella noche no era un aparecido, sino un ser de carne y hueso.

—Sobre cuya identidad, de todos modos, no sabemos nada. Los interrogatorios en la vecindad no han aportado ningún resultado —replicó Dellard—. Nadie parece conocer a este hombre. Es como si fuera un fantasma venido de otro mundo.

—O como si viniera sencillamente de otra región —replicó sir Walter, que había percibido la expresión de susto en el rostro de Quentin—. Le agradecería, inspector, que limitara sus investigaciones al aquí y al ahora. Me da la sensación de que ya tendrá bastante trabajo con eso. No se necesitan explicaciones sobrenaturales para llegar al fondo de estas cosas.

—¿Ah sí? ¿Usted cree? —Dellard dio un paso adelante y habló en un cuchicheo ronco—. Hace pocos días también yo habría dicho lo mismo, pero cuanto más descubro sobre este extraño caso, más me parece que aquí ocurre algo raro.

—¿Qué quiere decir, inspector? —preguntó Quentin, que no podía contenerse por más tiempo.

—Misteriosos signos rúnicos que brillan en la noche, asociaciones secretas paganas que celebran rituales antiquísimos, jinetes enmascarados cuyas huellas se pierden en la nada y que no pueden ser perseguidos. No sé qué le parecerá a usted, señor Quentin, pero yo encuentro todo esto muy insólito.

Sir Walter no reaccionó. En lugar de eso miró inquisitivamente al inspector, tratando de descubrir qué pensamientos se ocultaban tras los rasgos pálidos y severos del inglés.

—¿Qué más sabe? —dijo con calma—. ¿Qué más le ha contado el abad Andrew?

—¿Qué quiere decir?

—Presiento que nos oculta algo, inspector. Que no nos dice toda la verdad. Desde hace ya cierto tiempo tengo la sensación de que sabe más de lo que quiere admitir ante nosotros, y le rogaría que acabara de una vez con este juego de ocultaciones. Después de todo lo que ha ocurrido, creo que mi sobrino y yo tenemos derecho a la verdad.

Quentin asintió con la cabeza, aunque en realidad no estaba muy seguro de querer escuchar la verdad. Posiblemente era mejor que algunas cosas permanecieran ignoradas, que algunas verdades no llegaran a ser pronunciadas.

Charles Dellard no respondió enseguida. Por un instante, que a Quentin se le hizo eterno, el inspector hizo frente a la mirada inquisitiva de sir Walter sin parpadear.

—Lo lamento, sir —dijo finalmente—, si debido a errores que he cometido en el pasado, he perdido su confianza. Si ese es su deseo, seguiré trabajando en el caso y haré todo lo que esté en mi mano para recuperar la confianza perdida. Pero eso es lo único que puedo aportar por mi parte. Usted, sir, deberá aprender también a confiar de nuevo; en caso contrario, las suspicacias y el recelo le devorarán lentamente. Como es natural, no puedo forzarle a adoptar esta actitud, y es usted libre de seguir reflexionando por su cuenta sobre este caso y los acontecimientos relacionados con él. Pero debo prevenirle: si sigue ocupándose de ello, lo perderá todo.

—¿Es esto una amenaza? —preguntó sir Walter.

—Naturalmente que no, sir. Solo una sencilla conclusión. Si no se mantiene al margen de estos asuntos, pronto no podrá pensar ya en nada más. Su trabajo se resentirá por ello, y también su familia. La idea de ser perseguido no le abandonará en todo el día e incluso de noche le visitará en sus sueños. Será lo primero que le venga a la cabeza por la mañana, cuando se despierte de un sueño intranquilo, y lo último que piense antes de ir a dormir. Créame, sir, sé de qué hablo.

La mirada que el inspector dirigió a sir Walter era imposible de descifrar, pero por primera vez Quentin tuvo la impresión de que su tío no era el único en la habitación que tenía que arrastrar una pesada carga.

—Libérese de esto, sir —dijo Dellard en voz baja, casi en tono conspirativo—. No puedo forzarle a que confíe de nuevo en mí, pero en interés de su familia y de sus seres queridos, debería hacerlo. Se lo aconsejo con la mejor intención, sir. Y ahora perdónenme, señores. Tengo que hacer.

Con cortesía militar, Dellard dio un taconazo e insinuó una reverencia; luego dio media vuelta y abandonó la habitación. Uno de los sirvientes, que esperaba fuera, le condujo hasta la puerta.

Durante un rato reinó el silencio en el despacho. Quentin, profundamente impresionado por las palabras del inspector, tenía la sensación de que debía decir algo pero no se le ocurría nada apropiado, y se sintió aliviado cuando finalmente su tío rompió el silencio.

—Un hombre extraño, ese inspector —murmuró sir Walter pensativamente—. Por más que me esfuerzo, no acabo de comprenderle.

—Es inglés —sentenció Quentin con cierta candidez, como si aquello lo explicara todo.

—Lo es, sí. —Sir Walter no pudo evitar una sonrisa—. Y eso puede explicar algunas de sus peculiaridades, pero ni mucho menos todas. Cada vez que nos encontramos me sorprende de nuevo.

—¿En qué sentido, tío?

—Por ejemplo, dejando ver que no es una hoja en blanco. También él parece perseguido por sus demonios, lo que podría explicar algunas cosas.

—¿Demonios? —preguntó Quentin, asustado.

—En sentido figurado, muchacho. Solo en sentido figurado. La advertencia que me ha hecho era sincera. O al menos, eso supongo.

—Entonces ¿seguirás su consejo?

—No he dicho eso, querido sobrino.

—Pero ¿no crees que Dellard tiene razón?

—Desde luego que lo creo, muchacho. Lo creo porque lo vivo cada día. Es cierto: la muerte de Jonathan y los acontecimientos posteriores me persiguen hasta en mis sueños. Y por la mañana son lo primero en que pienso.

—Entonces ¿no sería mejor olvidar el asunto?

—No puedo olvidarlo, Quentin. Posiblemente hace solo unos días aún habría estado dispuesto a hacerlo; pero hoy ya no. No después de que esa gente haya atacado mi residencia. Al hacerlo traspasaron un límite que no deberían haber cruzado.

—De modo que... ¿no dejaremos el asunto en manos del inspector?

—Al contrario. Dellard puede hacer lo que considere conveniente, pero también nosotros proseguiremos con nuestras indagaciones.

—¿Dónde, tío?

—En el mismo lugar donde ya hemos solicitado información en dos ocasiones y no nos la han proporcionado: en el monasterio de Kelso. Parece que con el inspector el abad Andrew fue algo más hablador que con nosotros. Sigo estando convencido de que el abad sabe qué se oculta tras el signo rúnico. Dellard ha hablado de una secta pagana; posiblemente ahí se encuentre la clave de todo. Pero tengo que estar seguro.

—Comprendo, tío. —Quentin asintió no muy convencido. Durante un brevísimo instante una idea aterradora cruzó por su mente.

¿Y si ya había empezado? ¿Y si las palabras de Dellard ya se habían hecho realidad, y la desconfianza y el recelo habían empezado a minar interiormente a sir Walter? ¿Era posible que la manía persecutoria hubiera hecho presa en él? Al fin y al cabo, el señor de Abbotsford estaba a punto de lanzarse en persecución de una ominosa secta. ¿Era normal en un hombre cuya pasión era la ciencia y que se enorgullecía, por encima de todo, de su racionalidad?

Quentin apartó enseguida aquella idea de su pensamiento. Claro que la muerte de Jonathan había conmocionado profundamente a su tío, pero eso no significaba que no supiera qué hacía. Un instante después, Quentin ya se avergonzaba de sus pensamientos y creyó que debía desagraviar de algún modo a sir Walter.

—¿Cómo puedo ayudarte, tío? —preguntó.

—Yendo a Kelso en mi lugar, sobrino.

—¿A Kelso?

Sir Walter asintió.

—Escribiré una carta al abad Andrew solicitándole que te deje investigar en los libros que pudieron ser salvados de la biblioteca. Le comunicaré que has tomado el relevo de Jonathan y que debes recopilar para mí datos para una nueva novela.

—¿Quieres escribir una nueva novela, tío? ¿Ya está acabada la otra?

—De ningún modo, es solo una excusa. Una astucia a la que tenemos que recurrir porque me temo que nos están ocultando la verdad. En realidad aprovecharás esa oportunidad para tratar de encontrar en la librería del abad Andrew otros indicios, muchacho, indicios sobre la runa de la espada y la enigmática secta de la que ha hablado Dellard.

Quentin se quedó con la boca abierta, estupefacto.

—¿Debo ir a espiar, tío? ¿A un monasterio?

—Solo debes compensar un poco la ventaja que nos llevan —expresó diplomáticamente sir Walter—. El abad Andrew y el inspector Dellard no muestran sus cartas, y no pueden esperar que nosotros lo aceptemos sin más. Es evidente que ocultan un secreto, y después de todo lo que ha ocurrido, pienso que deberían compartir sus conocimientos con nosotros. Al fin y al cabo, no es su vida la que está amenazada, sino la nuestra, y no se trata de su casa y su hogar, sino del mío. Y haré todo lo que sea necesario para protegerlo. ¿Me ayudarás en esto?

Quentin no tuvo necesidad de reflexionar, aunque actuar como espía en la comunidad de Kelso no le entusiasmaba precisamente.

—Claro, tío —aseguró—. Puedes confiar en mí.

—Muy bien, muchacho. —Sir Walter sonrió—. El abad Andrew y Dellard deberían saber que la verdad nunca se puede ocultar por mucho tiempo. Más pronto o más tarde saldrá a la luz.

3

Los cascos de los caballos se despegaban con un blando chapoteo del fango que cubría la carretera. Las ruedas del carruaje rodaban lentamente sobre el suelo viscoso.

Había empezado a llover, pero eso no había detenido a Malcolm de Ruthven, que había decidido salir, de todos modos, con su prometida para mostrarle sus terrenos y su propiedad, que se extendía bajo una capa de opresivas nubes grises.

A través del lechoso velo de lluvia, Mary de Egton podía ver las colinas de un verde pálido entre las que corría la estrecha carretera. Las ovejas pastaban en los prados; para protegerse del tiempo desapacible, los animales se habían refugiado en las depresiones del terreno y se apretaban estrechamente los unos contra los otros.

Durante el viaje apenas habían hablado; Mary miraba fijamente por la ventana del carruaje y simulaba maravillarse ante el vasto paisaje, aunque en realidad solo trataba de evitar una conversación con Malcolm.

No podía decirse que su primer encuentro en el salón del desayuno hubiera transcurrido armónicamente. Por más que Mary se hubiera propuesto enfrentarse a su prometido sin prejuicios e iniciar confiada ese nuevo capítulo de su vida, la joven no había podido contenerse cuando se habían puesto frívolamente en cuestión cosas que ella consideraba incontestables. Su interés por la historia y la literatura, su simpatía por las cosas sencillas y honradas, su marcado sentido de la justicia; todo eso se consideraba, al parecer, algo indeseable en el castillo de Ruthven. Ni su futuro esposo ni su madre parecían valorar particularmente las cualidades que más enorgullecían a Mary. No era una personalidad independiente y libre lo que ellos querían, sino un ser sin voluntad y sin sangre que se sometiera a la etiqueta y al que pudiera llevarse de la cuerda como a una de esas ovejas que pastaban en esas tierras.

Aunque Mary lamentaba lo ocurrido, no se arrepentía de haberles contradicho. En realidad, después del desayuno la joven había querido retirarse a su habitación para encontrarse un rato a solas consigo misma, pero Eleonore había insistido en que acompañara a Malcolm en su inspección. Por lo visto pensaba que Mary vería con más simpatía a su futuro esposo en cuanto conociera la amplitud de sus posesiones.

A ojos de Mary, aquello equivalía a una ofensa.

Posiblemente algunas hijas de la nobleza pensaban de ese modo; mujeres para las que la máxima felicidad en la vida consistía en casarse con un rico laird que satisficiera todos sus deseos materiales. Pero Mary era distinta, y por más que se hubiera esforzado en negárselo a sí misma, ya no podía conseguirlo. En secreto había esperado que Malcolm de Ruthven fuera el hombre de sus sueños, un compañero que la tratara con respeto, como a una igual, que compartiera sus deseos y anhelos, y con el que pudiera conversar sobre las cosas que la cautivaban. Pero la verdad era distinta, amarga y áspera como el clima de esta tierra: Malcolm de Ruthven era un aristócrata de corazón frío que parecía apreciar por encima de todo su posición y sus posesiones. Lo que interesara a su futura esposa le era completamente indiferente.

—Y bien, querida —preguntó el laird con una perfecta pero fría cortesía—, ¿qué le parece? ¿Mis tierras son de su agrado? Todo esto pertenece a mi familia, Mary. Desde aquí hasta Bogniebrae, y más allá hasta Drumblair.

—El paisaje es precioso —respondió Mary en voz baja—. Aunque un poco triste.

—¿Triste? —El laird levantó sus finas cejas—. ¿Cómo puede ser triste un paisaje? Solo son colinas, árboles y prados.

—Con todo, de él irradia un sentimiento. ¿No lo siente usted, Malcolm? Esta tierra es antigua, muy antigua. Ha visto y vivido mucho, y está de duelo.

—¿De duelo, por qué? —preguntó el laird ligeramente divertido.

—Por los hombres —dijo Mary en voz baja—. ¿No le llama la atención? No hay hombres en sus tierras. Están vacías y tristes.

—Y así está bien. Demasiado nos ha costado expulsar a esa chusma campesina de nuestros terrenos. ¿Ve las ovejas allí, Mary? Son el futuro de nuestra tierra. Quien no quiera darse cuenta se cierra ante el progreso y nos perjudica a todos.

Mary no replicó nada. No quería iniciar de nuevo aquella desagradable discusión. En lugar de eso siguió mirando por la ventana, y para su alegría, descubrió entre las colinas de un color verde grisáceo algunos tejados desde cuyas chimeneas ascendía humo hacia el cielo.

—¡Mire allí! —dijo—. ¿Qué es eso de ahí arriba?

—Cruchie —replicó Malcolm, y por el tono en que lo dijo parecía haber descubierto un forúnculo purulento en su cara—. Un montón de piedras inútiles.

—¿No podríamos ir? —pidió Mary.

—¿Para qué? No hay nada que ver.

—Se lo ruego. Me gustaría ver cómo vive la gente aquí.

—Está bien. —Era evidente que el laird no estaba muy entusiasmado por la propuesta—. Si insiste, sus deseos se verán cumplidos, querida Mary.

Con el puño plateado de su bastón, que llevaba como signo de su dignidad nobiliaria, Malcolm golpeó dos veces en la parte frontal del carruaje para indicar al cochero que torciera en la siguiente encrucijada.

El vehículo se arrastró pesadamente por la carretera, que ascendía en suave pendiente. Cuanto más se acercaba el carruaje al pueblo, mejor podían distinguirse los detalles a través del velo de lluvia.

Eran casas sencillas, construidas en piedra natural, como las que Mary había visto en los pueblos que había atravesado durante su viaje. Pero aquí los tejados no estaban cubiertos de tejas sino de paja, y no había vidrios en las ventanas; andrajos de cuero y lana colgaban ante ellas, y las inmundicias que yacían esparcidas por la calle mostraban que los habitantes de Cruchie no vivían precisamente en el desahogo.

—Me habría gustado ahorrarle esta visión —dijo Malcolm despreciativamente—. Estas gentes viven como ratas entre su propia porquería y sus viviendas no son más que cuchitriles miserables. Pero pronto acabaré con esta penosa situación.

—¿Qué tiene intención de hacer? —preguntó Mary.

—Me encargaré de que este maldito poblacho desaparezca del mapa. Dentro de unos años, nadie sabrá ya dónde se encontraba. En este lugar no quedará piedra sobre piedra, y las ovejas pastarán donde esos jornaleros ocupan aún mis tierras.

—¿De modo que también quiere hacer desalojar el pueblo?

—Así es, querida. Y en cuanto vea a las criaturas andrajosas que viven en estas cabañas, convendrá conmigo en que eso es lo mejor que les podría ocurrir.

El carruaje se acercó a las casas, y entonces Mary pudo ver también a las figuras agachadas en las entradas de las cabañas. «Andrajosas» no era la palabra. Los habitantes de Cruchie llevaban menos que harapos en torno al cuerpo, eran solo jirones de lino y lana, desteñidos y rígidos por la suciedad. Sus rostros estaban consumidos y tenían la piel pálida y manchada por las privaciones que habían tenido que soportar. Mary no podía ver sus ojos, porque, en cuanto el carruaje se acercaba, todos, hombres, mujeres y niños, bajaban la mirada.

—Estas personas se mueren de hambre —constató Mary cuando pasaron ante ellos. Al contemplar la miseria de esta gente, un escalofrío le recorrió la espalda.

—Así es —confirmó Malcolm sin vacilar—, y es su propia estupidez e irracionalidad la que les condena a este destino. En varias ocasiones les he ofrecido que se trasladaran a la costa, pero sencillamente no querían irse de aquí. Y sin embargo, lo que esos haraganes sacan de la tierra no alcanza para llenarles el estómago, ni tampoco para que me paguen el arriendo. ¿Comprende ahora lo que trataba de decirle? A esta gente no podría sucederle nada mejor que encontrar un nuevo hogar y un trabajo. Pero, por desgracia, no quieren verlo así.

Mary no replicó. El carruaje pasó ante una cabaña con el techo medio hundido. En la entrada vio a dos niños, un chiquillo y una niña pequeña, con el pelo enmarañado y lleno de mugre y vestidos con jirones de ropa sucios y agujereados.

Justo en el momento en que el carruaje pasaba ante ellos, el niño miró hacia arriba, y aunque la niña le cogió con fuerza de la manga y le indicó que volviera a bajar la mirada, él no lo hizo. En lugar de eso, una tímida sonrisa se dibujó en sus rasgos pálidos cuando vio a Mary, y levantó su manita para saludarla.

La niña se asustó al verlo y corrió al interior de la casa. Pero Mary, que había encontrado al chiquillo encantador, le devolvió la sonrisa y también le saludó con la mano. La niña volvió, y con ella su madre, y Mary pudo ver reflejado el espanto en el rostro de la mujer. La madre lanzó un grito a su hijo, lo sujetó y quiso retirarlo de la calle, pero entonces vio a la dama del carruaje que le sonreía amablemente y la saludaba. Estupefacta, la mujer soltó a su hijo, y tras un instante de duda, una sonrisa asomó también en sus rasgos macilentos. Por un instante pareció que un rayo de sol había atravesado las espesas nubes y había llevado un poco de luz a las tristes vidas de aquellas personas.

Un momento después, el carruaje había pasado de largo,

y Malcolm, que había estado mirando hacia el otro lado, vio lo que hacía Mary.

—¡Pero cómo se le ocurre! —le espetó—. ¿Qué está haciendo?

Mary dio un respingo.

—Yo... solo saludaba a ese niño que estaba al borde de la calle...

—¡Esta conducta es del todo inapropiada! —la reprendió Malcolm—. ¿Cómo se atreve a ofenderme de este modo?

—¿Ofenderle? ¿Qué quiere decir con eso?

—¿Aún no lo ha comprendido, Mary? Usted es la futura esposa del laird de Ruthven, y como tal la gente debe respetarla y temerla.

—Mi querido Malcolm —replicó Mary sonriendo con calma—, la gente me respetará igualmente si de vez en cuando le regalo una sonrisa o saludo a los niños desde el carruaje. Y si con «temer» quiere decir que la gente debe desalojar la calle en cuanto yo me acerque, debo decirle con toda firmeza que no estoy dispuesta a hacerlo.

—¿Que... no está dispuesta a qué?

—No estoy dispuesta a presumir de gran señora ante estas personas —dijo Mary—. Soy una extranjera en esta tierra, y mi esperanza es que Ruthven se convierta en mi nuevo hogar. Pero esto solo ocurrirá si puedo vivir en armonía con esta tierra y sus gentes.

—Eso nunca será así —la contradijo Malcolm con decisión—. ¡No puedo creer lo que está diciendo, apreciada Mary! ¿Que quiere vivir en armonía? ¿Con este atajo de campesinos? Se parecen más a las bestias que a usted y a mí. Ni siquiera respiran el mismo aire que nosotros. Por eso la temerán y le mostraran respeto, como hacen desde siempre, desde que hace más de ochocientos años el clan de los Ruthven se adueñó de este territorio.

—¿Así pues, sus antepasados ocuparon estas tierras, apreciado Malcolm?

—Eso hicieron.

—¿Y con qué derecho?

—Con el derecho de aquellos a los que ha elegido el destino —replicó el laird sin dudar—. Pertenecer al clan de los Ruthven no es solo un don, Mary. Es un privilegio. Nos remontamos a una tradición que alcanza a los días de Bruce y a la batalla de Bannockburn, donde la libertad de nuestra tierra se conquistó con las armas. Estamos destinados a gobernar, querida. Cuanto antes lo comprenda, mejor.

—¿Se da cuenta? —dijo Mary suavemente—, precisamente esto nos diferencia. Yo preferiría creer que todos los hombres son iguales por naturaleza y que Dios solo dotó a algunos de poder y riqueza para que ayudaran a los débiles y los protegieran.

Malcolm la miró fijamente y durante un momento pareció no saber si debía reír o llorar.

—¿De dónde ha sacado eso? —preguntó por fin.

—De un libro —replicó Mary sencillamente—. Lo escribió un americano, y en él defiende la tesis de que todos los hombres son iguales por naturaleza y están dotados de los mismos valores y la misma dignidad.

—¡Ja! —El laird se había decidido por la risa, aunque no sonaba muy sincera—. ¡Un americano! ¡Por favor, apreciada Mary! Todo el mundo sabe que los colonos están locos. El reino ha hecho bien en dejarles marchar para que pudieran hacer realidad sus confusas ideas en otro lado. Ya verá adónde llegan con ellas; pero a usted, querida, la tenía por más inteligente. Tal vez debería apartar un poco la nariz de los libros. Una mujer hermosa como usted...

—¿Quiere decirme, por favor, qué tiene que ver mi aspecto con esto? —replicó Mary con atrevimiento—. ¿Quiere prohibirme la lectura, mi querido Malcolm? ¿Y convertirme en una de esas insulsas aristócratas que solo saben hablar de cotilleos de la corte y de vestidos nuevos?

Sus ojos brillaban, retadores, y Malcolm de Ruthven pareció llegar a la conclusión de que no tenía sentido pelearse con ella. En lugar de eso, se inclinó de nuevo hacia delante y envió una señal al cochero con su bastón.

Mary miró hacia fuera por la ventana y vio pasar árboles y colinas grises. No sabía qué la irritaba más: que su futuro esposo defendiera opiniones que ella consideraba anticuadas e injustas, o que de nuevo no hubiera podido dominarse y se hubiera dejado arrastrar por su temperamento.

Dejaron atrás la elevación de Cruchie, y la arboleda a lo largo de la carretera se hizo más densa. Aún llegaba menos luz que antes al interior del carruaje, y Mary tenía la sensación de que las oscuras sombras se hundían directamente en su corazón. Ningún calor irradiaba de esta tierra, y aún menos de los hombres a los que pertenecía. Malcolm estaba sentado inmóvil junto a ella, con su cara pálida rígida como una máscara de piedra. Mary estaba pensando con repugnancia en si debía disculparse ante él, cuando el laird indicó de pronto al cochero que detuviera el vehículo.

El carruaje se detuvo en medio del bosque, que rodeaba la carretera por ambos lados.

—¿Qué le parece, querida? —preguntó Malcolm, que había recuperado su habitual aspecto controlado e inabordable—. ¿Quiere que paseemos un rato?

—Encantada.

Mary sonrió tímidamente para comprobar si todavía estaba enfadado, pero él no respondió a su sonrisa.

Esperaron a que el cochero bajara, abriera la puerta y abatiera los escalones, y luego descendieron del coche. Mary notó que los pies se le hundían a medias en el suelo blando. El olor del bosque, aromático y mohoso al mismo tiempo, ascendió por su nariz.

—Pasearemos un poco. Espéranos aquí —indicó Malcolm al cochero, y avanzó con Mary por un estrecho sendero que serpenteaba entre los altos abetos y robles, adentrándose en la espesura.

—Todo esto me pertenece —dijo mientras caminaban—. El bosque de Ruthven se extiende desde aquí hasta el río. Ningún otro laird del norte es propietario de una extensión tan grande de terreno boscoso.

Mary no respondió, y durante un rato caminaron el uno junto al otro sin hablar.

—¿Por qué me dice esto, Malcolm? —preguntó Mary finalmente—. ¿Cree que no le valoraría si fuera menos rico y poderoso?

—No. —El laird se detuvo y le dirigió una mirada penetrante—. Se lo digo para que sepa apreciar debidamente unos privilegios y un poder que ha obtenido sin ninguna intervención por su parte.

—¿Sin ninguna intervención? Pero yo...

—No soy tonto, Mary. Puedo ver que no está usted de acuerdo con este arreglo. Que habría preferido quedarse en Inglaterra, en lugar de venir al norte para casarse con un hombre que ni siquiera conoce.

Mary no respondió. ¿Qué habría podido replicar? Cualquier protesta sería solo una pura manifestación de hipocresía.

—Puedo entenderla perfectamente —aseguró Malcolm—, porque a mí me sucede lo mismo que a usted. ¿Cree realmente que me agrada que me casen con una mujer que ni conozco ni amo? ¿Una mujer a la que no he visto en mi vida y que mi madre ha buscado para mí, como si fuera una mercancía expuesta en el mercado?

Mary bajó los ojos. Malcolm tenía que saber que la había ofendido, pero eso no parecía preocuparle.

—No, Mary —añadió secamente—. Yo estoy tan poco entusiasmado como usted por este acuerdo, que me impone unas ataduras que me coartan y me carga con unos deberes que no tendría por qué soportar. De modo que antes de compadecerse de sí misma, piense que no es la única que sufre por este arreglo.

—Comprendo —dijo Mary titubeando—. Pero dígame

una cosa, Malcolm; si tan contrario es a este acuerdo y a nuestro matrimonio, si en el fondo de su ser le resulta odioso y no puede imaginarse que en su vida pueda llegar a ver en mí sino a una mercancía que han elegido para usted, ¿por qué no se opone a los deseos de su madre?

—Eso podría venirle bien, ¿verdad? —replicó con una sonrisa cínica y cargada de maldad—. Entonces sería libre y podría volver a Inglaterra sin perder el honor. Porque así el único culpable sería yo, ¿no es eso?

—No, no —le aseguró Mary—, me ha entendido mal. Todo lo que quiero decir es que...

—¿Cree usted que es la única prisionera en el castillo de Ruthven? ¿Cree realmente que yo soy libre?

—Bien, usted es el laird, ¿no?

—Por gracia de mi madre —dijo Malcolm en un tono impregnado de sarcasmo—. Debería saber, Mary, que yo no soy un miembro legítimo de la casa de Ruthven. Mi madre me aportó al matrimonio al desposarse con el laird de Ruthven, mi apreciado antecesor y padrastro. Su hijo carnal murió en un misterioso accidente de caza. Una bala perdida le alcanzó y acabó con su vida. De este modo me convertí en laird cuando mi padrastro murió. Pero mientras mi madre siga viva, tengo que limitarme a administrar todo esto. Ella es la verdadera propietaria y señora de Ruthven.

—Eso... no lo sabía —dijo Mary en voz baja, mientras comprendía de golpe por qué Eleonore de Ruthven se mostraba tan arrogante y segura de sí misma.

—Ahora ya lo sabe. Y si a partir de este momento se siente aún menos inclinada a casarse conmigo, no podré censurarla por ello. Le aseguro que si estuviera en mi mano, la subiría al próximo coche que partiera de aquí y me libraría de usted lo más pronto posible. Pero no tengo elección, apreciada Mary. A mi madre se le metió en la cabeza que tenía que buscarme una mujer, y por alguna razón creyó que en usted había encontrado a la indicada. Yo tengo que inclinarme si quiero seguir siendo el laird de Ruthven y señor de estas tierras. Y usted, Mary, también se comportará conforme a sus deseos, porque no permitiré que ni usted ni nadie me arrebate lo que me corresponde por derecho.

El bosque que les rodeaba absorbía sus palabras y hacía que sonaran extrañamente apagadas. Mary permanecía inmóvil ante su prometido. Apenas podía creer que de verdad hubiera dicho todo aquello. Lentamente, muy lentamente, la idea de que no era, en realidad, más que una mercancía que habían vendido a buen precio en el mercado iba penetrando en su conciencia.

Sus padres habían despachado a la hija rebelde para que dejara de causarles problemas en Egton; Eleonore la había comprado para que su hijo tuviera una mujer y pudiera dar un heredero a Ruthven; y Malcolm, por último, la aceptaba como un mal necesario para conservar su posición y sus propiedades.

Mary luchó contra las lágrimas de decepción que ascendían desde lo más profundo de su ser, pero finalmente ya no pudo contenerse.

—Ahórreme sus lágrimas —dijo Malcolm con rudeza—. Es un trato ventajoso para ambas partes. Usted sale muy bien parada de este asunto, apreciada Mary. Recibe un buen nombre y una soberbia propiedad. Pero no espere de mí que la ame y la respete, aunque quieran arrancarme esta promesa.

Dicho esto, dio media vuelta y volvió, siguiendo el sendero, hacia el carruaje. Mary se quedó sola con sus lágrimas. Pensó que era una tonta por haberse engañado a sí misma de aquel modo.

Los días en Abbotsford y su encuentro con sir Walter Scott le habían devuelto la alegría de vivir, la habían hecho confiar en que el destino podía tenerle reservado algo más que una vida de cumplimiento del deber y sometimiento. Pero ahora comprendía cuán necia y vana había sido esta esperanza. El castillo de Ruthven nunca sería su hogar, y su futuro esposo no trataba de ocultar siquiera que ni la apreciaba ni sentía afecto por ella.

Ante Mary se extendía una vida de soledad.

Instintivamente pensó en las personas que había visto en Cruchie, en la expresión en el rostro de la joven madre. En ella se leía el miedo, y eso era justamente lo que sentía en este momento.

Puro miedo...

Cuando Mary volvió al castillo de Ruthven, Kitty no estaba allí. La habían enviado con la modista a Inverurie, para concertar una cita para Mary.

El hecho de que su doncella, que para ella era más una amiga que una sirvienta, no estuviera presente para consolarla con su carácter animado y despreocupado aumentó la melancolía de Mary.

Cansada, se dejó caer en la cama, que se encontraba en la parte frontal de la habitación, y la tristeza, el dolor y la decepción estallaron en su interior y se desbordaron sin que pudiera hacer nada por evitarlo; lágrimas amargas cayeron por sus mejillas y mojaron las sábanas.

Mary no habría podido decir cuánto tiempo permaneció así tendida. Al final, el torrente de sus lágrimas se secó, pero permaneció la desesperación. Aunque Malcolm había dejado más que claro su punto de vista, una parte de ella todavía se resistía desesperadamente a creer que aquello fuera todo lo que la vida podía ofrecerle. Era joven, hermosa e inteligente, se interesaba por el mundo en toda su rica variedad, ¿y su destino debía ser llevar una vida de triste sometimiento al deber como la esposa no amada de un laird escocés?

Un ruido interrumpió el curso de sus reflexiones. Alguien llamaba a la puerta de su habitación; primero tímidamente, y luego un poco más fuerte.

—¿Kitty? —preguntó Mary a media voz, mientras se sentaba y se frotaba los ojos enrojecidos por el llanto—. ¿Eres tú?

No recibió respuesta.

—¿Kitty? —preguntó Mary de nuevo, y se acercó a la puerta—. ¿Quién va? —quiso saber.

—Una sirvienta —respondieron en voz baja. Mary descorrió el cerrojo y abrió la puerta, que había cerrado antes para quedarse a solas con su dolor.

Una anciana se encontraba fuera.

No era muy alta, pero de los rasgos pálidos y arrugados de aquella figura encogida emanaba algo que imponía respeto. El largo cabello, que le llegaba hasta los hombros, de una blancura nívea, contrastaba intensamente con el vestido, negro como la pez. Instintivamente, Mary pensó en la figura oscura que había creído ver a su llegada, en la terraza del castillo de Ruthven…

—¿Sí? —dijo Mary indecisa. Aunque se esforzaba en ocultar que había llorado, su voz temblorosa y sus ojos enrojecidos la traicionaban.

La anciana miró nerviosamente hacia el corredor, como si temiera que alguien hubiera podido seguirla o la estuvieran escuchando.

—Hija mía —dijo en voz baja—, he venido para prevenirla.

—¿Para prevenirme? ¿Contra qué?

—Contra todo —replicó la mujer, que tenía un acento de las tierras altas áspero y marcado y una voz que crujía como el cuero viejo—. Contra esta casa y las personas que viven en ella. Y sobre todo contra usted misma.

—¿Contra mí misma?

La anciana hablaba en enigmas, y Mary estuvo tentada de creer que la mujer había perdido la razón. En su mirada, sin embargo, había algo que desmentía esta impresión; sus ojos brillaban como piedras preciosas, y en ellos había algo despierto y vigilante que Mary no pudo dejar de percibir.

—El pasado y el futuro se unen —continuó la anciana—. El presente, hija mía, es el lugar donde se encuentran. En este lugar sucedieron cosas terribles hace mucho tiempo, y volverán a ocurrir. La historia se repite.

—¿La historia? Pero...

—Debería abandonar este lugar. No es bueno para usted estar aquí. Es un lugar sombrío y maldito, que ensombrecerá su corazón. El mal está presente entre estos muros. Los espíritus del pasado se agitan; no les dejan descansar, y por eso volverán. Se avecina una tormenta como nunca conocieron las tierras altas. Si nadie la detiene, se propagará hacia el sur y abrazará todo el país.

—¿De qué estás hablando? —preguntó Mary.

El tono de la anciana y la forma en que la miraba le producían escalofríos. Había oído decir que los habitantes de las tierras altas honraban sus tradiciones y que en esta agreste región el pasado seguía vivo en muchos sentidos. El legado celta de sus antepasados constituía la base de una superstición que estas gentes cultivaban y que se transmitía de generación en generación. Sin duda, eso podía explicar algunas cosas...

—Váyase —susurró la anciana en tono conspirativo—. Debe irse, hija mía. Abandone este lugar tan pronto como pueda, antes de que la alcance el mismo destino que a...

Titubeó un instante y dejó de hablar.

—¿El mismo destino que a quién? —acabó Mary—. ¿De quién hablas?

De nuevo la anciana miró nerviosamente alrededor.

—De nadie —respondió luego—. Ahora tengo que irme. Piense en mis palabras.

Y dicho esto, dio media vuelta, se alejó apresuradamente por el corredor y desapareció en la esquina.

—¡Alto! ¡Espera! —gritó Mary, y salió corriendo tras ella.

Pero cuando llegó al recodo, la anciana ya había desaparecido.

Mary volvió, pensativa, a su habitación. Desde su partida de Egton habían ocurrido muchas cosas extrañas. El encuentro con el viejo en Jedburgh, el asalto al carruaje, el accidente en el puente, el encuentro con sir Walter, la siniestra conversación con Malcolm Ruthven... Si Mary reunía todo lo sucedido, daba efectivamente la sensación de que unos poderes siniestros habían entrado en acción y conducían su vida por extrañas vías. Pero, naturalmente, eso no tenía sentido. Por más que Mary respetara la veneración que sentían los habitantes de las tierras altas por su tierra y su historia, sabía que todo aquello eran solo supersticiones, el intento de dar un sentido a cosas que sin lugar a dudas no tenían ninguno.

¿Qué objetivo podía tener la cruel muerte de Winston en el puente? ¿Qué sentido tenía que se encontrara atrapada aquí, en el fin del mundo, y tuviera que casarse con un hombre que no la amaba y que la consideraba un cuerpo extraño en su vida?

Mary sacudió la cabeza. Ella era una romántica que quería creer que valores como el honor, la nobleza de sentimientos y la lealtad seguían existiendo, pero no era tan necia para dar crédito a historias de fantasmas y maldiciones sombrías. La supersticiosa anciana podía creer en todo aquello, pero no ella.

Y sin embargo, ¿por qué entonces no se desvanecía aquel miedo que sentía en lo más profundo de su corazón?

4

Quentin Hay no se sentía muy bien al pensar que habían mentido al abad de un monasterio. Aunque por suerte no había tenido que hacerlo él personalmente.

En una carta, sir Walter había solicitado al abad Andrew que permitiera el acceso de su sobrino a la biblioteca conventual, ya que debía realizar unas investigaciones urgentes sobre la historia de la abadía de Dryburgh y en Abbotsford no disponía del material necesario. El abad, visiblemente satisfecho al comprobar que sir Walter había cambiado de opinión y había abandonado su propósito de solucionar el enigma de la runa de la espada, había aceptado gustosamente.

Por eso Quentin se encontraba ahora sentado en la biblioteca, una habitación pequeña, pintada de blanco, que tenía solo una ventana por la que entraba la pálida luz del sol. A su alrededor, las paredes estaban cubiertas de estanterías en las que se acumulaban los libros: la mayoría de ellos eran escritos religiosos, pero también transcripciones de crónicas de Dryburgh, así como tratados sobre hierbas aromáticas y plantas medicinales que podían ser de utilidad en la vida cotidiana del convento. También los pocos volúmenes que no habían sucumbido al incendio habían encontrado un nuevo hogar en los estantes de la biblioteca de consulta. Sus cubiertas ennegrecidas aún despedían un olor acre a hollín y fuego.

El sobrino de sir Walter estaba sentado a una tosca mesa de lectura en el centro de la habitación y hojeaba una crónica conventual del siglo XIV. Traducir el latín en que estaba redactada la crónica le costaba cierto esfuerzo. Quentin no era ni mucho menos tan bueno como Jonathan cuando se trataba de examinar y descifrar escritos antiguos.

Naturalmente el joven no tenía tiempo suficiente para leer todas las crónicas conventuales, que en total ocupaban dos filas de estanterías, por ello su tío le había recomendado insistentemente que se concentrara solo en encontrar posibles referencias a la runa de la espada, así como cualquier alusión a una secta pagana.

Si el abad Andrew sabía efectivamente más de lo que admitía, podía significar que tanto la runa como la secta habían estado ya antes relacionados con los monjes de la orden. Y a partir de ahí se podía suponer también que existía algún indicio de ello en los antiguos registros. Aunque Quentin había alegado, en contra de esta suposición, que los monjes no podían ser tan necios para dejar las páginas correspondientes en las transcripciones si no querían que nadie tuviera conocimiento de ello, sir Walter había replicado que no debía menospreciarse el poder de la casualidad, y que esta a menudo acudía en ayuda de los hombres sedientos de sabiduría.

De todos modos no habría tenido ningún sentido querer hacer cambiar de opinión a sir Walter; de manera que Quentin se había conformado y ahora estaba ahí sentado, examinando página tras página, sin que ante su vista apareciera ninguno de los indicios que buscaba.

El trabajo era fatigoso, y al cabo de un buen rato Quentin ya no habría sabido decir cuánto hacía que estaba sentado ante la crónica. Solo los colores cambiantes de la luz del sol que llegaba desde fuera le indicaban que debían de ser ya algunas horas.

De vez en cuando se le cerraban los ojos, sin que pudiera hacer nada por evitarlo, y se rendía a un sueño que se prolongaba solo unos minutos. La fatiga de las últimas noches, en las que se había turnado con los sirvientes y el mayordomo para vigilar la propiedad, se dejó notar. Y cada vez que cedía al cansancio y se mecía en esa tierra de nadie entre el sueño y la vigilia, sus pensamientos abandonaban la biblioteca y volaban hacia el norte, hacia una joven llamada Mary de Egton.

¿Cómo debía de estar ahora? Seguro que a esas alturas ya habría conocido a su futuro esposo, un rico laird que le ofrecería todo lo que correspondía a una dama de su posición. Era muy probable que Quentin nunca volviera a verla; y sin embargo, le habría gustado tanto conocerla mejor, hablar con ella y explicarle cosas que ni siquiera su tío sabía... Podía imaginarse confiándoselo todo y encontrando comprensión en sus ojos dulces y afables. Solo el recuerdo de su tierna mirada le hacía estremecerse de felicidad.

Pero con el despertar volvía siempre el desencanto. Mary de Egton se había ido y no volvería. Quentin se esforzaba en convencerse de esa idea con una determinación implacable, pero volvía a caer en el éxtasis en los siguientes minutos de sopor.

De nuevo veía ante sí aquellos rasgos encantadores enmarcados por su cabello rubio. La veía mientras yacía en la cama dormida, como un ángel bajado del cielo para visitarle en la tierra. Cómo lamentaba no haber hablado más con ella, no haberle dicho lo que sentía...

Unas voces apagadas despertaron a Quentin de su sueño.

Abrió los ojos y necesitó un momento para recordar que no se encontraba en el cuarto de invitados de Abbotsford, sino en la biblioteca del abad Andrew. Ante él tampoco se encontraba la criatura más encantadora que nunca hubiera visto, sino un manuscrito encuadernado en piel de cerdo con una antigüedad de siglos.

Solo las voces que había oído en su sueño eran reales. Venían de al lado, del despacho del abad.

Primero Quentin no les prestó demasiada atención. Era

bastante frecuente que el abad Andrew recibiera visitas en su despacho, por regla general cuando sus hermanos de congregación habían acabado un trabajo o había que tomar alguna decisión que requería su aprobación. Como aquellos monjes de vida ascética consideraban que la conversación era algo superfluo, siempre intercambiaban únicamente las informaciones estrictamente necesarias y, por consiguiente, sus diálogos eran de corta duración.

Pero no sucedió así en este caso.

Por un lado, la conversación duraba bastante más tiempo de lo habitual, y por otro, los interlocutores habían hablado primero en un tono normal para luego bajar la voz de repente. Como si tuvieran que proteger un secreto que no debía llegar a oídos extraños.

Quentin empezó a sentir curiosidad.

Después de lanzar una mirada furtiva a la puerta que separaba la biblioteca del despacho del abad Andrew, se levantó. Las tablas del suelo eran viejas y quebradizas, de modo que tuvo que ir con cuidado para no delatarse al pisarlas. Con precaución se deslizó hasta la puerta, y aunque naturalmente sabía que no era correcto espiar las conversaciones de otras personas, se inclinó hacia delante y pegó la oreja a la madera para escuchar qué decían dentro.

Distinguió dos voces, que hablaban en un tono apagado. Una pertenecía indudablemente al abad Andrew, pero Quentin no fue capaz de identificar la otra; seguramente pertenecería a uno de los monjes del convento. Quentin no conocía suficientemente bien a los hermanos para poder decirlo con seguridad.

Primero apenas pudo entender nada. Luego, después de concentrarse, captó algunos retazos de conversación, y finalmente comprendió frases enteras...

—... No hemos recibido aún ninguna noticia. Es posible que ya se hayan reunido.

—Esto es muy inquietante —replicó el abad Andrew—.

Sabíamos que llegaría este momento, pero ahora que efectivamente se acerca, me siento verdaderamente preocupado. Nuestra orden soporta esta carga desde hace muchos siglos, y reconozco que en mi interior a menudo me he preguntado por qué debía confiársenos precisamente a nosotros.

—No se atormente, padre. No debemos desfallecer. No ahora. El signo ha aparecido. Y esto significa que el enemigo ha vuelto.

—¿Y si nos equivocamos? ¿Y si el joven vio el signo solo por casualidad, cuando aún no era el momento de que fuera descubierto?

Quentin se quedó rígido. ¿Estaban hablando de él?

—Las cosas se manifiestan solo cuando ha llegado el momento, padre. ¿No lo dice usted siempre? No hay espacio para la duda. Después de tantos siglos, el signo ha vuelto. Esto significa que el enemigo se forma de nuevo. La última batalla está próxima.

Durante un rato, las voces dejaron de oírse. Se produjo una larga pausa; Quentin ya empezaba a temer que le hubieran descubierto cuando finalmente se escuchó de nuevo la voz suave del abad Andrew.

—Tienes razón —dijo—. No debemos dudar. No debemos rehuir la responsabilidad que recayó en nosotros hace tanto tiempo. Se acerca el momento del cumplimiento, y debemos estar más despiertos y atentos que nunca. El atentado en el puente, el asalto a la casa de sir Walter, todo pueden ser signos que se nos envían para que comprendamos la gravedad de la situación y actuemos en consecuencia.

—¿Qué debemos hacer, reverendo padre?

—Nuestra tarea consiste en velar por el secreto y cuidar de que el enemigo no lo descubra. Y eso justamente es lo que haremos.

—¿Y qué ocurre con los demás? Ya está al corriente de que hay varias partes que tratan de profundizar en el enigma.

—Nadie debe conocer la verdad —dijo el abad Andrew

con determinación—. Lo que aquí está en juego es demasiado importante para actuar frívolamente. El conocimiento de estas cosas trae consigo la muerte y la ruina. Así era ya en tiempo antiguo, y así será de nuevo si no tomamos precauciones. El secreto no debe salir a la luz. Lo que está oculto debe permanecer oculto, por alto que sea el precio que se deba pagar.

—Entonces ¿debo informar a nuestros hermanos de que el momento del cumplimiento ha llegado?

—Sí, hazlo. Cada uno de ellos debe prepararse y meditar sobre sus pecados y faltas. Y ahora déjame solo. Quiero rezar al Señor para que nos otorgue fuerza y sabiduría para afrontar el conflicto que nos aguarda.

—Naturalmente, padre.

Se escuchó el crujido del entarimado cuando unos pies calzados con sandalias caminaron sobre las tablas, y luego la puerta del despacho del abad Andrew se cerró silenciosamente. La entrevista había terminado.

Quentin, sonrojado por la escucha furtiva, se apartó lentamente de la puerta; tenía la sensación de que el corazón iba a estallarle en el pecho. Atribulado, miró alrededor y sintió deseos de gritar.

Su tío tenía razón: los monjes de Kelso sabían más de lo que admitían. Pero ¿por qué callaban? ¿Por qué no confiaban lo que sabían a sir Walter? ¿Qué tenían que ocultar el abad Andrew y sus compañeros de orden?

Aquel asunto debía de ser extremadamente importante. Se habían referido a una carga de siglos, a un enemigo que había vuelto a alzarse y al que los monjes hacían responsable del ataque en el puente y del asalto a Abbotsford. Habían hablado de un conflicto en puertas, y de un tiempo que era cada vez más corto.

¿Qué podía significar todo aquello?

Más aún que la conversación en sí misma, había sido el carácter de aquel intercambio de palabras lo que había inquietado a Quentin. No habían hablado en voz alta y abiertamente, sino de forma furtiva y en voz baja; de un secreto antiquísimo que ellos preservaban y cuyo descubrimiento querían evitar a cualquier precio.

El signo que habían mencionado solo podía ser la runa de la espada. El abad Andrew había advertido expresamente de que era un símbolo del mal, tras el que se ocultaban poderes oscuros. Pero ¿cuál era el sentido exacto de sus palabras? Los monjes parecían muy preocupados, y también eso llenaba de inquietud a Quentin.

Decidió abandonar sin pérdida de tiempo el convento y volver a Abbotsford. Sir Walter debía ser informado inmediatamente de esa entrevista; tal vez él supiera sacar algo de aquello. Quentin recogió a toda prisa su material de escritura y las notas que había tomado para simular que investigaba para la nueva novela de su tío. Luego devolvió la crónica conventual que había estado examinando a su estante. Salió por la puerta al corredor..., y lanzó un grito de espanto al ver que una figura delgada envuelta en un manto oscuro se encontraba plantada ante él.

—Señor Quentin —dijo el abad Andrew, mirándole preocupado—. ¿No se encuentra bien?

—N..., no, reverendo abad, no se preocupe —balbuceó Quentin sofocado—. Es que acabo de recordar que mi tío me espera en Abbotsford.

—¿Tan pronto? —El abad puso cara de sorpresa—. Pero si es imposible que haya acabado ya con sus investigaciones.

—Sí, es verdad, pero mi tío necesita cuanto antes las primeras informaciones para poder empezar a escribir. Si me lo permite, me gustaría volver otra vez para continuar mis estudios en su biblioteca.

—Naturalmente —dijo el abad, y le dirigió una mirada escrutadora—. Nuestra biblioteca se encuentra siempre a su disposición, señor Quentin. Pero ¿de verdad se encuentra bien? Le veo tan agitado...

—Estoy bien —aseguró Quentin con tanta rapidez como

energía, y aunque era consciente de que se estaba comportando de una forma muy grosera, abandonó al abad con una breve inclinación de cabeza y salió a toda prisa por el pasillo en dirección a la escalera.

—Adiós, señor Quentin, que llegue bien a casa —exclamó el abad Andrew tras él.

Mucho después de haber abandonado el convento, cuando se encontraba ya en el coche que le llevaba de vuelta a Abbotsford, Quentin seguía teniendo la sensación de que la mirada del religioso pesaba sobre él.

5

Los portadores de los mantos oscuros se habían reunido de nuevo en el círculo de piedras.

La luna había crecido desde su último encuentro, y el pálido disco brillaba redondo en el cielo nocturno, iluminando con su luz macilenta la lúgubre escena.

Una vez más los miembros de la sombría hermandad, que hundía sus raíces en un remoto pasado, se habían puesto en marcha. Una vez más se habían congregado en torno a la mesa de piedra, agrupados alrededor de su jefe, que se erguía ante ellos envuelto en su manto blanco como la nieve y circundado por una luz ultraterrena.

—¡Hermanos! —elevó la voz, después de que el lúgubre canto hubiera enmudecido—. De nuevo nos reunimos aquí, y de nuevo se aproxima el día del cumplimiento. Ya está cercano el momento en que se dibujará la constelación que durante tanto tiempo hemos esperado.

Los enmascarados callaban. Sus ávidos ojos, cargados de odio, brillaban tras las finas rendijas de las máscaras ennegrecidas de hollín, y el fuego de una impaciencia inflamada hacía cientos de años ardía en sus almas. El hijo la había heredado del padre de generación en generación. Y con el paso de las décadas se había hecho cada vez más imperiosa.

—Nuestros enemigos —continuó su jefe con voz potente— han tragado el anzuelo. Creen trabajar en contra nuestra y no saben que en realidad somos nosotros los que tiramos de los hilos. He consultado las runas, hermanos, y ellas me han dado la respuesta. Me han dicho que serán unos infieles los que resuelvan el enigma.

Los sectarios se agitaron, inquietos, y se escucharon exclamaciones de enfado.

—Pero —prosiguió el jefe— también me han dicho que seremos nosotros los que nos hagamos finalmente con la victoria. El orden se extinguirá, y lo que fue al principio triunfará también al final. Los antiguos poderes volverán y proseguirán lo que hace tanto tiempo quedó interrumpido. Los hombres no comprenderán qué les está sucediendo; son como ovejas en los prados, a las que no importa qué pastor las guarda, siempre que tengan hierba jugosa con la que alimentarse. Pero nosotros, hermanos, participaremos del nuevo orden y ejerceremos todo el poder; y nadie nos detendrá, sea noble o incluso un rey. El poder es nuestro, y nadie nos lo arrebatará.

—El poder es nuestro —resonaron las palabras como un eco en el círculo de sus partidarios—. Nadie nos lo arrebatará.

—El que cree combatirnos —añadió su jefe con una leve sonrisa— será, al final, quien haga posible nuestra victoria. Eso os profetizo hoy, como jefe supremo de esta hermandad secreta. Después de haber permanecido oculto durante siglos, el secreto está a punto de revelarse. El momento está próximo, hermanos. Ya está fijado el día, y cuando en esa noche la luna se oscurezca, se iniciará una nueva era.

6

Sir Walter callaba.

Sentado en el sillón de orejas de su despacho, había seguido con calma el relato de su sobrino. Había escuchado atentamente mientras Quentin le informaba de la entrevista secreta de los monjes y de las extrañas palabras que había podido captar de la conversación. Mientras tanto no le había preguntado nada ni le había interrumpido. E incluso ahora, cuando Quentin ya había acabado su relato, sir Walter no decía nada.

Seguía sentado, inmóvil, en su sillón, mirando a su sobrino. Aunque Quentin no tenía realmente la sensación de que su mirada se dirigiera a él; más bien le parecía que le atravesaba y se perdía en una remota lejanía. Quentin prefería no saber qué veía su tío allí.

—Extraño —dijo sir Walter después de unos largos minutos de silencio, y una amarga mezcla de pesadumbre y fatalidad resonó en su voz—. Intuía algo así. Suponía que el abad Andrew sabía más de lo que nos revelaba, que nos ocultaba algo. Pero ahora que mi intuición parece haberse confirmado, apenas puedo creerlo.

—Te he dicho la verdad, tío, te lo juro —le aseguró Quentin—. Cada palabra se pronunció tal como te he informado.

Sir Walter sonrió, pero aquella no era la sonrisa sabia y

segura de sí misma que Quentin conocía; en esta ocasión la sonrisa de su tío irradiaba melancolía, y una visible resignación.

—Debes perdonar a este hombre viejo, hijo mío, cuyo corazón se niega a reconocer cosas que su razón ha comprendido ya hace tiempo. Por supuesto, sé que no mientes, y creo cada palabra que has dicho. Pero me duele saber que el abad Andrew ha actuado de una forma tan maliciosa para mantenernos engañados.

—No parece que los monjes actúen con malas intenciones —objetó Quentin—. Se diría más bien que quieren proteger a las personas ajenas al secreto.

—¿Protegerlas? ¿Frente a qué?

—No lo sé, tío; pero todo el rato hablaban de la amenaza de un gran peligro. Un enemigo de un pasado oscuro, pagano. —Quentin se estremeció—. Y la runa que descubrí parece directamente relacionada con ello.

—Lo tuve claro desde el momento en que vi arder el signo de fuego allí, en la otra orilla —replicó sir Walter sombríamente—. Ya intuía que existía un secreto que los monjes de Kelso no querían compartir con nosotros, pero nunca habría imaginado que su desconfianza llegara tan lejos. Saben quién se encuentra tras el asesinato de Jonathan, y también saben quiénes son los individuos que nos asaltaron aquí, en Abbotsford. Sin embargo, no quieren romper su silencio.

—Posiblemente tengan buenas razones para ello —objetó tímidamente Quentin, que pocas veces había visto a su tío tan enojado. Indudablemente el duelo por su estudiante y la catástrofe en el puente habían dejado huella en él, pero nada, ni de lejos, parecía haber ofendido tanto al señor de Abbotsford como que el abad Andrew y sus hermanos le hubieran negado su confianza.

—¿Qué razón puede ser bastante buena para callar cuando están en juego vidas humanas? —replicó sir Walter, furioso—. El abad Andrew y los suyos conocían el peligro que nos amenaza. Deberían habernos dicho qué ocurría, en lugar de entretenernos con alusiones imprecisas.

—Por lo que sabemos, hubo una entrevista entre el abad Andrew y el inspector Dellard —dijo Quentin, reflexionando en voz alta—. Tal vez en ella el abad comunicara a Dellard algunas cosas y le prohibiera propagarlas. Posiblemente esta sea también la razón de que Dellard se mostrara tan poco comunicativo con nosotros.

—Tal vez, posiblemente... —bufó sir Walter, y se levantó con un movimiento enérgico—. Estoy harto de tener que contentarme con especulaciones y suposiciones mientras quizá planea sobre todos nosotros un gran peligro.

—¿Qué te propones hacer, tío?

—Viajaré a Kelso y pediré explicaciones al abad Andrew. Nos dirá lo que sabe sobre ese signo rúnico o se lo guardará para él, pero en cualquier caso le haré saber que no me gusta que me hagan ir como una pelota en un juego cuyas reglas determinan otros. Y alegue lo que alegue en su defensa, sean runas, signos secretos o cualquier otra zarandaja, esta vez no pienso admitir excusas.

—¡Pero tío! ¿No crees que el abad puede tener buenas razones para mantenerlo en secreto? Posiblemente tengamos que habérnoslas efectivamente con poderes que escapan a nuestro control y a los que no se puede hacer frente con medios tradicionales.

—¿Y qué poderes son esos, sobrino? —El sarcasmo en la voz de sir Walter era patente—. ¿Ya vuelves a empezar con tus historias de aparecidos? ¿No habrás escuchado demasiado al viejo Max el Fantasma? Te aseguro que los adversarios con que tenemos que habérnoslas no son espíritus, sino hombres de carne y hueso. Y sea lo que sea lo que esa gente pretende, no tiene nada que ver con hechizos ni oscuras maldiciones. Esas cosas no existen. Desde los inicios de la humanidad, las razones que han movido a los hombres a convertirse en una plaga para el prójimo han sido siempre las mismas: sed de sangre y codicia, muchacho. Eso y ninguna otra cosa. En tiempos de nuestros antepasados ya era así, y nada ha cambiado hasta hoy. Es posible que esta gente utilice runas y viejas profecías para legitimar sus crímenes, pero todo esto no son más que embustes y patrañas.

—¿Realmente lo crees así, tío?

Sir Walter miró a su sobrino, y al contemplar su expresión asustada, su ira cedió un poco.

—Sí, Quentin —dijo bajando el tono—. Eso creo. El pasado que tanto me gusta evocar en mis novelas ha quedado atrás. El futuro pertenece a la razón y a la ciencia, al progreso y la civilización. En él no hay lugar para antiguas supersticiones. Hace tiempo que dejamos atrás todo eso, y no podemos frenar la rueda del tiempo ni hacerla girar al revés. Lo que se oculta detrás de este asunto, sea lo que sea, no tiene nada que ver con hechizos o magia negra. Es obra de personas, muchacho. Nada más. Y eso justamente le diré al abad Andrew.

Quentin vio reflejada en el rostro de su tío una determinación inquebrantable y supo que no tenía sentido tratar de detenerle. Por otro lado, tampoco era ese su deseo, pues la visión de las cosas de sir Walter no solo parecía más razonable, sino también menos intranquilizadora que lo que Quentin había escuchado en el monasterio.

Decidió acompañar a su tío a Kelso y salió con él al pasillo, donde se tropezaron con el mayordomo.

—¡Sir! —exclamó el sirviente, acercándose angustiado.

—Mi pobre Mortimer —dijo sir Walter al contemplar la cara desencajada del anciano mayordomo—. ¿Qué te sucede?

—Ha llegado todo un destacamento de dragones armados, sir —respondió Mortimer con la voz entrecortada por la emoción—. Acaban de entrar en el patio. El inglés también está con ellos.

—¿El inspector Dellard? —preguntó Scott sorprendido.

—Así es, sir, y quiere hablar urgentemente con usted. ¿Qué debo decirle?

Sir Walter reflexionó un momento e intercambió con Quentin una mirada precavida.

—Dile al inspector que le espero en mi despacho —comunicó finalmente al mayordomo—. Y que Anna traiga té y pastas. Nuestro huésped no debe tener la impresión de que en el norte no tenemos modales.

—Muy bien, sir —dijo Mortimer, y se alejó.

—¿Qué debe de querer Dellard? —preguntó Quentin.

—No lo sé, sobrino —replicó sir Walter, y una chispa de malicia brilló en sus ojos——; pero si la casualidad ha puesto en nuestras manos una baza como esta, no deberíamos desperdiciarla frívolamente. Con lo que sabemos del abad Andrew, deberíamos ser capaces de ejercer un poco de presión sobre nuestro buen inspector. Tal vez así Dellard se vuelva más hablador con respecto a este misterioso caso...

Por lo que podía verse, no parecía que Charles Dellard se hubiera tomado a mal la diferencia de opiniones entre sir Walter y él durante su última entrevista. El inspector volvió a hacer gala de su habitual suficiencia mientras entraba en el despacho de Scott y ocupaba su puesto en el sillón que le ofrecía el señor de la casa.

—Gracias, sir —dijo cuando una de las criadas le sirvió una bandeja con té recién hecho y pastas—. Es agradable ver que la civilización también ha llegado a este lugar. Aunque los recientes acontecimientos no parezcan apuntar en la misma dirección.

—¿Ha descubierto algo? —preguntó sir Walter, que había preferido permanecer en pie y ahora miraba escépticamente a su visitante desde arriba.

—Podría decirse así, en efecto. —Dellard asintió con la cabeza y tomó un trago de Early Grey caliente—. He conseguido identificar al hombre al que disparó su sobrino aquella noche.

—¿De verdad?

—Su nombre es Henry McCabe. Como usted correctamente suponía, procedía de otra región, y por eso la identificación ha resultado tan extraordinariamente complicada. Su lugar de nacimiento es Elgin, muy al norte. Pertenecía a una banda de rebeldes que cometen sus fechorías en esa zona desde hace tiempo y que ahora, por lo visto, han extendido su campo de actuación al sur. Ya ve, pues, sir Walter, que hacemos progresos.

—Estoy impresionado —dijo el señor de Abbotsford, pero sus palabras no sonaban muy sinceras—. ¿Y qué me dice del signo rúnico? ¿Ha descubierto también algo sobre eso de lo que pueda informarme?

—Lo lamento. —Dellard sacudió la cabeza entre dos sorbos de té—. Por el momento mis investigaciones no me permiten aún decirle algo más preciso sobre esa cuestión. Pero da toda la sensación de que...

—Ahórreme las explicaciones, inspector —le interrumpió Scott con rudeza—. Ahórreme la retórica y las evasivas cuando en último término se trata solo de ocultarme la verdad.

Dellard le miró con calma.

—¿Otra vez volvemos a empezar? —preguntó—. Creí que eso ya estaba aclarado.

—Aún no, apreciado inspector, ni mucho menos. Seguirá hasta que me diga por fin la verdad sobre estos delincuentes. No son unos agitadores corrientes, ¿no es cierto? Y tampoco es casual que hayan hecho de la runa de la espada su emblema. Tras este asunto hay algo más, y quiero saber de una vez dónde me encuentro. ¿Con qué tropezó mi sobrino cuando descubrió este signo? ¿Por qué fue incendiada la biblioteca? ¿Qué tienen que ver con ello los monjes de Kelso? ¿Y por qué atentan contra mi vida?

—Muchas preguntas —se limitó a decir Dellard.

—Desde luego. Y tengo la sensación de que las respuestas a estas preguntas se remontan al pasado. Nos encontramos frente a un enigma que va mucho más allá de un caso criminal corriente, ¿no es cierto? ¡De modo que, por todos los santos, rompa de una vez su silencio!

Dellard seguía sentado en su sillón sin decir nada. Con un movimiento pausado se llevó la taza de porcelana blanca a la boca y tomó otro trago de té. A continuación, con una lentitud que a Quentin le pareció casi una provocación, depositó la taza sobre el platito y no se dejó impresionar en absoluto por la mirada inquisidora que le dirigía sir Walter.

—¿Quiere respuestas, sir? —preguntó entonces.

—Más que ninguna otra cosa —le aseguró sir Walter—. Quiero saber de una vez dónde estoy.

—Bien. En ese caso le informaré de la entrevista que tuve con el abad Andrew, el superior del convento de Kelso. Aunque me rogó encarecidamente que bajo ningún concepto comentara nada al respecto, en su caso quiero hacer una excepción. Al fin y al cabo usted es, si puedo expresarme así, el personaje principal en esta obra.

—¿El personaje principal? ¿En una obra? ¿Cómo debo entender eso?

—Tiene razón, sir Walter. Los criminales que se encuentran tras los atentados mortales y los asaltos de las últimas semanas no son, efectivamente, agitadores normales. Son sectarios, que pertenecen a una antiquísima sociedad secreta.

—Una sociedad secreta —repitió Quentin, que permanecía inmóvil aguantando la respiración. Sintió que un escalofrío helado le recorrió la espalda.

—Las raíces de la sociedad —continuó Dellard— se remontan a un pasado muy remoto. Existía ya antes de que la civilización llegara a esta tierra agreste, mucho antes de los romanos, en días oscuros. Por eso sus miembros no se consideran ligados a las leyes vigentes y se entregan a rituales paganos. Esta es la razón de que el abad Andrew vigile sus movimientos. Una vieja enemistad liga a su orden con esta sociedad secreta.

—¿Y la runa de la espada? —quiso saber sir Walter.

—La runa es, desde tiempos antiguos, el signo identificador de los sectarios. Su emblema, si quiere.

—Comprendo. Esto explica la reacción del abad Andrew cuando le mostramos la runa. Pero ¿por qué todas esas advertencias y ese secretismo? Esta sociedad puede ser antigua, pero al fin y al cabo se trata solo de patrañas y supersticiones. Con un destacamento de dragones montados debería poder acabarse rápidamente con una amenaza como esa.

—Una vez me acusó de infravalorar la importancia del caso, sir —replicó Dellard con una ligera sonrisa—. Ahora tengo que devolverle el reproche. Porque la sociedad secreta no es en absoluto una agrupación formada por unos pocos sectarios. Es un movimiento que ha encontrado, en el norte, numerosos partidarios. Como usted sabe, aun en nuestros tiempos modernos, la superstición está muy extendida en amplios sectores de su pueblo, y el recuerdo de antiguas tradiciones paganas se mantiene vivo todavía. A eso hay que añadir la ira de la población hacia las Clearances. Numerosos campesinos que fueron expulsados de sus tierras se han unido a la sociedad. Para que se sepa lo menos posible sobre ello, me llegó, desde los círculos más elevados, la orden de mantener el asunto en secreto y no revelar nada a nadie, incluido usted, sir Walter. Tal vez comprenda ahora mi comportamiento.

Sir Walter asintió; al parecer, efectivamente había infravalorado el problema.

—Lo lamento —dijo—. No quería ponerle en una situación difícil, inspector. Pero mi familia y mi hogar están amenazados, y mientras no sepa de dónde procede el peligro, no puedo hacer nada contra él.

—El peligro, sir Walter, procede de todas partes; porque hemos podido saber que los sectarios le han declarado su enemigo mortal.

—¿A mí? —El señor de Abbotsford abrió mucho los ojos.

—Sí, sir. Ese es el motivo de que su estudiante muriera. Y también es el motivo que me ha traído a Kelso para dirigir las investigaciones. ¿Cree realmente que habrían enviado a un inspector de Londres si, y le ruego que me perdone, se hubiera producido un simple caso de asesinato?

Sir Walter asintió.

—Tengo que admitir que ya me había planteado esta pregunta.

—Con razón, sir. El único motivo por el que me destinaron aquí es que esta gente amenaza su vida y usted tiene en la corte y en los círculos del gobierno amigos influyentes. Me enviaron a esta región apartada para que pusiera fin cuanto antes a las fechorías de estos sectarios. Y en lo que se refiere a la elección de los medios, me dejaron las manos libres precisamente a causa de usted, sir. Tenía la misión de asegurar a cualquier precio su protección y la de su familia. Por desgracia, no siempre me ha hecho fácil la tarea, y por desgracia no la he cumplido como se esperaba de mí.

—¿Por mi culpa, dice? —preguntó, perplejo, sir Walter, que no podía creer que aquel caso se centrara en él—. Entonces ¿Jonathan murió por mi causa?

—Así funciona la táctica de estos sectarios. Eligen a sus víctimas con mucho cuidado. Entonces les ponen la soga al cuello y tiran muy lentamente. El pobre Jonathan fue la primera víctima. Usted, señor Quentin, debería haber sido la siguiente. Y en el puente probablemente querían atentar contra el propio sir Walter. Solo a una afortunada coincidencia hay que agradecer que las cosas resultaran de otro modo.

—Una afortunada coincidencia —gimió sir Walter—. Un hombre que no tenía nada que ver con esto perdió la vida, y dos jóvenes estuvieron a punto de perecer. ¿Llama usted a eso una afortunada coincidencia?

—Teniendo en cuenta las circunstancias, sí —replicó Dellard duramente—. Durante todo este tiempo he sido consciente del peligro que corría; por ello no quería que investigara por su cuenta y de este modo contribuyera a aumentar la amenaza que pesa sobre usted y los suyos. Por desgracia no me escuchó, y por eso aquella noche se produjo el asalto a su propiedad. En el momento en cuestión, mi gente se encontraba en Selkirk para investigar una información que habíamos recibido. Visto retrospectivamente, no me cabe duda de que se trataba de una maniobra de distracción. Ahí se demuestra con qué astucia trabajan nuestros oponentes.

—Comprendo —dijo en tono apagado sir Walter, que parecía haber perdido momentáneamente su habitual capacidad de raciocinio. Al final fue su sobrino, quien, a pesar del miedo que le inspiraba todo aquel asunto, planteó una objeción bien fundada.

—Hay algo que no entiendo —dijo—. ¿Por qué los sectarios tendrían que convertir a mi tío en su objetivo? Todo el mundo le conoce y sabe que está comprometido con los intereses de Escocia. Es un honorable patriota que...

—¿No se le ha ocurrido pensar, apreciado señor Quentin, que no todos sus paisanos pueden verlo de este modo? También existen voces que afirman que su tío confraterniza con los ingleses y traiciona a Escocia ante la Corona.

—Pero esto no tiene sentido.

—No me lo diga a mí, joven señor. Dígaselo a esos fanáticos sanguinarios. Todos esos sectarios son gente que se encuentra con la espalda contra la pared y no tiene ya nada que perder. En su desesperación se aferran a una superstición y asesinan y saquean bajo el signo de la antigua runa. No se les puede convencer con argumentos y explicaciones, sino con el brazo de hierro de la ley.

—Pero ¿no saben acaso lo que mi tío ha hecho por nuestro pueblo?

—La mayoría de esta gente no sabe ni leer ni escribir, estimado señor Hay. Solo ven lo que es evidente: que su tío es un hombre apreciado y un huésped bien recibido entre los ingleses y particularmente entre la alta nobleza, y esto lo convierte a sus ojos en un traidor al pueblo escocés.

—Inconcebible —dijo tristemente sir Walter. A Quentin le

pareció que su tío se sentía de pronto terriblemente cansado. Sir Walter se hundió pesadamente en su silla—. ¡Yo un traidor! ¿Cómo puede pensar la gente algo así? Soy un patriota, por mis venas fluye sangre escocesa. Durante toda mi vida he apoyado los derechos y las aspiraciones del pueblo escocés.

—Es posible, sir —objetó Dellard—, pero su cooperación con la Corona y su actuación en el tribunal seguramente lo han hecho sospechoso.

Sir Walter gimió, como bajo el efecto de un gran dolor.

—Pero si lo único que me importaba era mejorar la posición de mis compatriotas en el reino y hacer que el acervo de los escoceses pudiera tener de nuevo entrada en los salones.

—Por desgracia, los agitadores lo ven de un modo muy distinto. Según ellos, ha traicionado a Escocia ante los ingleses y ha vendido las viejas tradiciones como una prostituta vende su cuerpo.

El vocabulario que había utilizado el inspector no era precisamente delicado, y sir Walter se estremeció ante sus palabras como bajo el efecto de un latigazo.

—Nunca fue esa mi intención —dijo en voz baja—. Siempre quise solo lo mejor para mi pueblo.

—Usted lo sabe, sir, y también yo, naturalmente. Pero esos sectarios no lo saben. Y la inminente visita de su majestad el rey a Edimburgo no ha contribuido a mejorar la situación.

—¿La visita de su majestad? —Sir Walter alzó la mirada—. ¿Cómo se ha enterado de eso? Los preparativos se efectúan dentro del más estricto secreto.

Dellard sonrió.

—Soy inspector de la Corona y responsable de la seguridad del país, sir. En Londres tengo acceso a los círculos más elevados del gobierno, y naturalmente estoy informado cuando su majestad planea un viaje.

—¿El rey Jorge planea un viaje? —preguntó Quentin asombrado—. ¿A Edimburgo?

Sir Walter asintió.

—Es un acto de una enorme trascendencia histórica, y el gobierno le otorga una gran relevancia para la cohesión interna de nuestro país. Por este motivo me han pedido que, como escocés, me encargue de los preparativos de la visita.

—¿Por qué no me has dicho nada? —preguntó Quentin.

—Porque su majestad ha expresado su deseo de que los planes permanezcan en secreto. Y poco a poco empiezo a vislumbrar por qué.

—Los sectarios —confirmó Dellard—. La policía secreta teme que se produzca una revuelta en Edimburgo; por eso se aconsejó mantener este asunto en el más estricto secreto. Después de cuanto ha ocurrido, sin embargo, todo hace suponer que los agitadores se han enterado de la inminente visita, y ahora su ira se dirige contra usted, sir.

—Comprendo —asintió sir Walter—. Pero ¿por qué no me dijo nada antes?

—Porque lo tenía prohibido. Probablemente se consideró que era mejor no intranquilizarle sin necesidad.

—¿Y no será porque yo actuaba, en este caso, como un bienvenido señuelo, inspector? —inquirió sir Walter, que parecía haber recuperado su habitual agudeza—. ¿Como un reclamo para sacar a los rebeldes de su escondrijo y capturarlos?

Dellard frunció los labios.

—Veo, sir, que es difícil ocultarle nada. En realidad, la protección de su persona y su familia no fue el único encargo que recibí de Londres. También se trataba de localizar a la banda y poner fin a sus actividades. En caso contrario, la visita de su majestad no podría tener lugar según lo planeado.

—Pero esta visita debe realizarse —dijo sir Walter en tono imperativo—. Es importante para el futuro de nuestro país. El protocolo que estoy elaborando prevé que su majestad sea recibido en el castillo de Edimburgo y sea honrada con las insignias reales escocesas.

—¿Con qué insignias? —preguntó Quentin—. La espada real desapareció hace tiempo, ¿no?

—Cierto —replicó sir Walter—, pero el protocolo prevé un acto ceremonial en el que su majestad deberá ser proclamado rey de nuestros pueblos unidos. Podría ser el inicio de un futuro pacífico, en el que ingleses y escoceses tejieran una historia común. Necesitamos esta oportunidad, Dellard. Mi pueblo la necesita. Esta visita debe realizarse a cualquier precio.

—También en Londres son de esta opinión, y por eso se concede tanta importancia a la neutralización de los rebeldes. Lamento haberle utilizado, por así decirlo, como un señuelo, sir Walter; pero teniendo en cuenta las circunstancias, no tenía otra elección.

—Solo ha hecho lo que era su deber como oficial y patriota —le tranquilizó sir Walter—. Me temo que soy yo quien debe pedirle perdón por mi testarudez. Si mi familia y toda mi casa han estado en peligro, no ha sido por su culpa, sino por mi intransigencia.

—No me resulta difícil comprenderle, sir. Probablemente en su lugar también yo habría actuado del mismo modo. Pero ¿puedo proponerle, a la vista de la situación, que en el futuro siga mis indicaciones?

Sir Walter asintió, primero dudando un poco, y luego con convicción.

—¿Qué quiere de mí?

—Propongo —dijo el inspector diplomáticamente— que abandone usted Abbotsford con su familia.

—¿Debo dar la espalda a Abbotsford? ¿A mi tierra y mis raíces?

—Solo hasta que los sectarios sean capturados y tengan que rendir cuentas por sus fechorías —se apresuró a decir Dellard—. Gracias a los indicios que me ha proporcionado el abad Andrew, confío en que esos desalmados pronto serán llevados ante la justicia; pero hasta que llegue ese momento preferiría saber que usted y los suyos se encuentran seguros, sir Walter. Por lo que sé, posee usted una casa en Edimburgo...

—Así es.

—Entonces le propongo que se retire allí con su familia y espere hasta que el asunto se haya solucionado. En Edimburgo no tiene nada que temer. Esos bribones no se arriesgan a actuar en las ciudades.

Sorprendido, sir Walter miró al inspector.

—¿Debemos huir, pues? ¿Doblegarnos al terror que siembran estos asesinos?

—Solo por poco tiempo, y no por cobardía, sino para proteger a su familia. Por favor, sir, comprenda la situación. En las últimas noches solo ha habido tranquilidad porque, sin usted saberlo, he apostado a algunos dragones en todos los accesos a su propiedad. Pero a la larga no puedo prescindir de esos hombres, sir. Los necesito para luchar contra los sectarios. Naturalmente no puedo forzarle a que se vaya, pero si se queda, no podré garantizar su seguridad por más tiempo. De modo que piense bien en lo que va a hacer. Le he dicho la verdad y le he enseñado mis cartas, y me gustaría que usted hiciera ahora lo mismo y me dijera qué se propone hacer.

Se produjo una larga pausa, en la que sir Walter miró ante sí sin decir nada. Quentin podía hacerse una idea de lo que en aquel momento pasaba por la cabeza de su tío, y estaba contento de no encontrarse en su piel.

Había que tomar una decisión de la que podía depender el bienestar de toda la familia. Si sir Walter se decidía a quedarse en Abbotsford, podían ser víctimas de un nuevo ataque alevoso. La primera vez habían conseguido ahuyentar a los asaltantes, pero sin duda la segunda no resultaría tan fácil. Si, en cambio, sir Walter abandonaba el campo, daría a entender a los rebeldes que se doblegaba ante la violencia, y cualquiera que conociera al señor de Abbotsford sabía que una claudicación como esa se encontraba en absoluta contradicción con sus convicciones. Además, debería dejar atrás su biblioteca y su despacho; y las posibilidades de que podría disponer en Edimburgo para proseguir su labor —que ya sufría un grave retraso— eran muy limitadas en comparación con las que ofrecía Abbotsford.

¿Qué decisión tomaría, pues, finalmente?

Aunque Quentin, que acababa de liberarse de la sombra de su familia, no estaba en absoluto ansioso por volver a Edimburgo, esperaba que su tío diera la preferencia a esta opción. Una cosa era buscar secretos en libros antiguos, y otra muy distinta hacer frente a unos agitadores sedientos de sangre. Y aunque era evidente que le costaba mucho tomar la decisión, también sir Walter llegó a esa conclusión.

—Bien —dijo finalmente—. Me inclino ante la violencia. No por mí, sino por mi mujer y mi familia y por las personas que se encuentran a mi servicio. No puedo asumir el riesgo de que paguen mi orgullo y mi testarudez con su vida.

—Una decisión inteligente, sir —dijo Dellard reconocido. Quentin suspiró interiormente—. Sé que es usted un hombre de honor y que no debe de serle fácil dar un paso como este, pero puedo asegurarle que no hay nada deshonroso en abandonar el campo si de este modo se puede proteger a inocentes.

—Lo sé, inspector; pero comprenderá que en este momento esto no sea un consuelo para mí. Hay demasiadas cosas que debo considerar con calma, y tal vez la casa de Edimburgo sea el lugar apropiado para eso.

—Estoy totalmente seguro de que así será —asintió Dellard; luego se levantó de su sillón y se acercó al escritorio para tender la mano a sir Walter a modo de despedida—. Adiós, sir. Le mantendré al corriente del estado de las investigaciones y le enviaré un mensajero en cuanto hayamos atrapado a los cabecillas y los hayamos neutralizado.

—Gracias —dijo, sir Walter, pero su voz sonó débil y resignada.

El inspector se despidió de Quentin y luego se volvió para salir. El fiel Mortimer le acompañó por el pasillo y el vestíbulo hasta el exterior, donde esperaban los dragones.

Nadie, ni sir Walter ni Quentin ni el viejo mayordomo, vio la sonrisa satisfecha que se dibujaba en los rasgos de Charles Dellard.

7

No había cambiado nada.

Ya en casa, en Egton, Mary había pasado innumerables horas estériles en aburridos bailes y recepciones escuchando el parloteo insulso de una gente que, a causa de su origen, se consideraba privilegiada: mujeres jóvenes que tenían por único tema de conversación la última moda de París o el último cotilleo de Londres, y hombres jóvenes que nunca habían hecho nada en su vida que no fuera heredar las riquezas que sus padres y abuelos habían acumulado, y cuyos torpes intentos de aproximación Mary siempre había encontrado ofensivos.

Ciertamente, el número de jóvenes que se arremolinaban en torno a ella para inscribirse en su carnet de baile se había reducido de forma drástica desde que se había dado a conocer que era la prometida de Malcolm de Ruthven; pero, en todo lo demás, las cosas no habían hecho más que empeorar.

Los Ruthven daban un baile, supuestamente en honor de Mary y para ofrecerle una bienvenida adecuada a su nuevo hogar. Pero lo que en realidad perseguía esa fiesta que se celebraba en la gran sala de caballeros del castillo era, una vez más, ofrecer un podio para Eleonore y su hijo ante la nobleza de la comarca.

La gente se daba tono y presumía de sus posesiones, se embarcaba en conversaciones estúpidas sobre nimiedades y se apasionaba hablando de asuntos que no interesaban a Mary. Parecía que la vida auténtica, real, no tuviera acceso a reuniones sociales como aquella. Tras marcharse de Egton, Mary había creído que al menos podría escapar a ese desafortunado aspecto de su vida, pero se había equivocado. Los nobles de las tierras altas no eran menos vacíos y esnobs que los de casa. Por más que aquí los nombres sonaran distinto y que los invitados hicieran grandes esfuerzos para disimular su acento escocés, que consideraban rústico y poco elegante, eran, a fin de cuentas, las mismas conversaciones, las mismas caras aburridas y las mismas imposiciones sociales de Egton.

—Por aquí, hija mía —dijo Eleonore de Ruthven, y cogió a Mary del brazo para conducirla con suave firmeza hasta el siguiente grupo de invitados, que se encontraban plantados al borde de la pista de baile con una expresión orgullosa en sus rígidos rostros, mientras la orquestina tocaba un anticuado minué. Al parecer, allí nadie había oído hablar aún de los valses y de los otros nuevos bailes que estaban de moda en el continente.

—Lord Cullen —exclamó Eleonore con su habitual tono seco—, permita que le presente a Mary de Egton, la prometida de Malcolm.

—Es un gran placer. —Cullen, un hombre a mitad de los sesenta, que llevaba una peluca empolvada y uniforme de gala, insinuó una reverencia—. Por su nombre, debe de ser usted inglesa, ¿no es así, lady Mary?

—Sí, en efecto.

—Entonces seguro que tendrá aún algunos problemas para adaptarse al tiempo desapacible y a las costumbres que tenemos aquí, en la tierra alta.

—En realidad, no —dijo Mary, y sonrió forzadamente—. Mi prometido y su madre se esfuerzan en hacer que me sienta como en casa y no sienta nostalgia de mi hogar.

La risa que dejó escapar Eleonore sonó artificial, un poco como el cacareo de una gallina. Mary, que no podía soportar la hipocresía, se alejó y buscó en vano, en medio del ajetreo de pelucas, chaquetas y vestidos pomposos, un rostro humano. Alrededor únicamente veía caras empolvadas, que probablemente —pensó Mary— solo servían para ocultar que eran muy pocos los que, entre esa gente, aún estaban vivos.

—¡Ah, mi querida Mary! ¡Aquí está usted!

Sin querer, Mary se había acercado al círculo donde Malcolm conversaba con otros jóvenes terratenientes. Las miradas ávidas que le dirigieron algunos de ellos mostraban claramente que aquellos jóvenes caballeros no eran ni la mitad de civilizados y distinguidos de lo que querían aparentar.

—Ahora mismo estábamos hablando sobre su tema preferido —dijo con una sonrisa irónica Malcolm, que desde su excursión al bosque apenas había hablado con ella.

—¿Y qué tema es ese? —preguntó Mary, sonriendo indecisa. De algún modo debía guardar las apariencias si quería sobrevivir a esa velada, se dijo.

—¿Es cierto que está usted en contra de las Highland Clearances, milady? —preguntó un mozo que apenas tendría veinte años. Sobre su frente se levantaba un tupé de pelo rojizo y su figura fornida tenía algo de rústico; si sus antepasados no hubieran alcanzado la riqueza y la respetabilidad hacía unos cientos de años, pensó Mary, probablemente el joven estaría trabajando en algún establo o en los campos.

No se lo pensó mucho antes de responder. Aquella noche, Mary había escuchado y había participado ella misma en tanta charla hipócrita que casi se sentía enferma. Ya no podía seguir disimulando. No cuando se trataba de sus convicciones.

—Sí —dijo sin rodeos—. ¿Le gustaría a usted ser expulsado de su tierra y ver cómo quemaban su casa, mi apreciado…?

—McDuff —se presentó el pelirrojo—. Henry McDuff. Soy el segundo laird de Deveron.

—Qué gran honor para usted —replicó Mary sonriendo—. Seguro que habrá peleado valientemente en muchas guerras y habrá recibido muchas condecoraciones para llegar a alcanzar sus privilegios.

—No, claro que no, milady —la corrigió McDuff, que no se había dado cuenta de que Mary se divertía a su costa—. Eso lo hizo mi bisabuelo. Se encontraba en el lado correcto en el campo de batalla de Culloden, y de este modo aseguró para siempre el poder y el patrimonio de nuestra familia.

—Comprendo. Y usted, apreciado McDuff, emula a su antepasado combatiendo a sus propios compatriotas. Por desgracia no posee usted tanto arrojo como él. Porque entonces eran jefes de clan y soldados sus adversarios, y hoy, en cambio, solo campesinos indefensos.

—Son cosas que no se pueden comparar —resopló el reprendido—. Estos campesinos ocupan nuestras tierras. Y así impiden que proporcionen buenos beneficios.

—Mi querido McDuff —dijo Mary con voz almibarada—, en primer lugar, esa gente vive en sus tierras, no las ocupa. Y tampoco lo hacen gratis, sino que le pagan un arriendo por ello.

—¡El arriendo! —El laird tomó aire, y sus mejillas se tiñeron de rojo—. ¡Ya estamos con eso! Como si los pocos peniques que esos jornaleros nos pagan pudieran llamarse un arriendo.

Algunos de los jóvenes presentes rieron sarcásticamente y otros expresaron su aprobación en voz alta. El malestar de Malcolm de Ruthven aumentaba a ojos vistas.

—Naturalmente —replicó Mary enseguida—. Tiene razón, mi querido McDuff. Ya sé que usted y los suyos sufren privaciones desde hace años porque los ingresos de los arriendos se reducen cada vez más. —Y mientras hablaba, señaló de forma inequívoca el bulto no precisamente pequeño que se formaba sobre la pretina del joven laird.

Esta vez fue Mary quien provocó las risas de los presentes, y McDuff puso cara de ofendido. Malcolm, que se encontraba visiblemente incómodo con la situación, dijo:

—Ahí lo tienes, querido Henry. Este es el progreso del que tanto nos gusta hablar, los tiempos modernos. También forma parte de ello que las mujeres expresen libremente su opinión.

—Desde luego ha quedado bien claro —replicó McDuff agriamente.

—Perdone si le he ofendido, apreciado laird —continuó Mary en tono sarcástico—. Estoy segura de que solo quiere lo mejor para las personas que viven en sus tierras. Ni en sueños se le ocurriría enriquecerse a su costa, ¿no es cierto?

Mary aún pudo ver cómo Malcolm se estremecía dolorosamente ante la sonora bofetada que acababa de propinar a su huésped, pero no se preocupó por ello y se volvió para buscar la salida. Sentía una urgente necesidad de aire fresco. Tenía que salir de aquella sala, en la que imperaban la hipocresía y la fatuidad. Le era indiferente que las miradas de numerosos invitados al baile la siguieran y que ni siquiera hubiera bailado todavía con su prometido, como exigía la etiqueta. Solo quería salir de allí antes de que de su boca surgieran más maldades, de las que tal vez luego tuviera que arrepentirse.

Mary aún tuvo el aplomo suficiente para comprobar que Eleonore no la observaba mientras desaparecía furtivamente por una de las entradas laterales. Malcolm la vio, pero no consideró necesario seguirla, y Mary se lo agradeció.

Pasando junto a los sirvientes, que la miraban estupefactos, se dirigió hacia el pasillo y corrió hacia la escalera más próxima. Ya no podía contener el llanto. Como si se hubiera roto un dique, las lágrimas se deslizaron por sus mejillas empolvadas de blanco, trazando a su paso líneas quebradas que parecían resquebrajaduras abiertas en su hermoso semblante.

Durante mucho rato Mary no supo dónde se encontraba; entre los tortuosos corredores y escaleras del castillo se había desorientado, pero siguió corriendo simplemente hacia delante. La desesperación y el miedo latían furiosamente en sus venas y le oprimían la garganta.

¿De verdad había creído que podría adaptarse a aquello? ¿Realmente había pensado que podría violentarse a sí misma hasta el punto de casarse con un hombre que ni conocía ni amaba? ¿Que podría negar todo aquello en lo que creía solo para convertirse en una esposa complaciente?

En los círculos de la nobleza era habitual arreglar bodas, matrimonios de conveniencia que se basaban en razones financieras y sociales y que no tenían absolutamente nada que ver con el amor y el romanticismo. ¡Pero Mary no quería que su vida transcurriera de aquel modo! Durante un tiempo se había consolado pensando que tal vez todo saliera de forma distinta y encontrara en Malcolm de Ruthven a un hombre al que pudiera respetar y también amar; pero ni una cosa ni otra eran posibles. Malcolm no era más que un arribista pomposo, al que importaban, por encima de todo, la riqueza y la influencia. Y lo que era casi peor: su prometido la trataba como a un cuerpo extraño en su vida, que habría preferido mantener alejado y que solo soportaba en atención a su madre.

¿Debía pasar así el resto de su vida? ¿Tolerada, pero infeliz y desesperada porque ninguna de sus esperanzas iban a cumplirse jamás?

Sollozando, se precipitó por un largo pasillo flanqueado por viejas armaduras y débilmente iluminado por la vacilante luz de las velas. Sabía que aquella era una huida sin sentido, pero no podía resistirse al impulso interior que la empujaba a escapar y a dejarlo todo tras de sí.

Precipitadamente bajó una escalera, pasó a través de un portal flanqueado por guardias y se encontró en el patio interior del castillo, donde estaban aparcados en fila las carrozas y los coches de los invitados al baile.

Algunos cocheros y sirvientes, que estaban reunidos conversando, callaron enseguida al verla y se dirigieron miradas cohibidas.

—Por favor, buena gente —dijo Mary, y se secó rápidamente las lágrimas del rostro—. No se molesten por mí y sigan con sus cosas.

—¿Todo va bien, milady? —preguntó preocupado uno de los cocheros.

—Naturalmente. —Mary asintió con la cabeza y luchó contra las lágrimas—. No pasa nada. Estoy bien.

Caminó por el patio. Sus pulmones aspiraron el frío aire nocturno y se tranquilizó un poco. De pronto una música débil, una cadencia animada y rítmica totalmente distinta de los aburridos sones de la música de baile de la orquestina, llegó a sus oídos.

—¿Qué es eso? —preguntó Mary al cochero.

—¿Qué quiere decir, milady?

—La música —dijo Mary—. ¿No la oyes?

El cochero aguzó el oído. Era imposible no oír el batir del tambor, al que ahora se añadió también el sonido claro de un violín y el alegre son de una flauta.

—Verá, milady —balbuceó el joven, sonrojándose—, por lo que sé, allá arriba, en la casa de los sirvientes, se celebra una fiesta. Una de las criadas se ha casado con un mozo.

—¿Una boda?

—Sí, milady.

—¿Y por qué yo no sabía nada?

—No debe enfadarse por eso, milady. —La voz del cochero adoptó un tono casi suplicante—. La madre del laird ha dado su acuerdo a la unión. No sabíamos que también se requería el consentimiento de milady; por esta razón no...

—No quería decir eso. Es solo que me habría gustado saberlo para presentar mis respetos a la pareja y entregarles un regalo.

—¿Un... regalo?

—Claro. ¿Por qué me miras tan sorprendido? Vengo del sur y no estoy familiarizada con las costumbres que existen aquí, en el norte. ¿No es habitual en las Highlands ofrecer regalos a los novios?

—Naturalmente —le aseguró el cochero—. Solo que no esperaba que... Quiero decir...

El hombre bajó la cabeza y dejó de hablar, pero Mary sabía de todos modos lo que había querido expresar.

—¿No esperabas que una dama pudiera interesarse por la boda de dos sirvientes? —preguntó.

El cochero asintió silenciosamente con la cabeza.

—Pues lamento desengañarte —dijo Mary sonriendo—. ¿Querrías hacer algo por mí? Llévame a la casa de los sirvientes y preséntame a la pareja.

—¿Realmente quiere ir?

El cochero la miró indeciso.

—Si no, no te lo pediría.

—Bien, es que... —respondió el otro vacilando.

—¿Qué ocurre?

—Milady tendrá que perdonarme, pero su cara...

Mary se acercó a uno de los carruajes y utilizó una ventanilla como espejo. Enseguida vio lo que el joven quería decir: su cara, llorosa, tenía un aspecto realmente lamentable. Rápidamente sacó un pañuelo de debajo del vestido y se limpió los polvos. Por debajo apareció su piel, clara y sonrosada. Luego volvió a dirigirse al cochero.

—¿Mejor? —preguntó sonriendo.

—Mucho mejor —replicó él, y respondió a su sonrisa—. Si milady quiere hacer el favor de seguirme... —Y bajo las miradas sorprendidas de los demás sirvientes, la condujo, pasando ante los carruajes y los establos, hasta el otro lado del patio, donde se levantaba un edificio de dos plantas de tosca piedra natural, que se encontraba adosado al muro del castillo.

Aunque los postigos estaban cerrados, a través de las rendijas se filtraba luz y del interior surgía la música que Mary había oído. El cochero le dirigió una mirada de duda, y con una inclinación de cabeza Mary le dio a entender que aún seguía dispuesta a entrar. El hombre se adelantó y abrió la puerta; un instante después, Mary tuvo la sensación de que se encontraba de nuevo en un mundo completamente diferente, extraño para ella.

Aunque las paredes no estaban revocadas y los muebles eran viejos y toscos, de la habitación emanaba una alegría y una vitalidad que Mary había buscado hasta entonces en vano en Ruthven.

En una chimenea abierta ardía un alegre fuego, ante el que se encontraban agachados varios niños y donde se asaban pedazos de masa de pan en unos largos bastones de madera. En la mitad izquierda de la habitación había una larga mesa a la que estaban sentados los invitados a la boda, entre ellos algunos mozos y criadas que Mary ya conocía de vista.

Sobre la gran mesa de roble se veían varias fuentes llenas de alimentos sencillos —pan y salchichas de sangre, y cerveza en jarras de piedra grises—. Un noble difícilmente habría encontrado aquella comida adecuada para una boda, pero para esa gente representaba un festín.

Al otro lado de la habitación se había instalado la banda —tres miembros de la servidumbre que sabían tocar el violín y la flauta y marcar el ritmo con el tambor—. Al son de aquella música fresca y despreocupada bailaban un joven y una muchacha con el cabello adornado con flores; sin duda los novios en honor de los cuales se celebraba la fiesta. Mary ya se disponía a acercarse a la pareja para felicitarles, cuando uno de los músicos la vio.

Bruscamente, el batir del tambor se detuvo, y también los otros instrumentos enmudecieron. Los novios dejaron de bailar, y los sirvientes sentados a la mesa interrumpieron la conversación. En un instante se hizo el silencio en la habitación, y todos los ojos se dirigieron, asustados, hacia Mary.

—No, por favor —dijo ella—. Seguid con la fiesta, no os preocupéis por mí.

—Perdone, milady —dijo el novio, bajando humildemente la cabeza—. No queríamos molestarla. Si hubiéramos sabido que el ruido se oía en la casa, no habríamos…

—Pero si no me habéis molestado —le interrumpió Mary, y sonrió—. Solo he venido para presentar mis respetos a los novios.

Y antes de que cualquiera de los presentes comprendiera

qué pasaba, cogió la mano del novio, se la estrechó y le deseó a él y a su familia todos los bienes imaginables. Luego se dirigió hacia la no menos sorprendida novia, la abrazó y la felicitó también cordialmente.

—Gracias, milady —dijo la joven sonrojándose, y dobló la rodilla con cierta torpeza. Sus pálidos rasgos estaban cubiertos de pecas y sus cabellos eran rojos como el fuego. A pesar del raído vestido que llevaba, a Mary le pareció hermosa, de una belleza natural y fresca. Estaba segura de que habría superado sin esfuerzo la comparación con todas las damas del baile si se hubiera enfundado en un vestido caro y se hubiera peinado convenientemente.

—¿Cómo te llamas? —quiso saber.

—Moira, señora —respondió la joven tímidamente.

—¿Y tú? —preguntó al novio.

—Me llamo Sean, milady. Sean Fergusson, el aprendiz de herrero.

—Encantada. —Mary sonrió y miró alrededor—. ¿No hay aquí algo de beber para que pueda hacer un brindis a la salud de los novios?

—¿Quiere... quiere beber con nosotros, milady? —preguntó uno de los hombres mayores que se encontraban sentados a la mesa.

—¿Y por qué no? —replicó Mary—. ¿Creéis que una dama elegante no puede vaciar una jarra de cerveza?

La respuesta no se hizo esperar: enseguida sirvieron a Mary una de las toscas jarras llenas hasta el borde de espumeante líquido.

—¡Por Sean y Moira! —dijo Mary, y levantó su jarra—. Para que disfruten de una larga y saludable vida y se amen siempre.

—Por Sean y Moira —repitieron todos, y luego se llevaron las jarras a los labios y las vaciaron según la antigua costumbre. Aunque en realidad, Mary fue la única que la vació efectivamente, pues el resto de los presentes estaban demasiado ocupados mirándola sorprendidos; nunca antes habían visto a una noble que vaciara su jarra de cerveza de un trago.

La joven dejó la jarra y se limpió la espuma de los labios con el dorso de la mano.

—Bien —dijo—. Y ahora quiero desearos a todos una feliz fiesta. Espero que sea más animada y alegre que el triste festejo que se celebra ahí arriba.

Mary dirigió una inclinación de cabeza a los presentes a modo de despedida; ya iba a salir de la habitación cuando Moira se adelantó de repente.

—¡Milady! —exclamó.

—¿Sí, hija mía?

—No... no hace falta que se vaya, si no quiere. Sean y yo nos sentiríamos felices si quisiera quedarse. Claro que solo si lo desea...

—No —dijo Mary—. No estaría bien. Seguro que queréis estar entre vosotros. Solo os estropearía la fiesta.

—A mí no me la estropearía —dijo Moira osadamente—, y a Sean seguro que tampoco. A no ser que prefiera irse.

Mary, que se había quedado parada en el umbral, se volvió. De pronto la invadió una extraña melancolía, y tuvo que luchar para contener las lágrimas.

—¿Queréis que me quede aquí con vosotros? —preguntó, emocionada—. ¿En vuestra boda?

—Si le complace, milady.

Mary sonrió al oírla, y una lágrima cayó por su mejilla.

—Naturalmente que me complace —aseguró—. Me quedaré con mucho gusto, si puedo.

—¿Me permitiría en ese caso, milady, que le solicite un baile? —preguntó Sean.

Instantáneamente se hizo un silencio de muerte en la sala. Que una dama vaciara una jarra de cerveza y fuera invitada a un banquete nupcial en la casa de los sirvientes ya era de por sí bastante inhabitual; pero que además un aprendiz de herrero se atreviera a pedirle un baile superaba todos los límites.

Los invitados presentes en la habitación parecían ser muy conscientes de ello. En tensión, casi atemorizados, miraban a Mary, que comprendió una vez más que aquella gente tenía pocos motivos para sonreír bajo el dominio de los Ruthven. También Sean parecía intuir que había tensado demasiado la cuerda, y bajó la mirada, cohibido.

—Claro que bailaré contigo —dijo Mary en medio del silencio general—. Siempre, claro está, que tu esposa no tenga nada en contra.

—¿De... de verdad? —preguntó Sean, atónito.

—Claro que no, milady —añadió Moira rápidamente—. ¿Qué podría tener en contra?

—Entonces que los músicos toquen algo —pidió Mary riendo—. Pero algo rápido, alegre, si es posible. Y por favor, sed indulgentes conmigo; me temo que no conozco vuestros bailes.

—Entonces se los enseñaremos con mucho gusto, milady —aseguró Sean, que, con un gesto, indicó a los tres músicos que volvieran a sus instrumentos.

Unos segundos más tarde, el ritmo palpitante del tambor y los alegres gorjeos de la flauta llenaban la habitación. El aprendiz de herrero inclinó la cabeza en un gesto de ánimo, tendió la mano a Mary, y un instante después la arrastró consigo a la pequeña pista de baile.

Al momento, los restantes invitados formaron un círculo en torno a ambos, dando palmadas y golpeando el suelo con los pies al ritmo de la música. Mary se echó a reír. Su risa resonó cristalina y aliviada, y tuvo la sensación de que se deshacía de una enorme carga. Liberada de las coerciones de la etiqueta, se sintió revivir, y por primera desde Abbotsford, tuvo de nuevo la sensación de ser una criatura viva, palpitante.

El joven Sean era un bailarín lleno de temperamento. Aunque Mary no dominaba ni uno solo de los pasos, la hizo girar sobre las tablas mientras ejecutaba divertidas cabriolas. Mary pronto descubrió que allí no había ningún ceremonial, ni figuras fijas ni reverencias a las que atenerse. Se dejó llevar sencillamente por la melodía y se movió al ritmo de la música. El miriñaque de su pesado vestido se balanceaba a un lado y a otro como una campana, lo que divirtió sobre todo a los niños, que lanzaron risas alborozadas.

—Ya has bailado bastante, jovencito —dijo muy animado un viejo escocés, en quien Mary reconoció al maduro encargado de los establos del castillo—. Tu novia te echa en falta. Ahora déjame a mí bailar con la dama.

—Como quieras, tío —respondió Sean con una sonrisa irónica.

El novio se retiró y el viejo sirviente se inclinó ante Mary.

—¿Me concedería el honor, milady? —preguntó galantemente.

Mary tuvo que hacer un esfuerzo para contener la risa.

—¿Cómo podría rechazar una invitación tan galante, señor? —replicó sonriendo divertida, y un instante después la habían sujetado del brazo y la hacía girar como una peonza.

Con una energía y una habilidad difíciles de imaginar en un hombre de su edad, el viejo encargado saltó sobre la pista de baile, elevándose en el aire y juntando los talones como si la fuerza de la gravedad no tuviera efecto sobre él. Mary giró en círculo al son de la música. Su pulso se aceleró y sus mejillas se tiñeron de carmín.

La pieza que tocaban los músicos llegó al final, pero antes de que Mary hubiera podido sentarse, empezó la siguiente melodía, más alegre y animada aún que las anteriores. Algunos de los niños se acercaron, cogieron a Mary de la mano y bailaron en corro con ella. Por un rato, la joven olvidó todas sus preocupaciones y temores.

Dejó de pensar en Malcolm de Ruthven y en el triste destino que la esperaba.

No era consciente del desastre que se cernía sobre ella.

8

Muy a su pesar, sir Walter había decidido seguir el consejo de Dellard y trasladarse a Edimburgo.

Aunque sabía que eso era lo mejor para los suyos, al señor de Abbotsford le costó un gran esfuerzo despedirse de su querida propiedad.

Únicamente el viejo Mortimer, los jardineros y los artesanos permanecerían en el lugar para vigilar la casa, mientras que los demás sirvientes habían sido liberados de sus obligaciones por lady Charlotte. Solo los criados y las doncellas acompañarían a la familia a Edimburgo.

Finalmente, partieron de Abbotsford un viernes, que, en opinión de sir Walter, no habría podido ofrecer un tiempo más adecuado para la despedida. El cielo estaba gris y cubierto de nubes, y llovía a cántaros. La carretera estaba tan blanda que el carruaje se veía forzado a avanzar muy lentamente.

Durante todo el viaje a Edimburgo sir Walter apenas abrió la boca. Podía adivinarse por su expresión que consideraba la retirada de Abbotsford una derrota personal, y que si hubiera sido por él nunca habría cedido.

También Quentin, que viajaba en el carruaje con los Scott, se encontraba de un humor sombrío. Aunque no tenía nada en contra de dejar Abbotsford y encontrarse así fuera del alcance de los rebeldes enmascarados, no le agradaba en absoluto la idea de volver a Edimburgo con su familia. En el breve tiempo que había pasado al servicio de su tío, había empezado a descubrir las posibilidades que se ocultaban en su interior. Si ahora regresaba a casa de una forma tan repentina, no tardaría en volver a ser el hombre que había partido de ella: un don nadie, que, a ojos de su familia, no era capaz de hacer nada de provecho.

Debido al mal tiempo, el viaje fue fatigoso y duró más de lo previsto. Sir Walter y los suyos no llegaron a Edimburgo hasta el domingo. La casa que la familia Scott había adquirido estaba situada en Castle Street, en el corazón de la ciudad antigua, al pie de la montaña coronada por el majestuoso castillo real.

Quentin sintió un peso en el corazón cuando el carruaje se detuvo ante la casa de los Scott. El viaje había llegado inevitablemente al final, y con ello también la aventura que había vivido junto a sir Walter. Un profundo suspiro escapó de su garganta cuando el cochero abrió la puerta y abatió el estribo.

—¿Qué te ocurre, querido muchacho? —preguntó lady Charlotte a su modo tierno y compasivo—. ¿No te ha sentado bien el viaje?

—No, tía, no es eso.

—Estás muy pálido y tienes la frente sudada.

—Estoy bien —le aseguró Quentin—. Por favor, no te preocupes. Es solo que...

—Creo que ya sé lo que le ocurre a nuestro joven aprendiz, querida —dijo sir Walter, y una vez más hizo honor a su fama de buen conocedor de la psicología humana—: creo que no quiere volver a casa porque aún no ha descubierto lo que busca, ¿no es eso?

Quentin no respondió; el joven bajó la mirada, cohibido, y se limitó a asentir con la cabeza.

—Bien, muchacho, me parece que puedo ayudarte. Como he despedido a mis estudiantes, y sin embargo tengo la intención de proseguir mi trabajo aquí, en Edimburgo, me será imprescindible la ayuda de un colaborador diligente.

—¿Quieres decir... que puedo quedarme?

—Nunca he dicho que tuvieras que irte, muchacho —replicó sir Walter sonriendo—. Escribiremos una carta a tu familia diciéndoles que estás de nuevo en la ciudad. Además, les informaré de que estoy muy satisfecho con tus servicios y de que sigo necesitando tu ayuda.

—¿Harías esto por mí?

—Naturalmente, muchacho. Además, no puede decirse que sea una mentira; porque en efecto hay algunas cosas que tengo intención de hacer aquí para las que me será útil contar con un poco de ayuda.

Sir Walter había bajado la voz hasta convertirla en un misterioso susurro, y su mujer frunció el ceño, preocupada.

—No te inquietes, querida —continuó Scott en voz alta—. Aquí, en Edimburgo, estamos seguros. No puede sucedernos nada.

—Eso espero, querido. Ojalá sea así.

Los viajeros descendieron del carruaje y entraron en la casa, que ya habían preparado los sirvientes que habían enviado por delante. Un cálido fuego chisporroteaba en las chimeneas de los aposentos y en el aire flotaba el aroma de té y de pastas recién hechas.

Lady Charlotte, agotada por el fatigoso viaje, se retiró pronto a sus aposentos, mientras sir Walter echaba una ojeada al cuarto de trabajo que mantenía también en la ciudad. En comparación con el gran estudio de Abbotsford, el despacho era, sin embargo, de una austeridad casi espartana; un secreter y un armario con puertas de vidrio constituían el único mobiliario, y tampoco había una amplia biblioteca de consulta como en Abbotsford.

Por ese motivo, sir Walter había hecho empaquetar algunos de sus libros y hacía días que los había enviado a Edimburgo. Ahora sería tarea de Quentin ordenarlos por temas y guardarlos en el armario, mientras sir Walter disfrutaba de un vaso del viejo scotch que guardaba en la bodega de la casa.

—Aquí estamos, pues —dijo en voz baja, casi resignada—. Nunca pensé que llegaríamos a esto. Hemos huido cobardemente y hemos dejado el campo libre a esos desalmados.

—Era la decisión correcta —opinó Quentin.

Sir Walter asintió.

—También tú vivirás algún día la experiencia de tomar la decisión correcta y sentirte, a pesar de todo, como un perdedor, muchacho.

—Pero tú no eres un perdedor, tío. Eres secretario del Tribunal de Justicia y una personalidad conocida, y como tal tienes una responsabilidad que asumir. Era correcto abandonar Abbotsford. El inspector Dellard no dudaría en confirmártelo.

—Dellard. —Sir Walter rió sin alegría—. Así pues, ¿crees que nos ha dicho la verdad? ¿Toda la verdad, quiero decir?

—Eso creo. En todo caso, lo que dijo tiene sentido, ¿no? De este modo se explica lo que ha sucedido en los últimos días y semanas.

—¿Lo explica realmente? —Sir Walter tomó otro trago de scotch—. No sé, muchacho. Durante el largo viaje de Abbotsford hasta aquí he tenido mucho tiempo para reflexionar, y con cada kilómetro que dejábamos atrás, aumentaban mis dudas.

Quentin sintió que un siniestro presentimiento se deslizaba en su mente.

—¿Dudas? ¿Sobre qué? —preguntó.

—Los asesinos, esos supuestos rebeldes, ¿por qué nos asaltaron esa noche? Es evidente que no querían matarnos; con la superioridad numérica de que disponían, habrían podido hacerlo en cualquier momento.

—Supongo que mi disparo les ahuyentó —objetó Quentin.

—Posiblemente. O bien querían amedrentarnos. Tal vez querían hacernos llegar una advertencia, y por eso también encendieron ese fuego al otro lado del río. Querían hacernos saber con quién teníamos que habérnoslas.

—Pero el inspector Dellard dijo...

—Sé lo que dijo el inspector Dellard. Conozco su teoría. Pero cuanto más lo pienso, más convencido estoy de que se equivoca. O de que sigue sin decirnos toda la verdad en lo que se refiere a esos sectarios y a sus intenciones.

—¿Adónde quieres ir a parar, tío? —preguntó Quentin cautelosamente.

—A que no daremos por terminado este asunto todavía —replicó sir Walter, confirmando los peores temores de su sobrino—. Me he inclinado a los dictados de la razón y he puesto a salvo a mi familia, pero eso no significa que tenga que estar mano sobre mano, esperando a que otros resuelvan el caso por nosotros. También aquí, en Edimburgo, se nos ofrecen algunas posibilidades de actuación.

—¿Qué posibilidades?

Quentin no hizo ningún esfuerzo por ocultar que no estaba precisamente entusiasmado con las intenciones de su tío. La idea de dejar el caso en manos de Dellard y su gente y desvincularse por fin de todo aquello le había parecido de lo más satisfactoria.

—Aquí, en la ciudad, hay alguien con quien hablaremos sobre el asunto —anunció sir Walter—. Es un experto en escritura, un buen conocedor de las antiguas runas. Posiblemente podrá decirnos más sobre la runa de la espada de lo que Dellard y el abad Andrew querían que supiéramos.

—¿Un experto en runas? —preguntó Quentin abriendo mucho los ojos—. ¿De modo que efectivamente no quieres dejarlo correr, tío? ¿Sigues creyendo que nos ocultan algo y que tu misión es descubrir la verdad?

Sir Walter asintió.

—No puedo explicarte por qué siento lo que siento con respecto a este asunto, muchacho. Es verdad que los Scott somos conocidos por nuestra extrema testarudez, pero no es solo eso. Es más una sensación, un instinto. Algo me dice que tras este asunto se oculta mucho más de lo que hasta ahora hemos descubierto. Posiblemente incluso más de lo que intuye el inspector Dellard. Los monjes de Kelso parecen proteger un secreto antiquísimo, y esto me preocupa.

—¿Por qué no se lo dijiste a Dellard?

—¿Para hacer que se enojara aún más con nosotros? No, Quentin. Dellard es un oficial, habla y piensa como un soldado británico. Solucionar el caso consiste, según su forma de ver, en desplegar a sus dragones y hacer fusilar a los rebeldes. Pero yo quiero algo más que eso, ¿sabes? No solo quiero que los responsables tengan que rendir cuentas. También me gustaría saber qué se oculta realmente tras estos sucesos. Quiero comprender por qué Jonathan tuvo que morir y por qué querían matarnos. Y creo que también le debemos una explicación a lady Mary, ¿no te parece?

Quentin asintió. A estas alturas conocía lo suficiente a sir Walter para saber que no había sido casual que mencionara a Mary de Egton; pero eso no significaba que fuera a dejarse convencer por su tío de algo que no considerara correcto.

—¿Y si no hay nada que entender? —objetó—. ¿Y si el inspector Dellard tiene razón y nos enfrentamos efectivamente a una banda de delincuentes que odian a los ingleses y combaten a todos los que se asocian con ellos?

—En ese caso —prometió sir Walter—, me retiraré a mi casa y en el futuro me limitaré a escribir mis novelas. Lo cierto es que ya llevo un retraso considerable. Pero si tengo razón, muchacho, tal vez finalmente nos estén agradecidos por nuestras investigaciones.

Quentin reflexionó. No podía negar que, a pesar de todos los peligros, había disfrutado de la aventura con su tío. Aquello había hecho que se sintiera vivo como nunca antes en su vida y le había permitido descubrir en sí mismo facetas que nunca había sospechado que existieran. Y naturalmente también estaba lady Mary, pensó. Nada le habría agradado más que viajar a su casa, a Ruthven, e informarla de que su tío y él habían solucionado el caso.

Pero ¿valía la pena asumir el riesgo?

El inspector Dellard les había dejado claro que aquellos asesinos carecían de escrúpulos, y de hecho ya habían demostrado en varias ocasiones que una vida humana no significaba nada para ellos.

Sir Walter, que había visto la duda reflejada en el rostro de su sobrino, inspiró profundamente y dijo:

—No puedo forzarte a seguir a tu viejo tío a otra loca aventura, muchacho. Si no quieres, porque temes por tu seguridad y por tu vida, podré entenderlo y aceptarlo. Eres libre para abandonar en cualquier momento mi servicio y volver a casa. No te retendré.

Sir Walter había dado en el blanco. Porque si había algo que Quentin no quería de ningún modo era que le enviaran de vuelta a casa, donde le juzgaban según el patrón marcado por sus brillantes hermanos y le tenían por un inútil, bonachón pero apático.

—Está bien, tío —dijo en un tono que dejaba adivinar que había descubierto la pequeña estratagema de sir Walter—. Me quedaré contigo y te ayudaré. Pero solo con una condición.

—Te escucho, muchacho.

—Que este intento sea el último. Si el experto en runas no puede proporcionarnos ninguna información concluyente, no seguirás investigando y te olvidarás del asunto. Puedo comprender tu interés en arrojar luz sobre este caso. Sé que todavía te haces reproches por la muerte de Jonathan y que te gustaría descubrir qué se oculta tras ella exactamente, y también sé que te sientes responsable frente a lady Mary. Pero tal vez no haya más que descubrir, tío. Tal vez el inspector Dellard tenga razón y se trate solo de una banda de asesinos que han elegido un antiguo signo para sembrar el pánico en su nombre. ¿Me prometes que tendrás en cuenta esta posibilidad?

Iluminado por el resplandor oscilante del fuego, sir Walter daba sorbitos a su vaso y observaba a Quentin con una mirada muy particular.

—Vaya —dijo en voz baja—. Solo han hecho falta un par

de meses para que al polluelo que me trajeron le crecieran las alas. Y apenas ha aprendido a volar, ya se atreve a imponer normas a la vieja águila.

—Perdona, tío —dijo enseguida Quentin, que ya lamentaba haberse expresado con tanta crudeza—, no quería parecer arrogante. Solo pretendía…

—Está bien, muchacho. No me lo tomo a mal. Pero es una experiencia humillante oír hablar a la joven generación con la sabiduría y la sensatez que en realidad uno mismo debería aportar. Tienes toda la razón. En algún momento tengo que poner punto final a estos sucesos, o me perseguirán eternamente. Si la visita al profesor Gainswick no nos proporciona ningún resultado, dejaré correr este asunto, por duro que me resulte. ¿De acuerdo?

—De acuerdo —replicó Quentin. De pronto comprendió qué le había parecido tan extraño en la mirada que le había dirigido su tío: por primera vez el gran Walter Scott no había mirado ya a su sobrino como a un joven ignorante, sino como a un adulto. Un socio con igualdad de derechos comprometido en la búsqueda de la verdad.

Sir Walter conocía a Miltiades Gainswick desde hacía tiempo; durante sus estudios, el profesor, que había enseñado durante muchos años en la Universidad de Edimburgo, había sido para él un amigo sabio y un mentor, con el que había seguido manteniendo contacto durante todos esos años.

Aunque Gainswick no era un historiador en sentido estricto —en realidad, para el jurista la ciencia histórica constituía más bien un pasatiempo—, el profesor había alcanzado cierta fama en este campo y había publicado ya algunos artículos en la renombrada publicación periódica *Scientia Scotia*. Sus especialidades eran la historia celta y la historia temprana de Escocia, que parecían ejercer en el erudito nacido en Sussex una fascinación especial.

Ya desde Abbotsford, sir Walter había escrito una carta a Gainswick y le había comunicado que deseaba visitarle en Edimburgo. Y poco después de su llegada a la ciudad, el profesor le había informado, a través de un mensajero, de que le alegraría mucho recibir su visita.

Quentin, que después de sus titubeos iniciales se había declarado dispuesto a apoyar a su tío en las investigaciones, casi se arrepintió de su decisión al ver hacia dónde dirigía el carruaje el cochero: a High Street, que ascendía, en una pendiente primero suave y luego cada vez más empinada, hacia el castillo real, pasando ante la catedral de Saint Giles y el edificio del Parlamento, que sir Walter conocía muy bien, pues en él celebraba sesión, a intervalos regulares, el Tribunal de Justicia.

La razón del malestar de Quentin se debía a que High Street —o «la milla real», como se conocía popularmente— era también la calle en que, con diferencia, se encontraba el mayor número de casas encantadas. Aquí se desarrollaban todas las terroríficas historias con las que el viejo Max el Fantasma asustaba a los niños, y aunque naturalmente Quentin ya sabía que eran solo historias inventadas, al pensar en ello no podía evitar sentir un ligero escalofrío.

Cuando el coche llegó a su destino, ya había empezado a oscurecer. Vigilantes nocturnos con mantos oscuros estaban encendiendo los faroles de gas que bordeaban la calle hasta el castillo. Y aunque su pálida luz disipaba las tinieblas, a ojos de Quentin no contribuían a hacer menos siniestra la escena.

Las estrechas y altas fachadas de las *lands*, como llamaban a las casas que se sucedían a lo largo de High Street, se elevaban sombrías y lúgubres hacia el nublado cielo nocturno, y entre ellas se abrían estrechos callejones laterales rodeados de muros sin ventanas —llamados *wynds*—, que conducían a apartados patios traseros conocidos con el nombre, sin duda bien justificado, de *closes*. En días menos civilizados no era raro que algún confiado paseante fuera acechado en ellos y acabara con un cuchillo entre las costillas; según se decía, sus espíritus atormentados rondaban todavía por los callejones y los patios...

Cuando Quentin bajó del carruaje, parecía tan azorado que sir Walter no pudo reprimir una sonrisa.

—¿Qué te ocurre, muchacho? ¿No habrás visto a un fantasma?

Quentin se estremeció.

—No, tío, claro que no. Pero, de todos modos, no me gusta este lugar.

—Aun a riesgo de decepcionarte, te diré que, según mis informaciones, no se ha avistado ningún fantasma en High Street en los últimos años; de manera que puedes estar tranquilo.

—Te burlas de mí.

—Solo un poco —dijo riendo sir Walter—. Perdona, pero es divertido ver con qué obstinación se impone la superstición entre nuestro pueblo a pesar de la ilustración. Posiblemente no nos diferenciemos tanto de nuestros antepasados como nos gustaría suponer.

—¿Dónde vive el profesor Gainswick? —preguntó Quentin para cambiar de tema.

—Al final de este callejón —replicó sir Walter, señalando hacia uno de los *winds*, y deliberadamente pasó por alto la expresión avinagrada que puso Quentin al escucharlo.

Sir Walter pidió al cochero que esperara y se dirigieron caminando hacia la casa del profesor, que efectivamente se encontraba al extremo del *wind*, al otro lado de un estrecho patio trasero. Quentin no se sintió muy satisfecho ante la perspectiva de pasar la velada en compañía de un viejo erudito en aquel edificio de fachada oscura, altas ventanas y frontón puntiagudo, que tenía exactamente el aspecto de las casas encantadas de las antiguas historias.

Sin embargo, en cuanto vio al profesor Gainswick, sus prejuicios se desvanecieron. El erudito, que desde hacía algunos años estaba jubilado, era un tipo jovial; no un británico seco y ascético, sino un hombre con una pronunciada barriga, que revelaba un estilo de vida hedonista. Aunque estaba casi calvo, una barba gris que le llegaba hasta las mejillas enmarcaba su rostro, y bajo las espesas cejas brillaban unos ojos pequeños y astutos. Su cara sonrosada dejaba entrever que, junto a los numerosos atractivos que ofrecía Escocia, el profesor sabía apreciar también el scotch. Su cuerpo rechoncho estaba embutido en un manto señorial de cuadros escoceses y calzaba unas zapatillas a juego.

—¡Walter, amigo mío! —exclamó alegremente desde el gran sillón de cuero en que se encontraba sentado junto a la chimenea, cuando sir Walter y Quentin entraron en la acogedora sala de estar.

El saludo fue cordial; Gainswick abrazó a su antiguo alumno, que le hacía sentirse, según dijo, «tan orgulloso y honrado», y saludó también a Quentin con gran efusividad. Les ofreció un lugar junto al fuego y les sirvió un whisky, que calificó de auténtica delicia. Luego brindó a la salud de su famoso pupilo, y los tres vaciaron los vasos conforme a la antigua tradición.

Aquel líquido ambarino de apariencia inofensiva produjo en el sobrino de sir Walter, que no solía beber whisky, un efecto devastador. El brebaje no solo le quemó como fuego en la garganta, sino que, a continuación, Quentin tuvo la sensación de que alguien había puesto boca abajo la casa del profesor Gainswick. Con la cara roja como un pimiento, volvió a dejar el vaso, y respirando regularmente y abanicándose con la mano, se esforzó en conservar al menos la dignidad y no caerse de la silla.

En su entusiasmo, Gainswick no se dio cuenta de nada, y si sir Walter lo notó, no lo dejó ver. También él parecía muy contento de volver a encontrarse con su antiguo mentor después de tanto tiempo. Los dos hombres intercambiaron recuerdos emocionados antes de llegar finalmente al verdadero motivo de la visita.

—Walter, mi querido muchacho —dijo el profesor—, por más que me alegre de que su camino le haya conducido de nuevo a mi modesta casa, me pregunto cuál puede haber sido la razón. Sé que es usted un hombre muy ocupado, de modo que supongo que no ha sido solo la nostalgia de los viejos tiempos. —Y dirigió a su antiguo alumno una mirada escrutadora.

Sir Walter no tenía intención de mantener en vilo a su viejo mentor.

—Tiene razón, profesor —confesó—. Como ya habrá sabido por mi carta, en mi propiedad han ocurrido cosas sumamente extrañas e intranquilizadoras, y mi sobrino y yo tratamos de esclarecerlas. Por desgracia, en nuestras investigaciones hemos ido a parar a un callejón sin salida, y esperábamos que usted tal vez pudiera ayudarnos a salir de él.

—Me siento halagado —aseguró Gainswick, y un brillo sagaz chispeó en sus ojillos—. De todos modos, no puedo imaginar cómo podría ayudarles —añadió—. Por más que encuentre abominable lo que le ha ocurrido a su estudiante y por más que desee que los responsables sean capturados, no veo cómo podría contribuir a ello. Me parece que en este caso la ayuda de la policía le sería mucho más útil que la de un hombre viejo que tan solo ha adquirido algunos modestos conocimientos.

—Eso está por ver —le contradijo sir Walter—. En mi carta no se lo dije todo, sir. En parte porque temía que nuestros adversarios pudieran interceptarla, pero en parte también porque prefería mostrárselo a usted personalmente.

—¿Quiere mostrarme algo? —El profesor se inclinó hacia delante, intrigado; su mirada era tan despierta y curiosa como la de un muchacho—. ¿Qué es?

Sir Walter buscó en el bolsillo interior de su chaqueta y sacó una hoja de papel, que desdobló y tendió a Gainswick. En ella aparecía dibujado un esbozo de la runa de la espada.

El profesor cogió la hoja con una mezcla de sorpresa y

curiosidad y le echó un vistazo; sus rasgos, hasta hacía un instante enrojecidos por el alcohol, se volvieron súbitamente blancos como la tiza. Un suave gemido escapó de su pecho, y las comisuras de sus labios se deformaron en una mueca.

—¿Qué le ocurre, profesor? —preguntó Quentin preocupado—. ¿No se encuentra bien?

—No, muchacho —dijo Gainswick sacudiendo nerviosamente la cabeza—, no es nada. ¿Dónde y cuándo han visto este signo?

—En varias ocasiones —respondió sir Walter—. Primero Quentin lo descubrió en la biblioteca de Kelso, poco antes de que fuera incendiada por unos desconocidos. El signo me resultó familiar, y descubrí que aparecía también como el emblema de un artesano, concretamente en uno de los paneles de la iglesia conventual de Dunfermline, que se encuentran en mi casa. La siguiente vez que lo vimos resplandecía como un fuego ardiente en la noche, de modo que podía divisarse desde lejos.

—Una señal ardiente —repitió Gainswick como un eco. Su cara palideció aún más—. ¿Quién encendió ese fuego?

—Rebeldes, ladrones, sectarios…; a decir verdad, no lo sé —confesó sir Walter—. Este es el motivo de nuestra visita, profesor. Esperaba que, con sus conocimientos, pudiera aportar algo de luz al asunto.

Fascinado, Gainswick contemplaba el signo sin poder apartar la mirada de él. Quentin vio que las manos del anciano erudito temblaban, y se preguntó qué podía inquietar tanto al profesor.

Gainswick necesitó un momento para recuperar su aplomo.

—¿Qué han descubierto hasta ahora? —preguntó luego.

—A pesar de todos nuestros esfuerzos no demasiado —reconoció sir Walter—. Solo que este signo es utilizado, al parecer, por una banda de rebeldes. Y que en lengua antigua significa «espada».

—Significa mucho más que eso —dijo Gainswick levantando los ojos.

Quentin pensó que aquella mirada no auguraba nada bueno.

—Este signo —continuó el erudito en un susurro— no debería existir. Pertenece a un grupo de runas prohibidas que fue proscrito hace ya cientos de años por los druidas. Se remonta a una época remota, oscura y pagana.

—Ya nos habían hablado de ello —dijo sir Walter, asintiendo con la cabeza—. Pero ¿qué se oculta tras este signo? ¿Por qué fue prohibido?

—En tiempos antiguos —dijo Gainswick en un tono que hizo que Quentin sintiera escalofríos—, cuando los clanes aún rezaban a divinidades naturales paganas, los druidas eran poderosos y temidos. Eran sabios y místicos, adivinos, y a veces también brujos.

—¿Brujos? —preguntó Quentin con un nudo en la garganta.

—Solo supersticiones, muchacho —le tranquilizó sir Walter—. Nada por lo que debas preocuparte.

—En otro tiempo también yo pensaba así —dijo Gainswick, y bajó aún más la voz antes de continuar—; pero la sabiduría llega con los años, y cuando uno ya es anciano reconoce muchas cosas que en su juventud permanecían ocultas. Hoy creo que existen más cosas en el cielo y en la tierra de las que la ciencia moderna puede admitir.

—¿Qué cosas? —preguntó sir Walter casi divertido—. ¿Quiere convencernos de que los druidas de tiempos remotos efectivamente podían hacer hechizos, profesor? Está asustando al pobre Quentin.

—No era esa mi intención. Pero me ha preguntado con qué tenían que habérselas, mi querido Walter. Y la verdad es que han entrado en relación con poderes oscuros.

—¿Con poderes oscuros? ¿Cómo debe entenderse eso?

—En esos tiempos antiguos —continuó Gainswick—, había dos tipos de druidas. Unos seguían la senda de la luz y ponían su ciencia al servicio del bien, para sanar y preservar. Pero había también otros que hacían un mal uso de sus capacidades y las utilizaban para aumentar su poder e influir en el destino de los hombres. Para alcanzar sus objetivos, no se detenían ante nada, y celebraban sacrificios humanos y rituales espantosos. Los miembros de esos círculos secretos llevaban capas oscuras y se cubrían el rostro con máscaras para que nadie pudiera conocer su identidad. Además de las runas tradicionales, con las que los druidas protegían sus secretos e interpretaban el futuro, desarrollaron otros signos. Signos de oscuro significado.

—Está hablando en enigmas, sir —dijo sir Walter, que con el rabillo del ojo había visto cómo Quentin se removía inquieto en su sillón.

—Se llamaban a sí mismos la Hermandad de las Runas y abjuraron de la antigua doctrina. En lugar de ello, tenían trato con poderes demoníacos, que les dieron, según cuenta la tradición, los nuevos signos. Los druidas íntegros evitaban y temían esos signos, y así se empezó a combatir a la hermandad. La mayoría de las runas prohibidas desaparecieron en el curso de los siglos. Con excepción de esta: la runa de la espada.

—¿Y qué sentido puede tener esto? —preguntó Quentin visiblemente nervioso.

El profesor sonrió.

—No lo sé, muchacho. Pero seguro que hay algo de verdad en este asunto.

—¿Por qué? —quiso saber sir Walter.

—Porque hay fuentes que lo documentan. Hace unos años tropecé en la Biblioteca Real con un viejo manuscrito redactado en latín. Era el tratado de un monje que se dedicaba al estudio de las runas paganas. Por desgracia, el manuscrito no estaba completo, de modo que no pude descubrir cuál había sido el tema del trabajo. Pero en las páginas que tenía a la vista, el autor trataba también, entre otras cosas, de los signos prohibidos.

—¿Y qué había escrito sobre ellos?

—Que la Hermandad de las Runas nunca había dejado de

existir. Que algunos grupos se habían mantenido hasta mucho más allá del cambio de época y que habían tenido una influencia considerable en la historia escocesa.

—¿Qué?

—Según decía, diversos potentados escoceses estaban próximos a la hermandad o se encontraban, al menos, dentro de su campo de influencia. Entre ellos también Robert, conde de Bruce.

—¡Imposible! —exclamó inmediatamente sir Walter.

—Mi querido Walter —replicó el profesor Gainswick con una sonrisa juvenil—, sé que todos los escoceses sienten un profundo aprecio por Bruce, al fin y al cabo, él fue quien unió a los clanes y derrotó a los ingleses; pero, por desgracia, tienden a colocar a las personalidades históricas en un pedestal demasiado elevado. También el rey Robert era solo un ser humano, con todos los defectos y debilidades que ello comporta. Era un hombre que debía tomar decisiones de gran alcance y que tenía que asumir el peso de una enorme responsabilidad. ¿Realmente es tan desatinada la idea de que pudiera rodearse de consejeros inadecuados?

Sir Walter reflexionó. Por su expresión podía verse que no le agradaba ver asociado al héroe nacional de Escocia con los sectarios; pero, por otra parte, la argumentación del profesor Gainswick era perfectamente razonable, y un entendimiento que trabajaba lógicamente, como el de Walter Scott, no podía desoírla sin más.

—Supongamos que tenga razón, profesor —dijo—. Supongamos que la Hermandad de las Runas permaneciera efectivamente activa hasta la Alta Edad Media y que sus relaciones alcanzaran a los círculos más elevados. ¿Qué nos dice eso?

—Nos dice que hasta ahora la influencia de esta secta se ha infravalorado. Esto puede deberse, por un lado, a que la propia hermandad tenía interés en no aparecer en los libros de historia, pero por otro, también, a que el redactado de la historia tradicionalmente se encontraba en manos de los monasterios, y es probable que sus superiores no se sintieran muy inclinados a informar sobre una hermandad pagana que practicaba la magia negra. En la transmisión del pasado no es raro que determinados aspectos sean sencillamente obviados por los cronistas cuando no se ajustan a sus convicciones. El escrito que encontré no era más que un fragmento. Es posible que solo por un capricho del destino sobreviviera a los siglos.

—Pero esto... esto podría significar que esta hermandad ha seguido existiendo hasta hoy —concluyó Quentin, angustiado—. Que es ella la que se encuentra tras este caso.

—Tonterías, muchacho. —Sir Walter sacudió la cabeza—. Tras este caso se encuentran simplemente unos rebeldes que conocen la historia y ahora utilizan ese antiguo signo para propagar el terror.

—Pero los jinetes que vimos aquella noche iban enmascarados —insistió Quentin—, y como sabes, el abad Andrew otorgaba una gran importancia a estos hechos.

—¿El abad Andrew? —El profesor Gainswick levantó sus pobladas cejas—. ¿De modo que hay monjes mezclados en este asunto? ¿De qué orden?

—Premonstratenses —respondió sir Walter—. Mantienen una pequeña comunidad en Kelso.

—También el monje que redactó el manuscrito que leí era un premonstratense —dijo Gainswick en voz baja.

—Puede ser solo una casualidad.

—Pero también es posible que sea más que eso. Tal vez haya algo que une a esta orden con la Hermandad de las Runas. Algo que se remonta a un pasado remoto y que ha sobrevivido a los siglos, de modo que todavía hoy sigue ejerciendo su efecto.

—Mi querido profesor, todo esto solo son especulaciones —dijo sir Walter desdramatizando. El profesor Gainswick siempre había tenido cierto sentido de la teatralidad, lo que hacía que sus lecciones fueran incomparablemente más interesantes que las de los demás eruditos; pero en este caso se requerían hechos, y no suposiciones aventuradas—. No tenemos la menor prueba de que nos encontremos efectivamente ante los herederos de esos sectarios. Ni siquiera sabemos qué objetivo perseguía la Hermandad de las Runas.

—Poder —dijo simplemente Gainswick—. A esos bribones nunca les interesó otra cosa.

—Carecemos de pruebas —repitió sir Walter—. ¡Si al menos tuviéramos una copia de ese manuscrito que encontró! En ese caso podría ir con él a Kelso y pedir explicaciones al abad Andrew. Pero así solo tenemos suposiciones.

—Me gustaría poder ayudarle, mi querido Walter, pero como ya he dicho, el asunto se remonta a algunos años atrás, y como las sectas y los rituales ocultos no pertenecen directamente a mi campo de intereses, no hice ninguna copia.

—¿Recuerda dónde encontró el manuscrito?

—En la biblioteca hay una sección de fragmentos y palimpsestos que no han podido asignarse a ninguna obra. Allí tropecé con él por pura casualidad. Si no recuerdo mal, el fragmento ni siquiera estaba catalogado.

—Pero ¿sigue allí?

Gainswick se encogió de hombros.

—Con todo el desorden que reina allí dentro, es poco probable que alguien haya sustraído el fragmento. Para eso debería saber exactamente dónde buscar.

—Muy bien. —Sir Walter asintió con la cabeza—. En ese caso mañana mismo Quentin y yo iremos a la biblioteca y buscaremos ese escrito. Si lo encontramos, al menos tendremos algo palpable que mostrar.

—No ha cambiado usted, querido Walter —constató el profesor sonriendo—. En sus palabras sigue hablando ese entendimiento lógico que no está dispuesto a aceptar nada que no pueda explicarse de forma racional.

—He disfrutado de una formación científica —replicó sir Walter—, y tuve un extraordinario maestro.

—Es posible. Pero este maestro ha reconocido con la edad

que la ciencia y la racionalidad no representan el final de toda sabiduría, sino, en todo caso, su principio. Cuanto más sabe uno, más claramente ve que en realidad no sabe nada. Y cuanto más intentamos captar el mundo con la ciencia, más se nos escapa. Yo, por mi parte, he llegado a reconocer que hay cosas que sencillamente no pueden explicarse, y solo puedo aconsejarle que haga lo mismo.

—¿Qué espera de mí, profesor? —Sir Walter no pudo evitar una sonrisa—. ¿Que crea en turbios hechizos? ¿En la magia negra? ¿En demonios y rituales siniestros?

—También Robert Bruce lo hizo.

—Esto no está en absoluto demostrado.

Gainswick suspiró.

—Veo, amigo mío, que aún no ha llegado a este punto. Cuando uno se hace mayor, muchas cosas se ven de forma distinta, puedo asegurárselo. Pero, de todos modos, le recomiendo que sea prudente. Tómeselo como un consejo de su viejo y loco profesor, que no desearía que a usted o a su joven pupilo les sucediera nada malo. Esta runa de la espada y el misterio que encierra no deben infravalorarse en ningún caso. Estamos hablando de poder e influencia. De marcar la historia y conformarla con ayuda de fuerzas que están más allá de nuestra comprensión. No ha tropezado usted con las huellas de un combate cualquiera, sino de la épica batalla entablada, desde la noche de los tiempos, entre la luz y las tinieblas. No lo olvide.

La mirada penetrante que el erudito dirigió a sus visitantes no agradó en absoluto a Quentin. De pronto, el joven se sintió incómodo, y se habría levantado y salido de la casa si no hubiera pensado que cometería una inaceptable grosería.

Si su tío no parecía preocuparse en absoluto por demonios y rituales siniestros, a Quentin, en cambio, aquel tipo de historias le inspiraban un enorme respeto. Y aunque había visto con sus propios ojos que los jinetes que les habían asaltado aquella noche, en Abbotsford, no eran fantasmas sino seres de carne y hueso, cuanto más sabían del asunto, más siniestro le resultaba todo.

¿Tenían que habérselas realmente con los herederos de una hermandad cuyas raíces se remontaban a siglos, si no a milenios? ¿Con unos sectarios tan poderosos que habían influido de forma decisiva en la historia de Escocia? Sin duda un hombre mayor y un muchacho inexperto no eran las personas más indicadas para desvelar un secreto como aquel...

—No lo olvidaré —dijo sir Walter para alivio de Quentin, aunque era fácil suponer que Scott cedía más por respeto a su antiguo maestro que por auténtica convicción—. Le agradecemos sus informaciones, y le prometo que actuaremos con la máxima prudencia.

—No puedo pedir más —replicó Gainswick—. Y ahora hablemos de otra cosa. ¿Cómo se encuentra su esposa? ¿Y en qué está trabajando ahora? ¿Es cierto que quiere escribir una novela que se desarrolla en la Edad Media francesa...?

Las preguntas con que el profesor asaltó a sir Walter no dejaron ya ningún espacio a nuevas especulaciones. Sir Walter las respondió todas, y los dos hombres conversaron sobre los viejos tiempos, cuando el mundo, como coincidieron en decir, era menos complicado. Como el profesor se negó a dejarles marchar sin que hubieran comido antes, la visita se alargó; el erudito indicó a su ama de llaves que preparara la cena, y así, cuando sir Walter y Quentin abandonaron por fin la casa del final del callejón, ya era muy tarde.

—El profesor Gainswick es un hombre muy afable —constató Quentin mientras volvían caminando hacia el carruaje.

—Sí, lo es. Ya cuando era un estudiante, él fue siempre para mí algo más que un maestro. Aunque el profesor ha envejecido mucho en los últimos años.

—¿Qué quieres decir?

—Por favor, Quentin... Toda esa historia de runas prohibidas y hermandades que influyeron incluso en la casa real escocesa...

—Pero podría ser, ¿verdad?

—No lo creo. La suposición de que esos rebeldes son los herederos de esa hermandad secreta y de que pueden seguir persiguiendo los mismos oscuros objetivos que sus antecesores me parece una quimera.

—Tal vez —admitió Quentin—. Pero deberíamos ser prudentes, tío. Estas cosas de que habla el profesor son realmente siniestras.

—¿Otra vez te atormenta el miedo a los fantasmas, muchacho? Sea como sea, mañana iremos a la biblioteca e intentaremos encontrar ese fragmento de que ha hablado el profesor. Si tuviéramos en nuestras manos un indicio concreto, podríamos argumentar ante la administración y posiblemente conseguiríamos que actuaran de forma aún más decidida contra estos criminales; pero tal como están las cosas, no tenemos más que algunos rumores y suposiciones insostenibles, y yo, desde luego, no voy a dejarme amedrentar por eso.

Habían llegado al extremo del callejón, donde el coche ya les esperaba. El cochero bajó y abrió la puerta para que pudieran subir.

Perdido en sombrías meditaciones, Quentin se dejó caer en el asiento. Si hubiera podido ver las formas espectrales que se ocultaban en los oscuros entrantes de los muros y en las entradas de las casas y les observaban, sin duda su inquietud habría sido mucho mayor.

Y tal vez incluso sir Walter habría rectificado su opinión sobre Miltiades Gainswick.

9

Cuando Mary entró a la mañana siguiente en el salón del desayuno, enseguida se dio cuenta de que algo había cambiado.

Malcolm de Ruthven ya había salido de la casa; solo su madre estaba presente. Y la mirada con que Eleonore la recibió no prometía nada bueno.

—Una mañana muy agradable —la saludó Mary afablemente, e insinuó una reverencia—. ¿Ha descansado bien?

—En absoluto —gruñó Eleonore—, y no se me ocurre qué podría hacer que esta mañana fuera para mí siquiera pasablemente agradable. ¿Por qué abandonaste la recepción tan pronto?

Mary ocupó su lugar al otro extremo de la mesa. De modo que ese era el motivo de aquel recibimiento gélido, pensó. Su rápida despedida les había enojado.

—No me encontraba bien —informó a su futura suegra, mientras una sirvienta llegaba y le servía el té.

—De modo que no te sentías bien. —La mirada de Eleonore no era difícil de interpretar; en ella había ira y desprecio—. Esta recepción se había celebrado en tu honor. Toda la nobleza de la tierra alta se había reunido aquí para darte la bienvenida a tu nuevo hogar. No sé cómo se comporta la gente en Inglaterra, pero aquí, en el norte, se considera sumamente grosero que el huésped de honor se retire sin una palabra de disculpa. Has infringido la etiqueta y ofendido a nuestros invitados.

—Lo lamento —dijo Mary—, no era esa mi intención; pero no me sentía bien, como he dicho, y pensé que era mejor...

—Pero ¿te sentías suficientemente bien para participar en una fiesta en la casa de los sirvientes?

La voz de Eleonore era tan dura y amenazante que Mary dio un respingo. Asustada, miró a la señora del castillo.

—¿Que creías, hija mía? ¿Pensaste realmente que tu pequeña escapada pasaría inadvertida? Yo me entero de todo lo que ocurre entre estos muros.

Mary bajó la mirada. No tenía sentido negarlo. Probablemente uno de los cocheros o alguno de los miembros del personal de servicio había hablado, y Mary tampoco podía reprochárselo. En ese lugar, todos temían a las personas a las que servían.

—No fue algo planeado —dijo Mary, recalcando cada palabra—. Salí para respirar un poco de aire fresco. Entonces oí música y quise saber de dónde venía. Y una cosa llevó a la otra.

—Oír esto de tu boca suena realmente inocente si se piensa que al final bailaste con el aprendiz del herrero y te entregaste a prácticas rústicas y primitivas...

—Perdone —replicó Mary, que no pudo evitar que su voz sonara sarcástica—, no sabía que estuviera prohibido.

—¡Todo te está prohibido! —gritó Eleonore, soltando un gallo. Sus ojos echaban chispas, y el aura amenazadora que la rodeaba llegó incluso a inspirar miedo a Mary—. Todo lo que perjudique a la fama y a la reputación del laird de Ruthven —añadió la señora del castillo, moderando un poco el tono.

—¿Perjudica a la fama y a la reputación del laird que acuda a un banquete de boda de sus sirvientes y felicite a los novios?

—No es propio de una lady practicar costumbres campesinas y felicitar al pueblo bajo.

—¿El pueblo bajo? Estas personas son nuestros subordinados. Están a nuestro servicio y se encuentran bajo nuestra protección.

—En primer lugar y por encima de todo —rectificó Eleonore, con una voz que temblaba de indignación—, estas personas tienen que someterse a nosotros y servirnos. Su sangre no tiene el mismo color que la nuestra, son gente impura y de baja estofa. Para una dama no es adecuado tratar con ellos más de lo debido.

Mary asintió.

—Poco a poco voy comprendiendo de dónde ha sacado Malcolm sus puntos de vista.

—Por tu situación no te corresponde ser impertinente o criticar al laird o a mí de ningún modo. Tu tarea se limita a ser una buena y obediente esposa para tu marido y a representar a la casa de Ruthven de la mejor manera posible. Esto y nada más es lo que se exige de ti. ¿Te sientes en situación de cumplirlo?

Mary bajó la mirada. Por un momento quiso asentir y rendirse, inclinarse ante la mayor edad y posición de su interlocutora, como le habían enseñado desde pequeña. Pero enseguida cambió de parecer; no podía dejar de lado unos valores en los que creía de forma incontestable y que en el castillo de Ruthven no parecían tener ninguna validez. No podía, no quería, soportar aquello calladamente.

—Depende —dijo finalmente en voz baja.

—¿De qué?

La mirada de Eleonore tenía de nuevo aquel aire de ave de presa que, ya en el día de su llegada, había asustado a Mary.

—De si no me avergüenzo de representar a la casa de Ruthven.

—¿Avergonzarte, tú…? —La señora del castillo jadeó, y por un instante pareció que efectivamente no conseguía respirar. La mujer agitó los brazos en el aire, impotente. Necesitó unos segundos para tranquilizarse—. Pero ¿sabes lo que estás diciendo, necia criatura? —soltó luego.

—Eso creo —le aseguró Mary—, y pienso también que no

soy ninguna necia. Estoy profundamente convencida, milady, de que no se puede tratar con desprecio a las personas por humilde que sea su origen. Dios dotó a todos los hombres con los mismos derechos y privilegios. El hecho de que no todos hayan tenido la suerte de nacer en un ambiente acomodado no debería incitarnos a mirarlos con desprecio.

—Lo que faltaba —gimió Eleonore con desprecio—. ¡Desatinos revolucionarios!

—Tal vez. Pero he mirado en los ojos de las personas que trabajan para usted, y en ellos he visto miedo. Los criados la temen, milady, igual que a su hijo.

—¿Y eso no te agrada?

—En absoluto, porque soy de la opinión de que los subordinados deberían amar a sus señores y sentir fidelidad hacia ellos en lugar de temerlos.

Por un momento Eleonore permaneció inmóvil, sin que Mary pudiera imaginar qué pasaba por su mente. Luego estalló en una carcajada.

—¿Es esa la razón de tu escapada nocturna? —quiso saber—. ¿Quieres ganarte la estima de los mozos y las criadas?

—En primer lugar son personas, milady. Y sí, me gustaría ganarme su aprecio y su respeto.

—El respeto se consigue solo mediante la autoridad. Y el miedo es un buen instrumento de ayuda para obtenerlo.

—No soy de esta opinión.

—Me es indiferente tu opinión. Nos has puesto en evidencia y nos has ofendido de una forma inaceptable, tanto al laird como a mí, y eso no quedará sin castigo.

—Con permiso, milady, ¡el laird es un zoquete a quien solo importa su reputación y sus riquezas! No merecía otra cosa.

—Ya es suficiente. —Los labios de Eleonore se apretaron hasta formar solo una línea sobre su pálido rostro—. Por lo visto no hay otro remedio; de modo que tendré que darte una lección.

—¿Qué se propone? —preguntó Mary impertérrita—. ¿Quemar el techo sobre mi cabeza, como hace con esa pobre gente?

—El techo, sin duda, no; pero hay otras cosas que arden magníficamente. El papel, por ejemplo.

De pronto Mary tuvo un mal presagio.

—¿Qué quiere decir con eso? —preguntó.

—Bien, hija mía, me parece dolorosamente evidente que esas embrolladas ideas que tienes en la cabeza no pueden proceder de ti misma. De manera que de algún lugar tienen que venir, y se me ha ocurrido que hundes tu nariz en los libros con mucha más frecuencia que cualquier otra dama que conozca.

—¿Y? —se limitó a preguntar Mary.

—Estos libros parecen ser la auténtica razón de tu rebeldía y tu comportamiento indómito. Por eso he ordenado que limpien tu habitación de libros y los lleven al patio para quemarlos a la vista de todos.

—¡No!

Mary se levantó de un salto.

—Tenías elección, hija mía. No deberías haberte puesto contra nosotros.

Durante un instante Mary se quedó paralizada, estupefacta ante tanta crueldad. El terror la dominó, y se precipitó hacia la ventana para mirar al patio. Abajo ardía un fuego vivo, del que ascendía, en el cielo de la mañana, un humo gris y jirones de papel que el aire caliente empujaba hacia lo alto.

Mary no pudo impedir que las lágrimas asomaran a sus ojos. Efectivamente eran libros lo que allí ardía, sus libros. En ese momento un criado trajo otro montón de la casa y lo arrojó a las llamas.

Mary se volvió y salió precipitadamente del salón. Voló por los pasillos y la escalera hasta llegar al patio. Kitty salió a su encuentro, con lágrimas en los ojos.

—¡Milady! —exclamó—. ¡Por favor, perdóneme, milady!

Quería evitar que lo hicieran, pero no pude. ¡Se llevaron los libros sin ninguna explicación!

—No te preocupes, Kitty —le dijo Mary, manteniendo un último resto de dignidad.

Luego bajó los escalones que llevaban al patio y tuvo que ver cómo otro montón de sus queridos libros eran entregados a las llamas; entre ellos también la obra sobre historia escocesa que sir Walter le había regalado. Conocía al joven que los había lanzado al fuego y que ahora atizaba las llamas con una larga barra de hierro. Era Sean, el aprendiz de herrero con el que había bailado la noche anterior en su boda.

La desesperación se apoderó de ella. Corrió para salvar lo que aún podía salvarse, quiso arrancar a las llamas los restos de sus queridos libros con las manos desnudas. El joven Sean se interpuso en su camino.

—No, milady —le pidió.

—¡Déjame pasar! Tengo que salvar mis libros.

—Ya no puede salvarse nada, milady —dijo el aprendiz tristemente—. Lo siento tanto...

Mary, de pie ante las llamas, con la mirada fija en la hoguera, vio cómo *Ivanhoe* y *La dama del lago* desaparecían en las brasas. El papel se arrugó antes de encenderse y teñirse de negro, para desintegrarse finalmente en cenizas.

—¿Por qué has hecho esto? —susurró Mary—. Estos libros eran todo lo que conservaba. Eran mi vida.

—Lo siento, milady —respondió Sean—. No teníamos elección. Amenazaron con quemar las casas de nuestras familias y expulsarnos de nuestras tierras si no lo hacíamos.

Mary miró al aprendiz de herrero. Su aspecto, con los rasgos hinchados por el llanto, no era en absoluto el que podía esperarse de una dama; pero no se avergonzaba de sus lágrimas. Lo que le había hecho Eleonore de Ruthven era lo más pérfido que había visto nunca.

Los ladrones del puente solo habían querido arrebatarle sus bienes materiales; Eleonore, en cambio, iba más allá. Ella quería destruir su vida, la consideraba una propiedad con la que podía comportarse como le placiera y que podía alterar a su antojo.

En medio de la tristeza y las coerciones que la rodeaban, la lectura había sido para Mary una huida a un mundo distinto y mejor. No podía imaginar cómo sobreviviría ahora sin sus libros.

—Por favor, milady —dijo Sean, al ver la desesperación en sus ojos—, no se enoje con nosotros. No podíamos hacer nada.

Mary le miró fijamente. En un primer momento, había sentido una ira incontrolable hacia el joven y se había sentido infinitamente decepcionada por su conducta y la de los suyos. Pero ahora comprendía que no era culpa suya. Sean y los demás sirvientes temían por su vida, y solo habían hecho lo que debían para protegerse a sí mismos y a sus familias.

Mary apartó los ojos de él y alzó la mirada hacia el edificio principal, hacia la gran ventana del salón. Como si lo hubiera adivinado, distinguió allí la figura enjuta de Eleonore de Ruthven.

La mujer se encontraba de pie junto la ventana, mirándola con aire altanero, y Mary vio cómo una sonrisa de complacencia se dibujaba en su pálido rostro. Sus puños se apretaron, y por primera vez en su vida, Mary sintió odio.

Con una última mirada se despidió de sus queridos libros, que las llamas habían devorado ya casi por completo. Luego se volvió y abandonó el patio con la cabeza alta, para no proporcionar a su futura suegra un nuevo motivo de satisfacción.

Kitty la acompañó, y las dos se esforzaron en contener el llanto para no dar ninguna muestra de debilidad. Solo cuando Mary estuvo en su habitación, dio rienda suelta a las lágrimas, y aunque Kitty hizo todo lo que pudo por consolarla, nunca en su vida se había sentido tan sola, tan abandonada.

Los libros habían sido su elixir vital, su ventana a la libertad. Aunque su cuerpo estuviera prisionero de las coerciones que se le imponían, su espíritu era libre. Al leer se había trasladado a lugares y tiempos lejanos, a los que nadie podía seguirla. Esa libertad, aunque hubiera sido solo una ilusión, había ayudado a Mary a no desesperar.

¿Cómo podría vivir aquí ahora, cómo podría soportar ese destino forzado en el castillo de Ruthven sin una palabra escrita que diera alas a su fantasía y le ofreciera consuelo y esperanza?

La desesperación de Mary no tenía límites. No abandonó la habitación en todo el día, y tampoco fue nadie a buscarla.

En algún momento sus lágrimas se agotaron, y extenuada por el dolor, la rabia y la indignación, Mary se durmió. Y mientras dormía, tuvo de nuevo un extraño sueño, que la condujo a un pasado muy lejano...

10

Gwynneth Ruthven había buscado la soledad.

Ya no podía seguir oyendo las murmuraciones de su hermano y sus nuevos amigos: que Escocia se encontraba en un gran peligro y William Wallace, al que todos llamaban siempre Braveheart, era un traidor; que ambicionaba la corona real y que debían detenerlo; que solo el conde de Bruce podía ser rey de Escocia y que la victoria sobre los ingleses debía alcanzarse por todos los medios.

Gwynn estaba harta de aquello.

Cuando vivía, su padre también había mantenido aquel tipo de conversaciones: siempre hablaba de que había que expulsar a los ingleses de Escocia y entronizar a un nuevo rey. Que hubiera apoyado a Wallace no constituía ninguna diferencia. Al final había perdido la vida en el campo de batalla, igual que tantos otros, y Gwynn no veía que su muerte hubiera servido para nada. Al contrario. El derramamiento de sangre y las intrigas no habían hecho más que empeorar.

Wallace había prometido expulsar a los ingleses de Escocia, pero no lo había conseguido; mientras él atacaba aún al enemigo en su tierra y conquistaba la ciudad de York, tropas inglesas habían desembarcado en la costa y habían tomado Edimburgo. Desde entonces los ocupantes proseguían su avance.

Lo único que había traído la revuelta era sangre y sufrimiento; pero en lugar de sacar alguna lección de aquello y aprender de los errores de su padre, su hermano Duncan ya estaba urdiendo el próximo levantamiento, el próximo derramamiento de sangre.

A Gwynneth no le gustaba la forma en que había cambiado Duncan en los últimos meses. Se había hecho mayor, tenía más responsabilidades; pero no era solo eso. Cuando hablaba, su voz sonaba presuntuosa y distante, y en sus ojos resplandecía un extraño brillo que parecía indicar que se sentía llamado a ser algo más que un lejano vasallo del rey inglés.

Gwynn no sabía exactamente qué tramaba su hermano, y tampoco habría tenido mucho sentido preguntárselo; pero era evidente que planeaba algo, junto con aquella gente extraña y siniestra de la que desde hacía poco se había rodeado.

Antes los dos hermanos se lo confiaban todo y eran inseparables. Sin embargo, desde la muerte de su padre, esto había cambiado: Duncan apenas hablaba ya con Gwynneth, y cuando lo hacía era solo para reprenderla.

Al principio Gwynn lo había tomado solo por un cambio de humor, un fenómeno transitorio que remitiría cuando Duncan hubiera superado la pérdida de su padre. Pero no remitió. Al contrario. Duncan siguió mostrándose huraño con ella, y la lista de sus misteriosos visitantes se alargó.

Gwynn no conocía el contenido de aquellas conversaciones. Pero supuso que tenía que ver con la insurrección, con William Wallace y el joven conde de Bruce, al que querían coronar rey; un vago temor penetró en su alma. Ya había perdido a su padre en la guerra y no quería perder también a su hermano. El corazón de Duncan, sin embargo, se había endurecido. Ya no la escuchaba, solo tenía oídos para sus nuevos y siniestros amigos.

Por eso Gwynn abandonaba siempre que podía el castillo y trataba de escapar al ambiente tenebroso que envolvía a Duncan y a sus asesores.

Eso había hecho aquel día. Con el pretexto de recoger leña, se había deslizado una vez más fuera del castillo. La tarde estaba avanzada. Nubes oscuras se habían agrupado en el cielo y cubrían el sol. Seguro que llovería. Por el norte se acercaba una negra pared de nubes, empujada por un viento frío.

Gwynn se ajustó el chal de lana en torno a los hombros. Temblaba de arriba abajo, pero no era el viento frío lo que la hacía estremecerse.

Tras ella se elevaban, poderosas, las torres del castillo de Ruthven. De niña habían sido para ella la encarnación de la protección y la seguridad, de la calma y la paz. Pero al mirar ahora hacia atrás, solo vio muros oscuros y almenas amenazadoras. Sentía un frío siniestro, una sensación de amenaza que nunca antes había experimentado.

Posiblemente tuviera que ver con los sueños que tenía desde la muerte de su padre. Dos sueños que se repetían siempre.

En uno de ellos cabalgaba sobre un caballo blanco por el paisaje de las Highlands, se apretaba contra el pelaje del animal, que le proporcionaba paz y consuelo, se sentía libre y sin trabas. En el otro sueño todo cambiaba, y mirara donde mirara, Gwynn solo veía miseria, sufrimiento y dolor. Veía las Highlands en llamas, personas que eran expulsadas de sus casas, perseguidas por guerreros con armas que escupían rayos y truenos.

¿Qué podía significar aquello?

Gwynn había pensado innumerables veces en el significado de aquellos sueños. ¿Por qué se repetían aquellas visiones? ¿Y por qué eran siempre las mismas espantosas imágenes?

En la soledad que reinaba en las colinas en torno al castillo de Ruthven, esperaba encontrar una respuesta a aquellas preguntas. La leña era solo una excusa: una mujer que quisiera estar sola para pensar habría despertado incomprensión entre los guardias del castillo.

Como hacía siempre que recorría aquellos parajes, Gwynn

siguió primero el curso de agua que corría por el barranco debajo de la torre oeste. En los meses de verano, cuando el arroyo llevaba poca agua, el fondo del barranco estaba casi seco y podían encontrarse muchas ramas secas y madera muerta.

Ya de pequeña, Gwynn iba a menudo allí para trepar por las escarpadas rocas. No era una actividad muy apropiada para una niña, pero su padre se lo había permitido. Gwynn sabía que en realidad habría querido tener otro varón y por eso le alegraban todas las virtudes masculinas de su hija; sin embargo, nunca lo había dejado ver, y Gwynn le estaba muy agradecida por ello.

Subió a un montón de pequeñas piedras acumuladas por las lluvias de la primavera y llegó a un brazo lateral del abrupto barranco. Desconcertada, miró alrededor; de pronto tenía la sensación de que nunca había estado allí antes. Hasta ese momento había estado convencida de que conocía cada roca en aquella comarca, y sin embargo, ante ella se abría un barranco estrecho que nunca había pisado.

También aquí había rocas escarpadas y tajos abruptos, grietas y cuevas excavadas en la piedra gris. Intrigada, Gwynn siguió subiendo por la garganta, hasta que de pronto se dio cuenta de que se levantaba niebla. La bruma surgía de las fisuras y de las grietas de la roca, flotaba sobre el suelo y se extendía con rapidez. Gwynn tenía la sensación de que trepaba, húmeda y pegajosa, por su cuerpo para sujetarla con su mano fría. Sin que pudiera explicarse por qué, de pronto sintió miedo.

Dio media vuelta; quiso salir del barranco, pero la niebla ya la había envuelto por completo. Solo podía reconocer vagamente lo que la rodeaba. De repente, las retorcidas ramas de los árboles muertos parecían los brazos extendidos de repulsivos troles, que solo esperaban ver aparecer a algún desprevenido caminante para atraparlo y devorarlo.

Gwynn recordó las historias que contaban los viejos junto al fuego, sobre troles, gnomos y otras criaturas que habitaban en la bruma. Asustada, dejó caer la leña que había recogido y trató de encontrar un camino a través de la densa niebla.

—¿Adónde vas, hija mía?

Una voz rechinante le hizo dar media vuelta; Gwynneth se llevó un susto de muerte al ver surgir de entre la niebla, junto a ella, a una figura oscura que se había acercado sigilosamente.

Gwynn gritó, asustada, hasta que se dio cuenta de que no se trataba de un gnomo o un trol, sino solo de una anciana.

Era una mujer de poca estatura, que caminaba encorvada y se apoyaba en un bastón. El manto que la cubría era negro como la pez, y del cordón de cuero que llevaba en torno al cuello colgaban unos extraños talismanes hechos de huesos. Pero lo más impresionante era su cara, pálida y surcada de arrugas, con unos ojos hundidos de mirada fija. La nariz, fina y ganchuda, parecía dividir el rostro en dos mitades, y por lo que podía verse, en su boca, pequeña y medio abierta, no quedaba ya ni un solo diente.

¡Una mujer de las runas!, pensó Gwynn horrorizada.

Por su aspecto, la mujer debía de ser una de esas adeptas de la antigua religión pagana a las que se atribuían prácticas malignas. Se decía que las mujeres de las runas podían ver en el futuro y lanzar siniestras maldiciones que podían matar incluso al más fuerte de los miembros de un clan. No era extraño, pues, que la voz de Gwynn sonara asustada al preguntar:

—¿Qué quieres de mí?

La anciana levantó los brazos en un gesto de inocencia.

—¿Qué ocurre? —siseó, y su voz sonó como el viento del este cuando por la mañana silbaba a través de los muros del castillo de Ruthven—. ¿No irás a decirme que te doy miedo?

—Claro que no —afirmó Gwynn en un arranque de orgullo.

—Eso está bien —dijo la anciana, y rió entre dientes—. Supongo que sabes que hay gente que cuenta cosas malas sobre mí y mis iguales. Tal vez ya hayas oído hablar de mí. Me llamo Kala.

—¿Tú... eres la vieja Kala?

—¿De modo que conoces mi nombre?

Gwynn asintió con la cabeza y retrocedió instintivamente. Claro que había oído hablar de la vieja Kala; aquella mujer era tristemente célebre, aunque siempre había pensado que se trataba solo de un personaje de leyenda con el que se asustaba a los niños. Kala era la más famosa entre todas las mujeres de las runas. Se decía que incluso los druidas de tiempos antiguos habían temido su poder y la fuerza de su magia, y se afirmaba que tenía muchos cientos de años y que había visto con sus propios ojos la construcción de la gran muralla de los romanos.

—No deberías creer todo lo que cuentan sobre mí, hija mía —dijo Kala, como si pudiera leer sus pensamientos—. Solo la mitad es cierto, e incluso de eso la mitad es medio inventado..., Gwynneth Ruthven.

—¿Conoces mi nombre?

—Naturalmente. —Los rasgos arrugados de Kala se encogieron en un gesto que podía pasar por una sonrisa—. Conozco a todos los de vuestro clan, con todas sus peculiaridades y su ridícula testarudez. Te conozco a ti y a tu hermano, el ardiente Duncan. Y conocía también a vuestro padre, que perdió la vida en el campo de batalla. Los he observado a todos y he visto su funesta conducta. Hablan de libertad pero con ello se refieren solo a su propio beneficio, y traicionarían a sus seres más queridos solo para conseguir lo que anhelan.

—¿De qué estás hablando? —preguntó Gwynn, pero la anciana no reaccionó ante la pregunta. La mirada de Kala parecía atravesar a Gwynn y perderse en la lejanía o en un tiempo remoto.

—Yo estuve allí —dijo con un graznido—. Es mi destino observar la marcha de las cosas. He visto llegar e irse a los reyes, he contemplado la ascensión y la caída de los gobernantes. En estos días, Gwynneth Ruthven, a nuestro pueblo se le ofrece una oportunidad que nunca se dio antes. ¡Podríamos deshacernos del yugo del dominio extranjero y conquistar de nuevo nuestra libertad! Todo está en movimiento. Las cosas han caído en el desorden, y se necesita una mano fuerte y valerosa para ordenarlas de nuevo. Pero la envidia y los celos amenazan con destruirlo todo.

Con sus dedos huesudos, la anciana había agarrado a Gwynn del brazo y la mantenía sujeta, la hipnotizaba con la mirada mientras hablaba. Gwynn notó que un escalofrío le recorría la espalda, y se soltó con un movimiento enérgico.

—¿De qué me hablas? —preguntó con aspereza—. ¿Has perdido la razón acaso?

—He venido para prevenirte, Gwynneth Ruthven —dijo la anciana con voz temblorosa—. Tu hermano está invocando al mal y atraerá la desgracia sobre todos vosotros.

—No sabes lo que dices, anciana —dijo Gwynn, que se revelaba contra el parloteo senil de la siniestra vieja.

Gwynneth dio media vuelta y quiso salir del valle; pero en medio de la densa niebla no pudo encontrar el sendero. Vagó sin rumbo entre las piedras hasta que el camino acabó ante una pared rocosa. Decidió seguirla, pero solo consiguió adentrarse aún más en el barranco, hasta que perdió por completo la orientación.

Dominada por el pánico, Gwynneth miró alrededor; se sobresaltó al ver aparecer de nuevo a la figura oscura junto a ella.

—¿Buscas algo, hija mía?

—El camino a casa —replicó Gwynneth, azorada—. Quiero ir a casa, ¿me oyes?

—Ve, pues. ¿Qué te lo impide?

—Esta maldita niebla. No puedo ver nada a dos palmos.

—Ese parece ser el problema de los hombres —dijo la anciana, riendo entre dientes—. Se adentran impávidos en terreno desconocido, juegan con cosas cuyo verdadero significado no pueden intuir siquiera. Hasta que ya no saben cómo seguir adelante.

—Por favor —le imploró casi Gwynn—, déjame marchar. No sé qué sentido tiene todo esto.

—¿Y lo sé yo? ¿Sabe el árbol lo que será de él cuando el leñador hunda en él su hacha? Tampoco yo sé qué nos depara el destino, Gwynneth Ruthven. Pero las runas me han mostrado que tu clan desempeña en él un papel importante. El destino de Escocia podría estar un día en sus manos, pero tu hermano está en camino de arruinarlo todo.

—¿Mi hermano? ¿Por qué?

—Porque no está preparado para esperar hasta que el tiempo esté maduro. Porque ha cogido el destino en sus manos y quiere conseguir como sea aquello en lo que tu padre fracasó. Y no se detendrá ante ningún crimen para alcanzar su objetivo.

—¿Un crimen? ¿Mi hermano Duncan? —Gwynn sacudió la cabeza—. Estás diciendo tonterías, anciana. La muerte de nuestro padre puede haberle afectado profundamente, pero Duncan no es como dices. Una gran carga pesa sobre sus hombros, eso es todo.

—¿Ah sí? —replicó la anciana mordazmente—. ¿Y ese es el motivo por el que huyes del castillo en cuanto tienes un minuto libre, Gwynneth Ruthven? ¿No será que no puedes soportar por más tiempo estar cerca de tu hermano y de los siniestros consejeros de los que se rodea desde hace poco?

—¿Tú... lo sabes?

—Ya te lo he dicho, pequeña Gwynn; sé muchas cosas, más de las que imaginas. Te he observado, a ti y a los tuyos, desde hace mucho. Durante todo ese tiempo he callado, pero ahora ya no puedo hacerlo. Están a punto de ocurrir cosas malas, Gwynn. Hechos que cambiarán el curso de la historia, si nadie está ahí para impedir que sucedan. Y será tu hermano quien ponga en marcha esas cosas.

—¿Mi... mi hermano?

Gwynn dudaba. En lo más profundo de su ser se resistía a creer una sola palabra de lo que decía la mujer de las runas; pero la forma en que Kala hablaba con ella, su tono de voz y su mirada acusadora y al mismo tiempo triste la impulsaron a escucharla.

—¿Por qué dices esto? —preguntó desconcertada—. Te oigo hablar, pero apenas entiendo nada de lo que dices.

—Tu hermano, Gwynneth, ha cogido el destino en sus manos. Está intrigando contra William Wallace, al que llaman Braveheart. Junto con sus falsos amigos planea engañar a Wallace y desposeerlo de su poder. Su fuerza debe ser transferida a Robert Bruce, para que este ascienda al trono y pueda convertirse en rey de Escocia.

—¿Y qué hay de malo en eso?

—Todo, hija mía. El momento, las runas, las estrellas. Todo. Wallace se encuentra en la cima de su poder. Para derribarlo habrá que utilizar artes sombrías y fuerzas oscuras. Tu hermano se ha comprometido con ambas, sin comprender, claro está, lo que eso supone. ¡No es extraño que te sientas mal en presencia de esos personajes con los que se relaciona últimamente y que se han convertido en sus hombres de confianza! Son gente maldita que practica un arte oscuro.

—¿Te refieres a la antigua creencia pagana? —preguntó Gwynn cautelosamente—. ¿Esta gente es como tú?

—No, no como yo —siseó Kala con tanta fuerza que Gwynn se echó atrás de nuevo—. Son distintos, hija mía. Sus pensamientos están llenos de intenciones sombrías y planes malvados. Utilizan las runas oscuras en sus prácticas, no las luminosas, y su arte es más antiguo que todo lo que tú y yo podamos llegar a imaginar.

Kala había bajado la voz hasta convertirla en un susurro, y de pronto Gwynn tuvo la sensación de que un frío helado se extendía por todo su cuerpo. ¿Era la niebla, que se deslizaba entre sus ropas? ¿O ese miedo impreciso que la había asaltado de pronto?

—Entonces tendré que prevenir a Duncan —dijo titubeando.

Kala se limitó a reír.

—¿Crees que podrías hacerlo? ¿Crees que te escucharía? ¿Crees que con tu juventud y tu inexperiencia podrías combatir a un poder que es mucho más viejo y astuto que tú? Tu voz se perdería en la tormenta que se avecina. Solo puedo prevenirte para que no la hagas estallar.

—Pero si todo lo que dices es cierto, Duncan se encuentra amenazado por un gran peligro.

—¿Puede la llama verse amenazada por el fuego? Tu hermano no sabe lo que hace. El duelo por vuestro padre y la ira contra los ingleses le han cegado. Y el duelo y la rabia son malos consejeros para un joven. Cree que actúa como lo habría hecho su padre, pero en realidad solo hace lo que sus consejeros exigen de él. Él será quien traicione a Braveheart y se encargue de sellar su destino.

—Entonces ¿por qué no previenes a Wallace?

—Porque aún no sé desde dónde amenaza el peligro, hija mía. Las runas me han revelado el destino de William Wallace. Será duro y cruel, si tu hermano y sus nuevos amigos tienen éxito. Pero aún no sé cuándo y dónde se producirá la vergonzosa traición, porque tampoco las runas me lo desvelan todo.

—¿Por qué me cuentas esto? —preguntó Gwynn—. ¿Qué tengo que ver yo con los planes de mi hermano?

—Tú eres una Ruthven, igual que él. En ti fluye la misma sangre, y también tú asumes la responsabilidad por vuestro clan. No debes permitir que tu hermano cargue con esa culpa. El clan de los Ruthven estaría maldito por toda la eternidad. Pero aún hay esperanza.

—¿Esperanza? ¿De qué?

—De salvación, hija mía. Solo tú tienes la llave para alcanzarla. Es propio de la irreflexiva naturaleza de los hombres empezar cosas cuyo final no prevén, y desencadenar, por su ansia de fama, poderes que no pueden controlar. Solo una mujer puede aportar la salvación frente a la oscuridad que os amenaza a todos, y las runas han dado tu nombre, Gwynneth Ruthven...

11

Sir Walter no perdió el tiempo.

Como había anunciado al profesor Gainswick, Quentin y él se presentaron a la mañana siguiente en la biblioteca de la Universidad de Edimburgo y preguntaron por la colección de fragmentos.

Los bibliotecarios —unos hombres de piel gris que parecían respirar polvo y temer la luz del sol— no se mostraron, al principio, muy inclinados a atender los deseos de Scott; pero cuando conocieron la importancia y la fama del huésped que visitaba sus salas, cambiaron rápidamente de opinión. Con solícita cortesía, Quentin y sir Walter fueron conducidos, a través de unos empinados escalones, hasta una apartada bóveda subterránea. Allí, en una habitación alargada sin ventanas, se alineaban filas de estanterías de madera que almacenaban miles de escritos, en parte sobre pergamino y en parte sobre papel, encuadernados, sueltos o en rollos.

El bibliotecario preguntó si sir Walter buscaba algo concreto y si podía serle útil, pero Scott dijo que no y pidió que les dejaran solos, tras lo cual el hombre se alejó complaciente.

—Esto se parece a la biblioteca de Kelso —constató Quentin mientras sostenía su lámpara de modo que iluminara uno de los lados de la larga bóveda. El sótano era tan amplio que su extremo se perdía en la oscuridad.

—Con la diferencia de que los bibliotecarios de aquí parecen otorgar menos valor a sus antiguos tesoros —añadió reprobadoramente sir Walter, mirando alrededor. La habitación era húmeda, y una gruesa capa de moho cubría las paredes y el techo. Como escritor, le dolía en el alma ver cómo la palabra escrita de las generaciones anteriores era abandonada a la destrucción de una forma tan despreciativa.

—Por lo que se ve, los eruditos de la universidad no están particularmente interesados en la conservación de estos escritos —supuso Quentin.

—O falta personal para examinarlos y numerarlos todos. Hemos dejado abandonado durante demasiado tiempo el legado de nuestro pasado. Recuérdame que haga llegar en breve un generoso donativo al encargado de la biblioteca para que se solucione esta penosa situación.

—¿Por qué? —preguntó Quentin con su habitual mezcla de despreocupación e ingenuidad—. ¿Por qué es tan importante ocuparse del pasado, tío? ¿No debería interesarnos mucho más el futuro?

—¿Afirmarías que los frutos de un manzano son más importantes que sus raíces? —opuso sir Walter.

—Bien, puedo comerme las manzanas, ¿no es cierto? Las manzanas me quitan el hambre.

—¡Que respuesta más tonta! —Sir Walter sacudió la cabeza—. Es posible que las manzanas llenen tu estómago durante un tiempo, pero el árbol ya no dará más frutos. No preocuparse por las raíces significa perder los frutos. La historia es algo vivo, muchacho, igual que un árbol. Prospera y crece con los que la observan. Si perdemos de vista nuestro pasado, también perdemos nuestro futuro. Pero si lo estudiamos regularmente y somos conscientes de él, evitaremos repetir los errores de las generaciones anteriores.

—Esto resulta esclarecedor —reconoció Quentin, y pasó revista a las estanterías que desbordaban papeles ondulados y pergaminos agujereados—. ¿Cómo encontraremos el escrito del que habló el profesor Gainswick en medio de este caos?

—Una buena pregunta, muchacho. —Sir Walter se había vuelto hacia el otro lado de la estancia, donde el caos no era menos abrumador—. Si el buen profesor nos hubiera dado al menos una indicación sobre dónde debíamos buscar el fragmento, pero él mismo tropezó con este escrito solo por casualidad y no le concedió más importancia; de modo que supongo que solo nos queda buscarlo de forma sistemática.

—¿Sistemática, tío? ¿Quieres decir que... tendremos que revisar todos los escritos?

—No todos, sobrino. Olvidas que el profesor Gainswick habló de un escrito sobre papel. Por tanto, los pergaminos y palimpsestos que se almacenan aquí pueden descartarse desde el principio. Solo tenemos que examinar carpetas con fragmentos y escritos sueltos.

—Naturalmente —replicó Quentin con un atrevimiento poco habitual en él—. Deben de ser solo unos miles, ¿no?

—A veces me pregunto, mi querido sobrino, cuánta sangre de tus antepasados fluye realmente por tus venas. Los Scott siempre han andado sobrados de optimismo y energía; nunca se arredran ante ningún esfuerzo por grande que sea.

Quentin ya no le contradijo. Su tío siempre lograba que hiciera cosas que normalmente rechazaría de forma concluyente. Invocar a la familia había sido una hábil estratagema, ya que Quentin, aun adivinándole la intención, se sintió imbuido de pronto de una responsabilidad a la que fue incapaz de sustraerse. A pesar de que la visión de aquella sucesión de infolios y paquetes repletos de papeles, que se alineaban interminablemente los unos junto a los otros en los estantes, era bastante descorazonadora, se propuso no dejarse amedrentar por ello. No ahora, cuando se encontraba en vías de convertirse en un hombre nuevo...

Mientras sir Walter iba sacando volúmenes de los estantes y los colocaba sobre las mesas de lectura que se encontraban en el centro de la bóveda, Quentin decidió hacerse primero una idea general del trabajo que le aguardaba. Antes de empezar a buscar la aguja en el pajar, quería saber hasta qué punto era grande la colección. El círculo de luz de su lámpara aún no había llegado al extremo de la bóveda.

Como cada paso a lo largo de las estanterías significaba unos miles de páginas que había que examinar, Quentin se fue desanimando cada vez más a medida que avanzaba. De hecho, si quería ser franco, tenía que reconocer que no era solo la resignación ante aquella búsqueda casi imposible lo que le oprimía el ánimo. Y es que en realidad no estaba en absoluto seguro de querer encontrar el escrito de que había hablado el profesor Gainswick.

Desde que el pobre Jonathan había perdido la vida, las cosas no habían hecho más que empeorar: la desgracia en el puente, el asalto a Abbotsford, el siniestro signo rúnico…; ¿qué podía seguir ahora?

Al principio, la decisión de sir Walter de ir a Edimburgo le había tranquilizado un poco. Pero encontrarse buscando en una lúgubre bóveda indicios sobre una antigua sociedad secreta no era en absoluto lo que había imaginado al ir a la ciudad.

La visita al profesor Gainswick había contribuido a aumentar su angustia. No podía decir de dónde procedía ese sentimiento. No era tanto el miedo por su integridad y por su vida lo que le atormentaba —aquí, en Edimburgo, parecían estar hasta cierto punto a salvo de la persecución de la banda—; lo que sentía era más bien un temor impreciso ante algo antiguo, malvado, que había sobrevivido a los tiempos y acechaba para descargar un nuevo golpe…

Su recorrido acabó ante una reja de hierro oxidada. La puerta estaba cerrada con una pesada cadena, pero la reja no marcaba el final de la biblioteca, pues al otro lado Quentin pudo reconocer, al débil resplandor de la lámpara, otros escritos amontonados en estantes y mesas. A juzgar por el polvo depositado, de un dedo de grosor, nadie había entrado en la cámara desde hacía bastante tiempo. Cuando Quentin iluminó el espacio a través de los barrotes de la reja, se oyó un chillido asustado, y algo gris con el pelaje sucio y una cola larga y pelada se escabulló a toda prisa por el suelo.

—¡Tío! —gritó Quentin, y el eco de su voz resonó lúgubremente contra las paredes de la bóveda—. ¡Tienes que ver esto!

Sir Walter cogió su lámpara y se acercó por el corredor. Desconcertado, contempló la puerta y la habitación que había tras ella.

—Cerrada —constató al observar la cadena y el cerrojo oxidado.

—¿Qué escritos crees que pueden estar almacenados aquí? —preguntó Quentin.

—No lo sé, muchacho, pero solo el hecho de que los hayan encerrado separados de los demás los hace interesantes, ¿no te parece?

Quentin volvió a ver en los ojos de su tío aquel brillo juvenil y pícaro que amaba tanto como temía.

—Pero el profesor Gainswick no dijo nada de una habitación cerrada —observó.

—De todos modos, eso no significa nada. El escrito que buscamos podría haber sido trasladado aquí más tarde, ¿no? Tal vez precisamente porque Gainswick se interesó por él.

Quentin no le contradijo; por una parte, porque una simple suposición no podía refutarse con una suposición contraria, y por otra, porque en cualquier caso su tío nunca se volvía atrás cuando se le metía algo en la cabeza.

Sir Walter interrumpió inmediatamente su recién iniciada búsqueda del fragmento desaparecido y los dos volvieron arriba, donde el funcionario de piel gris estaba sentado ante un secreter catalogando libros. Sir Walter le habló de la cámara y la puerta cerrada, y la piel ya de por sí gris ceniza del funcionario se volvió visiblemente más pálida.

—Si es posible —concluyó el señor de Abbotsford—, me

gustaría que me diera la llave de esta cámara, porque quizá allí se encuentre lo que busco.

—Por desgracia, esto es imposible —replicó el bibliotecario.

El hombre se había esforzado en adoptar un tono neutro, pero ni siquiera a Quentin, que no era ni mucho menos tan buen observador como su tío, le pasó por alto su nerviosismo.

—¿Y por qué, si se me permite preguntarlo?

—Porque la llave de esta cámara ya hace mucho tiempo que se perdió —explicó el funcionario, y por su expresión podía adivinarse que él mismo se sentía agradecido por esta rápida y sencilla solución al problema. De todos modos, no contaba con la testarudez de sir Walter.

—Bien —dijo este con una sonrisa afable—, entonces no lo entretendremos más y llamaremos a un artesano que pueda abrir el cerrojo sin necesidad de llave. Estaré encantado de hacerme cargo del gasto y prestar así servicio a la biblioteca.

—Tampoco esto es posible —replicó al momento el bibliotecario.

Sir Walter inspiró profundamente.

—Tengo que reconocer, mi joven amigo, que me siento un poco desconcertado. Primero parece que un cerrojo viejo es lo único que nos impide entrar en esta habitación, pero luego de pronto resulta que hay otro problema.

El bibliotecario miró furtivamente a derecha e izquierda para asegurarse de que no había nadie cerca. Luego bajó la voz y dijo:

—La habitación fue sellada, sir, ya hace mucho tiempo. Se dice que allí se almacenan escritos prohibidos, que deben permanecer ocultos a todas las miradas.

—¿Escritos prohibidos? —preguntó Quentin, asustado. Los ojos de su tío, en cambio, brillaban con más fuerza que antes.

—Por favor, sir, no haga más preguntas. No sé nada sobre ello, y aunque lo supiera, tampoco podría decirle nada. La llave se perdió hace tiempo, y así está bien. Esa bóveda es más antigua que la biblioteca, y se dice que la cámara no se ha abierto desde hace siglos.

—Una razón más para hacerlo —replicó sir Walter—. La superstición y los cuentos de viejas no deberían cruzarse en el camino de la ciencia y la investigación.

—Entonces tengo que pedirle que lo comente con el encargado de la biblioteca, sir. Aunque en su lugar no me haría ilusiones. Otros, antes que usted, fracasaron en el intento de hacer abrir la cámara.

—¿Otros? —Sir Walter y Quentin aguzaron el oído—. ¿Quiénes, amigo mío?

—Gente extraña. Unas figuras sombrías.

El bibliotecario se estremeció.

—¿Cuándo ocurrió eso?

—Hace dos meses. ¿No es curioso? Parece que durante siglos nadie se había interesado por esta cámara, y ahora, de repente, vienen uno tras otro.

—Sí, es verdad. ¿Y esa gente quería también la llave de la cámara?

—Así es. Pero no la consiguieron, como le sucederá a usted.

—Comprendo —dijo sir Walter—. Gracias, amigo, nos ha ayudado mucho.

Dicho esto, se volvió y cogió a Quentin de la manga para arrastrarlo fuera de allí.

—¿Has oído eso? —siseó Quentin cuando volvieron a encontrarse en la bóveda y pudieron estar seguros de que nadie les oía—. ¡La cámara está cerrada desde hace siglos! Dicen que allí se guardan libros prohibidos. Tal vez tengan algo que ver con la runa y la hermandad.

—Tal vez —se limitó a decir sir Walter.

—Y seguro que esos individuos que visitaron la biblioteca hace unas semanas eran adeptos de la secta. También querían acceder a la cámara, pero el encargado les negó la entrada.

—Es posible.

—¿Posible? ¡Pero tío, todo parece confirmarlo! ¿No has oído lo que ha dicho el bibliotecario sobre ellos? ¿Que eran unas figuras sombrías?

—¿Y de ahí deduces que eran los sectarios?

—No —reconoció Quentin tímidamente—. Pero deberíamos hablar con el encargado. Tal vez pueda darnos algún indicio sobre la identidad de esos hombres.

—Muy bien, sobrino. ¿Y luego qué?

—Luego —continuó Quentin bajando un poco la voz— deberíamos concentrarnos de nuevo en la cámara. Porque tu suposición de que allí puede haber algo importante para nosotros parece ser correcta.

—Exacto. —Sir Walter golpeó triunfalmente con el puño la mesa de lectura—. Si esa gente quería efectivamente acceder a la cámara, eso tiene que significar que allí hay algo que encontrar. Posiblemente demos por fin con el indicio decisivo que nos permita solucionar el enigma de la runa de la espada y desarticular esa ominosa hermandad.

—Entonces ¿no seguiremos buscando el fragmento del profesor Gainswick?

—No, muchacho. Esta cámara me parece mucho más prometedora que seguir buscando una aguja en un pajar. Iremos a ver al encargado enseguida. Tal vez él pueda ayudarnos.

No es que el encargado no pudiera ayudarles. En realidad, Quentin tuvo más bien la impresión de que no quería hacerlo.

Aunque el rollizo individuo, con largas patillas, que ocupaba este cargo en la biblioteca universitaria se esforzó en informarles con cortesía, era evidente que estaba asustado. El hombre contó nerviosamente a sir Walter y a su sobrino la misma historia que ya habían oído de labios del bibliotecario: que la cámara hacía mucho tiempo que estaba cerrada y que tenían órdenes superiores de no volver a abrirla. La llave había desaparecido, y naturalmente no había ni que hablar de forzar la cerradura.

Sir Walter trató de hacerle cambiar de opinión, pero después de algunos intentos infructuosos tuvo que darse por vencido —podía decirse que Scott había encontrado la horma de su zapato en la obstinación del encargado—. Finalmente, el hombre les recomendó que presentaran una solicitud oficial a la Oficina Real para la Investigación y la Ciencia, aunque su tramitación duraría semanas, si no meses, y tenía pocas posibilidades de éxito.

El encargado tampoco pudo proporcionarles ninguna información sobre los hombres que habían tratado también de acceder a la cámara.

Hacía unas seis semanas, dijo, dos hombres, cuya actitud y apariencia describió como «siniestras», habían tratado de conseguir la llave, pero naturalmente también a ellos había tenido que negarles la entrada. Como no habían dado ningún nombre y el encargado tampoco podía recordar su aspecto, a sir Walter le pareció que no tenía sentido seguir indagando.

Él y su sobrino emprendieron a continuación el camino de regreso a casa. Naturalmente habrían podido seguir registrando la colección de fragmentos con la esperanza de tropezar con el hallazgo del profesor Gainswick, pero esa actuación no les parecía ya tan prometedora ahora que sabían dónde se encontraban realmente los auténticos indicios que podían conducir al esclarecimiento del misterioso caso.

—Esperar un permiso oficial para abrir la cámara llevaría demasiado tiempo —constató sir Walter cuando se encontraron de nuevo sentados en el carruaje—. Lo mejor será que redacte una carta al ministro de Justicia. Como secretario del Tribunal de Justicia tengo derecho a ordenar registros si estos pueden contribuir a la resolución de un caso.

—Dime, tío, ¿por qué crees que el encargado no ha querido ayudarnos? —preguntó Quentin.

Sir Walter miró fijamente a su sobrino.

—No deberías olvidar que en nuestra familia soy yo quien plantea las preguntas pedantes —replicó sonriendo—. Conoces la respuesta; si no, no lo preguntarías.

—Pienso que el hombre tenía miedo. Y creo que el motivo debe buscarse en los hombres que le visitaron.

—Es posible.

—Si esos hombres pertenecían efectivamente a la Hermandad de las Runas, esto demostraría que el profesor Gainswick tenía razón al decir que aún existe esta secta y que sus partidarios siguen haciendo de las suyas en la actualidad.

—No —le contradijo sir Walter—. En principio solo demuestra que alguien se interesa por las mismas cosas que nosotros. Y que no habrían debido llevarte a ver a Gainswick. Debes saber que el profesor es un hombre dotado de una gran fantasía.

—Pero no decías tú mismo antes que los hermanos de las runas...

—Tenemos que habérnoslas con unos lunáticos —le interrumpió sir Walter—, con unos fanáticos políticos que utilizan las antiguas supersticiones para camuflarse y asustar a espíritus débiles como el encargado. Pero me niego a creer que esos hermanos de las runas o como quieran llamarse estén aliados con fuerzas sobrenaturales. Los crímenes que han cometido ya son, en sí mismos, bastante espantosos: son culpables de asesinato, incendio y desórdenes públicos, lo que no les diferencia ni un ápice de los criminales corrientes. Me niego a creer en elementos sobrenaturales cuando pueden encontrarse explicaciones plausibles. Estos sectarios son individuos fuera de la ley que utilizan un viejo mito para rodearse de un aura siniestra. Eso es todo.

—¿De modo que el inspector Dellard posiblemente tenía razón?

—Al menos parece que sus teorías no eran del todo erróneas. Sin embargo, en un aspecto se ha equivocado por completo.

—¿En cuál?

—Nos ha enviado a Edimburgo para que esos sectarios nos dejen en paz, pero parece que esos individuos cometen sus fechorías aquí igual que lo hacían en Galashiels. Y eso es algo que efectivamente me inquieta, muchacho. Por eso quiero contribuir a que esa gente sea capturada lo más pronto posible y se les inflija el castigo que merecen antes de que puedan causar más daño.

Quentin pudo notar cómo el rostro de su tío se ensombrecía.

—Piensas en la visita del rey, ¿verdad? —preguntó con cautela.

Sir Walter no respondió; pero en las mandíbulas apretadas y los rasgos tensos de su tío, Quentin pudo reconocer que había dado en el clavo.

También sir Walter abrigaba temores en relación con aquel caso, aunque no por los mismos motivos que su sobrino. Mientras que a él le preocupaba exclusivamente el trasfondo político del asunto, a Quentin le angustiaban las circunstancias que lo rodeaban. Además, el joven no conseguía deshacerse de la sensación de que todo aquello les iba grande, y ni siquiera el recuerdo de Mary de Egton podía infundirle ánimo. No es que no confiara plenamente en su tío, pero sus esperanzas de resolver el caso por su cuenta no le merecían mucho crédito. ¿Cómo iban a poder solucionar el enigma de la Hermandad de las Runas con las pocas informaciones de que disponían? Además, al parecer los sectarios ya se encontraban en la ciudad, de modo que proseguir con la investigación no solo era poco prometedor, sino también extremadamente peligroso.

Esta vez Quentin se guardó sus pensamientos para sí; había prometido a su tío que le ayudaría en sus investigaciones, y nunca le dejaría en la estacada. Sin embargo, ahora sus esperanzas se centraban más bien en Charles Dellard, el inspector real.

Tal vez entretanto hubiera realizado algún progreso...

Honorables señores:

Desde hace ya algunas semanas estoy ocupándome del asunto ya conocido por ustedes, y están acostumbrados a recibir al principio de cada semana un despacho en el que les informo del actual estado de las investigaciones.

Por desgracia, también en esta ocasión debo poner en su conocimiento que las indagaciones sobre los rebeldes que han causado disturbios en Galashiels y en otros distritos siguen avanzando con dificultad. En todo lo que mis hombres y yo emprendemos, parece como si tropezáramos con un muro de silencio, y por desgracia no puedo excluir el presentimiento de que gran parte de la población simpatiza con los rebeldes.

Por eso me he tomado la libertad de realizar, con mis dragones, registros en los pueblos de los alrededores que eran sospechosos de dar cobijo a los rebeldes. Lamentablemente, en estas actuaciones pude constatar que la población no coopera en absoluto, de modo que tuve que dar algunos castigos ejemplares. Aunque de este modo he conseguido mantener el orden en el distrito, no por ello estamos más cerca de resolver el caso, y me temo que, teniendo en cuenta las circunstancias, se requerirán nuevas investigaciones para esclarecer definitivamente el enigma que envuelve a estos rebeldes. Sin embargo, quiero asegurarles, por mi honor como oficial de la Corona, que seguiré haciendo todo lo que esté en mi mano para capturar a los malhechores.

Con todos mis respetos,

CHARLES DELLARD
Inspector real

Charles Dellard echó de nuevo una rápida ojeada al escrito y sopló sobre su firma para que la tinta se secara más deprisa. Luego dobló el papel, lo introdujo en un sobre y lo selló. A continuación llamó a un mensajero que ya esperaba ante la puerta de su despacho.

—¿Sir?

El joven, que llevaba la chaqueta roja de los dragones, se cuadró ante él.

—Cabo, esta nota debe llegar a Londres por el camino más rápido —dijo Dellard, entregándole la carta—. Deseo que la entregue personalmente, ¿me ha comprendido?

—Sí, señor —respondió el suboficial.

El mensajero giró sobre sus talones y abandonó el despacho.

Dellard oyó resonar sus pasos y no pudo contener una sonrisa irónica.

Eran tan fáciles de contentar esos cabezas huecas de Londres... Un despacho ocasional en el que daba algunas informaciones generales sobre el desarrollo de las investigaciones bastaba para que no plantearan preguntas superfluas. Mientras tanto podía hacer lo que le placía en el condado. Desde que ese maldito Scott y su temeroso pero no menos curioso sobrino habían desaparecido de Galashiels, Dellard tenía las manos libres, libres para desarrollar sus propios planes y hacer aquello para lo que realmente había venido.

Nadie, ni el sabelotodo de Scott ni esos idiotas de Londres, imaginaba en qué consistían sus auténticos planes ni qué se proponía en realidad. Su camuflaje era perfecto, y la acción estaba preparada desde hacía tiempo. El destino seguía su curso, y él mismo había contribuido en buena medida a ello.

Dellard ya iba a volver a su escritorio para continuar trabajando en los asuntos del día cuando oyó unos pasos apresurados ante la puerta. Primero creyó que era de nuevo el sheriff Slocombe, ese notorio borracho cuyo despacho había ocupado y que le visitaba cada día para importunarle con sus necias preguntas.

Pero Dellard se equivocaba. No era Slocombe quien le visitaba, sino el abad Andrew, el superior de la congregación premonstratense de Kelso.

Su ayudante entró y anunció al religioso; antes de que el inspector hubiera podido decidir si quería realmente recibir al visitante, el abad ya se encontraba en el umbral.

—Buenos días, inspector —dijo con aquella extraña calma

que le era propia—. ¿Podría concederme unos minutos de su valioso tiempo?

—Naturalmente, reverendo abad —replicó Dellard, no sin castigar antes a su ayudante con una mirada airada. ¿Acaso no había dicho que no deseaba ser molestado?—. Siéntese —dijo, ofreciendo una silla al abad, mientras el subalterno ponía pies en polvorosa—. ¿Qué puedo hacer por usted, apreciado abad? No es usted un visitante habitual en mi despacho.

—Por suerte no —replicó el abad Andrew ambiguamente—. Quería informarme sobre el desarrollo de las investigaciones. Al fin y al cabo, las fechorías cometidas por esos bandidos han causado un daño considerable a mi orden.

—Lo sé, naturalmente, y lo lamento mucho —aseguró rápidamente Dellard—. Y nada me gustaría más que poder ofrecerle alguna noticia positiva esta mañana.

—¿De modo que sigue sin avanzar en sus investigaciones?

—Lo cierto es que no —reconoció Dellard inclinando humildemente la cabeza—. Tenemos algunas pistas, que seguimos, pero en cuanto tratamos de atrapar a esos rebeldes, tropezamos con un muro de silencio. Estos bandidos parecen disfrutar de un gran apoyo entre la población. Y esto dificulta mi trabajo.

—Es extraño —replicó el abad—. En mis conversaciones con la gente más bien he tenido la impresión de que temen a los rebeldes. Con mayor razón aún porque sus dragones se encargan de dejar bien claro que la colaboración de la población con los bandidos comporta un duro castigo.

—¿Adivino un ligero reproche en sus palabras, apreciado abad?

—Claro que no, inspector. Usted es aquí el defensor de la ley. Yo solo soy un humilde religioso que no entiende demasiado de estas cosas. De todos modos, me pregunto por qué hay que actuar con tanta dureza contra la población.

—¿Y se le ocurre una respuesta a esta pregunta?

—Bien, a decir verdad, inspector, he llegado a pensar que

a usted le interesa solo en segundo término capturar a los incendiarios de Kelso y a los asesinos de Jonathan. Parece que se trate, en primer lugar, de transmitir a sus superiores de Londres la sensación de que no permanece inactivo aquí; mientras que en realidad, y perdone mi franqueza, aún no tiene absolutamente ningún resultado que presentar.

Charles Dellard permaneció exteriormente tranquilo, pero sus ojos chispeaban de ira.

—¿Por qué estamos teniendo esta conversación? —preguntó.

—Muy sencillo, inspector. Porque considero mi deber actuar como intercesor en nombre de la gente de Galashiels, que está completamente aterrorizada por sus medidas. Vienen a mí y se quejan de que sus pueblos y casas son registrados por los dragones, de que se encadena y se detiene a personas inocentes.

—Apreciado abad —dijo Dellard, haciendo un esfuerzo por mantenerse sereno—, no puedo esperar que un hombre de fe comprenda las exigencias que impone una investigación policial, pero...

—Esto no es una investigación policial, inspector, sino pura arbitrariedad. La gente está asustada porque cualquiera puede convertirse en el siguiente blanco. Los hombres que fueron ajusticiados por usted...

—... se probó que eran colaboradores que habían escondido o habían prestado ayuda a los rebeldes.

—También esto es extraño —dijo el abad—. A mí me han contado otra cosa. Dicen que esos hombres insistieron en su inocencia hasta el final y que ni siquiera fueron escuchados.

—¿Y qué espera? ¿Que alguien a quien amenaza la soga diga la verdad? Perdóneme, venerable abad, pero me temo que no sabe demasiado sobre la naturaleza humana.

—Bastante para reconocer lo que se está tramando aquí —replicó el abad Andrew con voz firme.

—¿Ah sí? —replicó Dellard tranquilamente—. ¿Y qué se trama aquí en su opinión?

—Veo que las investigaciones no marchan como deberían. Caen astillas, pero no veo que se esté cepillando efectivamente la madera. No sé qué se propone, inspector, pero puedo ver que persigue sus propios planes. Casi estoy tentado de decir que no tiene interés en atrapar a esos rebeldes.

La cara del inspector Dellard se transformó en una máscara helada.

—Puede dar gracias de ser un hombre de Iglesia —dijo en tono inexpresivo—, a quien perdonaré generosamente estas palabras irreflexivas. En otro caso habría exigido inmediatamente una satisfacción por esta ofensa. Mis hombres y yo trabajamos duro cada día en la lucha contra estos criminales, y en no pocas ocasiones arriesgamos nuestra integridad y nuestra vida. Que se nos acuse ahora de no perseguir nuestros objetivos con toda determinación es una vileza que ofende mi honor de oficial.

—Perdone, inspector. —El abad insinuó una reverencia—. De ningún modo era mi intención ofenderle. Después de todo lo que he oído, simplemente me he visto obligado a visitarle y a transmitirle mis impresiones.

—¿Y su impresión es que intento deliberadamente que las investigaciones se alarguen? ¿Que no me preocupa el bienestar de las personas de Galashiels? ¿Que persigo mis propios objetivos?

Dellard le fulminó con la mirada, pero el religioso no se dejó amedrentar.

—Tengo que reconocer que todavía abrigo esta sospecha —reconoció abiertamente.

—Esto es una bobada, apreciado abad. ¿Qué objetivos podrían ser esos?

—¿Quién sabe, inspector? —replicó el abad Andrew enigmáticamente—. ¿Quién sabe...?

La secreta esperanza de Quentin de que la llave de la cámara prohibida nunca apareciera y pudieran ahorrarse buscar indicios entre los antiguos fragmentos se hizo trizas esa misma noche.

Sir Walter, lady Charlotte y Quentin acababan de cenar, cuando alguien golpeó enérgicamente a la puerta. Uno de los sirvientes fue a abrir. Cuando volvió, sostenía en la mano un paquetito que miraba con sorpresa.

—¿Quién era, Bradley? —preguntó sir Walter.

—Nadie, sir.

—Esto es difícil de creer —dijo sir Walter, sonriendo—. Alguien tiene que haber llamado; si no, no habríamos oído nada, ¿no es así?

—Supongo, sir; pero cuando abrí la puerta, no había nadie. En cambio, encontré este paquetito en el umbral. Supongo que alguien quería gastar una broma.

—Dámelo —pidió sir Walter. Después de haber observado por todos lados el paquete, que estaba envuelto en cuero y tenía el tamaño de una caja de cigarros, deshizo el nudo.

Bajo el cuero apareció una cajita de madera con tapa. Quentin se quedó sin aliento al ver lo que su tío extraía de la caja: era una llave, de un palmo de largo aproximadamente, oxidada y con un paletón toscamente trabajado.

—¡No es posible! —exclamó Quentin, que naturalmente había intuido enseguida, igual que sir Walter, de qué llave se trataba. Solo lady Charlotte, a quien su marido no había informado de los últimos acontecimientos porque no quería intranquilizarla, se quedó perpleja.

—¿Qué es esto? —preguntó a su marido.

—Diría, amor mío —replicó sir Walter con una sonrisa de inteligencia—, que es una invitación. Alguien parece estar muy interesado en que Quentin y yo continuemos con nuestras investigaciones. Y creo que le haremos este favor...

12

De nuevo habían acudido a reunirse junto al círculo de piedras, donde sus antepasados se habían congregado ya hacía miles de años, para invocar a los poderes oscuros.

Los hombres con capas oscuras y máscaras ennegrecidas con hollín miraban fijamente a su jefe, que, como siempre, se había adelantado hasta el centro del círculo. Su capa blanca brillaba pálidamente a la luz de la luna.

—Hermanos —exclamó con voz potente para que todos pudieran oírle—, de nuevo nos hemos congregado. El gran acontecimiento ya está próximo. La noche en que las profecías se harán realidad y los viejos juramentos encontrarán cumplimiento está muy cerca. Y hay novedades, hermanos. El augurio de las runas se está cumpliendo. ¡Los que creen luchar contra nosotros trabajan, en realidad, en nuestro beneficio! Su curiosidad es tan grande como su deseo de aniquilarnos; pero todo lo que hacen únicamente contribuirá a que consigamos lo que nos fue prometido hace muchos cientos de años y que ahora, después de tanto tiempo, finalmente tomaremos.

Los sectarios asintieron y expresaron su acuerdo con murmullos; el siniestro coro flotó fantasmalmente sobre el círculo de piedras para desvanecerse luego en la oscuridad de la noche.

—Pero no solo hay buenas noticias, hermanos. No quiero ocultaros que un nuevo peligro ha surgido. Un antiguo, antiquísimo enemigo, ha empezado a agitarse. Nuestros predecesores creyeron haberlo vencido hace mucho tiempo, pero solo dormía. A través de los milenios nos ha observado y ha esperado a que nos mostráramos. Parece, amigos míos, que en estos días no solo nuestro destino llegará a su cumplimiento. También el combate contra aquellos que defienden el nuevo orden deberá finalizar. El combate entre su fe y la nuestra llegará a su conclusión, hermanos. Pondremos fin a este conflicto y cosecharemos los frutos de la victoria. ¡Como en tiempos antiguos, las runas reinarán de nuevo!

—Las runas reinarán —replicaron los sectarios al unísono; su jefe pudo sentir casi físicamente aquella agresividad que le llegaba de todas direcciones.

Él era un maestro en manipular y dirigir a la gente. Sabía muy bien cómo podía jugar con los sentimientos de las personas, conocía las palabras de estímulo con las que se dejaban guiar y que les hacían olvidar cualquier pregunta.

Deliberadamente calló que la búsqueda del instrumento no había conducido aún a ningún resultado concreto. Era mucho más importante odiar al enemigo común. Pues el odio, hacía tiempo que lo había comprendido, era capaz de unir a un grupo con más fuerza que cualquier lazo de hierro.

Odio al nuevo orden.

Odio a los que lo representaban.

Odio a una época decadente y corrupta que reclamaba a gritos una renovación. La renovación que la Hermandad de las Runas traería consigo.

13

La llave encajaba.

Las mejillas de sir Walter estaban tan ruborizadas como las de un escolar que roba manzanas en el jardín del vecino. El cerrojo emitió un chasquido y el candado se abrió. Siguió un sonoro matraqueo cuando Quentin tiró de la herrumbrosa cadena y la dejó caer al suelo. El acceso a la cámara prohibida estaba libre.

Naturalmente ni sir Walter ni su sobrino habían malgastado una sola palabra para referirse el memorable regalo con que les habían obsequiado la víspera. Se habían limitado a decir al bibliotecario que querían volver a echar una ojeada a la colección de fragmentos. Una vez en la bóveda, se habían puesto enseguida a la tarea de abrir la puerta prohibida.

Con un gemido metálico, la puerta giró hacia delante, y el resplandor de la lámpara cayó sobre las estanterías que ocupaban las paredes de la cámara. Todas estaban llenas hasta el borde de rollos de escritura y carpetas de cuero con documentos y escritos fragmentarios. Y en algún lugar entre ellos —sir Walter estaba seguro—, encontrarían indicios sobre la hermandad secreta.

—Seguro que el profesor Gainswick daría cualquier cosa por estar ahora con nosotros —comentó Quentin cuando entraron en la cámara.

—Sin duda —le dio la razón sir Walter—. Posiblemente hallaremos algún escrito que podamos presentarle para que lo examine. Manos a la obra, muchacho. Tú te ocupas de la estantería del lado derecho, y yo me dedicaré al lado izquierdo.

—De acuerdo, tío. ¿Y qué buscamos exactamente?

—Cualquier cosa que tenga que ver con el tema de nuestra investigación, aunque sea solo aproximadamente. Si caen en tus manos escritos sobre costumbres paganas, runas o hermandades secretas, habrás encontrado lo que buscamos.

Quentin se encogió de hombros, y se puso enseguida al trabajo. Su sentido de la prudencia y su curiosidad se encontraban ahora equilibrados. El primer archivador que cogió estaba cubierto de gruesas telarañas. Se levantó una nube de polvo, que le hizo toser, pero al final colocó el volumen abierto sobre la mesa, y se dispuso a estudiarlo. La cubierta de cuero contenía un gran número de escritos, la mayoría en papel viejo e hinchado. La tinta estaba corrida en muchos lugares, de modo que tuvo algunos problemas para leerlos. La lectura de los pergaminos era mucho más fácil; pero en la mayoría de los casos Quentin se vio obligado a recurrir a sus conocimientos de latín y griego para arrancar un sentido a esos signos que se alineaban los unos junto a los otros sin un final aparente.

La mayoría de los documentos eran escrituras de transmisión de propiedades, que incluían derechos de feudo u otras cargas sucesorias ligadas a ellas. El motivo de que los tuvieran cerrados bajo llave, pensó Quentin, no debía de residir tanto en que el material fuera delicado como en el interés en hacerlos desaparecer para que no pudieran reclamarse derechos retroactivos.

Quentin cerró el archivador y pasó a ocuparse de la siguiente carpeta. Los documentos que contenía estaban casi exclusivamente escritos en pergamino e incluían sellos con dataciones que se remontaban hasta la época paleocristiana. Al pensar en la antigüedad de aquellos escritos, el sobrino de sir Walter sintió un enorme de respeto por aquel testimonio de un pasado remoto. Hacía cientos de años, monjes y escribanos de la corte los habían redactado, sin duda sin pensar que alguna vez serían leídos en un futuro lejano. Progresivamente, Quentin iba comprendiendo a qué se refería su tío cuando hablaba de la historia viva y de aprender de los hechos y los errores de las generaciones pasadas.

A continuación, Quentin tropezó con algunos palimpsestos, pergaminos en los que ya se había escrito y que posteriormente se reutilizaban por razones de ahorro. Bastante a menudo, sin embargo, esta operación se había hecho de forma poco cuidadosa, de manera que en algunos lugares todavía podía verse lo que se había inscrito antes.

Al principio, Quentin encontró apasionante descubrir, en una labor detectivesca, lo que había querido ocultarse a la posteridad; pero finalmente se dio cuenta de que los escritores del pasado sin duda habían tenido sus razones para eliminar la primera escritura de los pergaminos. Se trataba en general de contenidos mortalmente aburridos: anotaciones, apuntes y documentos que habían perdido su interés hacía tiempo y que no tenían nada que ver con lo que sir Walter y su sobrino buscaban.

Así transcurrieron unas horas.

A la luz de dos linternas de petróleo, que tuvieron que rellenar varias veces, sir Walter y su sobrino estudiaron un sinfín de escritos; inspeccionaron documentos y leyeron fragmentos de libros inacabados o que solo se habían transmitido parcialmente. Así dieron con un libro con detallados dibujos del cuerpo humano, y también con hojas que contenían poemas amorosos de Catulo, Ovidio y otros poetas del clasicismo romano; un rico fondo de escritos cuya sola existencia habría bastado para escandalizar a los guardianes de las buenas costumbres. Sin embargo, lo que realmente habían ido a buscar no aparecía por ningún lado.

Finalmente, Quentin fue a coger un tomo que se encontraba en el estante más alto y cuyo grosor doblaba con creces el de los demás archivadores. Apenas lo tenía sujeto, cuando perdió el equilibrio y se inclinó hacia delante. Con un grito cayó de la silla a la que se había subido para alcanzarlo, y en la caída el archivador cargado de papeles se le escapó de las manos. Con un golpe sordo, los dos aterrizaron en el suelo entre una nube de polvo y un revuelo de hojas.

—¡Quentin! —tronó sir Walter, que se había llevado un buen susto—. ¡Parece que atraes la desgracia! ¿Qué nuevo desaguisado has organizado?

—Yo... no sé —balbuceó Quentin aturullado, mientras se limpiaba el polvo de los ojos.

Cuando los abrió parpadeando, pudo comprobar el revuelo causado. Rodeado por innumerables hojas sueltas, Quentin permaneció agazapado en el suelo, como un mocoso al que han atrapado haciendo una travesura.

—Ordena todo esto —exigió sir Walter en tono severo—, ¡y ahora mismo! Recoge hasta la más pequeña hoja de papel y vuelve a colocarla donde estaba antes de que...

De pronto calló, y en un instante la indignación que se reflejaba en su rostro dio paso a una sorpresa inaudita. En pocas ocasiones había visto Quentin a su tío tan estupefacto.

—¿Qué ocurre? —preguntó el joven, indeciso—. ¿He vuelto a hacer algo mal?

En lugar de responder, sir Walter se inclinó y levantó un escrito que había caído justo ante sus pies. Incrédulo, lo miró antes de mostrárselo a su sobrino.

—¡Eureka! —gritó Quentin.

Era el signo de la runa de la espada.

El símbolo no era reconocible a primera vista. El calígrafo lo había incorporado a los ornamentos que adornaban el borde de la hoja. Solo cuando se giraba la página destacaba el trazo vertical con el arco que lo cruzaba.

—Esto no puede ser casual —dijo sir Walter, entusiasmado—. Coge la lámpara, muchacho, y tráela a la mesa. Y perdona que haya dicho que atraías la desgracia. Si esta es la información que buscamos, en el futuro podrás decir con toda razón que eres un hombre de suerte.

Quentin se incorporó de nuevo e hizo lo que le ordenaban. A la luz blanquecina de la lámpara, los dos hombres empezaron a leer.

Los signos del fragmento no eran fáciles de descifrar. Habían sido trazados con una caligrafía minúscula que, al menos a Quentin, le planteó algunos problemas. Sir Walter iba siguiendo cada signo con el dedo, mientras murmuraba en voz baja.

—Aquí hay algo —constató al cabo de un rato—. En el escrito se habla de «secreta fraternitatis».

—Del secreto de una hermandad —tradujo Quentin, y sintió cómo se le erizaba el pelo en la nuca.

—Sí —dijo sir Walter—, y un poco más abajo se describe con más detalle a esta hermandad. «Fraternitas signorum vetatorum», dice aquí: «la hermandad de los signos prohibidos».

—Los signos prohibidos podrían hacer referencia a las runas —opinó Quentin—. Esto significaría que en el escrito se trata de la Hermandad de las Runas.

—Eso parece, muchacho. Aquí abajo hay otros indicios que lo confirman. Por lo que puedo entender, aquí se habla de algo relacionado con encuentros secretos en noches de luna llena y de la invocación de espíritus oscuros y demonios «ex aetatibus obscuris».

—De las edades oscuras —dijo Quentin estremeciéndose.

—Es evidente que el redactor de este escrito conocía de cerca la hermandad y sus costumbres. Aquí menciona incluso dónde solían celebrar sus encuentros: «in circulo saxorum».

—En el círculo de piedras —tradujo Quentin.

—Con esto se hace referencia, sin duda, a las agrupaciones de menhires que se han conservado de épocas precristianas —explicó sir Walter—. Los eruditos siguen discutiendo sobre la función que debían de desempeñar en otros tiempos. Tal vez este fragmento encierre una respuesta a ello. Porque si el redactor de este escrito tiene razón, uno de estos círculos de piedras era el lugar de reunión de los sectarios. Allí se encontraban «ad artes obscuras et interdictas».

—Para artes oscuras y prohibidas —dijo Quentin con una voz que podía competir con la del viejo Max el Fantasma—. Y así ocurre todavía hoy —añadió con un estremecimiento.

—Espero que no creas realmente en ello, mi querido sobrino —dijo sir Walter ligeramente enojado—. Aunque en realidad no puedo discutírtelo... Hay muchos indicios de que los rebeldes que actuaron en Kelso y en Abbotsford se remiten a esta antigua charlatanería para inspirar miedo y aterrorizar a los espíritus simples. Pero supongo que no creerás que esta gente efectivamente adora ídolos y cree en antiguos hechizos rúnicos.

—El profesor Gainswick parece estar convencido de ello.

—Con todo el respeto que siento por mi antiguo maestro, debo decir que, tras pasar años ocupándose de libros y antiguos escritos, el profesor Gainswick se ha vuelto un poco excéntrico.

—¿Y qué me dices del abad Andrew? ¿No afirmabas tú mismo, tío, que el abad callaba algo? Él nos advirtió expresamente del peligro que se oculta tras la runa de la espada. Posiblemente sabía algo de esto.

—Una sospecha fundada —reconoció sir Walter—, que transmitiremos al abad Andrew personalmente tan pronto como podamos.

—¿Quieres volver a Kelso?

—Nuestro objetivo era encontrar en la biblioteca algún elemento en que apoyarnos, y sin duda lo hemos encontrado. Si permitimos ver este escrito al abad Andrew, tal vez se muestre un poco más generoso con nosotros en lo que hace a sus conocimientos sobre antiguos secretos. Transcribe esta página, muchacho, sin omitir nada; entretanto yo miraré si hay otros escritos que formen parte de este fragmento.

—Algo me dice que no será así —opinó Quentin.

—¿Por qué no?

—En fin... Si este libro hubiera contenido efectivamente más informaciones sobre la hermandad prohibida, seguro que hace tiempo que habría sido destruido. O se habría perdido en las turbulencias de la Edad Media. O... —De pronto se interrumpió y su nariz se puso extrañamente pálida—. Tío —susurró en tono conspirativo—, posiblemente con esto es con lo que tropezó Jonathan en el archivo de Kelso. Tal vez el signo que encontré fuera una especie de marca. Una indicación oculta para señalar que en el estante había otro fragmento. Y el pobre Jonathan tropezó con él por casualidad; ya sabes cómo le gustaba hundir la nariz en antiguos escritos.

—No me parece muy plausible. —Sir Walter sacudió la cabeza—. ¿Por qué debería nadie esconder fragmentos de este volumen en Kelso?

—En Kelso almacenaban libros que habían podido rescatarse de Dryburgh, ¿no es cierto? Y en otro tiempo el monasterio de Dryburgh fue uno de los grandes centros de conocimiento de esta tierra, con una biblioteca tan famosa como la Biblioteca Real de Edimburgo.

—No sé adónde quieres ir a parar.

—¿Y si las páginas del libro se hubieran repartido deliberadamente por diversas bibliotecas? ¿Y si la Hermandad de las Runas hubiera querido ocultarlas de este modo a los severos ojos de los censores conventuales? En este caso, en el curso de los siglos el conocimiento de la pervivencia de los fragmentos podría haberse perdido; hasta que infortunadamente el pobre Jonathan tropezó con uno de ellos.

—Tu historia suena tan descabellada que casi podría ser cierta, muchacho —reconoció sir Walter—. Sin embargo, hasta ahora no tenemos la menor prueba de que sea así. Seguiremos buscando y veremos si encontramos algo que pueda corroborar tu teoría.

—¿Y qué me dices de este círculo de piedras del que se habla en el texto? —El brillo en los ojos de Quentin revelaba que la fiebre de la caza también se había apoderado ahora de él y era más fuerte que su miedo y su prudencia—. ¿No podríamos tratar de localizarlo?

—Por desgracia no hay ninguna descripción del lugar donde se encuentra. Solo en las Lowlands existen docenas de estos círculos de piedras, por no hablar de las Highlands. Mañana volveremos a visitar al profesor Gainswick; tal vez él pueda decirnos algo más sobre ello. Y ahora ponte al trabajo, muchacho.

—De acuerdo, tío.

—Y... ¿Quentin?

—¿Sí, tío?

Una sonrisa aprobatoria se dibujó en el rostro de sir Walter Scott.

—Buen trabajo, muchacho. Realmente has hecho un muy buen trabajo.

La posterior búsqueda de fragmentos del escrito, que posiblemente había sido redactado por un monje de la Alta Edad Media para dar cuenta de las maquinaciones de los círculos de druidas y las sectas rúnicas, no dio resultado. Aunque sir Walter revisó cantidades enormes de escritos y fragmentos sueltos, mientras Quentin sacaba una copia exacta de su hallazgo, no encontraron ningún otro manuscrito que pudiera encajar con el fragmento encontrado, y tampoco descubrieron coincidencias de contenido; ninguna otra indicación sobre la hermandad, ni tampoco sobre el círculo de piedras o la runa.

Ya era de noche cuando sir Walter y Quentin dieron por terminada la búsqueda.

Ambos estaban cansados, y los ojos les dolían a causa de la luz artificial. Sin embargo, sir Walter no podría concederse un descanso; durante dos días había descuidado sus deberes de escritor en beneficio de sus investigaciones privadas, un lujo que en realidad, con los apretados plazos que debía cumplir, no podía permitirse. Quentin sabía que su tío trabajaría toda la noche, aunque para él era un misterio de dónde sacaba fuerzas para hacerlo.

Abandonaron la biblioteca por la salida trasera. El guardián nocturno les abrió la estrecha puerta y los dos se deslizaron afuera, al callejón situado entre el edificio de la biblioteca y la parte trasera de la universidad. De las farolas de la Chambers Street llegaba solo un débil resplandor, y el callejón estaba sumergido en una penumbra gris. La niebla había subido desde el Firth of Forth y cubría el suelo. Los pasos de sir Walter y de su sobrino sonaban huecos y amortiguados sobre el pavimento.

De pronto, Quentin sintió un vago malestar. Primero lo atribuyó a su habitual miedo y a la niebla que se arrastraba por el callejón. Estaba a punto de reprocharse ser un necio que nunca crecería, cuando se dio cuenta de que aquel temor impreciso que se filtraba hacia su interior tenía una base muy real.

Los pasos que oía y que resonaban en los muros no eran solo los suyos y los de su tío; había más ruidos. Unos pasos apagados que procedían de algún lugar tras ellos.

Quentin ya iba a volverse para comprobar sus sospechas, cuando la mano derecha de su tío se movió hacia delante y lo sujetó por el hombro.

—No te vuelvas —siseó sir Walter.

—Pero tío —susurró Quentin desconcertado—. Alguien nos sigue.

—Lo sé, muchacho. Desde que abandonamos la biblioteca. Serán ladrones, maleantes que actúan al amparo de la oscuridad. Sigue caminando tranquilamente y haz como si no hubieras notado nada.

—¿No deberíamos llamar a algún agente?

—¿Y arriesgar la vida? El guardián del orden más próximo podría estar a unas calles de aquí. ¿Qué harías hasta que llegara? ¿Enfrentarte con tres o cuatro bandoleros? Cuando estos hombres se sienten amenazados, muchacho, son como animales acorralados. Ya no tienen nada que perder y se defienden con todas sus fuerzas.

—Comprendo, tío.

Quentin se esforzó en no mirar por encima del hombro, aunque todo en él le impulsaba a hacerlo. El hecho de que el enemigo que les seguía no tuviera rostro le aterrorizaba aún más. Quentin no sabía cuántos hombres había ni qué intenciones abrigaban. ¿Querrían robarles tan solo, o tendrían también la intención de asesinarles alevosamente?

El pulso se le aceleró hasta que lo escuchó martillear en su cabeza. Miró anhelante hacia el extremo del callejón, que de pronto parecía hallarse a una distancia inalcanzable.

Quentin trató de combatir el pánico que sentía crecer en su interior. Aunque aún podía oír los pasos de sus perseguidores, estos no se habían acercado más. La distancia entre ellos se mantenía. Pero ¿por qué motivo? Quentin no encontraba ninguna explicación para aquello, pero en él germinó la esperanza de que tal vez efectivamente pudieran escapar y salir indemnes de aquel mal paso.

Y en ese momento sucedió algo inesperado.

En un instante, en el callejón se escucharon unos ruidos completamente distintos: un sonoro tintineo y gritos estridentes. Quentin comprendió que solo a unos pasos tras ellos se había iniciado una pelea salvaje.

—¡Corre! —le indicó su tío, y Quentin empezó a trotar junto a sir Walter, que de pronto parecía capaz de arrastrar su pierna enferma a una velocidad sorprendente.

En contra del consejo de su tío, Quentin miró hacia atrás por encima del hombro. Y lo que vio se grabó a fuego en su memoria.

En el callejón se desarrollaba efectivamente una pelea. Unas figuras negras saltaban desde ambos lados desde los tejados de las casas, que en la penumbra se distinguían solo confusamente. Llevaban amplias cogullas e iban armadas con largos bastones, con los que se plantaron ante sus perseguidores, cortándoles el paso. Estos —envueltos también en capas oscuras— se precipitaron, lanzando gritos de cólera, contra sus adversarios, y se inició un brutal combate.

En la débil luz que caía en el callejón, Quentin vio brillar las hojas de los cuchillos. Pudo escuchar los chillidos agudos de los heridos; de pronto, de entre la aglomeración de capas oscuras, una máscara ennegrecida de hollín le miró fijamente. Aquella visión le provocó un terror desmedido. Lanzó un grito estridente y quiso detenerse, paralizado de horror, pero su tío le sujetó y lo arrastró consigo. De pronto, Quentin se dio cuenta de que habían llegado al extremo del callejón.

A toda prisa se dirigieron al carruaje, que les esperaba en el cruce. Sir Walter no dejó siquiera que el cochero bajara.

—¡En marcha, rápido! —indicó al estupefacto conductor, mientras abría la puerta de un tirón y hacía subir a su sobrino, para seguirle tan deprisa como pudo.

El cochero no dudó ni un instante. Hizo restallar el látigo, y el tiro de dos caballos arrancó. El callejón y con él los encapuchados, que seguían combatiendo ferozmente, quedaron atrás y desaparecieron en la oscuridad. Solo unos instantes más tarde, nada indicaba que todo aquello hubiera sucedido realmente. Sin embargo, el horror que tenían todavía metido en los huesos era totalmente real...

—Por todos los santos —exclamó sir Walter, mientras se secaba el sudor de la frente—. Nos hemos salvado por un pelo. ¿Quién iba a pensar que esa gentuza merodeara de noche por nuestras calles? Naturalmente pienso denunciar este suceso.

—Tío —gimió Quentin, que por fin había recuperado el habla—, ¡han sido ellos!

—¿De qué estás hablando, muchacho?

—Los sectarios —soltó Quentin fuera de sí—. ¡Los hermanos de las runas! ¡Eran ellos los que nos perseguían!

—¿Estás seguro?

—Vi a uno de ellos. Llevaba una máscara y me miró fijamente. Y luego estaban esos otros hombres con cogullas oscuras. Iban armados con palos y luchaban contra ellos.

—¿Y no es posible que tus sentidos te hayan engañado, muchacho? Estaba bastante oscuro en la callejuela.

—Estoy completamente seguro, tío —insistió Quentin—. Eran los hermanos de las runas, y no creo que fueran detrás de nosotros por casualidad. Sabían que estábamos en la biblioteca y nos acechaban.

—Pero eso... —exclamó sir Walter, e incluso el animoso señor de Abbotsford palideció un poco al decirlo—... ¡eso significaría que estos sectarios conocían perfectamente nuestros pasos! Que sabían dónde nos encontrábamos y solo estaban esperando a que abandonáramos la biblioteca.

—Así es, tío —confirmó Quentin estremeciéndose—. Tal vez incluso fueran ellos los que nos hicieron llegar la llave de la cámara prohibida. El paquetito no llevaba remitente, ¿verdad?

—Es cierto. Pero ¿qué motivo podría tener esta gente para enviarnos la llave?

—Tal vez quieren que descubramos algo por ellos. Que desvelemos un secreto por ellos.

—¡Por favor, Quentin! Te dejas llevar de nuevo por tu fantasía. ¿Por qué los sectarios deberían estar interesados en que trabajemos para ellos? No tiene ningún sentido.

—A primera vista, tampoco esta pelea en el callejón parece tener sentido, tío, y sin embargo ha tenido lugar.

—Debo reconocer que también esto es cierto —confirmó sir Walter—. Por lo que se ve, la Hermandad de las Runas tiene enemigos, posiblemente un grupo rival. Las calles de algunas zonas de la ciudad están llenas de bandas que pelean a cuchillo entre sí, a pesar de todos los esfuerzos que realiza nuestra administración para velar por la ley y el orden. Pero no es habitual que se arriesguen tan lejos de sus territorios. Informaremos inmediatamente del caso a las autoridades.

—¿Para qué? Apuesto a que no encontrarán absolutamente nada en el callejón. Por lo visto no somos los únicos que queremos desvelar el enigma de la runa de la espada, tío. Tengo el presentimiento de que aquí se está urdiendo algo cuyas auténticas dimensiones solo ahora empezamos a intuir.

—Ya hablas como el buen profesor —opinó sir Walter—. Realmente, no debería haberte llevado a verle.

—Tal vez hable como él, tío —dijo Quentin en tono apagado—; pero tal vez el profesor tenía razón y tras este asunto se oculte más de lo que suponemos. Tal vez haya empezado ese combate entre las fuerzas del Bien y del Mal de que nos habló Gainswick, y es posible que con nuestras indagaciones nos hayamos colocado entre los frentes.

—Naturalmente eres libre de creer en ello, muchacho —replicó sir Walter con su habitual serenidad—. Yo, en cambio, soy de la opinión de que tiene que haber una explicación razonable para todas estas cosas. Y no descansaré hasta que la haya encontrado...

14

Para Mary de Egton era como si el agujero oscuro y lúgubre al que la habían empujado tuviera ahora, además, rejas; como si no penetrara ya ninguna luz en su miserable calabozo, como si le hubieran quitado el aire para respirar.

Después de conocer a su futura suegra y de descubrir que su prometido era un tipo fatuo y estrecho de miras, la estancia en el castillo de Ruthven le había parecido un exilio de por vida. Pero ahora, sin sus libros, su destino se había convertido en algo sencillamente insoportable.

Mientras leía, al menos su espíritu había podido escapar a la árida realidad. Las historias de caballeros nobles y encantadoras damas, de heroísmo y grandes gestas, que Walter Scott y otros novelistas habían concebido, habían dado alas a su imaginación, y en el espejo de un pasado glorioso y romántico, el presente no le había parecido tan desconsolador.

Ahora, sin embargo, ya no había nada que pudiera consolarla. Su estancia en el castillo de Ruthven se había convertido en una pesadilla de la que no era posible despertar. El hecho de que Eleonore de Ruthven, al día siguiente de la quema de los libros, insistiera también en que Kitty, su fiel doncella y amiga de la infancia, debía abandonar Ruthven ya no la había sorprendido.

Naturalmente había protestado, pero como ahora ya conocía el frío corazón de Eleonore, no abrigó ninguna esperanza de poder cambiar la decisión de la señora de Ruthven. Aquella misma tarde, Kitty había abandonado el castillo. La despedida estuvo llena de lágrimas; fue la despedida de unas amigas, unas iguales, que habían vivido muchas cosas juntas y tenían mucho que agradecerse la una a la otra. Cuando subió al carruaje que la llevaba de vuelta a Egton, ya no quedaba rastro del carácter tan alegre y despreocupado de Kitty.

Mary permaneció mucho rato en la muralla, siguiendo el carruaje con la mirada, hasta que desapareció en la penumbra del atardecer. Y mientras el frío viento del crepúsculo azotaba los muros de la lúgubre fortaleza, fue consciente de que se encontraba sola, completamente sola. Si ese había sido el objetivo que perseguían Eleonore y su odioso hijo, podía decirse que lo habían conseguido.

Mary volvió a sus aposentos, cabizbaja, y desde entonces apenas los había abandonado.

Hacía que le llevaran el desayuno a la habitación, y solo aparecía brevemente para la comida y la cena, pero volvía a retirarse enseguida.

Apenas era capaz de presentarse ante su prometido y su madre, pues en ellos solo podía ver a sus torturadores: unos nobles ególatras, corrompidos por la riqueza y el poder, totalmente indiferentes al destino de otras personas y preocupados solo por su propio bienestar.

Mary evitaba a toda costa a Eleonore, pues, para su propio horror, tuvo que admitir que los sentimientos que abrigaba con respecto a ella no eran propios de una dama, ni siquiera de una cristiana. No le gustaba reconocerlo, pero en lo más profundo de su ser odiaba en secreto a la mujer que se lo había arrebatado todo.

Mary se sentía vacía y destrozada interiormente, separada del mundo, como si estuviera sentada en un carruaje mientras fuera la realidad se deslizaba a su lado, visible pero inalcanzable. Encerrada en su jaula dorada, sería hasta el fin de sus días la mujer de un laird tan rico como estrecho de miras, y encima le exigirían que se sintiera agradecida por ello. Esperarían que le diera hijos y que fuera para él una esposa fiel y entregada, que le mirara con respeto y le admirara. Sin embargo, Mary despreciaba a Malcolm con todo su corazón.

Las lágrimas caían por las mejillas de Mary, mientras, como tantas veces en estos últimos días, se encontraba junto a la ventana de su dormitorio mirando hacia fuera, a las colinas de las Highlands, que en esa época del año todavía estaban cubiertas por velos de niebla. Unas nubes bajas, sombrías, pendían sobre ellas, como si fueran un reflejo de su propia alma.

Instintivamente, Mary se preguntó cómo alguien podía llamar patria a esas tristes y abandonadas franjas de tierra; pero luego pensó de nuevo en sus sueños, en la agreste belleza de las Highlands y en el apego que las personas que vivían en ese lugar sentían por su país.

Mary los envidiaba. Ella nunca había conocido un hogar, ni siquiera en Egton, donde, aunque se encontraba en casa, nunca se había sentido a gusto con todas las coerciones y deberes que le imponía su condición. Y tampoco, desde luego, aquí, en Ruthven, donde solo la consideraban un ornamento atractivo, que tenía que mostrar devoción por su marido y, por lo demás, debía callar. En el fondo, pensó Mary, cualquiera de esos jornaleros que trabajaban ahí afuera, en los campos, era más libre que ella, retenida en este castillo.

Sin ninguna perspectiva de cambio.

Nunca…

En los últimos días había llorado mucho, pero en algún momento sus lágrimas se habían agotado y se habían transformado en pura amargura, una amargura que acababa progresivamente con todo lo que había convertido a Mary en una joven optimista y alegre. Con sus libros, le habían arrebatado la fuerza. Y ahora se marchitaba como una flor que se seca poco a poco.

Mary se estremeció al oír que llamaban tímidamente a la puerta de su habitación. ¿No había dicho que no quería ser molestada?

Volvieron a llamar.

—¿Sí? —preguntó Mary con cierta brusquedad. No estaba de humor para tener compañía.

—Señora —llegó una voz amortiguada desde el otro lado—, por favor, abra la puerta. Tengo que hablar con usted.

Era la voz de una mujer anciana, y por alguna misteriosa razón Mary no pudo sustraerse a ella. Se apartó de la ventana y fue hacia la puerta, descorrió el cerrojo y abrió.

Ante la puerta se encontraba la vieja sirvienta, aquella mujer de aspecto siniestro, con su vestido negro y su cabello blanco como la nieve, que la había prevenido inmediatamente después de su llegada a Ruthven. Mary ya casi la había olvidado. Se dio cuenta de que durante ese tiempo no había vuelto a verla en el castillo.

—¿Qué quieres? —le preguntó indecisa. Aquella anciana, pensó, le recordaba a alguien...

—¿Puedo entrar, milady? Tengo que hablar con usted.

Mary dudó. No estaba de humor para tener compañía ni tenía ganas de mantener una conversación, pero algo en la forma en que la mujer le había pedido entrar le indicó que no aceptaría una negativa.

Mary asintió con la cabeza, y la anciana, con un andar enérgico y una mirada despierta que no parecían en absoluto propios de una sirvienta, entró en el aposento.

—Es difícil verla estos últimos días, milady —constató la vieja.

—Tenía cosas que hacer —explicó Mary fríamente—. Había algunas cosas en las que debía pensar.

—Siempre es bueno pensar en las cosas. —La anciana rió entre dientes—. Pero habría que preguntarse si piensa en las cosas correctas.

—¿Qué quieres decir con eso?

—¿Piensa aún en mis palabras? ¿En la advertencia que le hice?

—Dijiste que debía abandonar Ruthven tan pronto como pudiera. Que ocurrirían cosas terribles y que el pasado y el futuro se encontrarían.

—Esto ha ocurrido ya —afirmó la anciana, mirándola fijamente. De pronto, Mary descubrió a quién le recordaba la sirvienta.

En el extraño sueño que había tenido después de que Eleonore de Ruthven quemara sus libros, había aparecido una mujer de las runas, y esa mujer del sueño tenía exactamente el mismo aspecto que la anciana. ¿O era al revés? ¿Quizá la vieja sirvienta la había impresionado tanto en su primera visita que luego había vuelto a verla en sueños? Naturalmente, se dijo Mary, así ha debido de ser...

—¿Qué le ocurre, señora? —preguntó la anciana.

—Nada. Es solo que... me recuerdas a alguien.

—¿De verdad? —La sirvienta volvió a reír, con la risa del iniciado ante un necio incapaz de intuir nada—. Posiblemente, Mary de Egton, le recuerdo a alguien a quien vale la pena escuchar. Y debería hacerlo, porque tengo una noticia importante que darle. Ya se la transmití una vez, pero no quiso hacerme caso. Ahora han sucedido cosas siniestras, y el tiempo apremia aún más que antes. Debe abandonar este lugar, lady Mary, mejor hoy que mañana.

—¿Por qué?

—No puedo explicarle los motivos, porque probablemente no podría entenderlos. Pero debo decirle que le aguardan cosas malas si se queda.

—¿Cosas malas? —Mary rió sin alegría—. ¿Qué podría ser peor que lo que ya me ha ocurrido? Me han quitado todo lo que me importaba, y el hombre con quien voy a casarme es solo un ignorante sediento de poder.

—Todo esto —dijo la anciana sombríamente— no es nada en comparación con las cosas que le esperan. Se levanta una tormenta, Mary de Egton, y será arrastrada por ella si no toma precauciones. Hay un motivo para que usted esté aquí.

—¿Un motivo? ¿A qué te refieres?

—No puedo decir más, porque tampoco yo lo sé todo. Pero se encuentra en grave peligro. Poderes oscuros le han otorgado un papel en sus planes.

—¿Poderes oscuros? Estás diciendo disparates.

—Me gustaría que así fuera, pero en este país, milady, hay más cosas entre la tierra y el cielo de las que pueda llegar a imaginar. En muchos sentidos, las sagas y los mitos del pasado siguen vivos aquí, aunque sea solo en nuestro recuerdo.

Mary no pudo evitar que un estremecimiento le recorriera la espalda al escuchar a la anciana.

—¿Y tú, cómo sabes todo esto? —preguntó.

—Lo sé porque todo sucedió ya una vez hace más de quinientos años, aquí, en este castillo. En otro tiempo hubo ya una joven como usted que padeció un triste destino. Era una extraña entre extraños, que fue traicionada por su familia.

—¿Cuál era su nombre? —preguntó Mary, que enseguida pensó en sus sueños; aunque, naturalmente, aquello era una tontería, era imposible que se diera una casualidad como esa…

—Gwynneth Ruthven —dijo la anciana. El nombre golpeó a Mary como un martillazo.

—¿Gwynneth Ruthven? —dijo levantando las cejas. ¿De modo que sí era posible?

—Pronuncia el nombre como si le resultara conocido, milady.

—Sé que debe de sonar raro —replicó Mary vacilando—, pero de hecho lo conozco. Ya me he tropezado con él, en mis sueños. —Se acercó de nuevo a la ventana y miró hacia fuera, tratando de recordar—. En el sueño vi a una joven. Tenía más o menos mi edad, y se llamaba Gwynneth. Gwynneth Ruthven. ¿No es extraño?

—Es extraño, sí —confirmó la vieja—, y al mismo tiempo no lo es. Pues los sueños, milady, son algo más que imágenes engañosas que nuestro espíritu cansado hace surgir ante nosotros. Son una mirada a lo más profundo de nuestra alma. Crean lazos que a menudo superan los límites del espacio y el tiempo.

—¿Y eso qué significa? —Mary se volvió de nuevo hacia la misteriosa anciana y le dirigió una mirada interrogativa.

—Eso, milady, tendrá que descubrirlo por sí misma. De todos modos ya he dicho más de lo que debía. No debería estar aquí, ni tampoco debería hablar con usted. Mi tiempo hace mucho que acabó y solo he venido porque está a punto de cumplirse un antiguo, antiquísimo sino. Y usted, señora, está amenazada por un gran peligro.

—¿Un peligro? ¿Qué sino? ¿De qué estás hablando?

—El mismo orgullo. La misma testarudez —dijo la anciana enigmáticamente—. El pasado conoce la respuesta. Búsquela, si no quiere creerme.

Dicho esto, la mujer se volvió y abandonó la habitación.

Mary no trató de detenerla. Pensó que la anciana no debía de estar muy bien de la cabeza. Había hablado de un montón de disparates que no tenían ningún sentido. Aunque, por otra parte, ¿de qué conocía el nombre de Gwynneth Ruthven? Mary no había hablado con nadie de sus sueños. ¿Tendría razón la vieja sirvienta? ¿Existía en efecto un lazo, una especie de parentesco de las almas, entre Mary y esa Gwynneth Ruthven? ¿Un lazo que había sobrevivido a los siglos?

Mary se estremeció. Sacudió enérgicamente la cabeza. Aquello era imposible. No existían esas cosas.

Pero ¿cómo se explicaba entonces que soñara con una joven que efectivamente había vivido, aunque no supiera nada en absoluto sobre su historia? Y ¿cómo era posible que la mujer de las runas del sueño fuera tan sorprendentemente parecida a la vieja sirvienta?

Mary había atribuido el primer sueño al libro de sir Walter Scott, que había estado leyendo la víspera. Pero ahora esa posibilidad ya no existía; Eleonore de Ruthven se había encargado de que no hubiera ningún libro que pudiera dar alas a la fantasía de Mary. ¿Cómo se explicaba entonces el segundo sueño? Y ¿cómo era posible que la anciana estuviera enterada de él?

Un escalofrío le recorrió la espalda. De pronto las oscuras torres y muros del castillo de Ruthven le parecieron aún más siniestros y amenazadores. ¿Eran solo imaginaciones suyas, o efectivamente estaba sucediendo algo en este lugar? Si era así, en el instante en que llegó a Ruthven se había convertido en parte de ello. De eso precisamente la había prevenido la peculiar sirvienta, cuando había hablado de un antiquísimo sino y del gran peligro que la amenazaba.

No es que a Mary la asustaran sus palabras, pero todo el asunto le parecía extraño, y la tristeza que sentía y la sorpresa por la visita de la anciana se fundieron en una vaga intuición de desgracia.

Ya era muy tarde.

La oscuridad había caído sobre el castillo de Ruthven y el frío de la noche se arrastraba por los pasadizos de la antigua construcción. Hacía rato que los señores del castillo se habían retirado a descansar a sus habitaciones; también la servidumbre se había ido a dormir.

Mary de Egton, sin embargo, aún estaba despierta. Por un lado, porque tenía demasiadas cosas en la cabeza para poder cerrar los ojos; por otro, porque temía dormirse y caer en un sueño que, de un extraño modo, parecía muy real.

Durante todo el día había buscado una justificación razonable que pudiera explicar que la joven de su sueño hubiera vivido realmente en otro tiempo. En algún momento había llegado a la conclusión de que debía de haber oído en alguna ocasión el nombre de Gwynneth y este se había quedado grabado en su memoria. Sin embargo, esta explicación dejaba algunas preguntas sin responder. ¿Por qué, por ejemplo, había experimentado Mary, en presencia de la anciana sirvienta, la misma desazón que Gwynneth Ruthven había sentido en el sueño? ¿Era solo casualidad, o había algo más? ¿Existía realmente un lazo entre ellas que se extendía más allá del abismo de los tiempos?

Aunque poseía una inteligencia aguda, Mary estaba dotada al mismo tiempo de una marcada fantasía que siempre se había sentido como en casa en el mundo de la literatura. Instintivamente, la joven se preguntó qué diría de todo ello sir Walter, a quien consideraba un hombre de buen criterio y dotado de una inteligencia racional.

Tal vez, y esa idea la asustaba, solo había imaginado el encuentro con la anciana. ¿Era posible que aquella mujer fuera únicamente un fantasma de sus recuerdos, y el sueño y la realidad coincidieran de un modo tan sorprendente porque no existía ninguna diferencia entre ellos?

¿Y si solo había sido una fantasía particularmente vivaz? ¿Y si su desesperación y su soledad la habían llevado a no distinguir las creaciones del sueño de la realidad? Se había vuelto silenciosa y retraída, vivía encerrada en sus aposentos. ¿No estaría perdiendo la cordura?

Mary de Egton sintió que el pánico crecía en su interior, porque su razón le decía que esa era la única explicación plausible. Tal vez los recientes acontecimientos habían sido demasiado para ella. Posiblemente estaba enferma y necesitaba ayuda. Pero ¿quién podía prestarle apoyo en esta penosa situación?

Unos golpes discretos en la puerta de su habitación la apartaron bruscamente de sus pensamientos.

Mary, que de todos modos ya estaba completamente desvelada, se incorporó en la cama. No había encendido ninguna vela. La luz de la luna, que entraba por la alta ventana, iluminaba suficientemente el aposento con un frío resplandor azulado.

De nuevo volvieron a llamar, esta vez con más energía.

¿Quién podría ser? En un primer momento Mary pensó, asustada, que podía ser la anciana del sueño, que se encontraba ante la puerta para visitarla de nuevo y arrebatarle por completo la razón. Pero no era una mujer la que se encontraba fuera, sino un hombre, como Mary pudo comprobar un instante después...

—¿Mary? Sé que aún no duerme. Por favor, abra la puerta, tengo que hablar con usted.

Su pulso se aceleró al reconocer la voz de Malcolm de Ruthven. ¿Qué podía querer el laird a esas horas? Desde su conversación en el carruaje apenas habían vuelto a hablarse. Lo que tenía que decirse ya estaba dicho, y el señor de Ruthven no parecía estar interesado en nada que tuviera relación con ella. ¿Y sin embargo, ahora aparecía de pronto ante su puerta, en plena noche, y solicitaba entrar?

Apartó la manta, se levantó de la cama y se puso una bata sobre el camisón. Luego se deslizó silenciosamente hasta la puerta para escuchar. Se estremeció al comprobar que Malcolm aún seguía allí.

—Por favor, Mary, déjeme entrar. Tengo que decirle algo importante.

Por su voz parecía, efectivamente, que tenía algo urgente que decirle, y Mary no pudo dejar de sentir cierta curiosidad. Mientras aún se estaba preguntando qué podía querer de ella su prometido a una hora tan tardía, descorrió el cerrojo y abrió la puerta.

Malcolm se encontraba en el pasillo frente a ella. No con chaqueta, como le había visto siempre, sino con una camisa blanca con las mangas arremangadas hasta el codo. El olor que despedía revelaba que había abusado del tabaco y el whisky. Tenía la lengua pesada por el alcohol.

—Ah, veo que por fin ha escuchado mis súplicas —dijo—. Mi querida Mary, déjeme entrar en su habitación, por favor.

Hablaba en voz demasiado alta para su gusto. Lo último que Mary quería era tener más problemas con Eleonore, por eso le indicó con un gesto que podía entrar. Malcolm asintió, ufano, y pasó a su lado envuelto en una apestosa nube de tabaco indio. Su rostro, habitualmente pálido, estaba enrojecido e hinchado, y sus ojos eran unas finas rendijas que la observaban con descaro. Mary se sintió incómoda en su presencia. Una parte de ella deseó estar soñando despierta de nuevo. Pero esta vez era la realidad lo que vivía; de ello no cabía la menor duda.

Con absoluto desprecio por lo que se suponía que debía ser el comportamiento de un gentleman, el laird cruzó con pasos pesados la habitación y se dejó caer, suspirando, en un sillón de orejas que se encontraba junto a la ventana y que Mary siempre utilizaba para leer. Desde hacía unos días, nadie se sentaba en él.

Bajo el influjo del alcohol, las maneras corteses y la afectada contención de que Malcolm hacía gala habitualmente parecían haber reventado como una chaqueta vieja demasiado estrecha.

—¿Y bien? —preguntó, mirándola fijamente—. ¿Cómo está, querida? ¿Se ha aclimatado a Ruthven? No la veo mucho estos últimos días.

—No me sentía muy bien —replicó Mary fríamente, mientras seguía preguntándose qué querría el laird de ella.

Malcolm dejó escapar una ronca y repulsiva carcajada de borracho.

—Cuando mi madre me anunció que debía casarme, no me mostré precisamente entusiasmado con la idea. No porque no supiera apreciar las alegrías que proporciona el bello sexo, mi querida amiga, pero hasta el momento siempre había encontrado todo lo que mi corazón solitario anhelaba en los brazos de prostitutas. Mi madre, sin embargo, opinaba que esa conducta no era apropiada para un laird. Al parecer ya había murmuraciones. Por eso arregló esta boda para mí.

—Comprendo —dijo Mary. Después de todo lo que había vivido y sufrido, aquella confesión apenas podía ya impresionarla.

—Desde el principio yo estuve en contra. Pero en cierto modo, apreciada Mary, me encuentro, en este castillo, tan prisionero como usted. Prisionero de las coerciones de una sociedad convencional y de una nobleza que se ha vuelto perezosa y apática y que se limita a sobrevivirse a sí misma.

Mary no replicó nada, pero estaba sorprendida de oír esas palabras en boca de Malcolm de Ruthven.

—No me quedaba más remedio que consentir si quería asegurar mi herencia y mi posición. Debo reconocer, querida, que esperaba con recelo el día de nuestro primer encuentro. Y tengo que confesar también que me sentí enormemente sorprendido cuando finalmente llegó el momento.

—¿Sorprendido? ¿Por qué?

—Porque la había imaginado distinta. Pensé que sería una de esas inglesas de piel pálida y pelo áspero, una criatura sin sangre, sin temperamento ni voluntad propia. Pero me equivoqué, Mary. Es usted una mujer inteligente. No me importa admitir que al principio eso me desconcertó un poco, y admito también que aún no sé muy bien qué debo pensar al respecto. Pero cuando la miro, Mary, siento algo profundo en mi interior, algo que nunca hasta ahora había sentido por una mujer de su condición.

—¿Ah sí? ¿Y qué es eso que siente, apreciado Malcolm?

—Pasión —respondió Malcolm de Ruthven sin vacilar. El laird se levantó del sillón y se acercó lentamente a ella—. Siento pasión por usted, Mary de Egton. Pasión y deseo.

Mary retrocedió instintivamente. La conversación estaba adoptando un tono que no le gustaba. Tenía que reconocer que Malcolm la había sorprendido y que le había dicho cosas que nunca habría creído que pudieran salir de su boca; pero eso no significaba que tuviera que olvidar al momento todas sus prevenciones y se inflamara de amor por él.

—La deseo, Mary —anunció Malcolm abiertamente, y en sus ojos brilló un fuego inquietante—. Esta unión que fue arreglada sin nuestro conocimiento ni nuestro acuerdo no es sencilla para ninguno de los dos. Pero podríamos olvidar todas las limitaciones que nuestra condición nos impone y dar rienda suelta a nuestro deseo. Tal vez los sentimientos lleguen entonces.

—No creo que esa sea la sucesión correcta —replicó Mary, mientras seguía retrocediendo ante él—. El amor, mi apreciado Malcolm, debe surgir del respeto mutuo. Y ya solo por eso, probablemente nunca lo sintamos el uno por el otro. Usted mismo ha dicho que no puede soportarme.

—Las cosas cambian —afirmó el laird con un gesto despectivo—. Vivimos en una época en la que todo está en movimiento, Mary. Una época de revoluciones y trastornos. Los poderosos pueden decir lo que quieran, pero su época llega al final. Quien no quiera comprenderlo es un necio. Yo, por mi parte, lo siento claramente. Todo cambia, Mary. Las barreras caerán. Y los cambios se impondrán.

Su voz había adoptado un tono inquietante, casi conspirativo, que atemorizó a Mary y por primera vez le hizo dudar de si Malcolm de Ruthven estaba realmente en posesión de sus facultades.

—No sé de qué habla —dijo, y se esforzó en que su voz sonara firme y decidida—, pero no conseguirá lo que ansía, Malcolm de Ruthven. No esta noche, ni tampoco ninguna otra, mientras no sea para mí más que un extraño cuya compañía me fue impuesta.

—¿Un extraño? ¡Soy su prometido, Mary! ¡Debe respetarme y honrarme!

—Entonces deberá ganarse mi aprecio y mi respeto, querido Malcolm —replicó Mary—. Y por el momento está perdiendo tanto una cosa como la otra.

—¡Usted no me respeta! —bufó el laird, y su cara, enrojecida ya por el alcohol, se tiñó de escarlata—. Me mira desde arriba, ¿no es cierto? Me tiene por un tonto, por un ignorante al que todo le ha venido dado y que nunca tuvo que hacer nada para merecer lo que posee. Un hombre que obedece a su madre sin replicar y se somete dócilmente a las coerciones que le impone su condición. ¿No es así, mi apreciada Mary? ¿No es así?

Mary se guardó de replicar a sus palabras. La voz de Malcolm había subido de tono, y era evidente que estaba a punto de estallar de rabia. Mary prefería no pensar en lo que podía llegar a hacer si se dejaba dominar por la cólera.

—¡Usted no sabe nada sobre mí! —la increpó el laird—. ¡No sabe absolutamente nada y, sin embargo, me juzga! Si conociera la verdad y supiera hasta dónde se remonta la tradición y el honor de la casa de Ruthven, seguro que me respetaría, Mary de Egton, y no me negaría lo que me corresponde en virtud de nuestro compromiso.

—No sé de qué está hablando —afirmó Mary evasivamente—. Aún no estamos casados, Malcolm, y usted no tiene ningún derecho sobre mí. Yo no soy de su propiedad, y nunca lo seré.

De pronto su espalda tropezó contra algo duro. La puerta cerrada le cortaba la retirada.

—Es posible que legalmente esto sea cierto, Mary —objetó Malcolm, cuya cólera parecía haberse evaporado—, pero si se hubiera familiarizado un poco más con la historia de mi casa, sabría que los lairds de Ruthven siempre consiguen lo que reclaman. Y si no se lo dan voluntariamente, lo toman por la fuerza…

Sus ojos chispearon, y se precipitó hacia delante, la cogió en sus brazos y hundió su anguloso mentón en el delicado cabello de la joven para forzarla a aceptar sus besos.

—¡No —exclamó Mary—, no haga eso!

Pero la joven no podía defenderse contra aquella fuerza brutal que la empujaba contra la puerta.

Malcolm jadeaba de lujuria. Mary se estremeció al sentir su lengua sobre su piel y trató de liberarse de su abrazo.

—Cogeré lo que me corresponde —murmuró él entre jadeos lascivos—. Me pertenece, Mary; es mía, solo mía.

Por un momento, Mary creyó que iba desmayarse de asco, miedo y vergüenza; pero luego se despertó su espíritu de rebeldía. Ella no pertenecía a ese monstruo con forma humana, no era una propiedad suya, y si Malcolm quería tomar a la fuerza lo que ella le había negado por buenas razones, no merecía nada más que su desprecio.

Durante toda su vida, Mary había sido educada para someterse y obedecer. En una sociedad dominada por los hombres, el camino más rápido y fácil para alcanzar el bienestar y una buena reputación consistía en atenerse a las reglas del juego, que establecían los hombres. Y aunque de vez en cuando Mary se había rebelado, siempre lo había hecho en un arranque momentáneo y poco decidido. Nunca había puesto realmente en duda todo el sistema.

Sin embargo, en el momento en que Malcolm de Ruthven se lanzó sobre ella jadeando, le palpó el pecho y apretó su cuerpo contra el suyo, todo aquello acabó. En ella despertó una voz que hasta entonces había callado y que le dijo que tenía que defenderse, y Mary actuó.

Más tarde, no habría sabido decir de dónde sacó el valor. Tal vez fuera pura desesperación; pero en cuanto Malcolm de Ruthven le soltó los brazos para abalanzarse, bufando como un caballo, sobre sus pechos, levantó la mano y le propinó dos sonoras bofetadas.

El laird se detuvo, estupefacto, no tanto por el dolor como porque ella se defendiera. Estaba acostumbrado a otra cosa con sus prostitutas.

Mary no esperó a que se desvaneciera el efecto de la sorpresa y se lanzara de nuevo sobre ella. Su rodilla derecha se levantó bruscamente y golpeó al señor del castillo en el bajo vientre, donde se encontraba la fuente de su apasionado deseo. A continuación dio media vuelta, abrió la puerta de la habitación y se precipitó al pasadizo iluminado por el resplandor de las antorchas.

Mary oyó a su espalda los gemidos y las maldiciones de

Malcolm y escapó tan rápido como pudo. Perdió sus zapatillas de seda, y corrió con los pies descalzos sobre la fría piedra, mientras su camisón y su bata volaban en torno a ella flotando como velos. Azorada, como un ciervo perseguido por cazadores, miró hacia atrás, y vio al laird, como una sombra oscura al extremo del pasillo, que la cubría de salvajes maldiciones, antes de emprender con pasos torpes y pesados su persecución.

Con el corazón palpitante, Mary corrió a través del castillo en penumbra. Al extremo del pasadizo dobló por un estrecho y bajo corredor de techo semicircular. Siguió adelante agachada, pero se cortó las plantas de los pies con los cantos angulosos de las losas y dejó un rastro sangriento que Malcolm podía seguir con facilidad. Su única suerte era que el laird había bebido demasiado y se movía con torpeza, pues en otro caso haría tiempo que la habría alcanzado.

En su atolondrada huida, atravesó largos pasillos y escaleras que tan pronto conducían hacia arriba como hacia abajo. Al cabo de un rato ya no sabía dónde estaba. Aún no conocía, ni de lejos, todas las zonas del castillo, y en los últimos días tampoco había estado de humor para excursiones. Pero fuera hacia donde fuera, los pasos pesados y la respiración jadeante de su perseguidor seguían tras ella.

Mary tenía la sensación de que representaba el papel principal en la peor de sus pesadillas. Corrió sin objetivo por pasajes y corredores en penumbra, huyendo siempre de su perseguidor. Parecía que el corazón iba a estallarle en el pecho, y el miedo le oprimía la garganta. Una y otra vez volvía la cabeza para lanzar miradas furtivas a la larga sombra que proyectaba la silueta de Malcolm de Ruthven en el resplandor de las antorchas.

Aquí y allá trató de abrir las puertas que aparecían a ambos lados en los pasadizos; pero o bien estaban cerradas, o daban a otros corredores que se hundían aún más profundamente en el corazón de la sombría fortaleza.

Mary se detuvo en una encrucijada, respirando agitadamente. Sentía cómo el pulso palpitaba en sus sienes, mientras, desesperada, trataba de orientarse. Una dirección le parecía tan poco prometedora como la otra, y ya podía oír cómo los pasos de su perseguidor se acercaban. De pronto, Malcolm de Ruthven apareció en el extremo del pasillo. Sus ojos brillaban en la oscuridad como carbones ardientes.

—¡Por fin te tengo! —aulló con voz estrangulada. Obedeciendo a un impulso repentino, Mary se decidió por el pasadizo de la derecha.

Unos pasos más allá pudo intuir que había tomado la decisión equivocada: el corredor acababa ante una imponente puerta de roble.

¡La puerta de la torre oeste!

La puerta prohibida de que le había hablado Samuel.

En su desesperación, Mary bajó el picaporte, y se sorprendió al ver que la puerta se abría. En un santiamén se deslizó en su interior.

A la luz de la luna, que entraba por las estrechas aberturas del muro, pudo ver la escalera de caracol, estrecha y empinada, que ascendía. Mary no se hacía ilusiones. Agotada como estaba, su perseguidor no tardaría en alcanzarla. Se volvió y quiso retroceder, pero entonces comprobó con horror que Malcolm ya había llegado a la entrada del corredor y le cortaba el paso. A la luz de la antorcha, que iluminaba vagamente su cara, pudo ver su sonrisa victoriosa.

Mary apretó los dientes y echó a correr; no tenía otra opción. En el primer peldaño se pisó la orla del camisón. La fina tela se rasgó y estuvo a punto de caerse. Se apoyó con las manos en los empinados escalones y siguió subiendo a toda prisa, cada vez más arriba. La escalera ascendía girando sobre sí misma. Mary la siguió, jadeante, mientras Malcolm ganaba terreno.

Le empezaban a doler los músculos y los pies ensangrentados. Una parte de ella quería rendirse. ¿No era inútil continuar la huida? Se había metido en un callejón sin salida del que no podía escapar. Al final de la escalera, su huida habría acabado. ¿Por qué no detenerse, pues, y entregarse a su destino? ¡No!

Sacudió tozudamente la cabeza. Si Malcolm de Ruthven la tomaba finalmente por la fuerza, no sería porque ella se lo hubiera puesto fácil. Quería luchar hasta el final; mientras le quedara una chispa de vida no se rendiría.

Haciendo acopio de energías, trepó escalera arriba. Pasó junto a unas ventanas estrechas y sin vidrios, por las que penetraba un viento helado, y siguió subiendo, impulsada por la desesperación. De repente llegó al extremo de la escalera. La huida de Mary había acabado ante una pesada puerta de roble. Sin ninguna esperanza, bajó el picaporte, y se quedó perpleja al ver que la puerta efectivamente se abría. No tenía tiempo para recuperar el aliento. Jadeando se precipitó al interior de la cámara de la torre, cerró la puerta tras ella y corrió el cerrojo. Extenuada, a punto de desvanecerse, se dejó caer en el suelo mientras fuera ya se escuchaban unos pasos pesados.

Los pasos cesaron ante la puerta, y Mary pudo oír un jadeo lúbrico y algo que sonaba como el gruñido de un cerdo. A la luz de la luna, que penetraba por la estrecha ventana de la cámara, vio cómo bajaba el picaporte. Al descubrir que la cámara estaba cerrada, Malcolm empezó a golpear la puerta, encolerizado, y a martillearla con tal furia que Mary se estremeció asustada.

—¿Qué significa esto? —tronó Malcolm desde fuera—. Abre inmediatamente, ¿me oyes?

Mary calló. Temblaba de arriba abajo de miedo y agotamiento y ya no estaba en situación de articular ni una palabra.

—¡Maldita sea! —Malcolm de Ruthven olvidó los buenos modales y se puso a maldecir como un cochero—. Haz el favor de abrirme, ¿me oyes? ¡Soy tu prometido y exijo lo que me corresponde!

Malcolm gritó y echó pestes, mientras ella, agachada en el

suelo, notaba cómo la madera temblaba bajo sus golpes. Finalmente no pudo soportarlo más. Se apretó las manos contra los oídos, rogando por que la madera vieja no cediera. La aterrorizaba pensar en lo que podía ocurrir si él conseguía llegar a ella en medio de ese ataque de cólera.

—¡Hembra desagradecida! —oyó que bramaba como desde muy lejos—. Te he acogido en mi casa. Te ofrezco mi nombre y mi riqueza, ¿y qué me das tú a cambio?

De nuevo la puerta tembló bajo los violentos golpes y patadas, pero tanto el cerrojo como la hoja resistieron.

Finalmente, agotado o resignado, Malcolm de Ruthven abandonó sus esfuerzos y sus salvajes gritos enmudecieron. Mary esperó aún un rato, y luego apartó las manos de los oídos.

Sabía que él aún estaba allí, y no solo porque le oía respirar. Tenía la sensación de que sentía su presencia de un modo casi físico, al otro lado de la puerta, a solo un palmo de ella...

—Criatura desagradecida —dijo con una voz peligrosamente suave—. ¿Por qué te me niegas? ¿No sabes que te he ganado? —dijo riendo con malicia—. ¿Crees realmente que podrás escapar de mí? No puedes ocultarte aquí eternamente, Mary de Egton, lo sabes muy bien. No tienes escapatoria, y si no puedo poseerte esta noche, lo haré en otra ocasión. No escaparás. Cuanto antes lo entiendas, antes nos pondremos de acuerdo tú y yo. Hasta entonces descansa tranquila, hermosa Mary.

Percibió sus pasos mientras bajaba lenta y pesadamente la escalera. Mary permaneció en la cámara, sola y desesperada. Conmocionada por la impresión, temblaba como una azogada. Pero, más aún que el agotamiento y el miedo que había pasado, pesaba en su espíritu el convencimiento de que Malcolm de Ruthven tenía razón.

Era una prisionera en su reino. Aunque esta noche hubiera escapado, no podía esconderse eternamente de él. Y en cuanto se hubieran casado, ya no podría evitar ser también su mujer en la cama. Esta idea la horrorizaba. Todos los deseos y visiones románticas que un día había tenido se habían esfumado. Mary estaba perdida.

Tal vez fuera eso lo que la vieja sirvienta había querido decirle cuando había hablado de un gran peligro y de que Mary debía abandonar el castillo de Ruthven lo más pronto posible.

Acurrucada en el suelo, abrazándose las piernas con los brazos como una niña, permaneció sentada en la penumbra. Lágrimas de desesperación asomaron a sus ojos y cayeron por sus mejillas. Miedo, preocupación y rabia: sentía todo eso al mismo tiempo; al igual que alivio por haber escapado de Malcolm en esta ocasión, aunque aparejado con la terrible certeza de que finalmente no podría huir de él. En cuanto estuvieran casados, no habría ya ninguna esperanza para ella.

Nunca...

Cuando Mary por fin levantó la mirada, no habría sabido decir cuánto tiempo había pasado. La luna seguía alta en el cielo, y la luz pálida que se filtraba por la ventana empañada sumergía a la cámara de la torre en una luz mate.

Era una habitación semicircular de techo bajo. La pared, de piedra natural, tenía solo tres pies de altura, y sobre ella descansaban las vigas del armazón del tejado, que se unían en el centro para formar la punta de la torre. En la habitación no había muebles, pero en el muro, justo frente a la estrecha ventana, Mary descubrió algo que despertó su curiosidad: en una de las piedras se veían unos signos grabados, unas iniciales en escritura latina.

«G. R.» podía leerse, y ya fuera por sus sueños, por la visita de la anciana o por el caos de sentimientos que reinaba en su interior, Mary tuvo la certeza de que aquellas dos iniciales significaban «Gwynneth Ruthven».

Inspiró hondo, y apenas tomó aire, sus pulmones se contrajeran en un espasmo. Se secó las lágrimas, y aliviada por tener algo en que concentrarse, examinó la piedra. Como pudo constatar, estaba medio suelta. La sujetó con ambas manos y tiró de ella. De las juntas saltó arena; la piedra se fue desprendiendo poco a poco de su encaje, hasta que finalmente pudo sacarla. Detrás había una pequeña cavidad. A la pálida luz que penetraba por la ventana, Mary vio que había algo escondido dentro. Intrigada, y aunque le daba un poco de asco, metió la mano en la oscura abertura, consiguió sujetar el objeto y lo sacó.

Examinó minuciosamente su hallazgo a la luz de la luna. Era una aljaba de cuero, aproximadamente de un codo de largo, con las costuras y el capuchón sellados con cera para proteger el contenido de la humedad. ¿Cuánto tiempo debía de llevar ahí?

Mary miró el estuche por todos lados; luego su curiosidad se impuso, y decidió echar una ojeada al interior. Rompió el sello de cera y abrió la aljaba. Dentro había varios rollos de pergamino. Sorprendida, los sacó del recipiente. Eran antiguos, pero estaban bien conservados. Mary los desenrolló y sintió que los latidos de su corazón se aceleraban.

Las hojas de pergamino estaban cubiertas de signos apretados escritos en lengua latina. Como Mary había recibido clases de latín en Egton, estaba en disposición de traducir las palabras, aunque, debido a la escasa luz que había en la habitación, la tarea no era en absoluto sencilla.

—Estas son las notas de una prisionera —leyó susurrando—. Confío en que quien las encuentre sea digno de ellas. Firmado por Gwynneth Ruthven, en el año del Señor de 1305.

Mary contuvo la respiración. Por un lado, haber descubierto el legado de la joven de que había hablado la vieja sirvienta y que había conocido en sueños la había dejado aturdida. ¿Era una casualidad que Mary, que había huido a esta torre forzada por las circunstancias, hubiera tropezado precisamente aquí con las notas de Gwynneth?

Por otro, Mary sentía también una indecible satisfacción. Eleonore había hecho quemar sus libros para robarle cualquier esperanza, pero ahora se encontraba, de improviso, en posesión de unas antiguas notas que proporcionarían nuevo alimento a su espíritu prisionero.

Emocionada, Mary de Egton empezó a leer, con los ojos empañados por las lágrimas, las anotaciones que Gwynneth Ruthven había escrito hacía más de quinientos años en esa misma habitación.

15

Ya era tarde, y los monjes de Kelso se habían retirado a descansar. Solo el abad Andrew estaba todavía despierto; el religioso, arrodillado en el suelo de su despacho, había juntado las manos. Como siempre que buscaba respuestas que los hombres no podían darle, estaba profundamente concentrado en la oración.

A veces, cuando durante muchas horas buscaba respuesta en el Señor, el abad alcanzaba un estado de profunda paz interior. La calma que sentía entonces era una fuente de fuerza, de fe y de inspiración. Pero esta noche el abad no conseguía alcanzar este estado por más que ansiara hacerlo. Demasiadas cosas le daban vueltas en la cabeza y le impedían convertirse en uno con el Creador.

Demasiadas preocupaciones...

Los acontecimientos de los últimos días y semanas habían mostrado claramente que la actitud vigilante que había imperado en la orden a lo largo de los siglos no carecía de fundamento. El peligro de épocas pasadas no se había extinguido. Había sobrevivido al tiempo hasta llegar al presente, y en estos días parecía crecer de nuevo.

El abad había repasado una y otra vez los antiguos escritos y había consultado con sus hermanos de la orden. No cabía duda. El enemigo de otros tiempos se había alzado de nuevo. Los poderes paganos ejercían toda su fuerza para volver, y una vez más se servían de la hermandad.

La victoria de hacía siglos no había sido completa, la decisión solo se había aplazado. Esta vez, sin embargo, el desenlace sería definitivo, y la conciencia de que esta carga recaía sobre él y sus hermanos gravitaba pesadamente sobre el abad Andrew. La preservación de la biblioteca y la conservación de los antiguos escritos eran solo un camuflaje: en realidad siempre había estado en juego algo mucho más importante.

El abad rezaba por que sus hermanos y él estuvieran a la altura del reto. «Tal vez, oh Señor —siguió orando—, quieras, en tu sabiduría, enviarnos tu ayuda, a nosotros, débiles humanos, e intervenir en el combate para que este se decida en favor de la luz, y las tinieblas no...»

No había acabado aún la oración cuando un tintineo cristalino rompió el silencio.

El abad alzó la mirada, y vio, consternado, cómo unas figuras negras encapuchadas entraban en la habitación rompiendo los vidrios de las ventanas. Las capuchas de sus mantos les tapaban parcialmente la cara, que llevaban oculta, además, tras una máscara.

—¡Dios Todopoderoso! —exclamó el abad.

El frío viento nocturno penetró por la ventana, hizo oscilar las llamas de las velas y sumergió a los terroríficos visitantes en una luz siniestra.

Ninguna de las figuras dijo una palabra. En lugar de ello, sacaron de entre sus ropas unas hojas de acero: sables, que brillaban a la luz vacilante de las velas y con los que se disponían a atacar al indefenso religioso.

—¡Atrás! —exigió el abad Andrew con voz estentórea, mientras se levantaba de un salto y alzaba la mano en un gesto defensivo—. ¡Sois mensajeros de una época enterrada en el tiempo, y os ordeno que volváis al lugar de donde habéis salido!

Los encapuchados se limitaron a reír. Uno de ellos se adelantó y levantó su sable, disponiéndose a atravesar al abad. Pero antes de que la afilada hoja le alcanzara, el religioso giró hacia un lado y esquivó el ataque.

El sable golpeó en el vacío, y su propietario lanzó un grito enojado. Antes de que pudiera lanzar un segundo ataque, el abad Andrew se había repuesto de su sorpresa inicial y había corrido hasta la puerta de la habitación. El monje descorrió el cerrojo y emprendió la huida por el pasillo.

Los encapuchados le siguieron. Sus ojos miraban fijamente a través de las rendijas de las máscaras, y en ellos podían leerse claramente sus intenciones: querían sangre, y el superior de la orden de Kelso debía ser su primera víctima.

El abad Andrew escapó tan rápido como lo permitían sus piernas y sus sandalias de rafia. Corrió por el pasillo en penumbra, iluminado solo por unas pocas velas, con la sensación de que se sumergía en una lúgubre pesadilla. Pero no, aquello era la realidad, los golpes de las botas de sus perseguidores contra el suelo y sus ávidos jadeos lo demostraban. Los encapuchados ganaban terreno y se acercaban cada vez más; de nuevo brillaron las hojas desnudas, como si olieran la sangre del indefenso religioso..., que de pronto ya no estaba solo.

Al final del pasillo, donde este desembocaba en una estrecha caja de escalera, varias figuras surgieron de la penumbra. Llevaban, como el abad, el hábito oscuro de los premonstratenses, pero, al contrario que él, no estaban indefensas, sino que sostenían en sus manos unos largos bastones flexibles de madera de abedul, con los que se plantaron ante los atacantes. Sus capuchas cayeron entonces hacia atrás, dejando al descubierto sus cabezas rapadas.

Por un momento, los intrusos se quedaron desconcertados. No habían contado con encontrar oposición; esperaban que su acto criminal sería fácil de ejecutar. Pero un instante después, superada la sorpresa inicial, se lanzaron contra los monjes, que se habían situado protectoramente ante su abad.

Entonces se desencadenó un violento combate. Los encapuchados se abalanzaron furiosamente contra los defensores y blandieron sus armas con rabia destructora. Los monjes, por su parte, contraatacaron utilizando sus bastones de modo que la inofensiva madera se convirtió en sus manos en un arma mortal. Hacía muchos decenios, un hermano viajero había traído del Lejano Oriente el secreto de la lucha sin armas, en la que los monjes habían profundizado hasta alcanzar un alto grado de perfección. En secreto se habían entrenado en el combate con la vara, no para atacar, sino para poder defenderse cuando su integridad y su vida estuvieran en peligro. Como ocurría en ese instante…

En la penumbra, la hoja desnuda de un sable centelleó en el aire y penetró en la carne y los tendones de uno de los monjes, que lanzó un grito y se desplomó. Enseguida, dos de sus compañeros de orden le relevaron, agitando sus bastones a una velocidad vertiginosa, y castigaron al criminal. La madera se abatía con fuerza aniquiladora, rompiendo huesos y derribando a los atacantes. Los movimientos de los monjes eran tan rápidos que los encapuchados apenas podían seguirlos, y, aunque estaban mejor armados, eran incapaces de ofrecer una respuesta eficaz ante la destreza de sus oponentes.

Dos de los atacantes cayeron inconscientes bajo los bastonazos, y un tercero acabó con el codo destrozado por el impacto de una vara. Un cuarto se adelantó de un salto y enarboló su sable, antes de ser igualmente alcanzado y barrido por el extremo de un bastón.

Lanzando gritos de espanto, los que quedaban en pie intentaron huir. Atropelladamente, se precipitaron de nuevo hacia la estancia del abad Andrew y escaparon por la ventana rota. Algunos de los monjes quisieron correr tras ellos, pero el abad los retuvo.

—Deteneos, hermanos —les gritó—. No es tarea nuestra castigar ni vengar. Solo el Señor puede hacerlo por nosotros.

—Pero, venerable abad —objetó el hermano Patrick, que formaba parte del grupo de arrojados defensores—, estos hombres solo han venido por un motivo, ¡para asesinarle! ¡Primero a usted, y luego a todos nosotros!

—A pesar de todo, la venganza no debe ser el sentimiento que guíe nuestra conducta —replicó su superior con una calma digna de admiración. El abad Andrew parecía haber superado por completo su miedo inicial—. No olvides, hermano Patrick, que nosotros no odiamos a nuestros enemigos. No queremos castigarles, ni tampoco causarles daño. Solo queremos proteger aquello que es justo.

—No lo olvido, venerable abad. Pero si los atrapamos, tal vez podamos descubrir quién los ha enviado.

—Nos contentaremos con los que han quedado aquí —replicó el abad, y señaló a los hombres que yacían inconscientes en el suelo—. Dudo que nos digan quién les ha enviado, pero es posible que tampoco sea necesario.

El abad indicó a sus hermanos de congregación que atendieran a los heridos. Los monjes curarían sus heridas y velarían por su restablecimiento tal como ordenaba el mandamiento del amor al prójimo. El hermano Patrick se inclinó hacia uno de los caídos, le echó la capucha hacia atrás y le retiró la máscara.

Debajo aparecieron unos rasgos pálidos, enmarcados por un cabello rubio y unas patillas, que pertenecían a un hombre joven. Pero la sorpresa fue aún mayor cuando Patrick apartó la capa del intruso. Bajo la tela, de un negro profundo, apareció un rojo resplandeciente, el rojo del uniforme de los dragones británicos.

Los monjes de Kelso se quedaron petrificados de horror. Ninguno de ellos había contado con aquello, con excepción del abad Andrew.

—Ahora ya no hay vuelta atrás —murmuró el abad, y su mirada se ensombreció—. El enemigo ha vuelto y ha mostrado su rostro. El combate ha empezado, hermanos...

TERCER LIBRO
LA ESPADA DE LA RUNA

1

Al día siguiente de su memorable hallazgo en la biblioteca y del siniestro combate en las calles, Walter Scott y Quentin se dirigieron de nuevo a visitar al profesor Gainswick. Confiaban en que el erudito pudiera decirles algo más sobre el círculo de piedras de que se hablaba en el antiguo fragmento.

Sir Walter había pasado la mañana en el puesto de la guardia local, donde había intentado descubrir algo más sobre la pelea de que había sido testigo con Quentin la noche anterior. Como miembro del Tribunal de Justicia fue tratado con el debido respeto, pero los agentes no pudieron proporcionarle ninguna ayuda; no les había llegado ninguna denuncia y los vigilantes de servicio de la guardia nocturna no sabían nada de lo sucedido en las oscuras callejas del barrio de la universidad. Por lo que parecía, sir Walter y su sobrino habían sido los únicos testigos del suceso, y a la luz del nuevo día incluso ellos empezaban a dudar de que realmente hubiera tenido lugar.

Mientras que sir Walter había pasado la noche sentado ante su escritorio, Quentin se había ido a dormir, aunque apenas había podido descansar.

Una y otra vez volvían a su memoria los excitantes acontecimientos que habían vivido, el descubrimiento que habían realizado y las oscuras sombras que les perseguían. En cuanto cerraba los ojos y conciliaba brevemente el sueño, se veía asaltado por imágenes malignas: pesadillas de runas y máscaras horribles, de círculos de piedras y hogueras que ardían en la noche y anunciaban el fin del mundo.

Quentin se sentía, pues, de un humor sombrío mientras el carruaje en el que viajaba con su tío ascendía por la cuesta en dirección a High Street. Por más que sir Walter cerrara los ojos y siguiera buscando una explicación racional, para él hacía tiempo que estaba claro que no se encontraban frente a una simple casualidad. Quentin no podía dejar de pensar en las advertencias que habían pronunciado tanto el inspector Dellard como el abad Andrew.

Sir Walter, que podía leer en los rasgos de Quentin como en un libro abierto, le miró fijamente.

—Mi querido sobrino —dijo—, valoro lo que haces por mí, pero leo el miedo en tus ojos.

—Confundes el miedo con la prudencia, tío —le corrigió Quentin muy digno—. Si no recuerdo mal, Cicerón la consideraba la mejor parte de la valentía.

Sir Walter no pudo evitar una sonrisa.

—Celebro que, a pesar de toda esta agitación, aún encuentres tiempo para el estudio de los clásicos, muchacho. Pero estoy hablando muy en serio. En el curso de estos turbadores acontecimientos he perdido ya a un estudiante, y no quiero tener que reprocharme la muerte de otro joven. De modo que si prefieres dejarlo y volver con tu familia, lo entenderé perfectamente. Tu casa no está muy lejos. Podría decirle al cochero que...

—No, tío —dijo Quentin con decisión—. Es cierto que no comparto todas tus opiniones en lo que se refiere a este misterioso caso, pero en las últimas semanas y meses has hecho demasiado por mí para que te deje en la estacada cuando me necesitas. Y con todos los respetos, tío, tengo la sensación de que nunca me has necesitado más que en estos días.

—Eres un buen muchacho, Quentin —replicó sir Walter, asintiendo con la cabeza—. Has aprendido a dominar tu miedo y a tratar con él. Pero no querría que arriesgaras tu vida por agradecimiento. Ya me has acompañado durante más tiempo del que es aconsejable para ti. La gente con la que tratamos es peligrosa, ya lo ha demostrado varias veces. Y no podría mirar a tu madre a los ojos para decirle que perdiste la vida por culpa de mi obstinación.

La voz de sir Walter había bajado de tono, y Quentin tuvo la impresión de que su tío no solo estaba cansado por la noche en vela, sino que se encontraba agotado también por la responsabilidad con que tenía que cargar. Tal vez, pensó, debería aliviarle de parte de esta carga.

—Entonces despídeme de tu servicio, tío —propuso inopinadamente.

—¿Qué quieres decir, muchacho? ¿No quieres que siga siendo tu maestro?

—Ya he aprendido mucho de ti, tío, y estoy seguro de que tendrías mucho más que enseñarme. Pero con todo lo que tal vez nos espera todavía, no me gustaría acompañarte como tu alumno, sino como... —Se interrumpió al comprender que sus palabras podían parecer presuntuosas—. Sino como tu amigo —añadió bajando un poco la voz.

Sir Walter no respondió enseguida; miró por la ventana lateral, por la que desfilaban los estrechos edificios de High Street. Dentro de unos instantes llegarían a casa del profesor Gainswick.

—¿Qué me dices, tío? —quiso saber Quentin, que ya se atormentaba preguntándose si no habría ido demasiado lejos.

—Nada, muchacho. —Sir Walter sacudió la cabeza—. Tan solo me planteo una pregunta.

—¿Qué pregunta?

—Qué cabeza hueca ha podido llegar a convencerte de que no servías para nada y de que por tus venas no corría la sangre de un auténtico Scott. ¿Crees que no veo más allá de tus palabras? ¿Crees que no me doy cuenta de lo que pretendes?

—Perdona, tío, yo...

—Lo has notado, ¿verdad? Has percibido la carga que pesa sobre mis hombros, la responsabilidad que siento y que casi no me deja respirar. Y para aliviarme de esta carga, quieres librarme al menos de la responsabilidad sobre tu persona; quieres apoyarme como amigo, aunque no compartes mis opiniones en lo que se refiere a este caso ni mi firme determinación de investigar hasta el final.

—No, tío, no —protestó Quentin cortésmente; pero luego cambió de opinión—. Es cierto —reconoció—, no comparto tu opinión en lo que se refiere a este asunto, y tampoco me importa reconocer que todo esto no me gusta demasiado. Lo que hemos descubierto me parece siniestro, y si fuera posible, me olvidaría con gusto de todo y dejaría el caso. Pero resulta que no es posible. Sobre todo porque tú insistes en aclararlo. No sé de dónde sacas el valor para hacerlo, tío, pero es evidente que no te asusta enfrentarte a esa gente. En todo lo que hago, siempre me ilumina tu ejemplo. Fui a Abbotsford sobre todo por una razón: para intentar ser un poco como tú. Ahora tengo la oportunidad de cumplirlo, y no la desperdiciaré. Cuando todos pensaban que era un bobo y un inútil, tú creíste en mí y me acogiste en tu casa. Nunca lo olvidaré. Por eso sería un honor para mí poder seguir acompañándote en tus investigaciones, como amigo y como la voz que te previene del peligro.

Sir Walter le dirigió una mirada escrutadora; era imposible adivinar qué estaba pensando en ese momento. Quentin se removió incómodo en el banco. Luego una sonrisa tierna se dibujó en el rostro de su tío y mentor.

—Cuando viniste a mi casa, Quentin, vi enseguida que valías más de lo que nadie había sabido reconocer hasta entonces —dijo sir Walter—. Con todo, la rapidez con que te has deshecho de la inmadurez de la juventud para convertirte en un hombre me sorprende incluso a mí. Sé valorar tu propuesta en lo que vale, muchacho, y reconozco gustosamente que realmente me puede ser muy útil tener, en estos días, un amigo en quien poder confiar. De modo que si quieres ser ese amigo...

Sir Walter dejó de hablar y tendió su mano derecha a Quentin, que se la estrechó enseguida.

—Es un honor para mí, tío —replicó—. Y por favor, te pido que seamos prudentes en todo lo que hagamos.

—Te lo prometo —respondió sir Walter sonriendo—. Sería interesante saber si ahora ha hablado el amigo o el sobrino.

El carruaje se detuvo. Habían llegado a la entrada del callejón que conducía al patio trasero donde se encontraba la casa de Miltiades Gainswick.

Bajaron, y sir Walter indicó al cochero que les esperara. Aún era de día, pero las nubes eran tan densas que los rayos del sol no conseguían abrirse paso entre ellas.

Con la carpeta que contenía la copia del fragmento bajo el brazo, Quentin siguió a su tío por el callejón. Llegaron al patio en cuyo extremo se encontraba la casa del profesor. Del despacho salía la luz amarillenta de una lámpara de petróleo; por lo visto el erudito estaba de nuevo ocupado hojeando antiguos escritos y estudiando el pasado. Sir Walter estaba seguro de que el profesor Gainswick consideraría el fragmento un cambio bienvenido en su trabajo, y tal vez podría decirles algo más sobre el círculo de piedras que se mencionaba en el antiguo escrito.

—Tío —dijo Quentin de repente. En ese momento también sir Walter se dio cuenta: la puerta de la casa estaba entreabierta.

En un entorno rural eso no sería particularmente extraño, pero en una ciudad como Edimburgo, por cuyas calles merodeaban siempre multitud de personajes poco recomendables, resultaba en extremo sospechoso.

Sir Walter golpeó la puerta con el pomo del bastón para anunciar su entrada, pero no sucedió nada; el sirviente del profesor Gainswick no se acercó, y tampoco se oyó el menor ruido en el interior de la casa. Sir Walter dirigió a su sobrino una de esas miradas que Quentin había aprendido a interpretar en los últimos días; una mirada que revelaba que su tío estaba preocupado.

Empujaron la puerta, que se movió, chirriando, hacia dentro.

—¿Profesor Gainswick? —llamó sir Walter en dirección al estrecho pasillo—. Sir, ¿está usted en casa?

No recibieron respuesta, aunque del final del pasillo llegaba luz. Ahora también Quentin se inquietó. Se podía sentir la tensión en el aire, la sombra de una siniestra amenaza.

Con un gesto, sir Walter indicó a su sobrino que entrara. Lentamente avanzaron por el pasillo. Las tablas del suelo gemían suavemente bajo sus pies. Cruzaron el comedor y el gabinete, donde se habían sentado juntos la última vez. En la chimenea ardía un fuego que permitía deducir que tenía que haber alguien en la casa.

—¡Profesor Gainswick! —gritó de nuevo sir Walter—. ¿Está usted aquí? ¿Está en casa, sir?

No encontraron al profesor, pero sí a su sirviente. Quentin estuvo a punto de caer sobre él cuando llegaron al extremo del pasillo, donde se encontraba la entrada al despacho. La puerta estaba entornada; solo una delgada línea de luz caía a través de la rendija e iluminaba el bulto informe que yacía a los pies de Quentin.

—¡Tío! —exclamó este horrorizado al comprender que aquello era un cadáver.

El muerto tenía la cara contraída e hinchada, y sus ojos dilatados parecían mirar fijamente a Quentin en una acusación muda. Aún llevaba alrededor del cuello la cuerda con que su asesino lo había estrangulado.

—Por todos los santos —gimió sir Walter, y se inclinó hacia el cuerpo del sirviente. Rápidamente lo examinó, y luego sacudió resignadamente la cabeza.

—¿Y el profesor? —preguntó Quentin trastornado.

Sir Walter miró hacia la puerta. Ambos intuían que la respuesta a la pregunta de Quentin se encontraba al otro lado, y no se equivocaban.

Miltiades Gainswick estaba sentado en el gran sillón ante la chimenea de su despacho, con un libro sobre las rodillas. Pero los rasgos del erudito no mostraban curiosidad científica, sino que estaban pálidos y demacrados; su respiración sonaba como cadenas arrastradas, y Quentin vio con horror que había sangre por todas partes. El traje y la camisa del profesor estaban empapados de ella, igual que el sillón y el suelo, donde el elixir vital se acumulaba en chillones charcos rojos.

—¡Profesor!

Sir Walter lanzó un grito horrorizado y ambos se precipitaron hacia Gainswick, que les dirigió una mirada apagada. Tenía los ojos vidriosos; su cabeza caía a un lado, y ya no tenía fuerzas para levantarla. Varias puñaladas le habían atravesado el tórax; incluso Quentin, que no tenía ni idea de medicina, comprendió que el profesor ya no tenía salvación.

—No, profesor —suplicó sir Walter, y cayó de rodillas ante su mentor, sin preocuparse por la sangre que manchaba sus ropas—. Por favor, no…

Gainswick parpadeó y dirigió la mirada hacia él, lo que pareció costarle un insuperable esfuerzo. Un asomo de sonrisa iluminó sus rasgos cuando reconoció a sir Walter.

—Walter, muchacho —jadeó, y un hilillo de sangre se deslizó de la comisura de sus labios—. Por desgracia llega demasiado tarde…

—¿Quién ha hecho esto? —susurró sir Walter consternado—. ¿Quién le ha hecho esto, profesor?

—Ha ocurrido… No se haga ningún reproche.

—¿Quién? —volvió a preguntar sir Walter. En ese momento, Quentin le tocó el hombro: en la pared del despacho, el sobrino de sir Walter había descubierto algo que le heló la sangre en las venas.

Era una huella que habían dejado los criminales. Más aún, era una firma, un signo identificativo. Como si tratara de anunciar la autoría de una obra de arte.

En la pared destacaba el signo de la espada rúnica, escrito con la sangre de Miltiades Gainswick.

—¡No! ¿Por qué? —exclamó sir Walter, y lágrimas de consternación, de rabia y de duelo asomaron a sus ojos.

—No esté... triste —balbuceó Gainswick con dificultad, con las pocas fuerzas que le quedaban—. Todos los caminos... tienen que acabar en algún momento.

—Perdóneme, profesor —susurraba sir Walter una y otra vez—. Perdóneme.

Quentin, que permanecía inmóvil a su lado, no estaba menos afectado que su tío. También él se sentía responsable de lo ocurrido. Era evidente quién era el autor de aquel sangriento crimen. Y era casi aún más evidente quién había conducido al criminal hasta el profesor Gainswick.

—Máscaras —surgió de la garganta del profesor, en un tono apenas audible—, máscaras espantosas... Engendros de las tinieblas... no conocen la compasión.

—Lo sé —dijo sir Walter, impotente.

Gainswick abrió los ojos, y reuniendo todas sus energías en un último y desesperado esfuerzo, adelantó su mano ensangrentada, sujetó a su antiguo alumno por el cuello de la chaqueta y le atrajo hacia sí.

—Combatidlos —susurró con voz agónica—. Encontrad huellas...

—¿Dónde, profesor? —preguntó sir Walter.

Las dos últimas palabras que Miltiades Gainswick pronunció en este mundo fueron enigmáticas. La primera era «Abbotsford»; la segunda, «Bruce».

Entonces la cabeza del erudito cayó de lado. El tórax de Gainswick se alzó y se dilató una vez más, y luego su corazón dejó de latir.

—No —exclamó Quentin, horrorizado, mientras sentía al mismo tiempo que una rabia impotente le llenaba el pecho—. ¡Esos criminales sanguinarios! ¡Esas bestias con figura humana! El profesor Gainswick no les había hecho nada. Los...

Se interrumpió cuando de pronto, en el primer piso, se escuchó un sonoro crujido.

—¿Qué ha sido eso? —preguntó.

—Ahí arriba hay alguien —constató sir Walter. Su rostro se había transformado en una máscara helada.

—¿Un sirviente tal vez?

—Si no recuerdo mal, el profesor solo tenía uno.

Quentin y su tío intercambiaron una mirada de inteligencia. Ambos sabían qué significaba aquello: el asesino del profesor Gainswick todavía se encontraba en la casa. Posiblemente le habían sorprendido mientras cometía su sangrienta obra, y por eso aún habían encontrado vivo al profesor.

—Pagará por esto —anunció Quentin con decisión, y salió precipitadamente del despacho.

—¡No, muchacho! —gritó sir Walter tras él, pero nada podía detener ya a Quentin.

Todos los sentimientos que se habían acumulado en él durante los últimos días y semanas rompieron ahora el dique. Su duelo por la muerte de Jonathan y el miedo que había sentido en el incendio de la biblioteca, la atracción por Mary de Egton y el temor que le inspiraba la siniestra hermandad y las cosas sobrenaturales se juntaron como pólvora en un barril, y la muerte del profesor Gainswick fue la llama que encendió la mecha.

Con los puños apretados, Quentin subió a toda prisa la escalera, furiosamente decidido a atrapar al cobarde asesino. No pensaba en el peligro. Bajo la conmoción del espantoso suceso, quería que se hiciera justicia; no podía ocultarse por más tiempo, quería enfrentarse de una vez con aquel misterioso adversario, cuyos manejos habían causado ya tantas víctimas.

¡De pronto resonó el escandaloso tintineo de un vidrio roto!

El ruido había llegado del extremo del corto pasillo, del dormitorio del profesor Gainswick; la puerta estaba abierta de par en par. Quentin apretó los dientes y salió disparado, cruzó a todo correr el pasillo y entró en el dormitorio.

El frío viento nocturno que penetraba por la ventana abierta y hacía ondular las cortinas de la cama le golpeó en la cara. A la luz pálida que llegaba de afuera, las colgaduras parecían sudarios.

Quentin se precipitó hacia la ventana. Alguien la había roto con ayuda de un perchero, que ahora yacía en el suelo. Cuando Quentin miró hacia fuera, vio una figura envuelta en una capa ondulante que se deslizaba por los tejados.

—¡Alto! —aulló con todas sus fuerzas—. ¡Miserable asesino!

Antes de que pudiera darse cuenta realmente de lo que hacía, ya estaba subiendo al alféizar de la ventana y trepando al exterior. Se cortó la mano derecha con los fragmentos de vidrio, pero estaba tan furioso que ni siquiera lo notó. La sangre palpitaba aceleradamente en sus venas, y el ruido de su propia respiración jadeante apagaba las voces de advertencia en su interior.

Pasó por la abertura, saltó, y aterrizó unos metros más abajo, en el caballete del tejado de la casa vecina. Siguiendo el mismo camino que había utilizado el asesino, se balanceó a lo largo de este hasta alcanzar la chimenea que sobresalía del tejado. Se sujetó a ella y se deslizó por la empinada vertiente hasta llegar al borde. Desde allí pudo saltar al tejado cubierto con tejas de madera de una cuadra, sobre la que había visto al encapuchado por última vez.

El asesino solo había podido seguir una dirección: bajar por el callejón hacia la ciudad vieja, donde había innumerables rincones en los que podía encontrar refugio. Quentin no tenía intención de dejar que escapara hacia allí.

—¡Detened al asesino! —aulló con todas sus fuerzas, con la esperanza de alertar a alguno de los agentes que estaban de servicio a lo largo de High Street—. ¡No debe escapar!

Caminando a grandes zancadas, avanzó por el tejado plano de la cuadra en dirección al lugar por donde había desaparecido el fugitivo. Las tejas crujían peligrosamente bajo sus pies. Por fin llegó al borde. Junto a la puerta del granero había un montón de paja, y Quentin saltó sin vacilar. Aterrizó en suelo blando, se liberó rápidamente de la paja y corrió por la estrecha callejuela, donde pudo ver de nuevo fugazmente al hombre de la capa.

A la débil luz de la callejuela lo divisó muy cerca, antes de que desapareciera por un callejón lateral.

—¡Alto! —gritó Quentin, furioso, aunque sabía que el asesino no se detendría. Resuelto a atraparle como fuera, echó a correr tan deprisa como lo permitían sus piernas.

Quentin no era un corredor muy resistente, y debido al estado de excitación en que se encontraba, su respiración era aún más superficial y acelerada, de modo que los pulmones le ardían y pronto le flaquearon las fuerzas. Sin embargo, no quería abandonar. Todo en él le impulsaba a no dejar escapar al asesino del profesor Gainswick, y su rabia y su determinación le proporcionaron nuevas energías.

A toda velocidad, bajó por el callejón, que estaba cubierto de inmundicias. Con excepción de la suntuosa calle principal, en la que residían comerciantes, abogados y eruditos, Edimburgo ofrecía una imagen más bien miserable, por no hablar de los dudosos personajes que merodeaban por sus callejas. Las transiciones entre barrios eran fluidas, y, sin darse cuenta, uno podía ir a parar a una zona que era preferible no pisar después del crepúsculo.

Pero Quentin no pensaba en ello. Su único objetivo era atrapar al asesino y darle el castigo que merecía. El callejón era corto y desembocaba en un patio trasero rodeado en tres de sus lados por paredes sin ventanas, de modo que solo tenía una salida.

Desconcertado, Quentin se detuvo y giró sobre sí mismo. En la luz declinante, observó los muros con atención, pero no había rastro del asesino. Entonces su mirada se posó en una trampa de madera empotrada en el irregular pavimento.

Sin duda conducía a un sótano, y como esa era la única posibilidad de salir del patio, lógicamente debía de ser el camino que había tomado el asesino. Sin reflexionar, Quentin sujetó la herrumbrada anilla de hierro y levantó la trampilla. De la profundidad envuelta en tinieblas le llegó un intenso olor a podredumbre, que le hizo dudar un momento. Sin embargo, decidió hacer de tripas corazón. Si se rendía ahora, el asesino del profesor Gainswick escaparía indemne, y en ningún caso podía permitir que fuera así.

Con gesto decidido, se sujetó a la escalera que se apoyaba en la pared del pozo y empezó a bajar. Los peldaños estaban fríos y cubiertos de un musgo resbaladizo, de modo que tenía que ir con cuidado para no caer. Unos tres metros más abajo, Quentin llegó al final de la escalera y se encontró en un sótano frío y oscuro.

La poca luz que llegaba a través del pozo apenas bastaba para iluminar el lugar. Todo lo que Quentin veía eran unos contornos borrosos, cajas y barriles viejísimos de cuyo interior emanaba un olor nauseabundo. Además, oyó en alguna parte, en medio de la oscuridad, unos crujidos que le hicieron suponer que no se encontraba solo.

En un instante, su determinación se desvaneció; se dijo que probablemente había sido una idea bastante estúpida bajar al pozo sin llevar un arma encima, o al menos, una lámpara. Obedeciendo a un impulso repentino, quiso girarse y sujetarse a la escalera para volver a trepar hasta arriba, pero en ese momento, justo ante él, brilló una llama. Alguien había encendido una cerilla y ahora prendía el pábilo de una vela. A su luz, Quentin distinguió una máscara horrible, tallada en madera.

¡Era el asesino, que había acechado su llegada!

Un pesado manto de lana negra caía sobre su gigantesca figura y una gran capucha enmarcaba su cara enmascarada. La amenaza que emanaba de él podía sentirse físicamente.

—¿Me buscabas? —preguntó el encapuchado con sarcasmo—. Pues ya me has encontrado.

Durante un instante, Quentin se quedó mudo de terror, pero luego se impuso de nuevo su indignación por el espantoso crimen, e hizo todo lo posible por convencerse de que el siniestro fantasma que había surgido de la oscuridad era en realidad un ser de carne y hueso, un hombre como él.

—¿Quién es usted? —quiso saber Quentin—. ¿Por qué ha matado al pobre profesor Gainswick?

—Porque se metía en cosas de las que debería haberse mantenido apartado —fue la respuesta—. Igual que tú. No es bueno correr por las calles a estas horas gritando a voz en cuello. Podrías llamar la atención de criaturas a las que sería mejor dejar en paz.

El encapuchado levantó la vela, de modo que su resplandor iluminó un espacio mayor del sótano; Quentin vio con horror que por todas partes, detrás de los barriles y las cajas, algo se agitaba.

Ante su vista aparecieron unas figuras que solo con esfuerzo podían reconocerse como humanas. Sus sucios vestidos, que colgaban en jirones de su cuerpo, apenas podían diferenciarse de la piel, coriácea y manchada. En sus caras mutiladas y deformadas por cicatrices, unos ojos inyectados en sangre le miraban fijamente, y las bocas de dientes amarillentos se entreabrían en una mueca feroz.

Quentin ya había oído hablar de aquellas personas. Los llamaban «los sin nombre». Eran desechos de la sociedad, gentes que no tenían familia ni hogar. Vivían en los rincones más oscuros de la ciudad, y quien caía en sus manos no podía esperar compasión. Quentin, que nunca se había topado antes con ninguna de aquellas criaturas, se encontraba ahora frente a más de una docena. Instintivamente se echó hacia atrás, hasta que su espalda chocó con la escalera.

Los sin nombre surgían de los oscuros rincones, arrastrándose y reptando más que caminando. Llevaban en las manos cuchillos y puñales herrumbrosos, estoques rotos cuyas hojas aún estaban manchadas con la sangre de las últimas gargantas que habían cortado. Y aquel sombrío enmascarado parecía tener autoridad sobre esos engendros de la noche.

—Es vuestro —les dijo, y entre sus filas se dejaron oír unas repugnantes risas apagadas.

Los pares de ojos brillaron, y uno de los tipos, con una larga cabellera negra y la nariz partida por una cuchillada, se dirigió con paso decidido hacia Quentin para clavarle su puñal.

Quentin reaccionó instantáneamente. Volverse y agarrar los peldaños de la escalera fue todo uno. Solo quería salir de allí, huir de aquel agujero y escapar a las hojas ensangrentadas de los asesinos.

Los sin nombre gritaron de indignación al ver que se disponía a huir, y con las armas en alto, se lanzaron hacia la escalera.

Quentin trepó hacia el exterior tan deprisa como pudo. Notó que le lanzaban una puñalada; sintió la corriente de aire, pero la hoja no acertó por un pelo. Unas manos esqueléticas, descarnadas, se tendieron hacia él, y una de ellas consiguió sujetarle el pie derecho.

Lanzó un grito y sacudió la pierna; se defendió con todas sus fuerzas, y un instante después volvía a estar libre. Frenéticamente se sujetó al siguiente escalón, siguió trepando tan rápido como pudo y salió por la abertura.

La banda de asesinos seguía pegada a sus talones, no quería dejar escapar aquella presa que creía segura. A sus ojos, una vida humana no tenía valor; ya habían matado por mucho menos. La chaqueta de Quentin y sus botas nuevas eran motivo suficiente para que se convirtieran en unas bestias asesinas. Quentin consiguió a duras penas escapar del pozo y se refugió en el patio.

—¡Socorro! —gritó con todas sus fuerzas, pero o bien nadie le oyó, o los que le oyeron prefirieron mantenerse alejados.

Los sin nombre surgieron del agujero tras él, tan numerosos como ratas. Quentin corrió tan deprisa como pudo hacia la salida del callejón, pero constató, horrorizado, que el acceso al patio interior estaba cerrado. Ante él se encontraban otros dos tipos encorvados con ropas que colgaban en jirones. Iban armados con garrotes que habían atravesado con largos clavos, horribles herramientas asesinas de un mundo en el que no había derecho ni ley. Uno de los desarrapados, que llevaba un parche sobre el ojo derecho, aulló como un animal de presa y balanceó la maza para cerrar el paso a su víctima.

Quentin se detuvo. Desesperado, miró alrededor buscando una vía de escape, pero no había ninguna. Los sin nombre, que habían visto que estaba atrapado, se tomaron su tiempo para actuar. Primero se dispersaron y se desplegaron en torno a él, rodeándolo. Una sonrisa irónica y malvada se dibujaba en sus caras deformadas. El enmascarado no se veía por ningún lado, hacía tiempo que debía de haber puesto pies en polvorosa.

Quentin tragó saliva con esfuerzo. Por enésima vez tuvo que recordar el lema de su tío: el pánico raramente servía para nada y un entendimiento claro era siempre el mejor consejero en las situaciones críticas. Pero el caso era que ni el más agudo entendimiento servía para nada en aquella ocasión. No había ninguna salida visible, y Quentin no pudo evitar que un miedo cerval surgiera de las profundidades de su conciencia y le sacudiera hasta lo más hondo.

Atribulado, miraba a un lado y a otro, pero en todas partes veía solo hojas desnudas y caras macilentas que sonreían malignamente. Sabía que no podía esperar compasión ni piedad.

En torno a él se oían risitas y cuchicheos. Los sin nombre conversaban furtivamente entre ellos, sin que Quentin pudiera entender ni una palabra de lo que decían; aquellos hombres parecían tener su propio lenguaje. El círculo se iba estrechando, y el hierro herrumbrado de las hojas se acercaba cada vez más.

—Por favor —dijo Quentin en su desesperación—, dejadme marchar, no os he hecho nada. —Pero solo recibió en respuesta una carcajada maliciosa.

Uno de los tipos, el tuerto, balanceó ruidosamente su

maza en el aire y dio un paso adelante para iniciar el ataque. Quentin levantó las manos para protegerse, y cerró los ojos esperando que el mortífero instrumento cayera sobre él con fuerza aniquiladora.

Pero la maza del atacante no le alcanzó. Se escuchó un golpe fuerte y seco, seguido por un grito estridente. Sorprendido, Quentin abrió los ojos y vio cuál era el motivo.

Los asesinos tenían compañía.

Silenciosamente, como ángeles salvadores, unas figuras encapuchadas envueltas en amplios mantos pardos habían saltado al patio desde los tejados de las casas circundantes. Por un instante, Quentin pensó, horrorizado, que eran miembros de la Hermandad de las Runas; pero entonces vio las varas de madera en sus manos y comprendió que eran los hombres que se habían enzarzado en un violento combate con los hermanos de las runas en el callejón. Fueran quienes fuesen, no parecían estar de parte de la hermandad.

El tuerto que había atacado a Quentin yacía sin sentido a sus pies. La vara de uno de los luchadores misteriosos le había alcanzado con fuerza y le había derribado. Los sin nombre, que estaban tan sorprendidos como Quentin por la aparición de los encapuchados, aullaron furiosos, como niños que han sido interrumpidos en medio de su juego favorito.

—Dejad marchar en paz al joven —exigió el jefe de los luchadores, pero los sin nombre no tenían intención de abandonar su botín tan fácilmente.

Intercambiaron miradas furtivas y trataron de valorar la fuerza de sus adversarios. Como todo su armamento consistía en unas simples varas de madera, mientras que ellos estaban equipados con cuchillos y puñales, seguramente llegaron a la conclusión de que tenían muchas probabilidades de ganar el combate. Un instante después se precipitaban contra los encapuchados. Sus gritos de guerra reflejaban un odio tan intenso que Quentin se estremeció al oírlos.

El joven, que aún no había salido de su asombro ante aquel

inesperado rescate, contempló, conteniendo la respiración, cómo en el patio trasero se desencadenaba una batalla campal. Catorce sin nombre se enfrentaban a seis luchadores de las varas, que ahora se habían agrupado y hacían girar vigorosamente sus palos en el aire. Mientras que los atacantes gritaban y bramaban, los nobles luchadores de las amplias capas no dejaban escapar el menor sonido. Quentin estaba como petrificado por el miedo y la sorpresa. Nunca antes había visto luchar a nadie de aquel modo. Parecía que los hombres se hubieran fundido con sus varas, tan armónicos y fluidos eran sus movimientos. Así, los guerreros fueron ahuyentando uno tras otro a los salvajes atacantes.

Ya yacían en el suelo, inconscientes, varios asesinos. Los que quedaban gritaron de nuevo y blandieron sus hojas herrumbradas, dispuestos a despedazar a sus enemigos, pero los luchadores no les permitieron acercarse y los mantuvieron a raya con sus sencillas armas. Los bastones se movían poderosamente en el aire y se abatían sobre sus impotentes adversarios. Una mano quedó destrozada por un golpe, y más allá un antebrazo se rompió con un sonoro crujido al recibir de lleno el impacto de una vara. Su dueño —el de la nariz partida— se miró el brazo grotescamente curvado y lanzó un aullido tan lastimero que los demás perdieron el valor. Gritando a voz en cuello, dieron media vuelta y emprendieron la huida.

Los misteriosos luchadores renunciaron a perseguirlos. Se contentaron con asegurar la posición en torno a Quentin y uno de ellos se acercó al joven, que temblaba de arriba abajo de emoción y de miedo.

—¿Se encuentra bien? —surgió una voz de la capucha.

Quentin trató, en vano, de reconocer la cara que se ocultaba en la sombra.

—Sí —aseguró con un hilo de voz—. Gracias a su ayuda.

—Debe marcharse de aquí enseguida. Los hijos del arroyo son fáciles de ahuyentar, pero cuando vuelvan serán tantos que tampoco nosotros podremos detenerlos.

—¿Quiénes son ustedes? —quiso saber Quentin—. ¿A quién debo agradecer mi salvación?

—¡Váyase! —ordenó en tono enérgico el misterioso luchador. A Quentin aquella voz le pareció vagamente familiar—. ¡Fuera, rápido! —dijo el hombre señalando hacia la parte frontal del patio interior, donde el portal estaba de nuevo abierto.

Quentin asintió con la cabeza, insinuó una reverencia, y se dirigió rápidamente hacia fuera. Su curiosidad por descubrir quiénes eran sus enigmáticos salvadores no era ni mucho menos tan grande como su deseo de huir de aquel espantoso lugar. Cruzó el portal a toda prisa, y escuchó sus propios pasos apresurados sobre el pavimento.

Desde el otro lado, se volvió una vez más para dirigir una última mirada a sus salvadores. Y constató, con sorpresa, que habían desaparecido sin dejar rastro.

Ni siquiera había podido agradecerles su intervención como correspondía...

2

Sir Walter, entretanto, estaba muy preocupado por su sobrino; por eso sintió un gran alivio al ver que volvía indemne a la casa del profesor.

Quentin decidió no explicar nada de lo ocurrido a su tío: la muerte de su viejo amigo y mentor ya había trastornado bastante a sir Walter para que su sobrino le abrumara ahora con noticias de nuevos horrores. Quentin se contentó, pues, con anunciar que finalmente había perdido al asesino en las estrechas y oscuras callejas.

—Pero ¿estás seguro de que era uno de los sectarios? —preguntó sir Walter.

—No me cabe la menor duda, tío —le aseguró Quentin—. He visto sus ropas negras y la máscara que llevaba.

—En ese caso, los manejos de esa secta han causado de nuevo una víctima mortal.

—Eso parece, sí. La pregunta es por qué tenían que matar al profesor Gainswick.

—Creo que entretanto he encontrado una respuesta a esta pregunta, muchacho —replicó apesadumbrado sir Walter, que, después de mandar al cochero a avisar a los agentes, había aprovechado el intervalo para examinar el lugar del crimen—. En la mano del profesor he encontrado esto —explicó, y sacó del bolsillo de su chaqueta un pedazo de papel arrugado que entregó a Quentin. Este lo alisó y lo examinó con atención.

La hoja contenía un esbozo, que aunque no había sido trazado por una mano experta tampoco carecía de habilidad. Representaba una espada medieval. El arma tenía una empuñadura larga, de modo que podía sujetarse también con ambas manos. El pomo tenía la forma de una cabeza de león, el animal heráldico tradicional de Escocia, y el puño estaba ricamente decorado en los extremos. La hoja era larga y delgada, y se estrechaba hacia la punta. No tenía adorno alguno, a excepción de unos grabados encima de la empuñadura. Quentin se quedó sin aliento al reconocer entre ellos la runa de la espada.

—¿Comprendes qué quiero decir, muchacho? —preguntó sir Walter—. Después de nuestra visita, el profesor Gainswick se ocupó también, al parecer, de investigar acerca de la runa de la espada. Y por lo visto tropezó con cosas que, en opinión de sus asesinos, era mejor que permanecieran ocultas. El escritorio del profesor ha sido registrado y, sin duda, se han llevado algunas de sus notas. Parece claro que los sectarios no querían que comunicara lo que sabía…

—… concretamente a nosotros —añadió Quentin, y bajó la cabeza sintiéndose culpable—. El profesor Gainswick ha sido asesinado por nuestra causa, ¿no es cierto? Para evitar que continuáramos con nuestras investigaciones.

—No sabes cómo me gustaría poder excluir esta posibilidad, muchacho. Pero, según nos dijo el profesor, hacía años que había dejado de ocuparse de las runas. Solo nuestra intervención hizo que volviera a interesarse por ellas. Por lo que se ve, despertamos su interés por algo que al final le ha conducido a la muerte.

—Pero ¿por qué? —preguntó Quentin, y sintió que sus ojos se llenaban de lágrimas de duelo y de rabia—. ¿No dijo él mismo que solo conducía a la ruina ocuparse de la runa de la espada? ¿Por qué lo hizo entonces, a pesar de todo?

—Porque era un científico, muchacho. Un hombre que amaba la verdad y la investigación. A pesar de su avanzada edad, el profesor Gainswick conservaba esa curiosidad infantil que es propia de todos los investigadores. Él no podía saber que al final le llevaría a la muerte.

—Entonces es realmente culpa nuestra —dijo Quentin con un hilo de voz—. Nosotros le hablamos al profesor de la runa de la espada. Y lo que es peor: condujimos a los asesinos hasta él. ¿Recuerdas la pelea de que fuimos testigos? Yo sabía que los hermanos de las runas estaban mezclados en ella. En ese momento se encontraban ya en la ciudad. Nos siguieron.

—Eso parece —reconoció sir Walter—, aunque esto me plantea una pregunta: ¿por qué el profesor Gainswick fue asesinado, mientras que nosotros aún estamos con vida? La lógica permite solo dos posibles respuestas: o bien somos demasiado insignificantes para que la hermandad nos dedique su atención...

—Esto es difícilmente imaginable, tío. Solo hay que pensar en el asalto a Abbotsford y en el incendio de la biblioteca.

—... o bien —continuó sir Walter su reflexión— por alguna razón es necesario que sigamos con vida. Posiblemente los sectarios planean algo, y tal vez nosotros representemos, sin saberlo, un papel en este plan.

—¿Tú crees? —preguntó Quentin. Esta suposición tal vez podía ser acertada en el caso de su tío, pero, en el suyo seguro que no. Al fin y al cabo, solo hacía unos minutos que uno de los sectarios había intentado que los sin nombre le asesinaran...

—Es una posibilidad —dijo sir Walter convencido—. Y en este caso deberíamos preguntarnos por la razón. ¿Qué pretenden los sectarios? ¿Son realmente solo rebeldes y agitadores, como el inspector Dellard quiere hacernos creer? ¿O se oculta algo más tras este asunto? ¿No perseguirán un plan de mayor envergadura en el que esto desempeña un papel? —Y señaló el dibujo que su sobrino todavía tenía en la mano.

—¿Te refieres a la espada? —preguntó Quentin.

—Exacto. Al parecer, el profesor Gainswick descubrió que

hay una relación entre la runa de la espada y esta famosa arma.

—¿Famosa arma? —Quentin observó el dibujo levantando las cejas—. ¿Quieres decir que esta espada existe de verdad?

—Naturalmente, muchacho. O al menos existía. Aunque desde hace siglos nadie ha vuelto a verla. Es la espada real, Quentin. La hoja con la que Robert Bruce alcanzó la victoria sobre los ingleses en Bannockburn.

—¿Robert Bruce? ¿Bannockburn?

Quentin abrió mucho los ojos. Naturalmente conocía las historias del rey Robert, que había unido a Escocia y la había defendido con éxito contra los invasores ingleses, pero nunca había oído nada sobre una espada real.

—No te aflijas, muchacho, solo unos pocos han oído hablar de ello —le consoló sir Walter—. La espada de Bruce apenas se menciona en los antiguos tratados, y por una buena razón, pues la tradición afirma que sobre ella pesaba una maldición.

—¿Una maldición? —Los ojos de Quentin se abrieron aún más.

Sir Walter sonrió.

—Ya sabes que no creo en este tipo de cosas, pero la tradición dice que esta espada perteneció en un tiempo a William Wallace. La llevó en la batalla de Stirling, en la que por primera vez infligió una severa derrota a los ingleses. Pero como sabes, la fortuna no le fue propicia durante mucho tiempo. Después de la derrota de Falkirk, el hombre conocido como Braveheart fue traicionado por miembros de la alta nobleza escocesa y hecho prisionero por los ingleses. Lo llevaron a Londres, donde lo procesaron y lo ejecutaron públicamente. Su espada, sin embargo, según afirma la tradición, permaneció en Escocia y llegó a posesión de Bruce, que conquistó con ella la libertad de nuestro pueblo.

—Efectivamente nunca había oído hablar de esta historia —reconoció Quentin—. ¿Y qué ocurrió luego con la espada?

—Se dice que se perdió. Las fuentes históricas ni siquiera

la mencionan. Pero la tradición afirma tozudamente que la espada de Bruce sigue existiendo y está guardada en un lugar secreto. Ha estado perdida durante siglos, y según dicen, solo de vez en cuando aparece para volver a desaparecer a continuación en la niebla de la historia.

Quentin asintió con la cabeza. Como siempre que oía hablar de esas cosas, sintió que el pelo se le erizaba en la nuca y un escalofrío le recorrió la espalda. Sin embargo, en los últimos tiempos había madurado lo bastante para seguir haciendo trabajar su razón.

—Hay una cosa que no entiendo, tío —objetó—. Si hace tanto tiempo que no se ha visto esta espada, ¿cómo puedes estar tan seguro de que el dibujo representa precisamente esa arma?

—Muy sencillo, muchacho: porque los contemporáneos del rey Robert fijaron su imagen para la posteridad. Se encuentra representada en la losa funeraria del sarcófago de Robert, en la abadía de Dunfermline. La representación muestra una espada con un pomo que tiene la forma de un león, exactamente igual que en el dibujo del profesor Gainswick.

—¿Y la runa de la espada también aparece? —preguntó Quentin.

Sir Walter se encogió de hombros.

—No estoy seguro. Desde que hace cuatro años se descubrió la tumba del rey Robert he ido muy a menudo a Dunfermline, y nunca me llamó la atención esa runa de la espada. Pero tal vez fue porque no me fijé. Muchas cosas solo nos llaman la atención cuando hemos desarrollado una conciencia con respecto a ellas.

—Parece que al profesor Gainswick sí que le llamó la atención. La runa puede verse claramente en el dibujo.

—Cierto. Y me pregunto de dónde sacó el profesor este dato. Por lo que sé, no estuvo en la abadía en los últimos días para poder realizar investigaciones sobre el terreno.

—Tal vez lo sacara de un libro —observó Quentin, y señaló los estantes llenos a reventar de gruesos volúmenes encuadernados en cuero.

—También podría ser. Pero en lugar de orientarnos de nuevo hacia la árida teoría, propondría que investigáramos en el lugar de los hechos.

—¿Te refieres a Dunfermline?

—Allí nos conduce el rastro, muchacho, tanto el del signo de la runa como el de los asesinos. Durante todo este tiempo hemos estado buscando una relación plausible entre ambas cosas, y tenemos muchos motivos para creer que esta conexión es la espada real. Probablemente eso fue lo que descubrió el profesor poco antes de morir.

—Pero en su último suspiro no mencionó la abadía, sino Abbotsford —señaló Quentin.

—Abbotsford y el rey Bruce —dijo asintiendo sir Walter—. No lo he olvidado. Pero también recuerdo que hablé al profesor del entablado que se encuentra en el vestíbulo de mi casa. En él descubrimos igualmente la runa de la espada, y el entablado procede de la abadía de Dunfermline. Aquí se cierra el círculo.

—Pero ¿no decías que la runa del entablado era el emblema de un artesano?

—Probablemente me equivoqué en eso, muchacho —confesó sir Walter con voz apagada—. En cualquier caso, no podremos solucionar el enigma del asesinato del profesor Gainswick ni aquí ni en Abbotsford, sino solo en el lugar de donde parece proceder el signo rúnico.

—En Dunfermline —dijo Quentin. Pero un instante después ya no estaban solos.

Se oyeron pasos en el corredor, y acto seguido apareció en el umbral un hombre con el uniforme oscuro de los agentes. Junto a él se encontraban varios ayudantes de la policía local, que inspeccionaron la casa y el patio trasero, mientras el agente examinaba personalmente el lugar de los hechos.

Como secretario del Tribunal de Justicia, sir Walter estaba por encima de toda sospecha, de manera que el agente renunció a incluirle, con Quentin, en la lista de posibles implicados. Ambos declararon simplemente lo que habían visto y vivido, y entonces Quentin describió también, para desconcierto de sir Walter, su siniestro encuentro en el oscuro patio interior; aunque naturalmente no pudo describir al asesino del profesor Gainswick, ya que el hombre iba enmascarado. De todos modos, el agente le hizo muchas preguntas, anotó todo lo que podía recordar, y finalmente despidió a Quentin y a su tío, tras recomendarles que volvieran a casa.

Por el camino apenas dijeron palabra. Los dos estaban demasiado ocupados en asimilar los acontecimientos que habían vivido.

No era solo que sir Walter hubiera perdido a un buen amigo, sino que ese amigo se había convertido en la siguiente víctima de los sectarios, y este hecho parecía atormentar aún más al tío de Quentin. Aunque Quentin podía leer en los rasgos de sir Walter una furiosa determinación, por primera vez esta iba acompañada también por un matiz de desesperación. Aún no habían conseguido desvelar el secreto del signo rúnico, y cuanto más tardaran en hacerlo, más personas parecía que podrían morir por ello.

Con la esperanza de escapar a las ansias asesinas de los sectarios, habían seguido el consejo del inspector Dellard y habían ido a Edimburgo; pero ahora habían podido constatar que el largo brazo de los sectarios llegaba también hasta allí.

Los acontecimientos adquirían cada vez mayor gravedad, y tanto Quentin como su tío tenían la sensación de que les quedaba poco tiempo. En las últimas semanas, los ataques de esos desalmados se habían hecho cada vez más audaces y brutales. Parecían trabajar con un objetivo determinado, para un acontecimiento que tendría lugar en un futuro próximo. Pero ¿de qué podía tratarse? ¿Cómo encajaban las piezas del rompecabezas? ¿Existía realmente un gran secreto, un misterio siniestro, que unía todos estos sucesos?

Hasta ese momento, Quentin y su tío habían tropezado siempre con el rechazo en sus investigaciones. Ya fuera el sheriff Slocombe, el inspector Dellard, el abad Andrew o el profesor Gainswick, todos les habían aconsejado de manera más o menos abierta que dejaran de investigar el asunto. Las razones que les movían podían ser de distinta naturaleza, pero a Quentin le daba la impresión de que todos querían disuadirles a cualquier precio de que investigaran a fondo el caso. Hasta aquel momento solo habían tropezado con maniobras de distracción, indicaciones arrancadas a regañadientes y alusiones vagas, mientras los sectarios seguían cometiendo sus fechorías y asesinando impunemente.

Hacía tiempo que la determinación de Quentin de llegar al fondo del enigma era tan grande como la de su tío. Sin embargo, para él, todos los crímenes de las últimas semanas no se habían desarrollado de forma inconexa, sino que tenía la sensación de que pertenecían a un todo, a una conjura secreta, y que tras todo aquello se ocultaba algo mucho más importante de lo que hasta entonces habían podido imaginar.

Tal vez, pensó Quentin, la espada de Bruce fuera la clave para solucionar el enigma...

3

Gwynneth Ruthven no conciliaba el sueño, como tan a menudo le ocurría en aquellos funestos días.

Desde que el poder de Wallace se había desvanecido, los clanes y la nobleza se encontraban en un estado de agitación permanente. Todo estaba en ebullición; la desgracia flotaba en el aire, y Gwynn podía percibirla claramente.

Tantas cosas habían cambiado desde la muerte de su padre... Tantas cosas en tan poco tiempo. No solo el alzamiento impulsado por la esperanza del pueblo escocés en un futuro de paz y libertad había acabado en un sangriento fracaso, sino que la nobleza estaba ahora fragmentada y enfrentada como nunca, dividida entre los que querían continuar siguiendo a Wallace y mantener su fidelidad hacia él, y los que le consideraban un peligroso advenedizo y querían aprovechar la oportunidad que les brindaba su derrota de Falkirk.

Como era una mujer, Gwynn no podía expresar su opinión sobre aquellos asuntos. Hacer la guerra e intervenir en la política era algo reservado a los hombres, y por eso solo su hermano Duncan dirigía en esos días el destino del clan de Ruthven.

Al inicio de su dominio, Duncan aún pedía con frecuencia a su hermana que le aconsejara en cuestiones complicadas, pero en los últimos tiempos había dejado de hacerlo. Bajo la influencia de los consejeros de que se había rodeado, Duncan había cambiado. Para mal, opinaba Gwynneth.

Una y otra vez volvía a su memoria el siniestro encuentro con la vieja Kala. La mujer de las runas la había prevenido de que su hermano se relacionaba con poderes que ni entendía ni podía controlar. Al principio Gwynneth había tratado de consolarse pensando que Kala era una vieja loca a cuyas palabras era mejor no prestar ninguna atención. Pero cuanto más tiempo transcurría, más claramente veía que Kala tenía razón en todo.

Al principio, Duncan solo se había mostrado reservado. Se había encerrado progresivamente en sí mismo y había dejado de compartir sus pensamientos con su hermana. Su corazón se encontraba afligido por la muerte de su padre, y en su duelo se había mezclado el odio; odio por el hombre a quien culpaba de la muerte del príncipe del clan y del fracaso de la insurrección: William Wallace.

Por lo que hacía a Wallace, Duncan no se encontraba de ningún modo solo entre los cabecillas de los clanes. Había muchos que desconfiaban de Braveheart, y no pocos le habían dado la espalda en la batalla de Falkirk. Que Wallace y sus fieles se hubieran vengado sangrientamente de ello no había mejorado la situación. Los nobles escoceses se despedazaban entre sí, y una vez más los ingleses triunfarían.

Gwynn había intentado, en vano, hacérselo comprender a Duncan, que se había limitado a reírse de ella y a decirle que las mujeres no entendían de esas cosas. Y naturalmente también había tratado, movida por las palabras de Kala, de prevenirle sobre sus nuevos consejeros. Entonces Duncan se había enojado, y por un momento Gwynn vio brillar algo en sus ojos que le inspiró miedo.

Desde entonces, Gwynneth no encontraba reposo.

Noche tras noche permanecía despierta en su alcoba dando vueltas en la cama. Y cuando finalmente la vencía el sueño, tenía pesadillas en las que aparecían su padre y su hermano y en las que se desencadenaba una pelea sangrienta entre ellos. Gwynneth siempre trataba de mediar, pero el sueño acababa invariablemente del mismo modo, sin que ella pudiera cambiarlo: padre e hijo desenvainaban sus espadas y se lanzaban el uno contra el otro. Al final, el antiguo señor del clan caía bajo los golpes de su propio vástago, que levantaba al cielo la hoja ensangrentada y decía algo en una lengua que Gwynneth no entendía.

Eran sonidos que nunca había oído, de una resonancia fría y maligna. Duncan murmuraba las palabras como si fueran la fórmula de un conjuro, una y otra vez, mientras Gwynneth permanecía inmóvil, petrificada de espanto. Su corazón palpitaba con fuerza, se aceleraba, y entonces despertaba de su sueño empapada en sudor...

Mary de Egton se estremeció.

Abrió los ojos bruscamente y durante un instante no supo dónde se encontraba. Su corazón palpitaba con violencia y un sudor frío le humedecía la frente. Tenía las manos y los pies helados, y tiritaba.

Mientras sus ojos se acostumbraban a la penumbra, volvió también el recuerdo. Comprendió que seguía en la cámara de la torre, a la que había huido para escapar de la vergonzosa persecución de Malcolm de Ruthven. Cuando pensaba en la huida de pesadilla a través de los corredores del castillo y en el jadeo bestial de su perseguidor, temblaba de arriba abajo; para volver a encontrar la calma, tuvo que decirse a sí misma enérgicamente que ahora se encontraba segura.

No era extraño que estuviera helada. Vestida solo con su camisón y su bata, seguía acurrucada sobre la piedra desnuda, mientras el helado viento nocturno soplaba en torno a la torre oeste. En su regazo descansaban los documentos que había encontrado: las notas de Gwynneth Ruthven, que el caprichoso destino había hecho llegar a sus manos.

Mary recordó que había empezado a leer los escritos, que constituían una especie de crónica, un diario en el que Gwynneth —una joven de la edad de Mary, que había vivido hacía unos quinientos años— había dejado constancia de sus impresiones y vivencias, de sus esperanzas y miedos. Mary se había quedado totalmente fascinada por aquellas notas, y a pesar de las dificultades que comportaba la traducción del latín, no había podido dejar de leer. En algún momento debía de haberse quedado dormida sobre la emocionante lectura, y por lo que parecía, sus sueños y lo leído se habían fundido una vez más en una visión confusa.

Entretanto las tinieblas habían empezado a disiparse, y la pálida luz de la luna había dado paso a una luz grisácea que penetraba por la pequeña abertura de la ventana.

Mary pensó en la posibilidad de abandonar la cámara y volver a su habitación, pero, a pesar de que se estaba helando bajo el aire frío del alba, que penetraba por las grietas y las juntas del muro, decidió no hacerlo. Malcolm podía estar aún acechando fuera. Era más seguro esperar hasta que hubiera salido a cazar, como hacía casi cada mañana. Además, Mary no tenía ningunas ganas de volver con su hipócrita prometido y su insensible madre. Prefería permanecer para siempre allí arriba, en la torre, y pasar el tiempo estudiando el legado de Gwynneth.

Apenas su mirada se hubo posado en las líneas, no pudo dejar de seguir leyendo. El diario de la joven la atraía de forma mágica, como si no fuera el destino de Gwynneth Ruthven el que aparecía plasmado en el pergamino, sino el suyo propio...

Gwynneth despertó.

Respiraba entrecortadamente y los largos cabellos se le pegaban a la cabeza, húmedos de sudor. En algún momento debía de haberse dormido, pero de nuevo la había atormentado una pesadilla. Una visión de tiempos lejanos, imágenes confusas que había construido su miedo.

Parecía que el corazón iba a estallarle en el pecho, y respiró profundamente para tranquilizarse. De repente fue consciente de que las voces que había oído no las había soñado, sino que eran reales. Un murmullo apagado, monótono, que flotaba como un espectro entre los muros del castillo y podía percibirse tan pronto aquí como allá.

Intrigada, se levantó de la cama para ver de dónde procedían los extraños sonidos. La fina camisa de lino que llevaba no le ofrecía ninguna protección contra el frío, por lo que cogió la espesa manta de lana de oveja y se la echó por encima de los hombros.

Con precaución se deslizó afuera, al pasillo. La puerta de su habitación chirrió y se cerró tras ella. La luz vacilante de las antorchas, encajadas aquí y allá en los soportes del muro, constituía la única iluminación. No se veía a nadie por ninguna parte. ¿Dónde estaban los guardias?

Gwynn se apretó la manta en torno a los hombros y se deslizó sin ruido por el pasillo. Tiritaba, no tanto por el riguroso frío, al que estaba acostumbrada, como por el canto que se arrastraba aún por los corredores. Oía solo un zumbido apagado, al que seguía una triste melodía. Pero con cada paso que daba, el canto se hacía un poco más fuerte. Finalmente alcanzó la escalera principal, que descendía hasta el vestíbulo. Bajó sin hacer ruido, acompañada por el lúgubre murmullo.

La sala estaba vacía. Gwynneth se inquietó al ver que los centinelas que normalmente hacían guardia junto a la entrada no estaban en su puesto. Miró alrededor en la penumbra. Aún se oía la cantinela, incluso más fuerte y clara que antes. Procedía de los calabozos, de la lúgubre bóveda que se extendía por debajo del castillo de Ruthven.

Gwynn se estremeció. No le gustaban los subterráneos del castillo, nunca le habían gustado. A veces habían encerrado allí a los prisioneros, y se decía que en aquel lugar su bisabuelo

Argus Ruthven había torturado cruelmente a sus enemigos hasta la muerte. Durante años las bóvedas habían estado vacías. Pero parecía que ahora volvían a utilizarse...

A pesar de la resistencia que sentía en su interior, Gwynn se dirigió a la escalera y bajó lentamente los peldaños. El canto se hizo más fuerte, y entonces pudo comprobar que eran palabras en una lengua extranjera, una lengua que Gwynn no comprendía, aunque sus sonidos hicieron que un escalofrío le recorriera la espalda, porque sonaban fríos y cínicos. Y malvados, le pareció a la joven.

Llegó al final de la escalera. Ante ella se extendía el estrecho corredor al que daban las rejas de las celdas. El canto procedía del extremo del pasillo, donde se encontraba la bóveda principal. Desde allí llegaba hasta ella el resplandor oscilante de un fuego. Gwynn siguió adelante titubeando.

Se mantuvo apretada contra la piedra húmeda, cubierta de musgo y moho, y se acurrucó en las sombras que proyectaba el fuego. El canto aumentó de intensidad y alcanzó un espantoso clímax, de una disonancia casi insoportable. Luego se interrumpió, justo en el momento en que Gwynneth llegó al extremo del corredor y pudo echar una ojeada a la sala principal.

La visión era espeluznante. Los ojos de Gwynn se dilataron de horror, y se llevó la mano a la boca para no gritar y traicionarse.

La baja bóveda, con el techo negro de hollín, estaba iluminada por un gran fuego que habían encendido en el centro de la sala. Alrededor pudo distinguir unas figuras cuya visión inspiraba miedo: hombres con mantos y capuchas negras, con los rostros horriblemente desfigurados.

Por un instante, Gwynn creyó que se trataba de demonios enviados del mundo tenebroso para arrastrarlos a todos a la ruina. Pero luego vio que los pares de ojos que miraban desde aquellos rostros demoníacos pertenecían a seres humanos. Llevaban unas grotescas máscaras de madera tallada que habían ennegrecido con hollín, para que inspiraran aún más espanto.

Las figuras formaban un amplio círculo, y no solo rodeaban el fuego sino también a otro grupo de personas, entre las cuales Gwynn reconoció con horror a Duncan, su propio hermano.

Estaba desnudo. Acababa de quitarse la ropa, y uno de los encapuchados que le rodeaban la cogió y la echó al fuego. A continuación otro empezó a pintar el cuerpo de Duncan con pintura roja, con extraños símbolos que se retorcían formando arabescos.

Eran signos rúnicos, pero distintos a todos los que Gwynneth había visto hasta entonces. Aunque conocía algunos de los antiguos signos, que aún se usaban en muchos lugares, la joven no consiguió descifrar ninguno de aquellos. Probablemente se trataba de signos secretos. De runas que estaban prohibidas. De repente, Gwynn tuvo la sensación de que los trazos que dibujaban sobre el cuerpo de su hermano no eran de pintura, sino de sangre…

Se estremeció. Horrorizada, vio cómo los brazos, piernas, espalda y pecho de Duncan eran embadurnados con símbolos paganos. Él mismo apenas parecía percibirlo. Con los brazos extendidos, permanecía erguido mirando fijamente ante sí, como si no estuviera realmente en ese lugar. Y mientras tanto murmuraba palabras.

Gwynn sintió miedo en su corazón, miedo por su hermano. Todo la impulsaba a arrancarlo del círculo de aquellos encapuchados que planeaban algo malvado. Por mucho que hubiera cambiado, Duncan seguía siendo su hermano, y ella tenía el deber, no solo ante él sino también ante su padre, de protegerlo del peligro y evitar que sufriera ningún daño.

Pero justo en el momento en que se disponía a adelantarse y gritar, sucedió algo: los encapuchados que rodeaban a su hermano se hicieron a un lado y el cordón se partió. Otra figura apareció, una figura que ocultaba también sus rasgos detrás de una máscara; pero, a diferencia de los otros encapuchados, su cogulla era de un blanco resplandeciente, y su máscara, de plata brillante. Aunque nunca en su vida había visto a un druida, Gwynneth Ruthven supo al momento que se encontraba ante uno.

Gwynn había oído hablar de los magos y los iniciados en las runas de los tiempos antiguos. Aunque los monjes habían prohibido sus prácticas paganas, los druidas seguían viviendo en las narraciones y los recuerdos del pueblo. A menudo se decía que aún existían algunos que se oponían a los mandamientos de la Iglesia y llevaban una vida secreta, que se ocultaban hasta que llegara su hora y volvieran los antiguos dioses.

La cara del hombre de la cogulla blanca no era visible, pero por su actitud y la forma en que se movía podía adivinarse que era muy anciano. El druida se adelantó hasta el centro de la amplia ronda, hasta el lugar donde se encontraba Duncan. Los otros encapuchados se retiraron, de modo que el hermano de Gwynneth estaba ahora solo ante las llamas, que proyectaban sombras cambiantes sobre su piel desnuda y embadurnada de sangre.

Gwynn se estremeció, e instintivamente se apretó aún más contra la roca, como si así pudiera evitar que la descubrieran. Algo en ella la impulsaba a huir, pero la angustia por su hermano la retuvo. Además, a su preocupación se unía ahora una gran curiosidad, y un montón de preguntas acudían a su mente.

¿Quiénes eran esos encapuchados? ¿Qué tenía que ver Duncan con ellos? ¿Y por qué se sometía a esta ceremonia pagana? ¿Lo habían forzado a ello o lo hacía voluntariamente?

Gwynneth confiaba encontrar respuestas, mientras miraba fascinada lo que sucedía.

Duncan seguía allí inmóvil, con los brazos abiertos. El druida se detuvo ante él y murmuró unas palabras incomprensibles, que sonaban como la fórmula de un conjuro. Luego dijo en voz alta y clara:

—Duncan Ruthven, ¿estás hoy aquí para solicitar tu ingreso en nuestra hermandad secreta?

—Sí —llegó la respuesta, pronunciada en voz baja. Duncan tenía los ojos vidriosos y una mirada ensimismada, como si no fuera dueño de sí mismo.

—¿Harás todo lo que se exija de ti? ¿Colocarás los intereses de la hermandad por delante de cualquier otra exigencia y centrarás en adelante todos tus esfuerzos en aumentar su poder y su influencia?

La voz del druida, al principio suave y conspiradora, se había hecho potente e imperiosa.

—Sí —replicó Duncan, asintiendo con la cabeza—. Dedicaré todos mis esfuerzos a servir a la hermandad, hasta la muerte y más allá.

—¿Juras solemnemente que obedecerás las indicaciones de tu druida?

—Sí.

—¿Y que pondrás tu vida, y la de las próximas generaciones, al servicio de la hermandad y la consagrarás a la lucha contra el nuevo orden?

—Sí.

—¿Juras, además, que combatirás a los enemigos de la hermandad, sean quienes sean?

—Sí.

—¿Y que lo harás aunque sean los tuyos, los de tu propia sangre?

—Sí —aseguró Duncan sin la menor vacilación. Gwynneth se estremeció.

—Que así sea. Desde este momento, Duncan Ruthven, eres aceptado en la Hermandad de las Runas. A partir de este instante, tu nombre y tu posición no tienen ya ninguna importancia, pues ahora serán las runas las que determinarán tu vida. En la hermandad encontrarás tu cumplimiento. Juntos combatiremos a los enemigos que han aparecido en el horizonte del tiempo para expulsar a los antiguos dioses.

—Juntos —exclamó Duncan como un eco, y se dejó caer, desnudo, sobre la fría piedra.

El druida extendió los brazos y pronunció nuevas fórmulas en aquella lengua extraña y monstruosa, y a continuación hizo una seña a los hombres de su séquito. Los encapuchados llegaron con una capa negra que colocaron sobre Duncan. Finalmente el neófito recibió también una máscara, que había sido tallada en madera y ennegrecida al fuego. Se la colocó y se cubrió la cabeza con la amplia capucha de la cogulla. Ahora no se diferenciaba ya exteriormente de los restantes encapuchados.

Gwynneth se estremeció de horror. Unos ojos fríos que miraban fijamente a través de las rendijas de la máscara, una capa de lana teñida de negro: su hermano se había transformado ante sus ojos en uno de esos siniestros encapuchados, y ella ni siquiera había intentado evitarlo.

Pero aún no era demasiado tarde. Aún podía adelantarse y darse a conocer, llamar a Duncan por su nombre.

A la joven, sin embargo, le faltaba valor para hacerlo. El miedo le oprimía la garganta, le ceñía el pecho como una cinta de hierro y casi le quitaba el aire. Algo amenazador irradiaba de esa gente, y ahora que su hermano había desaparecido bajo la máscara y la capa y tenía el mismo aspecto que ellos, no le causaba menos miedo que los demás. Esa era, pues, la razón de que hubiera cambiado tanto, de que se hubiera rodeado de nuevos consejeros. Había caído bajo la influencia de esta hermandad, adepta a las antiguas creencias paganas.

Instintivamente, Gwynneth sujetó la cruz de madera que llevaba colgada del cuello con una correa de cuero. Hacía mucho tiempo se la había regalado su padre, para que la protegiera de las malas influencias y las tentaciones. Habría hecho mejor dándosela a Duncan.

Ahora también su hermano empezó a cantar en aquella lengua extraña que inspiraba miedo y que seguramente había aprendido en secreto. Los restantes encapuchados se unieron a su canto, y una siniestra melodía resonó en la bóveda haciendo temblar sus cimientos. Finalmente, el druida levantó los brazos y la multitud enmudeció al momento. También Duncan, que había prometido fidelidad y obediencia al jefe de la hermandad, calló instantáneamente.

—Ahora que te has convertido en uno de nosotros, Duncan —volvió a tomar la palabra el anciano—, debes participar en nuestros planes y en nuestro combate contra los enemigos del antiguo orden. Nuestro objetivo está fijado: queremos que los antiguos dioses vuelvan y que los monjes, esos impíos representantes del tiempo nuevo, sean expulsados para siempre. Con sus cruces han profanado nuestra tierra, con sus iglesias han infamado nuestros lugares de culto. Se han aliado con los ingleses para subyugar a nuestro pueblo. Contra esto lucharemos, con todos los medios que se encuentren a nuestro alcance.

—Sacrificaría mi vida para servir a la causa —aseguró Duncan.

—Solo cuando el último monje haya sido expulsado de Escocia y los clanes vuelvan a gobernar, nuestra misión se habrá cumplido. Los antiguos dioses volverán, y los druidas serán tan poderosos como en otro tiempo.

—Como en otro tiempo —confirmó Duncan lleno de convicción. Gwynneth sintió un nuevo escalofrío. Algo había cambiado en la voz de su hermano. Ahora sonaba tan fría y tan implacablemente decidida como la del druida.

—Las runas me han revelado —continuó el jefe de la hermandad— que la oportunidad que se presenta para descargar un golpe aniquilador contra los nuevos poderes y volver a erigir el antiguo orden nunca fue tan favorable como hoy. Después de un largo período de espera, ha llegado el momento de actuar.

—¿Cómo, gran druida? —preguntó uno de sus partidarios.

—Como sabéis, el país se encuentra en estado de insurgencia. El nuevo orden se tambalea desde que William Wallace tomó la espada y unió a los clanes en el combate contra los ingleses.

—¿Cómo es posible eso? ¿No es Wallace un devoto seguidor de la Iglesia?

—Lo es —confirmó el druida—. Hemos intentado inútilmente atraerlo a nuestro lado, pero ha permanecido inflexible y ha rechazado nuestra amistad. Esto se convertirá ahora en su perdición. Su caída ya se ha iniciado, hermanos. Los grandes días de Wallace están contados. La nobleza se ha vuelto contra él, y una maldición fatal sellará definitivamente su destino.

—¿Una maldición, poderoso druida?

El jefe de la hermandad asintió.

—La espada de un hombre decide sobre la victoria o la derrota. Así ha sido desde siempre. La hoja de Braveheart, sin embargo, ya no alcanzará ninguna otra victoria. Haremos que sobre ella pese un hechizo que llevará a Wallace a la ruina, y a nosotros, en cambio, al poder. Antiguas runas que proceden de los días fundacionales de nuestra hermandad me han revelado el secreto. La espada de Braveheart, la espada con la que consiguió la victoria en Stirling, no es un arma corriente. Es una de las hojas rúnicas que fueron forjadas en tiempos por los señores de los clanes y con cuyo agudo filo se escribió durante siglos la historia de nuestro pueblo; están penetradas del poder de las runas, que pueden ayudarlas a alcanzar la victoria, o la derrota.

—¿Queréis hechizar la hoja rúnica de Braveheart, gran druida?

—Eso haré. El amargo hálito de la traición se aferrará a ella y nada podrá limpiarlo. Wallace caerá, su destino está sellado. Los suyos le abandonarán y seguirán a otro guía, a uno que vea con buenos ojos a nuestra hermandad y nuestros objetivos.

—He hablado con los negociadores del conde de Bruce —intervino Duncan—. Dicen que está dispuesto a aceptar nuestras condiciones.

El druida asintió.

—No esperaba otra cosa. La estrella de Wallace caerá pronto. La fortuna en la guerra le abandonará, y su propia gente le traicionará. Pero su espada pasará a Robert Bruce, que proseguirá la obra de Wallace y terminará triunfalmente la guerra contra los ingleses. De este modo nos desharemos de un adversario indeseable y ganaremos al mismo tiempo a un valioso aliado.

—El conde se ha comprometido a quebrantar el poder de los monasterios. Quiere levantar la prohibición de las sociedades rúnicas y devolver su antiguo poder a los druidas.

—Así será. Wallace es viejo y testarudo; Robert, en cambio, es joven y fácilmente influenciable. En el próximo encuentro de la nobleza, lo propondremos como jefe. Luego todo ocurrirá como lo he planeado. En cuanto Robert se siente en el trono, le haremos gobernar conforme a nuestros propósitos. Nuestro poder será tan grande como lo fue en otro tiempo, e incluso más allá de las fronteras temblarán ante nosotros. Runas y sangre: así fue en otro tiempo y así volverá a ser.

—Runas y sangre —repitieron los encapuchados como un eco. Y luego volvieron a iniciar la monótona cantinela que habían entonado ya al principio de la ceremonia.

Asustada, Gwynn se retiró hacia el oscuro corredor. Lo que había escuchado la había llenado de espanto. Estos sectarios paganos —esta hermandad, como se llamaban a sí mismos— planeaban un complot demoníaco que tenía a Braveheart como víctima.

Gwynn no conocía a William Wallace, pero había oído hablar mucho de él, y la mayoría de lo que había oído le había gustado. Se decía que Wallace era un hombre con un elevado sentido de la justicia, al que importaba, por encima de todo, la libertad. Duro y despiadado con sus enemigos, se preocupaba, sin embargo, por aquellos que necesitaban su protección. El padre de Gwynneth había creído en él, en su visión de una Escocia libre y fuerte, que ya no tuviera que temer a los ingleses.

Al inicio de la guerra contra la Corona, la táctica de Braveheart había tenido éxito; después de las primeras victorias, cada vez más guerreros se habían agrupado bajo su bandera. Los clanes de las tierras altas, ferozmente enemistados desde siempre, habían enterrado sus diferencias y se habían unido a él para servir a una causa mayor y más honorable: la libertad del pueblo escocés. Luego había habido retrocesos, y después de los primeros éxitos en Inglaterra, Braveheart había tenido que retirarse de nuevo. Era un secreto a voces que sobre todo la joven nobleza se apartaba de Wallace y prefería a Robert Bruce como jefe, para coronarlo rey en Perth. Y ahora Gwynneth conocía también a la fuerza impulsora que se encontraba tras estos esfuerzos: la Hermandad de las Runas.

Nunca habría pensado que su hermano pudiera ser tan necio y estar tan ciego para pactar con esa clase de poderes siniestros. ¿No había insistido siempre su padre en que la época de los druidas había pasado y solo la nueva fe podía salvar al pueblo? ¿En que eran los monasterios los que extendían la cultura y la educación en el país, y en que la acumulación de conocimientos y el dominio de la escritura eran virtudes tan importantes, al menos, como la valentía y la destreza en el manejo de la espada? ¿Cómo había podido olvidar Duncan todo eso?

Trastornada, Gwynneth se disponía a dar media vuelta para deslizarse afuera de la sala, cuando oyó un ligero crujido tras de sí. Casi al mismo tiempo, una mano se posó sobre su hombro...

Mary lanzó un grito y volvió en sí sobresaltada.

Sorprendida, constató que todavía estaba sentada en el suelo de la habitación de la torre, con los pergaminos desenrollados sobre las rodillas. Su corazón palpitaba muy deprisa y le sudaban las manos. Sentía angustia y miedo, como si no hubiera sido Gwynneth Ruthven sino ella misma la que había espiado esa siniestra reunión en las catacumbas del castillo.

Mary jamás se había sentido tan fascinada por un texto hasta el punto de no encontrarse ya en situación de diferenciar lo escrito de lo vivido; ni siquiera con las novelas de sir Walter Scott, que normalmente sabía cautivarla como ningún otro escritor.

Lo que Mary había experimentado era tan directo, tan próximo a la realidad, que tenía la sensación de haber vivido ella misma esa hora sombría. ¿Se había dormido y solo había soñado todo aquello? Mary no podía recordarlo, pero debía de haber sido así. Concentrada en el estudio del antiguo escrito, no había sido consciente de su fatiga hasta que los ojos se le habían cerrado. Y una vez más el presente y el pasado se habían mezclado de forma inquietante en su sueño.

Mary pensó, estremeciéndose, en la mano que la había arrancado del sueño. La había sentido en su hombro. Si no hubiera estado sentada con la espalda contra la pared, se habría vuelto para estar segura de que no había nadie tras ella.

Solo un sueño... ¿o era algo más?

De nuevo Mary tuvo que pensar en las palabras de la sirvienta, y se preguntó si la extraña anciana no tendría razón. ¿Había efectivamente algo que la unía con Gwynneth Ruthven, algo que enlazaba sus destinos más allá de los siglos?

Su razón se negaba a creer algo así, pero ¿cómo podía explicarse, si no, todo aquello? ¿Cómo era posible que sufriera con Gwynneth como si fuera una amiga querida a quien conociera desde la infancia? ¿Por qué tenía la sensación de haber estado presente en aquellos días sombríos?

Debía averiguar más sobre Gwynneth Ruthven y sobre los acontecimientos que se habían desarrollado en aquella época en el castillo de Ruthven. Aunque parte de ella se sentía atemorizada ante la idea, Mary empezó a leer de nuevo, y al cabo de solo unas líneas el relato de Gwynneth la atrapó de nuevo en sus redes...

Con una brusca inspiración, Gwynneth Ruthven se volvió, y se encontró ante los rasgos arrugados de una anciana. Aliviada, constató que era Kala. La mujer de las runas se llevó un dedo a los labios para indicarle que callara. Luego cogió a Gwynneth de la mano y la arrastró escalera arriba, lejos de los sectarios, cuyo monótono murmullo resonaba a sus espaldas.

Llegaron al vestíbulo, y con una agilidad que nadie habría podido imaginar en ella, la anciana subió apresuradamente los escalones en dirección a la muralla. Gwynneth comprobó con estupefacción que Kala parecía conocer bien el castillo de Ruthven. No tenía ninguna dificultad para encontrar el camino a través de los pasillos débilmente iluminados, y por lo que se veía, conocía perfectamente su objetivo.

Al final llegaron a la empinada escalera que ascendía en espiral a la torre oeste, y Kala indicó a Gwynn que la siguiera. La joven miró furtivamente alrededor, antes de deslizarse por la puerta detrás de la vieja e iniciar la subida.

En la torre hacía frío. El viento penetraba a través de las alargadas hendiduras, y Gwynneth tiritaba mientras ascendía hacia lo alto, pisando la piedra húmeda con sus pies descalzos. A la pálida luz de la luna, podía ver a Kala, como una sombra oscura ante ella. Mientras que el pulso de Gwynn se aceleraba, no parecía que la anciana tuviera que hacer ningún esfuerzo para subir. Con impulso juvenil ascendía con rapidez, y poco después se encontraron ante la puerta de la cámara de la torre.

Para sorpresa de Gwynneth, Kala tenía la llave. La anciana abrió la puerta e hizo entrar a Gwynn en la polvorienta y oscura habitación, iluminada únicamente por la luz de la luna que penetraba por la baja ventana.

—Siéntate —pidió Kala a Gwynn, y como no había sillas ni bancos, la joven se sentó en el suelo. También Kala se dejó caer gimiendo, convertida de nuevo en una mujer anciana—.

¿Y bien? —preguntó, sin detenerse en explicaciones—. ¿Comprendes ahora de qué hablaba cuando nos encontramos en el barranco?

Gwynn asintió con la cabeza.

—Creo que sí. Aunque no lo he comprendido todo, ni mucho menos...

—No necesitas saber más —la interrumpió Kala, para añadir luego con más suavidad—: No es bueno saber demasiado sobre estas cosas, hija. Un conocimiento excesivo solo perjudica; mírame a mí, si no. Bajo la carga del conocimiento he envejecido y me he encorvado. Te bastará saber que estos encapuchados no practican las artes blancas, sino las otras, las del lado oscuro, que se sirve de las runas prohibidas.

—Comprendo —dijo Gwynn, que no se atrevió a preguntar más.

—Esta cámara —dijo Kala, y efectuó un amplio movimiento con la mano— es el último y único lugar de este castillo al que todavía no ha llegado el poder del mal. Es el punto más alejado de los enclaves donde se ejecutan acciones sombrías, hundidos en los cimientos del castillo.

—¿Quiénes son esos hombres? —quiso saber Gwynneth.

—Hermanos de las runas —respondió Kala despreciativamente—. Veneran a dioses oscuros y ejecutan crueles rituales. No es raro que en sus celebraciones se derrame sangre humana, si eso sirve a sus fines. Tu hermano ha sido un necio al unirse a esa gente.

—Ahora es uno de ellos. He visto cómo lo admitían en la hermandad. Ya no es él mismo.

—Claro que no —tronó Kala—. Estos malditos hermanos de las runas han envenenado sus pensamientos. Ahora les pertenece y ya no te escuchará. Ya no podemos hacer nada por él.

—¿Qué quieres decir con eso?

—Que ha abandonado la senda de la luz, hija mía. Ya no es tu hermano. Debes comprenderlo y resignarte a ello.

—No puedo hacerlo —replicó Gwynn tozudamente—.

Duncan y yo tenemos el mismo padre. Por nuestras venas fluye la misma sangre, y yo le quiero. Nunca podría renegar de él.

—Eso es muy triste, hija mía, porque él ya te ha expulsado de su corazón.

—No. No es cierto.

—Lo es, y tú lo sabes. Desde hace algún tiempo tu hermano ya no te escucha, ¿no es verdad? No te ha prestado atención, no te ha pedido consejo ni ha mostrado ningún afecto por ti. ¿Me equivoco?

Gwynn asintió a regañadientes.

—¿Cómo sabes todo eso?

—Ha sido obra del druida. Ha envenenado el corazón de Duncan con palabras y le ha vuelto ciego a todas las cosas hermosas. Para tu hermano ya no hay esperanza, debes comprenderlo. Cualquier intento de salvarle te destruiría, y el druida saldría triunfador.

—¿Quién es ese hombre?

—¿Que quién es? —Kala se permitió una risa sin alegría, que dejó ver los raigones de su boca desdentada—. Su nombre es demasiado largo para que puedas retenerlo, hija mía. El druida hace mucho tiempo que está en este mundo, más que yo o que cualquiera. Algunos afirman que el portador de la máscara de plata ha ido cambiando, pero yo creo que es siempre el mismo. El mismo espíritu maligno que desde hace siglos vaga sin descanso y que quiere echar raíces en esta época.

—¿En esta época?

Gwynneth se apretó la capa en torno a los hombros con un estremecimiento, pero no consiguió protegerse contra el horror.

—La Hermandad de las Runas es antigua, hija mía, muy antigua. Ya existía cuando nuestro pueblo todavía era joven y creía en gigantes y en dioses, en espíritus que vivían en la tierra y en los fuegos fatuos de los pantanos y los cenagales. Entretanto se ha iniciado un tiempo nuevo y con él un nuevo orden. —Señaló la cruz, que Gwynneth llevaba en torno al cuello—. En este nuevo orden ya no hay lugar para las criaturas del mundo antiguo. Las runas pierden su significado, y lo que una vez fue se extinguirá.

—¿Y no te entristece eso?

Kala sonrió débilmente.

—También los versados en el arte luminoso de las runas sienten que su tiempo en la tierra llega al final. De todos modos ya solo quedamos unos pocos; pero, al contrario que el druida y la hermandad, nosotros confiamos en el flujo de la vida y en la ley del tiempo. Nada se pierde en el universo. La obra que en otra época iniciamos será continuada por otros.

—¿Por otros? ¿De quién estás hablando?

—De los que han puesto su vida al servicio del nuevo orden y de la nueva fe.

—¿Te refieres a los monasterios? ¿A los monjes y las monjas?

—Ellos proseguirán la obra de la luz —dijo Kala, convencida—. Es posible que su doctrina sea distinta y su Dios más poderoso que nuestra antigua fe, pero ellos respetan la vida y abominan de las tinieblas, tanto como nosotros en otro tiempo. Los que quieren aferrarse a la fe antigua, en cambio, son sus enemigos. Ellos pactan con poderes demoníacos y lanzan siniestras maldiciones para evitar por todos los medios su decadencia. Saben que el tiempo los ha dejado atrás, pero no quieren reconocerlo. Por eso los druidas y los que se han conjurado con ellos hacen todo lo posible por derribar el orden nuevo y restituir los antiguos poderes. Para hacerlo necesitan ayudantes bien dispuestos, como tu hermano. Patriotas fáciles de engañar, que creen que hacen lo mejor para Escocia, por su honor y su libertad. Pero a la hermandad solo le importa aumentar su autoridad y su influencia. El druida y sus partidarios quieren el poder, hija mía. Tu hermano es solo un medio para alcanzar este fin, y él ni siquiera intuye el objetivo para el que le utilizan.

—Entonces debo decírselo. Debe saberlo todo antes de que sea demasiado tarde.

—Ya es demasiado tarde, hija mía. No te escucharía, ni te creería. Duncan se ha ligado a los poderes malignos. Ha caído en el lado oscuro, lleva su signo y su capa. Ha tomado una decisión, y para él no hay vuelta atrás.

—Entonces deberíamos avisar a William Wallace. Debe saber qué se propone la hermandad. Es el único que tiene poder suficiente para detenerlos.

—Has hablado con inteligencia, hija mía —la elogió la anciana—. Ahora sabemos por fin dónde se encuentra el peligro y qué se propone nuestro enemigo. Pero Wallace no solo es conocido por su valor, sino también por su testarudez. ¿Crees de verdad que confiaría en una muchacha de un clan y en una vieja mujer de las runas?

—Entonces hablaré con el padre Dougal —decidió Gwynneth—. Nuestros enemigos son también sus enemigos, y Braveheart concederá más crédito a las palabras de un hombre de Iglesia.

Kala sonrió misteriosamente.

—Ya veo —dijo— que no me equivoqué contigo. Pero debemos ser prudentes. Bajo las máscaras de los hermanos de las runas se ocultan los rostros de hombres con mucha influencia, de caballeros y señores de los clanes. No podemos confiarnos a nadie más y no deberíamos...

De pronto calló y miró con los ojos muy abiertos en dirección a la puerta de la cámara. Gwynn se volvió, y contuvo la respiración al distinguir también la sombra oscura a través de la estrecha rendija entre el suelo y la hoja.

Alguien se encontraba ante la puerta...

Mary de Egton se sobresaltó al oír que alguien llamaba con fuerza a la puerta de la cámara.

—¿Mary? —gritó una voz enérgica—. Hija, ¿estás aquí?

Bruscamente, Mary volvió al presente. La voz pertenecía a Eleonore de Ruthven.

De nuevo llamaron, esta vez con mayor energía aún, y de nuevo se dejó oír la voz estridente e imperiosa de Eleonore.

—¡Habla conmigo! ¿Qué sentido tiene encerrarse como una criatura malcriada? ¿Crees que no te encontraremos porque te escondes aquí?

Sin que Mary lo hubiera notado, había amanecido. El sol enviaba sus pálidos rayos al interior de la cámara de la torre, y por primera vez Mary vio a la luz del día el lugar de su elegido exilio. Los pergaminos con las anotaciones de Gwynneth Ruthven seguían sobre su regazo.

—Si no quieres abrir, iré a buscar al herrero y haré que rompa el cerrojo —anunció Eleonore—. ¿Crees que podrás escapar de nosotros con estas chiquilladas?

En sus palabras podía percibirse una indisimulada amenaza. El delicado cuerpo de Mary tiritaba, no de frío, sino de miedo. Aún tenía metido en los huesos el horror de la noche anterior. Había visto de qué era capaz su futuro marido, y si fuera por ella, nunca abandonaría la cámara de la torre, que hacía medio milenio había sido utilizada ya como refugio.

—¿Quieres dejarnos en ridículo? —preguntó en tono cortante Eleonore—. ¿Quieres humillarnos ante la servidumbre y ante toda la casa?

Mary siguió sin responder. El miedo le oprimía la garganta. Aunque hubiera querido dar una respuesta, tampoco habría podido hacerlo.

—Muy bien, como quieras. Entonces llamaré al herrero y le ordenaré que rompa la puerta. Pero no esperes compasión ni indulgencia.

Mary se estremeció con cada palabra como bajo un latigazo. Su mirada se posó en los escritos, y supo que Eleonore no debía verlos en ningún caso. Esa horrible mujer no había tenido ningún reparo en quemar los libros de Mary, y también le arrebataría el diario de Gwynneth.

Rápidamente, Mary enrolló los pergaminos, los introdujo en la aljaba de cuero y la deslizó de nuevo en la cavidad del muro. A continuación volvió a tapar el hueco con la piedra suelta, de modo que era casi imposible detectarlo. Hecho esto, Mary se sobrepuso a su miedo y corrió hacia la puerta. Descorrió el cerrojo despacio, abrió solo una rendija y miró hacia fuera con una mezcla de temor y recelo.

Eleonore, que ya estaba en los escalones, se volvió.

—Vaya —dijo con las cejas curvadas en un gesto altivo—, veo que has decidido entrar en razón.

—Existe un motivo para que haya huido aquí arriba —dijo Mary a través de la rendija. No quería abrir más la puerta. Se sentía miserable e indefensa, y se avergonzaba por lo que había sucedido.

—¿Un motivo? ¿Qué motivo podría justificar un comportamiento tan inmaduro e infantil? ¿Sabes lo que comentan los sirvientes sobre ti? Ríen a escondidas y dicen que no estás bien de la cabeza.

—Me es indiferente lo que digan —replicó Mary en tono retador.

Por lo visto, Eleonore no sabía nada de la escapada nocturna de su hijo. Pero probablemente tampoco tenía sentido hablarle de ello. De todos modos, la señora del castillo de Ruthven no la creería, y todo empeoraría aún más.

—Es posible que a ti no te importe, hija mía, pero a mí de ningún modo me resulta indiferente lo que la servidumbre piense de nosotros. Este castillo es, desde hace cientos de años, la casa solariega de nuestro linaje, y nunca ha sucedido que alguien ensuciara el nombre de nuestra familia sin que tuviera que rendir cuentas por ello. Puedes dar gracias de que mi hijo sea un hombre de tan buen carácter. Ha intercedido por ti y ha impedido que seas castigada; de modo que muéstrate agradecida con él. Si fuera por mí, ya sabría yo vencer tu testarudez y tu renuencia con otros métodos.

—Sí —replicó Mary en tono inexpresivo—. Malcolm es realmente un ángel, ¿no es eso?

—Ya veo que emplear buenas palabras contigo es tiempo

perdido. Por lo visto me equivoqué al juzgarte. Tal vez tu madre también exagerara cuando elogió tus cualidades. En todo caso, Malcolm y yo hemos llegado a la conclusión de que lo mejor es que orientemos tu vida por la vía correcta lo más pronto posible y domemos tu carácter rebelde.

—¿Qué tienen intención de hacer? –preguntó Mary, esperando lo peor.

—Te hemos recibido en nuestra casa con simpatía y afecto, pero tú has rechazado desvergonzadamente ambas cosas. Sin embargo, a pesar de esta ingratitud que clama al cielo, Malcolm ha consentido en casarse contigo. La boda se celebrará dentro de pocos días.

—¿Cómo?

Mary creyó que no había oído bien.

—Mi hijo y yo coincidimos en que solo abandonarás tu actitud renuente cuando seas su esposa y te sometas a los deberes que lleva consigo esa unión. Como joven señora del castillo de Ruthven, aprenderás a guardar las formas y a mostrarte obediente, tal como se espera de ti.

—Pero...

—Puedes protestar tanto tiempo y tan a menudo como quieras, pero no te servirá de nada. La fecha de la boda ya está fijada. Será solo una pequeña fiesta informal; al fin y al cabo, no queremos avergonzarnos de tu conducta. Pero luego serás Mary de Ruthven, y con ello, la esposa de mi hijo. Y si entonces aún se te ocurre infringir las reglas y las buenas costumbres de esta casa, sabrás quién soy yo. Vas a ser una esposa fiel y obediente para mi hijo, como se espera de ti. Le servirás y te someterás a él como su mujer. Y le darás un heredero que preserve y dé continuidad a las tradiciones de Ruthven.

—¿Y ni siquiera se me preguntará? —protestó Mary en voz baja.

—¿Para qué? Eres una joven de origen distinguido. Ese es tu destino, para eso te has preparado durante toda tu vida. Conoces tus deberes, de modo que cumple con ellos.

Dicho esto, Eleonore se volvió, bajó la escalera y desapareció tras la estrecha curva. Mary oyó resonar sus pasos en los peldaños; como en trance, volvió a cerrar la puerta y corrió el cerrojo, como si de este modo pudiera defenderse del triste destino que la aguardaba.

La desesperación se apoderó de ella. Con la espalda apoyada contra la puerta, se dejó caer hasta el suelo y estalló en llanto.

Durante mucho tiempo se había dominado, había contenido sus lágrimas, pero ahora ya solo podía dar rienda suelta a su miedo, su dolor y su ira impotente.

¿Cómo la había llamado Eleonore? ¿Una joven de origen distinguido? ¿Por qué la trataban entonces como a una sierva? ¿Por qué la rebajaban a la menor oportunidad, por qué querían quebrantar su voluntad, por qué la perseguían por la noche por los oscuros pasillos de esta fortaleza fría y desolada?

Cuando Mary abandonó Egton, tenía malos presentimientos con respecto al futuro que la aguardaba. Los acontecimientos que se habían producido durante el viaje —el salvamento en el puente y el inesperado encuentro con Walter Scott— le habían dado esperanza, y durante un tiempo había creído efectivamente que todo podía mejorar.

¡Qué necia había sido!

Solo tendría que haber interpretado los signos para comprender que nunca, nunca, podría ser feliz en Ruthven.

Primero habían sido solo pequeñas cosas, comentarios y reprimendas que no habían llegado a dolerle realmente. Luego la habían censurado por sus opiniones y por su comportamiento con los sirvientes. Habían despachado a Kitty, su fiel doncella y amiga, y le habían quitado los libros que tanto amaba. Y como si eso no fuera suficiente, su futuro esposo había tratado de violarla la noche anterior.

Si la incorregiblemente optimista Kitty hubiera estado aún aquí, sin duda también ella habría tenido que reconocer que las cosas difícilmente podían empeorar.

Mary era una prisionera. Atrapada en una fortaleza, sin contacto con el mundo exterior y las pocas cosas que podían alegrar su vida. Su futuro esposo, al que no amaba ni respetaba, era un monstruo, y su madre parecía estar únicamente interesada en reprimir el espíritu libre de Mary y quebrantar su voluntad. Ambos estaban preocupados solo por preservar el buen nombre y las tradiciones de la casa de Ruthven, y Mary intuía que su persona les era totalmente indiferente; ella era solo un medio para conseguir un fin, un mal necesario que había que aceptar si querían un heredero que prosiguiera la tradición familiar.

En un mundo determinado por la avaricia y las ansias de poder, no había ningún lugar para sueños ni esperanzas, y Mary comprendió que tampoco sus sueños y esperanzas podrían sobrevivir aquí. De nuevo, las lágrimas brotaron de sus ojos y cayeron por sus delicadas mejillas. La desesperación le oprimía el pecho, y le costaba esfuerzo respirar.

Así se quedó, agachada en el suelo, durante un tiempo que le pareció eterno, sintiéndose miserable y desesperada. Hasta que en algún momento recordó las anotaciones de Gwynneth Ruthven. ¿No le había ocurrido a la joven algo parecido? ¿No había sido ella también una prisionera, una extraña entre personas que deberían haberle sido próximas?

La idea le proporcionó nuevos ánimos. Enérgicamente se secó las lágrimas, apartó la piedra suelta del muro y sacó la aljaba con los rollos de escritura.

Puesto que era lo único que podía distraerla de su desesperanzada situación, empezó de nuevo a leer y se sumergió en el legado de Gwynneth Ruthven, que había vivido hacía quinientos años.

Aquí, en este lugar...

4

La abadía de Dunfermline había sido fundada en torno al año 1070. Por encargo de la reina Margarita, monjes benedictinos habían erigido un priorato, que en 1128 había alcanzado el estatus de abadía y que había sido hasta entrada la Alta Edad Media un lugar de fe, educación y cultura.

La parte oeste de la gran iglesia, construida en clara piedra arenisca, se había conservado hasta los días de Walter Scott, mientras que el ala este había sido destruida en el curso de las turbulencias guerreras del Medioevo. Hacía solo unos pocos años que habían empezado a reconstruirla. El arquitecto William Burns, a quien sir Walter conocía personalmente, había recibido el encargo de llevar a cabo la construcción del edificio eclesiástico conforme al antiguo proyecto, un trabajo que en total había requerido tres años y que había llegado a su conclusión hacía solo unos pocos meses. En el curso de estos trabajos se había descubierto, en una cámara hacía tiempo cegada, la tumba del rey Robert I de Escocia, que había entrado en la historia bajo el nombre de Robert I Bruce.

—Realmente impresionante —dijo Quentin, mientras alzaba la mirada para contemplar el recién erigido campanario, una construcción maciza, de planta rectangular, coronada por una balaustrada de piedra. La inscripción «King Robert I Bruce» aparecía grabada en ella, de modo que el nombre del personaje cuyos restos albergaba la abadía de Dunfermline podía divisarse desde lejos.

—Sí, ¿verdad? —Sir Walter asintió con la cabeza—. En lugares como este el pasado está vivo, muchacho. Y tal vez esté también dispuesto a entregarnos alguno de sus secretos.

Entraron en la iglesia, no por la puerta frontal, sino por la nave lateral, cuyos muros estaban sostenidos por poderosos pilares. Desde su restauración, el templo aparecía de nuevo ante los ojos de los visitantes en todo su antiguo esplendor, y Quentin quedó muy impresionado por la habilidad de los antiguos maestros constructores y artesanos. El recinto eclesiástico, el corazón de los lugares sagrados, bordeado por una arcada de seis arcos soportados por lisas columnas cilíndricas, había sido erigido en otro tiempo por los maestros de Durham y era único en su estilo.

Quentin se encontraba a gusto en las iglesias. A sus ojos irradiaban una dignidad y una paz que difícilmente podía encontrarse en ningún otro lugar, como si la presencia de un poder superior velara para que entre estos muros no pudiera ocurrir nunca nada malo. En Dunfermline esta sensación era particularmente intensa; tal vez porque Margarita, la fundadora del monasterio, había sido una santa, pero tal vez también a causa del significado que aquel lugar tenía para todos los escoceses.

—Allá al fondo —susurró sir Walter, tirándole de la manga.

Con la cabeza humildemente inclinada, Quentin y su tío atravesaron la nave principal y se dirigieron hacia la estrecha escalera que conducía a la cripta. Sir Walter pasó primero, y los dos hombres llegaron a un espacio largo y estrecho, en cuya parte frontal se levantaba un pequeño altar consagrado a san Andrés, el santo protector de la nación escocesa. Ante el altar, flanqueado por docenas de velas encendidas, se encontraba el sarcófago del rey, un imponente sepulcro de madera, de más de un metro de altura y anchura, y el doble de longitud.

A pesar de su considerable antigüedad, el sarcófago estaba bien conservado; las imágenes y decoraciones talladas con que estaba adornado aún podían reconocerse. La cubierta incorporaba un relieve que mostraba al rey con su armadura completa, con la espada y el escudo de armas del león. A la luz vacilante de las velas, parecía que Bruce estuviera solo dormido y pudiera despertar en cualquier momento.

—De modo que aquí yace el rey —dijo Quentin, con la voz trémula de emoción—. Desde hace medio milenio.

—Al principio no estaban seguros de haber encontrado realmente la tumba del rey Robert —explicó sir Walter—. Pero luego se constató que el pecho del cadáver se había abierto, y recordaron que, según la tradición, el último deseo de Bruce fue que llevaran su corazón a Tierra Santa. Las fuentes afirman que el rey cargaba con una culpa de la que quería purificarse. Originalmente, él mismo había querido realizar el viaje a la Tierra Prometida, pero cuando vio que su salud no se lo permitiría, pidió a sus fieles que cumplieran por él este último deseo, para que su alma encontrara la paz.

—¿Y qué culpa era esa, tío?

—No sabemos nada sobre el carácter concreto de la culpa, pero debió de ser algo grave, porque parece que el rey soportó esa carga hasta su muerte.

Aunque por su expresión podía adivinarse que las palabras de sir Walter le habían impresionado profundamente, Quentin —en parte también porque no quería permanecer en la cripta más tiempo del necesario— sacó enseguida el pedazo de papel que habían encontrado en la mano del profesor Gainswick y comparó el dibujo del erudito con la representación de la placa sepulcral.

—Las imágenes son idénticas —constató—. Con una excepción.

—En la cubierta del sarcófago no aparece la runa —constató sir Walter, sin necesidad de dirigir una sola mirada al dibujo—. Ya lo imaginaba, porque en otro caso me habría llamado la atención en algún momento. Por otro lado...

Se adelantó y se inclinó sobre la cubierta para observarla mejor.

—Una vela, rápido —susurró a Quentin, que corrió a obedecerle.

A la luz de la llama, Quentin vio lo que su tío había descubierto: en el lugar donde debería encontrarse el signo rúnico, la madera de roble estaba rebajada.

—¿Estás pensando lo mismo que yo, muchacho? —preguntó sir Walter.

—Eso creo, tío. Alguien ha hecho desaparecer el signo. Falta saber por qué motivo.

—Para no atraer la atención sobre sí mismo —dijo sir Walter convencido.

—¿Quieres decir que pudieron ser los propios hermanos de las runas quienes borraron el signo?

—¿Y quién, si no? Han hecho ya cosas mucho peores para borrar sus huellas.

—Bien, también podría ser alguien que quisiera borrar el recuerdo de los sectarios.

—Es una posibilidad que también hay que considerar —concedió sir Walter—. Por desgracia, ni una ni otra variante explican de qué modo están relacionados el rey Robert y los sectarios. ¿Cuál es la conexión? El incendio de la biblioteca de Kelso, el asalto a Abbotsford, el asesinato del profesor Gainswick, la próxima visita del rey, y ahora también el sarcófago de Robert I Bruce; ¿cómo está relacionado todo esto? Tengo que confesar, muchacho, que este enigma supera mi modesta capacidad de comprensión.

—Tiene que haber una respuesta —dijo Quentin, convencido—. Parece que el profesor Gainswick la encontró, y por eso murió.

—Este es el siguiente enigma: ¿de dónde sacó el profesor que la espada había estado marcada en otro tiempo con la runa? Por lo que sé, no existen representaciones contemporáneas del sarcófago. Pero el signo parece haber sido borrado hace mucho tiempo. ¿Cómo podía tener, pues, el profesor, conocimiento de ello?

—Tal vez solo sacó sus conclusiones —supuso Quentin.

A la luz oscilante de la vela, examinó las restantes caras del sarcófago, que, como la cubierta, estaban decoradas con relieves. Aunque los estragos del tiempo eran visibles en ellos y la madera estaba deteriorada en algunas zonas, aún podían reconocerse las imágenes, que mostraban escenas importantes en la vida del rey.

En el lado derecho estaba representada la batalla de Bannockburn, en la que Robert había alcanzado su legendaria victoria sobre los ingleses. La cara opuesta mostraba su aclamación y coronación por la nobleza escocesa en el palacio de Scone, y la representación de la cara delantera, el reconocimiento de su regencia por el enviado del Papa. La cara posterior, finalmente, representaba a un caballero que cabalgaba hacia un castillo de aspecto extraño, con tejados altos y abovedados. Por otras ilustraciones que había visto, Quentin sabía que muchos artistas de la Alta Edad Media habían representado así Tierra Santa. El caballero llevaba consigo un cofrecillo en el que estaban inscritas las palabras: «Cor regis».

—El corazón del rey —tradujo Quentin en tono respetuoso—. Así pues, lo que nos ha transmitido la tradición es correcto. El corazón del rey Robert fue llevado por sus fieles a Tierra Santa.

—Fuera cual fuese la razón —añadió sir Walter con expresión alterada.

A estas alturas, Quentin conocía suficientemente a su tío para interpretar correctamente sus expresiones, y sabía cuándo estaba rumiando una idea que no le gustaba.

—Tío —preguntó con cautela—, ¿crees posible que este enigma que tratamos de resolver tenga algo que ver con el voto del rey? ¿Que esta culpa de la que has hablado tenga relación con la runa de la espada? ¿O incluso con la hermandad secreta?

—Tengo que reconocer que he pensado en esa posibilidad, aunque solo la idea me parece un sacrilegio. La cuestión es saber qué relación existe entre todo esto...

—¡Tío! —exclamó Quentin en voz alta, porque de pronto había descubierto algo en el panel de la batalla de Bannockburn.

Sir Walter corrió enseguida a su lado, y con mano temblorosa, Quentin señaló excitado un lugar del relieve donde aparecían representadas filas de ballesteros ingleses. En medio de la filigrana de figuras talladas, de modo que a primera vista resultaba imposible distinguirlo, había un signo extraño.

Una runa.

—Dios Todopoderoso —exclamó sir Walter, mientras dirigía a su sobrino una mirada admirativa—. Me inclino ante ti, muchacho, realmente tienes ojos de lince. Este signo fue incluido en la escena con tanta discreción que apenas puede distinguirse.

—Es extraño —dijo Quentin, que era incapaz de recibir esa clase de alabanzas entusiastas sin que le subieran los colores—. A primera vista, el signo no se puede reconocer; pero cuando lo has descubierto, ya no puedes dejar de verlo siempre que contemplas la imagen.

—Un mensaje secreto —susurró sir Walter—. Hábilmente oculto a las miradas.

—¿Y qué puede significar el signo?

—No soy un experto en escritura rúnica —reconoció sir Walter, y alargó a su sobrino papel y carboncillo—. Haz una copia de esto; luego iremos a casa a consultar los libros.

Quentin asintió, colocó el papel sobre el lugar, y lo rayó suavemente por encima con el carboncillo hasta que los contornos de la runa empezaron a dibujarse en él. Luego, animado por su descubrimiento, buscó también signos ocultos en las otras caras del sarcófago, y encontró montones de ellos.

Una y otra vez, de la maraña de la representación salían a la luz símbolos entrelazados que aparentemente hacia un instante no estaban allí. A la luz de la vela, sir Walter y Quentin examinaron el sarcófago, y cuanto más rato miraban, más signos se destacaban de la confusión y se hacían visibles. Al cabo de unas dos horas habían localizado doce signos distintos, que Quentin copió diligentemente.

—Creo que ya están todos —opinó sir Walter.

—¿Cómo has llegado a esta conclusión, tío?

—Porque hay trece signos, y este número tiene una especial significación en las artes rúnicas.

—¿Trece? Solo hemos encontrado doce runas.

—Olvidas la runa de la espada en la cubierta. Tal vez el profesor Gainswick dedujera su existencia a partir de la presencia de las otras doce runas. Por lo visto, también él descubrió los signos.

—Claro —asintió Quentin—. Así se explica también la referencia a Abbotsford. Con ello el profesor quería indicarnos que la runa del entablado de la pared no era la firma de un artesano, sino la obra de esos sectarios.

—Tal vez. Aunque eso significaría también que la hermandad poseía en aquellos tiempos una gran influencia, si tenía agentes en la corte del rey. En cualquier caso, las suposiciones no nos harán avanzar. Volveremos a Edimburgo e intentaremos traducir estos signos. Si efectivamente constituyen un mensaje oculto, haremos todo lo posible por descifrarlo. Tal vez el secreto se nos revele pronto.

—Eso es lo que temo —murmuró Quentin, aunque habló tan bajo que su tío no le oyó.

5

—¿Y estáis completamente segura de que habéis vivido todo esto, de que no ha sido solo una pesadilla?

—Era real —aseguró Gwynneth Ruthven. Solo el recuerdo de los acontecimientos que se habían desarrollado en los sombríos calabozos del castillo la hizo estremecer—. Tan real como vos y como yo, padre.

El padre Dougal, un joven monje premonstratense que había sido enviado a Ruthven por su monasterio para asistir espiritualmente al señor del castillo y a los suyos, le dirigió una mirada inquisitiva. Por su expresión podía verse que el relato de la joven le había impresionado profundamente. ¿Era posible que Duncan Ruthven fuera miembro de una hermandad pagana? ¿Y además de una que se había planteado como objetivo la eliminación de la religión cristiana y la reintroducción de los antiguos dioses?

Dougal no era un estúpido. Sabía perfectamente que con la implantación de la doctrina cristiana el paganismo no había sido, ni con mucho, vencido. Aunque la mayoría de los príncipes de los clanes se habían convertido con sus familias, la superstición que creía en los espíritus de la naturaleza, en la magia negra y blanca, y también en los signos rúnicos, a los que se atribuía una significación secreta, se mantenía tenazmente en muchas comarcas. También Dougal había creído en ella en otro tiempo, y aunque luego había encontrado la verdadera fe, una parte en él todavía temía su poder. Druidas, sociedades secretas y signos retorcidos: todas esas cosas le inspiraban miedo, y ahora se enteraba de que estaban actuando muy cerca.

—Si estáis en lo cierto, lady Gwynneth, entonces...

—¿Qué razón podría tener para mentiros? Soy la hermana del príncipe. ¿No podéis dar crédito a mis palabras?

—Me gustaría hacerlo —aseguró el monje, bajando la cabeza avergonzado—; pero quiero ser franco con vos. Fuisteis vista en compañía de una persona que hace que vuestras palabras parezcan, al menos, dudosas. No quiero decir que no os crea, pero el hecho de que vos misma estéis mezclada en las actividades de que acusáis a Duncan Ruthven no contribuye a disminuir mis dudas.

—¿De qué estáis hablando? —preguntó Gwynn, y entonces lo comprendió: la vieja Kala. Debían de haberlas visto juntas, y al parecer rápidamente había corrido la voz de que se encontraba con ella fuera de los muros del castillo.

—Ya sé lo que se dice sobre esa mujer, padre —explicó Gwynn—, pero puedo aseguraros que nada de ello es cierto. También ella está versada en los secretos de las runas y sabe cosas cuyo conocimiento se ha perdido hace tiempo para los demás; pero Kala no está del lado de la hermandad, y tampoco está en absoluto interesada en invocar de nuevo la era oscura. Sabe que su tiempo está llegando al final, y os considera a vos y a vuestros hermanos los continuadores de la tradición de los magos blancos.

—¿Los magos blancos? ¿Cómo debo entender eso?

—Kala dice que en otro tiempo había dos tipos de expertos en runas: los que se ocupaban de las runas claras y luminosas y las utilizaban en beneficio de los hombres, y también los otros, que hacían un mal uso de la fuerza de las runas para alcanzar el poder y la fama y destruir el orden existente. Como el misterioso druida y su hermandad, que han atraído a sus filas a mi hermano Duncan.

—¿Habéis intentado hablar de ello con vuestro hermano?

—No. En las últimas semanas y meses se ha ido alejando cada vez más de mí. Temo que pueda traicionarme a los demás conjurados, y de este modo no se conseguiría nada.

—De manera que se trata de una conjura —resumió Dougal, sofocado, y Gwynneth pudo ver que, bajo su basta cogulla de lana gris, el monje temblaba de inquietud—. Una conjura con el objetivo de arrebatar el poder a William Wallace y entregarlo al enemigo.

—Y los hermanos de las runas no se darán por satisfechos con eso. A continuación, la espada sobre la que pesa el hechizo pasará a posesión del joven conde de Bruce, que debe ser nombrado jefe en la asamblea de los nobles. Así quieren facilitar su victoria sobre el enemigo y coronarlo rey; pero Robert siempre se encontrará bajo el influjo de los hermanos de las runas. Hará lo que exijan de él, y les he oído decir que quieren eliminar la cruz de la faz de esta tierra.

El padre Dougal palideció. Con la cara demacrada y la cabeza rasurada, la fina barba rubia y los cercos oscuros en torno a los ojos, el monje ya no tenía habitualmente un aspecto muy saludable; pero ahora parecía haber envejecido años. Sacudiendo la cabeza y mirando al suelo, permaneció ante Gwynneth Ruthven tratando de captar todo el sentido de sus palabras.

—¿Me creéis ahora? —preguntó la joven ansiosamente. El padre Dougal era el único al que podía dirigirse en su tribulación. Si aquel hombre no confiaba en ella o incluso la traicionaba ante su hermano, todo estaría perdido.

—Os creo —le aseguró el religioso, y Gwynn respiró aliviada—. De todos modos, no estoy seguro de que hayáis elegido al hombre correcto para confiaros, lady Gwynneth. Solo soy un sencillo monje. ¿Cómo podría ayudaros yo?

—Haciendo llegar una advertencia a William Wallace. Según he oído, actualmente se encuentra escondido en un monasterio para recuperarse de sus heridas; de modo que podríais hacerle llegar una nota a través de vuestros hermanos de fe.

—Es cierto, sí.

—Entonces ¿puedo contar con vos, padre?

Dougal le dirigió una mirada intensa, y por un breve instante a Gwynn le pareció que no la miraba con los ojos de un monje, sino con los de un hombre joven. Finalmente asintió con la cabeza, y en sus rasgos pálidos y demacrados se dibujó una tímida sonrisa.

—Os ayudaré, lady Gwynneth —prometió—. En el tiempo que he pasado aquí, en el castillo de Ruthven, habéis sido siempre una hija fiel de la Iglesia, de modo que no quiero dar crédito a los rumores que corren sobre vos. Me pondré inmediatamente en camino para ir a ver a mis hermanos. Sir William debe conocer el peligro que le amenaza.

—Os lo agradezco, padre Dougal —le aseguró Gwynn en un susurro—. Y por favor, tened cuidado.

Dicho esto, abandonó el confesionario y la capilla del castillo de Ruthven, y volvió apresuradamente a sus aposentos, dirigiendo continuas miradas alrededor para asegurarse de que nadie la seguía. Pero aunque Gwynneth no pudo ver a nadie, había un testigo de su conversación con el padre Dougal.

Desde que Duncan Ruthven se encontraba bajo la influencia de la hermandad, el castillo de Ruthven se había convertido en un lugar donde reinaban la desconfianza, la mentira y las intrigas. Espías al servicio del druida y de su secta acechaban en todos los rincones, y las paredes tenían ojos y oídos; uno de estos espías había escuchado la conversación entre Gwynneth Ruthven y el padre Dougal.

Gwynneth no tardó en recibir una visita en su habitación. Cuando abrió la puerta y vio a su hermano, se alegró, porque hacía mucho tiempo que no hablaban. Pero entonces vio a los hombres que iban con él: dos guardias armados y, además, un hombre cuya edad resultaba imposible precisar. El cabello gris le llegaba hasta los hombros, y una barba enorme y espesa le crecía en la cara.

Sus ojos la observaban fijamente bajo unas cejas negras. Tenía una mirada fría y siniestra, una nariz ganchuda, afilada como un cuchillo, y una boca que era solo una delgada raja. Gwynn no recordaba haber visto nunca a aquel hombre; hasta que se agachó para entrar con Duncan en la habitación.

En ese momento, la figura encorvada y el paso algo cansino del extraño le resultaron familiares: era el druida, el jefe de la hermandad. Gwynn hizo un esfuerzo para no dejar ver su desconcierto. Forzándose a conservar la calma, esperó a que Duncan y su acompañante hubieran entrado. La puerta se cerró suavemente, y los dos guardias se quedaron fuera.

—¿Cómo estás, hermana? —preguntó Duncan en tono receloso. Gwynn intuyó que la conversación no iba a ser fácil.

—¿Cómo te parece que debería estar? —replicó, mientras el acompañante de Duncan la miraba a los ojos con descaro. La presencia de aquel hombre resultaba tan amedrentadora que Gwynn retrocedió instintivamente.

—Confío en que bien, ¿no?

Gwynn conocía bastante a Duncan para saber que no estaba realmente interesado en su bienestar.

—¿Qué quieres, Duncan? —preguntó abiertamente—. ¿Y quién es este hombre?

—Claro —dijo Duncan, asintiendo con la cabeza—. Conservemos los buenos modales. Este, querida hermana, es el conde Millencourt.

—¿Un conde? —preguntó Gwynn sorprendida—. ¿De qué clan?

—De ningún clan, querida —replicó el propio Millencourt. Gwynneth reconoció la voz que había murmurado siniestros conjuros en la noche y había expuesto los planes de los conspiradores—. No procedo de Escocia, sino de Francia, un gran país que se encuentra al otro lado del mar.

—Sé perfectamente dónde se encuentra Francia —replicó Gwynn, ocultando apenas su desagrado—. Lo que no sabía es que mi hermano tuviera amigos allí.

—El conde es mucho más que eso, hermana —la reprendió Duncan con brusquedad—. No solo es un amigo, sino también un fiel aliado que me ayudará a derrotar a los enemigos de Ruthven. Y no es un extraño en nuestro país, pues sus raíces son celtas, como las nuestras.

—Desde entonces ha pasado algún tiempo —dijo el conde, y sus finos labios esbozaron una sonrisa forzada—. Muchas cosas han cambiado en esta tierra. Pero tal vez un día todo vuelva a ser como fue.

—Espero que no —replicó Gwynn en un arranque de rebeldía. La actitud del conde le desagradaba; aquel hombre estaba lleno de arrogancia y de malicia.

—Deberías ser un poco más cortés con el conde, hermana —le recomendó Duncan—. Al fin y al cabo, es un huésped en nuestra casa.

—En realidad es tu huésped, Duncan. No creo que padre le hubiera dado la bienvenida en nuestra casa.

—¡Pero nuestro padre ya no vive! —dijo Duncan tan fuerte que la voz se le estranguló en la garganta—. Los tiempos han cambiado. Ahora yo soy el señor de Ruthven, yo y nadie más, y soy libre de elegir a mis amigos y aliados.

—Así es —reconoció Gwynneth—; pero deberías ser muy cuidadoso al elegirlos, porque no siempre las personas son lo que aparentan.

—Lo sé —dijo Duncan, inclinando la cabeza, y Gwynneth creyó por un momento que sus palabras le habían hecho reflexionar. Sin embargo, cuando volvió a levantarla, en sus ojos ardía un fuego que la asustó—. Como, por desgracia, he podido constatar, hermana —añadió—, precisamente aquellos que me eran más próximos han demostrado no merecer mi confianza y me atacan en estos días por la espalda. —Y mientras hablaba, metió la mano bajo su capa y sacó un objeto que sostuvo ante Gwynneth—. ¿Reconoces esto?

Gwynneth lo reconoció inmediatamente, y se llevó la mano a la boca para ahogar un grito. Era una sencilla cruz de madera, la cruz que el padre Dougal llevaba colgada al cuello.

—¿Qué ha ocurrido? —dijo en un susurro, mientras miraba horrorizada a su hermano.

—Nada especial. —Duncan se encogió de hombros—. Simplemente he decidido que ya no necesitaremos la ayuda espiritual del padre Dougal.

—Lo... lo has asesinado —dijo Gwynneth dando expresión a lo inimaginable—. A un hombre de Iglesia.

—No he hecho nada parecido —replicó Duncan con sorna—; pero según he oído, la flecha de un arquero se ha desviado y ha alcanzado al pobre padre en la espalda justo cuando se disponía a abandonar el castillo. No sabrás adónde quería ir ¿verdad?

—No —dijo Gwynneth con un hilo de voz. Asaltada por sombríos presagios, se dejó caer en un taburete. Las piernas ya no la sostenían y se sentía enferma.

—Entonces, si os parece, os refrescaré un poco la memoria —le espetó Millencourt. El conde se plantó ante ella y la miró de arriba abajo, con las manos en la cintura, como un señor feudal que se dispusiera a juzgar a un siervo—. Os escucharon, Gwynneth Ruthven, en el momento en que confiabais al padre Dougal secretos que deberían haber permanecido ocultos. Cosas que nunca deberías haber conocido y que nunca deberías haber visto. Cosas que no estaban destinadas a vuestros ojos y oídos. Supongo que vuestra femenina curiosidad os indujo a ello, pero habría sido mejor que no cedieseis a la tentación, porque ahora tendréis que pagar por vuestra conducta. Igual que Dougal.

—Habéis sido vos, ¿no es cierto? —preguntó Gwynn—. Vos estáis tras todo esto. Habéis envenenado el entendimiento de mi hermano y lo habéis convertido en una sombra de sí mismo, en un siervo sin voluntad que os obedece incondicionalmente.

—¡Controla tu lengua, hermana! —gritó Duncan—. El conde Millencourt es mi amigo y mentor. Bajo su guía, Escocia volverá a ser lo que fue en otros tiempos: fuerte y poderosa. Y él quiere que Ruthven se convierta en la más poderosa de las casas de Escocia, tal como nuestro padre ansiaba.

—¿Estás ciego? —preguntó Gwynn, sacudiendo la cabeza—. ¿También a ti te ha lanzado un hechizo que no te permite ver su verdadero rostro? A él no le importas, Duncan, y tampoco le importa Ruthven. Solo le importan sus propios objetivos, y para alcanzarlos, cualquier medio le parece válido.

—No la escuches, hermano —susurró el conde a Duncan—. Está confusa y no sabe de qué habla.

—Sé muy bien de qué hablo —le contradijo Gwynn. Sus delicados rasgos habían enrojecido de ira, y el miedo había dado paso a la indignación—. Sé que este hombre no es lo que pretende ser —dijo señalando al conde—. No es noble, ni tampoco procede de Francia. Posiblemente ni siquiera es un hombre.

—Pero, querida —preguntó Millencourt con una amplia sonrisa cargada de ironía—, ¿que podría ser, pues, en vuestra opinión?

—No lo sé. Pero me han dicho que sois más viejo que cualquier hombre y que vagáis por estas tierras desde hace cientos de años. Tal vez seáis un enviado del mal. Un demonio. Un mensajero de las tinieblas.

Durante un instante, Millencourt no dijo nada. Luego echó la cabeza hacia atrás y lanzó una sonora carcajada, que resonó en el bajo techo de la cámara. Duncan, que por un segundo se había estremecido ante las palabras de su hermana, se unió a las risas del conde, y Gwynneth supo que no tenía ninguna posibilidad de romper el hechizo que le dominaba.

—¿Y qué sabes tú de eso, hermana? —se burló Duncan sonriendo—. Solo eres una pobre mujer que no tiene ni idea de las oportunidades que se nos ofrecen. Nos encontramos en los inicios de una nueva y gran era, en la que volveremos a ser fuertes y a gobernar.

—Deberías oírte hablar —replicó Gwynn—. Padre nunca habría permitido algo así. Siempre fue fiel a su país y a su fe. Tú, en cambio, lo has traicionado todo.

—Padre era un loco —siseó Duncan lleno de odio—. Le dije que Braveheart era un traidor que nos conduciría a todos a la ruina, pero no quiso escucharme. Él tomó sus propias decisiones, igual que yo tomo ahora las mías. Yo no le pedí que fuera a la batalla y que me legara Ruthven. Hizo cargar este peso sobre mis espaldas sin preguntar; me dejó solo sin su consejo y sin ningún plan.

—Te sientes herido —constató Gwynneth, y en los rasgos de Duncan se agitó algo que por un breve instante le recordó al muchacho inocente que una vez había conocido como su hermano y al que tanto había amado.

Cautelosamente tendió la mano hacia él.

—Hermano —dijo con suavidad—, sé que tienes que cargar con una gran responsabilidad. Es duro depender solo de uno mismo y tener que tomar decisiones, ¿no es verdad? Pero no estás solo, Duncan. Padre siempre estará contigo, igual que yo. Juntos podemos hacer muchas cosas. Aún no es demasiado tarde. Todo puede volver al buen camino, ¿me oyes?

Por un momento, en los ojos de Duncan Ruthven pudo leerse la duda, una vaga nostalgia por un tiempo en que las cosas eran menos confusas y en el que aún sabía a quién debía lealtad y adónde pertenecía.

Probablemente el conde se dio cuenta, porque de pronto pareció inquietarle la idea de que su devoto alumno pudiera apartarse de él.

—¡No la escuches, Duncan! —le dijo en tono enérgico—. ¿No ves qué se propone? Quiere quebrar tu determinación y envenenar tu entendimiento.

—No —dijo Gwynn con firmeza—, no es eso lo que quiero. Solo quiero que mi hermano vuelva a ser el que fue en otro tiempo.

—No le prestes atención, Duncan. Sus palabras están llenas de falsedad y despecho. Solo quiere desposeerte de tu merecida herencia, de lo que te corresponde por derecho. ¿No te das cuenta del veneno que escupe con sus palabras? Es una bruja.

—Una bruja —repitió Duncan monótonamente, como un eco. El fuego siniestro que había brillado en sus ojos apareció de nuevo, y la inseguridad se desvaneció. Entonces Gwynn supo que había perdido. La influencia del conde era mayor que la suya, tal como había profetizado Kala.

—¡Desaparece de mi vista! —la increpó Duncan—. Digas lo que digas, hermana, no me apartarás de mi decisión. He decidido de qué parte estoy, y no cambiaré de opinión, ni ahora ni más tarde. La casa de Ruthven estará eternamente unida a la Hermandad de las Runas. ¡Lo juro por mi sangre!

—¡Oh, Duncan! —Gwynn sacudió la cabeza, horrorizada—. No sabes lo que dices.

—Al contrario. La historia es un eterno círculo, hermana. Todo se repite. William Wallace nos mintió a todos. Traicionó a nuestro padre, y ahora será él el traicionado. ¿Creías de verdad que podrías detenernos? ¿Enviando a un simple monje para prevenir a Wallace? Una sola flecha ha bastado para acabar con sus ansias de acción. Nadie puede detenernos, Gwynneth. Nadie, ¿me oyes?

De nuevo resonó su risa burlona, a la que se unió el conde.

Gwynn no pudo sino sentir una profunda repugnancia al oírlo.

—¿Qué ha sido de ti, hermano? —susurró estremeciéndose.

—Yo, Gwynneth, he reconocido la verdadera esencia de las cosas. Y no vuelvas a llamarme hermano, porque desde este momento el lazo que existía entre nosotros ha quedado roto. Has actuado contra mí y querías entregarme al enemigo. A partir de ahora dejarás de ser un miembro de nuestra familia para convertirte en una repudiada sin tierra y sin nombre. Recibirás lo que mereces por traidora.

—No —susurró Gwynn, pero el rostro de su hermano permaneció duro e inflexible.

Duncan llamó a gritos a los guardias y les indicó que la encerraran en la cámara más alta de la torre oeste, hasta que hubiera decidido qué iban a hacer con ella.

—Hermano —exclamó Gwynn con lágrimas en los ojos—. ¿Qué se ha hecho de ti? ¿Qué demonio se ha adueñado de tu persona?

—No puedo oírte —replicó el señor de Ruthven fríamente—, porque ya no tengo ninguna hermana. Y tú, mujer, vigila tu lengua, antes de que te la haga arrancar. ¡Lleváosla de aquí!

Los guardias sujetaron a Gwynn y la condujeron afuera de la habitación. La joven se volvió para lanzar una última mirada al rostro petrificado de su hermano y al conde, que sonreía con sarcasmo. Luego la puerta se cerró, y ante ella apareció el largo, oscuro pasaje hacia un futuro incierto.

Fascinada, Mary leyó el relato hasta el final, y una vez más se sintió como si ella misma participara en los acontecimientos que se habían desarrollado entonces en el castillo de Ruthven...

Llevaron a Gwynneth a la torre oeste y la mantuvieron prisionera en la cámara. Allí resistió un triste destino, alimentándose solo de pan y agua, soportando el frío y llena de desesperación por el giro funesto que había dado su existencia. Al cabo de unos días, la joven recibió una visita. Era Kala, que apareció de pronto ante la puerta y conversó con ella a través de la hoja. La anciana la consoló, afirmó que no se había perdido aún toda esperanza y le infundió valor. Luego deslizó algo bajo la puerta, que Gwynn recogió estupefacta: tinta, cera para sellar y pergamino.

La mujer de las runas animó a Gwynn a que escribiera su historia, con todos sus tristes detalles, y luego escondiera sus anotaciones en el muro, donde encontraría una cavidad y un recipiente de cuero. Kala no le explicó los motivos de su propuesta, y Gwynn tampoco hizo preguntas; se sentía agradecida solo por tener algo con que distraerse de su triste sino. Su padre había insistido en que dominara la lengua y la escritura, aunque aquello era poco habitual en una mujer, de modo que no representaría ningún esfuerzo para ella escribir su historia tal como exigía la vieja Kala.

Cuando la anciana quiso despedirse de ella, Gwynn preguntó por su futuro.

—El futuro —respondió Kala— es difícil de ver en estos días. El mundo está revuelto, y las runas no desvelan todos sus secretos.

—Entonces dime al menos qué será de mí —le pidió Gwynn.

La mujer de las runas dudó.

—Tendrás que ser fuerte —dijo—. He visto tu fin, un final sombrío, envuelto en maldad. Tu hermano ha traicionado a tu familia entregándola a los poderes oscuros, hija mía, y a ellos pertenecerá durante muchas generaciones.

—Entonces... ¿no queda ninguna esperanza?

—Siempre hay esperanza, Gwynneth Ruthven, incluso en un lugar como este. No ahora, pero sí dentro de muchos cientos de años. Cuando haya transcurrido medio milenio, hija mía, se recordarán tus hechos y tus sufrimientos. Y una joven descubrirá hasta qué punto se asemeja su destino al tuyo. Ella se resolverá a cambiarlo y presentará batalla al poder de las tinieblas. Solo entonces se decidirá el futuro de la casa de Ruthven.

Con estas palabras acababa el relato de Gwynneth Ruthven. Mary permaneció sentada, como fulminada por un rayo. Volvió atrás y leyó el último párrafo por segunda vez, tradujo de nuevo cada palabra para asegurarse de que no había cometido ningún error.

El sentido del texto era ese. Pero ¿cómo era posible? ¿Cómo podía haber sabido la vieja Kala, tantos siglos atrás, lo que sucedería en un lejano futuro? ¿Había sido efectivamente una mujer de las runas, una persona dotada de facultades mágicas que podía ver el porvenir? ¿Había visto la anciana, ya en esa época, lo que le sucedería a Mary?

Mary de Egton era demasiado realista para considerar posibles aquellas cosas. Ella creía en el romanticismo y en el poder del amor, en la bondad del hombre y en que todo en la vida sucedía con alguna finalidad; pero la magia y la brujería no podían conciliarse con su moderna visión del mundo.

¿Era todo, pues, solo una casualidad?

¿No querría ver, en su desesperación y su soledad, un lazo que en realidad no existía?

Por otro lado, ahí estaba la anciana sirvienta, que tenía ese asombroso parecido con Kala. Y la multitud de coincidencias entre ella y Gwynneth Ruthven. Todos los sueños que había tenido y que habían sido tan extrañamente reales...

¿Tendría razón la anciana? ¿Eran efectivamente, Mary y Gwynneth Ruthven, almas gemelas, hermanas en espíritu unidas por un lazo tan estrecho que había sobrevivido a los siglos? ¿Y eran la mujer de las runas y la misteriosa sirvienta una única persona?

Mary sacudió la cabeza. Aquello era demasiado fantástico para siquiera tratar de comprenderlo. La única persona que podía decirle si todo aquello era real o si efectivamente estaba perdiendo el juicio era la vieja sirvienta. Si Mary quería obtener alguna certeza, debía pedirle explicaciones y exigirle que hablara con claridad.

Mary estaba convencida de que esa era la forma más inteligente de proceder. Pero había un inconveniente decisivo: para preguntar a la sirvienta, debía salir de la cámara de la torre.

Le costó cierto esfuerzo levantarse y acercarse a la puerta. Sus miembros estaban rígidos de frío y tenía las manos heladas e insensibles. Con precaución, pegó la oreja a la puerta para escuchar. Luego se agachó y echó un vistazo a través de la rendija entre la puerta y el suelo. Al parecer no tenía nada que temer.

Mary inspiró profundamente. Sabía que no podía esconderse en esa torre eternamente, pero al menos esa noche la cámara había sido un refugio seguro para ella. Recordaba que la vieja Kala había descrito la cámara de la torre como uno de los pocos lugares del castillo en los que el mal no había penetrado. Tal vez fuera ese el motivo por el que Mary tuvo que hacer un enorme esfuerzo para bajar el herrumbrado picaporte y deslizarse afuera.

Efectivamente no había nadie ante la puerta. Colocando silenciosamente un pie tras otro, Mary bajó por la escalera, apretando contra su pecho, como un valioso tesoro, la aljaba con las anotaciones de Gwynneth. Era todo lo que le quedaba, su único consuelo.

A juzgar por la luz que penetraba a través de las altas y estrechas aberturas, ya era mediodía. No le habían llevado nada de comer —probablemente así querían forzarla a que abandonara su voluntario exilio—. Si hubiera sido solo por el hambre, Mary habría resistido aún bastante tiempo en la cámara de la torre. Era una mujer sobria y no le importaba pasar privaciones. Y en cualquier caso, prefería pasar hambre a sentarse a una mesa con Malcolm de Ruthven.

Sigilosamente se deslizó por los corredores por los que había huido, dominada por el pánico, la noche anterior. Aún podía sentir el miedo, como un eco flotando en el aire. Mary no se molestó en volver a su habitación; en lugar de eso, bajó a la cocina, donde la servidumbre comía al mediodía. En presencia de los sirvientes —o al menos eso esperaba—, los Ruthven no querrían provocar un escándalo y la dejarían tranquila.

Evitó pasar por el comedor, donde Malcolm y su madre debían de estar comiendo en aquel momento, y siguió adelante por la estrecha y empinada escalera que estaba reservada a los criados y las doncellas. De este modo llegó a la zona del castillo en la que normalmente los señores no ponían los pies.

Aquí no había tapices ni cuadros, y los pocos muebles que se veían eran armarios bastos, toscamente trabajados. De la cocina llegaba un olor a asado de caza recién hecho, que hizo que a Mary le gruñera un poco el estómago. Una sirvienta que se acercaba en su dirección con una bandeja en las manos casi la dejó caer al verla.

—¡Milady! —exclamó asustada.

—No pasa nada —la tranquilizó Mary, y miró alrededor con cautela—. Por favor, no tengas miedo, solo quiero preguntarte algo.

—Como desee, milady. —La sirvienta era una joven que debía de tener unos diecisiete años—. ¿Qué puedo hacer por milady?

—Estoy buscando a alguien —explicó Mary—. A una vieja escocesa que trabaja aquí de sirvienta.

—¿Una vieja escocesa? —La muchacha le dirigió una mirada de extrañeza—. ¿Cómo se llama?

—No lo sé —replicó Mary, dudando—. Pensé que tal vez estaría aquí. Es muy vieja y tiene el cabello blanco.

La sirvienta pensó un momento, y luego sacudió la cabeza con decisión.

—Aquí no hay nadie que tenga este aspecto —se limitó a decir.

—Pero si yo he hablado varias veces con ella.

—Lo siento —murmuró la sirvienta—. Milady debe de haberse equivocado. —Y antes de que Mary pudiera replicar nada, se alejó por el pasillo con su bandeja y desapareció en un recodo.

Mary estaba perpleja. Aunque la muchacha era joven, y quizá no hacía tanto tiempo que trabajaba en el castillo de Ruthven como para conocer a todas las sirvientas. Mary se convenció a sí misma de que así debía ser, y siguió por el pasillo hasta la cocina. Por el camino pasó junto al comedor de los sirvientes, una bóveda oscura, sin ventanas, con el techo cubierto de moho y hollín. Una larga y tosca mesa de madera y unas sillas desastradas constituían todo el mobiliario; unas pocas velas colocadas sobre la mesa difundían una luz exigua.

Mary se sintió angustiada al pensar que Kitty había tenido que comer allí abajo. Aunque encontraba a faltar a su doncella y le habría alegrado tener a su amiga a su lado, tal vez fuera mejor que Eleonore la hubiera enviado a casa. Al menos así ya no tenía que soportar todo aquello.

Varios mozos estaban sentados a la mesa tomando cucharadas de una sopa aguada. No habían recibido ni un pedazo de la caza que comían los señores. Uno de los jóvenes era Sean, el aprendiz de herrero a cuya boda había asistido Mary. Cuando la vio, el joven se sobresaltó y se levantó al instante para inclinarse ante ella. Los otros mozos quisieron imitarle, pero Mary los disuadió con un gesto.

—Por favor —dijo rápidamente—, permaneced sentados y seguid comiendo. No querría molestaros; solo estoy buscando a alguien.

—¿A quién, milady? —preguntó Sean—. Tal vez pueda ayudarla.

De nuevo Mary describió a la mujer que buscaba, una vieja sirvienta con un vestido negro y cabellos blancos como la nieve, con profundas arrugas grabadas en una cara curtida por la intemperie. Pero también el rostro del aprendiz mostró incomprensión.

—Lo siento, milady —dijo Sean—, pero no conozco a ninguna sirvienta como esa.

—Debes de equivocarte —insistió Mary—. He hablado varias veces con ella. Me ha visitado en mi cámara.

Sean y los otros mozos intercambiaron miradas desconcertadas.

—De verdad que lo siento, milady —dijo Sean de nuevo, y bajó la vista. Sus rasgos toscos pero honrados no estaban hechos para engañar, y Mary pudo ver claramente que le ocultaba algo.

—No voy a darme por satisfecha con esto —aclaró—. Quiero saber qué ocurre con esta sirvienta. Si sabes algo, Sean, debes decírmelo. Enseguida.

—No. —El joven herrero sacudió la cabeza—. Se lo ruego, milady, no me pida eso.

—¿Por qué no? ¿Acaso en este castillo se han confabulado todos contra mí? ¿Incluso tú, mi querido Sean? Estuve en tu boda, no lo olvides, y os deseé suerte a ti y a tu mujer.

—¿Cómo podría olvidarlo, milady? —dijo él, y su voz sonaba casi implorante—. Pero, por favor, no me pregunte más.

—Me temo que no tengo otra elección, Sean. Dime qué sabes. Si mis ruegos no pueden ablandarte, entonces deberé ordenártelo.

De nuevo el joven dirigió una mirada a los demás mozos buscando ayuda, pero estos mantuvieron la cabeza inclinada. Finalmente asintió a regañadientes. Con expresión recelosa miró alrededor, y luego se inclinó hacia Mary.

—Milady debe tener cuidado —susurró en voz tan baja que apenas podía entendérsele—. En este lugar ocurren cosas oscuras. Cosas malas.

—¿De qué estás hablando?

Sean aún dudó un momento, pero parecía haberse dado cuenta de que ya no había vuelta atrás.

—¿Ha oído hablar milady alguna vez de Glencoe? —preguntó—. ¿De la matanza que tuvo lugar allí?

—Naturalmente —confirmó Mary. Recordaba haber leído sobre ello en el libro de historia de sir Walter. En el año 1692, en el valle de Glencoe se produjo un alevoso ataque del clan de los MacDonald contra el de los Campbell, en el que muchos de estos últimos perdieron la vida. Un capítulo sangriento de la historia escocesa que, de todos modos, había sucedido hacía ciento treinta años.

—La víspera de la matanza —informó Sean con una voz que hizo estremecer a Mary— se divisó en el valle de Glencoe a la Bean Nighe.

—¿Quién es la Bean Nighe?

—Una mujer anciana —replicó Sean sombríamente—. La vieron mientras lavaba ropa en el río.

—¿Y bien? —inquirió Mary, que no podía imaginar qué tenía que ver aquello con la vieja sirvienta.

—Esa anciana —continuó el aprendiz— llevaba ropas negras y tenía el cabello largo y blanco, exactamente igual que la sirvienta de la que usted ha hablado. En el castillo de Ruthven no trabaja gente mayor, porque el laird y la señora solo quieren tener a su lado caras jóvenes y manos fuertes. Pero creo que la mujer que vio...

—¿Sí?

Sean sacudió la cabeza y apretó los labios con firmeza, como si quisiera evitar a cualquier precio que de su boca saliera ni una sola palabra más.

—Por favor, Sean —le apremió Mary—, tengo que saberlo. Sea lo que sea, puedes decírmelo.

—¿Aunque sea algo terrible? —preguntó el joven, angustiado.

—Aun así.

—Debe saber, milady, que la Bean Nighe ya había sido vista antes de la matanza, y que también la vieron después. Es muy vieja y aparece en los lugares más diversos. No todo el mundo puede verla, pero aquellos a los que se aparece...

—¿Sí?

—Dicen que aquel a quien se aparece ya no vive mucho tiempo, milady —susurró Sean.

Mary se quedó helada al oírlo.

—Gracias, Sean —murmuró débilmente, mientras sentía que le flaqueaban las piernas.

—Siento haber tenido que decírselo, milady —le aseguró el joven herrero, consternado—, pero no me ha dejado elección.

—Lo sé.

Mary asintió con la cabeza.

—Lo siento tanto...

—No te preocupes, Sean —replicó la joven, esforzándose en sonreír—. No es culpa tuya. Era yo quien quería saberlo como fuera. Siéntate y sigue comiendo. Seguro que aún tienes hambre.

—No demasiada... Tal vez haya algo que yo pueda hacer por milady. ¿Milady necesita ayuda?

—No, mi querido amigo. Soy yo quien debe aclarar lo que se oculta tras este asunto, sea lo que sea. Nadie puede ayudarme en esto.

Mary dio media vuelta y salió de la bóveda, seguida por las miradas acongojadas de los mozos. Mientras iba hacia la planta superior, la joven volvió a oír las palabras de Sean, que seguían resonando como un eco en su cabeza, y se estremeció.

Finalmente llegó al vestíbulo y cruzó la gran puerta. Se sentía mal, y necesitaba con urgencia un poco de aire fresco. Cuando salió a la luz del mediodía y el aire áspero penetró en sus pulmones, Mary se sintió un poco mejor. Y finalmente su razón se impuso de nuevo.

Todo el mundo sabía que los escoceses eran un pueblo supersticioso, que creía en signos misteriosos y en todo tipo de charlatanerías, en espíritus de la naturaleza y criaturas fabulosas. Seguro que la Bean Nighe era solo una más de estas creaciones de la fantasiosa alma escocesa, pensó Mary, esforzándose en convencerse a sí misma. Y sin embargo...

¿Cómo se explicaba que ella misma hubiera visto a la anciana, mientras que ninguna otra persona la recordaba? ¿Cómo podía haber sabido esa mujer cosas que habían ocurrido hacía tanto tiempo? Por no hablar de la cámara de la torre, del diario de Gwyneeth Ruthven, de los extraños sueños de Mary... Incluso la mente más racional debería admitir que esa acumulación de incidentes era más que misteriosa.

Mary habría deseado hablar de aquello con alguien, escuchar la opinión de una persona ajena al asunto; pero estaba sola, rodeada de enemigos, y con la sombría perspectiva de quizá no vivir mucho tiempo.

Solo unos días atrás se habría reído al oír las palabras de Sean. Pero después de la noche pasada, Mary ya no reía. El miedo ascendía desde las profundidades de su alma y le oprimía la garganta. Por más que buscara explicaciones racionales, había demasiadas contradicciones, demasiadas preguntas que no tenían respuesta. A no ser que aceptara que existían cosas entre el cielo y la tierra que no podían explicarse solo con la razón.

Seres espectrales y augurios. Almas que estaban unidas más allá de los límites del tiempo... ¿Existían realmente estas cosas? ¿O tal vez estaba perdiendo la cabeza? ¿La habrían vuelto loca la angustia y la soledad? ¿Trataba su mente de este modo de escapar a la triste realidad?

No.

Lo que había visto y vivido había sido real. No eran fantasías ni supersticiones, sino la realidad. Y tampoco había imaginado la furiosa persecución de Malcolm, aunque los acontecimientos de la noche anterior le parecieran ahora una pesadilla. Si Mary dejaba de lado todos sus escrúpulos de racionalidad, aquello solo podía significar una cosa: el destino le había hecho llegar una advertencia, un presagio de lo que sucedería si no modificaba su camino.

Gwynneth Ruthven había creído hasta el final en la bondad de su hermano, no había querido darse cuenta de lo mal que iban las cosas con Duncan, y de las consecuencias que aquello podía tener para ella. Mary no debía cometer el mismo error. Debía actuar antes de que fuera demasiado tarde. Solo por esta razón le había aconsejado la vieja sirvienta que abandonara Ruthven. De este modo todo encajaba, el sueño y la realidad.

Con una terrible certeza, Mary comprendió que se encontraba en un punto crucial de su vida. Si permanecía en Ruthven, posiblemente no viviría mucho tiempo. Al principio solo había pensado que su futuro esposo era un aristócrata estrecho de miras, con un horizonte tan limitado como lo eran sus conocimientos; pero ahora tenía la convicción de que en él acechaban abismos que nadie —probablemente ni siquiera su madre— sospechaba que existieran.

Mary estaba segura de que Malcolm intentaría de nuevo tomar lo que ella le negaba. Si no podía obtenerlo, utilizaría la violencia, y ¡ay! de quien se opusiera a sus deseos. La noche anterior el heredero de Ruthven había mostrado su auténtico rostro. Mary temía de hecho por su vida, y el sombrío augurio del aprendiz de herrero contribuía a aumentar su miedo. Pero tal vez no fuera aún demasiado tarde para escapar al destino que la amenazaba.

Como todas las jóvenes de la nobleza, Mary había sido educada para cumplir con sus deberes. Aunque no le había agradado que la enviaran a una tierra extraña, se habría casado con Malcolm de Ruthven para satisfacer los deseos de su familia y preservar el buen nombre de la casa de Egton. Pero nadie, ni su padre ni ninguna otra persona en este mundo, podía exigir que permaneciera allí cuando su vida estaba amenazada. Mary no sacrificaría su vida solo por complacer a su familia.

Una audaz decisión empezaba a madurar en su interior.

6

La traducción que hicieron sir Walter y Quentin de los signos que habían encontrado en el sarcófago de Robert Bruce se reveló mucho más complicada de lo esperado. No era solo que cada uno de los signos tuviera varios significados, sino que también su sucesión era totalmente confusa, de modo que ambos pasaron toda una tarde disponiendo las runas en distinto orden sin que llegara a desvelarse su significado. En más de una ocasión sir Walter deseó que su antiguo amigo y mentor Gainswick estuviera con ellos para ayudarles a descifrar el enigma.

Dentro de dos días, Gainswick sería enterrado en el viejo cementerio de Edimburgo, al lado de los artistas y eruditos que había admirado durante toda su vida. Sir Walter sabía que el profesor se habría alegrado de ello, pero aquello no podía consolarle. El vacío que la muerte de Gainswick había dejado era doloroso e imposible de llenar, y sus asesinos aún seguían libres. Aunque los agentes hacían todo lo posible por localizarlos, la confianza que sir Walter tenía en los guardianes de la ley había disminuido mucho en las últimas semanas.

¿No había asegurado el inspector Dellard que en Edimburgo estarían seguros? ¿Que los sectarios no se atrevían a actuar en las grandes ciudades? Una vez más se había equivocado, y en sir Walter había madurado la idea de que debería solucionar él solo el enigma. Había demasiado en juego, y aparte de él, nadie parecía querer ver las relaciones. Cuanto más descubrían Quentin y él mismo, más compleja se hacía la red de intrigas, superstición, engaño y crimen. Pero sir Walter tenía también la sensación de que les faltaba poco para desvelar el secreto.

—Empecemos de nuevo —propuso, mientras miraba pensativamente las hojas cubiertas de signos rúnicos que se encontraban extendidas ante él sobre la mesa—. Conocemos este signo con certeza: es la runa de la espada, que domina a los restantes signos. La runa que encontramos en la cara frontal del sarcófago significa «comunidad» o «hermandad», y con ella podría hacerse referencia a la secta.

—También de esos dos podemos estar seguros hasta cierto punto —dijo Quentin, señalando otros dos símbolos—. Este es el signo para «piedra». El otro designa la palabra gaélica *cairn*, lo que significa igualmente «roca» o «piedra».

—O una agrupación de piedras —observó sir Walter.

—¡Tío! —exclamó Quentin de repente—. ¿No has dicho que aquella runa de allí significa «perfección» y «acabamiento»?

—¿Adónde quieres ir a parar?

—Bien —murmuró Quentin entusiasmado—, quiero decir que en muchas antiguas culturas la forma geométrica del círculo se considera la encarnación de la perfección más elevada.

—¿Y?

—Posiblemente —prosiguió Quentin triunfalmente— esta runa deba leerse junto con las otras dos y no designe sino el círculo de piedras sobre el que leímos en la biblioteca.

Sir Walter miró a su sobrino con tanta fijeza que la euforia de Quentin se desvaneció de golpe.

—Es solo una teoría, tío —añadió prudentemente, y se encogió de hombros—. Seguro que he pasado por alto algo que tú ya has visto hace tiempo.

—En absoluto —le contradijo sir Walter—, y no deberías malinterpretar mi mirada, muchacho. Realmente me admira tu agudeza.

—¿De verdad?

—Desde luego. Tienes toda la razón; es la única combinación que tiene sentido: la Hermandad de la Runas en el círculo de piedras.

—Falta saber qué significan los otros ochos signos.

—Este de aquí representa un acontecimiento —resumió sir Walter—, y aquel de allí, un mal o una amenaza, como hemos descubierto.

—Tal vez también deban relacionarse estos signos —reflexionó Quentin—. Tal vez se refieran a un acontecimiento funesto. A una situación amenazadora.

—Veo, muchacho, que te muestras algo más hábil que yo descifrando este antiguo enigma. Sigue adelante, pues. Puedo sentir que estamos muy cerca de desvelar el secreto.

—Podría ser cualquier cosa —opinó Quentin—. Tal vez una advertencia. O posiblemente, también, alguna clase de maldición que pesara sobre la tumba del rey.

Sir Walter suspiró.

—¿Cuántas veces tendré que decírtelo, muchacho? Por más que esta hermandad esté rodeada de enigmas, tenemos que habérnoslas con hombres de carne y hueso. Ni hubo, en ningún momento, magos capaces de realizar hechizos ni existió nunca un gobernante que fuera derribado por una maldición. La historia la construyen los hombres, Quentin. Simples mortales como tú y como yo.

—Más bien como tú —replicó Quentin tímidamente—. Estoy seguro de que a mí nunca me levantarán un monumento. Pero a ti sí.

—Ay, muchacho. —Sir Walter sacudió la cabeza—. Ya vuelves a fantasear. Si un día me faltaran las ideas en mi trabajo, me dirigiría a ti con la seguridad de que...

Mientras sir Walter hablaba, la mirada de Quentin se había posado en el secreter, donde se encontraba el correo por responder. Bruscamente su rostro se iluminó.

—Creo que tengo la solución —dijo interrumpiendo a su tío.

—¿Qué quieres decir?

—¿Ves esto? —preguntó Quentin, y cogió una de las cartas que había descubierto en el secreter para blandirla luego triunfalmente en el aire—. ¡Creo que esta es la solución!

—¿La solución? Esta es la invitación para el funeral del profesor Gainswick. Me han pedido que pronuncie unas palabras de recuerdo en la ceremonia.

—¿No es extraordinario? —La pálida cara de Quentin estaba radiante—. Al final el profesor nos ha ayudado de todos modos a descifrar los signos.

—¿Seguro que te encuentras bien, muchacho? —Sir Walter dirigió a su sobrino una mirada escéptica—. Posiblemente las tensiones de los últimos días han sido demasiado para ti.

—No te preocupes, tío, me encuentro bien. Y tú también te encontrarás mejor enseguida, porque acabo de descubrir qué nos dicen los signos del sarcófago.

—¿Ah sí?

—Es una invitación —manifestó Quentin, orgulloso.

—¿Una invitación? ¿Cómo debo entender eso?

—La idea se me ha ocurrido al ver esta carta. De pronto supe cuál era la solución. Es muy sencillo. Todas las invitaciones incluyen los mismos datos, ¿no es cierto?

—Normalmente sí —asintió sir Walter—. Mencionan el nombre del anfitrión, la ocasión, el lugar y el momento.

—Así es —confirmó Quentin—. Eso es, justamente, lo que hemos encontrado en el sarcófago: la ocasión es el peligro que amenaza; el lugar, el círculo de piedras; el anfitrión, la hermandad secreta. Solo falta el momento.

—¡Dios Todopoderoso! —Sir Walter estaba atónito—. ¡Tienes razón, muchacho! Podría tratarse de un mensaje cifrado que se ha conservado durante siglos. Déjame ver..., hemos descubierto que estos signos de aquí significan «sol» y «luna», ¿no es cierto?

—Exacto —confirmó Quentin, con la cara roja de emoción. Ya no quedaba nada del joven temeroso que habría preferido mantenerse apartado de aquel caso. Quentin ardía en deseos de resolver el enigma, y ahora también él tenía la impresión de que se encontraban a un paso de la revelación.

—Es sabido que los antiguos druidas calculaban el tiempo orientándose por las constelaciones —reflexionó sir Walter—. El sol y la luna determinaban el calendario; todo se subordinaba a ellos. Pero ¿qué significan los restantes signos? No pueden ser años, porque los celtas no conocían un calendario como el nuestro.

—Tampoco lo necesitaban, porque se orientaban por fenómenos astronómicos —replicó Quentin—. Recuerda cómo estaban distribuidos los signos en el sarcófago, tío. El símbolo de la luna estaba situado por debajo del signo del sol. De modo que podría referirse a un eclipse lunar.

—¿Un eclipse lunar?

Sir Walter miró sorprendido a su sobrino, y de pronto pareció recordar algo. Cogió el periódico que se encontraba sobre la mesita junto al sillón de orejas y empezó a pasar las páginas. Cuando por fin encontró lo que buscaba, una sonrisa satisfecha se dibujó en su rostro, y tendió el periódico a Quentin.

—Mira esto —pidió a su sobrino, y con unos ojos que se hacían cada vez más grandes a medida que leía, Quentin recorrió con la mirada las líneas del artículo.

—«La Sociedad Astronómica de la Universidad de Edimburgo comunica que el viernes trece de este mes se producirá un eclipse total de luna.» —leyó en voz baja.

—Es decir, dentro de cinco días —observó sir Walter.

—¿Puede ser una casualidad? —preguntó Quentin, asombrado.

—Posiblemente. O una coincidencia extremadamente afortunada. Los druidas de los tiempos sombríos atribuían una particular significación a los eclipses solares y lunares, y sus declarados seguidores parecen hacer lo mismo. Para nosotros esto significa que sabemos cuándo y dónde podemos atrapar a los sectarios: concretamente dentro de cinco días en el círculo de piedras.

—Increíble —dijo Quentin—. Pero ¿en qué círculo de piedras? ¿Y qué ocurrirá exactamente dentro de cinco días?

—Supongo que los signos que quedan podrían decírnoslo. Por desgracia, solo sabemos el significado de este: corresponde a «retorno» o «renacimiento». Los restantes símbolos no se encuentran en nuestro libro de consulta. Deben formar parte de los signos prohibidos, cuyo significado solo era conocido por unos pocos iniciados.

—Y por los sectarios —añadió Quentin.

—Exacto.

—La cuestión es saber qué se proponen. ¿Cómo está conectado todo esto? La runa de la espada, la hermandad, el círculo de piedras, la tumba de Bruce...

—No lo sé, muchacho, pero ya no nos queda mucho tiempo para descubrirlo. En otra época, en las noches de eclipse de luna se celebraban conjuros paganos y se ofrecían sacrificios humanos. No quiero que nadie más pague con su vida la locura de esta gente. Además...

Sir Walter se interrumpió y miró al suelo. Quentin pudo ver cómo apretaba las mandíbulas.

—Temes que ocurra algo aún peor, ¿no? —preguntó prudentemente—. Piensas en la visita del rey a Edimburgo.

Sir Walter asintió.

—La visita de su majestad está planeada para la próxima semana, solo pocos días después del eclipse lunar, y esto, mi querido muchacho, no puede ser una casualidad. Creo que el inspector Dellard tenía razón en sus sospechas. Los sectarios se proponen reunirse esa noche, y posiblemente planeen un atentado contra la vida del rey.

—¿Tú crees? —Quentin estaba tan turbado que la voz se

le ahogó en la garganta y solo pudo emitir un graznido ronco—. Tal vez esa sea la amenaza de la que se habla en la inscripción...

—Olvidas la lógica, sobrino. ¿Qué fue primero, el huevo o la gallina? ¿Cómo puede una vieja inscripción, que tiene quinientos años de antigüedad, referirse a algo que sucederá en un lejano futuro? Naturalmente esto es imposible. Los sectarios han descubierto la inscripción y la han interpretado a su manera, eso es todo. Pero ahora que empezamos a vislumbrar cuáles son sus planes, tenemos la oportunidad de evitar que se cumplan.

—¿Qué quieres hacer, tío? ¿Informar a Londres?

—Aún no, muchacho. La visita del rey a Escocia es, en estos tiempos inciertos, más importante que nunca. Si los escoceses y los ingleses tienen que convertirse en un pueblo algún día, el rey ha de realizar este viaje. De modo que de momento nos guardaremos lo que sabemos para nosotros.

—¿No tiene la seguridad del rey prioridad sobre las consideraciones patrióticas?

—Naturalmente, muchacho, y puedes creerme si te digo que no tengo intención de poner en peligro la seguridad del rey Jorge en ningún momento. Si no consiguiéramos poner fin a las fechorías de los sectarios, informaría inmediatamente a Londres para que se anule la visita.

—No todos son tus amigos en la corte, tío. Habrá voces que dirán que has puesto los intereses de Escocia por encima de tu fidelidad a Inglaterra.

—Quien me conoce sabe que esto no es cierto. Pero naturalmente asumiré toda la responsabilidad por mi conducta, con todas las consecuencias que esto pueda acarrear para mí. Con todo lo que hemos descubierto, ya no hay vuelta atrás.

—Pero ¿no deberíamos informar al menos a los agentes?

—El riesgo sería demasiado grande. Si los sectarios se dan cuenta de que les siguen la pista, se esfumarán de nuevo. A nosotros, en cambio, se nos ofrece ahora la oportunidad de destapar la conspiración y atraparlos. Pero solo podremos hacerlo si actuamos con inteligencia y discreción.

Quentin miró a su tío, admirado.

Desde hacía semanas sir Walter apenas había dormido, cargaba con un peso bajo el cual muchos ya se habrían derrumbado hacía tiempo, y sin embargo, parecía tan animoso y decidido que su sobrino no pudo dejar de admirarle. Quentin solo esperaba que un poco de su energía se le hubiera transmitido también a él.

—Dentro de cinco días, los sectarios se encontrarán en un antiguo círculo de piedras —resumió sir Walter—. Para entonces tenemos que haber descubierto de qué círculo se trata y haber localizado el escondrijo de los sectarios. Al alba iniciaremos la búsqueda. El tiempo apremia...

7

—¿Y bien?

Malcolm de Ruthven temblaba de impaciencia. Sus pálidos rasgos se habían teñido de púrpura y tenía la cara hinchada, como si fuera a explotar en cualquier momento.

—Lo siento, mylord —informó el sirviente a quien había correspondido la triste suerte de comunicar al laird la mala noticia—. Lady de Egton no aparece por ningún sitio.

—¿Que no aparece? ¿Qué significa que no aparece?

—Hemos registrado toda la propiedad buscándola, pero no hemos encontrado ni rastro de milady —respondió en voz baja el sirviente. Las comisuras de sus labios se contraían nerviosamente. La cólera del laird era tristemente célebre.

—No es posible —gruñó Malcolm, y miró al sirviente con los ojos encendidos de ira—. Nadie puede desvanecerse así en el aire. Alguien tiene que haberla visto.

—Las doncellas afirman que vieron por última vez a lady de Egton hacia el mediodía. Cuando fueron a preparar sus aposentos para la noche, los encontraron vacíos. Además faltaban algunos vestidos y otros objetos personales.

—¿Qué quieres decir con eso? —preguntó Malcolm con irritación.

El sirviente se retorcía como una anguila. Había intentado dar vueltas sobre el asunto, esperando que su señor dedujera por sí mismo lo que había sucedido. Pero Malcolm de Ruthven hizo honor, una vez más, a su fama de hombre obstinado e inflexible, y —aunque solo fuera para tener una excusa para dar rienda suelta a su furia— le forzó a declarar aquel hecho inconcebible.

—Lady de Egton se ha marchado —reconoció el sirviente en voz baja, y durante unos segundos, en la sala de audiencias del laird se hizo un silencio tan profundo que el criado pudo oír los latidos de su propio corazón.

Por un momento pareció que Malcolm de Ruthven lograría dominar por una vez su famosa ira; pero luego esta surgió sin freno, en un estallido de furia incontrolada.

—¡Esto es imposible! —bramó, y golpeó la mesa con el puño haciendo estremecer al sirviente—. ¡Es completamente imposible! ¡Mi prometida no puede haberme dejado! ¡Nadie abandona a un Ruthven!

—Mylord, si me lo permite —replicó el sirviente en voz baja, casi en un susurro—, puedo asegurarle, con todo respeto, que queda excluido cualquier error. Lady de Egton abandonó el castillo de Ruthven a media tarde.

El paroxismo en que cayó el laird a continuación apenas parecía humano. Era la expresión de una cólera salvaje y descontrolada. Malcolm de Ruthven apretaba los puños con tal fuerza que los nudillos se volvieron blancos, y su mirada inflamada de ira dejó al sirviente petrificado de espanto.

—¿Por qué no la detuvieron? —gritó con voz ronca—. ¿No había ordenado que no la dejaran abandonar el castillo sin mi permiso?

—Mylord debe perdonarnos. Ninguno de los sirvientes vio a milady en el momento en que abandonaba el castillo. Pero falta uno de sus caballos del establo.

—¿Uno de mis caballos? ¿De modo que, además, me han robado?

—¿Desea mylord denunciar a su prometida ante el sheriff? —preguntó el sirviente de forma muy poco diplomática.

—¿Y convertirme en objeto de burla de todo el mundo? ¿No basta con que esa serpiente traidora haya roto la promesa que me había hecho? ¿Quieres, además, humillarme públicamente, maldito idiota?

—Perdone, mylord. Naturalmente no era esa mi intención. Solo pensaba que cuando uno padece tamaña injusticia...

—No es tarea de un lacayo pensar —manifestó el laird con rudeza. Las aletas de la nariz le temblaban y bufaba como un toro. En su furia impotente, se levantó de un salto, se acercó a la alta ventana y miró hacia las almenas y las torres del castillo de Ruthven, que durante todo el día habían estado envueltas en niebla. Incluso el tiempo, pensó Malcolm, se había conjurado contra él y facilitaba la huida de la traidora.

Mary de Egton solo le había traído problemas. Esa mujer no había tratado en ningún momento de ganarse su afecto; sino que había aprovechado, al contrario, la menor oportunidad para atacarle y ofenderle. Le había puesto en ridículo ante sus amigos, lo había convertido en objeto de burla al preferir la compañía de unos estúpidos mozos de cuadra a la suya, y por último, le había negado incluso aquello a que tenía derecho como prometido suyo.

Su orgullo estaba herido porque ella le había abandonado, y no podía consentir aquella deshonra. Pero, por otro lado, ¿no le había hecho un favor? De todos modos, él nunca había aprobado la relación que su madre había arreglado; tenía planes más importantes que ser un hijo obediente de Eleonore. Para defender su propiedad, había dado su consentimiento a la boda con Mary de Egton. Pero ¿qué podía hacer si ella no le quería y había preferido esfumarse? A pesar de su testarudez, incluso su madre tendría que reconocer que sus planes habían fracasado, y Malcolm quedaría por fin libre para perseguir sus propios objetivos.

Sintió que su rabia se desvanecía y se transformaba en alegría ante el fracaso de Eleonore. De su garganta surgió una carcajada amarga que dejó al criado perplejo.

—¿No se siente bien, mylord? —preguntó preocupado—. ¿Quiere que haga llamar a un médico?

—No necesito ningún médico —le aseguró Malcolm, y se volvió hacia su subordinado. El rojo de la ira había desaparecido de sus rasgos, que mostraban de nuevo esa rígida palidez que hacía imposible adivinar qué pasaba por su mente—. Aunque mi madre recibirá con pesar la noticia de que la boda debe anularse. Por lo que sé, los convidados ya habían sido invitados.

—Así que... ¿quiere dejar marchar a milady?

—Naturalmente. ¿Crees que me casaría con una mujer que no sabe apreciarme? ¿Una mujer a la que debo dar caza para arrastrarla como un trofeo hasta el altar? Soy demasiado bueno para eso.

—Cuánta razón tiene, mylord —dijo el sirviente, y se inclinó profundamente, visiblemente aliviado al ver que la ira de su señor no le había alcanzado. Los bastonazos para el portador de una mala noticia eran moneda corriente en el castillo de Ruthven.

—Ahora déjame solo —dijo Malcolm, y esperó a que el sirviente hubiera salido y hubiera cerrado la puerta tras de sí. Luego volvió a su escritorio, se sentó y cogió papel y pluma.

Que ya no quisiera casarse con Mary de Egton no significaba que fuera a aceptar la afrenta de que había sido víctima. Su infiel prometida debía ser castigada. La cuestión era saber adónde se dirigiría en su huida, pero el enigma era de fácil solución.

Naturalmente trataría de poner la máxima distancia entre ella y Ruthven. No podía volver a Egton, porque la familia de una mujer que había roto su compromiso de matrimonio se vería amenazada por la vergüenza y el escándalo; de modo que solo le quedaba buscar refugio en casa de una tercera persona. Y por lo que Malcolm había podido deducir de sus insoportablemente aburridas conversaciones, no era difícil adivinar quién sería ese tercero.

El laird de Ruthven rió suavemente. La ironía del destino era realmente notable.

De este modo, todo encajaba.

Mary de Egton huía.

Huía de un novio que no la amaba y solo la había utilizado como un medio para satisfacer su codicia y su deseo. Huía de una suegra de corazón frío que había querido ahogar en ella cualquier chispa de vida y convertirla en una muñeca sin voluntad.

Huía de un mundo que le había cortado las alas y la había dejado sin aire para respirar.

No le había quedado mucho tiempo para reflexionar sobre su decisión. Aprovechó la oportunidad cuando se le presentó. Porque si Malcolm y su madre hubieran intuido que Mary abrigaba la intención de huir, habrían hecho cualquier cosa para impedírselo.

Mary solo dispuso de unas horas para preparar su plan. Al caer la noche, abandonó su alcoba y bajó a la cocina de la servidumbre, donde ya la esperaba Sean, el aprendiz de herrero, y sus amigos.

Uno de los mozos de cuadra había sustraído un caballo del establo para ella, una de las doncellas le proporcionó una capa de caza verde, que la protegería tanto de las inclemencias del tiempo como de las miradas curiosas, y, finalmente, una de las criadas le entregó una cesta con provisiones.

Sean la ayudó a ensillar y embridar al caballo. Y luego, eludiendo a los guardias y a los espías de los Ruthven, abandonó el castillo a través de la estrecha salida posterior que se abría en la maciza muralla, y dejó atrás la casa como una ladrona, protegida por la oscuridad.

Por primera vez desde que había llegado a Ruthven, Mary agradeció la persistente niebla que flotaba sobre las colinas y la protegía de las miradas indiscretas. La joven se volvió una vez más, vio desaparecer las torres y los muros en un velo lechoso, y por un momento le pareció que había una figura oscura en la terraza, igual que el día de su llegada. Mary creyó ver que la figura le hacía señas; pero un instante después había desaparecido en la niebla, y Mary no habría sabido decir si había sido real o solo fruto de su imaginación.

La joven sujetó con firmeza las riendas de su caballo y lo guió cuesta abajo por el sendero pedregoso. Quería evitar la carretera principal, porque aquel sería el lugar donde la buscarían primero. Sean le había descrito con precisión el camino a Darloe —el pueblo más cercano—, que la conduciría a lo largo del barranco hasta las estribaciones de la colina. Allí, donde cruzaba la carretera que subía de Cults, Mary debía seguir el curso del río. De este modo llegaría al pueblo. El herrero del lugar era hermano del maestro de Sean y le proporcionaría alojamiento para la noche.

El caballo se veía forzado a avanzar lentamente en medio de la niebla. Con precaución colocaba un casco ante el otro, mientras los velos de vapor se hacían cada vez más tupidos. El frío se colaba bajo el manto de Mary y la hacía tiritar. A través de la niebla, los pasos del caballo sonaban extrañamente sordos. Aparte de ellos, no se oía ningún ruido, ni el chillido de los pájaros ni el silbido del viento. Era como si el tiempo se hubiera detenido, y Mary sintió que la invadía una imprecisa sensación de miedo.

Una y otra vez miraba alrededor para asegurarse de que nadie la seguía. Se estremeció al ver aparecer varias figuras gigantescas, aunque enseguida constató que se trataba solo de árboles desnudos que bordeaban el camino y cuyos contornos se dibujaban, borrosos, en la niebla.

Aquello, sin embargo, no la tranquilizó. El corazón le latía desbocado y un sudor frío le humedecía la frente. Seguía temiendo que descubrieran su huida y la atraparan. Si la llevaban de vuelta a Ruthven, no volvería a estar segura en su vida. De todos modos tampoco podía volver con su familia a Egton. Sus padres la habían concedido en matrimonio a Malcolm, habían comprometido su palabra de que sería una fiel y obediente esposa para el señor de Ruthven. Por eso, para ellos ya no era posible admitirla de nuevo en su casa, ni aunque hubieran querido hacerlo.

Mary debería ver, pues, por sí misma dónde podía refugiarse. Con su huida lo había perdido todo: sus propiedades, su título, sus privilegios. Pero, en cambio, había ganado su libertad.

Febrilmente, Mary pensó adónde podría dirigirse en su desesperada huida. ¿Quién mostraría comprensión por su situación? ¿Quién sería bastante valiente para acoger a una joven que había renunciado a su posición social para poder vivir en libertad?

Solo se le había ocurrido una respuesta a esta pregunta: sir Walter Scott.

Mary ya había disfrutado en una ocasión de la bondad y la hospitalidad del señor de Abbotsford y de su esposa. Y estaba segura de que sir Walter le ofrecería refugio en su casa cuando le contara lo que había ocurrido, al menos mientras no decidiera qué iba a hacer con su vida.

El viaje a Abbotsford requería varios días. Mary llevaba suficiente dinero consigo para poder comer y dormir en las tabernas durante el camino. La pregunta era si era inteligente hacerlo, porque las posadas serían el primer lugar donde buscarían los Ruthven.

Sin duda sería mejor que se mantuviera alejada de las carreteras y pasara las noches en granjas apartadas. Solo así podía estar segura de escapar a su violento prometido. Le esperaban días duros, cargados de privaciones; pero, a pesar del miedo que sentía, Mary no se dejó amedrentar. El triste destino de Gwynneth Ruthven y los acontecimientos de la noche anterior la habían movido a adoptar una determinación, y no se volvería atrás.

La decisión estaba tomada.

Por primera vez en su vida, Mary de Egton se sintió realmente libre.

8

Hacía tiempo que había pasado la medianoche y sir Walter seguía sentado en su despacho ante el secreter, a la luz de las velas, inclinado sobre su última novela, que no acababa de avanzar. También Quentin estaba presente, aunque solo físicamente. Agotado por los esfuerzos del día, el joven se había dormido en el sillón. La manta que sir Walter había tendido paternalmente sobre él se elevaba y descendía regularmente siguiendo el ritmo de su respiración.

Sir Walter casi envidió a su sobrino por su beatífico sueño; él mismo, desde hacía semanas, solo había descansado tres o cuatro horas, e incluso cuando se dormía, le perseguían en sueños las mismas preguntas torturantes sobre el cómo y el porqué. ¿Por qué había tenido que morir Jonathan? ¿Quién se encontraba detrás de aquellos hechos espantosos? ¿Qué se proponían realmente esos criminales? ¿Y qué relación tenían con todo aquello los misteriosos signos rúnicos que Quentin y él habían descubierto?

Si sir Walter hubiera sabido que en aquel momento unas figuras oscuras se deslizaban en torno a la casa de Castel Street y espiaban el interior entre las cortinas, se habría sentido mucho más inquieto aún; pero, como lo ignoraba, solo recordó que tenía que acabar el trabajo y trató de volver a concentrarse en la novela que estaba escribiendo.

Incansablemente sumergía la pluma en el tintero y la deslizaba sobre el papel, pero una y otra vez tenía que dejarla para recapacitar sobre lo que acababa de escribir. No era solo que tuviera dificultades para concentrarse. A veces, sencillamente, no sabía cómo debían proseguir las aventuras del héroe. La novela se desarrollaba en la época de Luis XI, y si tenía que ser sincero, aún no había encontrado siquiera un nombre satisfactorio para el personaje principal, un joven noble escocés que iba a Francia para realizar allí hechos gloriosos.

A esas alturas, él mismo no creía ya que pudiera mantener los plazos acordados; tendría que escribir una carta a James Ballantyne para disculparse formalmente por el retraso. Si no conseguía resolver pronto el enigma de la secta de las runas, todo aquel asunto tendría además un efecto dañino en su carrera de novelista.

Sir Walter entornó los ojos. Su escritura se difuminaba ante su mirada, pero el autor lo achacó a la exigua luz que irradiaban las velas. ¿Por qué demonios nadie había pensado aún en instalar linternas de gas, como las que se utilizaban en las calles, también en las casas?

Con determinación férrea, sir Walter mantuvo los ojos abiertos y redactó unas líneas más. Luego parpadeó; esta vez no se trataba de una simple irritación de la vista: los esfuerzos del día exigían su tributo, y sus párpados se cerraron. Cuando los abrió de nuevo, constató, con una mirada al reloj de pared, que habían pasado diez minutos.

¡Diez minutos desperdiciados porque no había podido dominarse! Regañándose a sí mismo, Scott continuó con su trabajo y acabó el párrafo en medio del cual le había vencido el sueño. Apenas había puesto el punto final, le dominó de nuevo la fatiga.

Esta vez, al abrir los ojos, no tuvo que mirar siquiera al reloj para darse cuenta de que había pasado más tiempo. Pudo verlo por las cuatro figuras encapuchadas envueltas en amplios mantos que se encontraban ante él en su despacho.

Un estremecimiento de espanto recorrió sus miembros, y de golpe se sintió completamente despierto. De su garganta escapó un grito ahogado, que despertó también a Quentin.

—Tío, ¿qué...?

El joven dejó de hablar al distinguir a los encapuchados. Se quedó con la boca abierta, incapaz de pronunciar palabra. El pánico le dominó, e instintivamente revivió aquel espantoso momento en que se había tropezado con la sombra oscura en la biblioteca de Kelso.

Luego, sin embargo, Quentin se dio cuenta de que los encapuchados no llevaban cogullas negras, sino marrones. Y además sostenían en sus manos unos bastones lisos y largos de madera flexible. De todos modos, Quentin no podía explicarse cómo habían llegado aquellos hombres a la casa.

—¿Qué significa esto? —preguntó sir Walter, que había recuperado el habla antes que su sobrino—. ¿Cómo se les ocurre irrumpir así en mi casa? ¡Salgan de aquí ahora mismo, antes de que llame a los agentes!

El jefe de los intrusos, que se encontraba más cerca de sir Walter que los demás, se llevó entonces la mano a la capucha y la echó hacia atrás. Tanto sir Walter como Quentin lanzaron un sonoro suspiro al reconocer el rostro del abad Andrew.

—¡Reverendo abad! —exclamó Scott con los ojos dilatados por la sorpresa.

—Buenas noches, sir Walter —le saludó el religioso—. Y buenas noches también a usted, joven señor Quentin. Les ruego que perdonen esta intromisión, pero las circunstancias no me dejaban elección.

—¿Qué circunstancias? —preguntó al momento sir Walter. Después de superado el espanto inicial, su razón había vuelto a imponerse—. ¿Por qué no están en Kelso? —inquirió—. Y sobre todo, ¿qué significa este atuendo?

—Ahora se lo explicaré todo —dijo el abad, tratando de aplacar la justificada curiosidad de Scott—. Ha llegado el momento de que nos demos a conocer ante ustedes, señores, pues la situación ha dado un giro dramático que no habíamos previsto. Y me temo que ambos van a desempeñar un papel decisivo en este asunto...

Mary de Egton seguía huyendo.

Durante cuatro días había cabalgado a través de un paisaje de colinas que parecía no tener fin, dirigiéndose siempre hacia el sur. Se había mantenido en todo momento apartada de los caminos y había evitado el encuentro con otros viajeros.

Mary era muy consciente de que para una mujer no dejaba de ser peligroso viajar a través de estas tierras salvajes y agrestes, por las que rondaban los bandidos, pero la perspectiva de caer en manos de los salteadores le parecía menos mala que la de volver con Malcolm de Ruthven y tener que pasar el resto de sus días entre los tristes muros de su castillo. De modo que prosiguió su camino.

De noche se alojaba en pequeñas fondas apartadas de la carretera principal. Por un poco de dinero, los dueños renunciaban a hacer preguntas superfluas y podía estar segura de no ser descubierta. La última vez había dormido en el granero de una pequeña granja. Debido a la capa y a la capucha que le caía sobre la cara, el campesino la había tomado por un joven mensajero, y ella no había hecho nada para sacarlo de su error. Probablemente compadecido por aquella figura delgada y empapada —durante todo el día había estado lloviendo sin cesar—, el hombre había permitido a Mary pernoctar en su pajar.

Dormir en la paja como los pobres constituía una nueva experiencia para la joven noble, que se despertaba a menudo porque le dolía la espalda, porque la paja le picaba o porque el ganado en el establo contiguo gruñía sonoramente. Sin embargo, Mary no se sentía desdichada, porque así era la vida, sencilla pero auténtica. Ese era el sabor de la libertad.

Ya antes de que amaneciera, partió y siguió el estrecho sendero en dirección al sur, y por primera vez desde hacía días, la niebla se disipó con la salida del sol. El paisaje, del que Mary no había podido ver gran cosa en los últimos días, había cambiado. Las colinas ya no eran peladas y marrones como en las Highlands; la hierba era verde y fresca, y en lugar de tristes matorrales y retamas sarmentosas, se alzaban árboles que brillaban en tonos verde amarillentos bajo la luz del verano. Su miedo desapareció. Por primera vez, Mary tenía la sensación de poder respirar de nuevo libremente.

Pasado el mediodía, llegó a un cruce donde el sendero que seguía se unía a la carretera principal. Mary recordó que había pasado por aquel lugar cuando Kitty y ella viajaban hacia Ruthven, y su pulso se aceleró al comprender que ya no podía estar lejos de Abbotsford. Al verse tan cerca de su objetivo, Mary se olvidó de su prudencia y cogió la carretera principal, que la conduciría, siguiendo el curso del Tweed, hasta la finca de sir Walter.

Su confianza aumentaba a medida que avanzaba por la carretera, y cuando finalmente incluso la capa de nubes se abrió y una alegre luz amarilla se filtró por el techo de hojas de los árboles, Mary sintió euforia. Luego se dio cuenta de que aún no había pensado qué le diría a sir Walter. Hasta ese momento toda su atención se había centrado en la huida, su único objetivo había sido escapar de Malcolm de Ruthven; pero había llegado el momento de pensar un poco más allá.

¿Debía, y podía, decirle la verdad a sir Walter?

Mary confiaba, sin duda, en el señor de Abbotsford, pero ¿tenía derecho a mezclarle en este asunto? Lo cierto era que entre sus padres y la familia Ruthven se había cerrado un contrato que tenía fuerza legal, y ella no quería que sir Walter se viera envuelto en las disputas que con toda seguridad surgirían. Por otro lado, Mary sabía que Scott conocía como pocos los entresijos del derecho. ¿Quién, pues, mejor que él, podía ayudarla a iniciar una nueva vida?

Perdida en sus pensamientos, Mary continuó su camino, hasta que a través del denso verdor de los árboles escuchó el murmullo de un río cercano. El Tweed. ¡Abbotsford ya no estaba lejos!

Mary ya se disponía a espolear a su caballo para recorrer rápidamente el resto del camino, cuando de pronto, a ambos lados de la carretera, la espesura cobró vida.

—¡Alto! —gritó una voz tonante, y justo ante ella, una red de cuerdas anudadas que había estado oculta bajo la arena y la hojarasca se elevó y le cortó el paso.

Su caballo relinchó aterrorizado y se levantó sobre sus patas traseras. Mary tuvo que recurrir a todas sus habilidades de amazona para no caer; pero finalmente consiguió mantenerse sobre la silla y tranquilizar al animal. Cuando miró alrededor, se vio rodeada de hombres con uniformes rojos armados con largos mosquetes. ¡Soldados!

—¿Qué significa esto? —preguntó Mary, furiosa.

—¡Desmonta! —ordenó uno de los soldados, un cabo de aspecto feroz.

—¿Qué es esto? ¿Un asalto?

—¡Desmonta —ordenó de nuevo el cabo—, o doy orden de que disparen contra ti, muchacho!

Mary respiró aliviada. Debido a la capa y a su forma de montar, el cabo no se había dado cuenta de que era una mujer —y tal vez pudiera lograr que lo siguiera creyendo—. Como estaba rodeada de fusiles, Mary no tenía otra opción que someterse a la orden. A regañadientes bajó de la silla, esforzándose en moverse como un hombre.

—Eso está mejor. Y ahora quítate la capucha.

—¿Por qué?

—¿No has oído lo que he dicho? ¿Tendremos que obligarte a obedecer, muchacho?

Mary apretó los labios. Resultaba al mismo tiempo enojoso y frustrante haber sido detenida cuando se encontraba tan cerca de su destino. Y aunque no le daban miedo los soldados, sí temía las preguntas que pudieran plantearle en cuanto descubrieran que era una mujer.

Con gesto indolente, Mary echó hacia atrás la capucha de su manto, y su cabello rubio resplandeció, dorado, bajo la débil luz del sol.

—¿Está satisfecho ahora? —preguntó, y miró furiosa al cabo.

Si los soldados estaban sorprendidos, no lo dejaron ver. El cabo hizo una seña a uno de sus subordinados, que se retiró enseguida y desapareció en el bosque.

—¿Qué significa esto? —preguntó Mary—. ¿Por qué me retienen? Protesto enérgicamente contra este comportamiento, ¿me oye?

Ni el suboficial ni sus esbirros respondieron. En cambio, el soldado llegó un poco más tarde acompañado de otro hombre.

Había algo que imponía respeto en el porte y la apariencia del recién llegado. Su cabello, liso y negro, enmarcaba un rostro delgado y ascético, en el que brillaban un par de ojos helados. Sus rasgos revelaban determinación, y su actitud y su forma de moverse, autoridad y orgullo. Mary no estaba muy versada en rangos militares, pero por el impecable uniforme adornado de charreteras que vestía, podía deducirse que se trataba de un oficial.

—¿Está usted al mando de esta gente? —preguntó Mary mordazmente—. Si es así, me debe una explicación por su grosero comportamiento. Han estado a punto de derribarme del caballo.

—Le ruego que perdone la conducta de mis hombres —dijo el oficial, y por su acento Mary concluyó que no era escocés, sino inglés—. Sin embargo, debo defenderlos, ya que han actuado siguiendo mis órdenes.

—¿Siguiendo sus órdenes, dice? —Mary levantó las cejas—. ¿Y quién es usted, si se me permite preguntarlo?

El interpelado sonrió impertérrito.

—¿No cree que, dadas las circunstancias, soy yo quien debería hacer las preguntas? Por su lenguaje y su apariencia deduzco que no es usted una criada ni una campesina, aunque sus ropas y su desvergonzada manera de montar puedan hacerlo suponer.

—Sí..., es cierto —confirmó Mary, bajando la mirada. Ahora se daba cuenta de que había sido poco inteligente reaccionar de un modo tan enérgico. Con otra actitud, posiblemente los soldados la habrían tomado por una campesina y habrían dejado que se marchara; mientras que ahora debería justificarse ante ellos.

—¿Y bien? —la apremió el oficial—. Espero una explicación.

Su mirada escrutadora la estremeció hasta la médula. Febrilmente, Mary pensó en la respuesta que debía darle. De ningún modo podía decirle la verdad, porque si lo hacía, antes de lo que tardara en recitar los nombres de sus primas solteras, se encontraría otra vez de vuelta en Ruthven.

—Mi nombre es Rowena —dijo recurriendo al primer nombre que le pasó por la cabeza—. Lady Rowena de Ivanhoe —añadió.

—¿Y qué más?

—Iba de camino a Abbotsford cuando mis sirvientes y yo fuimos asaltados por unos bandidos. Los criados pudieron huir, mientras que yo fui hecha prisionera por esos malhechores. Estuve en su poder durante dos días, antes de conseguir escapar.

—¿Y sus ropas?

—Se las quedaron los ladrones. Puedo estar contenta de llevar algo encima.

—Comprendo —dijo el hombre con una sonrisa inexpresiva. Era imposible decir si creía o no la atrevida historia de Mary, que por eso añadió enseguida:

—Ahora que sabe quién soy, me gustaría saber quién es usted.

—Desde luego, milady. Mi nombre es Charles Dellard. Soy inspector real en misión especial.

—¿En misión especial? —Mary levantó las cejas—. ¿Qué clase de misión puede ser esa, inspector? ¿Acechar a mujeres indefensas en el bosque? ¿No sería mejor que se preocupara de capturar a los malhechores que me atacaron?

Dellard pasó por alto la ofensa, igual que sus restantes palabras. De hecho, parecía importarle poco lo que Mary dijera.

—¿Iba a Abbotsford? —se limitó a preguntar.

—Así es.

—¿Para qué?

—Para visitar a un querido amigo —replicó Mary con una sonrisa de triunfo—. Tal vez le conozca, porque es un hombre muy influyente en la región. Sir Walter Scott.

—Desde luego que le conozco —le aseguró el inspector—. En cierto modo, él constituye incluso la razón del agravio que le hemos infligido, lady Rowena.

—¿Cómo debo entender eso?

—No solo usted ha sido importunada por los ladrones. El bosque, en estos días, está lleno de malhechores que rompen la paz en la región e infringen la ley. Y esos hombres ni siquiera respetan Abbotsford.

—¿Se ha producido un asalto en Abbotsford? —preguntó Mary, esforzándose en no mostrar demasiado claramente su emoción.

—Así es. Y por ese motivo, milady, sir Walter ya no se encuentra en su propiedad.

—¿No? —Mary tuvo la sensación de que el mundo se hundía bajo sus pies—. ¿Y dónde está?

—En Edimburgo, siguiendo mi recomendación. Le dije que aquí, en el campo, no podía seguir garantizando su seguridad; por eso decidió trasladarse, con su familia, a su casa de Edimburgo. A decir verdad, me sorprende que no se lo haya comunicado, si es usted tan amiga suya.

A Mary no le gustó el tono del inspector, y menos aún su mirada. Sus ojos no solo revelaban desconfianza hacia ella, sino también una buena dosis de malicia.

—Me parece —continuó Dellard— que no ha estado en esta comarca desde hace algún tiempo, lady Rowena. Últimamente han cambiado muchas cosas aquí. El país se ha vuelto inseguro. En todas partes se ocultan malhechores, de modo que no me sorprende lo que le ha ocurrido. Para evitar que algo así se repita, mis hombres y yo nos preocuparemos personalmente de su seguridad.

—No será necesario —le aseguró Mary.

—Sí lo es, milady. Nunca me lo perdonaría, si le sucediera algo en el camino. Mi gente y yo la tomaremos bajo nuestra protección para estar seguros de que no volverá a caer en manos de unos desalmados.

—Le repito que no, inspector —insistió Mary, esta vez con mayor energía—. Ya le he dicho que no será necesario. Usted y sus hombres tienen otros deberes que atender, y no quiero ser un estorbo.

—No se preocupe, milady, no lo es —dijo Dellard, y a una señal suya, dos de sus hombres se adelantaron y sujetaron a Mary.

—¿Qué significa esto? —preguntó la joven.

—Lo hacemos por su bien, milady —replicó Dellard, pero su expresión maliciosa desmentía esta afirmación—. Estará bajo nuestra custodia hasta que el peligro haya pasado.

—En lo que a mí respecta, ya lo ha hecho. Ordene a sus hombres que me suelten inmediatamente.

—Lo lamento, pero no puedo hacerlo.

—¿Y por qué no?

—Porque tengo, por mi parte, órdenes que cumplir —respondió Dellard, y la falsa amabilidad que había mostrado hasta entonces desapareció de su rostro—. Lleváosla —indicó a sus hombres.

Mary, sin embargo, no tenía ninguna intención de representar el papel de víctima indefensa. La joven levantó la pierna y lanzó a uno de sus guardianes una patada que le alcanzó en la rodilla, por encima de la caña de la bota. El soldado lanzó un juramento y cayó al suelo bufando de dolor. Su compañero se quedó tan sorprendido que aflojó la presa, y Mary aprovechó la ocasión para liberarse. Desesperada, salió corriendo a través de la carretera en dirección a los matorrales.

—¡Detenedla! ¡No dejéis que huya! —gritó Dellard a su gente, y un instante después unas manos rudas sujetaban a Mary y la arrastraban de vuelta. Aunque la joven se defendió encarnizadamente, no tenía la menor oportunidad ante los soldados, que la superaban en fuerza y también en número.

Mary, sin embargo, no cedió, y se resistió ferozmente. Bufando como un gato salvaje, golpeó con sus pequeños puños en todas direcciones, arañó y mordió de un modo que no era en absoluto propio de una dama, y finalmente consiguió soltarse de nuevo. Esta vez aterrizó en los brazos de Dellard, que la esperaba sonriendo con ironía.

—¿Adónde va, milady? —preguntó, y antes de que Mary pudiera reaccionar, desenvainó su sable y la golpeó con él.

La campana metálica alcanzó a Mary en la sien. La joven sintió un dolor abrasador, y luego todo se volvió borroso a su alrededor. Lo último que vio, antes de perder el conocimiento, fue la expresión sarcástica del rostro de Charles Dellard.

9

Después de que se hubiera calmado la primera emoción del encuentro, el abad Andrew inició su relato. Se habían trasladado al salón de la casa, donde sir Walter, Quentin y el abad ocuparon los grandes sillones ante la chimenea; el monje indicó a sus tres hermanos de congregación que vigilaran las puertas y las ventanas.

—No creo que esta medida de precaución sea necesaria —opinó sir Walter—. La casa está sólidamente construida y las puertas y ventanas son seguras.

—Sin embargo, hemos podido entrar sin dificultad —replicó el abad con calma—, y lo que nosotros hemos podido hacer también podría conseguirlo el enemigo.

—¿Qué enemigo?

—Lo sabe perfectamente, sir Walter. Le he prometido que le diría la verdad, pero le rogaría que también usted dejara de jugar con nosotros.

—La cuestión es quién juega con quién aquí, mi apreciado abad. En repetidas ocasiones le he preguntado por el signo de la runa, y con excepción de algunas alusiones oscuras, no me ha revelado nada.

—Por su propio bien. Si en ese momento hubieran abandonado el asunto, no habrían tenido ningún motivo de preocupación. Pero ahora me temo que ya no hay vuelta atrás.

—¿Que no hay vuelta atrás? —preguntó Quentin—. ¿Frente a qué?

—Frente a la responsabilidad que el destino ha hecho recaer sobre su tío y sobre usted, señor Quentin. Me temo que a estas alturas ambos están tan implicados en esta historia como lo estamos nosotros.

—¿En qué historia? —preguntó sir Walter, y en su voz podía detectarse claramente la impaciencia—. ¿Qué secreto protegen los monjes de Kelso que nadie más puede conocer?

—Un secreto de un tiempo antiguo, muy antiguo —respondió el abad enigmáticamente—. Pero antes de revelarles la verdad, debo pedirles que me prometan que no dirán a nadie ni una palabra de esto.

—¿Por qué no?

—Su pregunta, sir Walter, se responderá por sí misma cuando sepa de qué se trata.

—¿Le ha prescrito también una mordaza al inspector Dellard? —preguntó Scott con ironía.

—¿El inspector Dellard?

—Me dijo que había hablado con usted. Y por él hemos averiguado lo poco que sabemos hasta ahora.

—De modo que el inspector Dellard... —El abad asintió con la cabeza—. Comprendo. Con esto nos ha proporcionado ya un primer indicio extremadamente valioso, sir Walter.

—Me alegro de que me lo diga —mintió Scott descaradamente—, con mayor motivo aún porque usted todavía sigue hablando en enigmas, apreciado abad.

—Perdóneme. Cuando se ha preservado un secreto durante tanto tiempo y con tanto cuidado, es difícil romper el silencio.

—¿Durante cuánto tiempo exactamente? —quiso saber Quentin.

—Durante muchísimo tiempo, señor Quentin. A lo largo de quinientos años.

—Quinientos años —repitió Quentin intimidado.

—Desde los días de William Wallace y Robert Bruce. Más de medio milenio.

Era evidente que sir Walter no estaba tan impresionado como su sobrino.

—¿Ahora llegará el momento en que nos desvelará que usted y sus monjes ya estaban allí en esa época? —preguntó.

—No, sir Walter. Pero el conocimiento de los sucesos de aquellos oscuros días se ha transmitido en mi orden de generación en generación. Antes de mí, no menos de treinta y dos abades preservaron el secreto y, poco antes de su muerte, lo transmitieron a sus sucesores. Soy el heredero de una larga serie de predecesores, y no habría tenido inconveniente en que el tiempo me dejara atrás a mí también. Pero el destino lo ha querido de otro modo. La decisión se producirá ahora, en nuestros días. A nuestra generación le ha correspondido asumir la responsabilidad.

—¿Qué responsabilidad?

—Debe saber, sir Walter, que los monjes de Dryburgh, de los que somos herederos, realizaron un juramento solemne. No solo pronunciaron los votos de pobreza, castidad y obediencia, sino que juraron que combatirían el mal: el paganismo y la magia negra. El motivo que dio origen a este juramento fue la vergonzosa traición que se cometió en otro tiempo contra William Wallace.

—Esto tendrá que explicármelo con más detalle —solicitó sir Walter, y se inclinó hacia delante.

El reflejo del fuego proyectaba una luz temblorosa sobre sus tensos rasgos.

—Usted conoce la historia. William Wallace, que ya en vida recibió el sobrenombre de Braveheart, unió a los enfrentados clanes de las Highlands y los dirigió en su lucha contra los ingleses. En el año del Señor de 1297 obtuvo en Stirling una victoria decisiva, que le impulsó a avanzar hacia el sur y atacar al enemigo en su propia tierra. Pero, con los éxitos de Wallace, salieron también a la luz los envidiosos, príncipes de los clanes que estaban celosos de su poder y de la popularidad de que gozaba entre el pueblo, y que por eso empezaron a intrigar. Hicieron correr el rumor de que Wallace tenía intención de hacerse con la corona en cuanto hubiera derrotado a los ingleses, y aunque aquello era sencillamente una mentira, despertó en muchos lugares la desconfianza hacia él.

»En la batalla de Falkirk brotó por primera vez la semilla que los enemigos de Braveheart habían sembrado. Algunos importantes jefes de clan dejaron a Wallace en la estacada en el campo de batalla, y esta se perdió, aunque el propio Wallace sobrevivió a las graves heridas que le infirieron. Su reputación, sin embargo, había sufrido un gran daño, pues a partir de ese momento fueron muchos los que dudaron de él. Entre los que intrigaron con mayor virulencia contra Wallace se encontraban miembros de las antiguas y prohibidas hermandades de druidas, que habían pervivido desde los tiempos oscuros. Sus adeptos olfatearon entonces la oportunidad de provocar, mediante la caída de Wallace, que siempre había permanecido fiel a la Iglesia, una revolución, un cambio radical al final del cual debería resurgir el antiguo orden pagano.

»La más poderosa de estas sociedades era la Hermandad de las Runas, que consiguió atraer a sus filas a algunos jóvenes fanáticos de la nobleza escocesa que querían llevar al trono al joven conde de Bruce. Con su ayuda, la Hermandad de las Runas desarrolló un pérfido plan: por medio de la magia negra, destruirían a Wallace y nombrarían gobernante a Robert Bruce; claro está que solo para que gobernara por cuenta de la hermandad y restableciera el antiguo orden.

—Magia negra, conjuros paganos —repitió Quentin como un eco, sofocado de emoción, mientras sir Walter seguía las palabras del abad en silencio. En sus rasgos se reflejaba un claro escepticismo.

—El papel central en la conspiración lo asumió la espada de Wallace, la hoja con que había alcanzado la victoria en Stirling y que se había convertido, para los clanes escoceses, en el símbolo de la libertad y la resistencia contra el ocupante inglés. Había voces que afirmaban que el arma de Braveheart era una de las antiguas hojas rúnicas que habían sido forjadas en los tiempos oscuros por los primeros príncipes de los clanes y a las que se atribuían virtudes mágicas. Con ayuda de un joven noble llamado Duncan Ruthven, cuyo padre había sido un fiel seguidor de Wallace y que por eso gozaba de su confianza, la espada le fue sustraída y fue entregada a la hermandad, que, en un ritual pagano, la embadurnó con sangre humana e hizo que recayera una maldición sobre ella. El hechizo no tardó en surtir su efecto: la suerte en la guerra abandonó a Wallace. Sus aliados desertaron; de cazador se convirtió en cazado. En el año del Señor de 1305, fue traicionado por los suyos. Cayó en la trampa que le tendieron los ingleses y fue conducido a Londres, donde fue ejecutado públicamente al año siguiente.

—¿Y la espada? —preguntó Quentin.

—La espada de la runa desapareció de forma misteriosa, para reaparecer solo unos pocos años más tarde; pero esta vez en posesión de Robert Bruce. La hermandad había enviado al joven noble para que estableciera contacto con él, y este había conseguido obtener con malas artes su confianza. Y aunque el propio Robert apenas creía que existieran posibilidades de continuar la guerra contra los ingleses, se atrevió a hacer lo inimaginable y alcanzó la victoria en el campo de batalla de Bannockburn. Desde entonces muchos historiadores se han preguntado cómo pudo ocurrir aquello. ¿Cómo un montón disperso de jefes de clan escoceses consiguió vencer a un ejército inglés que les superaba con creces en número y en armamento?

—Usted nos lo dirá —supuso sir Walter.

—Se ha intentado atribuir esa victoria al tiempo, a las características del terreno en el que se combatió. Pero esta no es la verdadera razón. La verdadera razón es que en aquel día entraron en acción unas fuerzas que ya habían desaparecido del mundo. Poderes oscuros y espantosos que en la batalla se situaron del lado escocés y llenaron de horror los corazones de los ingleses. El hechizo que había realizado la Hermandad de las Runas hizo su efecto.

—¿Y usted cree en esas cosas?

—No tengo ningún motivo para no hacerlo, sir Walter. Los libros de historia documentan lo que sucedió entonces.

—La historia solo habla de la victoria de Bannockburn. No sé nada de una espada de la runa ni de un hechizo.

—Debe leer entre líneas —insistió el abad—. ¿No es cierto acaso que la política de Robert Bruce cambió de forma radical después de la muerte de Wallace? ¿Que abandonó su actitud reservada y se implicó en la lucha por el trono? ¿Que se volvió desconfiado y taimado? En 1306, en el mismo año en que Wallace fue ajusticiado, Bruce hizo asesinar a sangre fría a su rival John Comyn en la iglesia de Dumfries para allanar su camino hacia el trono. Poco después fue coronado rey escocés, pero la Iglesia le negó el reconocimiento. Más aún, Robert Bruce fue excomulgado y proscrito de la Iglesia. ¿Por qué cree usted que sucedió esto?

—Por la espada —respondió Quentin.

—Posteriormente —continuó el abad Andrew asintiendo con la cabeza—, sobre todo miembros de mi orden se esforzaron en hacer comprender a Robert Bruce su trágico error, en hacerle ver que se encontraba en camino de caer definitivamente en manos de poderes malignos. Ellos se dieron cuenta de que la llama del bien no se había extinguido por completo en su interior, y poco a poco el rey volvió a la senda de la luz.

—¿Pero no decía que Robert Bruce había luchado en Bannockburn con la espada hechizada?

—Lo hizo. Pero ya en el mismo día de su victoria se apartó de los poderes oscuros. Dejó la espada de la runa en el campo de batalla y volvió arrepentido a los brazos de la Iglesia. Hizo penitencia por haberse apartado de la vía recta, y por ello fue reconocido por el Papa. El propio rey, sin embargo, nunca pudo perdonarse haber obtenido la victoria de aquel modo.

Lamentó aquel acto durante toda su vida, y para mostrar su arrepentimiento, dispuso que a su muerte su corazón fuera enterrado en Tierra Santa.

—Así que esta es la culpa con la que cargó el rey durante toda su vida —observó Quentin, recordando las palabras de su tío—. Por eso llevaron su corazón a Tierra Santa. No es solo una leyenda.

—Es la verdad, joven señor Quentin, igual que todo lo demás.

—¿Y de dónde ha sacado esta información?

—Un sacerdote llamado Dougal arriesgó la vida, en esa época, para prevenir a William Wallace. La advertencia nunca llegó hasta Wallace, porque una flecha traicionera alcanzó a nuestro hermano; pero Dougal vivió aún bastante tiempo para escribir lo que sabía sobre los planes del enemigo.

—¿Y la espada? —preguntó sir Walter—. ¿Qué sucedió con la espada supuestamente hechizada?

—Como ya he dicho, el día de la batalla se quedó en el campo de Bannockburn. El rey se apartó del paganismo y de los poderes oscuros y volvió a la luz. Naturalmente los sectarios se sintieron engañados. Le guardaron rencor por ello y lo calumniaron, y hasta hoy corre el rumor de que la desgracia se abatió de nuevo sobre el pueblo escocés solo porque en ese día Robert Bruce se apartó de las antiguas costumbres. Pero el hecho es que la espada se perdió, y con ella su fuerza destructora. En recuerdo del padre Dougal y para evitar que los acontecimientos se repitieran, mi orden decidió entonces formar un círculo de iniciados, un pequeño grupo de monjes que preservaran el secreto y que deberían estar armados para el momento en que la espada volviera a aparecer y, con ella, aquellos que la habían dotado de poderes malignos. Durante siglos muchos creyeron que la Hermandad de las Runas había dejado de existir, pero mis hermanos de orden y yo nos mantuvimos firmes en nuestra vigilancia. Y finalmente, hace cuatro años, comprobamos que había estado justificada.

—¿Y eso? —preguntó Quentin—. ¿Qué sucedió hace cuatro años?

—Se descubrió la tumba del rey Robert —aventuró sir Walter.

—Así es. Cuando se encontró el sarcófago del rey, intuimos que de nuevo entrarían también en acción los poderes oscuros que habían causado estragos en el tiempo en que vivía, y los hechos nos darían luego la razón. Como si durante todos esos siglos hubiera esperado este instante, la Hermandad de las Runas volvió a salir a la palestra.

—Pero ¿por qué? —preguntó sir Walter—. ¿Qué quiere esa gente? ¿Qué objetivo persiguen?

—¿Aún no lo ha comprendido, sir Walter? ¿Aún no se ha dado cuenta de qué buscan sus oponentes?

—Para serle franco, no.

—Quieren la espada de Bruce —dijo el abad Andrew con voz lúgubre—. Las fuerzas funestas de antaño todavía habitan la espada, y los sucesores de los sectarios quieren utilizarlas para cambiar la historia de nuevo según sus deseos.

—¿Cambiar la historia? ¿Cómo podría hacerse algo así? Y por otra parte, ¿cómo puede una espada estar habitada por un poder oscuro? Perdóneme, querido abad, pero exige de mí que crea en cosas que escapan a toda lógica, en supersticiones paganas de la peor especie

—Ya no hace falta que crea en ello, sir Walter. La espada ya ha dado prueba de su efecto funesto. La primera vez en el campo de batalla de Bannockburn, donde llevó la muerte y la destrucción a unos ingleses muy superiores en número. Desde entonces solo ha aparecido en otra ocasión, y también esa vez llevó solo la ruina, cuando los jacobitas se rebelaron y la Hermandad de las Runas trató de sacar partido de ello. El levantamiento de los fieles al rey, sin embargo, fue aplastado sangrientamente, como sabe, y la espada desapareció de nuevo, para volver a aparecer en nuestros días.

—¿De modo que ya ha sido encontrada?

—Aún no, y quiera el Señor que la hermandad no la encuentre antes que nosotros.

—¿Por qué no?

—Porque la utilizarían de nuevo para planear la revuelta y la destrucción y precipitar al país en la confusión y el caos.

—¿Una espada de hace quinientos años? —Sir Walter no pudo reprimir una sonrisa irónica—. Sin duda entretanto habrá acumulado algo de herrumbre.

—Búrlese mientras pueda; pero también a usted debería darle que pensar que en el mismo mes en que William Wallace fue traicionado por sus partidarios, se produjo un eclipse de luna. Y dentro de pocos días...

—... de nuevo habrá un eclipse de luna —completó Quentin con una voz cargada de malos augurios.

—¿Ya están enterados de eso?

—Hemos podido descifrar algunas de las runas que se encuentran en el sarcófago del rey Robert —confirmó sir Walter—. Sin duda usted conoce ya su significado.

El abad Andrew asintió.

—Estas runas son la causa de nuestra inquietud; porque especifican exactamente el lugar y el momento en que la Hermandad de las Runas desencadenará las fuerzas de la espada real.

—En el momento del eclipse de luna en el círculo de piedras.

—Así es. Pero hasta ahora les falta lo más importante.

—La espada de Robert Bruce.

—Exactamente, sir Walter. Sabemos que la hermandad la está buscando. Y naturalmente ellos saben que también nosotros la buscamos. La incursión en la biblioteca respondía a este objetivo, y ese fue el motivo de que los sectarios incendiaran el edificio.

—Para eliminar indicios.

—Exacto.

—Por eso tuvo que morir el pobre Jonathan, a causa de una antigua superstición. Y no faltó mucho para que también perdiera a mi sobrino.

—No creo que al principio los sectarios tuvieran la intención de implicarles a usted y a su familia en este asunto, sir Walter. Pero debido a sus persistentes intentos de llegar al fondo del caso y descubrir la verdad, usted mismo se ha colocado en esta situación.

—¿De modo que soy culpable de todo lo que ha ocurrido? ¿Es eso lo que quiere decirme?

—En estos casos nadie es culpable, sir Walter. Sencillamente suceden, y todo lo que podemos hacer al respecto es ocupar el lugar que nos ha asignado la historia en ellas.

Sir Walter asintió, pensativo.

—Si sabía todo esto, abad Andrew, si en todo momento ha estado informado de la identidad de estos criminales, ¿por qué no me contó lo que ocurría? ¿Por qué me ha dejado dar palos de ciego en la oscuridad?

—Para protegerle, sir Walter. Cuanto menos supiera, mejor sería para usted. Al principio esperé que en algún momento se desanimara y abandonara el asunto, pero infravaloré su determinación. Desde entonces mis hermanos y yo les hemos apoyado tanto como hemos podido.

—¿Usted? ¿Que me ha apoyado?

—Desde luego. ¿De dónde cree que procedía la llave de la cámara prohibida de la biblioteca?

—Bien, Quentin supuso que los sectarios nos la habían hecho llegar.

—Su sobrino se equivocó, sir Walter. No eran los conspiradores sino mi orden la que se encontraba en posesión de la llave. Nosotros fuimos los que se la enviamos. Y la visita que nos hizo su sobrino en Kelso... ¿Cree que no habíamos adivinado que aquel día tenía el encargo de espiar en nuestra biblioteca? Habría sido fácil para nosotros echarlo, si hubiéramos querido. ¿Y recuerda la noche en que cayó en manos de los sin nombre, señor Quentin? Fueron mis hermanos los que le salvaron la vida.

—¿Fueron ellos? —preguntó Quentin sorprendido—.

Entonces ¿también debieron de ser ellos los que se enzarzaron en una pelea con los encapuchados cerca de la biblioteca?

El abad asintió.

—Aquella noche los adeptos de la Hermandad de las Runas intentaron penetrar en la biblioteca para investigar el paradero de la espada. Logramos expulsarlos, pero esta situación no puede durar. Solo venceremos definitivamente a los sectarios cuando consigamos hacernos con la espada de Bruce y liberarla del hechizo que pesa sobre ella.

—Hechizos, magia negra, conjuras siniestras; no creo en este tipo de cosas —insistió sir Walter—. Y como hombre de Iglesia tampoco usted debería hacerlo, apreciado abad.

—Estas cosas, sir Walter —replicó el abad con dureza—, son más antiguas que la orden a la que sirvo. Son incluso más antiguas que la Iglesia. Más antiguas de lo que alcanza el recuerdo de la historia. La maldición que pesa sobre la espada de la runa es una reliquia de los inicios, de un tiempo que se sitúa antes de la historia. Algo que ha permanecido hasta nuestros días, aunque su época hace tiempo que llegó a su fin. Los que aspiran a poseerla quieren utilizarla para sembrar el caos y la destrucción. Ansían derribar el orden existente y hacer que vuelvan los dioses antiguos, los horrores de los tiempos primitivos. Reinarán la guerra y la barbarie si no los detenemos.

—Grandes palabras —admitió sir Walter—. Tal vez debería probar alguna vez como novelista, estimado abad. Pero dígame una cosa: ¿cómo un puñado de sectarios puede ejecutar, con una reliquia con siglos de antigüedad, estos espantosos hechos?

—Usted ya conoce la respuesta —dijo solo el abad.

Sir Walter iba a replicar algo, cuando de pronto palideció.

—El rey —susurró.

—La hermandad está informada de su prevista visita a Edimburgo —confirmó el abad—. Dentro de pocos días se reunirá para conferir a la espada poderes mortíferos y aniquiladores en una ceremonia pagana, como ya ocurrió en otro tiempo. Con sangre inocente se renovará el hechizo que pesa sobre ella. Luego querrán dirigir la espada contra el corazón del hombre al que consideran la encarnación del nuevo espíritu, el representante del nuevo orden.

—El rey Jorge —susurró sir Walter—. De eso se trata, entonces. Estos hombres planean un atentado contra el rey.

—Ya sabe qué sucedería si el rey, en su primera visita oficial a Edimburgo, cayera víctima de un atentado.

—Desde luego. Las tropas entrarían en Escocia, como la última vez bajo Cumberland. La consecuencia sería una guerra civil más terrible que cualquiera de las anteriores. Ingleses y escoceses lucharían los unos contra los otros y correría de nuevo la sangre, el antiguo odio volvería a surgir... He consagrado mi vida a la reconciliación entre ingleses y escoceses, a la convivencia entre nuestras culturas. Todo esto quedaría destruido de golpe por un acto sangriento como ese.

—Incluso aunque no crea en todo lo que le he contado sobre la espada y la Hermandad de las Runas, sir Walter, ¿no piensa que es su deber, como patriota y como ciudadano del Imperio británico, hacer todo lo humanamente posible para evitar una catástrofe como esa?

—Efectivamente —dijo sir Walter sin parpadear.

Quentin se colocó a su lado. A pesar de sus reparos, estaba firmemente decidido a apoyar a su tío en la lucha contra los sectarios; con la diferencia de que él concedía todo el crédito al abad Andrew.

Con cada palabra que había pronunciado el abad, Quentin había palidecido un poco más. Los oscuros secretos que se tejían en torno a la espada de la runa le habían alarmado, pero no lo dejó ver; por un lado, porque su sentido del honor no le permitía dejar en la estacada a su tío en esta hora decisiva, pero por otro, también, porque Quentin había oído que el joven miembro de un clan escocés que había traicionado a Robert Bruce llevaba el nombre de Ruthven. ¿Y no tenía que unirse en matrimonio Mary de Egton precisamente con un descendiente de esa familia? Aquello inquietaba a Quentin, aunque no supiera decir muy bien por qué. Tal vez fuera porque en secreto esperaba encontrar una mancha en la estirpe de los Ruthven para consolarse un poco y aliviar sus celos...

Sir Walter no parecía haberse percatado de la coincidencia, y Quentin se guardó su descubrimiento para sí. Su tío tenía ahora cosas más importantes en que pensar, y había demasiado en juego para que pudieran perder el tiempo con sus infantiles suposiciones.

—Sabía que podía contar con su ayuda, sir Walter —dijo el abad Andrew, y un atisbo de esperanza iluminó su rostro enjuto—. Aunque lo cierto es que no nos queda mucho tiempo. Nuestro único consuelo es que tampoco la parte contraria parece saber dónde se encuentra la espada. Dan palos de ciego, como nosotros.

—¿Sabe quiénes son esos individuos?

—No. La mayoría de los miembros de la Hermandad de las Runas ni siquiera se conocen entre sí. Durante sus asambleas llevan máscaras que no les permiten identificarse los unos a los otros. Solo su jefe los conoce a todos. Así era también en los tiempos antiguos.

—Esa era, pues, la razón de que nos pisaran los talones continuamente —resopló sir Walter—. Aunque siempre se han mantenido un paso por detrás de nosotros.

—Como ya he dicho, tampoco nuestros adversarios conocen el lugar donde se oculta la espada. Todo lo que saben es que deben hacerse con ella dentro de los próximos cuatro días, para renovar el hechizo que pesa sobre el arma en el eclipse de luna. ¡No deben conseguirlo, sir Walter! ¡Debemos encontrar la espada antes que ellos y destruirla!

—Si está en juego la seguridad del rey, puede contar con que haré todo lo que esté en mi mano por ayudarle. Pero ¿existe algún indicio? ¿Alguna pista que nos permita descubrir dónde se encuentra la espada?

—Existe un rastro; pero es muy antiguo, e incluso los hermanos de mi orden con conocimientos de historia que han estudiado los antiguos escritos sobre la Hermandad de las Runas no pudieron sacar nada de él.

—Comprendo. De todos modos me gustaría examinarlo, si es posible.

—Naturalmente, sir Walter. En adelante no habrá ningún secreto entre nosotros, y lamento mucho no haberle puesto antes en antecedentes.

—Tarde no significa necesariamente demasiado tarde, apreciado abad —señaló Walter Scott sonriendo.

—No sabe cómo espero que efectivamente sea así. Debemos estar prevenidos, sir, pues nuestros oponentes son numerosos y astutos, y acechan ocultos. Temo que golpeen en el lugar donde menos esperemos.

10

La habían llevado al círculo de piedras.

Gwynneth Ruthven había oído hablar de aquel lugar en las historias que contaban los ancianos. En tiempos antiguos, decían, los druidas acudían allí para celebrar rituales y conjuros paganos. El suelo de ese lugar estaba empapado con la sangre de los inocentes que habían perdido la vida en el círculo sagrado.

Gwynn habría preferido seguir creyendo que ese lugar era una creación fantástica con la que los mayores asustaban a los niños, pero cuando le quitaron el pañuelo con el que le habían vendado los ojos, constató que realmente existía. Exactamente igual a como se lo habían descrito.

Piedras gigantescas, dispuestas en círculo, enmarcaban un amplio espacio, en cuyo centro se levantaba una mesa de sacrificios. Los miembros de la hermandad habían ocupado sus puestos a lo largo de las piedras: hombres con cogullas oscuras y con las aterrorizadoras máscaras que Gwynneth ya conocía.

Junto a la mesa pétrea del sacrificio esperaba otra figura encapuchada. En contraposición con los demás conjurados, este llevaba un manto blanco como la nieve y una máscara de plata pura, que brillaba débilmente a la luz de la luna. Gwynneth no tuvo ninguna dificultad en reconocer, por los ojos que brillaban tras las rendijas de la máscara, al hombre que se ocultaba tras ella. Era el conde Millencourt.

Ya había caído la noche. La luna estaba alta en el cielo, y sus rayos iluminaban el círculo de piedras con un resplandor pálido que hacía brillar el manto de Millencourt con una fosforescencia fantasmal. Si Gwynneth no hubiera sabido quién se ocultaba tras aquella intimidadora vestimenta, seguramente se habría asustado; pero ahora se sentía invadida por un profundo sentimiento de rebeldía, y estaba firmemente decidida a no mostrar miedo ni debilidad —aunque las palabras de la vieja Kala resonaran en su conciencia como un eco inacabable: «He visto tu final. Un final sombrío, envuelto en maldad...».

Los encapuchados que rodeaban el lugar del sacrificio iniciaron una sorda cantinela. Las palabras que utilizaban pertenecían a la antigua lengua pagana, y los pocos retazos que Gwynneth pudo entender le bastaron para saber de qué trataba.

De espíritus oscuros.

De poder y traición.

Y de sangre...

La llevaron a la mesa del sacrificio, donde la obligaron a arrodillarse. Tenía las manos atadas, de manera que no tenía ninguna posibilidad de defenderse. El encapuchado Millencourt levantó los brazos y sus partidarios callaron al instante. Se hizo un silencio absoluto en el círculo de piedras, y Gwynneth puedo sentir casi físicamente el horror que la aguardaba. La desesperación creció en su interior y le oprimió la garganta, pero la joven luchó valientemente contra ella.

—Esta mujer —exclamó Millencourt con voz potente— se ha atrevido a oponérsenos. Nos ha acechado, nos ha espiado en secreto y nos ha delatado a nuestros enemigos. Todos vosotros, hermanos, sabéis qué castigo merece un comportamiento como este.

Los encapuchados respondieron de nuevo en celta, con una única palabra. La palabra significaba «muerte».

—Así es, hermanos. Pero todos sabéis que nuestra hermandad se encuentra en estos días en vísperas de un gran momento. Gracias a la ayuda de los que recientemente se han unido a nuestro círculo, se nos ofrece la posibilidad de cambiarlo todo. Podemos ganar poder e influencia y hacer retroceder la rueda del tiempo hasta el día en que los romanos pisaron por primera vez esta tierra y lanzaron sobre nosotros la maldición del tiempo nuevo.

»Pudimos expulsar a los romanos. Tras ellos llegaron los sajones. Luego los vikingos. Finalmente los normandos. Luchamos valerosamente, pero no pudimos evitar que nuestra influencia se redujera cada vez más hasta el día de hoy. Y la decadencia sigue, hermanos. Cada vez más reyes y príncipes se apartan del orden antiguo, destruyen la esencia del clan y convierten a los hombres libres en vasallos, dan la espalda a los antiguos poderes y otorgan su confianza a la fe que traen los monjes. Por todas partes los monasterios surgen del suelo como abscesos, mientras que cada vez quedan menos de los nuestros. Nuestra era toca a su fin, hermanos, ya se escucha su canto fúnebre. Si no actuamos para detener el curso de las cosas, pronto nos encontraremos sin poder ni influencia. Las tradiciones se romperán, reinará el nuevo orden, y todos nosotros nos convertiremos en siervos. Esto no debe ocurrir.

Aquí y allá se alzaron voces de aprobación; un murmullo indignado recorrió las filas de los adeptos. Todos los presentes parecían compartir las opiniones de Millencourt. Gwynneth pudo sentir la fuerza de su odio. Y uno de estos encapuchados, pensó estremeciéndose, era su hermano...

—Pronto —prosiguió el conde— todo esto pertenecerá, sin embargo, al pasado. Pues el destino nos ha elegido para cambiar el curso de las cosas. Detendremos la rueda del tiempo y la llevaremos al día en que llegaron los extranjeros y empezaron a inmiscuirse en nuestros asuntos. El nuevo orden caerá, hermanos. Dentro de poco los antiguos dioses volverán, y con ellos la época en que éramos libres y fuertes y no teníamos que escondernos en lugares como este. Todo esto sucederá, tal como las runas han augurado.

Los sectarios respondieron con un estridente canto triunfal, que hizo que Gwynneth se estremeciera hasta la médula.

La vieja Kala tenía razón. Millencourt y su gente querían detener la rueda del tiempo. Más aún, querían hacerla retroceder a los días paganos, en los que el país, según afirmaban, aún era libre.

Con estas promesas conseguían atraer a jóvenes fanáticos, como Duncan, que se rebelaban contra la falta de libertad. Gwynn, en cambio, no se hacía ilusiones sobre lo que Millencourt y sus partidarios pretendían en realidad. Querían lo que todos; aquello por lo que, desde hacía generaciones, se había vertido sin sentido tanta sangre: poder.

Solo de eso se trataba: de volver a sentarse de nuevo a la mesa de los poderosos, aunque la época de las runas y los druidas hacía tiempo que había acabado. La planeada traición contra William Wallace alimentaba su esperanza de que todo aquello pronto pudiera hacerse realidad.

—Mirad, hermanos —exclamó Millencourt, que de pronto sostenía una espada en las manos y la levantaba de modo que la luz de la luna incidiera en la hoja—. ¡Mirad esta espada! ¿La reconocéis?

—La espada de Wallace. —Un rumor reverencial recorrió las filas de sus partidarios.

—Así es, hermanos. La espada de Wallace, forjada en el tiempo antiguo e impregnada de una gran fuerza. Gracias a la ayuda de amigos fieles ha llegado a nuestra posesión. Ella es la llave del poder, hermanos míos. El arma con que derribaremos el nuevo orden. La guerra y el caos serán la consecuencia, y nosotros nos levantaremos de sus cenizas como los nuevos señores del país. Runas y sangre reinarán, como en los tiempos antiguos.

—Runas y sangre —se escuchó como un eco.

—La hoja hechizada llevará a Wallace al desastre, y a nosotros, a la victoria. Este es el motivo por el que nos hemos reunido aquí, en el círculo de piedras, en el lugar en que, desde el inicio de los tiempos, se honra a los dioses y a sus signos. Esta noche la luna será devorada por el dragón, hermanos, y esto significa que ha llegado la hora de pronunciar el hechizo y proclamar nuestra venganza.

Todas las miradas se elevaron hacia el cielo nocturno. También Gwynneth miró hacia arriba, para constatar, horrorizada, que la luna efectivamente desaparecía. Algo se deslizó ante ella, amortiguando su resplandor y haciéndole adoptar un tono rojo sucio.

Como sangre, pensó Gwynneth estremeciéndose, mientras los hermanos de las runas iniciaban de nuevo su siniestro canto, que, a medida que la luna desaparecía en la oscuridad, iba aumentando de intensidad.

Un miedo atroz se apoderó de Gwynneth. ¿Tenían realmente Millencourt y su gente el poder de hacer desaparecer la luna? ¿Podían influir en las estrellas y ordenar efectivamente el mundo de otro modo?

—¡Ha llegado el momento, hermanos! —gritó el druida de repente—. ¡Ha llegado la hora de nuestra venganza! ¡Traed a la doncella!

De nuevo unas rudas manos levantaron a Gwynneth, y con una fuerza irresistible, la arrastraron hasta la mesa de piedra y la colocaron sobre ella boca abajo. Todo lo que la joven podía ver era la mano pálida de su torturador, que sostenía la espada de la runa. El canto de los sectarios se hacía cada vez más intenso, se acercaba a su punto culminante. Gwynneth oía las palabras frías, paganas, y de pronto sintió un miedo mortal que le oprimió la garganta e hizo que su corazón latiera desbocado.

—¡Runas y sangre! —gritó Millencourt, y levantó la espada—. ¡Que así sea!

—¡No! —exclamó Gwynneth, y volvió la mirada hacia los enmascarados que rodeaban la mesa del sacrificio—. ¡Os lo ruego, no me matéis! ¿Duncan, dónde estás? ¡Duncan, por favor, ayúdame...!

Pero no llegó ninguna respuesta.

—¡Runas y sangre! —gritaron ahora también los sectarios, y cuando Gwynneth vio brillar aquellos ojos ávidos de sangre a través de las rendijas de las máscaras, supo que no había salvación para ella.

Ese era, pues, el sombrío final que Kala le había profetizado. Al final, la mujer de las runas había tenido razón.

Millencourt levantó la espada en el aire y murmuró conjuros en la antigua lengua. Al mismo tiempo, Gwynn empezó a rezar. Rezó a los poderes benéficos y luminosos, para que acogieran su alma y se apiadaran de ella.

Cerró los ojos y sintió que su miedo se desvanecía. De pronto se sintió lejos, apartada de aquello, como si se encontrara en otro tiempo y en otro lugar. Y el consuelo que los hombres no podían ofrecerle la llenó por entero.

Luego la espada de la runa cayó.

Mary de Egton volvió en sí. Boqueó, tratando de hacer llegar el aire a sus pulmones, y abrió los ojos.

Había vuelto a soñar. Con Gwynneth Ruthven y los últimos instantes de su vida; en cómo había sido asesinada por los conjurados en un altar de piedra.

Mary parpadeó y miró alrededor, desorientada, solo para constatar que el sueño aún no había acabado. Ahora era ella misma la que estaba tendida sobre la mesa del sacrificio, rodeada de hombres enmascarados con cogullas oscuras. Y también ella percibió el brillo ávido de sangre en sus ojos.

Nada había cambiado, solo que esta vez no era Gwynneth Ruthven la que se encontraba en poder de los sectarios, sino ella. Y de pronto una idea espantosa cruzó por la mente de Mary de Egton.

Todo lo que veía y sentía a su alrededor era horriblemente real. ¿Y si no era una pesadilla lo que estaba viviendo? ¿Y si aquello no era la continuación de un sueño, sino la realidad…?

11

Como el tiempo apremiaba, partieron esa misma noche. Sir Walter despertó a su cochero y le ordenó que enganchara los caballos. Poco después se ponía en camino junto con Quentin y el abad Andrew. Los monjes se mantendrían a cierta distancia tras ellos para asegurarse de que nadie les siguiera.

Apenas hablaron durante el viaje. Tanto sir Walter como su sobrino tenían que reflexionar aún sobre todas las novedades que el abad les había desvelado. Finalmente se aclaraba el enigma, las partes individuales del mosaico se juntaban para formar una imagen. Aunque Quentin no estaba precisamente entusiasmado por esta impresión de conjunto.

Lo que había escuchado sobre sucesos mágicos, antiguas maldiciones y conspiraciones siniestras había vuelto a despertar sus antiguos temores. Si un honrado hombre de Iglesia como el abad Andrew se tomaba estas cosas en serio y les otorgaba tanta importancia, no podía tratarse solo de quimeras, se decía. De todos modos, Quentin estaba firmemente decidido a no dejarse dominar por el miedo. Quería ayudar a su tío a llevar aquel asunto a buen término. Además, estaba en juego el futuro de Escocia, y quizá de todo el Imperio.

Hacía muy poco que el país había escapado al peligro napoleónico, y ya aparecía en el horizonte una nueva amenaza, un vestigio de los tiempos oscuros. Quentin no tenía el menor deseo de ver cómo su país caía en el caos y la barbarie, pues precisamente eso parecían pretender los sectarios. De manera que dejaría a un lado su miedo y cumpliría con su deber como se esperaba de él en tanto que ciudadano y patriota.

También sir Walter estaba sumergido en sus pensamientos; aunque Quentin no podía descubrir en los rasgos de su tío el menor signo de miedo. Sir Walter era un hombre que se guiaba por la razón, y estaba satisfecho de ello; ni siquiera las revelaciones del abad podrían apartarle de sus convicciones. Con todo, su rostro estaba teñido de cierta preocupación.

Aunque no compartía las convicciones del abad en lo que se refería a la espada y a la supuesta maldición, Scott no podía hacer caso omiso de la amenaza que suponía la Hermandad de las Runas. Y como hombre de Estado que era, sabía muy bien lo que podía acarrear un atentado contra la vida del rey. Todo aquello por lo que había trabajado en su vida —la reconciliación entre ingleses y escoceses y el renacimiento de la cultura escocesa— quedaría irremediablemente destruido. El reino se hundiría en una crisis que lo haría vulnerable a los ataques de sus enemigos, tanto del interior como del exterior. A ojos de sir Walter, no se requería ninguna maldición mística para amenazar al Imperio: el peligro ya era bastante grande sin necesidad de eso, y él estaba absolutamente decidido a combatirlo. Si la clave era la espada, debía encontrarla antes que los conspiradores…

Pronto el carruaje llegó a su destino. Con sentimientos encontrados, Quentin constató que de nuevo se dirigían a High Street, ascendiendo por la colina sobre la que se erguían los poderosos muros del castillo de Edimburgo. El abad Andrew hizo detener el carruaje ante una vieja casa, situada en el lado frontal de un estrecho patio. Los tres hombres descendieron del coche. Quentin sintió un escalofrío al levantar la mirada hacia la fachada del edificio. La construcción databa de la Baja Edad Media, y tenía muros de entramado y un tejado alto y puntiagudo. Era más que evidente que la casa había conocido tiempos mejores: en muchos lugares, la arcilla de la obra se desmenuzaba, y la madera estaba carcomida y medio podrida. El edificio estaba deshabitado, de modo que sus ventanas, oscuras e impenetrables, observaban a los visitantes como las cuencas vacías de una calavera.

—Esto era antes una posada —explicó el abad Andrew—. Pero ahora el edificio pertenece a mi orden.

—¿Y cómo es eso? —preguntó Quentin, que no podía imaginar cómo alguien podía comprar una vieja ruina como aquella.

—Muy sencillo —replicó el abad con voz apagada—. Existen documentos que afirman que esta posada era un lugar de encuentro secreto de la Hermandad de las Runas. Y ahora síganme al interior, caballeros. Aquí fuera no estamos seguros; la noche tiene ojos y oídos.

La puerta se abrió con un chirrido, y al entrar les golpeó en la cara un aire corrompido. El abad Andrew encendió algunas velas, y cuando su resplandor mortecino se extendió por la habitación, Quentin descubrió que no estaban solos. A lo largo de las paredes se alineaban varias figuras envueltas en cogullas oscuras, inmóviles y silenciosas. Quentin se quedó sin aliento al verlas, pero el abad Andrew le tranquilizó sonriendo.

—Perdone, joven señor Quentin, debería haberle prevenido. Naturalmente este edificio está vigilado a todas horas por mis hermanos. No lo perdemos de vista ni un momento.

—Pero... ¿por qué están a oscuras? —preguntó Quentin estupefacto.

—Porque nadie debe saber que están aquí. No queremos dar pistas a nuestros oponentes para que puedan seguirnos.

Una vez aclarado el misterio, Quentin ayudó a los monjes a tapar las ventanas para que no se filtrara luz al exterior. Luego encendieron más velas, y una luz suave iluminó la vieja sala de la posada.

Con excepción de un mostrador construido con viejos barriles de cerveza, no había ningún otro mobiliario. Seguramente alguien lo había empleado para calentar sus frías habitaciones durante el invierno. Una capa de polvo de un dedo de grosor, que se levantaba arremolinándose en el aire a cada paso que daban, cubría el suelo.

Sir Walter, a quien no parecía molestar la suciedad ni el olor a moho, observó el lugar con atención.

—¿Y está seguro de que esto fue en otro tiempo un lugar de encuentro de los sectarios, abad Andrew?

—En todo caso así se afirma en las crónicas de mi orden.

—Pero ¿por qué nuestros oponentes no saben nada de esto?

—Este es uno de los enigmas que hasta el momento no he podido desentrañar —reconoció el religioso—. Al parecer, en medio de las turbulencias de la insurrección jacobita, se perdieron informaciones importantes. Por lo que sabemos, un joven miembro de un clan del norte fue el último hombre que tuvo en su posesión la espada de la runa. Se dice que fue llevada a Edimburgo, donde debería haber sido entregada en el curso de la ceremonia de coronación de Jacobo VII de Escocia. Pero esto nunca llegó a suceder.

Sir Walter asintió.

—Un año después de la toma de Edimburgo —dijo—, los jacobitas, bajo el mando del joven Charles Stewart, sufrieron una aplastante derrota en Culloden. Edimburgo volvió a ser reconquistada por las tropas del gobierno, y a partir de ese momento el movimiento jacobita quedó prácticamente liquidado.

—Exacto. Y en esos días, cuando en las calles de la ciudad se desarrollaban combates encarnizados entre jacobitas y soldados del gobierno, la espada se perdió. Suponemos que los sectarios la escondieron para que no cayera en manos inglesas. Sin embargo, no sabemos adónde la llevaron.

—Pero creen que aún podría estar cerca de aquí.

—Lo que esperamos encontrar es un indicio, una pista que podamos seguir. Muchos eruditos de nuestra orden han revisado ya este lugar, pero no han encontrado nada. Ahora nuestras esperanzas descansan en usted, sir Walter.

—Veré qué puedo hacer. Pero no quiero hacerle promesas, estimado abad. Si sus eruditos no han encontrado nada, ¿que esperanzas podría abrigar yo de tener más éxito que ellos?

—Con todos los respetos para su modestia —replicó el abad Andrew con una sonrisa benévola—, aquí está totalmente fuera de lugar. Ha demostrado ser un hombre de entendimiento agudo, sir Walter; su tenacidad me ha provocado algunos dolores de cabeza estas últimas semanas.

—En ese caso, le debo este favor como reparación —replicó Scott, y cogió una de las palmatorias para revisar las paredes con ella. Quentin le imitó y le siguió, aunque no tenía la menor idea de qué buscaba su tío.

—¿Miraron en las paredes? —preguntó sir Walter.

—Desde luego. No se encontraron espacios huecos ni nada parecido.

—¿Y en el suelo? —dijo señalando las desgastadas tablas.

—También se revisó minuciosamente. No se encontró la espada ni ningún indicio sobre su paradero.

—Comprendo... —Sir Walter siguió examinando despacio la habitación, iluminó todos los rincones y revisó el techo, soportado por pesadas vigas de madera—. Inspeccionaremos individualmente cada uno de los pisos —decidió—. Y cuando acabemos, examinaremos los techos. Si hace falta, desmontaremos la casa piedra por piedra...

—¡Tío!

El grito de Quentin interrumpió las explicaciones de sir Walter. Solo unas semanas atrás, Scott probablemente habría reprendido a su alumno, pero entretanto el joven había demostrado ser un colaborador valioso, al que sin duda valía la pena prestar atención.

—¿Qué ocurre, muchacho? —preguntó sir Walter.

Quentin se había detenido y observaba la chimenea situada en la parte posterior de la sala. Por encima de la abertura se distinguía, tallado en la piedra, un león rampante, el animal heráldico de Robert Bruce y de la familia Stewart, que lo había tomado de él. Aunque el paso del tiempo había deteriorado considerablemente la figura, Quentin parecía haber descubierto algo en ella.

—Mira esto, tío —dijo, señalándola con impaciencia.

Sir Walter se acercó enseguida, y a la luz de la vela pudo observar lo que su sobrino le indicaba.

Alguien había grabado unas runas en el escudo de armas.

¡Lo que experimentaba era real!

El descubrimiento fue tan espantoso que Mary de Egton abrió la boca para lanzar un grito de pánico. Pero de su boca no salió ningún ruido. El terror le oprimía la garganta y ahogaba cualquier sonido.

Las máscaras grotescas e inexpresivas, manchadas de hollín, que la miraban desde todos lados no eran producto de una nueva pesadilla, sino tan reales como ella misma. No solo las veía ante sí, sino que además podía oír la respiración jadeante de los hombres y sentía en la nariz el olor acre del humo.

Llena de angustia, quiso volverse, pero no pudo hacerlo. La habían atado de modo que le era imposible moverse. Indefensa, yacía en el suelo, mientras los encapuchados la observaban en silencio desde arriba. Los ojos que la miraban fijamente tras las rendijas de las máscaras eran fríos y despiadados.

—¿Dónde estoy? —exclamó Mary finalmente—. ¿Quiénes sois? Por favor, contestad...

Nadie respondió a su pregunta, pero un instante después las filas de los enmascarados se abrieron y un nuevo encapuchado, que parecía ser el cabecilla del grupo, se acercó a ella. A diferencia de los otros, este vestía una cogulla de un blanco deslumbrante, y la máscara que llevaba ante la cara no era de madera ennegrecida, sino de reluciente plata. En la mano izquierda sostenía un bastón con un puño de plata que tenía la forma de una cabeza de dragón.

—Millencourt —susurró Mary, y palideció.

El enmascarado se plantó ante ella con aire amenazador y la miró altivamente desde arriba.

—¿De modo que por fin te has despertado, ramera traidora?

Bajo la máscara, su voz sonaba amortiguada y extrañamente metálica, pero, a pesar de la conmoción que había sufrido, Mary tuvo la sensación de que la conocía.

—¿Dónde estoy? —preguntó de nuevo en voz baja y vacilante—. ¿Y quién es usted?

—¿Quieres callar de una vez, mujer? —la increpó el encapuchado—. ¿Cómo te atreves a levantar la voz ante el jefe supremo de la hermandad?

—¿La hermandad…?

Mary tenía la sensación de que sus sueños y visiones habían adquirido vida de pronto. Los encapuchados y su jefe, la misteriosa hermandad; todo le recordaba con espantosa claridad las anotaciones de Gwynneth Ruthven.

¿Cómo era posible aquello?

¿Era adivinación? ¿Predestinación? ¿O solo un capricho del destino, uno más entre todos los que Mary había tenido que soportar en los últimos tiempos?

—La Hermandad de las Runas —explicó el enmascarado orgullosamente—. Fundada hace mucho tiempo y solo con un objetivo: preservar el conocimiento de los antiguos secretos. Durante siglos fuimos hostigados y perseguidos, sí, y casi nos aniquilaron. Pero ahora hemos vuelto y nada podrá detenernos. Somos los señores de la nueva era, ¡y ay de los que nos injurian y se burlan de nosotros, Mary de Egton!

Mary temblaba como una azogada. Lágrimas de miedo asomaron a sus ojos, mientras se preguntaba de dónde podía conocer su nombre el enmascarado.

El encapuchado interpretó acertadamente la expresión de su rostro.

—Te preguntas de dónde te conozco —constató—. Deja que te diga, Mary de Egton, que la hermandad lo sabe todo. Sabemos de dónde procedes y también que huiste cobardemente. Que eludiste tu responsabilidad y abandonaste a tu futuro esposo Malcolm de Ruthven, exponiéndolo al ridículo.

Mary sintió que le faltaba el aire. Ese era el motivo de que la tuvieran prisionera. Poco antes de alcanzar su objetivo había ido a caer de nuevo en manos de los Ruthven; incluso los guardianes de la ley parecían estar a su servicio. De repente, la furia se unió a su miedo. Estos hombres podían llevar máscaras aterrorizadoras y tenerse por descendientes de los antiguos druidas, pero si eran solo marionetas de Malcolm de Ruthven, únicamente merecían su desprecio.

—¿Os ha enviado Malcolm? —preguntó, y con cada palabra su voz ganaba firmeza—. ¿Ha encargado a unos cómplices que hagan lo que él no tiene agallas para hacer?

—¡Vigila tu lengua, mujer! ¡Las palabras que eliges te conducen a la ruina!

—¿Qué esperáis de mí? ¿Que me arrodille ante vosotros? ¿Ante unos hombres que ni siquiera tienen el valor de mostrar su rostro a una mujer que yace en el suelo atada e indefensa?

Los ojos tras la máscara de plata centellearon. La mano derecha del encapuchado tembló y se cerró con fuerza, y por un momento pareció que iba a golpear a Mary con el puño. Pero finalmente se contuvo, y una risa forzada surgió de la máscara.

—Aún habla la arrogancia por tu boca —siseó—, pero pronto me suplicarás, Mary de Egton. Tu orgullo se quebrará, te lo aseguro por las runas de nuestra hermandad.

—¿Qué os proponéis hacer conmigo? —preguntó Mary retadoramente, enfrentándose a sus torturadores con el valor de alguien que ya no tiene nada que perder—. ¿Queréis violarme? ¿Torturarme? ¿Matarme como si fuerais despreciables ladrones?

El enmascarado se limitó a reír y dio media vuelta, como si quisiera abandonarla a sus partidarios.

—¡Exijo una respuesta! —gritó Mary tras él—. ¿Queréis matarme? ¿Me ocurrirá lo mismo que a Gwynneth Ruthven en otro tiempo?

Ella misma no sabía por qué había dicho aquello. El nombre de Gwynneth había pasado de pronto por su mente, y en su furia impotente lo había gritado en voz alta. No podía imaginar el efecto que producirían sus palabras.

El jefe de los sectarios se inmovilizó, como fulminado por un rayo. Amenazadoramente se volvió de nuevo hacia ella.

—¿Qué acabas de decir?

—Preguntaba si acabaré como Gwynneth Ruthven —le espetó Mary con aire retador. Cualquier reacción del enmascarado era preferible para ella a que la dejara allí tirada sin más, como una mercancía sin valor.

—¿Qué sabes tú de Gwynneth Ruthven?

—¿Por qué pregunta? ¿No había dicho que usted y su banda lo sabían todo?

—¿Qué sabes de ella? —gritó el enmascarado, y en un arranque de cólera que asustó incluso a su propia gente, tiró del pomo de su bastón, y una hoja larga y brillante apareció a la vista—. Habla, Mary de Egton —siseó, colocándola contra su garganta—, o te juro que lo lamentarás.

Mary sintió el acero frío y afilado contra su piel, y ante la perspectiva de una muerte cruel su determinación se diluyó. Al ver que aún dudaba, el encapuchado aumentó la presión de la hoja, y un fino reguero de sangre se deslizó por el cuello de Mary; la fría mirada de su atormentador no dejaba ninguna duda sobre su intención de clavarle la espada.

—He leído sobre ella —dijo Mary, rompiendo su silencio.

—¿Sobre Gwynneth Ruthven?

Asintió.

—¿Dónde?

—En unas antiguas notas.

—¿De dónde las sacaste?

—Las encontré.

—¿En el castillo de Ruthven?

De nuevo Mary asintió.

—¡Miserable ladrona! ¿Quién te permitió leerlas? ¿Quién te habló del secreto? ¿Por eso fuiste a Ruthven? ¿Para espiar?

—No —aseguró Mary desesperada—. No sé nada de un secreto, y tropecé con las notas de Gwynneth Ruthven por pura casualidad.

—¿Dónde?

—En la cámara de la torre. —Notó que la presión de la hoja aumentaba y no pudo contener las lágrimas—. Las encontré por casualidad. Estaban escondidas en una cavidad del muro.

—Nada ocurre por casualidad, Mary de Egton, y desde luego no cosas como esta. ¿Leíste las notas?

Mary asintió.

—Entonces conoces la maldición. Sabes lo que ocurrió.

—Lo sé. Pero yo... no pensé que fuera posible, hasta ahora...

El enmascarado lanzó un bufido de desprecio, y luego se retiró para consultar con sus partidarios. Mary tomó aire, jadeante, y se palpó el lugar donde la espada había rasgado su delicada piel. Vio cómo el hombre de la máscara de plata gesticulaba nerviosamente y parlamentaba con los demás encapuchados.

Finalmente volvió.

—El destino —dijo— toma a veces extrañas vías. Es evidente que existe un motivo para que nuestros caminos se crucen. Sin duda la providencia ha intervenido en esto.

—¿La providencia? —preguntó Mary—. Será más bien un inspector corrupto.

—¡Calla, mujer! No sé qué capricho del destino te ha elegido precisamente a ti para entregarnos la llave del poder. Pero ha ocurrido. Precisamente tú tuviste que encontrar las notas desaparecidas de Gwynneth Ruthven. En realidad debería estarte agradecido por ello.

—Renuncio a su agradecimiento —aclaró Mary con aspereza—. Preferiría que me dijera qué significa todo esto. ¿De qué está hablando? ¿Qué llave es esa que menciona? ¿Y dónde ha oído hablar de Gwynneth Ruthven?

De nuevo se dibujó una malvada sonrisa tras la máscara.

—En mis círculos es de buen tono conocer la historia de los antepasados.

Y tras decir estas palabras, el encapuchado se quitó la máscara.

Mary no podía dar crédito a lo que veían sus ojos: ante ella habían aparecido los rasgos pálidos, tan conocidos como odiados, de Malcolm de Ruthven.

—Malcolm —susurró asustada. Por eso la voz del enmascarado le había resultado tan familiar.

—Si hace solo unos días solicité en vano tu atención —replicó su prometido fríamente—, creo que ahora me la he ganado por completo.

—No comprendo... —balbuceó Mary desconcertada, mientras su mirada iba de Malcolm a sus encapuchados seguidores.

—Claro que no comprendes. ¿Cómo podrías hacerlo? Eres una mujer ignorante, tus pensamientos giran exclusivamente en torno a ti misma. Puedes haber leído muchos libros, pero no has comprendido nada. El poder, Mary de Egton, pertenece a aquellos que lo toman. Esta es la esencia de la historia.

La forma en que hablaba y el centelleo de sus ojos inspiraban miedo, y Mary se dijo que ese era el aspecto que debía de tener un hombre que estaba a punto de perder la razón.

—No sé qué destino te ha elegido para traernos la victoria —continuó—, pero nuestros caminos parecen estar unidos por lazos indisolubles. Lo que hace medio milenio inició mi antepasado Duncan Ruthven se llevará ahora a cabo. La espada de la runa volverá y poseerá de nuevo su antiguo y mortífero poder. Y tú, Mary de Egton, serás la que selle el hechizo, ¡con tu sangre!

Tras estas palabras, Malcolm de Ruthven estalló en una amenazadora carcajada, y sus partidarios iniciaron una cantinela sorda y bárbara.

Mary se sintió poseída por un indescriptible terror. Su mirada se veló, y las máscaras ennegrecidas que la rodeaban se fundieron en un mosaico de horror. Todo su cuerpo se crispó, y gritó, aulló de espanto y de pánico, sin otro resultado que el de hacer aumentar la intensidad del canto de los encapuchados.

Su corazón latía desbocado, y un sudor frío le cubrió la frente, hasta que las emociones la superaron y perdió el conocimiento. La cortina cayó, y la oscuridad tomó posesión de ella.

12

Castillo de Edimburgo, verano de 1746

Los venerables muros del castillo que en otro tiempo había sido sede de reyes temblaban bajo los disparos de los cañones enemigos. Las tropas del gobierno ya estaban cerca. Solo era cuestión de tiempo que consiguieran abrir una brecha en la muralla exterior y asaltaran la fortaleza.

Un nuevo impacto hizo temblar los cimientos del castillo. Caía polvo del techo, y hasta el lugar llegaban los gritos de los heridos.

Galen de Ruthven no tenía duda de que aquello era el final. Su decepción era infinita. Durante un breve tiempo había parecido que podría conseguir aquello en lo que sus antepasados habían fracasado. Ahora, sin embargo, tenía que ver cómo sus sueños y sus ambiciosos planes se veían reducidos a la nada por los cañones de las tropas del gobierno.

—Conde —dijo dirigiéndose a su acompañante—, creo que no tiene sentido esperar más. Con cada segundo que perdemos, aumenta el peligro de caer en manos de las tropas del gobierno.

El interpelado, un hombre anciano con barba y cabello gris que le llegaba hasta los hombros, asintió lentamente. Era delgado y huesudo, y su cara estaba llena de arrugas. Su mirada parecía extrañamente vacía, como si la hubiera consumido la carga de una vida larga, muy larga.

—Así se esfuma nuestra oportunidad —dijo en voz baja—. Nuestra última posibilidad de hacer volver el tiempo antiguo. Es culpa mía, Galen.

—¿Culpa vuestra, conde? ¿Cómo debo entender eso?

—Lo vi en las runas. Me dijeron cómo terminaría la batalla de Culloden y que Jacobo nunca se convertiría en rey. Pero no quise reconocerlo. Renegué de las runas. Y este es el castigo que recibo por ello. Ahora nunca viviré la vuelta del orden antiguo.

—No digáis esto, conde. Vuestros ojos han contemplado muchas guerras. Los gobernantes llegan y se van. Habrá otra oportunidad de alcanzar el poder.

—No para mí. He estado mucho tiempo en este mundo, mantenido en vida por poderes que se encuentran más allá de tu entendimiento. Pero siento que mi tiempo llega a su fin. Ese fue el motivo por el que renegué de las runas e interpreté erróneamente los signos. No quería darme cuenta de que el momento no estaba maduro aún. He esperado tantos siglos..., y ahora el tiempo se me escapa de entre las manos.

Un nuevo impacto hizo temblar los muros de la fortaleza, esta vez tan violentamente que el anciano tuvo dificultades para mantenerse en pie. Galen de Ruthven le sujetó.

—Debemos irnos, conde —le apremió.

—Sí —dijo solo el anciano, y después de coger el envoltorio que tenía ante sí sobre la mesa, lo apretó con fuerza contra su cuerpo como si fuera el bien más valioso que poseía en la tierra.

Algunos de los hombres armados que habían permanecido cerca esperando se quedaron para cubrir la retirada de sus jefes; mientras, el resto acompañaba al conde formando en torno a él un cordón protector, para defenderlo incluso a costa de su vida, si era necesario.

A través de una empinada escalera llegaron a una bóveda

sin ventanas, iluminada por antorchas, en la que el tronar de los cañones llegaba amortiguado. Los hombres abrieron la trampa de madera empotrada en el suelo de la cámara, y a continuación cogieron las antorchas de las paredes y bajaron uno tras otro por la abertura.

Aún podían oírse detonaciones sordas; a veces muy alejadas, y luego de nuevo amenazadoramente próximas. Los jacobitas estaban perdiendo la batalla por el castillo. Dentro de poco la ciudad estaría llena de tropas del gobierno, y corrían el riesgo de que también este pasaje, que había sido habilitado en tiempos antiguos y conducía, a través de la roca de la colina del castillo, al aire libre, fuera descubierto.

Galen de Ruthven permaneció al lado del anciano, que se apoyaba en él con un brazo y con el otro mantenía abrazado el paquete. Ya se disponían a descender por el bajo pasadizo que se abría ante ellos penetrando en la roca, cuando de pronto se escuchó una nueva detonación.

La explosión sonó muy cerca, justo encima, y fue tan atronadora que los hombres gritaron asustados. Instintivamente, Galen de Ruthven miró hacia arriba, y descubrió con horror que se había formado una grieta en el techo de la galería. Un instante después el pasaje se derrumbó.

Grandes fragmentos de roca y piedras sueltas cayeron con un ruido ensordecedor y aplastaron a los hombres que se encontraban bajo el lugar del derrumbe. El polvo se elevó en el aire y les cegó, y Galen de Ruthven perdió el contacto con el anciano. Instintivamente dio un salto hacia delante para escapar al mortal desprendimiento; en el mismo instante, otra sección del techo se desplomó y cayó con fuerza aniquiladora sobre los fugitivos.

Finalmente volvió el silencio. Aquí y allá llovieron aún algunas piedras pequeñas. Y luego todo acabó.

Galen de Ruthven se encontró tendido en el suelo. Sangraba por una herida en la cabeza, pero milagrosamente sus miembros no habían sufrido ningún daño. En el polvo denso que flotaba en el aire en torno a él, no podía ver nada; solo se oían los gritos de los heridos.

Con esfuerzo se puso en pie y sujetó la antorcha, que yacía abandonada en el suelo a su lado e increíblemente todavía ardía. En el resplandor amarillo pudo ver cómo el polvo se iluminaba y le dejaba ver la magnitud de la destrucción.

La bóveda se había derrumbado y la entrada a la galería estaba obstruida por las piedras. Aquí y allá sobresalían miembros humanos de los escombros; con horror, Galen de Ruthven descubrió también entre ellos una mano pálida y huesuda. Tosiendo, se precipitó hacia allí y trató de apartar las rocas con las manos. Pero desde arriba seguían lloviendo cascotes.

En torno a él se agitaban los supervivientes del derrumbe, que se palpaban los miembros gimiendo y miraban alrededor desorientados.

—¡Aquí! —les gritó Galen de Ruthven—. ¡Venid, tenéis que ayudarme! ¡El conde está enterrado!

Enseguida dos hombres acudieron a su lado para echarle una mano. Pero tampoco sus esfuerzos obtuvieron ningún resultado; cada vez se desprendían más rocas, de modo que al final el cuerpo del conde quedó completamente sepultado.

—¡Está muerto! —gritó uno de los hombres—. Ya no tiene sentido continuar. Huyamos de aquí.

—No podemos huir —replicó Galen de Ruthven con los dientes apretados—. El conde tenía la espada. Tenemos que llevárnosla.

De pronto se escucharon unos pasos pesados en la galería, acompañados de un fuerte griterío.

—¡Tropas del gobierno! ¡Han descubierto la galería! Tenemos que huir...

Galen de Ruthven sabía que el hombre tenía razón. No podían volver atrás porque el camino estaba cortado. De modo que solo les quedaba huir hacia delante. A regañadientes, Galen de Ruthven tuvo que reconocer que su causa estaba perdida, por el momento.

Los supervivientes del derrumbe desenvainaron furiosamente sus armas y corrieron tras Galen para enfrentarse al enemigo. Pasaron por el lugar donde el constructor de la galería había instalado la trampa mortal, y de repente se tropezaron con un numeroso grupo de atacantes que habían irrumpido en el pasaje secreto.

Sonó un disparo, y uno de los rebeldes cayó. A través del velo polvoriento que todavía flotaba en el aire, podían distinguirse los uniformes de los hombres de la Guardia Negra, soldados escoceses al servicio de la Corona británica que luchaban contra sus propios compatriotas.

Galen de Ruthven apuntó con su pistola de pedernal y apretó el gatillo. El estampido resonó en el bajo techo de la galería y uno de los soldados se desplomó. Lanzando un grito ronco, Ruthven se precipitó contra sus enemigos, que eran a sus ojos unos infames traidores que merecían mil veces la muerte. Ahora ya no podía pensar en la espada: un combate a vida o muerte se había desencadenado.

Sorprendidos por el ataque, los soldados se replegaron. No habían contado con encontrar resistencia en la galería, y menos aún con esa fuera tan encarnizada. Con el valor que da la desesperación, los rebeldes corrieron entonces hacia sus enemigos, encabezados por Galen de Ruthven, que se lanzó hacia ellos con la cara manchada de sangre y deformada por el odio.

Hacía rato que había tirado la pistola. Como no tenía tiempo para recargarla, no podía utilizarla; en su lugar, hizo danzar el sable por entre las filas de los soldados luchando como una fiera rabiosa. Los rebeldes no podían retroceder; su única posibilidad consistía en abrirse paso hacia el exterior peleando, aunque fuera a costa de sufrir numerosas pérdidas. Los soldados dispararon sus fusiles desde muy cerca y calaron las mortíferas bayonetas. Por todas partes se escuchaban los gritos de los heridos, y el humo acre de la pólvora llenaba el aire.

Galen de Ruthven apenas podía ver nada. Lanzaba golpes en todas direcciones, dominado por un delirio homicida; casi no se daba cuenta cuando su hoja tropezaba con resistencia y cortaba la carne y los huesos. No le preocupaba el plomo que llenaba el aire a su alrededor. Su desesperación por el fracaso del plan se había impuesto a todo, y ya solo anhelaba venganza. Venganza por la traición al pueblo escocés, venganza por el fracaso de sus ambiciosos planes, venganza por la muerte del druida. El enemigo avanzaba, pero no vencería. Galen de Ruthven estaba decidido a luchar hasta el último aliento por la causa de la hermandad.

Oyó cómo sus hombres gritaban, les vio caer bajo las balas y las bayonetas de los soldados. Siguió luchando denodadamente, incontenible en su furia ciega; hasta que el frenesí de pronto se desvaneció.

Respirando pesadamente, Galen de Ruthven permaneció inmóvil en la galería, con la antorcha en una mano y la hoja ensangrentada en la otra. Su corazón latía muy deprisa, y el largo cabello, empapado de sudor y manchado de sangre, le caía sobre la cara. Frenéticamente giró sobre sí mismo, miró a un lado y a otro, hasta que comprendió que era el único que permanecía en pie. Los demás, amigos y enemigos, yacían en el suelo inmóviles o revolviéndose en su propia sangre. La galería se extendía vacía y libre de adversarios ante él. Galen de Ruthven emprendió la huida.

Avanzó precipitadamente por el túnel, tan rápido como lo permitían sus cansadas piernas. Por fin llegó a la salida, trepó por los peldaños fijados a la roca, y así llegó a la chimenea en la que desembocaba el pasaje secreto. La salida estaba abierta; ante ella yacían los cadáveres de los dos guardias que el conde había destacado para que vigilaran la galería. Los soldados del gobierno los habían matado.

La sala de la posada estaba vacía, con las mesas y las sillas volcadas. Desde la calle llegaba un fuerte griterío, y en la lejanía se escuchaban disparos y tronar de cañones.

Rápidamente, Galen de Ruthven cerró la salida con la rejilla de la chimenea. Luego cogió su sable y lo utilizó para trazar unos signos misteriosos sobre el escudo que se encontraba encima del hogar, tallado en la salida de humos. Ahora ya era demasiado arriesgado volver y recoger la espada; el peligro de que lo capturaran y cayera en manos enemigas era demasiado grande. Pero algún día, no sabía cuándo, llegaría el momento de hacerlo. La hermandad no estaba acabada...

Un vidrio saltó en pedazos, alcanzado por una bala perdida. Galen de Ruthven dio media vuelta; tenía que huir si no quería caer en manos de las tropas del gobierno. Pero volvería para recoger lo que les correspondía por derecho, a él y a los suyos.

La espada, y el poder.

Con el sable en la mano, corrió hacia la puerta, abrió una rendija y lanzó una ojeada al exterior. En las calles reinaba el caos. Los ciudadanos se habían parapetado en sus casas, mientras combatientes de los clanes Cameron y Grant ofrecían aún una aislada resistencia a las tropas gubernamentales. Los soldados avanzaban, y por todas partes se oían gritos y disparos.

Galen de Ruthven esperó a que el momento fuera propicio; luego se deslizó al exterior e intentó avanzar a lo largo de la pared de la casa hasta la esquina siguiente para protegerse allí.

—¡Tú!

Oyó la llamada ronca, y mientras aún se estaba volviendo, supo que había cometido un error fatal.

Lo último que vio fue la boca oscura de un mosquete. Luego se produjo el disparo.

El ruidoso estampido despertó a Mary de su inconsciencia. La joven se incorporó a medias y miró alrededor, solo para constatar que no se encontraba en medio de las violentas batallas de las calles de Edimburgo. Una vez más había tenido un sueño que le había parecido tan real como si efectivamente estuviera allí.

De todos modos, la realidad no era menos aterrorizadora: Malcolm de Ruthven se encontraba de pie ante ella y la miraba desde arriba con ojos llenos de odio. A su lado se encontraba uno de sus partidarios, que llevaba la cogulla oscura y la máscara ennegrecida con hollín de la hermandad.

—¿Dónde está? —preguntó Malcolm—. Y te aconsejo que no te desmayes de nuevo.

—¿De qué estás hablando?

—La espada —la apremió Malcolm—. Sabes que la buscamos. Leíste las anotaciones de Gwynneth. ¿Contienen algún indicio sobre la espada?

—Ya sabes dónde están las notas —replicó Mary retadoramente—. ¡Léelas tú mismo!

Pero Malcolm de Ruthven no estaba dispuesto a que le arrastraran a aquel juego. El jefe de los sectarios se inclinó hacia ella, la sujetó por los cabellos y le empujó la cabeza hacia atrás, de modo que su cuello quedaba expuesto y desprotegido. Luego desenvainó de nuevo la espada y la apretó contra su piel.

—No tenemos tiempo para eso, y ya estoy harto de que me tomes el pelo —siseó—. De modo que dime si en las notas hay alguna indicación sobre la espada de la runa.

—No —susurró Mary.

—¡Mientes! Miserable ramera, no volverás a convertirme en el hazmerreír de la gente. Antes te cortaré el cuello, ¿me has entendido?

Sometida a aquel trato despiadado, Mary solo pudo asentir rígidamente con la cabeza. Las lágrimas asomaron a sus ojos.

—En las notas... no hay nada... sobre la espada —balbuceó.

—¡Mentira! ¡Todo mentiras! —aulló Ruthven, y se dispuso a clavarle su arma.

—Un sueño —soltó Mary desesperada—. Tuve... un sueño.

—¿Qué clase de sueño?

—Visiones... Veo el pasado...

—¿Qué cuento es ese? ¿Otra vez tratas de engañarme?

—No es un cuento..., es la verdad... La vi.

—¿La espada?

—Sí.

—¿Dónde? ¿Cuándo?

—Edimburgo... Jacobitas...

—¡Mientes!

—No..., digo la verdad —dijo Mary con voz ahogada—. Había un hombre allí.

—¿Qué hombre?

—Lo había visto antes, en otro sueño... Sus acompañantes lo llamaban «conde»...

De pronto Malcolm aflojó la presa y apartó la hoja de su cuello. Los encapuchados y su jefe intercambiaron una larga mirada sorprendida.

—¿Qué aspecto tenía ese conde?

Mary tosió y tuvo que carraspear varias veces antes de encontrarse de nuevo en disposición de hablar.

—Tenía el pelo gris y barba, era imposible determinar su edad. Tenía una boca fina, y en su mirada había algo siniestro...

—Mujer ignorante —siseó Malcolm furioso—. Viste al fundador de nuestra hermandad. El príncipe Kalon, lord Orog, el pretor Gaius Ater Maximus, el conde Millencourt: son múltiples los nombres y títulos que ha tenido que adoptar en el curso de los siglos para permanecer entre los hombres sin ser reconocido. Él fue quien fundó la Hermandad de las Runas y la ayudó a alcanzar el poder y la fama.

—Vi cómo moría —dijo Mary en tono desafiante.

—Desvarías.

—No. Lo vi en mi sueño. Vi una huida a través de un pasaje subterráneo. Se escuchaba el tronar de los cañones y reinaba una enorme excitación.

—La batalla por el castillo de Edimburgo —susurró Malcolm—. ¿Qué viste exactamente?

—Vi cómo vuestro alabado conde huía cobardemente —replicó Mary con fruición—. Y con él también Galen de Ruthven.

—Mi abuelo —susurró Malcolm, y con aquello parecieron esfumarse sus últimas dudas—. ¡Dime qué viste, mujer! ¿Llevaban algo consigo? ¿Algún objeto? ¡Habla, maldita, o te desataré la lengua a la fuerza!

—Un paquete.

—¿Era alargado, del tamaño de una espada?

—Sí. Pero se perdió.

—¿Dónde? —preguntó Malcolm con voz temblorosa, y Mary tuvo la sensación de que aquella era la pregunta decisiva.

—Hubo un cañonazo —afirmó—. Una parte de la galería se derrumbó y enterró al conde, y con él se perdió también la espada. Los supervivientes trataron de desenterrarla, pero no lo consiguieron. Luego llegaron los soldados del gobierno, y hubo una lucha sangrienta...

—¿Dónde? —repitió Malcolm su pregunta—. ¿Dónde sucedió esto? Recuérdalo, mujer, ¿o tendré que torturarte con hierros ardientes?

—No lo sé —respondió Mary—. Mi sueño acabó poco antes de que pudiera verlo.

—¡Sandeces! ¿Qué es lo último que recuerdas? Quiero saberlo todo, ¿me oyes? ¡Cada detalle!

—La galería... terminaba... —balbuceó Mary, mientras trataba de recordar las últimas imágenes que había visto—. Galen de Ruthven fue el único que consiguió huir..., trepó por un pozo... Había una chimenea...

—¿Una chimenea? ¿Qué tipo de chimenea?

—Una chimenea con un escudo encima.

—¿Qué clase de escudo?

—No lo sé.

—¿Qué clase de escudo? ¿Hablarás de una vez?

—No lo sé —insistió Mary, y ya no pudo contener las lágrimas—. Era una corona, con un león debajo, un león rampante...

—El escudo de la casa Stewart —concluyó Malcolm—. ¡Sigue!

—Galen dibujó en la chimenea unos signos extraños. Luego abandonó el edificio. Había mesas y sillas, y un mostrador... La sala de una taberna, pero no había nadie. Desde fuera llegaban gritos, se oían disparos... Galen salió, y ya no recuerdo más. Por favor, Malcolm, tiene que creerme. Esto es todo lo que vi.

Malcolm la miró desde arriba, respirando pesadamente. Sus ojos echaban chispas, como si se hubieran inflamado.

—Todo encaja —susurró—. El tiempo está maduro. Se ha resuelto el enigma. —Se dirigió al compañero que había permanecido en silencio a su lado—. Por fin sabemos qué ocurrió entonces.

—¡Pero sir! ¿De verdad va a creer a esta mujer? Puede habérselo inventado todo.

—Imposible. Sabe cosas que nadie que no fuera un iniciado podría saber. Por razones que desconocemos, el druida la eligió para comunicarme a mí, su sucesor, dónde se encuentra la espada. Quiero que cabalguéis enseguida a Edimburgo y encontréis el arma. La descripción es muy clara: una posada que se encuentra muy cerca del castillo y en cuya chimenea aparece tallado un escudo de los Stewart.

—Comprendido, sir.

—Por fin sabemos dónde tenemos que buscar. ¡Después de tantos siglos de espera, nuestro destino se cumplirá! Y no consentiré un fracaso, Dellard. No esta vez...

13

—¡Por las reliquias de san Eduardo! —exclamó sir Walter—. ¡Tienes razón, muchacho!

Alguien había grabado unas runas en el escudo de los Stewart, visiblemente de forma apresurada; pero aun así, los signos podían reconocerse con facilidad. Eran las mismas runas que Quentin y sir Walter habían descubierto en el sarcófago de Bruce.

—¿Ha encontrado algo? —preguntó el abad Andrew esperanzado.

—No yo, sino mi despierto sobrino —respondió sir Walter, y le dio una palmadita a Quentin en la espalda—. Es evidente que estos signos se marcaron posteriormente en el escudo. Son runas, las mismas del sarcófago de Robert. No puede ser una casualidad que se encuentren aquí.

—Seguro que no. Como ya dije, sir Walter, este era antes el escondrijo de la secta.

—Esto ya lo he comprendido. Pero ¿no se le ha ocurrido nunca pensar que estas runas podían ocultar algo más? ¿Hasta qué punto se examinó a fondo la chimenea?

—Bien, a decir verdad, no creo que nadie...

Sir Walter golpeó la chimenea con el puño de su bastón y se escuchó una percusión sorda: no parecía haber ninguna cavidad.

—No puede ser una casualidad —reflexionó en voz alta—. Estos signos tienen que significar algo. Son una indicación, una pista...

Se retiró un paso para contemplar el conjunto de la chimenea, y entonces notó una corriente de aire en su mano derecha.

—Extraño —se limitó a decir.

Se adelantó y retrocedió de nuevo, moviéndose tan pronto hacia la izquierda como hacia la derecha, para tratar de descubrir de dónde venía la corriente. Comprobó con sorpresa que no procedía de la extracción de humos, como habría sido lógico, sino que podía sentirse a ras de suelo, en la dirección de la rejilla cubierta de ceniza.

—La rejilla, muchacho —dijo volviéndose hacia Quentin—. ¿Quieres hacer el favor de apartarla por mí?

—Naturalmente, tío.

Con gesto decidido, el sobrino de sir Walter se adelantó, sujetó la estructura de hierro forjado y la arrastró afuera de la chimenea. Aunque las nubes de hollín que se levantaron le dieron el aspecto de un carbonero, Quentin no se preocupó por ello.

Bajo la rejilla había una losa, también cubierta de hollín. A petición de su tío, Quentin la limpió con la mano... y lanzó un grito agudo al ver que por debajo aparecía la runa de la espada grabada en la antigua piedra.

—¡Increíble! —exclamó entusiasmado—. ¡Lo has conseguido, tío! ¡La has encontrado!

—¡La hemos encontrado, muchacho! —le corrigió sir Walter con una sonrisa complacida—. Los dos la hemos encontrado.

El abad Andrew y sus hermanos de congregación se acercaron también al instante, y contemplaron asombrados el descubrimiento.

—Sabía que no nos decepcionaría, sir Walter —dijo el abad—. Usted y su sobrino han sido bendecidos por el Señor con una sagacidad especial.

—Ya veremos —dijo sir Walter—. Ahora lo que necesitamos son herramientas. Supongo que bajo la solera de la chimenea existe una cavidad. Con un poco de suerte, allí encontraremos lo que buscamos.

El abad Andrew envió a dos de sus hermanos a buscar los útiles necesarios, un martillo pesado y un pico, con los que Quentin atacó la placa de piedra. Los martillazos retumbaron sordamente en la sala mientras descargaba con todas sus fuerzas la herramienta contra la losa. Finalmente saltaron esquirlas. Quentin continuó entonces con el pico y dejó libre un espacio de unos dos codos de lado. Una negrura impenetrable se abrió ante las miradas de los hombres.

—Velas —pidió Quentin entusiasmado, y sujetó el candelabro que le alcanzaban para iluminar luego con él la abertura.

—¿Y bien? —preguntó sir Walter impaciente—. ¿Qué puedes ver?

—¿Ha encontrado la espada, señor Quentin? —inquirió el abad Andrew.

—No. Pero aquí hay un pozo. Y un pasaje que continúa por debajo, una especie de galería...

Sir Walter y el abad intercambiaron una mirada sorprendida.

—¿Una galería? —preguntó sir Walter levantando las cejas.

—No tengo ningún conocimiento de eso.

—Posiblemente sea un pasaje secreto. En tiempos antiguos era bastante habitual disponer de una puerta trasera para los momentos de crisis.

—Voy a mirar —anunció Quentin, y antes de que sir Walter pudiera decir nada en contra, ya había saltado con su candelabro.

Sir Walter y el abad Andrew se precipitaron hacia el borde de la abertura y miraron hacia el fondo. Unos tres metros por debajo distinguieron a Quentin, que estaba de pie en la entrada de una galería.

—Esto es increíble —gritó Quentin mirando hacia lo alto,

y su voz resonó ligeramente en el túnel—. Ante mí se abre un pasaje, pero no puedo ver adónde conduce.

—Necesitamos más luz —pidió sir Walter, y uno de los monjes lanzó dos antorchas abajo, que Quentin encendió con las velas.

—Es un pasaje bastante largo —informó—. Sigo sin poder ver el final. Al cabo de unos veinte metros el pasadizo forma un recodo.

—¿En qué dirección? —quiso saber sir Walter.

—Hacia la izquierda.

—Hummm... —Sir Walter reflexionó—. El pasaje va en dirección noroeste. Si además describe un giro hacia la izquierda, conducirá directamente al castillo de Edimburgo.

—Tiene razón —asintió el abad Andrew.

—Entonces posiblemente no se trate de una vía de escape de esta casa, como suponíamos al principio, sino de un pasaje secreto que sale del castillo y va a parar a este edificio.

—Se dice que algunos partidarios de los jacobitas pudieron escapar de forma misteriosa del castillo. Tal vez acabemos de encontrar una explicación a este enigma.

—Tal vez —asintió sir Walter—. Y esto también explicaría por qué los hermanos de las runas tenían su escondrijo precisamente aquí. ¿Es transitable el pasaje, muchacho? —gritó en dirección a Quentin.

—Creo que sí.

—Entonces deberíamos examinarlo. ¿No le parece, abad Andrew?

El religioso arrugó la frente.

—¿Quiere bajar usted mismo?

Los rasgos de sir Walter se iluminaron de nuevo con su característica sonrisa juvenil.

—No creo que se nos revelen los secretos de esta galería desde aquí arriba, mi querido abad. Y hemos llegado tan lejos que de ningún modo voy a permitir que nada me detenga en los últimos metros.

—Entonces le acompañaré —anunció el abad Andrew decidido, e hizo una seña a su gente para que les ayudaran a bajar.

Debido a su pierna, sir Walter tuvo algunas dificultades para llegar al fondo del pozo, pero al señor de Abbotsford se le había metido en la cabeza que lo haría, y nada ni nadie habrían podido detenerlo. Quentin lo sostuvo sobre sus hombros y luego formó un peldaño con las manos, que ayudó a sir Walter a llegar al suelo de la galería. El abad Andrew saltó tras él sin vacilar. Su forma de moverse y la elasticidad con que aterrizó después del salto dejaban ver que la oración y el estudio de antiguos escritos no eran las únicas ocupaciones del abad.

Los monjes les alcanzaron desde arriba otras antorchas, y en cuanto las hubieron encendido, los tres hombres se dispusieron a recorrer la galería, que se extendía sombría ante ellos. Manos diligentes la habían labrado en el basalto de la colina del castillo, seguramente ya en la Edad Media.

El techo de la galería tenía la medida justa para que un hombre pudiera pasar agachado. Las paredes estaban húmedas y cubiertas de cieno, y en el suelo había charcos en los que se reflejaba la luz de las antorchas. En algún lugar goteaba el agua, y el eco de los pasos de los tres hombres resonaba en las paredes, cavernoso y siniestro.

Quentin, que había superado todos sus temores y ardía en deseos de solucionar el enigma que les había tenido ocupados tanto tiempo, se puso al frente del pequeño grupo. Le seguía sir Walter, y el abad Andrew cerraba la marcha.

Los tres avanzaron por la galería, que describía primero el giro a la izquierda que había mencionado Quentin, antes de ascender en una suave pendiente.

—Tenía razón —constató sir Walter, y su voz resonó a través de la galería—. Este pasaje conduce, en efecto, hacia arriba, al castillo. Apostaría cualquier cosa a que...

Inesperadamente, Quentin se había detenido.

Ante ellos, un esqueleto humano yacía en el suelo.

Estaba medio apoyado contra la pared de la galería, y sobre la osamenta aún quedaban vestigios de lo que parecía un uniforme. Al lado había un sable herrumbroso, así como los restos de una pistola de pedernal. El hombre tenía la clavícula hecha trizas, al parecer a consecuencia de una bala que debían de haber disparado desde muy cerca.

—Por el uniforme, debía de ser un soldado del gobierno —supuso sir Walter—, un miembro de la Guardia Negra. Al parecer, aquí abajo hubo un combate.

Siguieron adelante y tropezaron con indicios que confirmaban la suposición de sir Walter. Más esqueletos aparecieron desperdigados por la galería, en ocasiones tan juntos que sir Walter y sus acompañantes tenían que pasar sobre ellos para poder continuar su camino. Al lado había restos de armas y uniformes; a veces de tropas del gobierno, y otras de los resistentes jacobitas.

—Aquí abajo debió de producirse una terrible refriega —opinó Quentin.

—Sin duda —asintió sir Walter—. Y los soldados del gobierno la perdieron.

—¿Qué te lo hace suponer?

—Muy sencillo: si alguno de los soldados hubiera conseguido abandonar la galería vivo, la existencia del pasaje no habría permanecido secreta. Dado que no fue así, parece evidente que solo pudieron escapar jacobitas, que conservaron el secreto.

—Suena lógico —admitió el abad Andrew—. Aunque me pregunto por qué los muertos se encuentran en este estado. Las insurrecciones jacobitas fueron aplastadas hace unos setenta años, pero estos esqueletos parecen tener una antigüedad de varios siglos.

—Creo que conozco la respuesta —intervino Quentin con voz ahogada, e iluminó con su antorcha la parte de la galería que habían dejado atrás. A lo lejos se oyeron unos chillidos estridentes, y en el espacio que abarcaba la luz de la antorcha, el suelo pareció moverse de pronto y se escuchó el rumor de docenas de pasos ligeros, cortos y rápidos.

—Ratas —gimió sir Walter con una mueca de asco. No había muchas cosas por las que el señor de Abbotsford sintiera repugnancia, pero los grises roedores eran, sin duda, una de ellas.

Quentin, que conocía la debilidad de su tío, gritó con fuerza y agitó su antorcha para ahuyentar a los animales. Las ratas se retiraron por la galería lanzando chillidos, y se alborotaron de nuevo, asustadas, cuando los hombres continuaron su marcha en la oscuridad. Una y otra vez podían distinguir sus ojos inflamados de rojo, brillando hostiles en la penumbra.

El pasaje se empinó, y a intervalos irregulares, aparecieron peldaños labrados en el suelo. Según los cálculos de sir Walter, no tardarían en encontrarse debajo del castillo real. Los tres hombres se preguntaban qué iban a hallar al final de la galería...

Los cascos de los caballos del destacamento de dragones atronaban en la noche. Los jinetes, que espoleaban despiadadamente a sus monturas, podían utilizar sin problemas la carretera principal, ya que ellos no necesitaban esconderse. Sus uniformes constituían un camuflaje perfecto: ¿quién iba a imaginar que tras un destacamento de dragones británicos pudieran ocultarse los miembros de una hermandad prohibida?

Charles Dellard se sentía lleno de desprecio por todos aquellos a los que había engañado —desde sus superiores hasta los cabezas huecas del gobierno; todos, sin excepción, lo habían tomado por un súbdito leal de su majestad— y ardía en deseos de dejar caer por fin su máscara y revelar abiertamente sus auténticas intenciones. Estaba harto de adular a la gente y de someterse a las indicaciones de nobles estrechos de miras que se habían limitado a heredar el título y el cargo. Él mismo quería formar parte del grupo ilustre de los que tenían el poder en sus manos, y gracias a Malcolm de Ruthven y a la Hermandad de las Runas, pronto pertenecería a ese selecto círculo.

El inspector azuzaba implacablemente a su caballo. Pronto, al otro lado de la colina, pudo divisar los primeros arrabales de la ciudad. El resplandor mate de los faroles caía sobre las casas e iluminaba la noche, de modo que la colina del castillo y la poderosa fortaleza que la coronaba podían verse desde lejos.

Edimburgo.

Habían llegado a su destino.

El pelaje de los caballos brillaba de sudor después de la dura cabalgada. Los animales resoplaban, lo habían dado todo, pero sus jinetes seguían azuzándolos.

Malcolm de Ruthven estaba convencido de que el sueño de la inglesa había sido algo más que una ilusión o una mentira para tratar de salvar el cuello. Dellard, por su parte, no sabía todavía qué pensar; pero era consciente de que el eclipse de luna estaba cerca y de que tenían que aprovechar todas las ocasiones que se presentaran para hacerse con la espada de la runa, la hoja hechizada de la que dependía todo.

Casi había llegado la hora.

Dentro de poco, el sombrío destino en que todos creían se cumpliría. Y entonces nacería una nueva era. En cuanto se deshicieran del rey traidor con ayuda de la espada, que ya antes había eliminado a otros traidores...

El desastre se abatió sobre él de una forma tan repentina que Quentin no tuvo tiempo de reaccionar.

El pasaje había dejado de subir y ahora transcurría de nuevo horizontalmente. Si Quentin no hubiera estado tan preocupado por alcanzar el extremo de la galería, tal vez se habría dado cuenta de que el suelo en aquella zona era distinto al del resto del pasaje; pero obsesionado como estaba por llegar al final, corrió a ciegas hacia la trampa, que había sido preparada, hacía mucho tiempo, por manos astutas.

Un paso imprudente, un horrible crujido, y la placa de piedra de solo un dedo de grosor que formaba el suelo cedió. La losa saltó en pedazos, y bajo ella se abrió un oscuro abismo.

Un grito ahogado surgió de la garganta de Quentin cuando se dio cuenta de que el suelo se hundía bajo sus pies. La antorcha cayó al suelo. Braceó frenéticamente, buscando algún lugar donde agarrarse, pero sus manos se agitaron inútilmente en el vacío. Un instante después sintió que el abismo iba a devorarle. Durante una fracción de segundo, osciló entre la vida y la muerte, hasta que dos manos resueltas lo sujetaron y lo retuvieron, mientras los fragmentos de la placa desaparecían en la oscuridad.

Quentin siguió gritando. Tardó un momento en comprender que no caería al vacío. Sir Walter y el abad Andrew habían reaccionado instantáneamente y lo habían sujetado por el cuello de la chaqueta. Y ahí estaba ahora, balanceándose y agitando las piernas impotente, mientras lo arrastraban hacia atrás para depositarlo en lugar seguro.

—Ha faltado poco, muchacho —dijo sir Walter superfluamente.

Quentin temblaba como un azogado. Incapaz de decir palabra, se arrastró a cuatro patas hasta el borde del agujero y miró hacia abajo. Como su antorcha había caído por él, se podía distinguir el fondo. El pozo tenía una profundidad de unos diez metros y el suelo estaba cubierto de púas de hierro. Si efectivamente se hubiera precipitado dentro, no habría salido vivo de allí.

—Gracias —balbuceó con voz ahogada. Por un momento había llegado a pensar que todo había acabado para él.

—De nada, muchacho. —Sir Walter sonrió maliciosamente—. Nunca me lo habría perdonado si te hubiera ocurrido algo a ti también. De modo que puede decirse que solo he actuado en beneficio propio.

—Un foso trampa —constató el abad Andrew, cuyo pulso ni siquiera se había alterado por el incidente—. Es evidente que los constructores de esta galería tenían ciertas prevenciones contra los visitantes indeseados.

—Eso parece —le apoyó sir Walter—. De todos modos habrían tenido que contar con que un dispositivo como este aumentaría aún más nuestra curiosidad. Porque en un lugar donde se colocan unas trampas tan astutas, seguro que hay algo que descubrir. —Y añadió, tendiendo la mano a Quentin para ayudarle a ponerse en pie—: ¿Todo va bien, muchacho?

—Creo que sí.

A Quentin le temblaban las piernas y el corazón le golpeaba salvajemente contra las costillas. Aún bajo el efecto de la conmoción, se limpió a manotazos la suciedad de la ropa.

—Propongo que sigamos este camino —dijo sir Walter, y señaló la cornisa de solo dos palmos de ancho que rodeaba el foso. La construcción era tan sencilla como eficaz: quien supiera dónde debía poner el pie podía pasar sin problemas al otro lado; quien, en cambio, como Quentin, tomaba el camino directo estaba condenado a caer en la trampa.

Quentin tuvo que hacer un esfuerzo para volver a acercarse al foso, y aún más para pasar balanceándose a lo largo de él. De hecho, habría preferido cerrar los ojos si no hubiera existido un auténtico peligro de dar un paso en falso. Esforzándose en no mirar al abismo, avanzó finalmente a pequeños pasos, con la espalda pegada a la pared.

Uno tras otro pasaron al otro lado. Sir Walter fue el último en cruzar. De nuevo su pierna le ocasionó algunos problemas, pero con mucha concentración y un valor digno de admiración superó también ese obstáculo.

A partir de ese momento, los tres hombres permanecieron juntos, y examinaban el suelo antes de colocar los pies sobre él. Como pudo comprobarse, no había más trampas. Finalmente —sir Walter supuso que ya se encontraban entonces bajo el castillo de Edimburgo— la galería se ensanchó para formar una bóveda subterránea y terminó abruptamente.

El techo se había derrumbado, y un enorme montón de cascotes y fragmentos de roca obstruía el pasaje.

—Señores —dijo el abad Andrew, resignado—, siento tener que decirlo, pero me temo que este es el final de nuestro viaje.

—Así parece —confirmó sir Walter apretando los dientes. La idea de tener que capitular ante un montón de escombros, después de haber llegado tan lejos y haber atravesado tantos peligros, le resultaba intolerable, y no era el único en sentirse así.

—No puede ser cierto —exclamó su sobrino, desesperado—. Nos encontramos tan cerca de resolver el enigma, y ahora unas pocas piedras nos cierran el paso.

Frenéticamente, Quentin empezó a apartar algunos de los fragmentos más grandes; pero apenas se había secado el sudor de la cara cuando desde arriba rodaron más piedras.

—Déjelo, señor Quentin —le pidió el abad Andrew—. Con esto solo conseguirá que también el resto de la galería se derrumbe sobre nosotros.

—Pero... ¡tiene que haber algo que podamos hacer! Esto no puede quedar así, ¿no es verdad, tío?

Sir Walter no respondió. También él ardía en deseos de saber qué secreto se ocultaba tras la galería, pero no veía cómo iban a hacer desaparecer sin más un montón de escombros como aquel. Con aire pensativo, revisó el suelo a la luz de su antorcha, e inesperadamente tropezó con un rastro.

—¡Quentin! ¡Abad Andrew!

Al resplandor de la antorcha, ambos vieron lo que sir Walter había descubierto: bajo las piedras y el polvo había un cadáver enterrado. Al principio, el cuerpo no estaba a la vista, y solo el intento desesperado de Quentin de apartar el obstáculo lo había puesto al descubierto.

Al contrario que los muertos del pasaje, este había quedado soterrado, de modo que las ratas no habían podido llegar hasta él. Un penetrante olor a descomposición les golpeó en la cara cuando apartaron las piedras. Y de pronto vieron que el muerto mantenía algo abrazado.

Era un envoltorio alargado, forrado de cuero, lo que el muerto mantenía firmemente estrechado bajo el brazo..., como si fuera un tesoro de inestimable valor que quería proteger más allá de la muerte.

Los tres hombres intercambiaron una mirada de inteligencia, imaginando lo que podía contener el paquete. ¿Les habría conducido finalmente su búsqueda al deseado objetivo?

Quentin, que apenas podía contener su impaciencia, emprendió el poco agradable trabajo de arrancar el paquete del abrazo del muerto. Se sentía como si fuera un ladrón de tumbas, y solo la idea de que la seguridad del país podía estar en juego le tranquilizaba un poco.

Le costó un gran esfuerzo sacar el envoltorio, que tenía unos cuatro codos de largo, de la montaña de escombros. En cuanto lo hubo hecho, se produjo un nuevo desprendimiento que volvió a enterrar el cadáver, como si el muerto hubiera acabado de desempeñar su papel en ese impenetrable juego de intrigas y por fin hubiera alcanzado la anhelada paz.

Quentin colocó el paquete en el suelo, y a la luz oscilante de las antorchas los hombres empezaron a desenvolverlo.

Pasaron unos momentos de insoportable tensión, en los que ninguno de ellos dijo una palabra. Los viejos cordones se deshicieron casi por sí solos, y sir Walter apartó a un lado el cuero engrasado, que debía proteger el contenido del agua y la humedad.

Quentin contuvo la respiración, y los ojos de sir Walter brillaron como los un muchacho que recibe un regalo largo tiempo esperado. Un instante después, el resplandor de la antorcha se reflejó en el metal brillante, que resplandeció con tanta intensidad que deslumbró a los tres hombres.

—¡La espada! —exclamó el abad Andrew. Efectivamente,

entre las capas de cuero viejo, apareció una hoja de al menos cuatro pies de longitud.

Era una espada ancha y de doble filo, fabricada según el antiguo arte de la forja. La empuñadura, forrada de cuero, era bastante larga para sujetarla con dos manos, pero el pomo estaba tan bien balanceado que podía empuñarse también con una. Por encima de la ancha barra de la guarda, se veía un signo grabado en la hoja, que relucía a la luz de las antorchas.

—La runa de la espada —susurró Quentin.

—Con esto parece quedar demostrado —constató sir Walter—: esta es el arma que buscaba, abad Andrew.

—Y yo tengo que dar gracias al Creador por haberme decidido a abandonar mis temores y pedirle consejo, sir Walter —replicó el abad—. En un tiempo brevísimo ha conseguido lo que ninguno de nuestros eruditos logró en el pasado.

—En realidad no es mérito mío —declinó el cumplido sir Walter—. Por un lado, también Quentin ha tenido su parte en esto; y por otro, supongo que sencillamente habían madurado las condiciones para que el secreto saliera a la luz. De modo que esta es la espada por cuya causa se engaña y se asesina —añadió, observando el arma que sostenía en las manos.

—Los rumores se correspondían con la verdad. Efectivamente, entre los jacobitas había miembros de la Hermandad de las Runas. La secta se encontraba en posesión del arma, pero ya no era capaz de desencadenar sus fuerzas destructoras. Con esta espada, señores, se alcanzó la victoria en el campo de batalla de Stirling. William Wallace la empuñó antes de que le condujera a la ruina. Luego cayó en manos de Robert Bruce, que la llevó hasta la batalla de Bannockburn. Esto ocurrió hace más de medio milenio.

—Apenas puede verse herrumbre en la hoja —constató Quentin. La idea de que el personaje más famoso de la historia escocesa hubiera poseído esa arma le llenaba de orgullo y de respeto, pero también despertaba en él cierto malestar.

—La espada estaba bien aceitada y envuelta en cuero —se

adelantó enseguida sir Walter a dar una explicación lógica, como si quisiera ahogar en germen cualquier especulación sobrenatural—. No es extraño que haya sobrevivido tan bien a los años. De todos modos me pregunto por qué nadie sabía dónde estaba la espada. Al fin y al cabo, uno de los rebeldes tuvo que escapar de la galería en aquella época.

—Es cierto —asintió el abad Andrew—. Cuando las tropas del gobierno avanzaron, los hermanos de las runas debieron de huir por el pasaje secreto para evitar que la espada cayera en manos inglesas. Entonces, posiblemente a consecuencia de los disparos de la artillería, se produjo el derrumbe de la galería. La espada se perdió, pero algunos de los resistentes consiguieron escapar. Estos hombres se enzarzaron a continuación en un combate con los soldados del gobierno, que habían descubierto, tal vez por casualidad, el pasaje secreto y se habían introducido en él. Como ha dicho, sir Walter, al parecer ninguno de ellos sobrevivió al combate; si no, la existencia de la galería se habría conocido antes.

—Sin embargo —continuó sir Walter, siguiendo el hilo de la explicación—, al menos uno de los rebeldes sobrevivió. Él fue quien cerró el pasaje secreto y trazó las indicaciones sobre la chimenea. Solo queda una cuestión por responder, y es el motivo de que el conocimiento de la galería secreta se perdiera.

—Muy sencillo —se escuchó de pronto una voz que surgía de las profundidades de la galería—. El motivo fue que ese superviviente fue alcanzado por una bala poco después y no pudo confiar a nadie el secreto.

Sir Walter, el abad Andrew y Quentin se volvieron, sorprendidos, y levantaron sus antorchas. A la luz vacilante de las llamas, distinguieron unas figuras oscuras envueltas en amplios mantos. Las máscaras que llevaban ante el rostro estaban tiznadas de hollín, y en sus manos sostenían pistolas y sables.

—Vaya —dijo sir Walter sin inmutarse—, veo que nuestros adversarios también han resuelto el enigma, aunque solo después de nosotros, si se me permite señalarlo.

—¡Cállese! —replicó ásperamente una voz que resultó muy familiar a sir Walter y a sus acompañantes.

—¿Dellard? —preguntó el abad Andrew.

El jefe de los encapuchados rió. Luego se llevó la mano a la máscara y se la quitó. Debajo aparecieron, efectivamente, los rasgos ascéticos del inspector real, que les sonreía con sorna.

—Ha acertado, apreciado abad. Volvemos a encontrarnos.

El abad Andrew no parecía sorprendido, al contrario que sus acompañantes. Mientras Quentin miraba fijamente al inspector como si se encontrara frente a un fantasma, los rasgos de sir Walter enrojecieron de ira.

—Dellard —exclamó, indignado—. ¿Qué significa esto? ¡Es usted un oficial de la Corona! ¡Prestó juramento a su rey y a su patria!

—Por su exaltación deduzco, sir, que he conseguido mantener en la inopia al gran Walter Scott. Una hazaña que, pienso yo, merece un gran respeto. Al fin y al cabo, su fama de hombre perspicaz ha traspasado fronteras.

—Seguro que comprenderá que no le aplauda por ello. ¿Cómo ha podido hacerlo, Dellard? Nos ha engañado a todos. ¡Ha simulado que actuaba contra los sectarios, y usted mismo formaba parte de ellos!

—Para los lobos siempre fue muy útil camuflarse con una piel de cordero —replicó Dellard con una sonrisa irónica—. Además, usted particularmente, sir Walter, debería saber apreciar mi pequeña maniobra.

—¿De qué está hablando?

—Reflexione, Scott. Ha sido usted quien ha hecho posible todo esto. Al apartar a Slocombe del caso y trasladármelo a mí, nos hizo un gran favor sin saberlo. Luego, sin embargo, debo reconocer que con su curiosidad y su testarudez se convirtió en un problema cada vez mayor para nosotros.

—Por ese motivo debía abandonar Abbotsford a cualquier precio, ¿no es eso?

—Veo que está recuperando su habitual sagacidad —se

burló Dellard—. Efectivamente tiene razón. Al principio, solo queríamos deshacernos de usted y de su sobrino, pero luego comprendimos que nos sería mucho más útil que trabajara para nosotros en lugar de en contra nuestra. De modo que le enviamos a Edimburgo para que buscara la espada en nuestro lugar. Y como puede verse —añadió dirigiendo una mirada a la espada que Quentin sostenía en las manos—, ha tenido éxito.

Dellard hizo una seña a sus esbirros, que se adelantaron con las armas en alto. El abad Andrew, sin embargo, se colocó entonces ante Quentin y exclamó con voz firme:

—No. No conseguirá usted la espada, Dellard. ¡Antes tendrá que pasar sobre mi cadáver!

—¿Ah sí? ¿Y cree que tendré el menor escrúpulo en matarle? Ya hace demasiado tiempo que los suyos se inmiscuyen en nuestra labor.

Sin mostrar ninguna emoción, el religioso miró sin miedo hacia las bocas de las pistolas que le apuntaban.

—No debería hacerlo, Dellard —le conjuró—. Si renueva el maleficio, hará que sobre todos nosotros se abatan la desgracia y la ruina, una guerra que dividirá al país y en la que los hermanos lucharán entre sí. Morirán miles de personas.

—Así es —replicó Dellard complacido—. Y de las cenizas de esta guerra surgirá un nuevo poder. Los antiguos señores serán expulsados, y se erigirá un orden nuevo.

—¿De verdad cree en eso?

—No lo dude ni por un momento.

—Entonces es usted un loco, Dellard, porque nunca vencerá —profetizó el abad Andrew—. Todo lo que tiene que ofrecerles a los hombres es miedo, violencia y terror.

—Eso basta para gobernar —replicó el traidor, convencido.

—Tal vez. La cuestión es cuánto durará su dominio. Quiere hacer revivir el pasado y resucitar una era que hace tiempo terminó. Fracasará en su propósito, Dellard, y todos nosotros estaremos ahí para presenciar su caída.

—Con todos los respetos por sus dotes de clarividencia, apreciado abad —replicó el inspector—, creo que como oráculo no vale usted demasiado: cuando haya contado hasta tres, estará usted muerto. Uno...

—Dele la espada, abad Andrew —le imploró sir Walter—. Este hombre carece de escrúpulos.

—No, sir Walter. Durante toda mi vida me he preparado para este momento. No claudicaré ahora que ha llegado.

—Entonces será su último momento —replicó Dellard malignamente—. Dos...

—¡En nombre de Dios, Dellard! ¡Es solo una espada, una vieja arma! ¿Qué cree que puede hacer?

El abad se volvió y dirigió a sir Walter una mirada de inteligencia.

—Hoy aún duda —dijo en voz baja—; pero muy pronto, sir Walter, también usted creerá.

—¡Tres! —gritó Dellard.

Entonces, los acontecimientos se precipitaron.

Quentin, que había llegado por su cuenta a la conclusión de que el abad Andrew no debía sacrificar su vida inútilmente, quiso adelantarse para entregar la espada a Dellard y a su gente; pero el abad le retuvo con mano de hierro, y un instante después se escuchó el estampido de las pistolas de los sectarios.

—¡No! —gritaron Quentin y sir Walter al unísono; pero ya era demasiado tarde.

Durante un instante, el abad Andrew se mantuvo aún en pie, mientras su cogulla se teñía de oscuro a la altura del pecho. Luego se desplomó.

Sir Walter acudió enseguida a su lado, mientras los encapuchados se adelantaban para arrebatar la espada a Quentin. Conmocionado, el joven apenas opuso resistencia. En aquel momento solo le preocupaba el estado del abad Andrew.

Dos balas habían alcanzado al religioso en el hombro, y una tercera, directamente en el corazón. La sangre manaba a borbotones de la herida y empapaba la cogulla del monje. En un instante, los rasgos del abad Andrew se volvieron blancos como la cera.

—Sir Walter, joven señor Quentin —susurró, mientras les dirigía una mirada desmayada.

—¿Sí, venerable abad?

—Lo hemos... intentado todo... Lo siento tanto... Cometí un error...

—Usted no podía hacer nada —le dijo sir Walter para consolarlo, mientras Quentin trataba desesperadamente de contener la hemorragia. Sin embargo, no pudo conseguirlo, y pronto sus ropas se tiñeron también con la sangre del abad.

—Lo hemos dado todo... luchado... muchos siglos... No deben vencer.

—Lo sé —le tranquilizó sir Walter.

El abad asintió con la cabeza. Luego, con un último esfuerzo, sujetó bruscamente a sir Walter por el hombro y se incorporó. Con ojos turbios, le miró y susurró con voz ronca sus últimas palabras:

—Ceremonia... no debe realizarse..., impídalo...

Las fuerzas le abandonaron, y su tronco se inclinó hacia atrás. Una vez más su cuerpo destrozado se enderezó convulsivamente. Luego la cabeza del abad cayó de lado, y todo terminó.

—No —suplicó Quentin en un susurro, incapaz de aceptar lo ocurrido—. ¡No! ¡No!

Sir Walter permaneció un instante inmóvil ante el cadáver, en silenciosa oración; luego, le cerró los ojos. Cuando levantó la mirada de nuevo, su rostro tenía una expresión que Quentin nunca le había visto antes. Sus rasgos reflejaban un odio feroz.

—Asesinos —increpó a Dellard y a sus partidarios—. Miserables criminales. El abad Andrew era un hombre de paz. ¡No les había hecho nada!

—¿Realmente lo cree, Scott? —El inspector sacudió la cabeza—. Es usted un ingenuo, ¿sabe? Ni siquiera ahora, que conoce tantas cosas, ha podido comprender la verdadera importancia de este asunto. El abad Andrew no era un hombre de paz, Scott. Era un guerrero, exactamente igual que yo. Hace siglos que ahí fuera se desarrolla un combate en el que se decide el destino y el futuro de esta tierra. Pero no creo que usted y su torpe sobrino sean capaces de entenderlo.

—Aquí no hay nada que entender. Es usted un cobarde asesino, Dellard, y haré todo lo que esté en mi mano para que usted y sus partidarios respondan por sus crímenes.

Dellard suspiró.

—Me parece que no ha comprendido absolutamente nada. Supongo que solo lo hará cuando lo vea con sus propios ojos.

—¿De qué está hablando?

—De un largo viaje que realizaremos juntos, ¿o creía seriamente que les arrebataríamos la espada y luego les dejaríamos marchar? Sabe usted demasiado, Scott, y tal como están las cosas, puede considerarse afortunado de no haber corrido la misma suerte que el venerable abad.

A una seña suya, sus hombres se adelantaron y sujetaron a sir Walter y a Quentin. Mientras sir Walter protestaba enérgicamente, Quentin trató de defenderse con los puños; pero la lucha fue breve: los hombres los golpearon sin contemplaciones y ambos se desplomaron sin sentido.

Ninguno de los dos fue consciente de que los sujetaban y los arrastraban a un lugar desconocido, donde pronto se desencadenarían acontecimientos sombríos...

14

El despertar fue duro; no solo porque a Quentin le retumbaba el cráneo y un dolor lacerante le martilleaba en las sienes, sino también porque el recuerdo volvió. El recuerdo de la galería subterránea, de la espada de la runa y del encuentro con los encapuchados.

Quentin se estremeció al recordar cómo el abad Andrew había muerto ante sus ojos. Recordó la risa sarcástica de Dellard, que se había revelado como un traidor, y de repente cobró conciencia de que se encontraba prisionero.

Un suave gemido surgió de su garganta y abrió los ojos. Lo que vio, sin embargo, no era en absoluto lo que había esperado. Porque en lugar de verse rodeado de criminales enmascarados, se encontró ante los encantadores rasgos, de una belleza ultraterrena, de Mary de Egton.

—¿Estoy… muerto? —fue la única pregunta que se le ocurrió en el momento. Al fin y al cabo era totalmente imposible que Mary se encontrara precisamente allí; de modo que debía de haber muerto y había llegado al cielo, donde se cumplían todos sus deseos y sueños.

Mary sonrió. Su rostro estaba más pálido de como lo recordaba, y sus largos cabellos estaban revueltos; pero aquello no alteraba en nada su belleza, que de nuevo le dejó fascinado.

—No —replicó la joven—. No creo que esté muerto, mi querido señor Quentin.

—¿No?

Se incorporó a medias y miró alrededor desconcertado. Se encontraban en una minúscula habitación de techo bajo y suelo y paredes de madera. La luz llegaba solo a través de una estrecha reja que había en el techo, y en ese momento Quentin se dio cuenta de que su prisión se movía. Perezosamente se bamboleaba de un lado a otro, y desde fuera llegaba amortiguado el matraqueo de los arneses y el sonido de los cascos de los caballos.

Se encontraban en un carruaje. Y esa no era la única sorpresa; porque en el lado opuesto Quentin distinguió ahora a sir Walter, que estaba sentado en el suelo, apoyado contra la pared, y llevaba un vendaje improvisado en torno a la cabeza.

—Tío —exclamó Quentin, asombrado.

—Buenos días, muchacho. ¿O debería decir mejor buenas noches? Porque dudo que estos canallas nos tengan preparado nada bueno para hoy.

—¿Do... dónde estamos? —preguntó, estupefacto, Quentin, que poco a poco iba cobrando conciencia de que efectivamente no estaba muerto. De todos modos, ¿cómo podía haber llegado Mary hasta allí?

—De camino a la sede de la hermandad —respondió ella—. Aunque nadie me ha informado de dónde está eso. Estoy prisionera, como ustedes.

—Pero... esto no tiene sentido —balbuceó Quentin desconcertado—. Usted no debería estar aquí. Debería estar segura y protegida en el castillo de Ruthven, con su prometido.

—En realidad sí —admitió Mary, y entonces le contó todo lo que había sucedido desde su despedida en Abbotsford.

Aunque resumió lo ocurrido, la joven no excluyó nada —tampoco la noche en que Malcolm de Ruthven había querido violarla y la había perseguido por el castillo en plena noche—. Al oírla, la cara de Quentin se contrajo en una mueca de repulsión; también sir Walter, que se había despertado antes que él y oía la historia por segunda vez, sacudió de nuevo la cabeza indignado.

Mary contó cómo había encontrado las anotaciones de Gwynneth Ruthven, y les habló de sus sueños, de la Hermandad de las Runas y de la conjura que había tenido lugar hacía más de medio milenio. Los rasgos de Quentin enrojecieron progresivamente a medida que hablaba.

—Al final —concluyó Mary su relato—, ya no aguanté más. Decidí huir. Algunos de los sirvientes me ayudaron a escapar del castillo. No sabía a quién podía dirigirme, de modo que decidí cabalgar hasta Abbotsford. Al principio todo fue bien, pero poco antes de llegar a mi destino, caí en manos de Charles Dellard. Yo no podía saber que él y Malcolm eran cómplices; solo lo comprendí cuando hizo que me detuvieran y me derribó de un golpe.

—Malcolm de Ruthven es el cabecilla de la banda —añadió sir Walter con amargura—. ¿Quién podría imaginar algo así? Un laird escocés convertido en un traidor a la Corona. Es vergonzoso.

—Pero entonces... entonces todo es cierto —gimió Quentin, que aún tenía dificultades para ordenar las últimas informaciones—. La conjura contra William Wallace, la espada hechizada que llevó a Bruce a la victoria en Bannockburn: todo esto ocurrió realmente así. Los sueños de lady Mary lo demuestran.

—Un sueño es un sueño, muchacho, y no una demostración. Y aunque debo reconocer que efectivamente existen coincidencias sorprendentes entre los sueños de lady Mary y lo que hemos descubierto sobre la Hermandad de las Runas, estoy seguro de que se puede encontrar una explicación sencilla y racional para todo esto. ¿No es posible que Malcolm de Ruthven le haya hablado de sus planes, lady Mary?

—No me dijo una palabra sobre eso —replicó Mary sacudiendo la cabeza.

—¿O que escuchara, sin ser consciente de ello, una conversación en la que se hablaba de aquellos sucesos? La mente nos juega a veces malas pasadas.

—No fue nada de eso, sir Walter —aseguró Mary—. Lo que soñé lo soñé realmente. De hecho, incluso tuve la sensación de que yo misma estaba presente allí, como si compartiera el destino de Gwyneeth Ruthven. También ella cayó prisionera de la secta y fue llevada a su escondrijo, al círculo de piedras.

—Al círculo de piedras —repitió Quentin como un eco, estremeciéndose—. ¿Y qué ocurrió allí?

Mary dudó antes de responder.

—Asesinaron cruelmente a Gwynneth. Con la espada que debía llevar a la ruina a William Wallace. Su sangre selló el hechizo.

—¿Y qué pasó después? —quiso saber sir Walter—. ¿Qué ocurrió con la espada?

—Eso no lo sé. El último sueño que tuve no trataba de Gwynneth, sino de un joven llamado Galen Ruthven. Era siglos más tarde, en la época del alzamiento jacobita. También Galen Ruthven pertenecía a la hermandad. Él y su gente huyeron del castillo de Edimburgo a través de un pasaje subterráneo...

Quentin y sir Walter intercambiaron una mirada de sorpresa.

—¿Un pasaje subterráneo?

—Una galería excavada en la roca. Una vía de huida secreta que utilizaban los sectarios.

—¿Llevaban algo consigo? —preguntó sir Walter, impaciente.

—En efecto. Era la espada. La habían envuelto en cuero, para que no sufriera ningún daño. Un hombre anciano al que llamaban «conde» la llevaba consigo. Según me dijo luego Malcolm, era el fundador de la hermandad. Pero entonces un cañonazo hizo temblar el castillo y la galería se derrumbó. Enterró al conde y, con él, a la...

Mary se detuvo al ver que los dos hombres la miraban fijamente.

—¿Qué ocurre? —preguntó—. ¿He dicho algo incorrecto?

—No, querida —respondió sir Walter—, pero tengo que reconocer que también yo empiezo a tropezar con los límites de mi racionalidad. Lo que ha soñado, lady Mary, ocurrió efectivamente así. Quentin y yo estuvimos en esa galería en Edimburgo. Vimos los restos mortales de ese hombre, y encontramos la espada.

—Estos hombres han centrado todo su interés en la espada —continuó Quentin—. Hace siglos que la buscan, y ahora que por fin la tienen otra vez en su poder, planean de nuevo una conspiración; exactamente igual que en el pasado, cuando la utilizaron contra William Wallace.

—Comprendo —susurró Mary, y su rostro se ensombreció—. Entonces, todo encaja. Pero ¿por qué tengo estos sueños? ¿Por qué veo cosas que realmente han sucedido? Todo esto me parece siniestro.

—Hace algún tiempo leí un artículo —explicó sir Walter—. Un erudito de París defendía en él la tesis de que, en determinadas condiciones, puede suceder que recuerdos de un pasado remoto sobrevivan al tiempo y aparezcan de nuevo en el presente. Presentaba el ejemplo de una joven de Egipto que decía conocer el camino hacia una cámara funeraria enterrada. Cuando siguieron sus indicaciones, tropezaron efectivamente con unos restos mortales en una cavidad oculta bajo capas de arena. Al preguntarle dónde había obtenido esta información, la mujer respondió que había soñado con una princesa egipcia que le había mostrado el camino.

—Así me ocurrió a mí también —confirmó Mary—. ¿Está hablando de una especie de... transmigración de las almas?

Sir Walter sonrió.

—Sería mejor hablar de una especie de parentesco entre almas. Ese francés partía de la base de que estos casos son extremadamente raros; pues solo cuando la naturaleza y el destino de las dos personas se asemejan de un modo pasmoso, puede ocurrir que recuerdos de una época muy lejana se manifiesten de nuevo, como un eco, si quiere expresarlo así.

—Comprendo —replicó Mary, que estaba blanca como el papel.

—Como he dicho, no es una teoría mía, sino la de un francés con una gran imaginación. Aunque debo admitir que, a la vista de lo ocurrido, es muy posible que haya algo de verdad en ella.

—Hablaba de una semejanza de destinos, sir Walter —dijo Mary en voz baja—. ¿Significa esto que me amenaza el mismo destino que a Gwynneth Ruthven?

Quentin, que les había escuchado en tensión, ya no aguantó más. No podía seguir viendo cómo Mary sufría. Por eso reunió todo su valor y dijo:

—Nadie ha dicho eso, lady Mary. Es solo una teoría, y en mi opinión, no particularmente buena. ¿No podría ser también todo una sorprendente casualidad? Pasó por momentos muy difíciles en el castillo de Ruthven. ¿No podría ser esa igualmente la razón de sus pesadillas?

—¿De verdad lo cree? —le preguntó Mary.

Quentin vio brillar las lágrimas en sus ojos.

—Desde luego —mintió sin parpadear, aunque en realidad tenía que esforzarse para ocultar su propio miedo.

Lo que su tío había dicho le había inquietado mucho. Por si no bastara con las oscuras maldiciones y los conspiradores paganos, ahora se añadían cosas tan siniestras como el parentesco entre almas y las lúgubres profecías. Pero había algo más fuerte que el miedo de Quentin Hays, y era el afecto que sentía por lady Mary.

Para consolarla y hacer que se sintiera segura, habría sonreído plácidamente incluso ante un Cerbero de múltiples cabezas. Quentin tenía la sensación de que había aprendido una nueva lección en su esfuerzo por convertirse en hombre, y la benévola inclinación de cabeza que le dedicó sir Walter le animó en su camino.

Mary sollozaba suavemente, y Quentin no pudo por menos de pasar el brazo en torno a sus hombros para ofrecerle consuelo, a pesar de que era un gesto inapropiado teniendo en cuenta su distinta posición social. En ese momento, pensó, todos eran iguales, con independencia de su origen. Tal vez los hermanos de las runas los mataran a todos; así pues, ¿qué importancia podía traer aquello?

—No se preocupe, lady Mary —le susurró—. No le ocurrirá nada. Le prometo que mi tío y yo haremos cuanto esté en nuestras manos para protegerla de estos sujetos. Este miserable Malcolm no la tocará, aunque para ello tenga que enfrentarme con él personalmente.

—Mi querido Quentin —murmuró ella—. Es usted mi héroe. —E inclinando la cabeza sobre su hombro, lloró lágrimas amargas.

—Ahí está, pues.

Malcolm de Ruthven contempló sorprendido la espada que yacía ante él sobre la mesa. A primera vista era una espada corriente, y nada en su aspecto permitía deducir que se trataba de un arma tan poderosa. Sin embargo, había dos cosas especiales en ella: que tuviera una antigüedad de cientos de años y no hubiera ni señales de herrumbre ni la menor mancha en la hoja, y el signo de la runa que aparecía grabado por encima de la barra de la guarda.

Fuerzas oscuras se encontraban asociadas a este signo, fuerzas que habían permanecido dormidas medio milenio y esperaban a ser desencadenadas de nuevo. Por él, Malcolm de Ruthven, el sucesor del gran druida.

Sus ojos brillaron y una extraña sonrisa se dibujó en sus labios cuando cogió el arma. En el momento de tocarla, un escalofrío recorrió su cuerpo, y tuvo la sensación de que el poder y el conocimiento de los siglos pasados se transmitían a su persona. Una carcajada lúgubre surgió de su garganta, y levantó la espada para contemplarla a la luz de la linterna.

—Por fin —dijo—. ¡Por fin es mía! El augurio se ha cumplido. En la época de la luna oscura vuelve la espada. Ahora el poder será nuestro. Runas y sangre.

—Runas y sangre —repitió Charles Dellard, que había entrado silenciosamente en la tienda.

El inspector renegado percibió el brillo en los ojos de Malcolm de Ruthven y supo qué significaba. Pero se guardó de decir nada. Malcolm de Ruthven era el todopoderoso jefe de la Hermandad de las Runas, y quien quisiera sacar provecho de su poder debía dominar el arte de callar en el momento adecuado.

—Mañana habrá llegado el momento, Dellard. Nos reuniremos en el círculo de piedras y celebraremos el ritual que se efectuó ya una vez hace tiempo. Al gran druida no le fue concedido asistir a la renovación del hechizo que conducirá de nuevo a un traidor a la muerte y a la destrucción; pero nosotros, sus herederos, lo tendremos en nuestra memoria al llevar a cabo el ritual.

—¿Qué haremos con los prisioneros?

Malcolm sonrió con altivez.

—El destino está de nuestra parte, Dellard. ¿Cree que ha sido una casualidad que el camino de Scott se haya cruzado con el nuestro? ¡De ningún modo! Las runas lo habían previsto. Scott no solo era el instrumento que debía encontrar la espada para nosotros, sino que será también el hombre que dejará constancia, para la posteridad, de los acontecimientos de la noche de mañana.

—¿Sir? —Dellard levantó las cejas.

—Sí, me ha comprendido bien. Quiero que Scott esté presente. Este hombre debe asistir a mi mayor triunfo. Debe ser testigo ocular de este momento histórico, que cambiará no solo la historia de este país, sino la del mundo entero. Hace más de quinientos años, esta espada condujo a William Wallace a la ruina y coronó a Robert Bruce como rey de Escocia. Muy pronto barrerá también al traidor Jorge del trono de Escocia y me elegirá a mí, Malcolm de Ruthven, como su sucesor. Es un arma poderosa, Dellard, destinada a ser empuñada por reyes.

Charles Dellard se mordió los labios. El inspector era consciente de que el estado de Malcolm de Ruthven había empeorado en los últimos días. No sabía cómo habían llegado a aquella situación, pero en cualquier caso era mejor callar. Había seguido ese camino demasiado tiempo para volverse atrás ahora.

—¿Qué le ocurre, Dellard? —preguntó Malcolm, que había notado que una sombra cruzaba por el rostro de su cómplice—. ¿Cree que he perdido la razón?

—Claro que no, sir —se apresuró a asegurar Dellard—. Solo me pregunto si sus planes no serán tal vez un poco excesivos... para el momento presente.

—¿Excesivos? —De nuevo resonó la siniestra carcajada—. Solo lo dice porque no cree como yo en el poder de esta espada. No puedo reprochárselo, Dellard. Usted es británico, y no está enraizado como yo en las tradiciones de este país. Esta espada, mi querido inspector, oculta fuerzas que ni siquiera puede imaginar, fuerzas que son capaces de hacer tambalear a un reino.

»La fuerza y la determinación de los hombres que formaron esta nación se han conservado en ella, y cuando finalmente lleve a cabo el ritual, en la noche de la luna oscura, una y otra se transmitirán a mi persona. Entonces poseeré la fuerza de Wallace y el corazón de Bruce. Con ambos liberaré a este país de sus ilegítimos ocupantes y finalmente yo mismo llevaré la corona. El tiempo nuevo tocará a su fin y volverá el antiguo orden. Una nueva era se iniciará, una era en la que imperarán los antiguos dioses y demonios. Así lo han augurado las runas.

Y tras decir estas palabras, Malcolm de Ruthven volvió a reír, con la risa cacareante y ruidosa de un demente.

15

En el círculo de piedras

Cuando oyeron los pasos ante la barraca, supieron que había llegado la hora.

Durante dos días habían viajado a través del país, con destino desconocido y encerrados como animales en una jaula de madera. En algún momento, cuando ya se había puesto el sol, el carruaje se había detenido. Entonces habían arrastrado a sir Walter, a Quentin y a lady Mary fuera de su estrecha cárcel, y habían pasado la noche y el día siguiente en una cabaña destartalada: acurrucados en el suelo húmedo, hambrientos y sedientos, helados y atormentados por una terrible incertidumbre.

Se escucharon pasos en el suelo lodoso ante la puerta. Mary, que se apretaba estrechamente contra Quentin, le dirigió una mirada asustada, y aquel joven antes tan pusilánime sintió crecer en su interior una fuerza desconocida.

—No te preocupes —dijo con voz tranquilizadora—. Suceda lo que suceda, estoy a tu lado.

La puerta se abrió ruidosamente. En la penumbra del crepúsculo, una antorcha humeante iluminó la cabaña. Cinco encapuchados se encontraban ante la puerta. Todos llevaban las cogullas y las máscaras de la hermandad.

—Sacad a la mujer —ordenó uno de los tipos a los demás.

Los encapuchados ya se disponían a sujetar a Mary, cuando Quentin se levantó y se interpuso en su camino.

—No —dijo enérgicamente—. ¡Dejadla en paz, bastardos!

Los sectarios, sin embargo, no estaban dispuestos a dejarse detener por él. Brutalmente, lo empujaron a un lado, lanzándolo contra la pared, y Quentin cayó al suelo, conmocionado. Impotente, tuvo que ver cómo sujetaban a Mary, que se resistía violentamente, y la arrastraban hacia fuera.

—¡Protesto! —exclamó sir Walter, que, debido a su pierna enferma, no podía levantarse—. ¡Suelten inmediatamente a lady Mary!

—Cállate la boca, viejo loco —le respondieron con rudeza, mientras arrastraban a la joven hacia la puerta.

—Dejadla en paz —gritó Quentin—, cogedme a mí en su lugar.

Pero un instante después ya habían salido de la barraca. Los encapuchados cerraron la puerta tras de sí y corrieron el cerrojo; todo lo que sir Walter y Quentin pudieron oír fueron los desesperados gritos de socorro de Mary de Egton, resonando en la oscuridad del crepúsculo.

—¡Maldita sea! —exclamó Quentin, y golpeó la pared con impotencia. Las lágrimas asomaron a sus ojos y se mesó los cabellos, desesperado—. ¿Por qué no lo he impedido? ¡Habría debido ayudarla! ¡Mary confiaba en mí! ¡Le prometí que la protegería, y he fracasado miserablemente!

—Has hecho todo lo que podías, muchacho —replicó sir Walter con tristeza—. No tienes la culpa de nada. Solo yo soy el culpable de todo lo que ha ocurrido. Por mi estúpido orgullo y mi testarudez. ¿Por qué tenía que meter la nariz en cosas que no me incumbían? ¡Ah, si hubiera escuchado al abad Andrew! O al profesor Gainswick. Tantos han sufrido una muerte sin sentido, solo porque yo no quise ceder. Ahora todos pagaremos por mi vanidad.

Quentin se había tranquilizado un poco. El joven se secó

las lágrimas con un gesto enérgico y se sentó junto a su tío en el suelo.

—No debes decir estas cosas —le contradijo—. Todo lo que hiciste, tío, era correcto. Estos criminales tenían a Jonathan sobre su conciencia. ¿Qué habrías debido hacer? ¿Quedarte quieto y dejar que el asunto acabara en nada? Es evidente que tenías razón. Y acabe como acabe este asunto, te estoy agradecido por haber podido estar a tu lado.

—¿Qué he aportado yo a tu vida, muchacho? —replicó sir Walter, sacudiendo la cabeza apesadumbrado—. Solo miedo y calamidades.

—No es cierto. Contigo he aprendido que hay cosas por las que vale la pena arriesgarse. Me has enseñado qué significa la lealtad. De ti he aprendido lo que es el coraje.

—Y has sido un buen alumno, Quentin —aseguró sir Walter en voz baja—. El mejor que nunca haya tenido.

—¿De verdad lo crees?

—Desde luego. Me seguiste incluso cuando no eras de mi misma opinión, y a eso lo llamo yo lealtad. Superaste tu miedo y fuiste hasta el fondo de las cosas, y eso es, para mí, el coraje. Pero tu mayor mérito ha sido infundir valor a lady Mary hasta el último instante e incluso querer cambiarte, hace un momento, por ella. A eso, mi querido muchacho, yo lo llamo valor.

Sir Walter le miró sonriendo, y Quentin le devolvió la sonrisa. Antes ese elogio lo habría significado todo para él; pero en las circunstancias en que se encontraban constituía solo un débil consuelo.

—Te lo agradezco, tío —dijo, sin embargo—. Ha sido un honor para mí ser tu alumno.

—Como ha sido un honor para mí enseñarte —replicó sir Walter, y Quentin vio brillar en sus ojos una lágrima furtiva.

Luego se hizo el silencio.

Ninguno de los dos volvió a abrir la boca; ambos miraban fijamente ante sí sin decir palabra. ¿De todos modos, qué habrían podido añadir? Todo estaba hablado ya, y cualquier cosa que hubieran dicho solo habría aumentado su dolor.

Ambos sabían que no había escapatoria. Aún no estaba claro qué se proponían hacer los sectarios con ellos, pero Malcolm de Ruthven y su banda de desalmados ya habían demostrado en anteriores ocasiones que para ellos la vida de un hombre no tenía ningún valor. Para conseguir sus objetivos, los hermanos de las runas estaban dispuestos a sembrar su camino de cadáveres, y ni sir Walter ni Quentin se hacían falsas ilusiones. Morirían, posiblemente esa misma noche, tal como habían predicho las runas del sarcófago de Robert Bruce.

La noche del eclipse lunar...

Durante mucho tiempo permanecieron en silencio, sumergidos en sus pensamientos. Luego —ya debía de ser medianoche— de nuevo se oyeron pasos ante la barraca. Se abrió la puerta, y los encapuchados volvieron.

Esta vez era el turno de sir Walter y de Quentin.

El escenario era tan sombrío como siniestro.

En un antiguo círculo de piedras que se remontaba a tiempos prehistóricos, formado por enormes sillares que se elevaban en la oscuridad contra el cielo nocturno, los hermanos de las runas se habían reunido en asamblea: docenas de encapuchados, que llevaban las máscaras negras y las cogullas de la hermandad.

Las antorchas que sostenían en las manos eran la única fuente de luz; pues la luna, que estaba alta en el cielo, ya había empezado a enturbiarse. Solo se veía una delgada hoz, que brillaba pálida y clara. El eclipse estaba próximo.

Los hombres llevaron a sir Walter y a Quentin al centro del círculo, junto a una mesa de sacrificios de piedra, donde esperaban otros dos encapuchados.

Uno de ellos era de elevada estatura, y a pesar de la capa

negra con que se cubría, se veía claramente que era un hombre flaco y enjuto. Una máscara ennegrecida le ocultaba la cara, pero sir Walter estaba seguro de que tras aquel disfraz se ocultaba Charles Dellard, el inspector traidor.

El otro hombre era más bajo, y se distinguía de los demás sectarios por sus vestiduras blancas y la máscara de plata que le cubría la cara. A través de las rendijas brillaban unos ojos llenos de odio.

Sir Walter se dijo que debía de ser Malcolm de Ruthven. Quentin solo tenía ojos para la joven que yacía sobre la mesa, atada de pies y manos. La habían vestido con un traje raído de lino gris, y su cabello, largo y suelto, caía ondulante sobre la piedra milenaria. En su mirada se leía la desesperación.

—¡Mary! —exclamó Quentin, y con un movimiento enérgico consiguió soltarse de los esbirros que le custodiaban. En un instante recorrió los pocos pasos que le separaban de la piedra del sacrificio y cayó ante ella jadeante.

—Mary —susurró—. Lo siento tanto… ¿Me oyes, Mary?

—Queridísimo Quentin —replicó ella con voz temblorosa—. No puedes hacer nada. El destino estaba contra nosotros. Querría que nunca nos hubiéramos encontrado.

—No —la contradijo él, mientras las lágrimas asomaban a sus ojos—. Ocurra lo que ocurra, me siento feliz por haberte encontrado.

—Vaya. —El hombre de la máscara de plata se había adelantado y los miraba desde arriba con aire altanero. Su voz rezumaba maldad—. Veo que por fin has encontrado a alguien capaz de ablandar tu frío corazón, Mary de Egton. Alguien que es digno de ti: un burgués, un don nadie de la peor clase.

—No te atrevas a ofenderle —siseó Mary—. Quentin tiene más sentido del honor en su dedo meñique que tú en todo tu corrompido cuerpo. Eres el último vástago de un linaje noble, tu título y tus propiedades son solo heredados; mientras que Quentin ha conseguido con esfuerzo todo lo que ahora es. Si tuviera que elegir, siempre le preferiría a él.

Las palabras de Mary hicieron que el enmascarado se tambaleara como bajo el efecto de un puñetazo.

—Te arrepentirás de esto. Cuando quise tu afecto, me lo negaste. Ahora pagarás por ello —profetizó—. Todos pagaréis por ello —añadió luego, dirigiéndose a Quentin y a sir Walter—. Antes de que la luna se desvele de nuevo, lamentaréis haberos puesto contra mí. ¡Porque esta noche se iniciará una nueva era!

—¿Qué pretende? —preguntó sir Walter, que no parecía en absoluto impresionado por las palabras grandilocuentes del sectario—. ¿Para qué ha servido todo este derramamiento de sangre? ¿Para qué todo este odio sin sentido? ¿Esta ridícula mascarada? ¿Realmente cree en todo este teatro?

El hombre de la máscara de plata le dirigió una mirada extraña. Luego caminó lenta y amenazadoramente hacia él.

—¿Es posible —dijo— que con todo lo que ha oído y vivido le siga faltando fe, Scott? Y sin embargo, puedo reconocer claramente el miedo en sus ojos.

—En eso tiene razón. Pero mi miedo no tiene que ver con viejas maldiciones y necias mascaradas, sino con el daño que, en su furor, puede causar al pueblo escocés. ¿Qué se propone, Malcolm de Ruthven?

—De modo que sabe quién soy —replicó el otro, y con un movimiento indolente se quitó la máscara. Sus pálidos rasgos estaban deformados por el odio—. En ese caso —añadió— le concederé el honor de verme aparecer en público a cara descubierta en el último acto de este juego. ¿Por qué no, al fin y al cabo? Cuando el ritual haya concluido, ya no tendrá ninguna relevancia saber quién o qué era yo. Todos se preguntarán solo por lo que soy.

—¿De verdad? —Sir Walter levantó las cejas impertérrito—. ¿Y qué es usted, Ruthven? ¿Un loco? ¿Un iluso que ha perdido toda relación con la realidad? ¿O es solo un vulgar ladrón y asesino?

El rostro de Malcolm de Ruthven se contorsionó en una mueca de rabia.

—Usted no sabe nada —constató—. Es tan ignorante como el primer día, y sin embargo, ha tenido oportunidades suficientes para comprender y convertirse en un creyente. Pero le aseguro, Scott, que antes de que salga el sol estará convencido de que no estoy loco y de que el hechizo que pesa sobre la espada de la runa realmente existe. Porque esta noche voy a desencadenarlo.

—¿De modo que esta es la razón? ¿Por eso tuvieron que morir todos esos hombres inocentes? ¿Mi pobre Jonathan? ¿El profesor Gainswick? ¿El abad Andrew?

—Ellos fueron los últimos. Los últimos de una larga serie de víctimas que ha exigido el combate por la espada de la runa. Hace cientos de años se selló un pacto, Scott. Un pacto con poderes oscuros, que desde entonces habitan la espada de la runa y tienen la capacidad de derribar y coronar a los gobernantes. Ellos llevaron a Braveheart a la ruina y elevaron a Robert Bruce al trono del rey.

—Robert I Bruce fue rey de Escocia —recordó Scott— con la santa bendición de la Iglesia.

—Tonterías. Su reinado fue solo una sombra; su dominio, de corta duración. Bruce habría podido gobernar eternamente, pero era demasiado simple para comprender las posibilidades que le ofrecía el destino. Abandonó la espada en el campo de batalla de Bannockburn, y de ese modo lo tiró todo por la borda.

—Solo hizo lo que le aconsejaba su conciencia.

—Él fue el causante de su propia ruina, y nos traicionó a todos. Según se dice, inmediatamente después de la batalla una vieja mujer de las runas, que practicaba las artes luminosas, cogió la espada para ocultárnosla. Durante muchos siglos la buscamos en vano.

—¿A quién se refiere? ¿Quiénes la buscaron?

—La Hermandad de las Runas y la estirpe de los Ruthven

—fue la orgullosa respuesta de Malcolm—, inseparablemente unidas desde el día de Bannockburn. Durante siglos buscamos la espada y lo hicimos todo para volver a conquistar el poder, mientras el nuevo orden se reforzaba cada vez más. Llegaron los ingleses para arrollarnos, y los señores de los clanes se dejaron seducir por ellos como estúpidos escolares. Faltaba fuerza para unir a los clanes, pues el símbolo de esa unidad se había perdido en el día de la batalla fatal. Finalmente, sin embargo, la espada fue descubierta de nuevo, y la hermandad consideró que el tiempo había llegado. Por desgracia, tuvimos que reconocer que nos habíamos equivocado.

—Las insurrecciones jacobitas —adivinó sir Walter—. Así pues, la hermandad era la fuerza impulsora que se ocultaba tras la rebelión. Esperaban derribar al gobierno con ayuda de los Stewart, pero su plan fracasó. De ahí la precipitada huida del castillo de Edimburgo...

—El tiempo no estaba maduro, los signos fueron malinterpretados. El gran druida, que había guiado a nuestra hermandad durante siglos, encontró la muerte en el cañoneo del castillo de Edimburgo. Mi abuelo, Galen de Ruthven, era el único que conocía el paradero de la espada. En la confusión de los combates también murió, y se llevó el secreto a la tumba.

—Qué triste —replicó sir Walter sin asomo de lástima.

—Con su temprana muerte, se rompió la cadena. Durante siglos, la pertenencia a la Hermandad de las Runas se había transmitido de padre a hijo. Mi padre, sin embargo, no tenía ningún conocimiento de ello. Se casó con una aristócrata que se había adaptado a los británicos y no conservaba ninguna de las antiguas tradiciones de su pueblo, una mujer que hasta el día de hoy está poseída por la idea de casar a su único hijo, el laird de Ruthven, con una inglesa. El laird, sin embargo, tropezó por casualidad con las notas de su abuelo, y supo de la orgullosa tradición que preservaba la casa de Ruthven. Cuando entonces se descubrió, además, la tumba de Robert Bruce y vio los signos en el sarcófago, supo que su destino era volver a fundar la hermandad y emprender la búsqueda de la espada, pues el tiempo del cumplimiento había llegado.

—Pero usted no consiguió encontrarla —replicó sir Walter, que tenía claro que Malcolm hablaba de sí mismo.

—Apenas quedaba ningún rastro; solo las indicaciones contenidas en un libro en el que se habían registrado los secretos de nuestra hermandad para el caso de que, en algún momento, fuera destruida y tuviera que formarse de nuevo. Aunque nuestros enemigos mortales, los monjes de Dryburgh, nos habían estado observando durante siglos, no imaginaban que ese libro se encontraba justo ante sus ojos. Ellos mismos lo conservaban, dividido en fragmentos y repartido en diversas bibliotecas.

—Y buscando estos fragmentos llegó a Kelso —concluyó sir Walter.

—Dryburgh era una de las bibliotecas que en el tiempo antiguo habían sido elegidas para albergar uno de los fragmentos. Pero yo no sabía si el escrito habría sobrevivido a la destrucción del monasterio; de modo que tuvimos que buscar en Kelso, durante muchas noches de labor esforzada. Al final, sin embargo, no encontramos nada, excepto a un joven estudiante ignorante que, por pura casualidad, había tropezado con informaciones que habría sido mejor que no conociera.

—Jonathan —suspiró sir Walter—. Por eso debía morir.

—Su estudiante estaba en el mal momento en el lugar equivocado, Scott. Para borrar nuestras huellas, di la orden de quemar la biblioteca. El escándalo que provocaría el incendio, me dije, permitiría que nuestros agentes en el lugar pudieran proseguir la búsqueda de la espada de la runa.

—Está hablando de Charles Dellard.

—Exacto. El hecho de que su infortunado sobrino escapara por un pelo a la muerte en el incendio nos facilitó aún más las cosas, pues usted personalmente exigió que se efectuara una investigación oficial del suceso, y de este modo proporcionó a Dellard un camuflaje perfecto. En cierto modo, apreciado

Scott, nos ayudó. Hasta que usted mismo empezó a meter las narices en nuestros asuntos. Entonces comprendí que era un hombre peligroso, de manera que decidí desembarazarme de usted y de su sobrino.

—El asalto en el puente —supuso sir Walter.

Malcolm asintió.

—Sin embargo, el atentado no salió como estaba planeado, y en lugar del suyo, fue otro el carruaje que pasó por el puente saboteado, un coche en el que viajaban dos jóvenes.

—¡Miserable canalla! ¡Estas mujeres estuvieron a punto de perecer por su culpa!

—Lo sé. E imagínese mi sorpresa cuando me enteré de que una de estas mujeres era mi propia prometida. Ahora sé que todo aquello no fue una casualidad, sino que el destino así lo había querido. El ataque frustrado en el puente me colocó en una situación difícil. Aquello atrajo la atención de los monjes de Kelso hacia nosotros, y usted, mi apreciado Scott, ejercía una presión cada vez mayor sobre Dellard, mientras que la búsqueda de la espada de la runa no avanzaba. De modo que tenía que tomar una decisión…

—… y decidió deshacerse de Quentin y de mí —concluyó sir Walter—. De ahí el ataque a mi propiedad. Quería atemorizarnos, para que abandonáramos Abbotsford y fuéramos a Edimburgo.

—Interpreta mal mis planes, Scott —dijo Malcolm como un profesor que regaña a su alumno—. Lo que me interesaba no era deshacerme de ustedes. Al contrario, en adelante hice todo lo que pude para apoyarles en sus investigaciones, porque había comprendido que su brillante inteligencia y su fama podían sernos muy útiles si hacía que trabajara para nosotros. Solo mucho más tarde descubrí que los monjes de Kelso probablemente habían tenido la misma idea. A partir de ese momento le proveímos alternativamente de indicios, y tanto los unos como los otros quedamos sorprendidos por los rápidos avances que realizaba. ¿No le parece una fina ironía del destino? Era una marioneta en nuestras manos, Scott, y ni siquiera ahora se da cuenta de ello.

—Miente —dijo sir Walter, pero en su rostro podía verse claramente que aquellas palabras le habían afectado. ¿Podía ser cierto aquello?, se preguntaba. ¿Realmente había sido dirigido y manipulado durante todo ese tiempo sin que se diera cuenta? ¿Le habían llevado su testarudez y su anhelo por conocer la verdad a trabajar codo con codo con sus enemigos?

—¿Y qué me dice del profesor Gainswick? —preguntó.

—¿A qué se refiere?

—¿Por qué tenía que morir el profesor? Solo porque usted temía que pudiera revelarme demasiado sobre el asunto. Esto demuestra que miente.

—¿Realmente lo cree así? —Malcolm de Ruthven lanzó un bufido de desprecio—. ¿Qué habría podido revelarle ese viejo loco? Era tan inofensivo como inútil. Habríamos podido proporcionarle igualmente nosotros las informaciones que le dio.

—Entonces ¿por qué tenía que morir? ¿Por qué, si no suponía ninguna amenaza para usted?

—Muy sencillo —replicó Malcolm visiblemente complacido—, porque el incidente en la biblioteca me había hecho comprender que nada le motivaría tanto como la pérdida de otro amigo querido, por cuya muerte, naturalmente, también se culparía. Y tenía razón, ¿no es cierto?

Por un instante sir Walter se quedó sin habla, horrorizado por lo que acababa de escuchar.

—Miserable y sanguinario bastardo —susurró—. ¿Mató a un hombre inocente solo para mantenerme interesado en el asunto? ¿El profesor Gainswick tuvo que morir para que yo buscara la espada con mayor enardecimiento?

—Parece desatinado, se lo concedo. Pero coincidirá conmigo en que la maniobra no erró su objetivo, mi apreciado Scott. A partir de ese momento nada podía detenerle en su ambición por resolver el enigma de la Hermandad de las Runas.

—Y... ¿el dibujo que dejó Gainswick?

—Una pequeña atención nuestra; al fin y al cabo, debíamos hacerles llegar otro indicio. Era un cebo, que usted y su inocente sobrino se tragaron sin sospechar nada. Así encontraron la inscripción en el sarcófago de Bruce y descifraron los signos; si no lo hubieran hecho, no estarían hoy aquí.

—No todos los signos —le contradijo sir Walter.

—Claro que no; en caso contrario tampoco estarían hoy aquí —replicó Malcolm malignamente—. ¿Quiere saber qué significan esos signos? En otro tiempo, todos los miembros de la hermandad los conocían de memoria, pues se transmitieron de generación en generación durante casi quinientos años:

En la noche de la luna oscura
la hermandad se reúne
en el círculo de piedras,
para combatir la amenaza
y recuperar lo que antaño se perdió:
la espada de las runas.

—¿Lo ve, Scott? —preguntó Malcolm, y señaló al cielo, donde entretanto el disco de la luna se había reducido aún más. Ahora el astro aparecía como cubierto de sangre, de un rojo escarlata entre las estrellas. De la hoz solo quedaba ya un fino borde—. ¡En la profecía se habla de esta noche! La noche en que la luna se entenebrece como en otro tiempo y se renueva el hechizo que condujo ya una vez al pueblo escocés a la libertad.

—Libertad —dijo sir Walter burlonamente—. ¿Cuántas veces se ha utilizado esta palabra para allanar el camino a usurpadores sin escrúpulos? A usted no le importa la libertad, Ruthven, sino solo aumentar su poder. Pero no lo conseguirá, porque solo lanzará a Escocia a un caos y un dolor aún mayores. La gente aquí ya ha sufrido demasiado. Lo que necesitan, sobre todo, es paz.

—Habrá paz —aseguró Malcolm—. Cuando expulsemos al falso rey del trono y yo mismo lleve la corona, habrá paz.

—¿Usted? ¿Quiere coronarse rey a sí mismo? —Sir Walter rió sin alegría—. Al menos ahora sé que está loco.

—Comprendo que no comparta mi punto de vista, Scott. Todos los grandes personajes de la historia tuvieron fama de estar locos. Alejandro Magno, Julio César, Napoleón...

—¿Quiere tomar seriamente por ejemplo a un hombre que desencadenó una revolución sangrienta y que lanzó a toda Europa a una guerra sin sentido?

—¿Por qué no? La providencia me ha elegido, Scott. A mí y a nadie más. La espada de la runa, forjada en tiempos antiguos y dotada de un gran poder, me proporcionará la fuerza necesaria para acometer esta empresa. Ella es la llave con la que haremos retroceder el cambio de era y derribaremos el orden nuevo. ¡Y de sus cenizas nos alzaremos como los nuevos señores de esta tierra, y alguna vez, quizá, de todo el mundo!

—Usted ha perdido el juicio —dijo sir Walter. No era ningún reproche, sino una constatación; pero Malcolm de Ruthven no se inmutó. Por el resplandor febril que brillaba en sus ojos podía adivinarse que su mente ya se había precipitado a un abismo sin retorno.

Su conversación con sir Walter había finalizado. Con un gesto triunfal, levantó los brazos.

—¡Hemos vencido, hermanos! —gritó a sus partidarios—. ¡Runas y sangre!

—Runas y sangre —resonó la consigna como un eco entre las filas de los encapuchados. Y luego, en un tono cada vez más imperioso y desafiador—: ¡Runas y sangre!

Acompañado por el coro de los sectarios, Malcolm de Ruthven volvió hacia la mesa del sacrificio, donde Mary de Egton yacía tendida. Quentin estaba agachado a su lado y trataba de consolarla, pero ¿qué consuelo podía ofrecerle ante el sombrío destino que la aguardaba?

De nuevo Malcolm se cubrió la cara con la máscara. Luego extendió los brazos, e inmediatamente sus seguidores enmudecieron. Dellard se acercó y le entregó la espada; Malcolm la levantó de modo que todos los hermanos de las runas pudieran verla. Un rumor cargado de respeto, admiración y ansia de poder recorrió las filas de los encapuchados.

—¡Esta es la espada de la runa, hermanos! La hoja forjada en tiempos antiguos con la que el traidor Wallace alcanzó la victoria, antes de que se volviera contra él para castigarlo. El hechizo aún la habita, pero, para que pueda aniquilar de nuevo a los enemigos de Escocia, debe renovarse. Como hace quinientos años, en la noche de la luna oscura nos reunimos aquí para hacer lo que la historia nos ha encomendado. ¡Y como en otro tiempo la hoja debe mancharse con la sangre de una virgen para que sus fuerzas despierten!

—¡No! —Quentin se levantó de un salto—. ¡No le harás nada, bastardo enmascarado! No te atrevas a ponerle la mano encima, o te...

El puño de uno de sus guardianes le alcanzó violentamente en la nuca haciéndole callar. Quentin cayó al suelo, fulminado, pero el joven no estaba dispuesto a rendirse. Su desesperación y el temor de perder a Mary le proporcionaban un valor y una fuerza que nunca antes había conocido. Se incorporó de nuevo, impertérrito, y miró a Malcolm de Ruthven con ojos centelleantes de ira.

—¡Sacadlo de aquí! —ordenó este irritado. Quentin fue sujetado por sus guardianes.

—¡No! —gritó debatiéndose furiosamente, y alargó la mano hacia Mary para tocarla por última vez.

—¡Quentin! —gritó ella. Su mirada angustiada buscó la suya, y sus ojos se encontraron para ofrecerse, por un breve instante, paz y consuelo.

—Lo siento mucho, Mary —exclamó—. ¿Me oyes? ¡Lo siento muchísimo!

—No tienes por qué, Quentin. Has hecho todo lo que podías por mí, e incluso más. Te amo...

—Conmovedor —se burló Malcolm de Ruthven—. Veo que por fin has encontrado a tu alma gemela, querida Mary.

Por desgracia tu reciente felicidad no tiene futuro, porque dentro de unos instantes la luna se habrá oscurecido. Entonces empezará mi era, Mary de Egton, y la tuya terminará.

—Y me parece bien, Malcolm de Ruthven —replicó Mary con una calma helada—, porque no deseo vivir en tu era.

Atribulado, Quentin miró hacia el cielo. Malcolm tenía razón. La luna se había ensombrecido tanto que ya solo se distinguía un disco desvaído contra la negrura de la noche. Las estrellas habían desaparecido detrás de unas nubes oscuras, y en la lejanía podía oírse el retumbar de los truenos, que hacían que la noche pareciera aún más lúgubre. Un viento helado se levantó y barrió el círculo de piedras. Dentro de unos instantes la conjunción sería completa.

Malcolm levantó la espada y la sujetó con ambas manos para abatirla con terrible impulso contra su víctima inerme. Sus partidarios iniciaron una siniestra cantinela en una lengua ruda y monstruosa que Quentin no entendió. Las voces se imponían al bramido del viento y al retumbar de la tormenta que se acercaba.

—¡No! —aulló, y otra vez luchó con furia desesperada contra los esbirros que le sujetaban; pero los encapuchados lo agarraron con firmeza y, sin que pudiera hacer nada por evitarlo, lo arrastraron de nuevo junto a su tío, que tenía también el horror escrito en el rostro.

—¡No, Ruthven! —gritó Walter Scott con todas sus fuerzas—. No lo haga...

Era como una pesadilla.

De pronto los acontecimientos parecían desarrollarse con una lentitud viscosa, y Quentin tuvo la sensación de que a su alrededor todo se difuminaba. Como si su conciencia se hubiera enturbiado para no tener que soportar la terrible realidad, para no tener que ver cómo la hoja de la runa acababa cruelmente con la vida de la mujer que amaba.

Enfrentada a una muerte próxima, Mary le había reconocido su amor, el amor proscrito de una noble hacia un burgués.

Pero ¿qué podía hacer contra la desgracia que se abatía sobre ella con la violencia de una tormenta?

Una mirada al cielo...

El eclipse de luna se había completado.

Envuelto en nubes, el disco oscuro destacaba en el cielo, rodeado por el resplandor centelleante de los rayos que descargaban del manto de la noche.

Había llegado el momento que la Hermandad de las Runas esperaba desde hacía más de medio milenio. El canto de los sectarios aumentó de intensidad en un crescendo atronador.

Y Malcolm de Ruthven actuó.

De golpe, la percepción de Quentin volvió a hacerse clara, tan clara como nunca antes en su vida. Con nitidez cristalina vio al jefe de la secta de las runas de pie a la luz de las antorchas mientras levantaba la espada, y por una fracción de segundo el tiempo pareció detenerse. Quentin se quedó mirando, petrificado, y con los ojos dilatados de horror vio cómo Malcolm de Ruthven se disponía a descargar el golpe mortal.

En ese instante sucedió algo inesperado.

Un fortísimo trueno retumbó e hizo temblar el círculo de piedras. No pocos de los sectarios se lanzaron al suelo asustados. Y en el mismo instante, justo sobre el círculo, se produjo una descarga; un rayo descendió resplandeciente y convirtió la noche en día, y como si la punta de la espada de la runa lo atrajera de forma misteriosa, descargó con espantosa violencia en la antiquísima hoja y alcanzó a Malcolm de Ruthven con fuerza aniquiladora.

El canto de los sectarios se interrumpió. Por un instante se quedaron deslumbrados, y el grito estridente que escapó de Malcolm les hizo ver que el destino había cambiado. Rayos de luz rojos y verdes saltaron en todas dirección, y luego el resplandor se extinguió.

Malcolm, con todo el cuerpo abrasado, se tambaleaba junto a la mesa del sacrificio. La máscara se desprendió de su cara y desveló unos rasgos ennegrecidos y deformados. Con los ojos muy abiertos, el jefe de la secta miraba fijamente ante sí con expresión de incredulidad. Su boca articuló unas últimas palabras roncas:

—Bruce —murmuró—, era el espíritu de Bruce...

Luego se desplomó.

—¡El hechizo! ¡El hechizo! —gritó uno de los sectarios—. ¡Se ha vuelto contra nosotros!

Un horror sin medida dominó a los hermanos de las runas, extendiéndose entre sus filas con el viento helado y llenando sus corazones de pánico.

Tampoco los guardianes de Quentin se vieron libres de él. Aterrorizados, los hombres aflojaron la presa, y el joven consiguió liberarse y corrió hacia Mary, que yacía inmóvil sobre la fría piedra del sacrificio. ¿La habría alcanzado también el rayo destructor?

«¡No! No, por favor...»

Quentin fue hacia ella y se inclinó sobre su cuerpo, para constatar con indecible alivio que su corazón aún palpitaba.

En ese momento su mirada fue a posarse sobre la espada de la runa, que estaba clavada en el suelo junto a la piedra del sacrificio, y entonces vio también de dónde habían surgido los rayos de luz rojos y verdes: de los luminosos rubíes y las brillantes esmeraldas que estaban incrustados en la empuñadura y habían aparecido bajo el cuero quemado. Sin embargo, no quedaba el menor rastro de la runa que antes había deslucido la hoja de la espada.

La sorpresa de Quentin no tenía límites; pero el joven no pudo dar expresión a su estupefacción, porque en ese instante los acontecimientos se precipitaron. Charles Dellard, que había caído junto al cuerpo de su jefe y había comprobado su muerte, se levantó bufando de ira. Con un movimiento rápido, deslizó su mano derecha bajo la amplia capa y sacó un puñal curvado.

—¡La bruja debe morir! —vociferó con una energía que podía competir en furia con la de su desdichado jefe, y se dispuso a lanzarse sobre Mary para acabar lo que Malcolm de Ruthven no había podido concluir.

Quentin actuó antes de que su entendimiento pudiera reaccionar o su prudencia pudiera frenarle. Con una agilidad felina, se lanzó hacia delante, saltó sobre la mesa del sacrificio, sobre la que aún yacía, desvanecida, la dama de su corazón y se catapultó contra el agresor. La posibilidad de ser alcanzado por el puñal de Dellard no le preocupaba. La cólera, la frustración y el miedo de los días pasados se abrieron paso y proporcionaron a Quentin una fuerza casi sobrehumana.

En su salto, consiguió sujetar a Dellard, le agarró de la capa y lo derribó. Los dos hombres aterrizaron violentamente en el suelo, unidos en un abrazo mortal e iniciaron una lucha encarnizada por la posesión del arma.

Sir Walter, libre de sus guardianes, que habían puesto pies en polvorosa, se acercó cojeando a la mesa de piedra para correr en ayuda de su sobrino. Entonces, imponiéndose al griterío de los sectarios, un alarido resonó en la noche.

—Quentin —gimió sir Walter, y desesperado miró al cielo en una oración muda. Al llegar a la mesa del sacrificio, donde estaba tendida Mary de Egton, vio la espada, con las piedras que destellaban a la luz de las antorchas, y a los dos hombres inanimados que yacían en el suelo, empapados en sangre.

—Quentin…

Una de las dos figuras se agitó, se incorporó primero solo a medias y miró, aturdida, alrededor, antes de ponerse finalmente en pie. Con indecible alivio, Walter Scott reconoció a su querido sobrino. Dellard permanecía inmóvil en el suelo, con su propio puñal clavado en el corazón.

Sir Walter corrió hacia su sobrino, y juntos fueron a ocuparse de Mary, que despertaba poco a poco de su desvanecimiento. Sin embargo, el peligro seguía presente. Cuando los sectarios vieron que también su segundo jefe estaba muerto, su inicial espanto se transformó en un furor ciego, y resonaron gritos de venganza.

—¡Matadlos! ¡Son los culpables de todo!
—¡Han atraído la maldición sobre nosotros!
—¡No deben vivir!
—Runas y sangre…

Los encapuchados se acercaban de todos lados, estrechando el círculo que formaban en torno a la mesa del sacrificio. A través de las rendijas de las máscaras, sus ojos brillaban con furia asesina; se inició un murmullo siniestro, que sonaba como el gruñido de un monstruo arcaico que hubiera sufrido una herida mortal y estuviera aún sediento de sangre.

Apretados los unos contra los otros, Quentin, Mary y sir Walter contemplaban cómo el enemigo se acercaba hacia ellos. Los encapuchados desenvainaron puñales y cuchillos, y los tres supieron que no podían esperar compasión.

El eclipse de luna había acabado. El disco lunar volvía a recuperar el color, y la pálida hoz del satélite apareció de nuevo. La tormenta había pasado, como si hubiera descargado con el único objetivo de confrontar a Malcolm de Ruthven con la fragilidad de su existencia mortal.

Los ambiciosos planes de la Hermandad de las Runas habían fracasado, pero aún no había corrido suficiente sangre. Los sectarios querían que alguien pagara por los sucesos que acababan de desarrollarse ante sus ojos y que, sin embargo, todavía les parecían inconcebibles.

Instintivamente, Quentin cogió a Mary de la mano. Ella se apretó contra él, y sir Walter extendió sus brazos protectores sobre ambos, como un padre que quisiera proteger a sus hijos de todo mal. Probablemente habrían encontrado un horrible final, si en ese instante no hubiera resonado un ruido de cascos que se acercaba.

De nuevo el círculo de piedras pareció temblar cuando los caballos resollantes surgieron súbitamente de la oscuridad de la noche, montados por encapuchados con amplios mantos. Los jinetes blandieron unos largos bastones de madera y enseguida se lanzaron al ataque.

—Los monjes de Kelso —exclamó sir Walter—. ¡Estamos salvados!

Al instante se desencadenó un combate encarnizado entre los monjes y los sectarios, una lucha incomparablemente más violenta que la que había tenido lugar en las callejas de Edimburgo. La batalla entre los poderes de la luz y de las tinieblas, para la que los monjes se habían preparado durante siglos, se libraba por fin. Por todas partes resonaba el clamor de la batalla, y aquí y allá un disparo restallaba en la noche, seguido a veces por el grito de un herido. Las antorchas se apagaban, y en la penumbra rojiza de la luna renaciente, figuras envueltas en amplias capas se deslizaban a través de la noche y se enfrentaban en duelos enconados.

Era imposible determinar cuántos hombres peleaban en aquella semioscuridad. Pero finalmente los monjes de Kelso se impusieron. La mayoría de los sectarios cayeron víctimas de los bastonazos de los arrojados religiosos; otros emprendieron la huida, perseguidos por los monjes, y otros, finalmente, entregaron las armas.

Una sombra surgió de la penumbra y se acercó a sir Walter, Quentin y Mary, que habían asistido con el alma en vilo al estremecedor espectáculo. El hombre llevaba la amplia cogulla de la orden monástica, y cuando se echó la capucha hacia atrás, Quentin y sir Walter vieron que era el hermano Patrick, el ayudante y mano derecha del abad Andrew.

—¿Están bien? —preguntó.

—Afortunadamente sí —respondió sir Walter—. Pero si usted y sus hermanos no hubieran acudido...

—Lamento mucho haber llegado tan tarde. Pero después de que nos enteráramos de lo que había sucedido en Edimburgo, necesité cierto tiempo para descubrir en qué círculo de piedras quería reunirse la hermandad.

—Entonces ¿sabe lo que le ha sucedido al abad Andrew?

Patrick asintió.

—Murió por aquello en lo que creía. Siempre estuvo convencido de que un día deberíamos hacer frente al mal, y tenía razón. Pero ahora el peligro ha desaparecido.

Quentin había contorneado la mesa del sacrificio y se había inclinado para coger la espada de la runa. Una sensación extraña le invadió al sujetarla. Sorprendido, miró las piedras preciosas que habían salido a la luz de una forma tan inesperada. Luego tendió el arma a su tío, que a su vez la ofreció al hermano Patrick.

—Esta es la espada por cuya causa han ocurrido tantas desgracias —dijo Scott—. Consérvela y cuide de que nunca pueda volver a originar tan terribles daños.

—¡No, sir Walter! —El monje levantó las manos en un gesto de rechazo—. ¿Cómo podría atreverme a ocultar esta arma? Otros que eran más inteligentes y poderosos que yo lo intentaron, y todos fracasaron. La espada no puede ocultarse. Se diría que está habitada por una voluntad propia que la hace aparecer de nuevo una y otra vez.

—Entonces destrúyala.

—No es necesario. Porque la maldad no se encuentra en la espada, sino en lo que los hombres han hecho de ella. En otro tiempo fue un símbolo, sir Walter, un símbolo de la unidad y la libertad de Escocia, y eso debería volver a ser. Llévela de vuelta a Edimburgo y entréguela al representante del gobierno. Ellos sabrán qué debe hacerse con ella.

Sir Walter reflexionó un instante y luego asintió.

—Tal vez tenga razón. Afirmaremos que encontramos la espada en otro momento y otras circunstancias. Teniendo en cuenta la delicada situación política, no será difícil encontrar un testigo digno de crédito que confirme la veracidad de esta versión de la historia. Yo, por mi parte, no malgastaré una palabra en explicar lo ocurrido en el círculo de piedras.

—Será lo mejor —asintió el hermano Patrick—. La Hermandad de las Runas ha sido desmantelada y el peligro ha sido conjurado. Después de tantos siglos, esta tierra encontrará por fin la paz.

16

Leith, puerto de Edimburgo, dos meses más tarde

En el puerto de Leith reinaba una gran animación.

El sol matinal brillaba en el cielo y el mar estaba calmado. Los barcos llegaban sin cesar al Firth of Forth, la mayoría de ellos mercantes que traían artículos de España y de África Occidental, pero también de Francia y de las islas. Marineros, trabajadores del puerto y pasajeros se apiñaban en los muelles donde atracaban los veleros; se embarcaban cajas con mercancías y equipajes, y se llevaban a bordo barriles y agua potable, que transportaban coches arrastrados por tiros de seis caballos. Aquí se daba la señal de partida a un barco de tres palos, y más allá volvía a puerto, después de un viaje de patrulla, un bergantín de la Marina real.

En el muelle donde solían atracar los barcos de ultramar, estaba fondeado el *Fortune*, una orgullosa goleta que navegaba bajo bandera británica. El *Fortune* estaba a punto de hacerse a la mar; el equipaje ya había sido embarcado, las provisiones se habían llevado a bordo, y bajo la severa mirada del primer oficial, la tripulación tomaba las últimas disposiciones previas a la partida.

En el muelle, los pasajeros se despedían de sus parientes

antes de emprender un viaje que duraría semanas y les conduciría al otro lado del océano, al Nuevo Mundo.

Entre ellos se encontraban sir Walter, Quentin y Mary, que ya no pertenecía a la casa de Egton, sino que llevaba ahora el sencillo nombre de Mary Hay, después de haber dado el sí a su amado Quentin en la iglesia de Dunfermline.

—¿Y estáis seguros de que no queréis pensároslo mejor? —preguntó sir Walter—. No hace falta que vayáis al Nuevo Mundo para ser felices. Sabéis que tanto lady Charlotte como yo nos sentiríamos felices de acogeros en Abbotsford.

—Gracias, tío, pero Mary y yo hemos tomado una decisión. Nos arriesgaremos a empezar de nuevo en una tierra donde no se pregunta quién es alguien, sino qué hace de sí mismo.

—Entonces quedarás en buen lugar, muchacho. Tienes todo lo que un joven necesita para tomar en sus manos las riendas de su vida. Te enviaron a mi casa para que aprendieras el oficio de escritor; pero tú puedes ser lo que quieras, Quentin. Solo hace falta que lo desees. —Sir Walter se volvió hacia Mary—. ¿Y tú, también estás preparada para buscar la felicidad, hija mía?

—Lo estoy, tío. Por primera vez en mi vida seré realmente libre, y tengo intención de utilizar esta libertad. Me gustaría ser escritora, igual que tú.

—Una idea excelente. Estoy seguro de que tienes talento para ello.

—¿Y qué harás tú? —preguntó Quentin—. ¿No querríais venir, la tía Charlotte y tú, con nosotros? Estoy seguro de que América recibiría con los brazos abiertos a un famoso escritor.

—¿Y abandonar Escocia? Jamás, muchacho. Nací aquí y vivo aquí, y algún día también moriré aquí. Quiero demasiado a esta tierra para volverle nunca la espalda. Me seguiré esforzando para conseguir que alcance un nuevo florecimiento; pero no en oposición a los ingleses, sino iniciando mano a mano con ellos una nueva época. Tras la visita del rey a

Edimburgo, se abren ante nosotros nuevas posibilidades. Tengo la sensación de que esta tierra se enfrenta a un buen futuro, como si con la espada hubiera vuelto también la esperanza a nuestro pueblo.

—Sigo sin comprender cómo pudo suceder todo eso —dijo Mary—. ¿Por qué no se cumplió la profecía de la hermandad? ¿Por qué el rayo descargó justo en el momento en que Malcolm quería matarme?

—Era el espíritu de Bruce —dijo Quentin convencido—. El propio Ruthven lo expresó poco antes de morir. El espíritu del rey Robert guardaba la espada e impedía que los horribles hechos de otro tiempo pudieran repetirse. Tal vez esa fuera la oportunidad que había estado esperando desde hacía medio siglo. La oportunidad de quedar libre por fin de la maldición de la espada y redimirse.

—Una bonita historia, muchacho —dijo sir Walter, sacudiendo lentamente la cabeza—. De todos modos, yo me inclino a creer que Malcolm de Ruthven cayó víctima de una sencilla ley de la física: la que afirma que los rayos tienden a descargar en objetos expuestos, preferentemente si estos están hechos de metal. Un americano llamado Benjamin Franklin ha escrito un interesante artículo sobre ello.

—Pero aún hay muchas cosas que no pueden explicarse —insistió Quentin—. Todos estos indicios que encontramos...

—Nos manipularon deliberadamente, como sabes. Todo lo que sucedió estaba perfectamente planificado.

—¿Y los sueños de Mary?

—Los sueños se iniciaron cuando leyó el diario de Gwynneth Ruthven. Todo el mundo sabe que a menudo soñamos con cosas que han ocupado intensamente nuestra atención durante la vigilia.

—¿Y la runa de la espada? Tú mismo viste que desapareció de la hoja.

—Esto es cierto. Pero ¿recuerdas que te dije que muchas cosas solo se nos hacen visibles cuando hemos desarrollado conciencia de ellas? Tal vez todos queríamos ver la runa de la espada en la hoja, incluidos los hermanos de las runas, y con el fin de la hermandad también nuestra conciencia de ella se perdió. En todo caso estoy seguro de que también puede encontrarse una explicación plausible para eso. La edad de la magia ha acabado irremisiblemente, muchacho, aunque Malcolm de Ruthven y sus partidarios no quisieran reconocerlo.

—Vosotros dos nunca os pondréis de acuerdo, ¿verdad? —preguntó Mary con seriedad fingida.

—Estamos de acuerdo, querida —le aseguró sir Walter—. En las cosas realmente importantes siempre hemos estado de acuerdo, ¿no es cierto, muchacho?

Sir Walter tendió la mano a su sobrino para despedirse; pero en lugar de cogerla, Quentin se lanzó directamente al cuello de su tío y le abrazó afectuosamente. Sir Walter dudó un momento, y luego respondió al abrazo a pesar de que aquella no era una conducta apropiada para un gentleman.

—Te doy las gracias, tío —le susurró Quentin—. Por todo lo que has hecho por mí.

—Soy yo quien debe darte las gracias, hijo mío. Estos días, tanto por lo bueno como por lo malo, permanecerán siempre en mi memoria.

Luego se dirigió a Mary, y no se contentó con abrazarla, sino que le estampó un cariñoso beso en la mejilla.

—Adiós, hija mía —dijo sonriendo—. Hace solo unos meses seguramente te habría encargado que cuidaras de mi sobrino, pero ahora tengo suficientes motivos para suponer que él cuidará de ti y que será un buen y fiel marido. De modo que no me decepciones, muchacho, ¿me has oído?

—No te preocupes, tío —le aseguró Quentin con una sonrisa divertida.

—Os deseo a ambos toda la suerte del mundo.

—¿Suerte? —Mary levantó las cejas—. Pensaba que no creías en esas cosas.

Sir Walter sonrió suavemente.

—No creo en la magia, hija mía; pero nadie te impide creer en la fuerza de la providencia y en el favor del destino. Espero que siempre os acompañe.

Sir Walter se quedó mirando cómo Quentin y Mary subían a bordo del *Fortune* por la pasarela. El oficial comprobó sus pasajes y luego les dejó subir a bordo. Desde la cubierta de popa, donde se habían reunido los pasajeros, los dos saludaron con la mano a sir Walter, mientras los marineros realizaban las maniobras previas a la partida.

Se soltaron los cabos y tras desplegar las velas, el *Fortune* abandonó el puerto y puso rumbo al Nuevo Mundo, que ofrecería a Mary Hay la libertad que siempre había anhelado, y a su marido Quentin, su siguiente gran aventura.

Sir Walter siguió en el muelle, mirando el navío, hasta mucho después de que este hubiera abandonado el puerto y se hubiera convertido en un minúsculo punto en el horizonte. Luego dio media vuelta y emprendió el camino a casa.

Aunque se sentía melancólico por la despedida de Quentin y Mary, se alegraba de volver con su esposa a Abbotsford y de poder acabar por fin la novela que tan a menudo le había reclamado James Ballantyne en las últimas semanas.

Mientras subía al carruaje, sir Walter encontró por fin, de pronto, un nombre apropiado para el héroe de su nueva novela.

—¿Por qué —dijo para sí— no lo llamo Quentin...?

EPÍLOGO

La novela de Walter Scott *Quentin Durward* —junto con *Ivanhoe*, una de sus creaciones más conocidas— se publicó en 1823, un año después de los excitantes acontecimientos que condujeron al descubrimiento de la espada del rey y al desmantelamiento de la Hermandad de las Runas. El héroe de la novela es un hombre nacido en Escocia que, en la Francia de Luis XI, vive emocionantes aventuras en las que se distingue por su valor e intrepidez.

La espada del rey fue llevada, después de ser descubierta por sir Walter, a la ciudad de Edimburgo, donde se entregó, junto con las restantes insignias reales, a Jorge IV. Así se convirtió en símbolo del Reino Unido y de una Escocia que dejaba atrás su pasado e iniciaba un nuevo futuro.

Actualmente, la espada puede contemplarse en el Museo Real de Edimburgo, aunque la historia oficial ofrece una versión distinta de los acontecimientos que condujeron al hallazgo del arma y de las restantes insignias. Según se dice, sir Walter Scott y el gobernador del castillo de Edimburgo descubrieron la espada real cuando en 1818 abrieron una cámara secreta en la sala del trono del castillo, que había permanecido cerrada durante mucho tiempo. Nadie que contemple hoy la valiosa arma podría imaginar la azarosa historia que se oculta tras ella...

AGRADECIMIENTOS

La idea de esta novela nació en un momento especial, cuando, hace unos años, me encontraba en la antigua habitación de trabajo de sir Walter Scott, en su residencia de Abbotsford, y miraba, como en otro tiempo el maestro, en dirección a las verdes laderas que se extienden a ambos lados del Tweed. A partir de entonces, la idea de hacer revivir esa época, con su fascinante mezcla de tradición y modernidad, y al mismo tiempo levantar un monumento al inventor de la novela histórica de aventuras ya no me abandonaría. El resultado, queridos lectores y lectoras, es esta obra que sostienen ahora en sus manos.

Naturalmente, en la creación de una novela participan muchas más personas de las que pueda hacer suponer la presencia de un nombre sobre la cubierta. Por eso debo dar las gracias de una forma especial a mi familia y a mis amigos —por un lado por su apoyo moral, pero también porque nunca se cansaron de discutir conmigo sobre cualquier aspecto de la historia y del desarrollo de los caracteres—. Querría mencionar particularmente a Stefan Bauer, del grupo editorial Lübbe; su entusiasmo por el proyecto le proporcionó impulso desde el primer momento y le ayudó a superar todas las dificultades del camino. También a Angela Kuepper, por la agradable colaboración durante el lectorado. Tengo que dar las gracias, además, a los compositores James Horner y Howard Shore, que con sus sonidos fílmico-musicales acompañaron el nacimiento de la novela, y naturalmente a sir Walter Scott, que con su obra literaria preparó nuevos caminos para mi gremio.

Hacer justicia a una figura histórica en todas sus facetas es, sin duda, imposible; los lectores me perdonarán si me he tomado algunas libertades en la representación de algún acontecimiento. Me interesaba, sobre todo, entretener, y convertir a Walter Scott, que tantos personajes ilustres regaló a la literatura mundial, en una de estas figuras de novela.

MICHAEL PEINKOFER,
julio de 2004

La nueva de novela de
MICHAEL PEINKOFER
autor de TRECE RUNAS

Misteriosos crímenes en el Londres victoriano llevan
a una intrépida arqueóloga al lejano Egipto,
donde deberá enfrentarse a una antigua maldición divina.

Grijalbo